KB052902

마도조사

묵향동후 장편소설

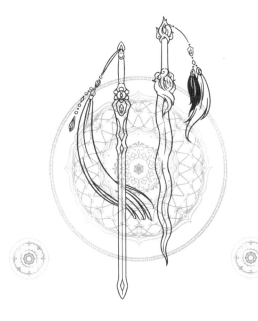

목차

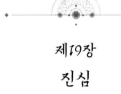

제19장

진심

제19장 진심

3

운몽에 도착하니 인시[#1]였다.

연화오 대문 앞과 부두에 환하게 켜진 등불에 수면이 금빛으로 반짝거렸다. 이 부두에 이렇게 많은 배가 한 번에 모인 적은 거의 없었다. 그래선지 문 앞을 지키던 경비는 물론, 강가에서 밤새 야식을 파는 노점 노인도 놀라 멍해졌다. 강징이 먼저 배에서 내려 경비에게 몇 마디 하자 완전 무장한 문하생들이 우르르 몰려나왔다. 사람들은 차례로 배에서 내려 운몽 강씨 객경(客卿)들의 안내에 따라서 안으로 들어갔다. 구양 종주는 마침내 아들을 잡아 작은 소리로 훈계하면서 끌고 들어갔다. 위무선과 남망기도 선실에서

#1 인시(寅時) 새벽 세 시~다섯 시.

나와 배에서 내렸다.

"공자, 저는 밖에서 기다리겠습니다."

온녕이 말했다.

온녕은 연화오 대문을 넘지 않을 것이고, 강징도 절대 그를 들여보내지 않을 터였다. 그걸 알았기 때문에 위무선은 고개를 끄덕였다.

"온 선생님, 저와 함께 가시죠."

"나와 같이 가겠다고?"

온녕은 전혀 생각지도 못한 남사추의 말에 매우 기뻐했다.

"네. 선배들께선 중요한 일을 상의하셔야 하니 제가 들어가 봐야 할 일도 없습니다. 이야기 계속 나눠요. 방금 저희 어디까지 얘기했지요? 위 선배가 정말 두 살짜리 아이를 무처럼 땅에 묻었어요?"

남사추가 웃으며 물었다.

남사추는 작은 소리로 말했지만, 앞에 있던 두 사람은 청력이 매우 뛰어나 다 들렸다. 위무선은 다리가 휘청했다. 남망기의 눈썹이 살짝 휘어졌다가 금세 돌아왔다. 두 사람의 그림자가 연화오 대문 안으로 사라지고 나서야 남사추가 작은 소리로 계속 말을 이었다.

"그 아이 정말 불쌍하네요. 하지만 사실 제가 어렸을 때 함광군도 저를 토끼 무리 속에 놓아 둔 적이 있어요. 어떤 면에서 두 분은 정말 닮으셨다니까요…….."

연화오 대문을 넘기 전 위무선은 크게 숨을 들이쉬어 마음을 가라앉혔다. 그러나 막상 들어가니 생각했던 것처럼 감격스럽지는 않았다.

너무 많이 변해서 그런 것 같았다. 연무장은 두 배로 넓어졌고 높이가 다른 새 건물의 추녀[#2]가 이어져 있는 모습이 옛날보다 더

위풍당당하게 빛났다. 그러나 위무선이 기억하고 있는 연화오의 모습과는 전혀 달랐다.

위무선은 어쩐지 허전한 마음이 들었다. 옛 건물들은 화려한 신축 건물 너머에 가려진 것인지 아니면 이미 헐린 것인지 알 수 없었다.

어쨌든 그것들은 정말 너무 오래됐다.

연무장에 각 가문의 문하생들이 다시 방진(方陣)을 짜고 앉아 좌선하면서 영력 회복을 시작했다. 온종일 고생한 탓에 사람들은 기진맥진한 상태여서 좀 쉬어야 했다. 강징은 각 가문 가주와 명사들을 데리고 시검당(試劍堂)으로 들어가 어제 일을 다시 논의하기로 했다. 위무선과 남망기가 따라 들어가자 조금 불편해하는 사람이 있었지만, 입 밖으로 꺼내지는 않았다.

안으로 들어가 자리에 앉기도 전에 객경으로 보이는 사람이 다가왔다.

"종주님."

그가 강징의 귀에 대고 몇 마디 하자 강징이 미간을 찌푸렸다.

"됐다. 나중에 다시 이야기하자. 지금이 어떤 상황인지 안 보이느냐?"

"저도 그렇게 말했습니다만, 그 여자들이 어제 일 때문에 왔다고 해서요."

"두 사람의 신분이 어떻게 되느냐? 어느 가문의 수사지?"

"어느 가문도 아니고 수사도 아닙니다. 영력이 없는 보통 여인들처럼 보이더군요. 둘 다 오늘 도착했고 귀한 약재를 가지고 왔습니

#2 **추녀** 네모지고 끝이 번쩍 들린, 처마의 네 귀에 있는 큰 서까래. 또는 그 부분의 처마.

다. 어느 가문의 가주가 보낸 게 아니라 그저 종주님께 전할 말이 있다고만 했습니다. 들어 보니 보통 일은 아닌 것 같아 일단 손님 방에서 기다리라고 했습니다. 약재도 아직 창고에 넣지 않았고요. 검사해 보니 이상한 주술 같은 것은 없었습니다."

운몽 강씨 가주는 만나고 싶다고 언제든지 만날 수 있는 사람이 아니었다. 그러니 이유도 밝히지 않고 영력도 없고 가문도 보잘것없는 보통 여인은 더 말할 나위가 없었다. 하지만 진귀한 약재를 가지고 왔으니 접대 담당인 객경으로서는 일을 태만하게 할 수도 없었다. 귀한 선물은 둘째 치더라도 수상한 분위기를 무시할 수가 없었다.

"여러분, 원하는 자리에 앉으세요. 실례지만 잠시 자리를 비워야겠습니다. 금방 돌아오겠습니다."

강징이 양해를 구했다.

"괜찮습니다."

사람들이 말했다.

하지만 강징은 금방 돌아오지 않았고, 한참 뒤에도 돌아올 기미가 보이지 않았다. 손님을 모셔 놓고 나 몰라라 하는 것은 예의가 아니었다. 게다가 지금은 비상사태에서 긴급한 일을 논의하기 위해 모인 상황이었다. 반 시진이 지나도 강징이 돌아오지 않자 사람들은 불안해하면서 슬슬 불만스러운 기색을 보이기 시작했다. 바로 그때 강징이 돌아왔다. 갈 때는 평소와 같은 표정이었지만 돌아올 때는 냉엄한 표정으로 다급하게 들어왔다. 게다가 두 여인과 함께였다. 아까 객경이 말한 방문객이 분명했다. 사람들은 보통 여인이라고 해도 귀중한 선물을 갖고 방문할 정도면 평범하지는 않겠다고 생각했다. 그러나 두 여인은 눈가와 입가의 주름이 눈에 띌 정도로 나이가 많아 보였고, 눈을 내리깔고 불안해하는 모습이 고생을 많이 한 것 같았다. 게다가 한 여인은 얼굴에 대여섯 개의 오래된 칼자국이 있어 공포감마저 조성했다. 수사들은 강징이 왜 이 두 여인을 시검당으로 데리고 왔으며, 그녀들에게 청당의 중앙 자리를 내주는지 알 수 없어 수군거리기 시작했다.

강징이 어두운 표정으로 우물쭈물하며 앉는 두 여인에게 말했다.

"여기 앉아 말하거라."

"강 종주, 이게 무슨?"

요 종주가 의아한 표정으로 물었다.

"너무 놀라운 일이라 경솔하게 판단할 수 없어 자세하게 물어보느라 시간이 지체됐습니다. 여러분 조용히 하시고, 먼저 이 두 사람의 말을 들어 보십시오."

강징이 몸을 돌려 두 여인에게 말했다.

"두 사람 중 누가 먼저 말하겠느냐?"

두 여자는 서로 얼굴을 쳐다보다가, 고생을 많이 한 것 같은 여자가 배짱이 조금 더 큰지 먼저 일어났다.

"제가 먼저 말하지요!"

그녀가 대충 예를 표하고 말했다.

"제가 하고 싶은 말은 약 11년 전 이야기입니다."

강징의 말투에서 사람들은 이 여인이 하려는 말이 굉장히 중요한 일이라고 짐작하고 11년 전에 무슨 일이 있었는지 기억을 더듬었다.

"저는 사사라고 합니다. 몸을 팔아 생계를 유지했습니다. 한때 잘나가기도 했었지요. 십수 년 전 부유한 상인에게 시집가려고 했지만, 성질이 대단했던 그의 아내가 사내들을 동원해 제 얼굴을 이렇게 칼로 난도질을 해 놨습니다."

그녀는 전혀 부끄러워하지 않았고 돌려서 말하지도 않았다. 그녀의 말에 여자 수사들은 소매를 들어 입을 가렸고 남자 수사들은 미간을 찡그렸다.

"얼굴이 이렇게 되니 삶이 예전과 달라졌습니다. 그 누구도 저를 거들떠보지 않아서 일은 말할 필요도 없고 몸담고 있던 기루에서도 쫓겨났지요. 저는 딱히 할 줄 아는 게 없었고 일할 곳도 없어서 나이 많은 언니들을 따라다녔습니다. 언니들은 손님을 가리지 않았고 일이 있으면 저도 챙겨 주었습니다. 저는 얼굴을 가리면 그런대로 괜찮았습니다."

그녀의 말에 노골적으로 경멸의 눈초리를 하는 사람도 있었고, 강징이 왜 이런 더럽고 추악한 이야기를 하게 여인을 내버려 두는지 의아해하는 사람도 있었다. 반면 가주들은 숨을 죽이고 그녀가 계속 말하기를 기다렸다. 조금 지나자 그녀가 슬슬 핵심을 풀어놓기 시작했다.

"어느 날, 저희와 같은 골목에 있던 언니들이 갑자기 일을 받았습니다. 스무 명 정도를 골라 마차에 태우더니 어떤 곳으로 데리고 가더군요. 언니들은 보수 이야기를 마친 상태라 좋아서 어쩔 줄 몰라 했지만, 저는 뭔가 잘못됐다고 생각했습니다. 솔직히 말해 거기 있던 사람들은 나이가 많은 퇴물이거나 저 같은 사람이었는데 그렇게 많은 돈을 주다니, 게다가 선불로 말입니다. 세상에 이런 일이 가당키나 합니까? 우리를 찾아온 사람도 수상쩍었습니다. 오자마자 우리를 마차에 태워 갔거든요. 아무리 생각해도 마음이 놓이지 않았습니다.”

사람들도 그 말이 맞는다고 생각했다. 경멸의 마음은 어느새 호기심으로 바뀌었다.

“마차가 어떤 곳에 도착해 마당까지 쭉 들어갔습니다. 저희는 여태껏 그렇게 높고, 크고, 금빛으로 찬란한 건물을 본 적이 없어서 눈도 못 뜨고 숨조차 제대로 쉴 수가 없었습니다. 어떤 소년이 문 앞에 기대 단검을 갖고 놀다가 우리를 보더니 안으로 들어가라고 하고는 문을 닫았습니다. 건물 안으로 들어갔더니 큰 방에 두 사람뿐이었어요. 커다란 침상 위 금침에 삼사십 세로 보이는 남자가 누워 있었습니다. 병으로 거의 죽어 가는 것 같았습니다. 사람이 들어오자 겨우 눈알만 굴렸거든요.”

“아!”

시검당에 있던 사람들은 순간 뭔가 깨달은 듯했다.

“11년 전?! 그건…… 그렇다면……!”

“가면서 우리에게 각자 비장의 솜씨를 발휘해 침상에 누워 있는 사람을 시중들라고 했고, 절대 멈춰서는 안 된다고 당부했습니다. 그래서 저는 힘 좋은 사내인 줄만 알았지 그런 환자일 줄은 전혀 예상하지 못했습니다. 저 사람이 감당이나 할 수 있겠나 싶었어요. 두 사람도 안 돼서 황천길로 갈 것 같은데 조급하게 관계를 맺고 싶은 남자가 어디 있겠습니까? 게다가 그들은 돈이 많으니 젊고 아름다운 여자를 부르고도 남을 텐데 왜 우리같이 늙고 못생긴 사람들을 불렀겠어요? 저는 그의 몸에 올라가서도 이런 생각을 하고 있었는데, 갑자기 젊은 남자의 웃음소리가 들려 깜짝 놀랐습니다. 그제야 침상 옆에 걸린 발 뒤에 누가 앉아 있다는 것을 깨달았지요!”

사람들이 집중해서 듣자 사사가 계속 말했다.

"저는 그제야 그 사람이 발 뒤에 계속 앉아 있었다는 것을 알았습니다. 그가 웃자 침상에 있던 남자가 몸부림을 치더니 저를 뿌리치며 침상에서 떨어졌습니다. 그러자 발 뒤의 남자가 더 크게 웃어 댔지요. 그 남자가 '아버지, 제가 아버지를 위해 당신이 제일 좋아하는 여자를 구해 왔습니다. 아주 많이요. 좋으십니까?' 하고 말했습니다."

금광요!

침상에 있던 반죽음 상태의 남자는 분명 금광선일 터였다.

금광선의 죽음은 세상 사람이 다 아는 공공연한 비밀이었다. 금광선은 평생 풍류를 즐겨 상스러울 지경으로 곳곳에 정을 주고 씨를 뿌리고 다녔다. 그의 사인도 그런 것과 관계가 있었다. 위풍당당한 난릉 금씨 가주는 몸이 약해진 뒤에도 여자들과 놀아나더니 결국 복상사했다. 실로 입에 담기 민망한 죽음이었다. 외아들과 며느리를 잃은 슬픔에 몇 년 동안 우울하던 금 부인은 남편이 죽기 전까지도 여자와 놀아나다가 결국 목숨을 잃으니 화병으로 쓰러져 얼마 뒤 세상을 떠났다. 난릉 금씨는 소문이 퍼지는 것을 열심히 막았지만, 사람들은 진작 다 알고 있었다. 겉으로는 애통하고 애석하다고 하면서 속으로는 금광선은 그렇게 죽어도 싸다고 생각했다. 그런데 이제 그보다 더 민망하고 추악하기 그지없는 진상을 듣게 되다니, 놀라서 '헉' 하고 숨을 들이쉬는 소리가 시검당 여기저기서 울렸다.

"그 중년 남자는 소리치고 몸부림치려고 했지만, 힘이 없었습니다. 우리를 들여보냈던 남자가 문을 열고 들어와 웃으며 그를 침상 위에 다시 올려놓고는 줄을 꺼내 그의 사지를 묶었습니다. 그리고 우리에게 계속하라고, 죽었다고 생각돼도 멈추지 말라고 했습니다. 우리가 그런 광경을 본 적이 있었겠습니까? 놀라 정신이 없었지만 거역할 수가 없어서 계속했습니다. 열두 번째인가 열한 번째인가였을 때, 한 언니가 갑자기 소리를 지르며 그가 정말 죽었다고 말했습니다. 제가 살펴보니 정말 숨을 쉬지 않았습니다. 하지만 발 뒤의 남자는 '못 들었나? 죽었어도 멈추지 말라고!' 하고 말했습니다."

"어쨌든 금광선은 자기 친아버지인데, 이 말이 정말 사실이라면…… 그건 정말…… 정말……."

구양 종주가 당혹스러워하며 더듬거렸다.

"그 남자가 죽은 것을 보고 저는 우리가 살아남지 못할 것이라는 걸 직감했습니다. 정말 일이 끝나자 우리 스무 명을 다 죽였습니다. 하나도 남기지 않고요……."

"당신은 어떻게 살아남았습니까?"

위무선이 물었다.

"저도 모르겠습니다! 돈도 필요 없고 절대 발설하지 않겠다고 하면서 애걸복걸했습니다. 그랬더니 그들은 정말 저를 죽이지 않고 저를 어떤 곳에 가두었습니다. 그렇게 11년이 흘렀습니다. 최근에야 우연히 구조돼 도망쳤고요."

"누가 당신을 구해 줬죠?"

위무선이 의문이 가득한 목소리로 다시 물었다.

"모릅니다. 전 저를 구해 준 사람을 보지 못했습니다. 하지만 그 은인이 제 이야기를 듣더니 점잖은 체하는 패륜아가 사람들을 계속 속이는 꼴을 더는 두고 볼 수 없다 하셨어요. 지금 그자가 한 손으로 하늘을 가리고 있으니, 그자가 저지른 짓을 폭로해 그에게 피해당한 사람들을 위로하고 스무 명의 가엾은 언니들이 구천에서 편히 쉴 수 있게 해야 한다고요."

"그 말에 증거는 있습니까?"

위무선이 물음에 사사가 조금 망설이다가 말했다.

"없습니다. 하지만 제가 거짓말을 했다면 죽어서도 땅에 못 묻힐 겁니다!"

"이렇게 자세하게 말하는 걸 보니 거짓말은 절대 아닐 거요!"

요 종주가 즉시 말했다.

남계인이 미간을 찌푸리면서 다른 여자를 향해 말했다.

"당신을 본 적이 있는 것 같은데."

그 여자가 화들짝 놀랐다.

"아마…… 아마 본 적이 있을 겁니다."

옆에 있던 사람이 놀라며 '사사라는 여인은 거리의 창녀인데 이 여인도 마찬가지는 아니겠지? 남계인이 어떻게 이 여인을 본 적이 있단 말인가?'라고 생각했다.

"악릉 진씨가 개최한 청담회에서 저는 늘 저희 집안 부인의 시중을 들었습니다."

"악릉 진씨?"

여인의 말에 한 여자 수사가 되물었다.

"당신이 악릉 진씨의 시녀라고요?"

눈썰미가 더 좋은 여자 수사가 그녀의 이름을 기억해 냈다.

"당신은…… 벽초, 진 부인의 시녀 벽초! 맞지요?"

여수사가 말한 진 부인이란 진창업의 부인이자 금광요의 부인 진소의 생모다. 여자는 고개를 끄덕였다.

"하지만 지금은 진가 사람이 아닙니다."

"너도 우리에게 말할 게 있느냐?"

요 종주가 흥분해 탁자를 '탁' 치며 물었다.

"제가 하고 싶은 말은 더 옛날 일로 십이삼 년 전 일입니다."

벽초가 눈시울을 붉히며 말했다.

"저는 진 부인을 오랫동안 모셨고 진소 아씨가 자라는 것을 지켜 봤습니다. 부인은 진소 아씨를 무척 아끼셨지요. 그런데 아씨의 혼 담이 오가자 기분이 안 좋으신 듯했습니다. 밤마다 악몽을 꾸고 낮 에는 갑자기 울음을 터뜨리곤 하셨거든요. 저는 부인이 딸을 시집 보내려니 서운해서 그런가 보다 생각하고, 아씨의 신랑이 되실 염 방존 금광요는 젊고 능력 있고 자상한 데다 한결같은 사내이니 아 씨가 잘 살 것이라 위로해 드렸습니다. 그런데 제 말에 부인은 더 괴로우신 것 같았습니다."

벽초가 말을 이어 갔다.

"정식으로 혼담이 오가던 때였어요. 어느 날 밤 부인께서 갑자기 아씨의 예비 신랑을 만나야겠다며, 게다가 지금 당장 만나시겠다 며 저더러 따라오라고 하셨습니다. 저는 왜 사위를 부르지 않고 야 밤에 몰래 만나러 가시냐고 여쭤 봤습니다. 누가 알면 이상한 소문 이 돌지도 몰랐으니까요. 하지만 부인의 태도가 강경해서 모시고 가는 수밖에 없었습니다. 도착하자 부인은 저에게 밖에서 기다리 라고 하셨어요. 그래서 저는 부인이 금광요에게 무슨 말을 하셨는 지 못 들었습니다. 며칠 뒤 아씨의 혼사가 정해졌고 부인은 사주단 자를 보자마자 혼절하셨어요. 아씨가 결혼한 뒤에도 부인은 내내 안절부절못하시다가 마음의 병이 나셨고 증세는 점점 심각해졌습니다. 돌아가시기 직전에 견딜 수가 없으셨는지 저에게 모든 일을 말씀해 주셨지요."

벽초는 눈물을 흘리며 말했다.

"염방존 금광요와 저희 진소 아씨가 무슨 부부란 말입니까. 두 사람은 원래 남매입니다……."

"뭐라고?!"

지금 이 순간, 시검당 안에 천둥이 내리쳐도 이 말보다 위력이 강하진 않을 것 같았다. 위무선은 진소의 창백한 얼굴이 떠올랐다.

"저희 진 부인도 참으로 딱하시지요……. 전대 금 종주는 사람이 아닙니다. 저희 가문 부인의 미모를 탐하다 어느 날 술에 취해 강제로 부인을……. 부인이 어떻게 저항할 수 있었겠습니까. 나중에도 말씀조차 못 하셨어요. 저희 주인님이 금광선에게 충성을 다했던지라 부인은 두려움에 휩싸였습니다. 금광선은 진소 아씨가 누구 딸인지도 몰랐지만, 저희 부인은 똑똑히 기억하고 계셨어요. 부인은 금광선을 찾아갈 수 없었습니다. 금광요에 대한 진소 아씨의 마음이 깊다는 것을 알고 계셨거든요. 오랫동안 괴로워하시다 혼례 전에 금광요를 찾아가 사정을 말하며, 더 큰 화를 초래하지 말고 혼인을 취소할 방법을 찾아 달라고 하셨습니다. 그런데…… 금광요는 진소 아씨가 제 누이인 것을 알고도 혼인했습니다!"

더 무서운 것은 혼인했을 뿐 아니라 아이도 낳았다는 것이다!

정말 하늘이 놀랄 추문이었다!

사람들의 목소리가 점점 커졌다.

"전대 진 종주가 금광선을 그렇게 오랫동안 따랐는데 자기 부하의 부인까지 넘보다니. 금광선도 참!"

"세상에 영원한 비밀은 없다더니……."

"난릉 금씨 가문에서 발붙이려면 진창업이라는 든든한 장인의 힘이 필요한데 금광요가 어떻게 마다할 수 있었겠소?"

"이성을 잃고 날뛰는 것으론 그 같은 사람이 세상에 또 없을 겁니다!"

"어쩐지 밀실에서 금광요가 진소에게 '아송은 죽어야 한다.'라고 말하더라니."

위무선이 남망기에게 소곤거렸다.

시검당에 있던 사람들도 아송을 떠올렸다.

"그렇다면 금광요의 아들도 다른 사람한테 암살당한 게 아니라 그가 손쓴 게 아니겠소."

요 종주가 새로운 가설을 제시했다.

"그게 무슨 말입니까?"

"근친상간으로 낳은 자식이라면 열에 아홉은 지적 장애를 앓지. 금여송이 죽었을 때가 마침 글을 배우기 시작하는 어린 나이였잖소. 아이가 아주 어릴 적에는 조짐이 보이지 않지만 조금 크면 정상인과 다른 부분이 나타날 거요. 부모의 혈연을 의심하지 않더라도 지적 장애아가 태어났다면 다들 금광요에게 창기의 피가 흘러 그런 아들을 낳았다며 이러쿵저러쿵했을 터이고……."

요 종주가 술술 설을 풀어 댔다.

"요 종주, 정말 예리하십니다!"

사람들은 요 종주의 말에 일리가 있다고 생각했다.

"게다가 당시 금여송을 해친 자는 마침 금광요가 감시탑을 건설하는 것에 반대한 가문의 가주였소. 이렇게 공교로운 일이 어디 있겠소?"

요 종주가 덧붙였다.

"어쨌든, 금광요는 지적 장애가 있는 아들을 남겨 둬선 안 됐을 거요. 그래서 금여송을 죽이고 자신을 반대한 가주에게 죄를 뒤집어씌운 다음, 아들의 복수를 명분으로 공명정대하게 그 가문을 쓸어버린 것이오. 참혹하고 무정하지만 일석이조 아니겠소. 염방존도 참으로 대단한 자요!"

요 종주가 냉소를 지으며 비꼬아 댔다.

"금린대에서 청담회가 열리던 날 밤, 진소를 만나지 않았습니까?"

갑자기 위무선이 벽초에게 질문을 던지자 그녀는 깜짝 놀랐다.

"그날 밤 방비전에서 진소와 금광요가 싸웠습니다. 진소가 누구를 만났다며 그 사람이 어떤 일에 대해 말해 주고 편지를 줬다고 했어요. 절대 자기를 속일 사람이 아니라고 했는데, 그게 당신 아닌가요?"

위무선이 넌지시 따지듯 물었다.

"네, 접니다."

벽초가 인정하며 대답했다.

"그렇게 오랫동안 비밀을 지켜 왔으면서 왜 갑자기 진소에게 말한 겁니까? 그리고 왜 또 갑자기 사람들 앞에 나서서 말하는 거죠?"

위무선이 여전히 이해가 안 간다는 듯 물었다.

"그건…… 진소 아씨가 자기 남편이 어떤 사람인지 똑똑히 알아야 한다고 생각했습니다. 여러분께 말하려는 생각은 없었지만, 진소 아씨가 금린대에서 이유 없이 자살하셨다는 소식을 들으니 가만있을 수 없었습니다. 사람의 탈을 쓴 그 짐승의 진짜 모습을 세상에 알리고 진 부인과 진소 아씨의 억울함을 밝히고 싶었습니다.”

벽초가 호소했다.

“하지만 진소에게 말하기 전에 그녀가 받을 충격은 생각해 보지 않았습니까. 정말 몰랐어요? 당신이 알려 줬기 때문에 진소가 자살할 수 있었던 거라고.”

위무선이 웃으며 그녀를 추궁했다.

“저는…….”

벽초가 머뭇거렸다.

“자네 말엔 동의할 수 없네. 사실을 숨겼어야 했다는 말인가?”

요 종주가 불만스럽다는 듯이 말했다.

“남 탓할 일은 아니지요. 아, 금 부…… 진소도 참 연약했어.”

옆에 있던 사람이 즉시 말을 보탰다.

“진소가 정말 불쌍하네요.”

나이가 든 여자 수사 몇 명이 말했다.

“진소를 부러워했는데, 정말 팔자인가 보네요. 집안도 좋고 시집도 잘 가 금린대의 둘도 없는 여주인에 남편이 한결같다고 부러워했는데, 이럴 줄 누가 알았겠어요. 쯧쯧.”

“그래서 겉으론 한없이 좋아 보여도 들여다보면 다 만신창이인 법이죠. 부러워할 필요가 없어요.”

한 부인이 초연히 말했다.

위무선은 속으로 ‘진소는, 바로 이렇게 겉으로 동정하면서 뒤로는 흥미진진하게 해 대는 뒷말을 견딜 수 없어서 자살을 택한 건지도 모르겠어.’ 하고 생각했다.

고개를 숙이고 생각하던 위무선은 벽초의 손목에 비취가 박힌 금 팔찌가 둘러진 것을 보았다. 그것은 시녀가 찰 수 있는 물건이 아니었다.

"멋진 팔찌네요."

위무선이 웃으며 말했다.

벽초가 황급히 소매를 내리면서 고개를 숙이고 입을 꾹 다물었다.

"그…… 그런데 오늘 이 두 사람을 이곳에 보낸 사람은…… 도대체 누굴까요?"

섭회상이 멀뚱거리며 말했다.

"그런 것에 연연할 필요가 뭐 있습니까! 누가 보냈든 한 가지는 확실합니다. 그 사람은 의인이고 우리 편에 섰다는 겁니다."

"맞습니다."

요 종주의 말에 곧바로 사람들이 동의했다.

"사사를 구한 사람은 평범한 인물이 아닙니다. 돈도 있고 여유도 있는 자입니다. 하지만 의인? 그건 단정할 수 없습니다."

위무선이 말했다.

"이상한 점이 많습니다."

남망기도 말을 보탰다.

위무선이 이 말을 했다면 동조하는 사람이 거의 없었을 테지만, 남망기가 하니 사람들이 갑자기 말을 조심했다.

"뭐가 이상하단 것이냐?"

남계인이 물었다.

"꽤 많습니다. 예를 들어, 그렇게 악랄한 짓을 한 금광요가 왜 스무 명을 죽이고 사사만 살려 주었을까요? 이제 증인은 있지만 물증

은요?"

위무선이 자기들의 격분한 감정에 따르지 않고, 계속 하나하나 지적하며 다른 목소리를 내자 일부가 발끈 화를 냈다.

"이런 경우를 두고 악한 자는 하늘의 벌을 피할 수 없다고 하는 겁니다."

요 종주가 큰 소리로 말했다.

그 말에 위무선은 미소를 짓고 입을 다물었다.

위무선은 알고 있었다. 지금 사람들 귀에 그의 말은 들리지도 않고, 그가 제기한 의혹을 깊이 고민해 보는 사람도 없을 것이란 사실을. 더 말을 이어 갔다가는 자신을 겨냥할지도 몰랐다. 십수 년 전이었으면 옆에 누가 있든 아랑곳하지 않고 제가 하고 싶은 말을 다 쏟아 내며 억지로 듣게 했을 것이다. 하지만 이제 위무선은 앞 장서고 나서는 것에 흥미가 없었다.

이윽고 시검당 안은 다시 토론 소리로 격해졌다.

"그가 이렇게 배은망덕한 데다 이성을 잃고 날뛸 줄은 몰랐습니다!"

'배은망덕'과 '이성을 잃고 날뛴다'는 말은 십수 년 전 위무선을 따라다니던 말이었다. 사람들이 또 자신을 욕하는 줄 알았던 위무선은 잠시 뒤에야 정신이 들었다. 같은 사람들이 같은 말로 욕을 하는데, 욕하는 대상이 바뀌니 영 익숙해지지가 않았다.

"애초에 금광요는 적봉존과 택무군의 눈에 들어 한 계단씩 올라온 것이 아니오. 그렇지 않고서야 창기의 자식이 어찌 지금의 자리에 오를 수 있었겠소? 그런데도 적봉존에게 손을 쓰다니! 지금 택무군이 그의 곁에 있는데 부디 무사하길 바랄 수밖에 없겠소!"

처음에는 섭명결의 죽음과 분시, 난장강 주시 떼의 포위 공격이 금광요와 관계있다는 것을 아무도 믿지 않았다. 하지만 지금은 홀연히 모두 믿고 있었다.

"의형제가 아니라 친형제였다면 더 재난을 피하지 못했을 겁니다. 금광선이 죽기 전 몇 년 동안 금광요가 금광선의 사생자들을 처리하느라 바빴지 않습니까. 갑자기 누가 튀어나와 자기와 자리 다툼을 할까 봐 말입니다. 모현우는 다행인 셈이지요. 미쳐서 쫓겨나지 않았다면 다른 사람들처럼 갖가지 이유로 사라졌을 겁니다."

"금자헌의 죽음도 분명 금광요와 관계가 있을 게요!"

"효성진 기억하는 사람 있습니까? 명월청풍 효성진 말입니다. 약양 상씨 사건을 일으킨 설양도 염방존이 보호했지 않습니까."

"효성진 도장(道長)이 산에서 갓 나왔을 때 많은 가문이 그를 객경으로 모시겠다고 하지 않았소? 난릉 금씨도 초청했지만 완곡하게 거절당했지. 당시 명성이 드높아 자신만만했던 금가였건만, 젊은 도사에게 거절당했으니 체면이 떨어졌다고 생각했을 터요. 그래서 난릉 금씨가 설양을 보호하고 이런 해묵은 원한이 생긴 게지. 결국 효성진은 비참한 최후를 맞지 않았소."

"쳇! 그 가문은 자기들을 도대체 뭐라고 생각하는지. 초청에 응하지 않으면 본때를 보여 주겠다는 겁니까?"

"거참, 안타깝게 됐어. 난 운이 좋아 야렵(夜獵)에서 효성진 도장의 모습을 본 적이 있소만. 패검 상화(霜華)로 천하를 호령했었지."

"나중에 금광요가 설양을 처리했으니 개가 개를 문 셈이었군."

"과거 금광요가 기산 온씨 첩자 노릇을 했을 때 그리 성실하게 임한 것도 아니었소. 아마 사일지정 상황이 좋지 않으면 계속 온가에 남아 앞잡이 노릇을 하면서 온약한의 비위를 맞추고, 온가가 무너지면 반격을 가해 영웅이 되려고 했을 터이지."

"온약한은 구천에서도 금광요한테 화가 치밀 겁니다. 금광요를 심복으로 키웠는데 말입니다. 금광요의 지금 검법도 열에 일고여덟은 온약한이 가르쳐 준 겁니다!"

"그건 아무것도 아닙니다. 제가 듣기론 당시 적봉존이 기습에 실패한 건 금광요가 일부러 거짓 정보를 흘렸기 때문이랍니다!"

"나도 비밀 하나 말해 드리리라. 감시탑을 건설한 돈과 물자는 모두 다른 가문에서 각출하지 않았소? 각 가문에서 노동력도 차출했었고. 그것을 금광요가 몰래…… 이만큼 빼돌렸다고 하더군."

"세상에……. 그렇게나 많다니, 참으로 파렴치하오. 난 그가 진심인 줄 알았는데 우리의 정성은 개나 줘 버렸군!"

위무선은 이 상황이 다소 우스웠다. 그는 '소문인데 이렇게 성급하게 믿을 필요가 있나? 비밀이라며 당신들은 또 어떻게 그 사실을 알았지?' 하고 생각했다.

이런 소문은 처음이 아니었지만, 과거 금광요가 득세했을 때는 소문을 잘 막아 진짜라고 믿는 사람이 없었다. 그러나 오늘 밤, 소문들은 단숨에 확증을 품은 사실로 변해 버렸다. 그리고 금광요의 수많은 죄행의 토대가 되어 금광요가 이성을 잃고 날뛰었다는 증거가 되었다.

"이렇게 보니 금 모는 아버지를 죽이고, 형제를 죽이고, 부인을 죽이고, 자식을 죽이고, 주군을 죽이고, 친구를 죽이고…… 난륜의 죄를 범하기까지 했군요. 정말 무시무시합니다!"

"난릉 금씨는 전횡을 부려 왔고, 금광요는 타인의 의견을 무시하고 독단적으로 일을 처리했소. 오늘날 교만하고 방자하며 세력을 믿고 군림하는 그 태도는 전부 금광요가 만든 게요. 어디 우리가 정말 이런 행태를 계속 참고 있을 줄 알고?!"

"최근 각 가문의 세력이 확대되고 실력이 강해지니까 위협감을 느끼고, 과거 기산 온씨가 무너졌던 것처럼 될까 봐 아예 우리를 싹 쓸어버리려고 했던 것이겠지요?"

"이렇게 됐으니 그가 제일 두려워하는 일을 현실로 만듭시다."

요 종주가 차갑게 웃으며 말했다.

"금린대를 공격합시다!"

요 종주가 탁자를 치며 소리쳤다.

환호성이 울려 퍼졌다. 위무선은 '어제까지만 해도 저들은 염방존에게 칭찬을 아끼지 않더니, 하룻밤 사이에 때려잡자고 소리치네.' 하고 생각했다.

"위 선생, 금광요가 가진 음호부를 부탁드립니다."

갑자기 옆에 있던 사람이 고개를 돌리며 말했다.

"예?"

위무선이 뜬금없는 소리에 반문했다.

누군가 먼저 나서서 자신에게 말을 걸어 오다니. 게다가 이렇게 열정적으로 '도둑놈, 개새끼' 같은 경멸의 말 대신 '선생'이라는 호칭을 붙이자 위무선은 조금 놀랐다. 이어서 다른 가주도 말했다.

"맞소! 그런 분야는 이릉노조를 따를 자가 없지!"

"이번에는 금광요가 임자를 제대로 만났군요, 하하하……."

위무선은 순간 할 말을 잃었다. 누군가 자신을 이렇게 치켜세워 준 건 십수 년 전 사일지정 때 이후 처음이었다. 드디어 백가의 공공의 적이라는 위치에 다른 누군가가 대신 앉았지만, 고진감래 같은 감정은 딱히 느껴지지 않았다. 마침내 세상 사람들에게 받아들여졌다는 감동은 더더욱 없었다. 그저 '예전에도 저들은 지금처럼 어떤 곳에 모여서 비밀스러운 회의를 열고 욕을 한바탕한 다음, 난장강을 포위해 공격하자고 결정한 거 아니야?' 하는 의심이 자연스럽게 들었을 뿐이었다.

회의가 끝나자 운몽 강씨의 연회도 준비가 끝났다. 하지만 연회가 시작됐음에도 연회석에 두 사람이 보이지 않았다.

"어째 위…… 이릉노조와 함광군이 보이지 않습니다?"

한 가주가 이상하다는 듯이 말했다.

"두 사람은?"

강징은 상석에 앉아 옆에 있던 객경에게 물었다.

"두 분은 내실 밖으로 의복을 갈아입으러 가셨습니다. 연회에 참석하지 않고 외출했다가 나중에 온다고 하시더군요."

객경이 대답했다.

"예의 없는 건 예나 지금이나 똑같군."

강징이 냉소를 지으며 툭 내뱉었다.

강징의 말투가 남망기도 욕하는 것같이 들려 남계인의 얼굴에 불쾌한 기색이 떠올랐다. 남망기더러 예의 없다고 한다면 세상에 '예'라는 것은 없을 것이었다. 그렇게 생각한 남계인은 위무선에게 또다시 화가 치밀어 올랐다. 그런 남계인의 기분과는 상관없이, 강징이 표정을 정리하고 깍듯하게 말했다.

"여러분, 우선 식사부터 하시지요. 이따가 제가 두 분을 모셔 오겠습니다."

연화오 밖.

부두 앞에서 남망기는 어딜 가냐고 묻지 않고 위무선이 이끄는 대로 한가롭게 걸어 다녔다.

부두에는 음식 노점이 몇 개 있었다. 위무선이 다가가 웃으며 말했다.

"다른 가주들과 같이 밥 안 먹길 잘했네. 남잠, 이리 와 봐. 이 전병 맛있어. 내가 살게! 두 개 주세요."

노점상 주인이 웃으며 기름종이에 전병 두 개를 쌌다. 전병을 건네받으려던 위무선은 문득 깨달았다. 자신은 땡전 한 푼도 없는데 어떻게 사 준다는 말인가? 이윽고 남망기가 위무선 대신 받고 셈을 치렀다.

"이런, 미안해. 난 왜 늘 이 모양이지? 내가 한턱내겠다고 할 때마다 이렇게 되네."

"괜찮아."

"예전에는 이곳에서 뭘 먹어도 돈을 낼 필요가 없었는데. 마음대로 먹고 가져가면 한 달 뒤에 노점 주인이 강 숙부를 찾아가 돈을 받았거든."

위무선이 고개를 숙여 한 입 베어 물면서 말했다.

"지금도 돈 낼 필요 없어."

남망기가 손에 쥔 전병을 베어 물며 담담하게 말했다.

"하하하하하하하하하하하하!"

한바탕 웃은 뒤, 두세 입 만에 전병을 해치운 위무선은 기름종이를 뭉쳐 손으로 가지고 놀면서 주위를 둘러보았다.

"다른 노점은 없네. 예전에는 밤낮 안 가리고 들어찬 노점들이 각양각색의 먹거리를 팔았는데. 연화오에는 어둑해질 때 나와서 밤새는 사람이 많았거든. 배도 많았고. 너희 채의진에 절대 뒤지지 않았어."

위무선이 다시 말했다.

"지금은 많이 줄었네. 남잠, 너무 늦게 왔어. 제일 놀기 좋고 북적거릴 때를 놓쳤다고."

"안 늦었어."

남망기가 말했다.

"운심부지처에서 공부할 때 내가 운동으로 놀러 오라고 몇 번이나 말했는데 넌 들은 척도 안 했잖아. 그때 내가 더 난폭하게 널 끌고 왔어야 했어. 어째 먹는 게 그렇게 느려? 맛없어?"

위무선이 웃으며 말했다.

"식사 시엔 금언이야."

남망기는 천천히 꼭꼭 씹어 먹었고, 말을 해야 할 때면 입 안에 아무것도 없어야 입을 열었다.

"말 안 시킬 테니 먹어. 난 또 먹기 싫으면 남은 거 나 주라고 하려고 했지."

"하나 더 주십시오."

남망기가 노점상에게 말했다.

위무선이 세 개를 다 먹었을 때도 남망기는 여전히 하나를 천천히 먹었다. 위무선은 남망기를 데리고 연화오에서 점점 멀어졌다. 그는 가는 길 내내 이곳저곳을 가리키며 보여 주었다.

위무선은 자기가 놀고 떼쓰고 뒹굴며 자라온 곳을 남망기에게 너무나도 보여 주고 싶었다. 그는 자신이 저질렀던 나쁜 짓과 싸움질과 꿩을 잡았던 일을 설명해 주면서, 남망기의 미세한 표정 변화를 살피며 그의 반응 하나하나를 기다렸다.

"남잠! 나 좀 봐, 이 나무 좀 봐."

위무선이 말했다.

마침내 전병을 다 먹은 남망기는 기름종이를 사각형으로 반듯하게 접어 손에 쥐곤 위무선이 가리키는 방향을 쳐다봤다. 그저 평범한 나무였다. 나무줄기는 반듯하고 가지가 길게 뻗은 것이 수십 살은 되어 보였다. 위무선은 나무 아래로 다가가 두 바퀴 돌고 줄기를 툭툭 쳤다.

"이 나무에 올라갔었지."

"오는 길에 있던 나무들도 다 올라갔어."

"이건 달라! 이건 내가 연화오에 와서 처음으로 올라간 나무라고. 한밤중에 올라갔었어. 사저가 등불을 들고 찾아와 내가 넘어질까 봐 나무 아래서 나를 받아 줬다고. 하지만 사저의 가녀린 팔로 어떻게 나를 받을 수 있었겠어. 그래서 다리 하나가 부러졌지."

"한밤중에 왜 나무에 올라갔어?"

남망기는 위무선의 다리를 보면서 물었다.

"이유가 어딨어. 너도 알다시피 난 한밤중에 나돌아 다니는 거 좋아하잖아. 하하."

위무선이 허리를 굽히며 웃었다. 그리곤 나뭇가지 두 개를 잡고 줄기를 따라 꼭대기까지 쭉 올라가 멈췄다.

"음, 이 정도쯤 됐을 거야."

무성한 나뭇잎에 얼굴을 묻고 있던 위무선은 한참 뒤에야 고개를 들며 소리 높여 말했다.

"그때는 정말 높은 줄 알았는데, 지금 보니 그렇지도 않네."

웃음기가 가득 묻어나는 말투였다.

나뭇가지를 끌어안자 위무선은 문득 눈시울이 뜨거워졌다. 아래를 내려다볼 때는 눈앞이 흐렸다.

남망기는 나무 아래에 서서 고개를 젖혀 위무선을 바라봤다. 남망기는 백의를 입고 있었다. 등을 들지는 않았지만, 달빛이 남망기의 몸에 쏟아져 환히 빛나고 있었다. 그 모습이 마치 잔잔한 후광을 어우른 듯했다. 남망기가 고개를 젖히고 나무 꼭대기를 주시하면서 나무 아래로 몇 걸음 다가왔다. 두 손을 뻗으려는 듯한 모습이었다.

갑자기 위무선은 강렬한 충동이 일었다.

그때처럼 다시 떨어지고 싶었다.

'그가 나를 받으면, 나는……'

마음속 목소리가 말했다.

'나는'이라고 생각하면서 위무선은 손을 놓았다. 아무런 조짐도 없이 위무선이 나무에서 떨어지자 남망기의 눈이 순식간에 커졌다. 그는 단숨에 훌쩍 다가가 위무선을 정확하게 받았다. 달리 말하면, 품에 한가득 안았다.

남망기는 키가 크고 날씬한 체격이라 점잖은 공자처럼 보였지만, 완력은 만만치 않았다. 팔 힘이 가공할 정도로 강한 것은 물론이고 하체는 더 안정적이었다. 하지만 뛰어내린 사람은 성인 남자였다. 남망기는 위무선을 받아 내며 약간 휘청이더니 한 걸음 밀려났다. 그러나 금세 안정을 되찾고 곧게 섰다. 위무선을 놓아주려던 그때, 위무선이 남망기가 꼼짝하지 못하도록 양손으로 목을 바짝 끌어안았다.

남망기에겐 위무선의 얼굴이 보이지 않았다. 위무선도 마찬가지였다. 하지만 볼 필요는 없었다. 눈을 감고 숨을 들이쉬면 숨결 사이로 남망기의 몸에서 풍기는 청량한 단향목 향이 느껴졌다.

"고마워."

위무선이 가라앉은 목소리로 말했다.

위무선은 추락이 두렵지 않았고, 여러 번 추락을 경험했다. 하지만 땅에 떨어지면 분명 아플 것이었다.

누군가 자신을 받아 준다면 그보다 더 좋은 일은 없을 터였다.

위무선의 고맙다는 말에 남망기는 몸이 굳어지는 것 같았다. 그는 위무선의 등에 손을 올리려고 했지만, 망설인 끝에 결국 거둬들였다.

잠시 침묵한 남망기가 나직이 말했다.

"괜찮아."

한참 동안 안겨 있던 위무선이 남망기에게서 떨어져 똑바로 섰다. 그는 다시 사내대장부가 되어 있었다.

"돌아가자!"

위무선이 아무 일도 없었던 것처럼 말했다.

"더 안 보고?"

"봐야지! 밖에는 더 볼 게 없어. 여기서 더 가면 허허벌판이야. 그런 건 우리 실컷 봤잖아. 연화오로 돌아가자. 마지막으로 들를 곳이 있어."

두 사람은 부두로 돌아와 연화오 대문으로 다시 들어갔다. 연무장을 지나 화려한 작은 누각을 지나치던 순간이었다. 위무선이 걸음을 멈추더니 미묘한 표정으로 누각을 쳐다봤다.

"왜 그래."

남망기가 물었다.

"아무것도 아니야. 예전에 내가 살았던 집이 여기 있었는데 지금은 없네. 헐었나 보다. 여기 있는 건 다 새로 지은 거야."

위무선과 남망기는 건물들을 지나 연화오 깊숙한 곳에 있는 조용한 곳으로 들어갔다. 이윽고 그들은 검은색 팔각전 앞에 도착했다. 누군가를 놀라게 하지 않으려는 것처럼 위무선이 조심스럽게 문을 열고 안으로 들어갔다. 전각 앞에 위패가 가지런히 놓여 있었다.

운몽 강씨의 사당이었다.

위무선은 방석을 가져다 꿇어앉고 제대에 놓인 향 세 개를 가져다가 촛불로 향을 피웠다. 위패 앞에 놓인 향로에 향을 꽂은 그가 가운데 두 개의 위패에 세 번 절했다.

"예전에 여기 자주 왔었지."

"무릎 꿇고 벌서느라?"

남망기가 알겠다는 표정으로 말했다.

"어떻게 알았어? 맞아, 우 부인이 3일에 두 번은 벌서게 했으니까."

위무선이 신기하다는 듯이 대답했다.

"대충 들었어."

남망기가 고개를 끄덕이며 말했다.

"운몽에서 너희 고소까지 소문이 날 정도면 대충 들은 정도가 아닐 텐데. 그런데 솔직히 난 지금까지 우 부인처럼 성미가 독한 여자를 본 적이 없어. 사소한 일에도 나더러 사당에 가서 무릎 꿇고 반성하라고 했거든. 하하하…….'

하지만 우 부인은 벌주는 것 외에 위무선을 해치는 일은 전혀 하지 않았다.

위무선은 문득 이곳은 사당이고 우 부인의 위패가 바로 앞에 있다는 것이 생각났다. 그가 재빨리 말했다.

"죄송합니다, 죄송합니다."

방금 한 막말을 사죄하기 위해 다시 향 세 개를 피워 머리 위로 높이 든 다음 마음속으로 사죄를 표했다. 그때 갑자기 옆이 어두워졌다. 고개를 돌려 보니, 남망기도 위무선 옆에 꿇어앉았다.

사당에 왔으니 예를 표하는 게 당연했다. 남망기도 향 세 개를 집어 소매를 걷고 옆에 있는 붉은 초에서 불을 붙였다 껐다. 동작은 반듯하고 표정은 숙연했다. 고개를 돌려 남망기를 보던 위무선의 입꼬리가 살짝 위로 올라갔다.

"재."

남망기가 위무선을 쳐다보며 일깨워 주었다.

위무선이 들고 있던 향 세 개가 재가 되어 곧 떨어질 것 같았다. 하지만 위무선은 바로 향로에 꽂지 않았다.

"같이 해."

남망기는 토를 달지 않았다. 그렇게 두 사람은 각자 향 세 개를 들고 위패 앞에 꿇어앉아 강풍면과 우자연 이름에 대고 고개 숙여 절을 올렸다.

한 번, 두 번, 절하는 동작이 완벽히 들어맞았다.

"됐어."

그런 다음에야 향을 정중하게 향로에 꽂았다.

마지막으로 위무선은 옆에 단정하게 앉아 있는 남망기를 힐끗 본 뒤, 두 손을 합장하며 속으로 말했다.

'강 숙부, 우 부인, 저예요. 제가 또 두 분의 편안함을 방해했네요.'

위무선은 속으로 계속 말했다.

'하지만 이 사람을 두 분께 꼭 보여 드리고 싶었어요. 방금 올린 두 번의 절은 천지신명과 부모님께 올린 절이에요. 우선 제 옆에 있는 이 사람을 잘 기억해 주세요. 마지막 절 한 번은 지금이 아니라 나중에 기회를 봐서 마저 하겠습니다……'

바로 그때, 두 사람 뒤에서 차가운 웃음소리가 들렸다.

묵묵히 기도하고 있던 위무선은 그 소리에 깜짝 놀라 눈을 번쩍 떴다. 고개를 돌려 보니 강징이 팔짱을 끼고 사당 밖에 서 있었다.

"위무선, 넌 정말 자기를 외부 사람이라고 생각하지 않는가 보군. 오고 싶으면 오고 가고 싶으면 가고, 누굴 데리고 오고 싶으면 데려오고. 하지만 여기가 누구 집인지, 주인이 누군지는 기억해야 하지 않나?"

강징이 싸늘하게 말했다.

위무선은 강징에게 발각됐으니 악담을 피하지 못하겠다고 생각했다.

"연화오의 다른 기밀 장소는 안 데리고 갔어. 강 숙부와 우 부인께 향을 피우고 절을 올리려는 것뿐이야. 다 했으니 갈게."

위무선은 말싸움하고 싶지 않았다.

"가려거든 제발 멀리 가. 연화오에서 네가 놀아나는 것을 내가 듣거나 보지 않게."

위무선이 눈썹을 치켜세웠다. 남망기가 오른손으로 칼자루를 누르는 것을 보고 재빨리 그의 손등을 눌렀다.

"말조심하십시오."

남망기가 강징에게 경고했다.

"두 사람이야말로 행동을 더 조심해야 할 것 같은데."

강징이 예의를 차리지 않고 말했다.

위무선이 미간을 한층 심하게 찌푸렸다. 불길한 예감이 점점 강해졌다. 그가 남망기에게 말했다.

"함광군, 이만 가자."

위무선은 몸을 돌려 강풍면 부부의 위패 앞에 진지하게 고개를 숙여 절하고는 남망기와 함께 일어났다. 강징은 그들이 절하는 것을 막지 않았지만 거리낌 없이 빈정댔다.

"아무렴, 제대로 무릎 꿇고 절해야지. 내 부모님 앞에서 그들의 눈을 더럽히고 그들의 평안함을 깨뜨렸으니."

위무선이 강징을 훑어보며 담담하게 말했다.

"향을 올렸을 뿐이잖아. 그만해."

"향을 올렸다고? 위무선, 넌 약간의 자각도 없나? 넌 진작에 우리 가문에서 쫓겨났다고. 어디 잡다한 놈까지 데려와 내 부모님께 향을 올려?"

위무선은 강징을 지나쳐 나가려고 했지만, 이 말에 절로 발걸음이 멈추어졌다. 위무선은 잠긴 목소리로 말했다.

"똑바로 말해. 누구더러 잡다한 놈이라는 거야?"

자기 혼자뿐이었다면 강징이 무슨 말을 하든 안 들은 셈 치면 됐다. 하지만 점점 더 신랄해지는 강징의 말과 악의를 남망기가 감당하게 하고 싶지 않았다.

"건망증이 정말 심하군. 뭐가 잡다한 놈이냐고? 내가 알려 주지. 네가 영웅 행세하면서 네 옆의 저 남가 둘째 공자를 구한 덕분에 연화오 전체와 내 부모님이 너 대신 돌아가셨어. 한 번 그랬는데 두 번은 못 하겠어. 그것으로도 모자라 넌 온씨 개도 구하겠다고 나서서 내 누님과 누님의 가족을 끌어들였잖아. 정말 대단해. 어찌나 대단하고 도량이 넓으신지, 그 두 사람을 연화오까지 데리고 왔지. 온씨 개가 우리 집안 문 앞을 배회하게 하고, 남가 둘째 공자를 데리고 들어와 사당에서 향을 피워 나와 내 부모님의 심기를 건드리고 말이야."

강징이 계속 비아냥댔다.

"위무선, 넌 네가 뭐라고 생각해? 누가 멋대로 우리 가문 사당에 아무나 데리고 들어오라고 했지?"

위무선은 강징이 옛날 일을 한시도 잊지 않고 자기와 결판을 내고 싶어 한다는 것을 알고 있었다.

강징은 연화오 멸망의 책임이 위무선만이 아니라 온녕과 남망기에게도 있다고 생각해, 세 사람 중 그 누구에게도 좋은 얼굴을 하지 않을 것이었다. 그런 그 앞에서 떼로 몰려다니다가 연화오까지 왔으니 화가 머리끝까지 나는 게 당연했다. 이것도 위무선이 강징을 피해 사당에 온 이유이기도 했다.

하지만 위무선은 강징이 자기를 질책하는 것은 뭐라 할 수 없지만, 남망기에게 악담을 퍼붓는 것은 참을 수가 없었다.

"강징, 대체 네가 무슨 말을 했는지 생각해 봐. 알겠어? 네 신분을 잊지 말라고. 한 가문의 가주가 강 숙부와 우 부인의 위패 앞에서 세가(世家)의 명사를 모욕하다니, 교양과 예의는 다 어디 간 거야?"

위무선은 남망기를 정중하게 대하라는 뜻에서 한 말이었다. 하지만 예민한 강징은 위무선의 말을 '넌 가주의 자격이 부족하다'는 뜻으로 들고 얼굴을 일그러뜨렸다. 그 모습이 우 부인의 화난 얼굴과 조금 비슷했다.

"내 부모님의 위패 앞에서 그들을 모욕한 게 도대체 누군데?! 두 사람 모두 여기가 어느 가문의 근거지인지 똑똑히 기억해 줬으면 좋겠군. 밖에서 신중치 못하게 행동하고 다니는 것만으로도 충분하니까, 우리 가문 사당에 내 부모님 위패 앞까지 끌고 오지 말라고! 두 분도 네가 자라는 걸 지켜본 분들인데 내가 다 창피하니까!"

강징이 가차 없이 악담을 쏟아 냈다.

이렇게 공격해 올 줄은 전혀 예상치 못한 일이었다. 놀라면서도 화가 치민 위무선이 소리쳤다.

"입 닥쳐!"

"그렇게 멋대로 굴고 싶으면 밖에 나가서 해. 나무 아래서든, 배 위에서든, 끌어안든 뭘 하든! 내 집에서 꺼져, 내 눈앞에서 당장 꺼지라고!"

강징이 밖을 가리키며 소리를 질러 댔다.

'나무 아래'라는 말에 위무선은 가슴이 덜컥 내려앉았다. 자신이 남망기 품으로 떨어지는 걸 강징이 보기라도 했단 말인가?

위무선의 생각이 맞았다. 강징은 직접 위무선과 남망기를 찾아 나섰다. 강징은 부두의 노점상이 알려 준 방향을 따라갔다. 마음속 어떤 목소리가 위무선이 갈 만한 곳을 알려 주기라도 하듯, 그는 곧장 두 사람을 따라잡았다. 그런데 마침 위무선과 남망기가 나무 아래서 꼭 끌어안고 한참 동안 떨어지지 않는 장면을 목격한 것이었다.

강징은 순간 온몸에 소름이 끼쳤다.

강징은 남망기와 원래 모현우와의 관계를 악의적으로 추측했었지만, 그것은 그저 위무선을 난처하게 만들려고 했던 말이지 정말 그렇게 의심했던 것은 아니었다. 강징은 위무선이 정말 남자와 그렇고 그런 사이가 되리라고 생각해 본 적이 단 한 번도 없었다. 두 사람은 어려서부터 같이 컸고, 위무선은 그런 쪽으로 전혀 흥미가 없었으며 늘 예쁜 소녀를 좋아했기 때문이다. 남망기는 더 그럴 리가 없었다. 욕망이 없기로 유명했고 남자든 여자든 관심이 없어 보였다.

하지만 그들이 안고 있는 모습은 아무리 봐도 비정상적이었다. 최소한 보통의 친구나 형제의 것은 아니었다. 생각해 보니 위무선은 돌아오고 난 뒤부터 늘 남망기와 바짝 붙어 있었고, 위무선에 대한 남망기의 태도도 예전과는 확연히 달랐다. 강징은 순간 두 사람이 정말 그런 관계라고 단정해 버렸다. 강징은 몸을 돌려 되돌아갈 수도, 그렇다고 나서서 아는 척하기도 뭐해 몸을 숨긴 채 그들의 뒤를 따라갔다. 강징의 눈에 두 사람의 동작과 눈빛 모두 이상하게 보이는 것은 어쩔 수가 없었다. 이해할 수 없고, 이상하고, 약간의 혐오감도 더해진 감정이 순식간에 증오를 뛰어넘었다. 위무선이 남망기를 사당으로 데리고 오자 오랫동안 참았던 분노가 다시 솟구쳐 강징의 이성과 예의를 삼켜 버렸다.

"강만음, 너…… 당장 사과해."

위무선이 꾹 참으며 말했다.

"사과하라고? 내가 왜? 내가 너희의 경사를 깨서?"

강징이 신랄하게 비꼬았다.

"함광군은 내 친우일 뿐이야. 넌 우리가 무슨 관계라고 생각하는 건데! 경고하겠는데 당장 사과하지 않으면 한 대 패 주겠어!"

위무선이 언성을 높였다.

그 말에 남망기의 표정이 굳었다.

"난 이런 '친구'는 정말 본 적이 없는데. 경고한다고? 네가 뭔데 나한테 경고를 해? 둘 다 염치라는 게 있다면 여기까지 와서……."

강징이 비웃으며 말했다.

위무선은 표정이 변한 남망기를 보고 그가 강징의 말에 온몸이 떨릴 정도로 화가 났다고 생각했다. 이런 모욕을 받은 남망기의 심정이 어떨지 생각할 엄두조차 나지 않았다. 화가 뜨겁게 치밀어 오른 그는 강징에게 부적을 내던졌다.

"그만하라고!"

빠르고 사납게 날아간 부적은 강징의 오른쪽 어깨를 맞히고 쾅, 소리를 내며 터졌다. 소리와 동시에 강징이 휘청했다. 강징은 위무선이 갑자기 공격할 줄은 생각하지 못했다. 게다가 영력도 완전히 회복되지 않은 상태라, 부적을 정통으로 맞은 어깨에서는 피가 났다. 강징의 얼굴에 뜻밖이라는 표정이 스쳤다. 곧 자전(紫電)이 손가락 사이에서 뻗어 나와 파직, 전류 소리를 내며 날아갔다. 그 순간 남망기의 피진(避塵)이 검집에서 나와 자전의 공격을 막았다. 세 사람은 사당 앞에서 혼전을 벌였다. 강징이 눈에 핏발을 세우며 사납게 외쳤다.

"좋아! 때리고 싶으면 어디 때려 봐! 내가 너희 둘을 무서워할까 봐!"

몇 차례 공격이 오가고, 위무선은 문득 이곳이 운몽 강씨의 사당이라는 것을 깨달았다. 위무선은 방금 이곳에 꿇어앉아 강풍면 부부에게 자신들을 도와 달라고 기도했었다. 그런데 지금, 그들 앞에서 남망기와 함께 그들의 아들을 공격하고 있었다!

얼음장처럼 차가운 폭포가 머리에 쏟아진 것처럼, 문득 눈앞이 깜빡대며 점멸했다. 위무선의 모습을 본 남망기가 몸을 사납게 돌려 위무선의 어깨를 붙잡았다. 강징도 표정이 뒤바뀌더니 자전을 잡고 날카로운 눈빛으로 경계했다.

"위영?!"

남망기가 위무선을 불렀다.

남망기의 목소리가 위무선의 귓가에 웅웅, 울리며 진동했다. 위무선은 귀가 망가진 게 아닌가, 생각하며 말했다.

"왜?"

뭔가가 얼굴에 기어 다니는 것 같았다. 손을 들어 만지니 두 손이 온통 선홍빛이었다. 이어서 머리가 어지럽고 눈앞이 아찔하게 돌더니, 붉은 선혈이 위무선의 코와 입에서 후드득 흘러내려 땅으로 떨어졌다.

이번에는 거짓이 아니었다.

위무선은 남망기의 팔을 잡은 채로 겨우 몸을 지탱했다. 방금 갈아입은 남망기의 하얀 옷이 다시 붉게 물들어 갔다. 그는 선혈을 닦으려고 저도 모르게 손을 뻗으며 때 아닌 걱정을 했다.

'남잠 옷이 또 더러워졌네.'

"왜 그래?!"

남망기가 다급하게 물었다.

"남잠…… 우리 가자."

위무선이 동문서답했다.

바로 떠나자.

다시는 돌아오지 말자.

"응."

남망기가 대답했다.

강징과 더 싸울 마음이 추호도 없었던 남망기는 묵묵히 위무선을 업고 나갔다. 강징은 위무선이 갑자기 처참하게 피를 쏟아 놀라면서도, 도망가려고 일부러 꾸며 낸 것이 아닐까 의심스러웠다. 누가 뭐래도 과거 위무선은 이런 장난을 수없이 쳐 왔던 사람이었다. 두 사람이 떠나려 하자 강징이 말했다.

"거기 서!"

"비켜!"

남망기가 화내며 소리쳤다.

동시에 격노한 피진이 혹 치고 들어오자 자전이 날아갔다. 신비한 능력이 있는 병기가 부딪치자 귀를 찌르는 듯한 소리가 길게 울렸다. 이 소리에 깜박거리던 촛불이 꺼졌다. 위무선은 머리가 깨질 듯한 통증에 두 눈을 감고 머리를 툭 떨어뜨렸다. 어깨에 묵직한 무게를 느낀 남망기가 혼전 중에서도 몸을 빼 위무선의 호흡을 살폈다. 피진에서 주인의 힘이 빠지자, 자전의 공세가 남망기와 위무선 바로 앞까지 바짝 밀고 들어갔다. 강징은 정말 남망기를 다치게 할 뜻은 없었기 때문에 자전을 즉시 거두려고 했다. 하지만 워낙 순식간이라 뜻대로 되지 않을 것 같았다. 바로 그때, 사람 그림자가 훌쩍 내려앉아 두 사람 사이를 막아섰다.

갑자기 난입한 불청객은 바로 온녕이었다. 이를 깨달은 강징이 벼락같이 분노했다.

"누가 연화오에 발을 들이래?! 네가 어떻게 감히!"

다른 사람은 어떻게든 참아도 금자헌의 가슴을 꿰뚫어 제 누이의 행복과 목숨을 앗아 간 온씨 개는 결코 참을 수 없었다. 온녕을 보는 것만으로도 죽이고 싶은 충동이 일었다. 그런데 감히 연화오 안의 땅을 밟다니, 그야말로 죽음을 자초하는 짓이었다.

금자헌 부부의 목숨과 각종 이유로 온녕은 부끄러운 마음에 강징을 늘 두려워했고, 알아서 그를 피했다. 그런데 지금은 위무선과 남망기 두 사람 앞을 가로막고 서서 강징의 혹독한 채찍을 맞아 가슴에 불탄 자국이 남아도 물러서지 않았다.

위무선은 그저 극도의 피곤함과 분노로 마음이 상해 잠시 혼절한 것이었다. 그것을 확인하고 나서야 남망기가 눈길을 돌렸다. 온녕이 손에 쥔 물건을 강징에게 내밀고 있었다. 강징의 오른손에 들린 자전이 그가 내뿜는 살기처럼 일렁이며 흰색에 가까운 빛을 내뿜었다. 강징은 화가 극에 달하자 오히려 웃음이 나왔다.

"뭐 하는 짓이지?"

그것은 위무선의 패검 수편(隨便)이었다. 위무선은 귀찮다며 수편을 아무 데나 던져두어 온녕이 보관하게 됐다.

"빼 보세요."

온녕이 수편을 내밀며 말했다.

온녕의 말투는 결연했고 눈빛은 진지했다. 과거의 우물쭈물한 모습은 전혀 찾아볼 수 없었다.

"경고하는데, 다시 한번 가루로 박살 나고 싶지 않으면 즉시 네 발을 연화오 땅에서 치우고 썩 꺼져!"

강징이 이를 아득 갈며 경고했다.

하지만 온녕은 칼자루를 강징의 가슴 앞으로 들이밀며 목소리를 높였다.

"어서, 뽑으세요!"

강징은 화가 다시 치밀면서 심장이 미친 듯이 뛰었다. 그리곤 귀신에 홀린 듯이 온녕의 말대로 왼손으로 수편의 칼자루를 쥐고 힘껏 뽑았다.

눈을 찌를 듯이 새하얀 검신이 소박한 검집에서 뽑혀 나왔다!

강징은 고개를 숙여 자기 손에 들린, 반짝이며 빛을 발하는 장검을 바라보다가 한참 뒤에야 정신이 들었다.

이 검은 수편이었다. 위무선의 패검이었다. 난장강 토벌 이후 난릉 금씨가 소장했던 것이었다. 수편은 스스로 봉검이 되어 아무도 뽑을 수가 없었다.

그런데 어째서 이게 자기 손에 뽑히는 걸까? 봉검이 해제되기라도 했단 말인가?

"봉검이 해제된 게 아닙니다! 지금도 수편은 봉검되어 있습니다. 수편을 검집에 꽂고 다른 사람에게 뽑아 보라고 하면 그 누가 해도 뽑히지 않을 겁니다."

온녕이 단호하게 말했다.

강징의 머릿속과 얼굴에 혼란한 기색이 역력했다.

"그런데 왜 나는 뽑을 수 있지?"

"그 검이 당신을 위 공자라고 인정했기 때문입니다."

남망기가 의식을 잃은 위무선을 업고 일어났다.

"왜 나를 위무선으로 인정했다는 거지? 어떻게? 왜?!"

강징이 사납게 외쳤다.

"지금 당신 몸에서 영력을 운용하는 금단이 그의 것이니까요!"

온녕이 더 사납게 외쳤다.

강징은 놀라 한참을 멍하니 있더니 다시 소리쳤다.

"무슨 헛소리야?!"

"헛소리가 아닙니다."

온녕이 침착하게 말했다.

"입 닥쳐! 내 금단은…… 내 금단은…….'"

"포산산인이 회복시켜 준 것이지요."

"네가 어떻게 알았지? 그런 것까지 네게 말했단 말이냐?"

"아니요. 위 공자는 그 누구에게 단 한 마디도 한 적이 없습니다. 제가 직접 본 겁니다."

강징의 눈에 핏발이 섰다.

"거짓말! 네가 거기에 있었다고? 네가 어떻게 거기에 있을 수가 있어! 그때 산에는 나 혼자뿐이었다고. 너는 절대 나를 쫓아올 수 없었어!"

"전 당신을 따라가지 않았습니다. 처음부터 그 산에 있었습니다."

"……거짓말!"

강징의 이마에서 핏줄이 튀어나왔다.

"제 말이 거짓인지 들어 보세요! 산에 오를 때 검은 천으로 눈을 가리고 손에는 긴 나뭇가지를 들고 계셨지요. 산꼭대기 근처에 석림(石林)이 있어 반 시진 동안 돌아서야 다 돌아갈 수 있었고요."

강징의 얼굴 근육이 미세하게 경련했다.

"그다음에 당신은 종소리를 들었습니다. 종소리에 새들이 놀라 날아갔지요. 당신은 나뭇가지를 꽉 쥐었습니다. 마치 검을 쥔 것처럼요. 종소리가 멈추자 검이 당신의 가슴으로 쑥 들어왔고, 여자의 목소리가 멈추라고 말했습니다."

강징은 온몸을 덜덜 떨기 시작했고, 온녕은 목소리를 높여 계속 말했다.

"당신은 즉시 걸음을 멈추었습니다. 긴장했지만 흥분한 것 같기도 했습니다. 그 여자는 아주 낮은 목소리로 당신에게 누구냐고 여기에 왜 왔냐고 물었습니다. 당신은……."

"입 닥쳐!"

강징이 악을 쓰듯 포효했다.

"……당신은 자기는 장색산인의 아들 위영이라고 말했습니다! 가문이 멸망했고 연화오에 변고가 일어났으며 화단수 온축류에게 금단을 잃었다고 했습니다. 그 여자는 당신의 부모에 관해서 계속 물었고, 당신이 마지막 문제에 대답할 때 갑자기 향냄새가 나더니 당신은 정신을 잃었습니다……."

온녕도 울부짖었다.

강징은 자기 귀를 막아 버리고 싶었다.

"네가 어떻게 알아? 네가 그걸 어떻게 아느냐고?!"

"제가 말하지 않았습니까? 제가 그곳에 있었다고요. 저뿐만이 아니라 위 공자도 그곳에 있었고 제 누님 온정도 있었습니다. 산 전체에 우리 셋만 있었고, 우리 셋이 당신을 기다리고 있었다고 해야겠지요."

온녕이 말했다.

"강 종주, 당신은 그곳이 정말 무슨…… 무슨 포산산인의 은거지라고 생각했습니까? 위 공자 자신도 그곳이 어딘지 몰랐습니다. 위 공자의 어머니 장색산인은 어린 아들에게 사문에 대해 한마디도 하지 않았습니다! 그 산은, 이릉의 야산이었을 뿐입니다!"

"헛소리야! 젠장, 이제 정말 됐어! 그럼 내 금단은 어떻게 회복된 거지?!"

강징이 이를 갈며 같은 말을 되풀이했다. 험악한 언사로 할 말이 떠오르지 않는 이 상황을 모면하려는 것 같았다.

"당신의 금단은 회복되지 않았어요. 그건 온축류에 의해 이미 깨졌다고요! 금단이 회복됐다고 느낀 이유는, 제 누님이자 기산 온 씨에서 가장 실력 있는 의원인 온정이 위 공자의 금단을 꺼내 당신 것과 바꿔 주었기 때문이에요!"

"……바꿔 줬다고?"

강징이 텅 빈 표정으로 멍하니 되물었다.

"네! 위 공자가 어째서 수편을 쓰지 않고 패검을 안 가지고 다녔다고 생각하십니까? 정말 한때의 치기 어린 행동이었다고 생각하십니까? 위 공자가 정말 남들이 뒤에서 예의 없고 교양 없다고 떠들어 대는 것을 즐겼겠습니까? 수편을 가지고 다녀도 소용이 없어 그랬던 겁니다! 패검을 차고 연회나 야렵에 나가면 결국 어떻게든 검술을 겨뤄야 할 텐데, 금단이 없는 위 공자는 영력이 받쳐 주지 않아 검을 뺀다고 해도 얼마 버티지 못해서……."

멍하니 서 있던 강징의 눈빛이 격해지고 입술이 떨려 왔다. 그는 자전을 쓰는 것도 잊은 채 갑자기 수편을 내던지고 온녕의 가슴을 가격했다.

"거짓말!"

강징의 공격에 뒤로 두 발자국 밀린 온녕이 수편을 집어 들어 검집에 넣고 강징에게 돌려주었다.

"가져가세요!"

자기도 모르게 검을 받아 든 강징은 꼼짝도 하지 않고는 넋이 나간 표정으로 위무선 쪽을 쳐다보았다. 외면했을 때는 그나마 괜찮았지만, 막상 창백한 얼굴에 입가에 선혈을 흘린 채 의식을 잃은 위무선을 보니 묵직한 쇠망치가 심장을 내리치는 것 같았다. 얼음 구덩이에 잠긴 듯 냉랭한 남망기의 시선에 온몸이 서늘해졌다.

"이 검을 가지고 연회장이든 연무장이든 어디든 가서 만나는 사람마다 뽑아 보라고 하세요. 뽑을 수 있는 사람이 있나 보시란 말입니다! 직접 확인하면 제 말이 거짓인지 아닌지 알 수 있을 겁니다! 강 종주 당신은, 당신같이 승부욕이 강한 사람은 평생 남과 비교할 테지만, 영원히 위 공자를 이길 수 없다는 걸 당신도 잘 알 겁니다!"

강징은 온녕을 발로 걷어차고 수편을 든 채 연회장을 향해 비틀비틀 달려갔다.

소리를 지르며 뛰어가는 모습이 미친 것 같았다. 강징에게 걷어차여 정원 나무에 부딪친 온녕은 비틀대며 천천히 일어났다. 그러곤 위무선과 남망기를 쳐다봤다. 남망기의 미려한 용모는 이 순간 더없이 창백했고 표정도 차갑기 이를 데 없었다. 남망기는 운몽 강씨 사당을 한 번 쳐다보더니, 위무선을 잘 고쳐 업은 뒤 고개도 돌리지 않고 다른 방향으로 걸어갔다.

"남, 남 공자, 어, 어디로 가십니까?"

온녕의 물음에 남망기가 계단 앞에서 멈췄다.

"방금, 제게 밖으로 나가자고 했습니다."

온녕이 재빨리 다가와 남망기와 함께 연화오 대문을 나섰다.

부두에 돌아와 보니, 타고 왔던 크고 작은 선박들은 사람들을 목적지에 내려 주고 다 돌아가 부두에는 관리하는 사람이 없는 나룻배만 몇 척 있었다. 나룻배는 길고 좁은 버들잎 형태로 예닐곱 명이 탈 수 있었다. 앞뒤 쪽이 약간 곡선을 이루고 선미에 노 두 개가 비스듬히 놓여 있었다. 위무선을 업은 남망기가 망설이지 않고 배에 올랐다. 온녕도 잽싸게 선미에 올라 노를 잡고 밀었다. 그러자 나룻배가 안정적으로 미끄러져 흘러갔다. 얼마 뒤 나룻배는 물살을 따라 부두를 벗어나 강 중간으로 들어갔다.

남망기는 위무선을 자신에게 기대게 한 뒤 단약 두 알을 먹였다. 단약을 잘 삼켰는지 확인한 남망기는 그제야 손수건을 꺼내 위무선의 얼굴에 묻은 핏자국을 천천히 닦아 주었다.

"남, 남 공자."

갑자기 온녕의 긴장된 목소리가 들려왔다.

"무슨 일입니까."

남망기가 말했다.

"잠시…… 잠시만이라도 위 공자에게 말씀하지 마세요. 위 공자가 절대 발설하지 말라고 했거든요. 오래 숨기지는 못하겠지만, 그래도……."

강징 앞에서 보였던 강경한 태도는 사라지고 온녕이 조심스럽게 우물거렸다.

"염려 놓으십시오."

잠시 침묵하던 남망기가 말했다.

남망기의 말에 온녕은 한숨 돌린 것 같았다. 죽은 자에겐 숨이 없지만 말이다.

"남 공자, 고맙습니다."

온녕이 진지하게 인사를 건넸다.

남망기가 고개를 저었다.

"예전에 금린대에서 저와 제 누님을 위해 말씀해 주신 것도 감사합니다. 늘 잊지 않고 있었습니다. 나중에 제가 자제력을 잃어서, 정말…… 정말 죄송합니다."

남망기는 대답하지 않았다.

"그리고 그렇게 오랫동안 아원을 보살펴 주셔서 감사합니다."

이 말에 남망기가 살짝 눈을 들었다.

"저는 저희 가문 사람은 다 죽은 줄 알았습니다. 한 사람도 안 남고 모두 다요. 아원이 살아 있을 줄은 정말 생각하지 못했습니다. 아원은 제 사촌 형 스무 살 때와 똑같더군요."

"나무 밑동에 한참을 숨어 있었습니다. 그 탓에 고열로 한동안 아팠습니다."

"네, 분명 아팠을 거라고 짐작했습니다. 어릴 때 일을 전혀 기억하지 못하더라고요. 아원과 오랫동안 이야기했는데 계속 공자 이야기만 했습니다."

온녕이 고개를 끄덕이면서 말을 이었다.

"예전에는 위 공자 이야기만 하더니……. 어쨌든 제 이야기는 한 번도 안 했습니다."

온녕이 조금 실망한 듯했다.

"말하지 않으셨습니까."

"그의 출신 말씀입니까? 안 했습니다."

온녕은 몸을 돌려 두 사람을 등지고 힘껏 노를 저으면서 말했다.

"지금 잘 살고 있는데요. 많은 일을 알게 돼 너무 무거운 일들이 기억나면…… 어쨌든 지금처럼 좋지는 않을 겁니다."

"언젠간 알게 될 일입니다."

"그렇죠. 언젠간 알게 되겠죠."

온녕이 멈칫했다가 말했다.

"위 공자와 강 종주처럼 말입니다. 금단 일도 강 종주가 언젠간 알아야 할 일이었습니다. 평생 강 종주를 속일 수는 없으니까요."

그러곤 온녕은 하늘을 바라보았다.

깊은 밤 사위는 고요했고 강물은 무거웠다.

"고통스럽습니까."

갑자기 남망기가 물었다.

"뭐가요?"

온녕이 되물었다.

"금단을 꺼내는 건, 고통스럽습니까."

"고통스럽지 않다고 하면 믿지 않으실 테지요."

"온정이라면 방법이 있었을 겁니다."

"산에 오르기 전 제 누님은 마취 관련 약물을 많이 만들었습니다. 금단을 빼내는 고통을 덜기 위해서요. 하지만 약물은 전혀 효과가 없었습니다. 금단을 체내에서 분리할 때 금단 주인이 마취 상태면 금단도 영향을 받아 흩어지지 않는다는 것을 보장할 수가 없었거든요."

"……하면?"

온녕이 노를 젓던 동작을 멈췄다.

"그래서 금단 주인은 금단을 뺄 때 반드시 깨어 있어야 합니다."

반드시 깨어서 영맥(靈脈)과 연결된 금단이 몸에서 적출되는 장면을 마주하고, 용솟음치던 영력이 점점 가라앉으며 고요해지고 평범해지는 것을 느껴야 한다. 저수지에 고여 흐르지 않는 물처럼 다시는 물결이 일지 않을 때까지.

　"계속 깨어 있었습니까?"

　한참 뒤에야 남망기의 소리가 들렸다. 조금 목이 멘 목소리로, 처음 내뱉은 두 글자는 거의 떨리고 있었다.

　"이틀 밤낮 동안, 내내 깨어 계셨습니다."

　"그때, 성공 확률은 얼마였습니까."

　"절반 정도요."

　"절반."

　남망기가 소리 없이 큰 숨을 들이쉬고 고개를 가로저었다.

　"……절반."

　위무선을 안고 있던 남망기의 손에 힘이 들어가 손등의 관절이 하얗게 변했다.

　"과거에는 이런 환단술(換丹術)을 정말로 실시한 적이 없었습니다. 제 누님은 금단 이식 관련 저술을 쓴 적이 있었지만, 가설일 뿐이지 시험해 볼 수가 없었지요. 그래서 가설은 그저 가설이라고, 선배들 모두 누님에게 허황한 꿈을 꾼다고 했습니다. 실용적이지 않다면서요. 제 금단을 빼서 다른 사람에게 주겠다는 사람은 없다는 것을 누가 몰랐겠습니까. 그렇게 하면 그 사람은 평생 수련의 정상에 오르지 못하고, 최고가 될 수도, 그렇다고 평범하게 살 수도 없어 폐인으로 전락하니 말입니다. 그래서 위 공자가 저희를 찾아 왔을 때 누님은 절대 안 된다고 했습니다. 글은 그저 글이고 진짜로 하는 것과는 또 다르다면서, 성공할 확률이 절반도 안 된다고 경고했었지요."

온녕이 말했다.

"하지만 위 공자는 절반이면 반반 아니냐며 죽기 살기로 매달렸습니다. 본인은 환단술이 실패해 금단이 없어져도 괜찮지만, 강 종주는 그렇지 않다고요. 강 종주는 승부욕이 강해 수련의 성공과 실패를 아주 중요시했고 수련 등급을 목숨처럼 여겼으니까요. 강 종주가 평범한 사람으로 살아야 한다면, 그의 인생은 끝난 거라고요."

남망기는 눈을 떨구고 유리 같은 눈동자로 위무선의 얼굴을 응시하다가 손을 뻗었다. 손가락 끝이 위무선의 뺨을 느껴지지 않을 정도로 가볍게 어루만졌다.

"남 공자, 그다지 놀라지 않으시네요. 혹시…… 남 공자께서도 이 일을 알고 계셨나요?"

온녕이 고개를 돌려 두 사람을 보며 말했다.

"……."

남망기는 잠시 말이 없었다.

"그저 영력이 손상된 줄만 알았습니다."

이런 사정이 있을 줄은 정말 몰랐다.

"그러지 않았다면……."

온녕이 말했다.

그러지 않았어도 다른 길은 없었다.

바로 그때, 남망기의 어깨에 기대 있던 머리가 조금 움직였다. 위무선이 눈꺼풀을 파르르 떨더니 천천히 깨어났다.

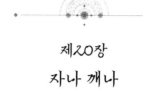

제20장
자나 깨나

제20장 자나 깨나

온녕은 재빨리 입을 다물었다. 노 젓는 소리 속에서 위무선은 머리가 쪼개질 듯한 통증을 느끼며 눈을 떴다.

남망기에게 기댄 위무선은 연화오가 아닌 주변을 보고 상황 파악이 안 돼 한참 멍하니 있었다. 눈밭에 떨어진 매화 꽃잎처럼 남망기의 왼손 소매에 떨어진 핏자국을 보고서야 기절하기 전에 무슨 일이 있었는지가 떠올랐다. 위무선은 얼굴을 찌푸리며 벌떡 일어났다. 남망기가 다가와 부축했지만, 귓가의 이명이 사라지지 않아 어지러웠다. 게다가 피비린내가 가슴에 막혀 있어 몹시 괴로웠다.

위무선은 깨끗한 것을 좋아하는 남망기의 옷에 또 피를 토할까 봐 연신 손을 휘저으며 몸을 돌려 뱃전을 잡고 한참 동안 참았다. 위무선의 상태가 좋지 않다는 것을 안 남망기는 한마디도 묻지 않고 한 손으로 위무선의 등을 쓸어 주었다. 다른 한 손으로는 위무선의 몸에 부드럽게 영류(靈流)를 넣어 주었다.

목구멍까지 올라온 쇳내가 가시고 나서야 위무선은 고개를 돌리고 남망기에게 손을 치우라고 했다. 그는 한참 동안 조용히 앉아 있다가 슬쩍 떠보듯 입을 열었다.

"함광군, 우리 어떻게 나왔어?"

온녕이 긴장된 표정으로 노 젓기를 멈췄다. 남망기는 약속대로 온녕이 한 일을 하나도 말하지 않았다. 그렇다고 거짓말을 하지도 않고 간단하게 말했다.

"싸웠어."

위무선은 가슴의 답답한 기운을 풀려는 듯 손으로 명치를 문지르다가 한참 뒤에 툭 내뱉듯 말했다.

"강징이 우리를 순순히 보내 주지 않을 줄 알았어. 그 자식…… 어떻게 그럴 수가 있어!"

남망기가 미간을 굳히며 가라앉은 목소리로 말했다.

"그 이야기는 하지 마."

남망기의 말투가 심상치 않자 위무선은 약간 놀랐다.

"좋아, 강징 이야기는 하지 말자."

잠시 뒤 위무선이 머뭇대며 입을 열었다.

"그 뭐냐, 함광군. 그 말은 너무 신경 쓰지 마."

"무슨 말."

남망기가 물었다.

"뭐든 다. 그 자식은 어려서부터 그랬어. 화가 나면 나오는 대로 지껄였거든. 교양이나 체면 따윈 상관하지 않고 듣기 싫은 말만 골라 했다니까. 상대를 불쾌하게만 만들 수 있다면 못 하는 말이 없었어. 여태껏 달라진 게 없네. 전혀 달라지지 않았네. 절대 마음에 두지 마."

위무선이 남망기를 달랬다.

말하면서 남망기의 표정을 살피던 위무선은 마음이 천천히 가라앉았다.

위무선은 남망기가 강징의 말을 마음에 담아 두지 않는다고 생각했다. 어쩌면 그러길 바랐는지도 모른다. 그런데 남망기의 표정이 그다지 좋지 않았고 '응.' 하는 대답조차 안 할 줄은 몰랐다.

보아하니 남망기는 강징의 악담을 자기가 생각했던 것보다 더 불쾌하게 여기는 것 같았다. 아니면 단순히 강징을 싫어하거나, 또 어쩌면…… 자기가 '신중하지 못하고', '염치가 없고', '잡다한 놈'이라고 욕먹은 것을 인정할 수 없을지도 몰랐다. 고소 남씨는 가훈이 '아정(雅正)'인 명문 세가이고, 함광군은 이런 말을 들어 본 적이 한 번도 없었을 테니까.

요사이 위무선은 남망기가 자신을 아주 중시하며 조금 다르게 대한다는 것을 느꼈다. 하지만 '중시한다'는 정도가 어느 만큼인지, '다르다'는 것이 자신이 생각하는 그런 다름인지는 알 수 없었다. 과거 위무선은 자신감이 나쁜 것이 아니라 생각했고, 오히려 자랑스러워하며 경망스럽게 굴었다. 그래서 세상 사람들은 이릉노조가 기생집에서 뒹굴며 애정 관계가 복잡하다고 떠들어 댔다. 그러나 사실 이렇게 갈피를 잡을 수 없는 마음이 들긴 처음이었다. 예전에는 남망기의 생각을 쉽게 짐작할 수 있다고 생각했는데, 지금은 도무지 알 수가 없었다. 자기만의 터무니없는 생각이고 일방적인 바람이며 자신감이 지나친 것은 아닐까 싶어 겁이 났다.

남망기는 아무 말이 없었다. 위무선은 자기가 제일 잘하는 익살스러운 말과 행동으로 침묵을 깨려고 했지만, 강제로 웃기면 더 어색해질 것 같아 한참 동안 가만히 있었다. 그러다 갑자기 말을 꺼냈다.

"우리 어디로 가는 거야?"

생뚱맞은 질문이었지만 남망기가 받아 주었다.

"어디 가고 싶어."

"택무군이 안전한지 어떤지도 모르고, 그들이 뭘 하려는지도 아직 모르잖아. 먼저 난릉으로 가는 게……."

위무선이 뒤통수를 문지르며 말했다.

"아니다, 난릉이 아니라 먼저 운평성(雲萍城)으로 가자."

위무선은 갑자기 뭔가 생각난 듯이 말했다.

"운평성?"

"응, 운몽의 운평성. 내가 말했던가? 예전 금린대 염방존의 밀실에서 내 원고를 봤어. 그때 내 원고 옆에 어떤 땅문서와 집문서가 같이 있었는데 그게 운평성에 있었어. 난릉 금씨는 재물도 많고 세력도 강한데 무슨 속사정이 있으니 금광요가 그 땅문서와 집문서를 특별히 숨겨 놓았겠지. 거기 가면 뭔가 발견할 수 있을지도 몰라."

남망기가 고개를 끄덕였다.

"공자, 운평성은 이 방향으로 가나요?"

온녕이 말했다.

"뭐야?!"

위무선이 화들짝 놀라며 외쳤다.

위무선과 남망기는 선미를 등지고 앉아 있어서 온녕을 보지 못했다. 갑자기 배 뒤쪽에서 소리가 들리자 위무선은 머리칼이 쭈뼛 설

정도로 깜짝 놀랐다. 그가 재빨리 몸을 굴려 거리를 유지한 채 고개를 휙 돌리며 말했다.

"네가 왜 여기 있어?"

"저요? 저는 아까부터 쭉 여기에 있었는데요."

온녕이 고개를 들고 어리둥절해했다.

"그럼 왜 말 안 했어?"

"공자와 함광군이 말씀하고 계셔서 제가……."

"그래도 소리는 내야지."

"공자, 전 계속 노를 저으며 소리를 내고 있었는데, 못 들었습니까?"

온녕이 손에 쥔 노를 들어 보이며 변명하듯 말했다.

"……."

"못 들었어. 아, 됐어, 됐어. 그만 저어. 밤이라 물살이 세서 노 안 저어도 빨라."

위무선이 손사랫짓을 해 댔다.

위무선은 운몽에서 자라 어릴 때부터 이 일대를 휘젓고 다녀 잘 알았다. 위무선의 말에 온녕은 노를 내려놓고 선미에 어색하게 앉았다. 남망기와 위무선 두 사람과는 6척(尺) 정도 떨어져 있었다. 인시에 연화오에 도착해 한바탕 난리를 치고 났더니 어느새 날이 희미하게 밝아 왔다. 어둡던 하늘에 하얀빛이 떠오르더니 강 옆으로 산과 마을의 윤곽이 드러났다.

위무선이 주위를 둘러보며 갑자기 말했다.

"나 배고파."

남망기가 눈을 들었다. 사실 위무선은 배고프지 않았다. 연화오 대문 밖 노점에서 전병을 세 개나 먹은 지 얼마 안 됐기 때문이다.

하지만 남망기는 하나만 먹었다. 게다가 그것은 요 이틀 동안 그가 먹은 유일한 음식이었다. 위무선은 그것을 기억하고 있었고, 저앞쪽에 인적이 전혀 없는 것을 보니 한참을 더 가야 마을이 나타나쉬고 음식을 먹을 수 있을 것 같아 지금 말을 꺼낸 것이었다.

"강가에 댈까?"

남망기가 낮은 소리로 말했다.

"이 근처에는 사람이 없지만 내가 아는 곳이 있어."

위무선이 말했다.

온녕은 재빨리 노를 잡고 위무선이 가리키는 방향으로 저었다. 얼마 뒤 나룻배가 지류로 들어가 또 한참을 가서 한 호수로 들어갔다.

호수는 크고 작은 연잎으로 뒤덮여 있었다. 가늘고 긴 나룻배가빽빽하게 나 있는 연꽃 가지를 헤치며 호수 안쪽으로 들어갔다. 위에서 보면 나룻배가 지나간 곳에 일자로 선이 그어지며 푸른 잎이흔들릴 터였다. 초록색 우산처럼 솟은 연잎 사이를 지나가니, 넓은연잎 숲이 갈라지면서 연밥이 가득 찬 연방이 아래에 숨어 있는 게보였다. 마치 숨겨진 보물을 발견한 것같이 기분이 좋아졌다. 위무선이 씩 웃으며 손을 뻗어 꺾으려는데, 갑자기 남망기가 불렀다.

"위영."

"왜?"

"이 연못은 주인이 있을 텐데."

"당연히 없지."

위무선이 아주 당당하게 말했다.

당연히 주인은 있었다. 위무선은 열한 살 때부터 운몽의 호수들을 다니면서 연밥 서리를 하곤 했다. 오랫동안 안 했지만, 먼 길 가는 데 필요한 식량을 구하기 위해 어쩔 수 없이 다시 강호로 나선 것이다.

"이 일대의 연못은 모두 주인이 있다고 들었는데."

남망기가 다시 담담하게 말했다.

"……."

위무선은 말문이 막혔다.

"하하하하하하, 그래? 너무 아쉽네. 너 들은 게 참 많구나. 나도 못 들어 본 이야기를 말이야. 그럼 우리 그냥 가자."

위무선이 아쉬워하며 입을 다물었다.

들통이 나자 위무선은 남망기에게 같이 멋대로 굴자고 할 수 없었다. 당당한 함광군께서 다른 집안의 연방을 훔쳐 먹다니 말도 안 되는 일이었다. 겸연쩍어 노를 저으려는데, 남망기가 손을 들어 연방 하나를 꺾었다.

"이번이 마지막이야."

남망기가 위무선에게 연방을 건네며 말했다.

위무선은 나룻배에 발 디딜 틈조차 없도록 연방을 미친 듯이 긁어모았다. 이윽고 세 사람은 초록빛 연방 산더미 사이에 앉게 됐다. 녹색 연방을 벗기니 부드럽고 파란 연밥이 촘촘히 박혀 있었다. 하나하나 빼내 껍질을 벗기자 하얗고 부드러운 알맹이가 나왔다. 달콤하고 향긋했고, 연녹색의 연밥 심도 전혀 쓰지 않았다. 온녕은 뱃머리에 앉아 연방을 벗겼고, 남망기는 자기가 까서 두 알 먹더니 더 손대지 않았다. 온녕이 연밥을 건네자 고개를 저으며 위무선에게 주라고 했다. 위무선 혼자서 배에 있는 것을 다 해치웠다. 그러곤 다시 한두 시진을 더 간 뒤에야 그들은 운평성 부두에 도착했다.

 부두의 얕은 곳은 작은 어선으로 꽉 차 있었다. 한 여인이 돌계단에서 빨랫방망이로 빨래를 두드리고 있었고 소년들이 까무잡잡하게 탄 상반신을 드러내고 강가에서 잠수 놀이를 하고 있었다. 그러다 선미에는 한 사람이 고개를 숙이고 있고 가운데에는 용모가 출중한 두 젊은 남자가 탄 나룻배가 유유히 다가오는 것을 멍하니 보았다. 제일 앞에 앉은 백의의 남성은 옷이 눈처럼 하얀 것이 속세의 분위기가 아니었고, 그 옆에 방글거리며 앉아 있는 청년도 얼굴이 아름답고 하얬다. 평소에는 이런 사람들을 보기가 어려운지라, 소년들은 저도 모르게 눈을 커다랗게 뜨고 그들을 쳐다봤다. 강가에서 헤엄치던 소년들이 물고기처럼 몰려들어 일고여덟 개의 머리가 나룻배 주변에 떠올랐다.

 "말씀 좀 묻겠습니다. 여기가 운평성입니까?"

 위무선이 물었다.

 "운평성 맞습니다."

 강가에서 옷을 빨던 소녀가 얼굴을 붉히며 말했다.

 "도착했어. 올라가자."

 위무선이 말했다.

 나룻배가 강가에 닿자 남망기가 먼저 일어나 건너가서 위무선을 잡아 주었다. 두 사람은 부두에 올랐지만 온녕은 배에서 어정쩡하게 서서 제대로 걷지 못했다. 물에서 수영하던 소년들은 창백한 피부에 목과 뺨에 이상한 문양이 있고 고개를 숙인 채로 한마디도 하지 않는 온녕을 무서워하지 않았다. 그러기는커녕, 오히려 재미있다고 생각하면서 뱃전에 붙어 흔들며 온녕이 꼼짝 못 하게 장난을

처 댔다.

"이봐! 뭐 하는 거야. 괴롭히지 마."

위무선이 그 모습을 보고 소년들을 말렸다.

"공자, 저 못 내리겠어요."

온녕이 다급하게 말했다.

온녕이 도움을 청하고 있는데도, 오히려 두 소년이 즐거워하며 손으로 수면을 쳐 온녕에게 물세례를 쏟아부었다. 온녕은 어색하게 웃으며 속수무책으로 서 있었다. 소년들이 지금 놀리고 있는 이 '사람'이 손쉽게 자기들을 갈가리 찢어 버리고 뼈도 안 남게 부숴 버릴 수 있다는 걸 안다면 절대 그러지 못했을 것이다. 위무선이 몇 개 안 남은 연방을 던지며 말했다.

"받아!"

소년들이 연방을 잡으려고 순식간에 흩어졌다. 온녕은 그제야 강가로 뛰어올라 젖은 옷자락을 탁탁 치며 물기를 털어 냈다.

운몽 전체로 보면 운평성도 작은 곳은 아니었고 더 번화하기까지 했다. 성(城)으로 들어가자 길을 따라 사람들이 많이 오갔고 점포도 정신없을 정도로 많았다. 온녕은 사람이 많은 곳을 싫어해 얼마 뒤 조용히 사라졌다. 위무선은 기억을 더듬어 방비전 밀실에서 봤던 주소를 물어물어 찾아가 목적지에 도착했다. 두 사람은 마침내 찾아낸 목적지를 보고 조금 놀랐다.

상서롭지 않은 분위기에 향과 등촉이 가득한 건물이었다. 위무선이 고개를 갸웃하며 말했다.

"이건…… 관음묘(觀音廟)?"

"응."

남망기가 말했다.

물론 금광요는 불교를 믿을 만한 인물이 아니었다. 두 사람은 서로를 쳐다보며 눈짓을 교환한 후 줄 선 참배객 사이를 지났다. 그리고 높은 문턱을 넘어 사찰 안으로 들어갔다. 사찰 곳곳에서 향내가 풍겼고 목어(木魚) 소리가 울렸다. 사찰 한 바퀴를 다 도는데 오랜 시간이 걸리지 않았다. 마지막 관음전 앞에 잠깐 서 있는데, 스님이 합장하고 그들에게 예를 표해 왔다. 두 사람도 스님에게 예를 표했다. 위무선이 상투적인 인사를 하면서 물었다.

"절은 보통 산속에 있지 않습니까. 이렇게 성에 있다니 참 드문 일이네요."

"성 사람들은 늘 분주하고 수고로우니, 복을 기원하고 마음의 안정을 찾을 수 있는 이런 관음사가 더 필요하지 않겠습니까?"

스님이 웃으며 말했다.

"소란스럽고 사람이 많으면 관음보살이 놀라지 않을까요?"

위무선도 웃으며 말했다.

"관음보살은 중생을 제도하는데 설마 그러시겠습니까?"

"이 사찰에는 관음보살만 있습니까?"

"네, 그렇습니다."

위무선과 남망기는 관음묘를 몇 바퀴 둘러보고 대충 파악한 다음 나왔다. 위무선은 남망기를 골목으로 끌고 가 나뭇가지를 주워 바닥에 몇 개의 방진을 그리고 나뭇가지를 던졌다.

"금광요가 돈과 노력을 아주 많이 들였군."

남망기가 위무선이 버린 나뭇가지를 주워 들어 방진 위에 몇 획을 더 그리자 윤곽이 더 선명해지면서 관음묘의 도면이 나타났다.

위무선이 다시 남망기의 손에서 나뭇가지를 가져가며 말했다.

"관음묘 안에 쳐 놓은 큰 진이 뭔가를 억누르고 있어."

위무선이 한 곳을 가리키며 말을 이었다.

"조금 복잡한 진이네. 안전장치가 꽤 잘 되어 있어. 하지만 이 진 안[3]을 깨면 억눌려 있던 게 나오겠지."

"밤에 사람이 없을 때 깨야 해. 일단 휴식할 곳을 찾고 다시 의논하자."

남망기가 일어나며 말했다.

관음묘에 눌려 있는 악령이 얼마나 대단한지 모르니 사람이 많은 낮에 행동하기는 어려웠다.

"관음묘에 있는 것을 없애려면 얼마나 걸릴까. 난릉에 제때 갈 수 있겠지? 일정을 그르치는 건 아니겠지?"

위무선이 물었다.

"네 몸 상태가 안 좋으니 무리하면 안 돼."

남망기가 말했다.

난장강에서의 일전으로 위무선은 정신과 체력을 너무 많이 소모했고, 너무 오랫동안 심신이 긴장된 상태였다. 게다가 불과 몇 시진 전에 강징 때문에 화병이 도져 온 얼굴의 구멍에서 피를 쏟았으니 회복하려면 시간이 필요했다. 지금은 괜찮은 것 같지만 만에 하나 문제가 있는 것을 발견하지 못하고 억지로 난릉에 가면 중요한 순간에 의외의 일이 발생해 일을 그르칠 수도 있었다. 게다가 요 이틀 동안 정신과 체력을 많이 소모한 건 위무선뿐이 아니었다. 남망기도 전혀 쉬지 못했다. 위무선은 휴식이 필요 없다고 해도 남망

#3 **진안(陣眼)** 전투 등을 수행하기 위해 친 진을 깰 때 핵심이 되는 지점.

기는 휴식이 필요했다.

"좋아. 그럼 먼저 쉴 곳을 찾자."

위무선은 어디든지 괜찮았다. 돈이 있으면 좋은 숙소에서 묵고, 없으면 나무 아래서 자도 그만이었다. 그러나 남망기가 나무 아래 눕거나 더럽고 작은 방에 끼어서 자는 모습은 상상할 수 없었다. 두 사람은 한참을 걸어 제법 멋있고 그럴듯한 객잔을 골랐다. 여주인이 열정적으로 달려 나와 두 사람을 안으로 밀다시피 맞이했다. 객잔은 깔끔하게 정리가 잘되어 있었고 1층에는 손님들로 가득했다. 주인이 수완이 꽤 좋은 것 같았다. 적게는 열몇 살 청소하는 아이부터 많게는 체격이 좋은 주방 아주머니까지, 객잔의 일 대부분을 여인들이 하는 모양이었다. 젊은 사내 둘이 들어오자 여인들은 모두 눈을 반짝였다. 손님에게 물을 따르던 소녀는 남망기를 보더니 찻주전자의 주둥이가 삐뚤어지는 것도 모르고 쳐다봤다. 여주인이 소녀에게 주의를 주고는 위무선과 남망기를 데리고 2층으로 올라가 직접 방을 보여 주었다.

"두 분 공자님, 방은 몇 개가 필요하신가요?"

그 말에 위무선은 심장이 쿵 내려앉으며 조심스럽게 남망기를 쳐다봤다.

두 달 전이었으면 물어볼 필요도 없었다. 세상에 갓 돌아왔던 때에는 최대한 빨리 벗어나고 싶어 남망기의 비위를 거스르려 기를 썼고, 남망기도 이 점을 간파해서 아예 하나를 잡았다. 몇 개를 잡던, 결국 위무선이 남망기의 침상으로 들어갔기 때문이다.

이뿐만이 아니었다. 자신의 정체가 탄로 나기 전에는 체면을 구기는 추태도 서슴없이 부렸다. 운심부지처에서 내려온 첫날 밤, 위무선은 남망기의 이불 속으로 먼저 기어 들어가는 장난을 쳤었다. 문을 열고 들어온 남망기는 위무선이 자기 침상 위에서 뒹구는 것을 보고 무표정한 얼굴로 잠시 서 있다가 미리 잡아 둔 옆방으로 갔다. 그런 기회를 놓칠 리 없던 위무선은 쪼르르 따라가 남망기와 같이 자겠다고 노래를 불렀다. 침상에 기어올라 베개 하나를 창밖으로 집어 던지고는 남망기와 한 베개를 베고 자겠다고 우겼다. 또 남망기에게 왜 옷을 입은 채로 자냐며 강제로 옷고름을 풀기도 했다. 그뿐이랴. 야밤에 갑자기 차가운 발을 남망기의 이불 속에 넣고 그의 손을 잡아 자기 가슴에 올려놓고는 '내 심장 뛰는 소리를 들어 봐, 함광군!' 하면서 더없이 순진한 표정으로 남망기의 눈을 주시하기도 했다……. 결국 남망기가 가볍게 쳐서 온몸이 굳어져 꼼짝도 하지 못하게 되어서야 조용해졌다.

예전에 했던 일을 차마 돌이킬 수가 없었다. 위무선은 처음으로 자신의 뻔뻔스러움에 놀랐다.

세 번째로 쳐다봤을 때, 남망기는 여전히 눈을 내리깔고 아무 말도 하지 않았다. 표정도 제대로 보이지 않았다. 남망기가 선뜻 대답하지 못하는 것을 본 위무선은 또 허튼 생각을 하기 시작했다.

'예전엔 늘 하나만 빌렸는데 왜 오늘은 대답을 안 하지? 두 개 달라고 한다면 분명 남잠도 신경 쓴다는 뜻이야. 하지만 하나를 빌려도 신경을 안 쓴다고는 할 수 없잖아. 아마 괜찮은 척하면서 날 편하게 해 주려고 그런 걸지도…….'

이런저런 생각을 하고 있는데, 여주인이 결단력 있게 말했다.

"하나 맞죠? 하나면 됩니다! 우리 객잔의 방은 두 사람이 써도 충분합니다. 침상도 크고요."

남망기가 반대하지 않자 붕 떠 있던 위무선의 마음과 발바닥이 그제야 현실로 내려왔다.

주인이 문을 열고 두 사람을 안으로 안내했다. 주인의 말대로 방은 충분하게 넓었다.

"두 분, 식사는요? 저희 주방장 솜씨가 아주 좋은데 맛 좀 보시겠어요?"

"주세요. 지금 말고, 조금 있다가 술시$^{#4}$ 쯤에 올려 주세요."

위무선이 말했다.

주인이 알았다고 대답하면서 밖으로 나갔다. 여주인이 나가자마자 위무선은 문을 닫다 말고 따라가 불렀다.

"주인장!"

"뭐 더 필요한 거 있으세요, 공자?"

여주인이 물었다.

"이따가 식사 올릴 때 술도 좀 주세요……. 셀수록 좋습니다."

위무선이 무슨 결심이라도 한 것처럼 작은 소리로 말했다.

"그건 당연하지요!"

여주인이 웃으며 말했다.

말이 끝나자 위무선은 아무 일도 없다는 듯이 방으로 돌아와 문을 닫고 탁자 옆에 앉았다. 남망기가 손을 뻗어 위무선의 맥을 살폈다. 몸 상태를 살피는 것에 불과하다는 것을 알았지만, 길고 하얀 손가락이 손목을 따라 움직이면서 천천히 부드럽게 누르자 탁자 아래 놓인 다른 손의 손가락이 살짝 오므라들었다.

반 시진 정도 위무선의 몸 상태를 점검한 다음에야 남망기가 입

#4 술시(戌時) 저녁 일곱 시~아홉 시.

을 열었다.

"큰 문제는 없어."

"고마워."

위무선이 기지개를 켜면서 웃으며 말했다.

남망기는 미간을 찌푸린 채로 뭔가 골똘히 생각하는 듯했다.

"함광군, 택무군 걱정하는 거야? 있지, 내가 보기에 금광요는 아직 택무군을 존경하는 것 같아. 택무군의 수련 경지도 금광요보다 높고 대비도 했을 테니 금광요의 함정에 빠졌다고 단언할 수는 없어. 최대한 빨리 관음묘 진법을 깨고 내일은 난릉으로 출발하자고."

"수상쩍어."

"뭐가?"

"그동안 금광요는 충동적으로 사람을 죽인 적이 없고 경솔하게 움직인 적도 없었어."

"응, 내가 받은 인상도 그래. 금광요가 잔인하지 않다고 할 수는 없지만, 피할 수 있으면 최대한 피했지."

"이번 난장강 공격은 조급하고 과장됐어. 평소의 일 처리 풍격과 달라."

"난장강 공격은 성공해야 성공이지, 밝혀지면 현문 백가를 적으로 만드는 거였잖아. 위험이 꽤 컸지."

위무선이 잠시 생각한 다음 말했다.

"더 많은 내막이 있는 것 같아."

남망기가 말했다.

위무선이 속으로 한숨을 내쉬며 생각했다.

'내막이 있느냐 없느냐보다, 지금 내가 더 궁금한 건 단수가 헌사

를 통해서도 전염이 되는가, 하는 거라고!'

이 문제에 너무 골몰해서인지 누적된 피로가 확 몰려왔다. 위무선은 설핏 눈을 찡그리며 관자놀이를 문질렀다.

"좀 쉬어."

남망기가 말했다.

"응."

위무선은 대답하면서도 침상에 앉아 신을 신은 채로 뒤로 벌렁 드러누웠다.

"함광군, 너도……."

여기까지 말하고 나서야 위무선은 곤란한 문제가 있다는 것을 발견했다.

방 안에는 침상이 하나뿐이라 남망기도 쉬겠다면 자신과 한 침상에 누워야 했다. 그동안 그들은 한 침상에서 잔 적이 많았지만 연화오 사당에서 강징에게 호되게 욕을 듣고 나서는 뭔가 미묘하게 변한 것 같았다. 이제는 남망기에게 와서 같이 눕자는 말은 물론 조금 전 방이 몇 개 필요하냐는 질문에도 한참 고민하게 되었다.

"괜찮아."

남망기가 말했다.

위무선은 다시 몸을 조금 일으켰다.

"뭐가 괜찮아, 요 며칠 너도……."

그리 말하던 위무선은 금세 후회했다. 남망기가 자기 말이 귀찮아 방을 두 개 잡는 게 낫다고 생각하면 더 민망하지 않겠는가?

"난 괜찮으니 쉬어."

남망기가 말했다.

"······어. 그럼 잠깐 눈 좀 붙일게. 신시[#5]에 깨워 줘."

위무선이 턱을 쓰다듬으며 말했다.

남망기가 탁자 옆에 앉아 눈을 감고 명상에 들어간 것을 보고 나서야 위무선은 다시 천천히 누웠다.

위무선은 팔을 베고 천장을 한참 쳐다보다가 몸을 돌려 남망기를 등졌다. 한참 뒤에도 잠은 오지 않았고 마음만 초조해졌다.

예전에 미친 척 제멋대로 굴면서 남망기 옆에 누워야 잠잘 수 있다고 한 소리는 전부 거짓말이었다. 그런데 언제부터인지 몰라도 거짓말이 사실이 되었다. 위무선은 속으로 '어쩌지, 이젠 남잠이 옆에 없으면 잠을 못 잔단 말이야.' 하고 생각했다.

한참 동안 뒤척인 후에야 위무선은 가까스로 눈을 감았다.

얼마나 흘렀을까, 깨어 보니 창밖의 빛이 사라지고 없었다. 유시[#6]도 더 지난 것 같았다.

위무선은 벌떡 일어났다. 뒤에서 들리는 이상한 소리에 고개를 돌려 보니 남망기가 서책을 덮고 있었다.

"남잠, 왜 안 깨웠어? 신시에 깨워 달라고 했잖아."

"원기를 보충하고 체력을 회복하는 게 먼저야. 급할 거 없어."

위무선은 반나절 동안 잤다. 그동안 남망기는 아래층에 내려가 서책을 들고 와 보고 있었을 것이다. 조금 부끄럽고 미안해진 위무선이 침상에서 내려오며 말했다.

"미안해, 정신없이 잤네. 너도 누워서 좀 쉬어."

"괜찮아."

바로 그때 문을 두드리는 소리와 함께 여주인이 문밖에서 말했다.

#5 신시(申時) 오후 세 시~다섯 시.
#6 유시(酉時) 오후 다섯 시~일곱 시.

"공자님들, 식사 가져왔습니다."

위무선은 그제야 벌써 술시라는 것을 알았다. 남망기가 문을 열었다. 여주인이 가져온 식사에는 술 주전자와 술잔 두 개도 있었다.

"이런, 여태 주무셨어요?"

여주인이 말했다.

위무선은 더 부끄러워 멋쩍게 웃었다. 여주인이 탁자에 쟁반을 내려놓으며 말했다.

"두 분은 어디서 오셨습니까? 외지를 유람하는 게 보통 피곤한 일이 아니지요. 푹 쉬고 원기를 잘 보충해야 또 놀 수 있어요."

"고소에서 왔습니다."

위무선이 나오는 대로 말했다.

"그렇군요! 어쩐지, 두 공자님의 준수한 인물을 보고 빼어난 산수와 인물을 자랑하는 강남의 수향에서 오신 분들일 거라고 짐작했다니까요."

남망기는 못 들은 척했고, 위무선은 하하 웃었다.

"저 사람과 비교할 수는 없지요. 그가 저보다 훨씬 잘생겼으니까."

"저분은 수려하고 공자님은 고와요. 외양미가 다르지만, 두 분 다 잘생기셨습니다! 아, 맞다."

여주인은 뭔가 생각났다는 듯이 말을 이었다.

"놀러 오셨으면 저희 운평성에 있는 관음묘를 한번 둘러보세요."

관음묘에 관해 물어볼 참이었는데 마침 여주인이 먼저 말을 꺼냈다.

"아까 낮에 관음묘를 잠깐 둘러봤는데, 성안에 있는 관음묘는 참 드문 경운데요."

"그렇죠. 저도 처음 보고는 깜짝 놀랐다니까요."

"주인장은 운평성에 언제 오셨습니까?"

"한 8년 됐지요."

"그때도 관음묘가 있었습니까? 왜 성안에 관음묘를 지었는지 들어 보셨나요?"

"그건 저도 모르겠네요. 어쨌든 그 관음묘는 참배객이 줄을 잇지요. 운평성 사람은 무슨 일이 생기면 그곳에 찾아가 관음보살에게 기도한답니다. 저도 일이 없을 때면 가서 향을 올려요."

"왜 이곳에 있는 선문(仙門) 세가를 직접 찾아가지 않고요?"

위무선은 입에서 나오는 대로 말했다. 거르지 않고 물어보았다. 그러나 말하고 난 다음에야 이곳을 주관하는 선문 세가가 운몽 강씨라는 게 생각났다.

그런데 여주인이 입을 삐죽거리며 말했다.

"거길 찾아간다고요? 감히 어떻게요."

"네? 왜요?"

"두 공자님은 여기 사람이 아니라 모르시나 본데, 우리 운몽 일대는 강씨 가문이 관할합니다. 강씨 가문 가주는 성격이 나쁘기로 유명해요. 강씨 가문 수하가 그러더군요. 세가 하나가 이렇게 큰 지역을 관리하면 귀신이나 요괴가 인간을 괴롭히는 작은 일들이 하루에도 백여 건은 발생하는데, 그때마다 사람을 파견할 여유가 없다나요? 사람이 죽지 않으면 여귀악살이 아니니, 여귀악살이 아닌 소소한 일로 자기들을 귀찮게 하지 말라고요."

여주인이 씩씩대며 말을 이었다.

"그게 무슨 허튼소리랍니까. 사람이 죽은 다음에 찾아가면 이미 늦은 거잖아요!"

사실 여귀악살 같은 심각한 일이 아니면 나서지 않는 게 비교적 큰 세가들의 암묵적인 규칙이었다. '소란이 있는 곳엔 반드시 나타난다.'라는 말이 여러 해 동안 사람들에게 칭송을 받았지만, 정말 그렇게 하는 사람은 위무선 곁에 있는 남망기 단 한 명뿐이었다.

"게다가, 연화오는 너무 무서워서 감히 가려는 사람이 없어요!"

여주인이 다시 한탄했다.

위무선은 평온한 남망기의 옆얼굴에서 시선을 거두고 놀라서 물었다.

"연화오가 무섭다고요? 연화오가 왜 무서워요? 주인장은 가 봤습니까?"

"안 가 봤습니다. 하지만 제가 아는 사람이 갔었죠. 그 사람 집안에 안 좋은 일이 생겨서 갔는데, 시기가 안 좋았지 뭐예요. 강 종주가 연무장에서 번쩍번쩍 빛나는 채찍으로 사람을 때리고 있었답니다. 어찌나 세게 치는지 살과 피가 천지 사방으로 다 튀더랍니다! 마음씨 좋은 하인 하나가 제 지인에게, 종주가 사람을 또 잘못 잡아 와서 요 며칠 기분이 좋지 않으니 괜히 마주쳐 봉변당하지 말라고 하더랍니다. 그는 놀라서 가져간 선물을 놓고 바로 도망쳤대요. 그다음엔 다시는 찾아가지 않았고요."

위무선은 강징이 근래에 탈사로 부활한 귀도의 수사를 죄다 잡아 연화오로 끌고 와 모진 고문을 했다는 이야기를 진작에 들어 알고 있었다. 아마 여주인의 지인이 마침 강징이 분풀이를 하는 장면을 본 듯했다. 그때 강징이 어떤 표정이었을지 상상이 갔다. 보통 사람이라면 깜짝 놀라 줄행랑을 쳤을 것이다.

"그리고, 놀라 도망친 사람이 또 있답니다."

"뭐에 놀라 도망쳤답니까?"

또 강징이 사람을 때리는 걸 본 것은 아니겠지. 도대체 강징은 얼마나 부지런히 사람을 잡아들이고 또 얼마나 자주 사람을 때린 거지?

"아니요, 아니요. 그가 재수가 없었던 거죠. 그 사람은 성이 온씨였는데, 하필 강 종주가 같은 하늘을 이고 살 수 없는 원수가 온씨였습니다. 강 종주는 온씨라면 죄다 증오하고 이를 벅벅 갈면서 힘줄을 뽑고 가죽을 벗기지 못해 안달이었는데 좋게 대했겠어요……."

위무선은 고개를 숙여 미간을 문지르며 아무 말도 하지 않았다. 다행히 위무선이 맞장구치지 않아도, 여주인은 한참 동안 수다스럽게 이야기하고는 만족스러워했다.

"제가 너무 오래 수다를 떨어 두 분의 식사를 방해했네요. 이제 그만 물러갈 테니 필요하신 거 있으면 저에게 말씀하세요."

위무선은 고맙다고 말하고 여주인을 배웅하고 돌아섰다.

"보아하니 8년 전부터 거슬러 올라가 조사해야겠네. 내일 이곳에서 오래 산 현지인들을 찾아 물어봐야겠다."

남망기가 살짝 고개를 끄덕였다.

"하지만 별거 없을지도 몰라. 8년은 너무 긴 시간이라 많은 일을 잊기 충분하니까."

위무선은 술을 따르려다 멈추고 스스로에게 경고했다.

'남잠이 안 마신다면 어쩔 수 없고, 마셔도 몇 마디만 묻고 절대 다른 짓은 하지 말자. 남잠이 도대체 어떻게 생각하는지만 물어보는 거야. 어쨌든 술에서 깨면 아무것도 기억하지 못하니까……. 절

대 우리 일에 영향을 끼쳐선 안 돼.'

이렇게 다짐하고 나서야 위무선은 술잔에 술을 가득 채워 아무 일도 없는 듯이 남망기 앞으로 밀어 놓았다. 위무선은 남망기가 마시지 않을 경우를 대비했지만, 남망기는 무슨 걱정이 있는지 보지도 않고 술잔을 들어 고개를 젖히곤 단숨에 들이켰다.

위무선은 술잔을 입에 대고 남망기를 주시했다. 그러곤 술을 한 모금 마시자마자 사레가 들려 기침을 해 댔다. 그는 '여주인, 정말 성실한 사람이군. 강할수록 좋다고 했더니 정말 그런 걸 가져왔네.' 하고 생각했다. 예전에는 이것보다 열 배는 강한 술도 얼굴색 하나 안 변하고 마셨는데, 지금 사레가 들린 것은 딴생각을 하다가 그런 것뿐이었다. 위무선이 옷에 묻은 술을 닦고 다시 고개를 들었을 때, 남망기는 역시나 취한 상태가 되어 있었다.

이번에는 돗자리에 앉은 채로 잠이 들어 있었다. 잠이 들었어도 단정하게 앉아 두 눈을 감고 고개를 약간 숙인 것 외에는 평소 앉은 자세와 전혀 차이가 없었다. 위무선이 남망기의 얼굴 앞에다 대고 손을 휘휘 저었지만 아무 반응이 없었다. 위무선은 그제야 안심하고 손을 뻗어 남망기의 턱을 가볍게 들어 올리며 말했다.

"요 며칠 숨 막혀 죽는 줄 알았네. 함광군, 넌 이제 내 손바닥 안이야."

잠든 남망기는 순순히 고개를 들었다. 이 얼굴은 눈을 뜨고 있으면 눈동자 색이 옅고 눈빛이 차가워 냉정해 보였고, 쉬이 범할 수 없는 엄숙함을 풍겼다. 하지만 눈을 감으니 윤곽이 훨씬 부드럽게 변했다. 옥으로 만든 젊고 아름다운 신상(神像)처럼 조용하고 차분한 모습이 사람의 마음을 이끌었다. 바라볼수록 넋이 빠진 위무선은 남망기의 턱을 받치고 그의 얼굴을 향해 점점 가까이 다가갔다. 청량한 단향목 향기에 문득 정신이 들어 황급히 손을 거두자 남망기의 머리가 다시 떨궈졌다.

위무선은 심장이 쿵쿵 뛰었다. 냉정을 되찾기 위해 바닥에서 몇 차례 구르고 벌떡 일어나 마음을 가라앉히는 말을 몇 번이나 되뇌었다. 그런 다음 천천히 남망기 앞으로 돌아갔다. 한참 동안 단정히 앉아 남망기가 깨어나기를 기다리던 그는 장난기가 도졌다. 그가 다시 남망기의 뺨을 찔렀다. 두 번 찔렀을 무렵, 문득 남망기의 웃는 얼굴을 본 적이 없다는 게 생각났다. 위무선은 두 손가락으로 남망기의 입가를 잡아 위로 올려 미소 짓는 모양을 만들었다. 갑자기, 위무선의 손가락에서 미세한 통증이 일었다. 남망기가 눈을 뜨고 위무선을 차갑게 쳐다보고 있었다.

게다가 남망기가 위무선의 집게손가락을 물고 있었다.

"……."

"놔."

위무선이 말했다.

남망기가 가슴을 쫙 펴고 냉담한 눈빛으로 몸을 약간 앞으로 숙인 채, 위무선의 손가락 첫 마디에서 둘째 마디까지를 물고 잇새에 힘을 주었다.

"아파!"

위무선이 말했다.

그제야 남망기가 이에서 힘을 뺐다. 그 틈을 타 위무선은 손가락을 빼고 옆으로 비켜섰다. 깨물린 위무선은 등골이 오싹했다. 누군가 물면 개가 생각났고 개를 생각하면 솜털까지 바짝 섰기 때문이다. 그런데 위무선이 멀리 떨어지기도 전에 남망기가 피진을 뽑아 돗자리에 힘껏 내리꽂았다. 동시에 위무선의 옷자락이 바닥에 박혔다.

두 사람이 입은 옷은 연화오에서 갈아입은 것으로 특수한 천으로 만들어 잘 찢어지지 않았다. 옷자락이 걸린 위무선은 멀리 달아날 수가 없었다.

"남잠, 이게 무슨 짓이야. 객잔의 돗자리와 바닥에 구멍을 내다니, 배상해야……."

위무선은 아무 말이나 지껄였다.

말이 채 끝나기도 전에 남망기가 위무선의 뒷덜미를 잡아끌어 위무선의 등이 단단한 가슴에 부딪혔다. 귓가에서 남망기의 낮게 가라앉은 목소리가 들렸다.

"배상하지."

남망기가 피진을 뽑아 더 찌르려고 하자 위무선이 재빨리 막았다.

"멈춰! 이게 무슨 짓이야. 술 마시더니 이런 나쁜 일을 다 하고, 어떻게 이렇게 변해?"

위무선의 말투에는 책망이 담겨 있었다. 남망기는 위무선과 자기 손을 번갈아 보고 다시 바닥의 구멍을 응시하더니 갑자기 뭔가를 깨달은 듯이 검을 났다. 피진이 '쿵' 하고 바닥에 떨어져 뱅그르르 돌면서 쓰러졌다. 위무선이 오른손으로 칼집을 잡고 피진을 발로 툭 들어 올리자 피진이 안정적이고 정확하게 칼집에 꽂혔다.

"이렇게 위험한 물건은 함부로 던져둬선 안 돼."

위무선의 훈계에 남망기는 더 단정하게 앉아 고개를 숙여, 자기 잘못을 인정하고 겸허하게 받아들이는 모습을 보였다. 늘 남망기가 위무선에게 점잖게 훈계를 했지만, 술을 마시면 상황이 역전됐다. 위무선은 팔짱을 끼고 피진을 팔뚝 사이에 꽂은 채로 머리를 절레절레 저었다. 웃음을 참느라 온몸이 덜덜 떨릴 지경이었다.

위무선은 술에 취한 남망기가 너무 좋았다!

남망기가 취하니 위무선은 요 며칠 난처했던 순간이 싹 잊히는 게, 그동안 참아 왔던 장난기를 발산할 때가 된 것 같았다. 위무선은 단정하게 앉아 있는 남망기를 두 바퀴 돈 다음, 그의 옆에 앉아 손상된 옷자락을 들어 보이며 말했다.

"네가 한 짓을 좀 봐. 내 옷이 망가졌잖아. 나중에 고쳐 줘야 해, 알았지?"

남망기가 고개를 끄덕였다.

"고칠 줄은 알아?"

남망기가 고개를 저었다.

"그럴 줄 알았어. 할 줄 모르면 배워. 어쨌든 꼭 고쳐 줘야 해. 알았지?"

남망기가 다시 고개를 끄덕였다. 그걸 보고서야 위무선은 만족스러운 듯 방석을 집어 피진으로 뚫린 구멍 위에 놓아 가렸다.

"내가 구멍을 가려 줄게. 이렇게 하면 네가 그런 거 아무도 모를 거야."

남망기가 품에서 정교하고 고운 돈주머니를 꺼내 위무선의 눈앞에 갖다 대고 흔들며 말했다.

"배상해."

"너 돈 있는 거 알아, 잘 챙겨……. 지금 뭐 하는 거야?"

남망기가 돈주머니를 위무선의 품에 쑤셔 넣었다. 위무선은 품에

든 묵직한 주머니를 만지며 물었다.

"나 주는 거야?"

남망기는 돈주머니를 쑤셔 넣고 위무선의 옷깃을 잡아당겨 정리한 다음 그의 가슴을 탁탁 쳤다. 위무선이 잃어버릴까 봐 걱정되는 것 같았다.

"받아."

"정말 나 주는 거야? 이렇게 많은 걸?"

"응."

"고마워, 부자 됐다!"

가난뱅이 위무선이 감지덕지해서 말했다.

남망기가 갑자기 미간을 확 찌푸렸다. 남망기는 위무선의 품속으로 손을 쑥 집어넣어 돈주머니를 도로 빼앗았다.

"싫어!"

위무선은 방금 생긴 돈이 사라지자 멍하니 물었다.

"뭐가 싫어?"

하지만 그 물음에도 남망기는 아무 말 없이 고개를 저으며 돈주머니를 도로 가져갈 뿐이었다. 실망스러운 마음을 억누르는 듯한 표정이, 왠지 뭔가에 상심한 것처럼 보이기도 했다.

"방금 나 준다고 해 놓고 어째 또 안 준대. 어떻게 자기가 한 말을 금세 뒤집어?"

남망기가 몸을 돌리자 위무선이 그의 어깨를 잡아 돌리며 달랬다.

"나 봐, 도망가지 말고. 이리 와서 나 좀 봐."

그제야 남망기가 위무선을 돌아보았다. 두 사람은 서로의 얼굴을 뚫어지게 쳐다봤다. 남망기의 긴 속눈썹이 몇 개인지 셀 수 있을 정도로 몹시 가까웠다. 청량한 단향목 향기, 따뜻한 술 향이 두 사람의 숨결을 감쌌다.

한참을 쳐다보자 위무선은 심장 박동이 점점 빨라지더니 참을 수 없는 지경이 됐다. 위무선이 먼저 물러나 시선을 피했다.

"좋아! 네가 이겼어. 우리 다른 놀이 하자. 예전처럼 내가 물으면 네가 답하는 거야, 거짓말은 금물……."

'놀이'라는 말이 떨어지기가 무섭게 남망기가 "좋아!" 하고 대답했다.

남망기가 위무선의 손을 잡더니 바람처럼 방문을 나서 1층으로 내려갔다. 위무선은 멍한 상태로 남망기에게 이끌려 아래로 내려갔다. 1층에는 여주인과 점원들이 긴 탁자에 둘러앉아 식사하고 있었다. 남망기는 그들은 쳐다도 보지 않고 위무선을 끌고 밖으로 나갔다.

"무슨 일이세요? 공자님들, 식사가 입에 안 맞았어요?"

여주인이 물었다.

"잘 맞습니다! 특히 그 술, 정말 세던데요……."

위무선이 바쁜 와중에도 틈을 내 대답했다. 말이 채 끝나기도 전에 남망기에게 끌려 객잔을 나갔다.

큰길에 와서도 남망기는 멈출 기미를 보이지 않고 계속 내달렸다.

"도대체 어디 가는 거야?"

남망기는 한마디도 하지 않고 민가의 마당 앞에서 갑자기 걸음을 멈췄다. 위무선이 이상해서 물어보려는데 남망기가 손가락을 세워 입에 대고 말했다.

"쉿!"

남망기가 손을 뻗어 위무선의 허리를 감쌌다. 발을 가볍게 구르며 담장을 짚은 그가 처마에 올라 엎드리더니 낮은 소리로 말했다.

"봐."

남망기가 비밀스레 행동하는 모습을 보니 위무선도 호기심이 조금 생겼다. 그는 남망기가 주시하는 곳으로 시선을 돌렸다. 닭장이 보였다.

"……."

"저걸 보라는 거야?"

위무선이 물었다.

"가자."

남망기가 나직이 중얼거렸다.

"뭐 하게?"

남망기는 이미 훌쩍 뛰어 마당 가운데에 내렸다.

만약 이 집 주인이 깨어 있다가 외모나 분위기가 신선 같은 백의의 남자가 달빛을 받으며 갑자기 내려오는 것을 봤다면 속세에 잠시 귀양 온 신선인 적선(謫仙)이 아닐까, 생각했을 터였다. 하지만 남망기가 한 짓은 전혀 적선 같지 않았다. 남망기는 천천히 마당을 둘러보았다. 안 되겠다 싶어, 위무선은 담에서 뛰어내려 남망기의 말액을 잡아당기며 그를 말렸다.

"도대체 뭘 하려는 거야?"

위무선이 당황하든 말든, 남망기는 한 손으로 말액을 잡고 다른 한 손을 닭장으로 뻗어 넣었다. 달콤한 잠에 빠져 있던 암탉이 놀라 깨더니 미친 듯이 날개를 퍼덕이며 도망치려고 했다. 남망기의 눈빛이 차가워지더니 번개같이 손을 뻗어 제일 통통한 녀석을 잡았다.

위무선은 깜짝 놀랐다.

남망기에게 잡힌 암탉이 '꼬꼬댁' 하고 울부짖었다. 남망기는 정중하게 암탉을 위무선의 품에 안겨 주었다.

"뭐야?"

"닭."

"닭인 거 알아. 나한테 왜 닭을 주는 거야?"

"가져."

남망기가 굳은 얼굴로 말했다.

"나 가지라고……? 알았어."

보아하니 안 받으면 또 화낼 게 뻔해 위무선은 일단 닭을 받아 들었다.

"남잠, 네가 지금 뭐 하는지 알기나 해? 이 닭은 주인이 있어. 이건 도둑질이라고."

당당한 선문의 명사 함광군이 술에 취해 남의 집 닭을 훔쳤다는 사실이 알려진다면……. 뒷일은 차마 상상하고 싶지도 않았다.

하지만 지금의 남망기는 자기가 듣고 싶은 것만 듣고 듣기 싫은 건 못 들은 척하면서 하던 일을 계속했다. 닭장 안은 난리법석이었다. 닭이 '꼬꼬댁', '구구'거리며 날개를 퍼덕이며 도망 다니고 달걀이 깨지는 참담한 소리로 가득했다.

"이건 내가 시킨 게 아니야."

두 사람은 푸드덕대는 암탉을 각자 한 마리씩 안고 담을 넘어 한참을 걸었다. 위무선은 남망기가 왜 갑자기 닭을 훔치는 건지, 설마 먹고 싶어서 그러는 것인지 너무나 궁금했다. 남망기의 검은 머리칼에 닭 깃털이 붙어 있는 게 보였다.

위무선이 '픕!' 하고 웃으며 떼어 주려고 손을 뻗었다. 그런데 남망기가 또 몸을 날려 나무 위로 올라갔다.

그 나무는 어느 집 마당에 있는 것으로, 무성하게 자라 나뭇가지가 마당 밖으로 뻗어 나와 있었다. 남망기가 나뭇가지에 앉자 위무선이 고개를 들면서 작게 소리쳤다.

"또 뭐 하려고?"

"쉿."

남망기가 아래를 내려다보며 말했다.

그 소리에 위무선은 남망기가 또 사고를 치겠구나 싶었다. 닭 훔치는 것과 비슷한 일을 하려는 게 아닐까. 그때 남망기가 손을 뻗어 가지 끝에 달린 것을 따 아래로 던졌다. 위무선은 한 손으로 암탉을 안고 다른 손으로 잡아 손을 펴 보았다. 절반은 푸릇하니 아직 다 익지 않은 둥근 대추였다.

과연, 닭을 훔치더니 이번엔 대추였다.

위무선은 닭서리 같은 좀도둑질이 낯설지 않았다. 소년 시절 자주 했던 짓이고 또래 소년들과 우르르 몰려다니며 함께 저지르기도 했다. 하지만 그 패거리가 남망기라니 정말 놀랄 일이었다. 아니다, 패거리라고 할 수 없고 남망기가 분명 주동자였다.

생각이 여기까지 미치자 번뜩 떠오르는 게 있었다.

연화오에서 위무선이 남망기를 데리고 예전에 살던 곳을 보여 주면서 어릴 때 일을 말해 준 적이 있었다. 그중에는 이런 '빛나는 전적'에 관한 것도 있었다. 남망기가 그것을 기억하고 해 보고 싶었던 것일까?

그럴 가능성이 있었다.

고소 남씨는 가훈이 엄격한 곳이다. 남망기는 어릴 때부터 집 안에 갇혀 책 읽고 글을 써야 했고, 말 한 마디 행동 하나 전부 어른들의 기준에 따라야 했다. 이렇게 체통이 서지 않는 헛짓거리는 한 번도 해 본 적이 없었을 것이다. 멀쩡한 정신으로는 못 하니 술에 취한 틈을 타서 하려는 것이 아닐까?

남망기는 대추나무 위에서 바람처럼 손을 놀려 나무에 열린 대추를 남김없이 따 버렸다. 그는 딴 대추를 건곤 소매에 잔뜩 담은 뒤에야 나무에서 내려왔다. 그가 소매를 열어 위무선에게 '전리품'을 보여 주었다. 통통한 대추를 보면서 위무선은 도대체 무슨 말을 해야 할지 몰랐다.

"……와, 크다. 아주 많네. 정말 대단해! 정말 멋지게 잘했어!"

위무선은 한참 뒤에야 칭찬했다.

남망기는 위무선의 허풍스러운 칭찬을 태연하게 받으면서 위무선의 소매를 벌려 훔친 대추를 쏟아부었다.

"너 줄게. 전부 다."

"고마워."

위무선이 장단을 맞춰 주며 말했다.

그런데 갑자기 남망기가 손을 치웠다. 소매를 휙 내두르자 대추가 바닥으로 후드득 떨어졌다.

위무선이 허리를 숙여 몇 개 집어 들려 했지만 그러지 못했다.

"안 줄 거야."

남망기가 말했다.

그러더니 위무선이 왼쪽 팔뚝에 끼고 있던 암탉을 빼앗아 양손에 한 마리씩 들었다. 위무선은 남망기의 나풀거리는 말액 끝을 잡아 그를 돌려세우며 말했다.

"조금 전까지도 기분이 좋더니만 왜 갑자기 화가 났어?"

"잡아당기지 마."

남망기가 위무선을 힐끗 보면서 무뚝뚝하게 말했다.

남망기의 말투는 기분이 썩 좋은 것 같지 않았고 경고의 느낌도 있었다. 위무선은 잡은 손에서 힘을 뺐다. 남망기는 고개를 숙여 놀란 암탉 두 마리를 모두 왼손에 쥐고 오른손으로 말액과 머리칼을 정리했다.

위무선은 속으로 '예전에는 말액 갖고 장난쳐도 막지 않더니 오늘은 정말 화가 난 건가?' 하고 생각했다.

위무선은 반드시 바로잡을 필요가 있다고 생각해 암탉을 가리키며 말했다.

"대추는 됐고, 그건 나 줘. 나한테 준다고 했잖아?"

남망기가 눈을 들어 살피듯이 위무선을 쳐다봤다.

"부탁이야, 나 정말 갖고 싶어. 나한테 주라."

위무선이 진지하게 부탁했다.

그 말에 남망기가 눈을 내리깔고 한참 뒤에야 위무선에게 암탉을 건네주었다. 위무선은 암탉을 받아 들고 대추 한 알을 꺼내 가슴팍에 쓱쓱 문지른 다음 '아삭' 하고 씹어 먹었다. 그러곤 '남잠이 놀고 싶은 모양이니 장단이나 실컷 맞춰 줘야겠다.' 하고 생각했다.

"다음엔 뭐 할 거야?"

두 사람은 벽 앞으로 갔다. 남망기가 좌우를 살피고 주위에 아무도 없다는 것을 확인하더니 허리춤에서 피진을 뽑았다. 눈부신 푸른빛이 '사사삭' 하며 번쩍거리더니 벽에 글자가 남았다. 위무선이 다가가 살펴보았다. 그곳에는 '**남망기 다녀가다**' 라는 일곱 글자가 새겨져 있었다.

"⋯⋯."

남망기는 피진을 거두고 자신의 걸작을 감상했다. 취한 상태에서도 그의 글씨는 단정하기 이를 데 없었다. 남망기는 만족스러운 듯이 고개를 끄덕이며 응시하다가 다시 손을 들었다. 이번에는 글씨가 아니라 그림이었다. 휙휙 검광이 지나가고, 입을 맞추고 있는 어린아이의 모습이 벽에 그려졌다. 필치는 단정한데 내용은 순결하지 않아 위무선은 자기 이마를 쳤다.

여기저기 다니며 물건을 훔치고 부수고 낙서를 하다니⋯⋯. 위무선은 그제야 남망기가 자기가 말한 일들을 그대로 하고 있다고 확신했다. 하나도 빠뜨리지 않았고 낙서 내용도 비슷했다.

위무선은 난감해하며 '이런 건 내가 열두세 살 때나 했던 일이라고!' 하고 외쳤다.

남망기는 점점 신이 나는지 벽 하나를 다 채우고도 모자라 다른 곳에 계속 그렸다. 그림 내용이 점점 이상해지는 것을 보자 위무선은 피진이 아깝다는 생각마저 들었다. 그리고 '나중에 남망기가 벽에 남긴 이름을 꼭 지워 누가 했는지 사람들이 모르게 해야겠다. 아니, 아니, 다 지우는 게 낫겠어.' 하고 결심했다.

한참 애를 쓰고 나서야 위무선은 남망기를 끌고 객잔으로 돌아올 수 있었다. 위무선은 암탉 두 마리를 주인에게 주면서 오다 길에서 주웠다고 말하고 2층으로 올라가 문을 닫고 몸을 돌렸다. 밖에서는 어두워 자세히 보지 못했는데 방에 들어와 불빛에서 보니 남망기의 옷과 얼굴, 머리칼에 온통 닭털과 부서진 나뭇잎, 새하얀 벽 가루가 묻어 꼴이 말이 아니었다. 위무선은 남망기의 옷을 털어 주며 웃으며 말했다.

"더러워 죽겠네!"

"세수."

남망기가 처음 취했을 때 위무선이 세수를 해 준 것을 아주 좋아하더니 이번에는 먼저 요구했다. 위무선도 남망기의 얼굴을 씻겨 줄 생각이었지만 온통 엉망인 걸 보니 세수만으로는 안 될 것 같았다.

"아예 목욕하는 게 어때?"

위무선의 말에 남망기의 눈이 조금 커졌다. 위무선은 남망기의 표정을 자세히 살피며 다시 물었다.

"할래, 말래?"

"할래."

남망기가 즉시 고개를 끄덕였다.

위무선은 속으로 생각했다.

'남잠은 정말 깨끗한 걸 좋아한다니까. 목욕물만 받아 주고 나머지는 알아서 하라고 해야지.'

객잔의 점원은 모두 여자였으니 이렇게 고된 일을 부탁할 수는 없었다. 위무선은 남망기에게 방에 잘 앉아 있으라고 당부한 뒤 아래층으로 내려가 물을 한 통씩 담아 올라갔다. 목욕통을 가득 채우고 물 온도를 맞춰 본 그는 남망기에게 옷을 벗으라고 하려고 고개를 돌렸다. 남망기는 이미 옷을 다 벗고 있었다.

물론 두 사람은 어렸을 때 운심부지처 냉천에서 벌거벗고 마주친 적이 있었지만, 그때 두 사람은 마음에 잡념이 없는 소년이었다. 예전에 남망기가 목욕하는 것을 봤을 때도 다른 마음은 전혀 없었다. 게다가 두 차례 모두 남망기가 하반신을 물에 담근 상태였었다. 그런데 갑자기 벌거벗은 채로 서 있는 함광군의 모습에…… 위무선은 피치 못할 큰 충격을 받았다. 순간 위무선은 본심에 따라 실컷 구경해야 할지, 남망기에게 가릴 것을 주며 군자 행세를 해야 좋을지 알 수 없었다.

위무선은 머리털이 쭈뼛 서서 저도 모르게 뒤로 물러났다. 하지만 물러나는 위무선을 따라 남망기가 계속 다가왔다. 벽까지 물러나자 더 물러날 곳이 없었다. 위무선은 될 대로 되라는 심정으로 무표정하게 다가오는 남망기를 직시했다. 또렷한 목젖, 희디흰 피부, 미려하게 쭉 뻗은 근육이 위무선의 앞에서 움직였다. 위무선은 바로 보지 못하고 시선을 약간 피하며 무의식적으로 침을 삼켰다. 웬일인지 입 안이 바짝 말라 왔다.

이를 악다물고 무어라 말을 꺼내려는 순간이었다. 남망기가 불현듯 손을 뻗어 위무선의 옷고름을 잡아 뜯었다.

여전히 진지한 표정이었지만 동작은 매우 거칠었다. 남망기가 이런 돌발 행동을 할 줄은 생각도 못 했던 위무선은 화들짝 놀라 다급히 말했다.

"멈춰, 멈춰! 난 안 씻어! 안 씻는다고! 너 씻어."

남망기가 미간을 찌푸리자 위무선이 말했다.

"너 먼저 씻어. 난, 으음, 큰 목욕통이 좋아. 여긴 두 사람이 들어가기엔 약간 좁잖아."

남망기가 무심하게 목욕통을 바라봤다. 제가 보기에도 크기가 충분치 않았는지, 그는 그제야 느릿하게 목욕통으로 들어가 뜨거운 물에 몸을 담갔다.

"천천히 해. 난 먼저 나가 있을게."

위무선이 한숨을 돌리며 말했다. 나가서 바람이나 쐬면서 냉정을 되찾아야겠다고 생각하던 도중 촤악, 하는 물소리가 들려왔다. 위무선이 고개를 돌렸다.

"왜 또 나오는데?!"

"안 씻을래."

남망기가 냉담한 표정으로 말했다.

"왜? 안 씻으면 얼마나 더럽겠어?"

남망기는 별말 없이 시무룩한 기색으로 병풍 쪽을 향하더니 벗어 놓은 옷을 입으려고 했다. 위무선이 황급히 다가갔다. 대충 이유를 알 것 같았다.

"나더러 씻겨 달라고?"

남망기는 눈을 내리깔고 긍정도 부정도 하지 않았다.

남망기의 모습에 위무선은 저도 모르게 마음이 약해졌다. 그는 속으로 다짐했다.

'몇 번 닦아 주고 끝내자. 다른 건 아무것도 하지 말고.'

위무선은 남망기를 목욕통 쪽으로 밀면서 그를 달랬다.

"알았어, 내가 씻겨 줄게. 이리 와."

남망기는 그제야 목욕통으로 다시 들어갔다. 위무선도 소매를 걷어 올리고 목욕통 옆에 섰다.

남망기의 흰 피부와 윤기가 흐르는 까맣고 긴 머리칼이 수면 위로 유유히 일렁였다. 수증기가 뿌옇게 피어오르자, 선경의 연못에 몸을 담근 냉담하고도 준수한 신선의 모습을 방불케 했다. 물에 꽃잎을 흩뿌리면 훨씬 더 절경이었을 텐데, 하는 아쉬운 마음이 들었다. 위무선은 목욕통 속에 있던 나무바가지에 물을 담아 남망기의 머리 위로 졸졸 부어 주었다. 남망기가 눈 한 번 깜박이지 않고 위무선을 쳐다보고 있는 탓에 그의 눈에 물이 들어갈까 걱정됐다.

"눈 감아."

남망기는 잠시라도 눈을 감으면 위무선이 달아날까 두려운 양, 들은 체도 않고 위무선을 뚫어지게 바라봤다. 위무선이 손을 뻗어 남망기의 눈을 감기자 남망기가 얼굴 절반을 물에 넣더니 '보글보글' 하며 물방울을 토해 냈다. 위무선은 하하 웃으며 남망기의 얼굴을 살짝 꼬집었다.

"둘째 오라버니, 몇 살이야?"

위무선은 조협[7]이 담긴 상자와 수건을 가져와 남망기의 얼굴을 따라 아래로 내려가며 닦아 주었다. 그렇게 한참을 닦아 내리던 동작이 일순 멎었다.

방금까지는 남망기가 말액과 머리끈을 끌러 흘러내린 검은 머리칼이 상반신을 가리고 있었다. 하지만 남망기의 젖은 머리칼을 어깨 뒤로 넘기고 가슴께를 문지르는 지금, 서른 줄 남짓 되는 계편 자국과 가슴의 낙인이 더없이 선명하게 보였다.

위무선은 수건을 들고 남망기의 등 쪽으로 돌아섰다.

남망기의 등에 뿌리를 내리고 가슴과 어깨, 팔뚝으로 이어진 계편 자국은 희고 윤기가 흐르는 피부 대부분을 차지했다. 깊거나 얕게 파여 흉하다고 할 만한 상처가 완벽한 사내의 육체를 명백히 훼손했다.

#7 조협(皂荚) 쥐엄나무 열매를 말린 것. 고대 중국에서 비누 대용으로 사용함.

한참 말이 없던 위무선은 손에 든 수건에 물을 적셔 계편이 남긴 상처 위를 닦았다. 아프지 않게 하려는 듯 가볍고 부드러운 손길이었다. 하지만 이는 과거에 난 해묵은 상처라 통증이 심한 시기는 지났다. 설령 이것들이 새로 생긴 상처였다고 해도, 남망기의 성격이라면 아무리 아파도 억누르고 소리를 참으며 약한 모습은 보이지 않을 것이다.

위무선은 이 기회를 틈타 상처의 연원(淵源)을 묻고 싶었다. 고소 남씨에서 계편으로 남망기를 처벌할 자격이 있는 사람은 오직 남희신과 남계인뿐이었다. 남망기가 도대체 무슨 짓을 저질렀기에 남망기와 가장 가까운 형장과, 남망기를 키우고 그를 자랑스러워한 숙부가 이리 모진 벌을 내렸을까?

게다가 언제 생겼는지 모를 기산 온씨의 낙인까지.

말이 턱밑까지 차올랐지만 차마 물어볼 수가 없었다. 이런 일은 남망기가 직접 말하지 않는 한 절대 묻지 않을 터였다. 게다가 남망기가 술에서 깨면 아무것도 기억하지 못한다고 해도, 결국 자신 앞에서 술을 마신다는 것은 자신을 믿는다는 뜻이었다. 그 기회를 틈타 타인에게 말하고 싶지 않은 사생활이나 비밀을 캐묻는 것은 비열한 짓 같았다.

술을 먹여 취하게 만들고 한나절 동안 공을 들였지만 위무선은 결국 아무것도 묻지 못했다. 남망기에게 술을 먹인 다음 묻고 싶은 한마디, '함광군, 너 도대체 나를 어떻게 생각하는 거야?'라는 말을 잊은 것은 아니었다. 그러나 이 말이 입 밖으로 튀어나오려고 할 때마다 위무선은 갖가지 이유를 대며 어물쩍 넘어갔다. 급할 것 없어. 우선 충분히 논 다음에 다시 물어보자. 이렇게 성의가 없어서는 안 돼. 정중하게 앉아서 다시 물어보자……. 각종 핑계를 그러 모으며 지금까지 미룬 진짜 이유는, 아마도 겁이 나서였을 것이다.

자신이 기대한 것과 다른 대답이 나올까 봐.

두 팔을 목욕통에 걸치고 있던 남망기가 갑작스레 몸을 돌렸다. 위무선은 그제야 깨달았다. 정신을 딴 데 팔아 버린 탓에 한참이나 같은 곳만 문질러 댔던 것이다. 남망기의 흰 등이 얻어맞은 양 벌 겋게 되어 있었다. 위무선이 황급히 손을 멈추고 말했다.

"미안, 딴생각하느라. 아파?"

위무선이 내리 문질러 댄 등이 따끔거렸지만 남망기는 별말 없이 고개만 저었다. 목욕통에서 조용하고 얌전히 앉아 있는 모습을 보 자 딱한 마음이 들었다. 그는 손가락을 구부려 남망기의 아래턱을 간지럽히려 했다. 그러나 손을 반도 채 뻗지 않았건만 남망기가 돌 연히 위무선의 손목을 붙잡았다.

위무선은 이런 경박한 장난을 많이 쳐 왔던지라 남망기가 자신의 '무례한 태도를 참아 주는' 것에 습관이 됐다. 이렇게 갑자기 제지 당하자 순간 아무 반응도 할 수 없었다.

"건드리지 마."

남망기가 가라앉은 목소리로 말했다.

준수하고 우아한 얼굴선과 속눈썹에 투명한 물방울이 맺혀 있었 다. 냉담해 보이는 표정이었으나 눈빛은 데일 듯 뜨거웠다.

오늘 밤 마신 술은 뒤끝이 정말 센 모양이었다. 위무선은 머리에 서 열이 끓는 것만 같았다.

"만지지 말라고? 왜? 그동안은 가만히 놔뒀으면서?"

남망기는 입을 굳게 다물고 한마디도 하지 않은 채, 단호한 모습으로 위무선의 손목을 쥔 손에서 힘을 빼지 않았다.

위무선은 입꼬리를 올리며 가볍게 웃었다.

"내가 한사코 하겠다면, 지금 그 상태에서 날 어쩔 건데?"

위무선을 뚫어지게 바라보는 남망기의 눈빛에 불꽃이 일었다.

이 얼굴, 이런 표정, 이런 눈빛, 이런 상황, 이 사람이, 위무선의 이성을 말끔히 불태울 불씨를 지펴 놓았다.

위무선은 순간 이성을 잃은 듯, 목숨을 내놓을 기세로 다른 손을 물속으로 집어넣어 남망기의 어떤 부분을 세차게 쥐었다. 그가 숨을 가쁘게 몰아쉬며 외쳤다.

"함광군, 내가 이렇게 널 만지는 거 싫다고 하진 않겠지!"

독사에 물린 듯, 혹은 위무선의 행동에 화가 난 듯, 남망기가 위무선을 사납게 잡아당겼다. 엄청난 힘이 끼쳐 오는 동시에 위무선은 남망기 쪽으로 덜컥 끌려갔다.

물보라가 사방으로 튀었다. 상황은 더 이상 걷잡을 수 없었다.

누가 먼저 시작했는지 알 수 없었다. 문득 정신을 차려 보니, 위무선은 남망기의 다리 위에 앉은 자세로 그를 끌어안고 진한 입맞춤을 하고 있었다. 두 사람은 바짝 붙어 있었고 온통 젖은 상태였다. 위무선의 머릿속에는 정욕이 들끓을 뿐이었다. 그러다 가까스로 잠깐 정신을 차렸다. 남망기가 취해 옳고 그름을 판단할 능력이 없는 상태에서 이런 짓을 하는 것은 적절치 않다는 목소리가 머릿속에서 울렸다. 그러나 이 목소리는 숨이 턱에 차오르도록 이어진 입맞춤에 소리 없이 자취를 감췄다.

위무선은 두 팔로 남망기의 목을 단단히 감싸고 한시도 떨어질 수 없다는 듯 원하는 대로 입을 맞췄다. 이전에 반복했던 '몇 마디만 물어봐야지.', '닦는 것만 도와줘야지.', '다른 건 절대 안 해야지.' 따위의 맹세는 깨끗하게 잊었다.

갑자기 위무선이 아, 하는 소리와 함께 입술을 뗐다.

"남잠! 너 왜 개처럼 또 사람을 물어?!"

산통을 깬 위무선이 불만스러웠는지 남망기는 위무선의 턱을 무는 것으로 대신 답해 왔다. 위무선은 이런 행동이 제일 무서웠다. 미간을 찡그린 그가 복수의 의미로 손을 뻗어 방금 만졌던 부위를 주물렀다.

남망기의 표정이 일순 뒤바뀌었다. 위무선이 웃음기 띤 얼굴로 가쁘게 호흡하며 남망기의 입가에 쪽, 하고 입을 맞췄다.

"어때, 아파? 화났어?"

위무선이 흠뻑 젖은 윗옷을 벗으며 말했다.

"남잠, 너 그거 알아? 난 네가 화난 모습이 좋아…….."

위무선의 말투에는 일말의 두려움도 없이 흥분뿐이었다. 남망기의 피부가 불이 붙을 듯 달아올랐다. 남망기는 위무선의 허리를 단단히 감싸고 다른 한 손으로 목욕통 가장자리를 내리쳤다. 목욕통이 산산조각 나며 방 안이 순식간에 난장판이 됐다.

두 사람은 이런 대수롭지 않은 일엔 전혀 신경 쓰지 않았다. 남망기가 위무선을 들어 침상에 내던지다시피 했다. 위무선이 상체를 약간 들자마자 남망기가 덮쳐 왔다. 자못 난폭한 움직임이었다. 지금 이 사람이 아정하며 예를 안다고 칭송이 자자한 그 함광군이 맞나 싶을 지경이었다. 등을 부딪친 바람에 아파 소리를 지르자 남망기가 멈칫했다. 위무선은 아랑곳하지 않고 남망기의 귓가에 속삭였다.

"몰랐네, 네가 침상에선 이렇게 거칠 줄은……."

입술에 닿은 귓불이 백옥처럼 희었다. 위무선은 참지 못하고 이를 세워 눈앞의 귓불을 잘근거렸다. 말랑하고 차가운 감촉이었다. 다시 입에 머금고 가볍게 빨자, 위무선의 두 어깨를 잡은 남망기의 열 손가락이 일순 꽉 오므라들었다. 남망기의 악력이 보통이 아니었던지라, 위무선은 "읏." 하고 신음하며 고개를 돌려 제 어깨를 살폈다. 선홍빛의 손가락 자국 다섯 개가 선연했다. 반면 남망기의 손은 이미 위무선의 허리춤으로 향하고 있었다.

위무선은 일부러 남망기의 손을 치우며 웃었다.

"뭐가 그리 급해?"

그는 질문과 동시에 제 위에 올라탄 남망기의 두 다리 사이로 한쪽 무릎을 집어넣어 툭툭 쳐올렸다. 남망기의 눈이 핏발로 뒤덮인 듯 붉게 물들었다.

"안 벗겠단 것도 아닌데. 내가 할게."

말을 끝내자마자 위무선이 바지를 시원하게 벗어 던졌다. 그는 실오라기 하나 걸치지 않은 채 남망기의 단단한 어깨와 등을 끌어안아 자신 쪽으로 당겼다.

두 사람은 오롯이 나신으로 살결을 맞대고 어루만지며 스스럼없이 고개를 기울여 가며 입을 맞췄다. 위무선은 일말의 틈도 허용하지 않겠다는 듯 왼손으로 남망기의 목덜미를 꽉 잡아 누른 채, 그의 입술을 깨물고 음미하며 넘어오는 숨결과 침을 삼켰다. 오른손은 남망기의 우아하고 강인한 등 근육을 더듬어 내려갔다. 이윽고 조금 울퉁불퉁한 계편 자국이 닿아 오자 부드러운 손길로 어루만졌다.

남망기의 동작은 한층 노골적이었다. 마디가 선명한 길고 흰 두 손이 위무선의 온몸을 몇 번이나 훑다가 결국 허리와 엉덩이 부근으로 되돌아왔다. 두 손은 마치 현을 건드리듯 위무선을 계속해서 튕겨 냈다. 하지만 그를 튕기며 연주하는 사람에게선 고금을 연주할 때의 우아함과 냉정함은 전혀 찾아볼 수 없었다. 위무선 역시 서릿발처럼 차갑고 고결한 고금 소리가 아닌 거리낌 없는 신음을 내질렀다.

　초반에는 위무선도 한껏 즐겼다. 시간이 조금 지나자 남망기가 사타구니 근처의 연한 피부를 힘껏 주무르는 감각이 느껴졌다. 그곳은 원체 민감한 부분이었다. 하물며 남망기의 악력도 보통이 아니었던지라, 금세 다리 안쪽이 간지럽고 욱신거리며 시큰하게 저리기 시작했다. 덜컥 사레가 들린 위무선이 새빨갛게 부어오른 입술을 뗐다. 그가 숨을 몰아쉬며 전혀 군자 같지 않은 손을 치우고는 장난스럽게 야유했다.

　"함광군께서 옷을 벗으면 이리 난폭해질 줄은 몰랐네. 정말이지 아정에 걸맞지 않게…… 아!"

　남망기가 위무선의 유두를 세게 꼬집자 위무선이 몸을 움츠리며 잽싸게 피했다. 남망기의 목에서 몹시 위협적인 소리가 흘러나왔다. 위무선이 다급하게 말했다.

　"알았어, 이러지 마. 만지게 해 줄게."

　위무선이 남망기의 손을 제 몸 아래로 가져가며 웃어 보였다.

　"자, 만지고 싶은 대로 만져."

　위무선은 우쭐대며 자신이 이런 일은 알아서 잘 깨우치는 음란한 인간이라고 생각했다.

하지만 생각은 생각이고 실전은 실전이었다. 두 생애를 살며 자신 외에 그 누구도 손댄 적 없는 은밀한 곳을 남망기의 뜨거운 손이 감싸 오자, 전신에 가벼운 전율이 일며 몸이 약간 움츠러들었다.

그러나 다섯 손가락이 감싸 쥐고 부드럽게 주무르는 감각이 너무 좋았다. 위무선은 저도 모르게 몸을 늘어트리며 두 팔로 남망기의 어깨와 등을 끌어안고 하체를 그의 손 깊숙이 밀어 넣었다. 남망기의 동작이 점차 빨라졌다. 위무선도 밭은 숨을 몰아쉬며 쾌감에 눈을 가늘게 떴다. 손가락으로 무언가를 붙잡고 싶었지만 남망기의 매끈하고 탄탄한 등을 더듬는 것이 고작이었다. 이렇게 혼자만 기분이 좋아서는 안 된다는 생각이 든 위무선은 오른손을 남망기의 아래로 뻗었다.

아래를 건드리자마자 뜨겁고 굵은 것이 갑작스레 질량을 더하며 단단한 강철처럼 손바닥으로 튕겨 올랐다. 쓰다듬는 것만으로도 얼굴에 열이 오를 정도였다. 위무선은 자신이 다른 사내의 그곳을 만지게 되리라고는 생각조차 해 본 적이 없었다. 그것은 애초에 상상도 할 수 없는 일이었다. 하지만 지금 자신이 남망기를 만지고 있다고 생각하니 또다시 흥분이 밀려와 힘을 조절할 수 없었다. 그는 물건을 고쳐 잡고 엉망으로 흔들며 매끈한 다리를 미끄러트려 마찰했다. 동시에 남망기의 호흡이 거칠게 돌변했다. 위무선이 잡은 물건에 힘줄이 불거지더니 점차 뜨거워졌다. 두 사람의 귓가에 자제할 수 없는 숨소리와, 참지 못하고 뱉어 내는 위무선의 신음이 울려 퍼졌다.

얼마나 지났을까. 온몸의 피와 쾌감이 하체로 쏠리는 느낌이 들었다. 머리 가죽이 저릿해지며 위무선의 목구멍에서 흐느끼는 듯

한 희미한 소리가 흘러나왔다.

"남…… 남잠, 잠시…… 잠시만, 나…….."

말이 채 끝나기도 전에 하체에서 위험한 쾌감이 폭발했다.

순간 숨이 턱 막히면서 머릿속이 새하얘졌다. 한참 뒤, 남망기의 탄탄한 복부에 남겨진 옅은 흔적을 어렴풋이 보고서야 위무선은 자신이 사정했다는 것을 깨달았다.

남망기도 위무선과 거의 같은 순간에 파정한 모양이었다. 위무선의 두 다리 사이로 흰 액체가 잔뜩 묻어났다. 위무선이 조금만 움직여도 형언하기 민망한 그 액체가 천천히 흘러내려 민감한 곳을 지나쳤다. 굉장히 생생한 감각이라, 굳이 직접 보지 않아도 어떤 상태인지 알 만했다. 다리 사이의 끈적한 촉감이 약간 적응되지 않았으나 충만한 만족감이 더 컸다.

남망기는 따뜻한 몸으로 위무선을 감싸며 가슴께에 머리를 푹 파묻었다. 위무선은 온몸에 힘이 빠졌다. 손끝에서 머리 꼭대기까지 말랑해진 양 하염없이 늘어져 손가락 하나 까딱하고 싶지 않았다. 한참이 지나자 끓어오르던 정욕이 서서히 가라앉았고 숨결도 점차 편안해졌다.

묵직하게 내리누르는 남망기의 무게. 그 속에서 더할 나위 없는 안정감과 만족감이 찾아왔다. 위무선은 고개를 숙여 남망기의 머리에 느릿하게 입을 맞췄다. 두 사람을 감싸는 숨결에는 옅은 단향목 내음뿐 아니라 목욕하고 난 다음의 상쾌한 조협 향기도 섞여 있었다. 아릿한 사향 냄새에 남망기에게 묻고 싶었던 질문들이 희미해지는 것 같았다. 하지만 이 순간, 굳이 물을 필요가 없다는 생각이 들었다. 자신이 먼저 입을 열면 그만이었으므로.

"남잠…… 듣고 있어?"

위무선이 낮은 목소리로 말했다.

잠시 뒤 "응." 하는 대답이 돌아왔다.

"나 할 말이 있어."

찰나의 침묵이 이어졌다. 이윽고 위무선이 들리지 않을 만큼 작은 소리로 소곤거렸다.

"고마워, 남잠. 난……."

다시 돌아온 이 생에 남망기를 만나지 못했다면 지금 자신이 어떤 처지일지 짐작할 수 없었다.

어찌 됐든 지금보다 더 좋지는 않았을 것이다.

그러나 위무선의 말에 남망기의 몸이 일순 굳었다.

전혀 눈치채지 못한 위무선은 먼저 남망기에게 입을 맞춘 뒤 말을 이어 가려고 했다. 그때 남망기가 돌연히 위무선을 밀쳐 내며 자세를 바로 했다.

갑작스러운 동작에 위무선은 침상 한쪽으로 넘어졌다. 등이 부딪치며 둔탁한 소리가 났다. 위무선은 눈을 크게 뜬 채로 멍하니 주저앉았다. 고개를 숙이고 있는 남망기의 가슴이 조금씩 들썩였다. 내쉬는 호흡이 약간 거칠었다.

두 사람은 아무 말 없이 한참을 마주 앉아 있었다. 먼저 움직인 사람은 남망기였다.

남망기의 낯빛은 몹시 창백했지만, 더없이 또렷한 눈빛이었다. 남망기는 한쪽 바닥에 놓인 백의를 집어 들어 위무선의 몸을 덮어 준 다음에야 옷가지를 챙겼다.

위무선은 방금 일어난 모든 일을 정말로 믿을 수가 없었다.

위무선은 한없이 포근하고 부드러운 단꿈이 악몽으로 뒤바뀐 것처럼, 냉수를 뒤집어써 머리부터 발끝까지 젖은 것처럼 심장까지 서늘해졌다. 따귀를 묵직하게 얻어맞은 듯이 귀가 먹먹하고 심장이 고동쳤다. 하늘과 땅이 어지럽게 도는 느낌이었다. 그는 한참이나 아무 반응도 하지 못했다. 어렵사리 입을 열자 목소리마저 갈라졌다.

"……남잠, 너 술 깼어?"

남망기는 옷을 다 차려입고 침상 옆에 멀찍이 앉아 오른손으로 이마를 만지고 있었다. 그는 몸을 돌려 엉망이 된 방 안을 둘러보더니 한참 뒤에야 낮은 소리로 대답했다.

"……응."

남망기가 언제 술에서 깼는지 모르겠지만 한 가지만은 확신할 수 있었다.

술이 깬 남망기가 이런 반응을 보이는 것은 방금 한 행위를 계속하고 싶지 않다는 의미였다.

홀연한 깨달음이 찾아왔다. 위무선은 방금 자신이 얼마나 비열한 짓을 했는지 비로소 알게 됐다.

그는 똑똑히 알고 있었다. 남망기에게 술을 먹이기 전 다짐했던 '질문만 하고 다른 것은 하지 않겠다'는 맹세는 그저 자기 합리화에 불과했음을.

평소 단정하게 자신을 단속하는 사람이 술에 취하자 화를 내고 사람을 때리고 제멋대로 군다는 것은, 즉 취하면 자신의 행동을 통제하지 못한다는 의미였다. 위무선은 그것을 똑똑히 알면서도 남망기가 무방비한 때를 틈타 일부러 자극해 가며 원하는 대로 뒤흔

든 것이었다.

아무리 청심과욕한 남망기라지만 그도 정상적인 사내였으니, 이런 거칠고 끈질긴 도발에 불붙지 않을 도리가 없기 마련이다. 게다가 엊그제는 강징에게 이런 일로 모욕적인 말을 들었고, 지금은 형장까지 걱정하고 있을 터였다. 이럴 때 함부로 굴었으니…….

남망기는 '응.' 하고 대답한 뒤 한마디도 하지 않았지만 위무선은 저 혼자 온갖 생각을 쌓아 올렸다.

두 생애를 살며 '부끄럽다'라는 말을 몰랐던 위무선은 이제야 선명하게 깨우쳤다. 아직 얼얼하게 부어 있는 입술, 아랫배와 다리 사이에서 느껴지는 끈적한 감각이 너무 부끄러워 머리라도 박고 죽고 싶었다.

두말할 것 없이 이 상황은 위무선이 상상한 최악의 대답이었다. 남망기는 자신에게 잘해 주었지만, 그것은…… 자신이 바란 그런 종류의 것이 아니었다.

남망기가 어색하고 난처할까 봐 위무선은 황급히 옷을 걸치며 평소와 다름없는 말투로 말했다.

"술 깼구나. 후, 나도 거의 깼어."

남망기가 고개를 돌려 위무선을 흘끗 쳐다봤다. 위무선은 그의 눈 속에 어떤 감정이 담겨 있는지 추측할 엄두가 나지 않아 미세하게 떨리는 손으로 옷을 입었다. 줄곧 말이 없던 남망기가 위무선 쪽으로 손을 뻗어 왔다. 위무선의 몸에 묻은 흰 액체를 닦아 주려는 듯했다.

"괜찮아!"

위무선이 다급하게 말했다.

남망기는 순간 손을 멈췄다가 이내 거둬들였다.

위무선은 한시름을 놓고 중얼거렸다.

"네가 할 필요 없어. 내가 하면 되니까, 내 몸에 손대지 않아도 돼."

남망기 같은 사람은 이런 일을 한 다음에도 자신이 상대방의 용모를 흐트러뜨렸다고 생각할 터였다. 하지만 위무선은 남망기에게 그것까지 도와 달라고 할 수 없었다. 그는 중의(中衣)를 집어 들어 건성으로 배를 문지르고 내던졌다.

"그 뭐냐, 남잠. 오늘 밤 우리 술을 많이 마셨나 봐. 미안해."

남망기는 아무 대답도 하지 않았다.

위무선이 목화(木靴) 한쪽을 신으며 말했다.

"근데 너무 민망해할 필요 없어. 으음, 사내가 가끔 이러는 건 정상이거든. 그러니까…… 마음에 담아 두지 마."

"정상?"

남망기가 묵묵히 위무선을 쳐다보며 말했다.

지극히 차분하게 들리는 목소리였다.

위무선은 대답할 수 없었다. 남망기가 재차 물어 왔다.

"마음에 담아 두지 말라고?"

자신의 마음을 들켜 앞으로의 친우 관계까지 애매해지느니, 차라리 남망기가 자신을 경박하고 비열하게 생각하도록 두는 것이 낫겠다는 생각에 한 말이었다. 하지만 이 순간 방금 자신이 내뱉은 바보 같은 말이 후회됐다. 위무선은 작은 목소리로 입을 열었다.

"……미안해."

남망기가 자리를 박차고 일어나자 위무선은 일순 당황했다. 바로 그때 여주인이 쿵쿵거리며 뛰어 올라와 방문을 두드리며 말했다.

"공자님들, 공자님들! 주무세요?"

남망기가 시선을 돌렸다. 위무선은 재빨리 나머지 신발을 신고 말했다.

"안 잡니다! 아니다, 자요, 자. 조금만 기다리세요. 옷 좀 걸치고요."

위무선이 옷을 다 입고 나서야 남망기가 문을 열었다.

"무슨 일입니까?"

위무선이 물었다.

여주인이 복도에 서서 웃으며 말했다.

"이렇게 늦은 밤에 공자님들의 휴식을 방해해서 정말 죄송합니다. 노여워 마세요. 하지만 저도 어쩔 수가 없었답니다. 공자님들 아래층에 묵는 손님이 천장에서 물이 샌다고 해서요. 공자님들이 묵는 방에서 새는 게 아닐까 싶어서 올라와 봤습니다……."

주인은 고개를 빼꼼히 들이밀어 방 안을 들여다보고는 깜짝 놀랐다.

"이이이, 이게 무슨 일이야!"

"저야말로 죄송하게 됐습니다. 주인장, 죄송합니다. 술을 너무 많이 마셔 술주정을 했나 봅니다. 목욕하려다 너무 좋아서 목욕통을 탁 내리쳤는데 이렇게 됐네요. 정말 죄송합니다. 제가 배상하겠습니다."

위무선이 민망한 듯 턱을 쓰다듬으며 사과했다.

위무선은 속으로 '배상은 무슨, 남잠과 다니면서 금전적인 부분은 다 남잠이 책임졌으면서. 돈을 내는 건 결국 남잠일 텐데.' 하고 생각했다.

주인은 입으로는 "괜찮아요, 괜찮아. 문제없어요, 걱정하지 마세요."라고 했지만 상심한 기색이 역력한 채로 방으로 들어왔다.

"그래서 물이 샌 거군요……. 방 안이 어째 발 디딜 틈도 없네……."

주인은 허리를 숙여 방석 몇 개를 들더니 다시 깜짝 놀랐다.

"여기 왜 구멍이 생겼지!"

남망기가 피진으로 낸 구멍이었다. 위무선은 약간 산발이 된 머리카락을 긁적이며 미안하다는 말을 거듭할 수밖에 없었다.

"아, 그것도 제가 그랬습니다. 검을 던지며 놀다가 그만……."

말이 채 끝나기도 전에 남망기가 바닥에 떨어진 돈주머니를 주워 들고 은자 하나를 탁자에 올려놓았다. 주인은 얼굴색이 확 변하면서 가슴에 손을 얹었다. 그래도 못 참겠는지 설교를 몇 마디 했다.

"공자님, 제가 공자님을 탓하는 게 아니라요, 검처럼 위험한 물건을 던지고 놀면 어떻게 해요. 방석과 바닥에 구멍 나는 건 괜찮지만 사람이 다치면 어쩌겠어요."

"네네네, 그럼요. 주인장 말이 맞습니다."

위무선이 고개를 주억거렸다.

"그럼 이렇게 합시다. 밤도 깊은데 쉬셔야지요. 방은 바꿔 드릴게요. 여긴 내일 수리하고요."

주인이 돈을 집어 들며 말했다.

"좋아요, 고맙습니다. 잠깐만요! 그러면 죄송한데, 두 개로 부탁드립니다."

위무선이 말했다.

"왜 또 두 개래요?"

주인이 이상하다는 듯이 물었다.

위무선은 남망기를 쳐다볼 수가 없어 낮은 소리로 말했다.

"……제가 술을 마시면 술주정이 심한 거 보셨잖아요. 물건을 부수고 검으로 놀고, 사람을 다치게 할까 봐요."

"그건 그렇죠!"

주인이 수긍하며 맞장구쳤다.

주인은 그들에게 방 두 개로 바꿔 주고 준비가 끝나고서야 치맛자락을 들고 내려갔다. 위무선은 고맙다고 말하고 자기 방 방문을 열다가 고개를 돌렸다. 남망기가 복도에서 한 손에 피진을 들고 다른 손으로 말액을 가볍게 잡고선 고개를 숙인 채 아무 말도 없이 서 있었다. 위무선은 즉시 방으로 들어가 숨으려고 했지만, 남망기의 모습을 보니 발걸음이 떨어지지 않았다. 위무선은 한참 생각한 다음 신중하고 진지하게 말했다.

"남잠, 오늘 밤 일은 미안해."

침묵이 이어지다 남망기가 낮은 소리로 말했다.

"나한테 그런 말 할 필요 없어."

남망기는 말액을 다시 단정하게 묶고 예전의 그 바르고 자제력 강한 함광군으로 돌아왔다. 그가 고개를 약간 숙이며 말했다.

"푹 쉬어. 관음묘와 난릉 가는 일은 내일 다시 이야기해."

그 말에 위무선은 마음이 조금 밝아졌다. 최소한, 내일은 같이 상의할 일이 있었다.

"응, 너도. 푹 쉬고, 내일 봐."

위무선이 웃으며 말했다.

위무선은 방으로 들어가 문을 닫고 문에 기댄 채 귀를 기울였다. 그리고 남망기가 가볍지도 무겁지도 않게 문을 닫는 소리를 듣고는 즉시 자기 얼굴을 쳤다.

위무선은 침상에 털썩 주저앉아 뜨겁게 달아오른 얼굴을 손으로 감쌌다. 한참이 지나도 열기가 사그라지지 않았다. 얼굴도, 몸도. 탁자에 놓인 찻주전자를 들어 머리에 쏟았지만 전혀 효과가 없었다. 위무선의 온몸 구석구석에서 남망기의 체취가 느껴졌다.

위무선은 여기 계속 있으면서 벽 너머에 있는 남망기와 방금 그들이 했던 일을 생각하면 편안하게 밤을 보낼 수 없을 것 같았다. 오늘 밤 이곳에서는 절대 머물 수 없었다.

위무선은 나무 창문을 열고 창턱에 올라 가볍게 뛰어내렸다. 그는 검은 고양이처럼 소리 없이 객잔 밖 가도에 착지했다.

밤이 깊어 거리가 텅 비어 있어서 미친 듯이 뛰기 딱 좋았다.

남망기가 술에 취해 낙서한 벽에 도착해서야 위무선은 뜀박질을 멈췄다.

벽에는 토끼, 꿩, 어린아이로 가득했다. 이것들을 그릴 때 집중하던 남망기의 모습과, 다 그린 다음 자기를 끌고 와 칭찬해 달라고 했던 모습이 떠올라 저도 모르게 입가에 웃음이 번졌다.

막심한 후회가 밀려왔다.

술기운을 빌려 제멋대로 굴지 않았으면 좋았을 것이다.

그랬으면 적어도 얼굴에 철판을 깔고 남망기의 침상으로 올라가 그의 옆에 끼어서 자는 척하거나 잠을 자고 있었을 테다. 지금처럼 야밤에 잠을 이루지 못하고 객잔에서 뛰쳐나와 대가리 없는 파리처럼 미친 듯이 뛰어다니진 않았을 것이다.

위무선은 손을 뻗어 벽을 훑었다. 벽에 그려진, 입술을 쭉 내밀고 뽀뽀하는 아이들을 스치고 지나 '남망기 다녀가다'라고 쓰여 있는 곳까지 갔다. 이것은 지워야만 했다. 지우기 전에 위무선은 '남망기'의 이름에 손가락을 대고 글자를 따라 써 내려갔다.

한 번, 두 번, 세 번.

글자 위로 덧그릴수록 아쉬웠다.

갑자기 '쓱싹쓱싹' 하는 소리가 들렸다. 야밤에 무슨 소리인가 싶어 경계하면서 담 모퉁이를 돌아가 보았다. 검은색 옷을 입은 그림자가 벽에 붙어 작은 칼을 들고 벽에 난 낙서 흔적을 지우고 있었다.

"……."

온녕이 온 얼굴에 석회를 뒤집어쓴 채로 고개를 돌리며 말했다.

"공자, 어떻게 오셨어요?"

"뭐 하고 있는 거야?"

"아."

온녕이 말했다.

"남 공자가 쓰시는 걸 봤습니다. 내일 이곳 사람들이 깨서 보면 번거로울 것 같아서요. 그래서 제가 먼저 지우려고……."

온녕은 잠시 뒤 이상하다는 듯이 물었다.

"남 공자는요?"

"쉬고 있어. 난 그냥 돌아다니는 거고."

위무선이 고개를 숙이며 웅얼거렸다.

온녕은 위무선의 기분이 안 좋다는 것을 눈치채고 동작을 멈췄다.

"공자, 무슨 일 있어요?"

온녕이 위무선에게 몇 걸음 다가오다가 순간 멈칫하더니 연신 뒷걸음질 쳤다.

"또 뭐 하는 거야?"

위무선이 어리둥절해하며 물었다.

온녕은 식겁한 듯이 연신 손을 내저었다.

"아니요, 아닙니다. 아무것도 아니에요!"

위무선은 온녕이 난처해한다는 것을 알아채고 자기 모습을 훑어 보다가 손목에 손자국이 붉게 나 있는 것을 발견했다. 남망기가 잡아 침상에 눌렀을 때 생긴 것이었다. 입술을 만져 보니, 아직도 약간 부어 있었다. 그들은 정신이 희미한 채로 서로를 꼭 끌어안은 채 침상에서 뒹굴었고, 남망기가 위무선 위에서 물고 빨아 댔으니 목은 더 대단할 터였다. 온녕의 얼굴에 혈색이 있었다면, 아마도 지금 그의 얼굴은 붉어질 대로 붉어져 피가 흘러나올지도 몰랐다. 위무선도 무슨 말을 해야 할지 알 수 없었다.

"너…… 후!"

위무선은 담 모퉁이에 앉아 한숨을 내쉬었다.

"술 마시고 싶다."

"제가 가서 사 올게요."

온녕이 즉시 대답했다.

"돌아와! 어딜 가는 거야?"

온녕이 되돌아왔다.

"술 찾으러……."

"너도 참……. 그냥 한 소린데 정말 가냐. 네가 내 하인도 아니고."

"저도 알아요."

"그리고, 너 돈 있어?"

"없어요……."

"거봐! 내가 그럴 줄 알았다니까."

"하지만 남 공자는 돈이 아주아주…… 많잖아요……. 정말 좋죠."

온녕이 부러운 듯이 말했다.

"어휴."

위무선이 벽에 뒤통수를 몇 번 박으면서 연신 '후' 하고 한숨을 내쉬었다.

"됐어. 오늘 이후로 절대 술 안 마실 거야."

"왜요?"

온녕이 멍하니 물었다.

"술 마시면 일을 망치기 쉬워. 나 술 끊을 거야."

온녕이 못미덥다는 듯 입가를 씰룩거렸다.

"너 그거 무슨 뜻이야. 못 믿는 거야?"

"아니요, 아니에요……. 하지만 예전에 누님이 온갖 방법을 다 써도 공자는 술 못 끊으셨잖아요……."

온녕이 우물쭈물 말했다.

"하하, 하하."

위무선은 생각이 났다.

"네 누나 방법이란 게 이삼 일에 한 번씩 침으로 내 몸에 구멍을 내는 거였잖아."

실컷 웃은 위무선이 갑자기 말했다.

"온녕, 너 지금의 이런 잡다한 일이 다 끝나면 어떻게 할지 생각해 본 적 있어?"

"어떻게 할 거냐고요?"

온녕이 놀라 되물었다.

온녕은 지금 이 세상에 가까운 사람이 남아 있지 않았고, 심지어 아는 사람 한 명 없었다. 예전에 온녕은 자기 생각을 밝히는 것을 잘하지 못했고 결단력은 더더욱 없었다. 온정 뒤에 서거나 아니면 위무선 뒤에 서 있었다. 그러지 않으면 온녕은 어디로 가야 할지, 어디로 갈 수 있을지 잘 몰랐다. 하지만 위무선은 온녕이 자기 길을 찾기를 바랐다. 말하고 나니 어째 그를 쫓아내는 것 같았다.

다시 생각하니 온녕이 어디로 가야 할지, 그가 어떻게 알겠는가? 남망기와 함께였을 때 위무선도 이런 문제를 전혀 생각해 보지 않았다. 당연히 계속 이렇게 변함없을 것이라고만 생각했다. 하지만 오늘 밤 이후 아마도 위무선과 남망기는 다시는 그런 관계로 돌아가지 못할 터였다. 남망기 곁을 떠나 혼자 세상을 떠도는 것도 못할 것 같진 않았다.

하지만 마음은 분명하게 말했다. '못 한다'고.

금린대에서 했던 헛소리가 정말 사실이 되어 버렸다. 지금의 위무선은 남망기를 떠나서 살 수 없었다.

위무선은 한숨을 길게 내쉬며 절망적으로 말했다.

"술 마시고 싶다."

위무선은 생각할수록 맥이 빠지고 울적했다. 발산할 곳 없는 초조함이 분노로 변해 갔다. 그가 벌떡 일어났다.

"젠장. 온녕, 가자!"

"어디를요?"

"그런 곳이 있어!"

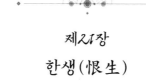

제21장
한생(恨生)

제21장 한생(恨生)

1

위무선은 온녕을 데리고 성안에 있는 관음묘로 곧장 달려갔다. 낮에 남망기와 함께 왔을 때, 저녁에 다시 와 자세히 살피자고 했다. 사찰 안의 진법을 깨서 뭐가 진압되어 있는지 찾아내 금광요를 상대할 때 도움이 될 수 있는지 보려고도 했다. 그런데 술시까지 자고 그런 일까지 생겨 계획이 틀어질 줄은 생각하지도 못했다. 그래서 위무선은 뭔가 개운하지 않아 금광요가 숨겨 둔 비밀 장소를 찾아 나선 것이다.

깊은 밤이라 인적이 없고 관음묘 대문도 닫혀 있었다. 높은 벽 밖에서 보니 마당도 컴컴했다. 위무선은 두 걸음 만에 담에 올라 처마에 오르려다 갑자기 동작을 멈췄다.

"이상해."

"결계가 쳐져 있어요."

온녕도 멈추고 낮은 소리로 소곤거렸다.

위무선이 손짓하자, 두 사람은 소리 없이 바닥으로 내려와 대문을 지나 관음묘 뒤에 있는 모퉁이로 돌아갔다. 그리고 조심스럽게 벽을 타고 올라가 숨어서 마당을 훔쳐봤다.

두 사람은 깜짝 놀랐다.

관음묘 안은 등불이 환했고 사람들로 가득했다. 절반은 승려였고 절반은 금성설랑포를 입은 수사였다. 두 부류의 사람이 뒤섞여 서 있었다. 모두 활과 화살을 메고 손에 검을 쥐고 서 있었다. 그들은 뭔가를 지키기 위해 만반의 대비를 하는 것 같았고 가끔 낮은 소리로 이야기를 나누기도 했다. 관음묘 사방에 사람들을 속이는 특별한 결계가 쳐져 있었기 때문에, 높은 담장 밖 길에서 보면 관음묘는 어둡고 적막하기 그지없었다. 관음묘 안의 등불과 불빛, 사람의 목소리가 전혀 들리지 않았다.

하지만 위무선이 놀란 이유는 결계나 수사, 가짜 승려가 아니었다. 마당 한가운데에 서 있는 백의의 사람 때문이었다.

남희신.

남희신은 묶여 있기는커녕 패검과 퉁소 열빙(裂冰)도 허리춤에 찬 채로 사람들 속에 평온하게 서 있었다. 승려와 수사들도 연신 "예, 예." 하고 읊조리며 공손한 태도를 보였다.

위무선은 쭉 살핀 다음 낮은 소리로 온녕에게 말했다.

"어서 객잔에 가서 함광군 데려와!"

온녕이 고개를 끄덕이며 즉시 사라졌다. 위무선이 다시 시선을 사찰 안으로 돌렸다. 금광요는 보이지 않았다. 그가 왔는지, 음호부가 그의 손에 있는지도 알 수 없었다. 위무선은 잠시 생각하고는 손가락을 깨물어 허리춤에 있는 쇄령낭으로 핏방울을 떨어뜨렸다. 위무선은 작은 귀신들을 부려 소리 없이 사악한 존재들을 불러올 생각이었다. 그런데 바로 그때, 관음묘 밖 거리 끝에서 개 짖는 소리가 들렸다.

위무선은 혼이 다 날아갈 것 같았다.

위무선은 하늘 끝으로 튀어 올라가고 싶은 충동을 참으며 덜덜 떨면서 담을 부여잡았다. 개 짖는 소리가 점점 가까워지는 것을 들으며 그는 자신도 모르게 속으로 외쳤다.

'살려 줘, 남잠. 남잠, 살려 줘!'

마치 이 이름이 용기라도 주는 듯이, 위무선은 계속 '남잠'을 부르며 덜덜 떨면서도 냉정해지려고 애썼다. 그는 주인 없는 저 개가 어서 지나가길 간절히 바랐지만 하늘도 무심하시지, 개 짖는 소리와 함께 낭랑한 소년의 목소리가 들렸다.

"선자, 조용히 해! 야밤에 그렇게 짖으면 동네 사람들 다 깨잖아?!"

금릉!

남희신의 낯빛이 싸늘해졌다. 난릉 금씨 수사들도 대부분 금릉의 목소리를 알아차리고 눈빛을 주고받은 다음 활에 화살을 걸었다. 금릉의 소리가 빠르게 다가오더니 곧 관음묘 대문 밖에 도착했다.

"쉬! 쉬! 또 짖으면 가만 안 둬! ……너 도대체 날 어디로 끌고 온 거야?"

위무선은 무서운 가운데서도 심장이 덜컥 내려앉아 '금릉, 운도 지지리 없는 녀석 같으니라고. 어서 빨리 안 가고 뭐 해!'라고 생각했다.

하지만 금릉은 하필 관음묘 밖에서 걸음을 멈췄고, 선자는 계속 짖으며 땅을 헤집고 빙글빙글 돌았다.

"여기?"

금릉이 이상하다는 듯이 말했다.

잠시 조용하다가 금릉이 문을 두드렸다.

"계십니까?"

안에 있던 수사들이 숨을 멈추고 정신을 집중하며 활시위에 활을 메겼다. 그리고 대문 방향을 조준한 뒤, 다음 지시를 기다리는 것처럼 숨죽였다.

"다치게 하지 마시오!"

남희신이 낮은 소리로 말했다.

남희신의 목소리는 관음묘 결계 밖으로 나가지 않았고 수사와 승려들도 경계를 풀거나 활을 내려놓지 않았다. 금릉은 이상한 낌새를 눈치챈 것 같았다. 야간 순찰하는 사람이 없다고 해도 방금 세상이 다 떠내려갈 정도로 문을 두드렸다. 잠자던 사람도 깰 판인데도 아무 반응이 없었기 때문이다. 그래선지 문밖에 있던 금릉도 아무 말 하지 않았다. 위무선이 안심하기도 전에 갑자기 담 밖에서 개가 미친 듯이 짖는 소리가 들렸다.

"이봐, 왜 또 돌아가는 거야?!"

금릉이 화를 냈다.

'선자, 착하군!'

위무선이 반색하며 생각했다.

"선자! 돌아와! 젠장!"

금릉이 투덜거리며 선자를 불렀다.

위무선은 속으로 '얘야, 어서 네 개와 같이 돌아가라고! 부탁이야!' 하고 소리쳤다.

그런데 잠시 뒤, 회석이 떨어지는 소리가 희미하게 들렸다. 위무선은 처음에는 무슨 소린지 몰랐다가, 갑자기 식은땀을 흘리기 시작했다.

'젠장, 금릉이 담을 오르고 있군!'

저쪽에서 담장에 오른 금릉은 안에 있는 사람이 모두 자기에게 화살을 겨누고 있는 것을 보았다. 크게 놀랐는지, 그의 동공이 수축했다. 그때 승려 하나가 화살을 잡은 손에서 힘을 빼 버렸다. 금릉을 본 적이 없어 그가 어떤 인물인지 모르거나, 침입자는 모두 입을 막아 버리겠다고 결심했는지도 모른다. 어쨌든 승려의 손을 떠난 화살은 금릉을 향해 힘차게 날아갔다.

바람을 가르는 날카로운 소리에 위무선은 화살을 쏜 사람이 고수라는 것을 알아챘다. 저 화살에 맞으면 금릉은 가슴이 관통당할 것이었다. 지금 당장 화살을 막을 만한 물건은 딱 하나였다. 위무선은 급한 김에 담장 꼭대기로 올라 손에 든 것을 던지며 외쳤다.

"금릉, 도망쳐!"

위무선이 던진 것은 부활한 이후 늘 몸에 지니고 다녔던 피리였다. 피리는 맹렬한 기세로 날아오던 화살을 막아 방향을 바꾸곤 산산이 부서졌다. 금릉의 그림자가 담장 위에서 사라진 것이 도망간 것 같았다. 하지만 위무선의 위치도 노출돼, 화살 수백 발이 비처럼 날아와 꽂혀, 그가 숨어 있던 담장이 고슴도치 꼴이 됐다. 위무선은 큰일 날 뻔했다고 생각했다. 저들의 활 쏘는 솜씨를 보니 수련의 경지도 높은 것 같아 금릉이 잘 도망갔을지도 문제였다. 위무선이 담에서 내려와 손가락을 구부려 휘파람을 불려는 순간, 갑자기 뒤에서 웃음소리가 들렸다.

"내 충고드리겠는데 위공자, 그러지 마세요. 피리가 부서진 건 아무것도 아닙니다. 손가락이나 혀가 없으면 얼마나 괴롭겠어요."

위무선이 즉시 손을 거뒀다.

"그 말도 일리가 있네요."

"들어가시지요?"

그 사람이 말했다.

"금 종주, 공손하시네요."

위무선이 말했다.

"당연히 해야 할 일입니다."

금광요가 웃으며 말했다.

그들은 마치 아무 일도 없는 것처럼 말을 나눴다. 관음묘 앞에 도착하자 위무선은 순간 아무 말도 할 수 없었다.

관음묘 대문은 이미 열려 있었다. 금릉은 도망가지 못했고 승려 몇 명이 검을 겨누고 있었다. 두 사람을 본 금릉이 잠시 주저하더니 먼저 말했다.

"작은아버지."

"안녕, 아릉."

금광요가 말했다.

금릉은 위무선을 슬쩍 쳐다봤다. 금릉 곁에 개가 없자 위무선은 그제야 정신을 차리고 골치 아프다는 듯이 말했다.

"너, 이 자식……. 이렇게 늦은 시간에 혼자 개를 데리고 여긴 왜 온 거야?"

위무선은 전혀 몰랐다. 사실 그와 남망기, 온녕이 배를 타고 연화오를 떠난 뒤 금릉은 몰래 그를 찾아갔었다. 하지만 위무선은 흔적도 없이 사라진 후였다. 금릉은 미친 사람처럼 아무나 붙잡고 검을 뽑아 보라고 하는 외숙에게 화를 내면서, 외삼촌 때문에 위무선이 떠난 거라고 대들었다가 한 대 얻어맞고 쓰러졌다. 그래서 금릉은 끝장을 보겠다고 선자를 데리고 위무선을 찾아 나선 것이었다. 선자는 기대를 저버리지 않고 위무선의 냄새를 따라 관음묘 근처로 정확하게 안내했다. 하지만 대문을 두드렸을 때 안에서 풍기는 강한 살기를 느끼고 돌연 방향을 바꿔 주인의 옷을 잡고 맹렬하게 짖으며 경고했던 것이다. 어쨌든 이 관음묘는 조금 이상했다. 금릉은 위무선이 이곳에 없다고 해도 무슨 일인지 알아봐야겠다고 생각했다가 결국 적의 손에 잡히고 말았다.

금릉은 당연히 사실대로 말하지 않고 콧방귀를 뀌었다.

금광요가 몇 사람을 이끌고 사찰로 들어갔다. 대문이 닫히는 순간, 그가 고개를 돌려 수하에게 물었다.

"영견은?"

"영견은 매우 난폭해 잡으려고 하자 달려들고 물어서 제힘으로는 안 됐습니다. 도망갔습니다."

한 승려가 말했다.

"쫓아가 죽여라. 그 영견은 아주 영리해. 사람이라도 데려오면 골치 아파진다."

금광요가 말했다.

"네!"

그 승려가 검을 빼 들고 나가자 대문이 닫혔다. 금릉은 놀라 어안이 벙벙했다.

"정말 죽이시려고요? 선자는 작은아버지께서 제게 주셨잖아요!"

"아릉, 여기까지 뭐 하러 왔느냐?"

금광요가 대답 대신 질문을 했다.

금릉은 위무선을 흘끗 바라보고 대답을 망설였다. 갑자기 남희신이 말했다.

"금 종주, 금릉은 아직 어린아이네."

"저도 압니다."

금광요가 남희신을 보며 말했다.

"게다가 금 종주의 조카이고."

남희신이 말했다.

금광요가 허허 웃음을 터뜨렸다.

"둘째 형님, 지금 무슨 생각을 하신 겁니까? 금릉이 어린아이고 제 조카라는 것을 저도 당연히 압니다. 제가 뭘 할 거라고 생각하십니까? 죽여서 입을 막기라도 할 것 같아요?"

남희신은 아무 말도 하지 않았다. 금광요가 고개를 저으며 금릉에게 말했다.

"아릉, 잘 들어라. 도망가거나 소리를 지르면 내가 너에게 무서운 짓을 할지도 모른다. 그러니 네가 알아서 처신하거라."

금릉은 작은아버지와 관계가 좋았다. 금광요는 금릉을 총애했고, 지금도 겉으로는 예전처럼 상냥했다. 하지만 이제는 예전과 같은 눈빛으로 작은아버지를 쳐다볼 수가 없었다. 금릉은 잔뜩 기가 죽은 채, 온순하게 위무선과 남희신 곁으로 묵묵히 걸어갔다.

금광요가 몸을 돌리며 말했다.

"아직 다 안 팠나? 안에 있는 사람들에게 서두르라고 해!"

한 승려가 "네!" 하고 대답하고 검을 들고 관음전 안으로 뛰어갔다.

위무선은 그제야 제일 뒤쪽에 있는 관음전에서 돌과 흙이 쌓이는 소리에 귀를 기울였다. 여러 명이 뭔가 파고 있는 것 같았다. 위무선은 '지금 뭘 파고 있는 거지? 지하도? 음호부? 억눌려 있는 존재?' 하고 생각했다.

"그러고 보니 아직 안 물었네요. 위 선생은 어떻게 이곳을 아셨습니까? 당신과 함광군이 산수를 유람하다 우연히 이곳에 왔다고는 하지 마십시오."

금광요가 물었다.

"염방존께서 방비전 밀실에 땅문서를 많이 숨겨 두셨더군요. 내 원고와 같이요. 기억 안 납니까?"

위무선이 비아냥거리며 대답했다.

"아, 제가 부주의했군요, 따로 두었어야 했는데."

"아무튼, 우리는 아직도 당신 손바닥 위에 있는 셈입니다. 그러니 관음묘에 봉인된 게 뭔지 알려 주고 제 호기심을 풀어 주시면 어떻겠습니까?"

"호기심을 푸는 데 필요한 대가가 작지 않습니다. 위 공자, 시험해 보겠습니까?"

금광요가 웃으며 말했다.

"아, 그러면 지금은 안 하겠습니다."

그때 남희신이 위무선의 곁으로 다가왔다. 남희신의 검이 검집에서 조금 나와 있었다. 위무선은 그제야 남희신의 패검에서 광채가 나지 않는다는 것을 발견했다.

"택무군, 이건?"

위무선이 물었다.

"부끄럽습니다. 계략에 빠져 영력을 잃었습니다. 삭월(朔月)과 열빙(裂冰)이 있지만 도움이 안 됩니다."

"부끄러워하실 필요 없습니다. 사람을 속이는 건 염방존의 주특기니까요."

예전에 공정(共情)을 통해 맹요가 자살한 척하고 섭명결에게 흉계를 꾸민 일과 '염방존이 중상을 입었다'는 소식이 떠올랐다. 새삼 그 일들을 돌이켜 보니, 남희신이 어떻게 영력을 잃었는지 쉽게 예상할 수 있었다.

"진법을 쳐라. 이따가 함광군이 오면 한 줄씩 한 줄씩 막아야 한다."

금광요가 승려 몇 명에게 명령했다.

"함광군이 올 거라고 어떻게 확신합니까?"

위무선이 물었다.

위무선은 금광요의 경계심을 늦추기 위해 거짓말이라도 해야 하나 하고 재빨리 계산했다. 그러나 금광요는 위무선의 생각을 다 안다는 듯이 미소를 지었다.

"당연히 옵니다. 위 공자가 이 관음묘를 눈여겨봤다면 함광군도 이곳이 수상쩍다는 것을 모를 리가 없지요. 위 공자, 함광군이 당신 곁에 없다고 하면 내가 믿을 것 같습니까?"

"똑똑하군요."

위무선이 고개를 주억거렸다.

"위 공자. 망기가 근처에 있다면 어째서 공자와 함께 있지 않았습니까?"

남희신이 물었다.

"따로 움직였습니다."

위무선이 말했다.

"난장강에서 내려와 공자가 부상을 입었다고 들었는데, 이런 때에 어떻게 공자와 따로 움직일 수 있답니까?"

남희신이 놀라서 말했다.

"누구한테 들었습니까?"

위무선이 물었다.

"제가 말했습니다."

금광요가 말했다.

위무선이 금광요를 한 번 보고 남희신에게 말했다.

"다른 건 아닙니다. 오늘 밤은 제가 잠이 안 와서 객잔을 나와 돌아다니다가 우연히 이곳에 왔습니다. 함광군은 다른 방에 묵고 있어서 제가 나왔는지도 모르고요."

"방을 두 개 잡았다고요?"

금광요가 이상하다는 듯이 반문했다.

"우리가 무조건 한방에서 잘 거라고 누가 그럽니까?"

위무선이 발끈해 되받아쳤다.

금광요가 웃으며 말이 없자 위무선이 뭔가 깨달았다는 듯이 말했다.

"오, 알겠네요."

아마 남희신이 말했을 것이다.

"두 분은 정말 무슨 말이나 다 하시는군요."

위무선이 말했다.

"위 공자, 두 사람 무슨 일이 생겼습니까?"

남희신은 농담하려는 뜻이 전혀 없었다.

남희신의 얼굴에서 온화한 미소가 사라지고 엄숙해지자 남망기와 더 비슷해 보였다. 하지만 위무선은 남희신이 왜 이렇게 큰 반응을 보이는지 알 수 없었다. 켕기는 구석이 있던 위무선은 은근슬쩍 화제를 돌렸다.

"남 종주, 저희한테 무슨 일이 있겠습니까? 지금은 우선 저분부터 상대하시죠."

위무선이 눈으로 금광요를 가리켰다.

"제가 조급했군요. 미안합니다."

남희신이 말했다.

"보아하니 정말 문제가 생겼나 봅니다. 게다가 작은 문제는 아니고요."

금광요가 웃으며 말했다.

"지금 백가가 들고 일어나 귀하를 토벌하겠다고 난리인데 참 한가하십니다? 남 걱정할 시간도 다 있고? 말이 많으시군요?"

위무선이 냉소했다.

"함광군이 그리 오랫동안 지켜 왔는데 지금까지 결실을 맺지 못했을 줄이야. 남 종주만 초조한 게 아니라 제삼자인 저까지 마음이 걸리는군요."

금광요가 말했다.

"뭘 지켜요? 무슨 결실을 맺는다는 겁니까?"

위무선이 금광요를 사납게 노려보았다.

위무선의 말에 금광요와 남희신 모두 놀라 위무선이 일부러 모른 체하는 것은 아닌지 진지하게 살폈다. 위무선은 문득 심장이 미친 듯이 뛰기 시작했다. 밤새 죽었던 무언가가 가슴에서 되살아나는 것 같았다.

"무슨 뜻입니까?"

위무선이 가까스로 태연함을 가장하며 물었다.

"내 말이 무슨 뜻이냐고요? 위 공자, 정말 모르는 겁니까, 아니면 모르는 척하는 겁니까? 진짜든 가짜든 함광군이 들으면 상처받겠군요."

금광요가 말했다.

"정말 모르겠으니 직접 말해!"

위무선이 소리쳤다.

"위 공자, 망기와 그렇게 오래 함께했으면서 그의 마음을 전혀 모른다고요?"

남희신이 경악하며 말했다.

"남 종주, 남 종주. 그, 그 남잠의 마음이란 게, 무슨 마음 말입니까?! 혹시, 혹시······."

위무선이 남희신의 옷자락을 부여잡았다. 위무선은 당장이라도 무릎을 꿇고 똑바로 말해 달라고 애원이라도 할 태세였다.

"정말 아무것도 모르는 것 같군요. 그렇다면 망기의 몸에 난 계편 자국이 왜 생겼는지도 잊었단 말입니까? 망기의 가슴에 있는 낙인을 못 봤습니까?"

남희신이 손을 획 빼면서 믿을 수 없다는 듯이 말했다.

"계편 자국?!"

위무선은 남희신을 다시 잡고 말했다.

"남 종주, 전 정말 모릅니다. 제발, 남잠의 몸에 난 계편 자국이 도대체 어쩌다 생긴 건지 말해 주세요! 그게 저와 관계가 있습니까?!"

"공자와 관계가 없다면 망기가 아무 이유 없이 스스로 그러기라도 했을까요!"

남희신이 노한 기색을 보이며 말했다.

택무군은 늘 품위 있는 모습이었지만 남망기 이야기가 나오니 정말로 화를 냈다. 그러나 위무선의 표정을 자세히 보더니 노기를 조금 누그러뜨리며 떠보듯 물었다.

"공자…… 기억을 잃었습니까?"

"제 기억이요?"

위무선은 자기가 잊어버린 것이 있는지 필사적으로 생각했다.

"기억 못 하는 시간이…… 있습니다!"

분명 기억이 잘 안 나는 기간이 있었다.

혈세불야천(血洗不夜天)!

그날 밤, 온정과 온녕 남매가 이미 죽어 재가 된 줄 안 위무선은 각 세가가 한껏 격앙돼 자기를 토벌하겠다고 하는 것을 봤고, 강염리가 자기 앞에서 죽는 것을 보고 결국 분노로 이성을 잃고 음호부를 합쳐 살육을 방임했다. 음호부에 조종당하는 죽은 자가 죽인 사람은 다시 새로운 흉시가 되었다. 이렇게 살인 꼭두각시가 끊임없이 만들어져 피의 지옥이 됐다.

위무선은 가까스로 쓰러지지 않고 버텼지만, 어렴풋이 자기가 이 도살장 같은 유령 도시를 벗어난 것 같은 느낌이 들었었다. 하지만 그 후로도 오랫동안 의식이 혼미했다. 위무선이 겨우 정신이 들었을 때는 이릉 난장강에 오랫동안 주저앉아 있었다.

"기억났습니까?"

남희신이 물었다.

"불야천 그날 밤이요? 저, 저는 제가 정신이 혼미한 상태로 걸어서 돌아왔다고 생각했는데, 그게 아니라······."

위무선이 중얼거렸다.

"위 공자! 불야천에서 그날 밤, 당신이 적으로 삼았던 게 몇 명이었습니까? 3천 명이었습니다! 당신이 아무리 불세출의 기재라고 해도 그런 상황에서 혼자 빠져나갈 수 있다고 생각합니까? 불가능합니다!"

남희신은 너무 화가 나 허탈한 웃음이 나올 지경이었다.

"남잠······ 남잠이 뭘 했습니까?"

위무선이 떨리는 목소리로 물었다.

"망기가 뭘 했는지 공자가 기억하지 못하면 망기는 절대 먼저 말하지 않을 것이고, 공자도 묻지 않을 테지요. 그러니, 좋습니다. 내가 말하지요."

남희신이 결심을 굳힌 듯 단호한 목소리를 냈다.

"위 공자. 그날 밤, 공자가 음호부를 하나로 맞추고 미친 듯이 살육을 한 뒤 힘이 많이 쇠약해져 있었습니다. 망기는 공자가 이성을 잃었을 때 부상을 당해 상황이 공자보다 낫다고 할 수 없었습니다. 망기도 피진에 기대 간신히 버티고 서 있었지요. 그런 상황에서 공자가 비틀거리며 떠나는 것을 보더니 즉시 따라나섰습니다."

남희신이 이야기를 이어 나갔다.

"그때 현장에 있던 사람들 가운데 정신이 또렷한 사람은 몇 없었습니다. 저도 거의 움직이지 못하는 상황이라, 영력이 곧 고갈될 지경인 망기가 절뚝거리며 공자를 쫓아가 공자를 잡아 피진에 올라 함께 어검해 떠나는 것을 그냥 바라볼 수밖에 없었습니다."

남희신이 계속 말했다.

"두 시진이 지나고 나서야 저는 간신히 영력을 회복해 서둘러 고소 남씨의 지원을 받으러 돌아갔습니다. 만약 다른 가문 사람이 먼저 당신들을 쫓아가 망기가 공자와 한패로 몰리면 큰일이었으니까요. 가볍게는 평생 오점이 남아 명성이 추락하고, 무겁게는 가차 없이 죽임을 당할지도 모른다고 생각했습니다. 그래서 숙부님과 망기의 재능을 아끼는 서른세 명의 선배들과 함께 은밀하게 어검해 이틀을 찾아다녔습니다. 그제야 이릉에서 당신들의 흔적을 찾았습니다. 망기는 공자를 한 산속 동굴에 숨겨 두었습니다. 우리가 도착했을 때 공자는 동굴 안 바위 위에 멍하니 앉아 있었습니다. 망기는 공자의 손을 잡고 공자에게 영력을 넣어 주면서 낮은 소리로 계속 뭔가를 말하고 있었고요."

"하지만 공자는 그에게 한 단어만 반복해 말했습니다. '꺼져!'라고."

위무선은 눈시울이 붉어지고 목이 메어 와 한마디도 내뱉을 수 없었다.

"숙부님이 망기에게 다가가 한바탕 훈계를 하고 망기에게 변명해 보라고 했습니다. 망기는 우리가 찾으러 올 거란 걸 진작 알았지만 아무런 변명도 하지 않았습니다. 어려서부터 망기는 숙부님과 저에게 대항한 적이 한 번도 없었습니다. 그러나 공자를 위해 망기는 숙부님께 대항했을 뿐 아니라 고소 남씨의 수사들에게도 칼을 겨눴지요. 우리가 모신 서른세 명의 선배들에게도 중상을 입

혔습니다…….”

“……저, 저는 몰랐어요……. 정말…….”

위무선이 두 손으로 머리칼을 헤집으며 괴로워했다.

위무선은 정말 몰랐다는 말밖에 다른 말은 할 수가 없었다.

“서른세 줄의 계편 자국! 한 번에 처벌을 다 받은 겁니다. 선배 한 분에 한 줄씩, 단 하루 만에 모든 처벌을 받았습니다. 계편으로 맞으면 얼마나 고통스러운지, 얼마나 누워 있어야 하는지 잘 알지 않습니까! 망기는 고집스럽게 공자를 난장강에 데려다주고 돌아와 죄를 청했고, 규훈석 앞에 한참을 꿇어앉아 있었습니다! 내가 망기에게 가서 위 공자는 이미 중대한 잘못을 저질렀는데 네가 뭐가 아쉬워서 동참하느냐고 물었습니다. 그랬더니 망기는 오히려…… 공자가 한 모든 행동이 맞는지 틀리는지 단언할 수 없지만, 맞든 틀리든 자기는 공자와 함께 모든 결과를 받아들이겠다고 말했습니다. 그 뒤 몇 년은 말이 면벽 수련이지, 망기는 중상으로 꼼짝도 하지 못했습니다. 그런 상태에서도 공자가 죽었다는 소식을 듣고, 그 몸을 이끌고 난장강에 가서 자기 눈으로 직접 봐야겠다고 했습니다…….”

남희신은 감정을 추스르듯 한참 말이 없다가, 천천히 다시 입을 열었다.

“망기가 공자를 구해 동굴에 숨겼을 때, 공자에게 어떤 말을 하고 어떤 눈빛으로 공자를 봤는지는 눈과 귀가 먼 사람이라고 해도 그 마음을 모를 수가 없었을 겁니다. 그래서 숙부님도 노여움을 참지 못하신 겁니다. 망기는 어릴 때부터 선문 자제들의 모범이었고 성장해서는 선문의 명사로 평생 바르고 단정하며 티끌 한 점 묻지 않았습니다. 그런 망기가 평생 저지른 유일한 잘못이 바로 공자입니다! 그런데 공자는…… 모른다고요. 위 공자, 헌사되어 돌아온 뒤에 망기에게 했던 수많은 행동은 뭐였습니까? 매일 밤…… 매일 밤 망기와……. 그런데 공자는 몰랐다고요? 몰랐다면 왜 그런 행동을 했습니까?"

위무선은 정말 과거의 그때로 돌아가 자신을 죽이고 싶어졌다. 몰랐기 때문에 감히 그런 행동을 할 수 있었던 것이었다.

위무선은 문득 두려워졌다. 만약 남망기가 자신이 과거 혈세불야천이 끝난 뒤 며칠 동안의 일을 전혀 기억 못 한다는 사실을 모른다면, 만약 남망기가 자신이 그의 마음을 알고 있다고 생각한다면, 세상에 돌아온 이후 했던 일은 다 뭐가 된다는 말인가?

처음에 허풍스러운 태도로 온갖 추잡스러운 일을 해 댄 이유는, 남망기가 자신을 하루라도 빨리 혐오해 운심부지처에서 쫓아내고 서로 외면한 채 각자의 길로 가기 위해서였다. 남망기는 자신의 진짜 의도가 뭔지 모르지 않았을 것이다. 그럼에도 불구하고 남망기는 계속…… 고집스럽게 자신을 곁에 두고 보호하면서 강징이 접근하고 괴롭힐 기회를 주지 않았다. 물으면 반드시 대답해 주고, 요구하면 반드시 들어주고, 백 가지를 잘못하면 천 가지를 포용해 주었다. 위무선의 치사한 장난과 희롱에도 예의 바르게 자제하면서 선을 넘지 않았다.

그렇다면 방금 객잔에서 남망기가 갑자기 자기를 밀쳐 낸 것도 혹시…… 일시적인 장난이라고 생각해서?

위무선은 도저히 더 생각할 수가 없었다. 위무선이 관음묘 밖으로 뛰어나가려고 하자 수사 몇 명이 즉시 그의 앞을 가로막았다.

"위 공자, 지금 심정은 이해하지만……."

금광요가 말했다.

위무선은 객잔으로 돌아가 남망기에게 자기 마음을 말하고 싶었다. 위무선은 자기를 잡으려는 승려 두 명을 내리치며 포효했다.

"네가 이해하긴 뭘 이해해!"

위무선이 뿌리치자 예닐곱 명이 달려왔다. 위무선은 순간 눈앞이 캄캄해졌다. 금광요가 여상히 자기 할 말을 다했다.

"……난 그저 그렇게 급하게 갈 필요 없이, 공자의 함광군이 벌써 왔다고 말하려던 것뿐입니다."

차가운 남색 검광이 하늘에서 떨어져 첨예한 소리를 내며 위무선을 겹겹이 포위한 사람들을 물러서게 하고 주인의 손으로 되돌아갔다. 남망기가 소리 없이 관음묘 앞으로 내려와 위무선을 한 번 쳐다봤다. 예전과 변함없는 표정이었지만 위무선은 순간 긴장이 됐다. 방금 하려던 말이 갑자기 쪼그라들더니 배 속으로 기어들어가 복부에 경련이 일었다. 그는 겨우 중얼거렸다.

"……남잠."

조금 전 금릉은 남희신의 말에 깜짝 놀랐다가 남망기가 오자 기뻐 쳐다봤지만, 남망기와 위무선이 서로를 쳐다보는 눈빛에 표정이 이상해졌다.

"보세요, 제가 말했지요. 위 공자가 이곳에 있으면 반드시 함광군도 온다고요."

금광요가 감탄하며 말했다.

남망기가 피진을 쥔 손목을 돌려 동작을 취하려는데, 금광요가 웃으며 경고했다.

"함광군, 뒤로 다섯 발자국 물러나는 게 좋을 겁니다."

위무선은 순간 목에서 가늘고 날카로운 통증을 느꼈다.

"조심하세요. 움직이지 말아요!"

남희신이 위무선에게 낮은 소리로 말했다.

남망기의 시선이 위무선의 목으로 향했다. 그의 얼굴이 하얗게 질렸다.

가는 옅은 금색 고금 줄이 위무선의 목에 둘려 있었다.

고금 줄은 매우 가늘고 특수한 염료를 발라 육안으로는 거의 보이지 않았다. 방금 위무선은 마음이 흐트러져 다른 것에 전혀 신경을 쓰지 못하는 바람에, 자기 급소를 노출하고 말았다.

"남잠, 안 돼! 물러서지 마!"

위무선이 소리쳤다.

하지만 남망기는 한 치의 망설임도 없이 다섯 보 물러났다.

"아주 좋군요. 그럼 이제 피진을 검집에 넣으세요."

금광요가 말했다.

'챙' 하는 소리와 함께 남망기가 피진을 검집에 넣었다.

"욕심도 적당히 부려야지!"

위무선이 화를 내며 외쳤다.

"겨우 이 정도가 욕심이라고요? 이젠 함광군에게 자기 영맥을 봉인하라고 할 참이었는데, 그건 뭐라고 합니까?"

금광요가 태연하게 화를 돋우었다.

"너……."

위무선이 분노했다.

말을 다 하기도 전에 목에서 살점이 잘려 나가는 것 같은 극심한 통증과, 뜨끈한 액체가 목을 따라 흐르는 게 느껴졌다. 남망기의 낯빛이 순간 창백해졌다.

"함광군이 어떻게 내 말을 안 듣겠어요? 위 공자, 잘 생각해 봐요. 위 공자의 목숨이 내 손에 달려 있지 않습니까."

금광요가 말했다.

"건드리지 마."

남망기가 한 자 한 자 힘을 주며 이를 악물었다.

"그러면 어떻게 해야 하는지 알겠지요."

금광요가 말했다.

잠시 뒤 남망기가 말했다.

"그래."

남희신이 탄식을 내뱉었다. 남망기가 손을 들어 자신의 영맥을 봉인했다.

금광요가 미소를 지으며 가볍게 말했다.

"정말이지……."

"그를 놔줘."

남망기가 두 사람을 주시하며 말했다.

"남잠! 나, 나 너한테 할 말 있어."

위무선이 다급하게 외쳤다.

"할 말은 나중에 다시 하시죠."

금광요가 말했다.

"안 돼, 급해."

위무선이 말했다.

"그러면 이 상태에서 말하세요."

금광요는 그냥 한 말인데, 위무선은 문득 깨달았다는 듯이 말했다.

"그러면 되겠네."

그러더니 위무선이 목청껏 외쳤다.

"남잠! 남망기! 함광군! 나, 나 아까는, 진심으로 너랑 자고 싶었던 거야!"

"……."

"……."

"……."

금광요가 손에서 힘을 빼고 고금 줄을 풀었다. 목을 짓누르던 통증이 사라지자 위무선은 잠시도 지체할 수 없다는 듯이 남망기에게 달려갔다.

위무선의 경천동지할 만한 고백이 천둥처럼 온몸을 관통했다. 남망기는 아무 반응도 하지 못했다. 심지어 늘 담담했던 얼굴엔, 얼이 빠진 듯 멍한 표정이 떠올랐다. 위무선이 이렇게 두 팔로 허리를 감싸고 죽을 듯이 꽉 끌어안은 적이 처음은 아니었지만, 이번에는 남망기의 몸이 육중한 나무토막처럼 뻣뻣하게 굳어 두 손을 어디에 둬야 할지조차 몰랐다.

"남잠, 방금 내가 한 말 똑똑히 들었어?!"

위무선이 물었다.

남망기가 입술을 들썩거리다가 한참 뒤에야 겨우 말을 꺼냈다.

"너……."

늘 간단명료하고 핵심만 말하던 남망기는 더듬는 법이 없었지만, 지금은 한없이 머뭇거렸다.

잠시 뒤 그가 다시 말했다.

"너 방금 한 말……."

아마도 자신이 잘못 들은 것이 아님을 확인하고 싶은 모양이었다. 하지만 남망기는 그런 말을 입에 올리기가 너무 어려웠다. 위무선이 조금도 망설이지 않고 다시 말했다.

"내 말은 진심으로 너랑……."

"크흠!"

한쪽에 있던 남희신이 주먹을 쥔 오른손을 입가에 댔다. 남희신은 잠깐 생각한 다음 한숨을 쉬며 말했다.

"……위 공자, 그런 말을 하는 시기와 장소가 참 적절하군요."

"정말 죄송합니다, 남 종주. 잠시도 더 기다릴 수가 없었거든요."

위무선은 성의라곤 조금도 없이 사과했다.

금광요도 잠시도 더 기다릴 수 없다는 듯이 승려들을 독촉했다.

"아직 다 안 팠나?"

금광요가 고개를 돌리며 물었다.

"종주, 처음에 너무 깊게 묻어 놓으셔서……."

한 승려가 대답했다.

금광요는 얼굴이 파래졌다, 하얘졌다 하는 게 표정이 매우 좋지 않았다.

그래도 그는 부하를 욕하지 않고 "속도를 더 내라!"고만 말했다.

말이 채 끝나기도 전에 갑자기 하늘에서 번개가 번쩍 치더니 잠시 뒤 천둥이 울렸다. 하늘을 쳐다보는 금광요의 안색이 조금 무거워졌다. 얼마 뒤 하늘에서 빗발이 흩날렸다. 위무선은 남망기를 붙잡고 가슴에서 터져 나오는 수많은 말을 쏟아 내려고 했지만, 차가운 빗줄기가 얼굴을 스치자 냉정을 조금 되찾았다.

"택무군, 비가 오니 안으로 들어가시죠."

금광요가 남희신에게 말했다.

금광요는 남희신을 통제하고 있음에도 여전히 예의를 다했고, 가혹하게 대하지도 않았다. 물론 예전과는 많은 것이 달라졌지만 더없이 공손해, 그에게 화가 나도 웃는 얼굴은 때리기 어렵다는 말처럼 화내기가 어려웠다. 게다가 남희신은 원래 화를 잘 내는 사람이 아니었다. 금광요가 먼저 문턱을 넘어 불전으로 들어가자 다른 사람들도 따라 들어갔다. 위무선과 남망기는 낮에 와 본 곳이었다. 불전 내부는 넓고 위풍당당했다. 붉은 벽과 금칠 모두 새로 칠한 것으로, 늘 세심하게 가꾼다는 것을 알 수 있었다. 수사와 승려들이 뒤에서 흙을 파고 있었다. 얼마나 깊게 팠는지 모르겠지만 예전에 금광요가 묻었던 것을 아직 파내지 못하고 있었다. 무의식적으로 둘러보던 위무선은 순간 멈칫했다.

불단에 모셔진 관음상은 미모가 뛰어났지만, 일반적인 관음상에 비해 인자하고 선한 분위기가 덜했고 수려함과 아름다움이 더했다. 위무선이 놀란 이유는 이 관음상이 낯이 익고 누군가를 닮아서였다. 바로 옆에 있는 금광요가 아닌가?

얼핏 보면 괜찮았지만, 옆에 있는 금광요와 비교해 보면 볼수록 닮은 것이 절반 이상은 비슷했다. 위무선은 속으로 '금광요가 이 정도로 자기애가 강했나? 백가를 호령하는 선수(仙首)로도 모자라 자기 모습을 본떠 불상을 만들어 만인에게 절을 받고 향을 받는단 말이야? 그게 아니면 내가 모르는 사술을 수련하는 건가?' 하고 생각했다.

"앉아."

갑자기 남망기의 목소리가 귓가에 울렸다.

위무선은 즉시 정신을 차렸다. 남망기가 실내에서 방석 네 개를 찾아다가 두 개는 남희신과 금릉에게 주고, 두 개는 자기와 위무선의 몫으로 가져왔다. 남희신과 금릉은 방석을 멀찍이 옮기고 약속이나 한 듯이 동시에 먼 곳을 쳐다봤다.

금광요는 뒤쪽 상황을 보러 불전 뒤로 가 버린 상태였다. 위무선은 남망기를 잡고 방석에 앉았다. 아직도 정신을 못 차렸는지, 위무선이 잡아당기자 남망기가 휘청했다가 자리에 앉았다. 위무선은 평정심을 되찾고 남망기의 얼굴을 응시했다.

남망기는 눈을 내리깔고 있어 어떤 기분인지 알 수 없었다. 위무선도 알고 있었다. 방금 그 말만으로는 남망기가 자신을 믿지 못할 것이었다. 못된 짓만 골라 하고 제 마음을 전혀 모르는 사람에게 그리 오랫동안 놀림을 당했으니 못 믿는 것이 당연했다. 여기까지 생각하니 위무선은 가슴이 꾹 막히고 떨릴 정도로 마음이 아파 더 깊이 생각할 수가 없었다. 한 가지 확실한 점은, 남망기에게 극약 처방을 몇 번 더 내려야 한다는 것뿐이었다.

"남잠, 너, 너 나 봐."

위무선의 목소리가 조금 긴장돼 있었다.

"응."

남망기가 말했다.

위무선은 숨을 깊게 들이쉬고 낮은 소리로 말하기 시작했다.

"……난 기억력이 정말 별로야. 과거의 일 중에 기억 안 나는 것들이 정말 많아. 불야천에서의 그날을 포함해서, 그 며칠 동안 도대체 무슨 일이 있었는지 전혀 기억이 나질 않아."

위무선의 말에 남망기의 눈이 조금 커졌다.

위무선이 두 손을 휙 내밀어 남망기의 두 어깨를 꼭 잡고 말했다.

"하지만! 하지만 지금부터 네가 나한테 한 말, 한 일은 모두 기억할 거야. 하나도 안 잊을 거야!"

"……."

"넌 정말 좋은 사람이야. 널 좋아해."

위무선이, 마침내 고백했다.

"……."

"바꿔서 말할게. 널 은애해, 널 사랑해, 널 원해, 널 떠날 수가 없어, 뭐든지 하고 싶어."

"……."

"평생 너와 함께 야렵하고 싶어."

"……."

위무선은 손가락 세 개를 들어 하늘과 땅 그리고 가슴을 가리키며 말했다.

"매일 너와 자고 싶어. 맹세하는데 일시적인 충동도 아니고, 예전처럼 널 놀리려는 것도 아니고, 네게 감격해서는 더더욱 아니야. 아무튼, 다른 잡다한 생각은 전혀 없어. 그냥 정말 너와 자고 싶을 정도로 좋아할 뿐이야. 너 외에는 아무도 필요 없어. 네가 아니면 안 돼. 네가 나에게 하고 싶었던 거 다 해도 돼. 어떤 식으로든 사랑하고 싶으면 사랑하고. 난 다 좋아, 네가 원하기만 하면 난……."

말이 채 끝나기도 전이었다. 갑자기 광풍이 몰아치더니 관음묘 안의 촛불이 일제히 멸했다.

가랑비는 어느덧 폭우로 변해 관음묘 밖에 달려 있던 등롱도 빗물에 꺼졌다. 주위가 돌연 칠흑 같은 어둠에 빠졌다.

위무선은 소리를 낼 수 없었다. 어둠 속에서 남망기가 자기를 꽉 끌어안고 입을 막았기 때문이다.

남망기의 숨결이 가쁘게 흐트러졌다. 그가 갈라진 목소리로 위무선의 귓가에 나직이 속삭였다.

"······널 은애해······."

"응!"

위무선도 남망기를 꼭 끌어안고 말했다.

"······널 사랑해, 널 원해······."

남망기가 말했다.

"응!"

위무선이 큰 소리로 말했다.

"널 떠날 수가 없어······. 너 외에는 아무도 필요 없어······. 네가 아니면 안 돼!"

남망기가 말했다.

위무선이 했던 말을 한 마디 한 마디 되새기는 남망기의 목소리와 몸이 떨려 왔다. 남망기가 곧 울어 버릴지도 모른다는 착각이 들 정도였다.

한 마디씩 할 때마다 남망기는 위무선의 허리를 두른 손에 힘을 더 주었다. 그 압력에 아픔을 느끼면서도 남망기의 등에 두른 위무선의 두 팔에도 자꾸만 힘이 들어갔다. 호흡이 버거울 지경이었지만, 더 힘을 줄 수 없는 것이 안타까웠다.

아무것도 보이지 않았다.

그러나 빈틈없이 맞붙은 두 심장은 피할 수가 없었다. 위무선은 분명하게 느낄 수 있었다. 미친 듯이 뛰는 남망기의 심장과 심장을 뚫고 나올 것 같은 열기. 그리고 자신의 목에 떨어졌다가 소리 없이 사라진, 착각인지도 모르는 눈물.

그때 빠른 발소리가 불전 앞으로 다가왔다. 방금 불전 뒤로 갔던 금광요가 수사 몇 명을 데리고 다시 나왔다. 승려 두 명이 큰바람을 맞으며, 왼쪽에 한 명 오른쪽에 한 명이 붙어서 온 힘을 다해서야 사찰 문을 다시 닫고 빗장을 걸 수 있었다. 금광요가 부적을 한 장 꺼내 가볍게 불자 불이 붙었고, 그것으로 다시 붉은 초에 불을 붙이자 그윽한 노란 불꽃이 일어 사찰에서 유일한 빛이 되었다. 갑자기, 밖에서 문 두드리는 소리가 낭랑하게 울렸다.

누군가 문을 두드렸다. 사찰 안에 있던 사람들이 정신을 차리고 문밖을 쳐다봤다. 문을 닫은 두 승려가 적이라도 나타난 것처럼 소리 없이 문을 향해 검을 겨누었다.

"누군가?"

금광요가 침착하게 물었다.

"종주님, 접니다!"

문밖에 있던 사람이 대답했다.

소섭의 목소리였다.

금광요가 손짓하자 두 승려가 빗장을 풀었고 소섭이 광풍과 폭우를 몰고 안으로 들어왔다.

비바람에 붉은 초의 불빛이 흔들리면서 가물가물 요동쳤다. 두 승려가 즉시 문을 닫았다. 소섭은 온몸이 흠뻑 젖었고 표정은 냉혹했으며 입술까지 퍼렇게 언 채였다. 그는 오른손에 검을 쥐고 왼손에는 어떤 사람을 끌고 들어왔다. 문으로 들어와 그 사람을 던지려는 찰나, 아직 떨어지지 않고 꼭 껴안은 위무선과 남망기를 보며 눈을 부라렸다.

소섭은 얼마 전 두 사람에게 크게 당했기 때문에 낯빛이 확 변했다. 그가 검을 뽑아 들고 금광요를 쳐다봤다. 금광요가 아무렇지 않아 하는 모습을 보고서야 저 두 사람이 통제받고 있다는 것을 알아채고 그제야 진정했다.

"무슨 일이지?"

금광요가 물었다.

"오는 길에 만났는데 쓸모가 있을 것 같아 잡아 왔습니다."

소섭이 말했다.

금광요가 다가가 고개를 숙여 보면서 살폈다.

"다친 건가?"

"아니요. 기절한 겁니다."

소섭은 대답하면서 잡고 있던 사람을 바닥에 내던졌다.

"민선, 그렇게 세게 다루지 말아라. 그가 놀라 넘어진다."

금광요가 말했다.

"네."

즉시 대답한 소섭은 내던졌던 사람을 잡고 조심스럽게 남희신 옆에 두었다. 그 사람을 계속 주시하던 남희신이 흠뻑 젖어 헝클어진 머리를 정리해 주었다. 드러난 얼굴이, 섭회상이었다. 연화오에서 휴식을 마치고 청하로 돌아가는 도중에 소섭에게 잡혀 온 게 분명했다.

"어째서 회상을 잡아 두는 거지?"

남희신이 고개를 들며 물었다.

"가주를 한 명이라도 더 잡고 있으면 사람들의 두려움이 커지거든요. 하지만 둘째 형님, 안심하세요. 제가 회상을 어떻게 대했는지 잘 아시잖습니까. 시간이 되면 여러분 모두 상처 하나 없이 돌려보낼 겁니다."

"내가 널 믿어도 좋을까."

남희신이 담담하게 반문했다.

"마음대로 하세요. 믿든 안 믿든, 형님도 방법이 없을 테니."

금광요가 여상히 말했다.

그때 소섭이 차가운 눈빛으로 위무선과 남망기 쪽을 쏘아봤다.

소섭이 '흥' 하고 웃으며 "함광군, 이릉노조, 우리가 이렇게 빨리 다시 만날 줄은 상상도 못 했네. 게다가 완전히 역전된 상황에서. 어때, 기분이 어떠신가?" 하고 말했다.

남망기는 한마디도 하지 않았다. 남망기는 이런 무의미한 도발을 상대한 적이 없었다. 위무선은 '뭐가 역전됐다고. 너희는 난장강에서 패배해 도망쳤고, 지금도 마찬가지 아니야?' 하고 속으로 생각했다.

하지만 소섭은 여러 해 참았는지, 누가 자극하지 않는데도 원기가 충천해서는 저 혼자 설쳐 댔다. 소섭이 남망기를 살피더니 조롱했다.

"이런 상황에서도 침착하고 냉정한 척이라니. 언제까지 그럴 거지?"

남망기는 계속 아무 말도 하지 않았다.

남희신이 오히려 입을 열었다.

"소 종주, 당신이 고소 남씨 문하에서 배우는 동안 우리가 푸대접한 적이 없는데 왜 그렇게 망기를 겨냥하는 겁니까?"

"제가 어떻게 감히 어릴 때부터 천부적인 재능으로 대단했던 남가 둘째 공자를 겨냥하겠습니까? 그냥 자기가 대단한 척하는 모습이 눈에 거슬릴 뿐입니다."

소섭이 비아냥거렸다.

위무선은 누군가를 미워하는 마음에는 이유가 없다는 것을 모르는 바가 아니었지만, 영문을 알 수 없어 물었다.

"함광군이 자기가 대단하다고 말한 적이 있어? 내 기억이 틀리지 않으면 고소 남씨 가훈에 '교만과 거만 금지'라는 게 있지 않았나?"

"고소 남씨의 가훈 내용을 어떻게 알아?"

금릉이 물었다.

"여러 번 베껴 써서 기억해."

위무선이 턱을 쓰다듬으며 말했다.

"할 일 없이 고소 남씨 가훈은 뭐 하러 베꼈대. 네가 그쪽……."

금릉은 '네가 그쪽 집안사람도 아니면서.'라고 말하려다가 뭔가 아니다 싶었는지, 말을 멈추고 얼굴을 마구 구겼다.

"설마 함광군이 어려서부터 차가운 얼굴을 하고 다녀서 그렇게 생각하셨나? 정말 그런 거라면 함광군도 참 억울하겠는데. 함광군은 누구에게나 다 그런 얼굴이었거든. 소 종주, 운몽 강씨에서 수학하지 않아서 다행이네."

위무선이 웃으며 말했다.

"왜지?"

소섭이 발끈하며 물었다.

"운몽에서 수학했으면 나 때문에 열받아 죽었을 테니까. 난 어릴 때부터 진심으로 내가 세상을 깜짝 놀라게 할 인재고, 정말 장난 아닌 놈이라고 생각했거든. 게다가 속으로만 생각한 게 아니라 여기저기 떠들고 다녔고."

위무선이 어깨를 으쓱하며 대답했다.

"입 닥쳐!"

소섭이 이마에 핏대를 세우며 소리쳤다. 소섭이 한 대 치려고 하자 남망기가 위무선을 품에 끌어안아 팔로 그를 단단히 보호했다. 소섭이 멈칫하면서 쳐야 하나 말아야 하나 망설이고 있는데, 위무선이 남망기의 품에서 머리를 쏙 빼면서 약을 올렸다.

"안 때리는 게 좋을걸, 소 종주. 염방존이 택무군에게 깍듯이 대하는데 네가 함광군에게 상처를 입히면 염방존이 좋아하실까, 싫어하실까?"

소섭도 그 점이 걸려 손을 거두려고 했지만, 위무선이 대놓고 지적하자 짜증이 확 일었다. 이렇게 물러날 수는 없었던 그는 조롱의 말 몇 마디를 더 했다.

"음양 두 세계를 덜덜 떨게 했던 이릉노조께서도 죽음이 무서운가 보군!"

"그렇고말고. 하지만 난 죽음이 무서운 게 아니라 죽고 싶지 않을 뿐이야."

위무선이 뻔뻔스럽게 말했다.

"말꼬리 잡기는, 아주 우습군. 죽음이 무서운 것과 죽고 싶지 않은 게 뭐가 다르지?"

소섭이 냉소했다.

"당연히 다르지. 예를 들어 내가 지금 남잠 품에서 일어나고 싶지 않은 것과 남잠 품에서 일어나길 무서워하는 거, 이게 어떻게 같겠어?"

위무선이 남망기 팔에 안겨 종알거렸다.

"미안, 내 말 철회할게. 둘이 비슷한 거 같아."

위무선이 잠시 생각한 다음 다시 말했다.

소섭의 얼굴이 파래졌다. 위무선은 소섭의 화를 돋우려는 생각이었는데, 그때 갑자기 위무선의 정수리 위에서 가볍게 웃는 소리가 들렸다.

소리가 아주 작아 잘못 들었나 싶을 정도였다.

위무선이 고개를 획 들어 보니, 정말로 남망기의 입가에 눈부신 빛이 비치는 듯한 옅은 미소가 머물러 있었다. 순간, 소섭뿐 아니라 남희신과 금릉도 놀라 멍해졌다.

모두가 알다시피 함광군은 늘 얼음장처럼 차갑고 엄숙하며 삶이 무료하다는 얼굴이었던지라 그의 웃는 모습을 본 사람은 거의 없었다. 어쩌다 웃는다고 해도 입꼬리를 약간 올리는 정도였다. 그런데 그의 웃는 얼굴을, 더구나 이런 상황에서 볼 줄은 아무도 예상하지 못했다.

위무선의 눈이 순간 동그랗게 커졌다.

잠시 뒤 위무선이 침을 삼키자 목젖이 위아래로 움직였다.

"남잠, 너……."

바로 그때, 관음전 밖에서 또다시 문 두드리는 소리가 났다.

소섭이 검을 뽑아 들고 경계하며 물었다.

"누구냐?!"

대답은 없고 대문이 세차게 부서졌다!

문이 부서지자 비바람을 따라 신비한 광채를 뿌리는 자전이 날아와 소섭의 가슴을 쳤다. 소섭이 붕, 뒤로 날아갔다. 소섭이 홍목(紅

木)으로 된 둥근 기둥에 쿵, 하고 부딪치며 선혈을 내뿜었다. 사찰 안에서 문의 좌우를 지키던 승려 두 명도 자전의 여파로 쓰러져 일어나지 못했다. 자색 옷을 입은 그림자가 문턱을 넘어 대전으로 들어왔다.

사찰 밖에는 비바람이 몰아쳤지만, 그 사람은 별로 젖지 않았다. 그저 옷자락의 자색이 조금 진해졌을 뿐이었다. 왼손에 든 우산 위로 후드득 빗방울이 쏟아지며 튕겨 나갔고, 오른손에 쥔 자전에 차가운 빛이 치직거리며 맴돌고 있었다. 그 사람의 표정은 뇌우가 쏟아지는 밤보다 더 어두웠다.

"외숙!"

금릉이 벌떡 일어나며 외쳤다.

강징이 금릉을 흘끗 쳐다보더니 차갑게 말했다.

"외숙이라고? 도망갈 땐 언제고 이제야 날 부르느냐!"

강징은 무심코 위무선과 남망기 쪽으로 시선을 옮겼다. 두 시선이 마주치기 전에, 소섭이 패검을 짚고 겨우 일어나 강징을 향해 달려들었다. 강징이 손을 쓰기도 전에 개 짖는 소리가 들리더니 선자가 사찰 밖에서 바람처럼 달려들어 소섭을 덮쳤다. 위무선은 개 짖는 소리를 듣자마자 솜털이 쭈뼛 서서 남망기 품으로 움츠러들며 혼비백산해 외쳤다.

"남잠!"

남망기는 위무선을 꼭 끌어안고 대답했다.

"응. 나 여기 있어."

"안아 줘!"

"안았어."

"꽉 안아 줘!"

"꽉 안았어."

눈으로 보지 않고 소리를 듣는 것만으로도 강징의 얼굴 근육과 입가가 일그러졌다. 두 사람을 보고 싶지만, 돌아보지 않으려고 꾹 참는 것 같았다. 마침 불전 뒤에서 승려와 수사 몇 명이 검을 들고 튀어나와 공격을 해 댔다. 강징이 차갑게 웃으며 오른손을 휘둘렀다. 관음묘 안에 선명한 자줏빛이 춤을 추자 공격하려 달려든 사람들이 날아갔지만, 우산은 강징의 왼손에 여전히 안정적으로 들려 있었다. 불전 안에 사람들이 나뒹굴고 온몸에 전기라도 관통당한 것처럼 경련하며 떠는 모습을 보고서야 강징이 우산을 접었다. 소섭은 검은 갈기의 영견에 막혀 화가 나 고래고래 소리를 질렀다. 금릉이 한쪽에서 외쳤다.

"선자! 조심해! 선자, 물어! 그의 손을 물어!"

"강 종주, 고금 소리 조심하세요!"

남희신이 외쳤다.

말이 끝나자마자 관음묘 뒤쪽에서 낭랑한 고금 소리가 두 번 울렸다. 그러나 강징은 난장강에서 이미 이 사곡(邪曲)에 당했기 때문에 단단히 경계하고 있었다. 고금 소리가 울리자마자 강징은 발끝으로 지면을 스치듯 차올려 수사가 떨어뜨린 장검을 공중에 띄웠다. 그는 왼손에 들었던 우산을 내던지고 그 검을 잡은 뒤, 오른손으로는 허리춤에 찬 삼독(三毒)을 뽑아 양손에 검을 하나씩 들고 동시에 교차해 힘껏 긁었다.

두 검이 마찰하면서 귀를 자극하는 날카로운 소리가 울리더니 금광요의 고금 소리를 덮었다.

아주 효과적인 해결법이었다. 한 가지 단점이 있다면, 그 소리는 실로 들어 주기 힘들 지경이었다.

무시무시한 소음에 귀가 터질 것 같았다. 남희신과 남망기처럼 고소 남씨 출신은 더 참을 수 없는 소리여서 두 사람 모두 미간을 약간 찌푸렸다. 그러나 남망기는 맡은 바 책임을 다해 위무선을 꼭 끌어안고 있었기에 귀를 막을 수가 없었다. 위무선은 개 짖는 소리에 떨면서도 손을 뻗어 대신 남망기의 귀를 막아 주었다.

강징은 굳은 표정으로 양손에 검을 하나씩 들고 귀가 터질 것 같은 살벌한 소리를 내면서 불전 뒤쪽을 향해 압박해 나갔다. 그러나 강징이 다가가기 전에 금광요가 스스로 걸어 나왔다. 금광요는 귀를 막고 나오면서 말했다.

"강 종주, 이 정도 살상력이면 제가 패배를 인정하겠습니다."

강징이 자전을 휘두르자 금광요가 몸을 피하며 말했다.

"강 종주! 어떻게 이곳까지 오셨습니까?"

강징은 금광요와 많은 말을 하지 않았다. 금광요는 영력이 강징만 못했다. 그래서 정면 공격은 못 하고 그저 민첩하게 피하면서 수하들에게 강징을 포위 공격하라고 지시만 내렸다. 그러면서도 사뭇 여유롭게 말했다.

"이곳저곳 쑤시고 다니는 아릉을 따라 이곳까지 찾아온 겁니까? 분명 선자가 길을 안내했을 테지요. 아, 내가 준 영견인데 내 체면은 조금도 생각하지 않는군요."

남망기에게 꼭 안겨 있으니 위무선은 조금 전처럼 크게 무섭진 않았다. 그가 조금 정신을 차리고 주위로 시선을 돌렸다. 상대와 싸우면서도 눈알을 굴리며 입가에 미소가 떠나지 않는 금광요의 모습을 보니 어떤 사람이 떠올랐다. 위무선이 깨달았다는 듯이 중 얼거렸다.

"설양과 정말 똑같네."

남망기는 대답하지 않았다. 위무선은 남망기의 대답이 들리지 않 자 고개를 들어 그를 쳐다보았다. 자기가 아직도 남망기의 귀를 막 고 있어 방금 자기가 한 말을 못 들어 대답을 못 한 것이었다. 위무 선이 황급히 손을 거뒀다. 그때, 금광요가 갑자기 화제를 전환하며 웃으며 말했다.

"강 종주, 왜 그러십니까? 조금 전부터 저쪽은 슬슬 피하며 안 보시는데, 저쪽에 뭐가 있습니까?"

"선독(仙督)이면 선독답게 어서 공격이나 할 것이지, 어디 쓸데 없는 말이 그리 많아!"

강징이 소리쳤다.

"아직도 피하네요? 저쪽엔 별거 없습니다. 당신의 사형이 있지 요. 정말 아릉을 쫓다가 이곳에 찾아온 겁니까?"

금광요가 다시 강징의 신경을 긁었다.

"아니면?! 내가 또 누굴 찾지?!"

강징이 짜증을 내며 되받아쳤다.

"대답하지 마십시오!"

남희신이 주의를 주었다.

금광요는 특히 언변이 뛰어났다. 강징이 그와 대화를 시작하면 주의가 흐트러지고 자기도 모르게 감정이 휘둘릴 터였다.

"좋습니다. 위 공자, 보셨지요? 당신 사제는 공자를 찾아온 게 아니군요. 심지어 눈길도 안 주는걸요."

금광요가 이번엔 위무선을 향해 말했다.

"그 말은 좀 이상한데. 강 종주의 저런 태도가 하루 이틀 일도 아닌데, 여기서 나에게 일깨워 줄 필요가 있나?"

위무선의 말에 강징의 입가가 미세하게 일그러졌고 자전을 쥔 손등에 힘줄이 튀어 올랐다. 금광요가 다시 강징을 향해 거듭 탄식했다.

"강 종주, 보세요. 당신 사형 노릇 하기 정말 쉽지 않네요."

금광요가 계속 화제를 자기 쪽으로 돌리는 것을 듣자 위무선은 경계심이 생겼다.

"금 종주, 당신 의형제 노릇이 더 어렵겠지!"

강징이 오히려 상대를 비난했다.

금광요는 강징이 자기 말을 듣든 말든 전혀 상관하지 않으며 자기 할 말만 해 댔다.

"강 종주, 어제 연화오에서 난데없이 큰 소동이 벌어졌다던데요. 이릉노조가 예전에 썼던 패검을 들고 여기저기 다니며 만나는 사람마다 뽑아 보라고 했다지요."

강징의 표정이 순식간에 무시무시하게 변했다.

위무선이 갑자기 남망기 품을 벗어나 주춤대며 앉았다. 심장 박동이 쿵 하고 멈춘 것 같았고, 머릿속에서 목소리가 울렸다. '내 패검? 수편 말인가? 수편은 온녕에게 주지 않았나? 아니야, 어제부터 오늘까지 온녕이 들고 있는 걸 본 적이 없어……. 어떻게 강징 손에 들어갔지?! 강징이 왜 다른 사람에게 검을 뽑아 보라고 한 거지?! 자기가 빼 본 거야?'

신경이 곤두서 있는데, 남망기가 손을 뻗어 위무선의 등을 쓰다듬어 주었다. 위무선은 그제야 조금씩 안정이 됐다. 그러나 강징이 갑자기 말이 없어지자 금광요가 눈을 빛내며 유수처럼 말을 이었다.

"제가 듣기론 아무도 그 검을 뽑지 못했지만, 본인은 뽑았다지요. 참 이상한 일이네요. 13년 전에 제가 소장했을 때부터 봉검되어 이릉 노조 본인 외에 다른 사람은 절대 뽑을 수가 없는데 말입니다……."

"입 닥쳐!"

강징이 자전과 삼독을 같이 휘두르며 소리쳤다.

금광요는 웃으며 계속 입을 놀려 댔다.

"그래서 제가 또 생각을 해 봤죠. 그때 위 공자는 정말 제멋대로고 경망스러워서 어딜 가든 패검을 차지 않았어요. 늘 다른 변명을 늘어놨고요. 저는 그게 늘 이상하다고 생각했는데, 당신은 어떻습니까?"

"무슨 말이 하고 싶은 거야?"

강징이 포효했다.

"강 종주, 정말 대단합니다. 가장 젊은 가주, 혼자 힘으로 운몽 강씨를 재건하다니 정말 존경스럽습니다. 하지만 저는 강 종주가 예전부터 그 어떤 것도 위 공자를 앞서지 못했다고 기억하는데, 사일지정 이후 어떻게 역경을 헤쳐 나갈 수 있었는지 가르쳐 주시겠습니까? 무슨 금단 묘약이라도 먹었습니까?"

금광요가 목소리를 높이며 말했다.

금광요는 '금단'이라는 두 글자를 더없이 또렷하고 날카롭게 말했다. 강징의 얼굴이 일그러지며 자전도 위험한 백색의 빛을 뿜었고, 마음이 어지러워지자 동작에도 빈틈이 나타났다.

금광요는 바로 이런 순간을 기다렸다가 오랫동안 숨겨 두었던 고금 줄을 던졌다. 강징이 즉시 정신을 차리고 대응했다. 자전과 고금 줄이 엉기자 금광요는 손바닥이 마비되는 것 같아 즉시 손을 뗐다. 그러나 금광요는 가볍게 웃으며 왼손으로 다른 줄을 위무선 방향으로 휘둘렀다.

강징의 동공이 맹렬하게 수축했다. 그가 자전의 방향을 전환해 그 줄을 막으려고 했다.

"외숙, 조심하세요!"

금릉이 자기도 모르게 외쳤다.

금광요가 그 틈을 타서 허리춤에 숨겨 두었던 패검을 꺼내 강징의 명치를 향해 찔렀다.

강징은 얼굴이 새파래진 채로 가슴을 부여잡았다. 강징의 손가락 사이로 붉은 피가 뿜어져 나와 옷이 금세 젖었다. 고금 줄을 막고 있던 자전이 순식간에 은색 반지로 변해 강징의 손으로 돌아왔다. 주인이 피를 너무 많이 쏟거나 중상을 입으면 영기는 영력 소모가 가장 낮은 형태로 되돌아온다. 그 틈을 타 금광요가 달려와 강징의 영맥을 봉해 버렸다. 그러고는 소매에서 손수건을 꺼내 자기의 연검을 닦고 허리춤에 되감았다.

금릉이 강징에게 달려가 부축했다.

"함부로 움직이지 말고 부축해 천천히 앉히거라."

남희신이 한숨을 내쉬며 금릉에게 일렀다.

검에 가슴을 찔렸지만 강징도 생명이 위험할 정도는 아니었다. 그저 잠시 움직이기 불편하고 영력을 강하게 운용할 수 없을 뿐이었다. 부축받는 것을 싫어하는 강징이 금릉에게 말했다.

"비켜라."

금릉은 강징이 아직도 자기가 함부로 나간 것에 화가 나 있다는 것을 알아 안절부절못하면서도 대들지 못했다. 그때 검은 갈기 영견이 짖는 소리가 멀리서 들렸다. 금릉이 깜짝 놀라며 금광요가 죽이라고 했던 말이 생각나 외쳤다.

"선자, 어서 도망쳐. 저 사람들이 널 죽일 거야!"

잠시 뒤, 폭우를 뚫고 돌아온 소섭이 화를 내며 씩씩댔다.

"어째, 못 죽였느냐?"

금광요가 물었다.

"제힘으로는 역부족입니다. 저 개는 기개라고는 없습니다. 주인이 뒤에 있을 때는 한없이 용감하다가 상황이 나쁘거나 질 것 같으면 즉시 도망갑니다. 빠르기는 또 엄청 빠르고요!"

소섭이 험악한 표정으로 내씹었다.

"개가 사람을 불러오면 큰일이니 여기 일을 어서 끝내야겠다."

금광요가 고개를 절레절레 저으며 말했다.

"이런 쓸모없는 것들! 제가 들어가 재촉하겠습니다."

소섭이 말했다.

금릉은 그제야 한숨을 돌렸다. 바닥에 앉은 강징의 얼굴이 새파랬다. 그 모습을 보고 금릉이 잠시 망설이더니, 이윽고 남망기에게 물었다.

"함광군, 방석 더 있나요?"

그들이 깔고 앉은 방석은 모두 남망기가 찾아온 것이었다. 그러나 이 관음전에는 네 개뿐이었다. 잠시 침묵이 이어지다가 남망기가 일어나 자기가 앉았던 것을 밀어 주었다.

"고맙습니다! 하지만 괜찮아요, 제 것을 드리면……."

금릉이 재빨리 말했다.

"괜찮다."

남망기가 그리 말하곤 위무선 옆으로 가서 앉았다. 두 사람이 방석 하나에 단정하게 앉아도 그다지 좁지 않았다. 남망기가 자기 방석을 내주자 금릉은 머리를 긁적이면서 강징을 끌어다 앉혔다. 가슴의 혈 자리를 눌러 피를 멈추게 한 강징은 앉아서 눈을 들어 저쪽의 위무선과 남망기, 두 사람을 쳐다봤다가 재빨리 눈을 내리깔았다. 무거운 표정이 무슨 생각을 하는지 알 수 없었다.

바로 그때, 불전 뒤에서 환호성이 들렸다.

"종주! 찾았습니다. 한쪽이 보입니다!"

금광요의 표정이 확 누그러지더니 빠른 걸음으로 불전 뒤로 걸어갔다.

"긴장을 늦추지 말아라! 절대 조심하고. 시간이 많지 않다."

금광요가 말했다.

창백한 번개 예닐곱 줄이 하늘을 가르더니 잠시 뒤 벼락이 내리쳤다. 저쪽에 위무선과 남망기가 같이 앉아 있고 강징은 이쪽에 앉아 있어, 금릉은 자기 방석도 강징 쪽으로 밀었다. 쏴아, 하며 내리치는 빗소리 속에서 숨 막힐 것 같은 정적이 흘렀다. 하지만 그 누구도 먼저 입을 열지 않았다.

하지만 금릉은 왠지 모르게 그들이 이야기를 나누게 해야 할 것 같다는 생각이 들었다. 그는 이쪽저쪽 눈치를 살피다 갑자기 입을 열었다.

"외숙, 외숙이 방금 고금 줄을 막아 주셔서 다행이에요. 아니면 화를 당할 뻔했어요."

"입 다물어라!"

강징의 얼굴이 어두워졌다.

마음이 안정된 상태여서 금광요에게 공격할 틈을 주지 않았다면 자기가 적의 수중에 떨어지지는 않았을 것이다. 게다가 위무선과 남망기는 고금 줄을 알아서 피할 수 있는 위인들이다. 지금 남망기는 영력이 없고 위무선도 영력이 약하다고는 하나 재주는 남아 있을 터. 공격은 못 해도 새빨리 피하는 것쯤은 할 수 있었을 것이다. 금릉이 고심해서 외숙에게 쭈뼛쭈뼛 말을 꺼냈지만, 오히려 분위기가 더 어색해졌다.

야단을 맞자 머쓱해진 금릉은 입을 다물었다. 강징은 입을 오므린 채 더 말하지 않았다. 위무선도 아무 말 하지 않았다.

과거였다면 위무선은 강징에게 욱해서 빈틈을 주었다고 약을 올렸을 테지만, 금광요의 말을 곱씹어 보니 다 이해가 됐다.

강징은, 이미 사실을 알고 있었다.

그때, 남망기가 다시 위무선의 등을 어루만져 주었다. 위무선은 눈을 들어 남망기의 표정을 보았다. 놀란 기색은 전혀 없고 심지어 온화하다고 할 만한 눈빛이었다. 순간 마음이 덜컥 내려앉았다. 위무선이 낮은 소리로 물었다.

"……너 알고 있어?"

남망기가 천천히 고개를 끄덕였다.

위무선이 가볍게 한숨을 내쉬었다.

"……온녕."

수편은 원래 온녕이 갖고 있었는데 지금은 강징의 손에 들어갔다. 게다가 연화오를 떠나는 길에서도 온녕은 이 일에 대해 한마디도 하지 않았다.

"온녕이 언제 말했어?"

"네가 기절했을 때."

"그런 식으로 연화오를 나온 거였어?!"

온녕이 이 자리에 있었다면 위무선은 분명 그를 노려봤을 것이다.

"그도 많이 미안해하고 있어."

"……내가 말하지 말라고 그렇게 당부했는데!"

위무선이 조금 화가 난 표정으로 말했다.

"뭘 하지 말라고?"

갑자기 강징이 입을 열었다.

위무선은 순간 멈칫했다가 남망기와 함께 쳐다봤다. 강징이 한 손으로 상처를 누르며 싸늘하게 말했다.

"위무선, 너는 참 사심이 없어. 정말 위대해. 좋은 일을 하고도 치욕을 다 참으면서 비밀에 부치다니, 정말 감동적이야. 내가 너에게 무릎 꿇고 울면서 감사 인사라도 해야 하나?"

전혀 거리낌 없는 말투와 조롱이 섞인 강징의 말에 남망기의 표정이 차갑게 변했다. 남망기의 표정을 본 금릉이 재빨리 강징 앞에 섰다. 그 표정이 마치 강징을 때려죽일 듯이 서늘했기 때문이다.

"외숙!"

위무선의 표정도 조금 일그러졌다.

강징이 진상을 알게 되면 자기와 그동안 쌓인 오해를 풀 거라고 기대하진 않았지만, 이런 말을 할 줄은 몰랐다. 위무선은 한참 말없이 있다가 가라앉은 목소리로 말했다.

"고마워하라고 안 했어."

강징이 "하!" 하며 운을 뗐다.

"좋은 일을 하고도 보답을 바라지 않다니, 경지가 참 높아. 나와는 당연히 다르지. 아버지께선 생전에 네가 진정으로 강씨 가문의 가훈을 이해하는, 강가의 풍격이 있는 사람이라고 늘 말씀하셨으니까."

"됐어."

위무선은 더 들어 줄 수가 없어서 말을 잘랐다.

"뭐가 됐어? 네가 됐다면 그냥 된 거야? 네가 제일 잘 알잖아! 넌 뭐든지 나보다 낫잖아! 천부적인 재능에 영민하고 심성도 좋지. 다들 알아. 내가 경지가 낮단 거— 그럼 나는 뭔데?!"

강징이 사납게 말했다.

강징이 위무선의 옷깃을 잡으려는 듯 세차게 손을 뻗었다. 그러자 남망기가 한 손으로 위무선의 어깨를 감싸 자기 뒤로 보내면서, 다른 한 손으로 강징의 손을 힘차게 쳐 냈다. 눈빛에선 노기가 뿜어져 나왔다. 남망기의 손에는 영력이 없었지만, 힘은 매우 강했다. 그 충격으로 강징의 가슴에 난 상처가 다시 벌어져, 순간 붉은 피가 다시 쏟아졌다.

"외숙, 상처요! 함광군, 참으세요!"

금릉이 놀라 외쳤다.

"강만음, 말 가려서 하지!"

남망기가 차갑게 말했다.

"강 종주, 흥분하지 마세요. 더 소리치면 상처가 심해집니다."

남희신이 자기 겉옷을 벗어 추워서 덜덜 떨고 있는 섭회상에게 덮어 주며 말했다.

강징은 어쩔 줄 몰라 하며 자기를 부축하고 있는 금릉을 밀쳐 냈다. 피를 흘렸지만, 머리로 피가 솟구치는 것은 멈춰지지 않아 얼굴이 희게 질렸다 붉어지기를 반복했다.

"뭐 때문에? 위무선, 네 자식이 뭔데?"

"뭐 때문이냐니?"

위무선이 남망기 뒤에서 무뚝뚝하게 말했다.

"우리 강씨 가문이 너에게 얼마나 많은 걸 해 줬어? 분명 내가 아버지 아들이고, 내가 운몽 강씨 계승자인데 오랫동안 너한테 눌려 살았어. 키워 준 은혜, 심지어 목숨까지! 내 아버지와 어머니, 내 누님과 금자헌의 목숨까지. 너 때문에, 부모 없는 금릉만 남았다고!"

강징이 악을 썼다.

금릉이 온몸을 흠칫 떨었다. 어깨가 축 처지고 표정도 풀이 죽었다. 위무선은 입술을 달싹거렸지만 결국 아무 말도 하지 못했다. 남망기가 몸을 돌려 위무선의 손을 잡았다. 강징은 끝까지 물고 늘어지며 이를 갈았다.

"위무선, 먼저 자기 맹세를 깨고 우리 강씨 가문을 배반한 게 누구지? 네가 말했잖아, 앞으로 내가 가주가 되고 넌 내 부하가 되어 평생 나를 돕겠다고. 고소 남씨에 쌍벽이 있다면 우리 운몽 강씨에는 쌍걸이 있다고. 영원히 나를 배신하지 않고 강씨 가문을 배반하지 않겠다고! 이 말을 한 게 누군데! 이 말을 다 누가 했냐고! 빌어먹을, 다 네가 씹어 먹었어?!"

강징은 점점 흥분했다.

"결과는? 넌 외부 사람을 보호하겠다고 나갔지, 하하! 게다가 온 가 사람을. 도대체 그쪽 밥을 얼마나 얻어먹었길래?! 조금도 망설이지 않고 바로 배반을 해! 넌 도대체 우리 가문을 뭐라고 생각한 거야? 좋은 일은 네가 다 하고, 나쁜 일은 죄다 어쩔 수가 없었다고! 부득이했다고! 말 못 할 고충이 있었다고?! 고충?! 나한테는 아무 말도 안 하고 날 머저리 취급해!"

강징은 터져 나온 울분과 회한을 멈출 수가 없었다.

"네가 우리 강씨 가문에 진 빚이 얼만데? 난 널 원망해선 안 돼? 널 원망할 수 없어? 왜 이젠 내가 오히려 너한테 미안해해야 하는 건데?! 왜 내가 그렇게 오랫동안 빌어먹을 어릿광대였다는 느낌이 들어야 하는데! 난 뭐야? 난 네 찬란한 광채에 눈도 못 떠야 해? 난 널 원망해선 안 돼?!"

남밍기가 벌떡 일어나자, 금릉이 놀라 헐레벌떡 일어나 강징 앞을 가로막았다.

"함광군! 외숙 다치셨어요……."

강징이 금릉을 세차게 밀치며 윽박질렀다.

"오라고 해! 내가 남가 둘째를 무서워할 거 같아?!"

강징의 손길에 넘어진 금릉은 깜짝 놀라 얼어붙었다.

금릉뿐 아니라 위무선, 남밍기, 남희신까지 모두 굳었다.

강징이, 울고 있었다.

강징이 눈물을 흘리며 이를 악물었다.

"……왜…… 왜 나한테 말 안 했어?!"

강징이 다른 사람을 치려는 듯, 혹은 자신을 내리치려는 듯이 주먹을 단단히 부르쥐었다. 하지만 결국 내리친 곳은 바닥이었다.

강징은 조금도 주저하지 않고 위무선을 증오할 수 있어야 했다. 그러나 이 순간에도 자기 몸에서 영력을 돌게 하는 금단이 떳떳하게 증오할 수 없게 만들었다.

위무선은 어떻게 대답해야 할지 몰랐다.

처음부터 강징의 이런 모습을 보고 싶지 않았기 때문에 그에게 말하지 않은 것이었다.

위무선은 '강징을 잘 보살피고 도와주어라.'라는 강풍면과 우 부인의 당부를 마음에 잘 새기고 있었다. 승부욕이 극단적으로 강한 사람이 이 사실을 알면 평생 우울해하고 괴로워하면서 자기 자신을 직시할 수 없을 것이기 때문이었다. 강징은 이 고비를 영원히 넘지 못하고, 자기는 다른 사람의 희생에 기대 지금의 성과를 거뒀다는 사실을 늘 기억할 터였다. 그것은 절대 자기가 이룬 수련의 경지나 성과가 아니었다. 이겨도 진 것이고 애초에 승부욕을 부릴 자격이 없는 것이었다.

나중에는 금자헌과 강염리가 위무선 때문에 죽어 더더욱 강징에게 알릴 수가 없었다. 그런 일이 생긴 다음에 강징에게 사실을 말하면 책임을 회피하는 것과 진배없었다. 자기도 공이 있다면서 보라고, 나도 운몽 강씨를 위해 희생했으니 나를 미워하지 말라고 하는 것이나 다름없기 때문이었다.

강징은 소리 없이 흐느꼈지만, 얼굴은 눈물로 뒤범벅이 됐다.

사람들 앞에서 이렇게 우는 것은, 과거의 강징이라면 절대 불가능한 일이었다. 그러나 앞으로 매 순간, 금단이 자기 몸 안에 있고 영력을 운용할 수 있는 한, 강징은 영원히 이 느낌을 기억할 것이다.

"……네가 말했잖아, 앞으로 내가 가주가 되면 넌 내 부하가 되어 평생 나를 도와주고 영원히 운몽 강씨를 배반하지 않겠다고……. 네가 한 말이잖아."

강징이 흐느끼며 말했다.

"……."

침묵 끝에 위무선이 입을 열었다.

"미안해, 약속 못 지켜서."

강징이 고개를 저으며 손바닥으로 얼굴을 감쌌다. 잠시 뒤 갑자기 "하." 하고 허탈하게 웃었다.

"이런 순간에도 너한테 사과하라고 하다니. 난 얼마나 대단한 사람인지."

강징이 가라앉은 목소리로 조롱했다.

강 종주의 말에는 늘 조롱이 3할 섞여 있었지만, 이번에는 조롱의 대상이 다른 사람이 아닌 자기 자신이었다.

"미안해."

갑자기, 강징이 읊조렸다.

"……네가 사과할 필요 없어."

위무선이 놀라 말했다.

일이 이 지경에 이르니 누가 누구에게 미안한지 따질 수가 없었다.

"강씨 가문에 은혜 갚은 셈이라고 생각해."

위무선이 말했다.

"……내 아버지와 어머니, 누님에게 갚는 거라고?"

강징이 고개를 들어 핏발이 가득하고 붉어진 눈을 한 채 갈라진 목소리로 말했다.

"됐어. 지난 일이야. 이제 그만하자."

위무선이 관자놀이를 누르며 낮게 탄식했다.

그것은 위무선이 되새기고 싶지 않은 지난 일이었다. 위무선은 정신이 또렷한 상태에서 금단을 빼내던 느낌을 떠올리기 싫었다.

그게 어떤 의미였고 얼마나 큰 대가를 치렀는지 반복해서 강조하면서 일깨우고 싶지 않았다.

만약 이 일이 지난 생에 밝혀졌다면 위무선은 하하하, 웃으며 오히려 강징을 위로했을 것이다.

"사실 별거 아니야. 이렇게 오랫동안 금단이 없이도 잘 살아왔잖아. 누굴 때리고 싶으면 때리고, 죽이고 싶으면 죽이면서 말이야."

그러나 지금은, 그렇게 가벼운 말로 소탈함을 보여 줄 기운이 없었다.

솔직히 말하면, 위무선은 그렇게 소탈하지도 않았다.

그런 일이 어디 그렇게 쉽게 털어 버릴 수 있는 일이던가?

그렇지 않았다.

열일고여덟 살의 위무선은 오만하기가 강징 못지않았다. 영력이 강하고 천부적인 자질로 다른 사람을 능가했던 그였다. 온종일 낚시하고 새를 잡고 밤새 담을 넘어 장난을 치고 다녀도 늘 남보다 훨씬 잘했고, 열심히 노력하는 다른 동문들을 저만치 앞섰다.

하지만 그날 이후, 깊은 밤이 되면 뒤척거리며 쉽게 잠들지 못했다. 이번 생에서는 이제 정통의 길로 정상에 오르지 못하고, 사람들이 놀라 입을 다물지 못할 명검을 사용하지 못한다는 생각이 머릿속을 차지했다. 그러나 만약 강풍면이 자신을 연화오에 데려오지 않았으면 자기는 평생 수선의 길과는 인연이 없었을 터였다. 세상에 이렇게 현묘하고 아름다운 길이 있다는 것을 전혀 모른 채, 거리를 떠돌며 개를 만나면 놀라 도망치는 양아치 두목이 됐을지도 모른다. 아니면, 시골에서 소를 치고 채소를 훔치며 피리나 불면서 생을 보냈을 것이다. 수련은커녕 금단을 맺을 기회는 더더욱 없었을 것이라고 자신을 다독이면 조금 견딜 만했다.

보답이거나, 어쩌면 속죄로 삼았다. 한 번도 금단을 맺어 보지
못했던 것으로 생각하기로 했다.

이렇게 수없이 자기 자신을 타이르다 보니 정말로 겉으로는 연연
하지 않게 되었고, 속으로는 농담 반 진담 반 자기의 경지를 칭찬
하게 되었다.

그러나 그것도 이미 지난 생의 일이었다.

"음, 너도…… 너무 그렇게 신경 쓰지 마. 물론 네 성격상 언제까지
고 신경 쓸 거란 거 나도 아는데. 그래도 뭐라고 말해야 하나……."

위무선은 남망기의 손을 꼭 붙잡고 강징에게 말했다.

"지금 나는 정말…… 다 지난 일인 것 같아. 너무 과거의 일이잖
아. 그렇게 연연할 필요 없어."

강징이 세차게 얼굴을 비비며 눈물을 닦아 내었다. 그가 숨을 크
게 들이쉬고 눈을 감았다.

그때 남희신의 겉옷을 덮고 있던 섭회상이 느긋하게 일어났다.
섭회상은 "아야, 아야." 앓는 소리를 내면서 겨우 일어나 눈을 가늘
게 뜨며 말했다.

"여기가 어디야?"

일어난 섭회상은 화들짝 놀랐다. 맞은편에 위무선과 남망기가
딱 붙어서 한 방석에 앉아, 이릉노조가 거의 함광군의 다리에 올라
앉아 있는 것을 보더니 소리를 꽥 지르면서 곧 다시 기절할 것처럼
부산을 떨었다. 그와 동시에 관음묘 불전 뒤에서 뭔가 뿜어져 나온
듯한 괴이한 소리가 울려 퍼졌다. 잠시 뒤 땅을 파던 수사들의 비
명이 들렸다.

불전 안에 있던 사람들의 표정이 확 변했다. 잠시 뒤 미세하게 코를 찌르는 냄새가 날아왔다. 소매로 얼굴을 가리는 남희신의 미간에 걱정의 기색이 떠올랐다. 이어서 두 개의 그림자가 비틀거리며 튀어나왔다.

2

소섭이 금광요를 부축하고 나왔다. 두 사람 모두 안색이 창백했고 불전 뒤에서는 울부짖는 소리가 계속됐다.

"종주, 괜찮으십니까?!"

"괜찮다. 방금은 신세를 졌구나."

금광요가 이마에 식은땀을 흘리며 말했다.

금광요는 왼손을 늘어뜨린 채 움직이지 못했고 팔을 덜덜 떠는 게 통증을 간신히 참는 것 같았다. 오른손으로 품에서 약병을 꺼내 열려고 했지만 한 손으로는 잘 열리지 않았다. 그 모습을 본 소섭이 재빨리 약병을 받아 열고는 약을 꺼내 금광요의 손에 놓아 주었다. 금광요가 눈살을 찌푸리며 고개를 숙여 약을 삼키자 금세 미간이 펴졌다.

남희신이 잠시 망설이다가 물었다.

"어떻게 된 일이지?"

금광요가 순간 멈칫하더니, 혈색이 조금 돌아온 얼굴로 억지로 웃으며 말했다.

"순간 방심했습니다."

금광요가 약 가루를 손에 뿌렸다. 왼손 손등에서 손목까지 붉어진 것이, 자세히 보니 피부가 덴 것처럼 문드러져 있었다. 금광요가 새하얀 옷자락을 찢더니 손가락을 조금 떨면서 말했다.

"민선, 내 손에 좀 감아 주겠느냐."

"독이 있습니까?"

소섭이 물었다.

"독성 연기가 아직 위로 올라오고 있어. 별일 아니다. 잠시 숨을 돌리면 빠져나갈 것이니."

금광요가 말했다.

소섭이 금광요의 상처를 싸매 주자 금광요가 다시 불전 뒤로 살피러 가려 했다.

"종주님, 제가 가겠습니다!"

소섭이 재빨리 금광요를 말리며 나섰다.

코를 찌르는 냄새가 조금씩 사라지자 위무선과 남망기도 일어나 앞으로 다가갔다. 깊은 구덩이 옆에 흙이 높이 쌓여 있고 매우 정교하게 만든 관이 비스듬히 놓여 있었다. 그리고 그 위에 검은 상자가 있었다. 상자는 열린 상태로, 희미한 하얀 연기가 아직 나오고 있었다. 코를 찌르는 냄새의 정체는 바로 저 하얀 연기였다. 분명 치명적인 독극물일 것이다. 관 옆에 어지럽게 쓰러진 시체는 조금 전까지 힘겹게 땅을 파던 수사들로, 지금은 문드러진 상태였다. 몸에 걸친 금성설랑포와 승려복이 부식돼 검게 그을린 파편만 남은 것으로 보아 하얀 연기의 독성이 얼마나 강한지 알 수 있었다.

소섭이 앞으로 나서서 검의 기운으로 남아 있는 연기를 몰아내고 검 끝으로 검은 상자를 들어 올렸다. 철 상자 안에는 아무것도 없었다.

금광요는 못 참고 비틀거리며 관 옆으로 다가갔다. 방금 조금 돌아온 혈색이 순식간에 사라졌다. 그의 표정을 보아 관도 비어 있다는 것을 알 수 있었다.

남희신도 다가가 불전 뒤의 참담한 모습을 보고 놀라 말했다.

"도대체 여기에 뭘 묻었길래 이렇게 됐단 말이냐?"

섭회상은 슬쩍 보기만 하고도 놀라 바닥에 엎어져 헛구역질을 해댔다. 금광요는 입술을 떨며 아무 말도 하지 않았다. 순간 벼락이 쳐 금광요의 창백한 얼굴을 비추었다. 무시무시한 금광요의 표정에 섭회상은 몸서리를 쳤다. 헛구역질을 하면서도 감히 소리를 내지 못하고 입을 막으며 남희신 뒤로 숨어들었다. 그는 추워서인지 무서워서인지 온몸을 덜덜 떨었다. 남희신은 고개를 돌려 섭회상을 안심시켰지만, 금광요는 예전처럼 온화하고 친근한 척할 여력도 남아 있지 않은 것 같았다.

"택무군, 그건 오해입니다. 이건 금 종주가 묻은 게 아니에요. 원래 것은 그가 묻었지만 지금 이것은 누군가 바꿔치기했습니다."

위무선이 말했다.

"위무선! 네가 한 짓 아니야?!"

소섭이 위무선에게 검을 겨누며 차갑게 말했다.

"내가 겸손 떠는 게 아니라 만약 내가 했으면 당신 종주는 팔 하나로 끝나지 않았을걸. 금 종주, 금린대에서 진소가 당신에게 주었던 그 서신 기억하나?"

금광요가 천천히 위무선에게로 시선을 돌렸다.

"진소에게 당신이 한 일들을 말한 사람은 진 부인의 예전 시녀 벽초였어. 벽초가 갑자기 나선 게 우연일까? 설마 배후 조종자가 없을 거라고 믿는 건 아니겠지? 그리고 네가 가뒀던 그 사사라는 여인은 누가 구해 주었을까? 누가 그녀를 벽초와 함께 운몽 강씨로 보내 모든 사람 앞에서 당신의 비밀을 까발리게 했을까? 그 사람은 금 종주의 은밀한 과거를 낱낱이 조사하기까지 했잖아. 그 사람이 그쪽보다 한발 앞서 네가 파려던 것을 독성 연기로 바꿔치기하고, 오는 순간 당하도록 한 거지. 가능성이 없진 않잖아?"

위무선이 말했다.

그때, 승려 하나가 다가와 보고했다.

"종주, 여기 흙이 파헤쳐진 흔적이 있습니다. 누군가 다른 쪽에서 파 들어간 것 같습니다!"

과연, 누군가 먼저 손을 썼다. 금광요는 몸을 돌려 빈 관을 주먹으로 내리쳤다. 옆에 있던 사람은 그의 표정이 보이지 않았고, 그저 그의 어깨가 미세하게 떨리는 것만 보였다.

"금 종주, 오늘 밤 당신은 사마귀야. 하지만 사마귀에게도 천적인 참새가 있다는 것은 생각 안 해 봤나? 줄곧 당신을 주시하면서 지금도 어둠 속에서 몰래 당신의 일거수일투족을 보고 있을지도 모르지. 아니다, 어쩌면 꼭 사람이 아닐 수도……."

위무선이 웃으며 말끝을 흐렸다.

낮고 무거운 천둥소리가 간간이 울렸고 거칠게 비가 쏟아졌다. '사람이 아닐 수도'라는 말에 금광요의 얼굴에 순간 공포라고 할 수 있는 표정이 스쳤다.

"위무선, 그런 공갈 협박은 그만하지……."

소섭이 차갑게 웃으며 으름장을 놓았다.

오른손을 들어 소섭을 막는 금광요의 얼굴엔 공포가 스쳤지만, 온갖 기분을 재빨리 통제해 갈무리했다.

"의미 없는 설전은 그만하고 네 몸의 상처부터 돌보거라. 내 몸의 독기가 사라지는 대로 남은 사람을 모아 즉시 출발한다."

"종주님, 그러면 빼앗긴 것은요?"

소섭이 물었다.

"이미 빼앗겼으니 못 찾을 것이다. 이곳에 더 오래 머물 수 없다."

금광요가 입술이 조금 하얘진 채로 말했다.

"네!"

소섭이 대답했다.

조금 전 소섭은 선자를 잡으려다 선자가 온몸을 뜯고 할퀴어 팔뚝과 가슴 부분의 옷이 찢겨 있었다. 특히 가슴은 상처가 피부를 뚫고 뼈까지 파고들어 하얀 옷에 피가 많이 묻어 있었다. 치료하지 않고 오래 놔두면 앞으로 있을지 모르는 돌발 상황에 대응하기 불편할 게 뻔했다. 금광요가 품에서 약봉지를 꺼내 소섭에게 건네자 소섭이 두 손으로 받아 들며 고개 숙였다.

"네."

소섭은 위무선과 더 말하지 않고 몸을 돌려 옷을 풀고는 몸에 난 상처를 처리했다. 독성 연기에 화상을 입은 금광요의 왼손은 여전히 움직일 수 없어, 바닥에 앉아 정신을 집중하고 호흡을 조절해 독을 배출하는 수밖에 없었다. 남은 수사들은 검을 들고 관음묘 안팎을 다니며 순찰했다. 번쩍이는 검을 본 섭회상은 눈이 휘둥그레졌고, 옆에 호위무사가 없자 숨도 크게 쉬지 못하고 남희신 뒤에 숨어 재채기를 몇 번 했다.

위무선은 '소섭은 다른 사람에게는 괴팍하고 특히 남잠에게는 분노가 심한데 금광요에게는 아주 깍듯하네.' 하고 생각했다.

이런 생각을 하다가 저도 모르게 남망기를 쳐다봤다. 그런데 남망기의 눈에 한기가 지나가는 것이 보였다.

"돌아서."

남망기가 소섭에게 차갑게 말했다.

한쪽으로 비켜서서 고개를 숙인 채 가슴에 난 발톱 자국에 약을 바르고 있던 소섭은 거역할 수 없는 남망기의 말에 자기도 모르게 몸을 돌렸다.

그가 몸을 돌리자, 강징과 금릉의 눈도 덩달아 커졌다. 위무선의 얼굴에 있던 웃음기도 순식간에 사라졌다.

위무선은 믿을 수 없다는 듯이 말했다.

"……너였어!"

소섭은 그제야 뭔가 잘못됐다는 것을 깨닫고 잽싸게 옷으로 가슴을 가렸다. 그러나 이쪽에 있던 사람은 방금 그가 노출한 가슴을 똑똑히 봤다. 그의 심장 근처 피부에 십수 개의 크고 작은 검은 구멍이 빽빽하게 나 있었다.

천창백공(千瘡百孔) 저주의 흔적이었다!

게다가 그것은 저주에 걸려서 남은 악저흔이 절대 아니었다. 만약 그랬다면 구멍이 퍼진 정도로 보아, 지금쯤 소섭의 내장은 물론 금단에도 검은 구멍이 가득해 절대 영력을 사용할 수 없을 것이었다. 그러나 그는 영력이 많이 소모되는 전송부를 몇 번이나 사용했다. 그렇다면 이런 흔적이 생긴 이유는 단 하나, 다른 사람에게 저주를 걸고 그 저주가 반사되어 생긴 것이었다.

과거에 위무선이 저주를 건 사람을 찾아 자기의 무고함을 밝히려고 하지 않았던 것은 아니었다. 그러나 찾을 방법이 없었고, 이후에 발생한 사건들은 저주를 건 사람을 찾는다고 해서 해결될 게 아니었기 때문에 희망을 품지 않았다. 그런데 오늘 밤, 찾으려고 할 때는 못 찾다가 잊고 있으니 오히려 찾게 되었다.

금릉은 이게 무슨 상황인지 몰랐고 섭회상도 모르는 듯했다. 남희신이 금광요를 쳐다보며 말했다.

"금 종주, 이것도 궁기도(窮奇道) 참살의 일환인가?"

"왜 그렇게 생각합니까?"

금광요가 물었다.

"그걸 질문이라고 하나? 금자훈이 저주에 걸리지 않았으면 이후의 모든 일은 절대 일어나지 않았어! 한차례 참살로 같은 항렬이었던 금자헌과 금자훈 두 명이 해결됐으니 당신이 난릉 금씨를 계승하고 선독의 위치에 오르는 데 모든 장애물이 제거됐지. 소섭이 저주를 걸었고 그는 당신의 심복인데, 누구의 지시를 받았는지 더 물어보라고?!"

강징이 차갑게 일갈했다.

금광요는 그렇다 아니다 확실하게 대답하지 않고 호흡 조절에만 집중했다. 위무선은 화가 극에 달하자 오히려 웃음이 나왔다. 허탈하게 웃던 그가 이내 소섭을 노려보며 말했다.

"내가 너에게 무슨 잘못이라도 했던가? 나와 너 사이엔 원한이나 증오는 없을 텐데. 심지어 난 널 잘 알지도 못해!"

"위 공자, 당신이 제일 잘 알 텐데요? 원한이나 증오가 없다고 다툼 없이 평화로울 수 있을까요? 그게 어떻게 가능하겠습니까. 세상 사람은 원래 원한이나 증오가 없지만 늘 누군가 먼저 칼을 뽑기 마련입니다."

금광요가 말했다.

"음험하고 악독한 소인배 같으니!"

강징이 증오스럽다는 듯이 쏘아붙였다.

그러나 소섭이 냉소하며 말했다.

"아는 척하지 마. 누가 너를 위험에 빠뜨리려고 일부러 금자훈에게 저주를 걸었대? 그때 난 종주의 휘하에 들어가지도 않았어. 내가 저주를 건 건 그냥 내가 그렇게 하고 싶었기 때문이야!"

"금자훈에게 무슨 원한이라도 있었나?"

위무선이 물었다.

"그런 안하무인인 자는 보이는 대로 죽여야지!"

소섭이 말했다.

위무선은 소섭이 제일 증오하는 '안하무인인 자'는 분명 남망기일 것이라는 것을 알았다.

"함광군하고는 무슨 일이 있었던 거야? 그의 어떤 면이 안하무인이라는 거지?"

위무선이 물었다.

"아니라고? 남망기가 좋은 부모에 좋은 집안에서 태어나지 않았으면 뭘 믿고 그렇게 안하무인이겠어? 무슨 근거로 나더러 그를 모방한다는 거지?! 세상 사람들은 그가 품성이 고결하다고 칭송하는데, 품성이 고결하다 못해 만인이 욕하는 이릉노조와 붙어서 입에 담기도 어려운 더러운 짓을 한 선문의 명사 함광군을? 정말 웃기는군!"

소섭이 독설을 내뱉었다.

위무선은 그 말에 바로 반박하려다, 순간 저렇게 음울하고 분노에 가득한 표정을 어디서 본 적이 있는 것 같아 고개를 갸웃했다.

"너였구나!"

위무선은 갑자기 생각이 났다.

채의진, 벽령호, 수행연, 물에 빠뜨린 검, 도륙 현무, 면면을 끌어낸 그 문하생, 소섭!

위무선이 돌연 크게 웃었다.

"이제 알았어."

위무선이 고개를 끄덕였다.

"알았다니?"

남망기가 물었다.

위무선이 고개를 저었다.

위무선은 금자훈의 사람됨을 잘 알았다. 금자훈은 부속 가문의 사람을 안중에도 두지 않았다. 그들을 하인과 동일시했고 같이 연회에 드는 것도 체면을 구기는 일이라고 생각했다. 난릉 금씨 부속 가문의 아들이었던 소섭은 금린대에서 열리는 연회에 자주 참석해야 했고 금자훈과 부딪치는 일도 피할 수 없었다. 한 사람은 속이 좁고 사소한 것도 다 기억하고, 다른 한 사람은 자기가 대단한 줄 알고 거만을 떨고 다니는 위인이었다. 그런 두 사람 사이에 불쾌한 일이 있었다면, 소섭이 금자훈을 증오한 것은 전혀 이상한 일이 아니었다.

정말 그랬다면 금자훈이 천창백공 저주에 걸린 것은 위무선과는 전혀 상관없는 일이었다. 그런데 그 죄를 다 뒤집어쓴 것은 위무선이었다.

궁기도 참살을 거행한 이유는 금자훈이 천창백공 저주에 걸렸기 때문이었다. 그런 일이 없었다면 난릉 금씨는 위무선을 공격할 명분이 없었고, 온녕도 통제력을 상실해 살육을 벌이지 않았을 것이다. 또한 위무선도 금자헌이라는 무거운 목숨을 짊어지지 않아도 됐고, 그 뒤에 일어난 더 많은 일이 발생하지도 않았을 것이다.

그러나 이제야 저주를 건 목적이 자기를 모함하려는 게 아니고 그 이유도 전혀 자기에게 있지 않았다는 것이 밝혀졌으니── 이것은 정말 받아들이기가 더 어려웠다.

내리 웃던 위무선의 눈가가 붉어졌다. 그가 비꼬듯, 자조하듯 탄식했다.

"너 같은 인간 때문에…… 그런 시시한 이유로!"

"위 공자, 그렇게 생각하지 마세요."

금광요가 위무선의 생각을 꿰뚫어 봤다는 듯이 말했다.

"오? 당신이 내 생각을 안다고?"

위무선이 물었다.

"물론이지요. 쉽게 알 수 있어요. 당신은 분명 너무 억울하다고 생각하겠지요. 하지만 사실 억울할 게 없습니다. 소섭이 금자훈에게 저주를 걸지 않았어도 위 선생 당신은 조만간 다른 이유로 토벌을 당했을 테니까요."

금광요가 웃으며 말을 이었다.

"당신이라는 사람이 그렇기 때문입니다. 듣기 좋은 말로 하면 의협심이 강하고 자유롭지만, 듣기 싫은 말로 하면 여기저기서 미움을 사지요. 당신을 미워하는 사람이 평생 평안하게 산다면 몰라도,

그들에게 무슨 변고가 생기거나 누군가의 덫에 걸리면 제일 먼저 의심할 사람은 당신일 테죠. 제일 먼저 떠오르는 복수의 대상도 당신일 것이고요. 이런 것까지 당신이 통제할 수는 없습니다."

"어쩌지? 당신 말이 일리가 있어 보이네."

위무선이 의외로 웃으며 말했다.

"게다가 당시 궁기도에서 통제력을 상실하지 않았다고 해도 평생 그러지 않으리라고 보장할 수 있을까요? 그래서 당신 같은 사람은 단명이 운명입니다. 어때요, 이렇게 생각하니 훨씬 괜찮지요?"

금광요가 말했다.

"빌어먹을, 네놈이야말로 단명할 거다!"

강징이 화가 나 소리쳤다.

강징은 상처도 아랑곳하지 않고 삼독을 들고 벌떡 일어났다. 그 순간 선혈이 다시 쏟아져 금릉이 황급히 강징을 잡았다. 강징은 움직일 수 없자 분노가 극에 달해 욕을 해 댔다.

"이 창기의 자식이, 위로 기어오르려고 염치라는 것은 다 팽개쳤으면서. 네가 소섭에게 지시한 게 아니라고?! 누굴 속이려 들어!"

'창기의 자식'이라는 말에 금광요의 얼굴이 굳어졌다.

금광요는 강징을 보면서 조금 생각하더니 담담하게 말했다.

"강 종주, 냉정하세요. 지금 종주의 심정 이해합니다. 그렇게 화가 난 것은 금단의 진상을 알게 됐기 때문일 겁니다. 과거 당신이 한 행동과 자부심이 부끄러워서 위 공자의 지난 생의 일을 일으킨 흉악한 자를, 모든 책임을 전가할 수 있는 악마를 찾는 거겠지요. 그 악마를 찾아내어 채찍으로 토벌해 위 공자의 복수와 분풀이를 해서 부담을 조금 덜려는 것 아닙니까."

금광요가 여상히 말을 이었다.

"천창백공 저주부터 궁기도 참살까지 모두 내가 다 계획했다고 생각해야 당신의 번뇌가 덜어진다면, 그렇게 생각해도 괜찮습니다. 마음대로 하세요. 하지만 당신이 알아야 할 것은, 위 공자가 그런 최후를 맞은 데는 당신의 책임도 있고, 게다가 크다는 겁니다. 왜 그렇게 많은 사람이 이릉노조를 토벌하자고 달려들었을까요? 왜 상관이 있든 없든 모두 나서서 외쳤을까요? 왜 사람들은 일방적으로 그를 때려잡자고 했을까요? 정말 정의감에서만 그랬을까요? 물론 아닙니다. 어떤 부분은, 당신 책임입니다."

강징이 차갑게 웃었다. 남희신은 금광요가 또 싸움을 붙이려 한다는 것을 알고 낮은 소리로 외쳤다.

"금 종주!"

금광요는 꿈쩍도 하지 않고 미소를 지으며 차분하게 말을 이어 갔다.

"……당시 난릉 금씨, 청하 섭씨, 고소 남씨 세 가문이 경쟁하며 머리를 차지했고 다른 가문은 남은 것들을 겨우 차지했지요. 그런데 당신은, 이제 갓 연화오를 재건했고 위험천만한 이릉노조 위무선을 데리고 있었습니다. 당신은 다른 가문이 그렇게 탁월한 조건을 갖추고 있는 젊은 가주를 반겨 줄 것이라 생각했습니까? 다행히 당신과 당신의 사형은 관계가 썩 좋아 보이지 않았고, 그래서 사람들은 그것을 기회라고 생각해 당신들이 반목하도록 부채질한 겁니다. 어찌 됐든 당신의 운몽 강씨가 더 강성해지는 것을 막아야 자기들이 더 강력해질 수 있으니까요. 강 종주, 과거 당신이 사형한테 조금만 태도가 좋았어도, 당신들의 동맹이 굳건해 보는 이가 두려워 물러서고 도발을 시도조차 못 하게 했어도, 아니면 사건이 발생한 뒤에 당신이 조금만 관용을 베풀었어도 상황이 그렇게 변하지는 않았을 겁니다. 아, 말하고 보니 난장강 토벌에서 종주도 한 몫하셨지요……."

"창기의 자식이라는 말이 정말 금 종주의 역린[#8]인가 보네? 적봉존을 죽인 것도 당연하군."

위무선이 말했다.

섭명결을 거론하자 남희신의 표정이 변했다. 금광요의 웃는 얼굴이 굳어지더니, 벌떡 일어났다.

금광요는 호흡 정리를 끝내고 왼손 손가락을 움직여 보았다. 마침내 다섯 손가락이 자유롭게 움직이자 즉시 명령을 내렸다.

"사람을 추려 출발한다."

"네!"

소섭이 대답했다.

승려 두 명이 좌우에서 남희신을 잡고 사찰 문을 열려 했다. 그때 금광요가 갑자기 말했다.

"깜박했군."

금광요가 남희신에게로 몸을 돌렸다.

"계산해 보니 봉인한 택무군의 영맥이 곧 풀리겠어."

남희신은 수련의 경지가 금광요보다 훨씬 높았기 때문에 한 시진에 한 번씩 재봉인을 해 주지 않으면 남희신이 스스로 벗어날 터였다. 금광요가 남희신 앞으로 걸어가 말했다.

"죄송합니다."

#8 **역린(逆鱗)** 임금의 노여움을 이르는 말로. 용의 턱 아래에 거꾸로 난 비늘을 건드리면 용이 크게 노하여 건드린 사람을 죽인다고 한다.

금광요가 손을 뻗으려는 순간, 갑자기 앞에서 하얀 것이 무겁게 떨어졌다. 금광요가 경계하며 물러서서 보니 새하얀 육체였다!

벌거벗은 여자가 바닥에 엎드려 얼굴을 바닥 쪽으로 향한 채 신체와 사지를 비틀어 댔다. 마치 금광요 쪽으로 기어가려는 것 같았다. 소섭이 검으로 찌르자 여자가 날카롭게 소리 지르며 온몸에 불이 붙었다. 여자가 일어나 비틀거리며 금광요를 향해 손을 뻗었다. 몸과 얼굴이 화염 속에서 까맣게 탔지만 두 눈에는 원한이 가득했다. 소섭이 다시 한번 베자, 그녀는 사라졌다. 몇 걸음 물러서던 금광요가 뭔가에 걸려 멈칫했다. 뒤돌아보니, 뒤엉킨 시체 두 구 중 하나가 손을 뻗어 그의 발목을 잡고 있었다. 그때 뒤에서 휘파람 소리가 들렸다. 소섭이 버럭 화를 냈다.

"위무선!"

어느새 관음전의 관음상에 선혈로 휘갈겨진 부적과 주문이 그려져 있었다.

이 관음묘의 진안(陣眼)은 바로 관음전 안이었다. 사람들이 경계를 늦춘 틈을 타 진안을 깨자, 안에 눌려 있던 것들이 끊임없이 밖으로 나온 것이었다.

"이게 무슨 일이에요?"

금릉이 놀라 물었다.

강징은 손으로 금릉의 몸을 사납게 내리쳤다. 금릉의 옷자락이 스스로 타기 시작했기 때문이다. 금릉은 괜찮았지만 몇몇 승려는 벌써 온몸에 불이 붙어 처참하게 소리를 지르며 쓰러졌다. 소섭과 금광요는 위무선이 관음상에 그린 주문을 지워야 한다고 생각했지만, 몸을 움직일 수가 없었다. 바닥을 뒹구는 수사들과 끊임없이 튀어나오는 벌거벗은 귀신들에게 발목을 잡혔기 때문이다. 벌거벗은 남녀 귀신은 위무선의 지령을 받아 강징과 금릉 등은 공격하지 않았다. 하지만 놀란 금릉은 세화(歲華)를 뽑아 들고 어찌할 바를 몰랐다.

"이게 다 뭐야. 이런 건 한 번도 본 적이 없는데…….."

실오라기 하나 안 걸치고, 수치를 모르는 귀신은!

금광요의 눈에 불이 일었다. 그가 손바닥으로 치자 불빛이 폭발해 갈라졌다. 금광요가 마침내 관음상에 다가갔다. 그가 곧바로 위무선이 그린 주문을 지우려는데, 갑자기 허리가 서늘했다.

"움직이지 마."

남희신의 낮은 목소리가 들렸다.

금광요가 반격하려고 하자 남희신이 그의 등을 가격했다.

"택무군…… 영력을 회복했군요."

남희신이 대답하기도 전에 소섭의 패검 난평(難平)이 위무선을 찌르려고 했다. 그러자 남희신의 것과 검광이 비슷하지만, 더 맑고 투명한 빛이 흐르는 장검이 이를 막았다.

피진!

두 검이 부딪치자 난평이 두 동강 났다.

소섭의 엄지와 검지 사이인 범아귀가 순식간에 파열되면서 붉은 피가 사방으로 튀었다. 연결된 팔뚝의 뼈마디에서도 끽끽 소리가 났다. 칼자루를 바닥에 떨어뜨린 소섭은 사색이 돼 왼손으로 오른팔을 눌렀다. 남망기는 한 손으로 피진을 쥐고 다른 한 손으로 위무선의 허리를 잡아 자기 뒤로 숨겼다. 사실 위무선은 남망기의 보호가 필요 없지만 이런 느낌과 그의 곁에 있는 게 좋았다.

모든 일이 전광석화처럼 일어나, 난릉 금씨 수사들은 그제야 반응했다. 그러나 피가 흐르는 오른손을 움켜잡은 소섭은 가슴의 상처가 이미 터진 상태였고, 피진의 검광이 금광요의 목을 겨누고 있었다.

믿을 만한 사람이 제압당하자 그들은 경거망동할 수가 없었다.

남희신이 입을 열려는 순간, 관음전 안에 있던 사람들의 안색이 돌변했다.

"위 공자, 그…… 우선 이것들을 좀 거두세요."

귀신들은 모두 나체여서 풍속을 해칠 뿐 아니라 듣기 거북한 신음도 내고 있어, 딱 들어도 뭘 하는지 알 수 있었다. 이렇게 음란한 흉령(凶靈)들은 본 적이 없었다. 남희신은 고개를 돌린 채 보지 않았고, 강징은 얼굴이 새파랗게 질렸으며, 금릉은 얼굴이 붉어졌다 하얘졌다 했다. 위무선은 옆에 있는 남망기를 쳐다보았다. 그는 소년이었을 때 춘궁도만 보고도 부끄러워 불같이 화내던 사람이었다. 그런 이에게 이런 것을 보게 하면 안 된다고 생각해 서둘러 해명했다.

"난 그냥 관음묘에 눌려 있던 귀신들을 풀어서 잠깐 시간을 벌려고 한 것뿐이야. 이런 것들이 나올지 어떻게 알았겠어……."

그때, 남망기가 원령을 한 번 보고는 남희신처럼 시선을 거두고 다른 방향을 보며 말했다.

"대형 화재."

"응. 이 원령들은 모두 불에 타 죽었어. 보아하니 예전에 이곳에서 큰불이 나 많은 사람이 죽은 것 같아. 금 종주가 세상 사람들의 눈과 귀를 막고 이곳에서 타 죽어 원한이 깊은 흉령들을 진압하려고 직접 관음묘를 건설했지."

위무선이 즉시 고개를 끄덕이며 진지하게 말했다.

"금 종주, 그 불이 당신과 관계가 있습니까?"

남희신이 물었다.

"원령들이 죽일 듯이 그에게 달려드는데 관계없을 가능성이 있겠습니까?"

강징이 차갑게 말했다.

"금 종주…… 자초지종을 설명할 수 있습니까?"

남희신이 재차 금광요에게 물었다.

금광요는 한마디도 하지 않았다. 그저 손가락 관절이 하애지도록 주먹을 꽉 쥐었다.

"금 종주는 말하고 싶지 않은가 보네요."

위무선이 말했다.

위무선이 손을 흔들자 벌거벗은 여자 시체가 즉시 위무선의 손 아래에 나타났다. 위무선은 그녀의 칠흑처럼 까만 머리 위에 손을 대고 말했다.

"금 종주가 말하지 않는다고 나에게 방법이 없을까?"

공정에 들어가 눈을 뜨기도 전에 위무선은 자기가 코를 찌르는 연지분 향에 둘러싸여 있고 교태 섞인 목소리가 자기 입에서 흘러나오는 것을 들었다.

"……그 여자요? 그 여잔 시집가고 싶어 했어요. 그 남자를 만났을 때가 스무 살이 넘었으니 나이가 적지 않았지요. 몇 년만 지나면 한물갈 테니 욕을 먹더라도 아들을 낳아 여기서 나가고 싶었을 테지요. 하지만 그건 남자가 허락해야 가능한 거잖아요."

위무선이 눈을 뜨자 눈앞에 화려하다고 할 수 있는 대청이 보였다. 아주 넓었고 안에 커다란 원탁이 십수 개 있었다. 원탁에는 술손님 몇 명과 매우 아름다운 여인들이 앉아 있었다. 어떤 여인은 어깨를 노출하고, 어떤 여인은 탐스러운 머리칼을 흐트러트리고, 어떤 여인은 술손님의 무릎에 앉아 있고, 어떤 여인은 손님의 입에 술을 먹여 주는 등 하나같이 친절하고 흠뻑 취한 얼굴이었다.

어떤 곳인지 한눈에 알 수 있었다.

위무선은 '관음묘에서 타 죽은 자들이 기루에 있던 여인들이었군. 원령들이 모두 나체인 게 모두 기녀거나 손님이었나 보네.' 하고 생각했다.

옆에 있던 손님이 웃으며 말했다.

"아들은 어쨌든 자기 핏줄인데 그 남자가 원하지 않았단 말인가?"

"그 여자 말로는 남자가 수선 세가의 대단한 인물이라고 하더라고요. 그런 집안이라면 아들이 많을 테고, 뭐든 많으면 귀하지 않을 텐데 밖에서 난 자식한테 마음이나 썼겠어요? 데리러 오길 오매불망 기다렸지만 안 오니 자기가 키워야지 별수 있어요. 그게 14년이에요."

여자가 말했다.

"대단한 인물? 정말 그런 일이 있었어?"

손님 몇이 물었다.

"아이참, 제가 손님들을 속여서 뭐 하게요? 그 여자 아들이 지금 우리 가게서 잡일을 한다니까요. 아, 바로 쟤예요."

여인이 허리를 비틀어 쟁반을 들고 가는 소년에게 손을 흔들며 말했다.

"소맹! 이리 와!"

"안심 누님, 무슨 일이세요?"

소년이 다가오며 말했다.

그 순간, 위무선은 모든 것을 깨달았다.

손님들이 살피는 눈빛으로 맹요를 훑어보자 맹요가 다시 물었다.

"뭐 시킬 일 있으세요?"

"소맹, 너 최근에 혼자 공부한 거 있니?"

안심이 웃으며 물었다.

"뭘요?"

맹요가 멈칫하며 물었다.

"네 엄마가 공부하라고 한 것들 있잖아. 무슨 서화나 예의, 검법이나 심법 같은 거 말이야⋯⋯. 얼마나 익혔어?"

안심이 간드러지듯 물었다.

말이 끝나기도 전에 손님 몇 명이 우스웠는지 킥킥거렸다.

"웃지 마세요. 제 말 전부 진짜라니까요. 쟤 엄마가 쟤를 무슨 귀족 가문의 공자처럼 키운다고요. 책 읽고 글씨 쓰고, 무슨 검법 비기 같은 책을 잔뜩 사들이고 서당에도 보냈어요."

안심이 고개를 돌리며 말했다.

"서당에 보냈다고? 내가 잘못 들은 거 아니지?"

한 손님이 놀라 물었다.

"아니에요! 소맹, 너 이 공자님들에게 말씀드려, 너 서당에 갔었지?"

안심이 말했다.

"지금도 가나?"

손님이 물었다.

"지금은 안 가요. 보낸 지 며칠 만에 돌아왔어요. 아무리 달래도 절대 다신 안 간다고요. 소맹, 넌 공부가 싫은 거야, 아니면 그곳이 싫은 거야?"

안심이 물었다.

맹요는 대답하지 않았다. 안심이 호호 웃으며 선홍색을 칠한 집 게손가락으로 맹요의 이마를 쿡쿡 찔렀다.

"녀석, 화났어?"

안심이 힘을 주어 찌르자, 맹요의 이마에 남은 붉은 자국이 주사의 잔상 같았다. 맹요가 이마를 문지르며 말했다.

"아니요······."

"됐다, 됐어. 일 없으니 가 봐."

안심이 손을 저으며 말했다.

맹요가 몸을 돌려 몇 걸음 걸어가는데 안심이 탁자 위에서 뭔가를 집으며 달래듯 그를 불러 세웠다.

"자, 이거나 먹어."

맹요가 고개를 돌리자 푸르름이 뚝뚝 떨어질 것 같은 초록 과일이 가슴을 맞고 바닥에 떨어져 데구루루 굴러갔다.

"뭘 그렇게 멍하니 있어, 그거 하나 못 받고! 얼른 주워, 낭비하지 말고."

안심이 나무랐다.

맹요의 입가가 올라갔다. 맹요는 열네 살이 됐다지만 너무 말라서인지 열두세 살 정도로 보였다. 앳된 얼굴에 그런 미소가 나타나자 보는 사람이 매우 불편했다.

맹요는 천천히 허리를 숙여 과일을 주워 들고 옷자락에 닦고는 더 크게 웃었다.

"고맙습니다, 안심 누님."

"뭘. 가서 열심히 일해."

안심이 말했다.

"시키실 일 있으면 또 부르세요."

맹요가 말했다.

맹요가 멀어지자 손님 한 명이 말했다.

"만약 내 아들이 이런 곳에 있다면 난 어떻게 해서든 아들을 데려갈 거야."

"쟤 아버지가 정말 수선 가문의 대단한 인물이야? 기루에서 빼주고 양육비 주는 건 어려운 일이 아닐 텐데? 손 하나 까딱하는 정도로 쉬운 일일 텐데 말이야."

다른 사람이 말했다.

"그 여자 말을 어떻게 다 믿겠어요? 절반도 많지요. 하지만 대단한 인물이라는 건 그녀가 말한 게 아니에요. 제가 직접 봤어요. 아마 부유한 상인 정도 되는 거 같은데 그녀가 몇 배 과장한 거겠지요……."

안심이 말했다.

그때 2층에서 비명이 들리면서 술잔과 쟁반, 접시가 깨지는 소리가 들리더니 고금이 데굴데굴 굴러 대청 중앙에 떨어지면서 박살이 났다. 고금이 깨지며 근처 탁자에서 술을 마시며 놀던 사람이 놀라 욕설을 내뱉었다.

안심도 넘어질 뻔해 소리쳤다.

"무슨 일이야!"

"어머니!"

맹요가 외쳤다.

안심이 고개를 들어 보니 한 사내가 어떤 여인의 머리채를 잡고 방에서 나오고 있었다. 안심은 옆에 있는 손님을 잡아당기며 흥분인지 긴장인지 알 수 없는 말투로 말했다.

"또 시작이네요!"

맹요가 위층으로 뛰어 올라갔다. 그 여인은 머리를 잡고 필사적으로 어깨 위로 옷을 끌어 올리다가 맹요가 올라온 것을 보고는 다급하게 말했다.

"올라오지 말라고 했잖아! 내려가! 뭐 해, 내려가라고!"

맹요가 그 손님의 손을 부여잡고 떼어 내려 했지만, 아랫배를 발로 한 대 차이고 아래층으로 데굴데굴 굴러떨어졌다. 그에 사람들이 놀라 소리치거나 비명을 질렀다.

위무선이 그가 발에 차여 계단에서 굴러떨어지는 장면을 본 것은 이번이 세 번째였다.

여인이 "아!" 하고 소리쳤지만, 손님에게 머리채를 붙잡힌 채로 아래층으로 끌려 내려와 옷이 다 벗겨진 상태로 큰길에 내던져졌다. 그 손님은 그녀의 벗은 몸에 침을 뱉으며 욕설을 내뱉었다.

"병신 같은 게 지랄하고 있네. 늙은 창녀 주제에 자기가 무슨 영계라도 되는 줄 알아!"

여인은 큰길 한가운데 엎드린 채 몸을 일으키지 못했다. 그녀가 조금이라도 움직이면 맨몸이 다 드러날 것이기 때문이었다. 거리를 지나던 행인들은 이상하기도 하고 흥분되기도 해서, 그냥 지나가지도 그렇다고 멈춰 서지도 않고 손가락질하면서 그녀를 쳐다보았다. 기루 대문에도 안에 있던 여인들이 몰려나와 있었다. 그녀들은 쯧쯧 혀를 차면서도, 안심처럼 남의 불행을 보고 즐거워하면서 은근슬쩍 옆에 있는 손님에게 곤궁에 빠진 늙은 여인의 사정을 이야기했다. 그때 한 젊은 여인이 대문에서 뛰어나오더니 몸에 걸치고 있던 얇은 망사 겉옷을 벗었다. 그러자 선홍색 속옷에 감싸인 하얗고 풍만한 가슴과 매우 가는 허리가 드러나 사람들의 눈길을 끌었다. 사람들의 시선이 곧장 그녀에게로 쏠렸다. 그 젊은 여인은 침을 퉤 뱉더니 욕설을 퍼부었다.

"보긴 뭘 봐, 눈깔 안 치워! 보려면 돈 내고 보라고, 돈. 돈 내놔! 돈 내놔!"

그녀는 욕을 하면서 둘러싸고 구경하는 사람들에게 손을 내밀며 돈을 요구했다. 사람들이 조금 흩어지자 그녀는 벗은 망사 옷을 여인에게 덮어 감싸고는 비틀거리며 대문으로 들어가면서 야단쳤다.

"내가 그 성격 좀 고치라고 했지. 그렇게 고고한 척해서 뭐 해? 그렇게 고생했으면 좀 바뀔 줄도 알아야지!"

위무선은 '저 여인의 용모가 낯이 익은데 어디서 봤더라?' 하고 생각했다.

여인이 작은 목소리로 말했다.

"아요, 아요……."

발로 차인 맹요는 한참 뒤에도 바닥에 엎어진 채 일어나지 못했다. 그 젊은 여인이 한 손으로 맹요를 잡아당겨 모자 두 사람을 끌고 갔다. 안심의 옆에 있던 손님이 물었다.

"저 미인은 누군가?"

안심이 씨앗 껍질을 내뱉으며 말했다.

"유명한 악바리예요. 아, 놀라라."

"저 여인은 예전 기루의 재원 맹시가 아닌가? 어떻게 저렇게 변했을꼬?"

손님이 실망한 듯 말했다.

"보신 그대로예요. 하여간 애를 낳겠다고 우겨서, 애 낳은 여자가 볼 게 있나요? 과거의 소위 '재원'라는 명성이 없었으면 그나마 얼굴 보러 오는 손님도 몇 명 없을걸요. 제 생각엔 그녀가 책을 읽어서 저렇게 된 것 같아요."

안심이 다시 웃는 낮으로 조잘댔다.

"그렇지. 먹물이 좀 묻으면 뭔가 고상한 기운이 있어서 고집을 꺾지 않는다니까."

손님이 안심의 말에 맞장구쳤다.

"그녀가 읽은 책으로 벌어먹으면 저도 아무 말 안 하겠어요. 그건 다 손님 좀 끌어 보겠다는 거니까. 아닌 말로 여기 있는 사람 모두 창녀인데 책 좀 읽었다고 자기가 뭐 고귀해진대요? 무슨 고상한 기운이요? 외부 사람만 무시하는 게 아니에요. 손님은 여기 사람들이 저 여자를 좋아하는 것처럼 보이나요? 손님들은 십 대 어린 처녀가 허세를 부리면 신선하다고나 봐 주지요. 돈 내고 온 손님에게 늙어 빠진 걸 보여 주면 어쩌라고요? 저 여잔 진작에 한물갔어요. 모두가 다 아는데 자기만 모른다니까……."

안심이 침을 뱉으며 툭툭거렸다.

그때, 누군가 뒤에서 안심을 톡톡 쳤다. 안심이 뒤를 돌아보자, 방금 그 젊은 여자가 손을 들더니 안심에게 따귀를 날렸다.

'짝' 하는 소리와 함께 따귀를 맞은 안심의 고개가 돌아갔다. 그녀가 순간 멍하니 있다가 버럭 소리를 질렀다.

"이 쌍년이!"

"쌍년아! 온종일 헛소리나 지껄이고, 네 그 혀는 뭐 다른 일은 안 하냐?!"

그 젊은 여인도 지지 않고 화를 냈다.

"내가 무슨 말을 하든 네년이 무슨 상관이야!"

안심이 날카롭게 소리쳤다.

두 여인이 1층 대청에서 뒤엉키더니, 손톱과 이를 사용해 상대의 머리칼을 쥐어뜯으면서 "조만간 네년의 얼굴을 그어 버릴 테다.", "돈 줘도 안 데려갈 거다!"라는 귀에 담기 힘든 쌍욕을 해 댔다. 기녀들이 나와 두 사람을 뜯어말렸다.

"사사! 그만해!"

사사?

위무선은 어째서 저 젊은 여인의 얼굴이 낯익었는지 깨달았다. 저 얼굴에 칼자국 예닐곱 개를 더하면 연화오를 찾아와 비밀을 털어놓았던 여인 사사였다.

갑자기 위무선은 뜨거운 것이 훅 올라오는 것을 느꼈다. 대청이 순식간에 시뻘건 불바다로 변했다. 위무선은 재빨리 공정에서 빠져나왔다.

눈을 뜨자 남망기가 물었다.

"어때?"

"위 공자, 뭘 보셨습니까?"

남희신도 물었다.

위무선이 숨을 들이쉬며 마음을 조금 가라앉힌 다음 말했다.

"이 관음묘는 금 종주가 자란 곳 같습니다."

금광요는 침착히 가만있었다.

"그가 자란 곳이라고? 그는……."

강징이 말을 하다 멈췄다.

강징은 방금 금광요는 기루에서 자란 게 아니냐고 물으려다가 갑자기 깨달은 듯했다.

"이 관음묘가 예전에는 기루였고, 그가 이곳을 불태운 후 관음묘를 지었구나!"

"정말 네가 불을 낸 거냐?"

남희신이 물었다.

"네."

금광요가 대답했다.

"아주 깔끔하게 인정하는군."

강징이 냉소했다.

"이제 더하든 덜하든 다를 게 있습니까?"

금광요가 말했다.

잠시 침묵이 이어지다 남희신이 말했다.

"흔적을 없애려고 그런 건가."

사람들은 염방존이 어릴 때 기루에서 자랐다는 것을 알았지만, 이렇게 오랜 시간 동안 그가 어떤 기루에서 자랐는지 몰랐다는 것은 이상한 일이기도 했다. 사람들은 염방존이 분명 손을 썼으리라고 짐작은 했어도, 나고 자란 곳에 불을 질러 깨끗하게 태워 버렸을 줄은 상상도 하지 못했다.

"다 그런 건 아닙니다."

금광요가 대답했다.

남희신은 탄식하며 더 말하지 않았다.

"왜 그랬는지는 안 묻습니까?"

금광요가 말했다.

남희신이 고개를 저었다가 한참 뒤 엉뚱한 말을 했다.

"예전에 나는 네가 한 일을 몰랐던 게 아니야. 그저 네가 그렇게 한 데에는 다 이유가 있어서라고 믿은 것이지."

남희신이 말을 이었다.

"하지만 네 행실은 너무 과했어. 그래서 나는…… 믿어야 할지 모르겠구나."

남희신의 말투에는 피곤함과 실망한 기색이 역력했다.

사찰 밖에서는 천둥과 비가 교차하고 사찰 문틈으로 바람이 새어 들어와 스산하게 웅웅 울렸다. 그런데 금광요가 갑자기 바닥에 무릎을 꿇었다.

모두가 깜짝 놀랐다. 방금 금광요의 허리춤에 있던 패검을 몰수한 위무선도 놀랐다.

"둘째 형님, 제가 잘못했습니다."

금광요가 힘없이 말했다.

"……."

금광요의 말에 위무선이 다 부끄러워 참지 못하고 말했다.

"그, 뭐냐, 그만 떠들고 좋게 해치우자고요. 그냥 좀 해치우면 안 되겠습니까?"

금광요는 변한다면 바로 변하고, 꿇는다면 바로 꿇어 자존심이나 패기라고 할 게 전혀 없었다. 남희신의 얼굴에도 뭐라 형용하기 어렵다는 기색이 떠올랐다.

"둘째 형님, 저희가 가깝게 지낸 게 몇 년입니까. 어찌 됐든 제가 형님께 어떻게 했는지 형님이 잘 아시지 않습니까. 저는 이미 선독 자리에 뜻이 없습니다. 음호부도 철저하게 파괴됐고요. 오늘 밤이 지나면 멀리 동영(東瀛)으로 떠나 이번 생에는 다시 돌아오지 않겠습니다. 그러니 저에게 살길을 열어 주십시오."

금광요가 애원했다.

멀리 동영으로 떠나겠다는 말은 솔직히 도망가겠다는 뜻이었다. 체면이 안 서는 말이었지만 금광요는 유연하게 잘 변했고, 구부러질지언정 부러지지는 않았으며, 부드럽게 할 수 있으면 절대 강경하게 대항하지 않았다. 난릉 금씨가 무력으로 한두 가문이나 몇 가문을 제압하겠다고 하면 아직은 가능할 것이었다. 그러나 만약 크고 작은 모든 가문이 연합해 그를 토벌하겠다고 나서면 과거 기산 온씨의 전철을 밟는 것은 시간문제였다. 그렇게 되느니, 지금 즉시 철수해 일단 화를 피하고 실력을 남겨 두면 이후에 돌아와 재기할 기회가 있을지도 몰랐다.

"금 종주, 음호부가 이미 철저하게 부서졌다고 했는데 보여 줄 수 있으신가?"

위무선이 물었다.

"위 공자, 복원본은 어쩔 수 없는 복원본이라 사용 횟수가 제한적입니다. 그건 이미 철저하게 망가졌어요. 그리고 그런 물건은 포악한 기운이 상당하다는 것을 당신이 제일 잘 알 텐데요. 효력을 잃고 피를 부르기만 하는 폐품을 내가 몸에 지니고 다니겠습니까?"

금광요가 대답했다.

"그건 나도 모르지. 아마도 당신이 또 다른 설양을 찾아낼 수 있을지도 모르잖아?"

위무선이 말했다.

"둘째 형님, 제 말은 모두 사실입니다."

금광요가 말했다.

금광요는 진지한 말투였고, 남희신을 포로로 잡은 뒤에도 예의를 갖춰서 대했다. 그래서인지 남희신은 당장 반박하지 못하고 그저 한숨만 내쉬었다.

"금 종주, 당신이 난장강 같은 혼란을 획책했을 때 내가 앞으로 '둘째 형님'이라고 부르지 말라고 했을 텐데."

"난장강 일은 제가 귀신에게 홀렸는지, 정말 큰 잘못을 저질렀습니다. 그러나 저는 퇴로가 없습니다."

금광요가 호소했다.

"퇴로가 없다는 게 무슨 말이지?"

남희신이 물었다.

"형장, 그와 말 섞지 마십시오."

남망기가 미간을 약간 찌푸리며 차갑게 말했다.

"남 종주, 종주께서 강 종주를 어떻게 일깨웠는지 잊으셨습니까? 그와 많은 말을 하지 마세요."

위무선도 보탰다.

남희신도 금광요가 얼마나 말을 잘하는지 알았다. 그러나 속사정이 있는 것 같았고 듣고 싶은 마음을 참을 수 없었다. 금광요는 남희신의 이 점을 겨냥한 것이었다.

"제가 서신 한 통을 받았습니다."

금광요가 말했다.

"무슨 서신?"

남희신이 물었다.

"협박 서신입니다. 서신에…… 그 일들을, 7일 뒤에, 만천하에 밝히겠다고 쓰여 있었습니다. 저더러 자살로 사죄하든지, 아니면…… 죽을 날을 기다리라고 했습니다."

금광요가 말했다.

사람들은 분명하게 알았다. 금광요는 앉아서 죽을 날을 기다릴 사람이 아니었다. 그때까지 기다려 지위와 명예를 잃고 사람들에게 조롱당하느니 먼저 손을 쓰는 게 나았다. 그러면 기한이 다가와 상대가 정말 자신의 어두운 과거를 세상에 까발린다고 해도, 이미 포위 공격을 겪은 다음이라 각 가문 사람들은 원기가 크게 손상되어 자기에게 덤빌 힘이 없을 터였다.

그러나 운이 나빴는지 위무선과 남망기 두 사람이 산통을 깨 버렸다.

"그렇다고 해도, 살육까지 해서는 안 되지! 이렇게……."

남희신이 말했다.

금광요가 변명거리를 찾아 빠져나가게 해서는 안 됐다.

"그렇게 안 하면 제가 뭘 할 수 있겠습니까? 행적이 드러나고 성안에 소문이 쫙 퍼지면 현문 백가의 백 년 웃음거리가 되었을 겁니다. 세상 사람들에게 미안하다고 무릎 꿇고 그들의 발아래 얼굴을 조아리며 밟고 지나가라면서 용서라도 구해야 합니까? 둘째 형님! 다른 길은 없습니다. 그들이 죽지 않으면 제가 죽는 것입니다."

금광요가 말했다.

"그건 모두 네가…… 네가 한, 서신 속의 그 일들 때문이잖느냐!

그런 일을 하지 않았으면 다른 사람이 어떻게 빌미를 잡아?"

남희신이 성난 표정으로 뒤로 한 걸음 물러서며 호통을 쳤다.

"둘째 형님, 제 말 좀 들어 보세요. 제가 한 일들을 부정하는 게 아닙니다…….."

금광요가 다시 애절하게 말했다.

"네가 어떻게 부정을 할 수 있겠느냐? 증거가 다 있는데!"

남희신이 소리쳤다.

"그래서 부정하지 않겠다는 겁니다! 아버지를 죽이고 부인을 죽이고 자식을 죽이고 형제를 죽이고, 부득이한 일이 없었다면 제가 왜 그랬겠습니까? 형님 눈에는 제가 정말 그 정도로 잔인한 사람으로 보입니까?"

금광요가 오히려 되물었다.

"좋다, 내가 몇 가지 물어보겠다. 하나, 하나 설명하거라."

남희신이 조금 차분해진 표정으로 말했다.

"형장!"

남망기가 말했다.

남망기가 피진을 빼 들고 금광요를 즉시 처단하려고 하자 남희신이 다급하게 말렸다.

"걱정할 필요 없다. 그는 상처를 입었고 무기도 빼앗겼으니 불리한 위치다. 사람이 이렇게 많으니 속임수를 쓰진 못할 것이다."

마침 저쪽에선 위무선이 소섭이 몰래 뭔가 행동하려는 낌새를 알아채고 발로 걷어차고 있었다.

"저쪽으로 가 보거라, 여긴 내가 알아서 할 테니."

남희신이 말했다.

남망기가 소섭의 비명을 듣고 그쪽으로 갔다. 위무선은 남희신이 의형제에게 아직도 일말의 정과 희망이 있어 금광요에게 말할 기회를 줄 수밖에 없다는 것을 알았다. 위무선 자신도 금광요에게 꼭 듣고 싶은 부분이 있었기에 귀를 쫑긋 세우고 들었다.

"첫째, 네 아버지, 전대 금 종주를 네가 정말 그런 방식으로……."

남희신은 채 말을 맺지 못했다.

"그 문제는 제일 마지막에 대답하고 싶습니다."

금광요가 조심스럽게 말했다.

남희신이 고개를 저으며 다시 말했다.

"둘째, 네…… 부인……."

이 문제 역시 입에 올리기가 어려웠는지 남희신은 즉시 말을 바꿨다.

"네 여동생, 진소, 너는 정말 그녀와 너의 관계를 알고도 결혼했느냐?"

금광요가 먹먹하게 남희신을 쳐다보더니 갑자기 눈물을 흘렸다.

"……네."

금광요가 괴로운 듯이 말했다.

남희신이 숨을 크게 들이마셨다. 그의 얼굴이 잿빛이 됐다.

"다른 방법이 없었습니다."

금광요가 낮은 목소리로 말했다.

"뭐가 방법이 없어?! 그건 네 혼사다! 네가 싫다고 하면 되지 않느냐? 진소의 마음을 아프게 한다고 해도, 너를 진심으로 사랑하고 존경하는 사람을, 한 번도 너를 무시한 적 없는 여인을 그렇게 해야 했느냐!"

남희신이 호통을 쳤다.

"제가 그녀를 진심으로 사랑하지 않았단 말입니까?! 저는 방법이 없었습니다, 방법이 없으면 그냥 방법이 없는 겁니다! 그래요! 그건 제 혼사지요. 하지만 정말 제가 혼인하지 않겠다고 하면 그렇게 됩니까?! 둘째 형님, 순진한 것도 정도가 있어야지요. 제가 얼마나 공을 들여서 진창업에게 혼인을 허락받았는지 아십니까? 혼인 날짜가 다 돼서야 진창업과 금광선도 겨우 만족스러워했는데, 저더러 갑자기 혼인을 취소하겠다고 말하라고요? 무슨 이유를 대지요? 그 두 사람에게 제가 어떻게 설명을 해야 했을까요?!"

금광요가 소리를 질렀다.

"둘째 형님, 제가 모든 게 원만하게 흘러가고 있다고 생각하고 있을 때 진 부인이 몰래 저를 찾아와 진상을 알려 주었습니다. 그때 제 기분이 어땠는지 아십니까! 머리에 벼락을 맞아도 그것보다 더 무섭지는 않았을 겁니다! 진 부인이 왜 금광선을 찾아가지 않고 나를 찾아왔는지 아십니까? 그녀가 금광선에게 강간당했기 때문입니다! 네, 그 잘난 아버지는 오랫동안 자기를 따르던 수하의 부인도 가만두지 않았고, 자기한테 딸이 있었다는 것조차 몰랐습니다! 그렇게 오랜 세월 동안 진 부인도 자기 남편에게 사실을 알리지 못했던 일입니다. 제가 갑자기 혼인을 취소한다고 말해서 그들이 이상한 낌새를 알아채면 어떤 사달이 날지 알고요! 금광선과 진창업이 사이가 벌어지고 반목하게 되면, 결국 두 사람 사이에 끼어서 비참한 최후를 맞는 사람은 누구겠습니까?!"

그쪽 분야에서 금광선의 파렴치한 행동을 처음 들은 것은 아니지만 금광요의 말에 사람들은 오한이 들었다. 혐오감과 오한 중 어떤 게 더 큰지 알 수 없었다.

"그렇다면…… 어쩔 수 없이 진소와 혼인했다고 해도 그녀를 멀리할 수 있었을 텐데, 어째서 그녀와…… 왜 아송을 낳고 또 직접 자기 아들을 죽여!"

남희신이 이해할 수 없다는 듯 말했다.

"혼례를 올린 뒤에는 아소를 건드린 적이 없습니다. 아송은…… 혼례 전에 생긴 겁니다. 그때 저는 오래 끌면 일에 차질이 생길까 봐……."

금광요가 머리를 감싸고 갈라진 목소리로 말했다.

혼례 전에 진소와 합방을 한 것이었다.

그렇지 않았다면 자기 이복 누이와 근친상간을 하지는 않았을 것이다. 이제 와 생각해 보니 아버지 같지 않은 아버지를 원망해야 할지, 생각이 많고 의심이 많은 자기 자신을 원망해야 할지 알 수 없었다.

남희신이 한숨을 내쉬며 다시 질문했다.

"셋째, 터무니없는 말로 변명하려 하지 말고 똑바로 대답하거라. 금자헌의 죽음은 네가 일부러 계획한 것이냐?"

자기 아버지 이름이 나오자 강징을 부축하고 있던 금릉의 눈이 순식간에 커졌다.

"형장, 그를 믿으십니까?"

남망기가 소리를 약간 높이며 불만을 표했다.

"나도 금자헌이 궁기도 참살 계획을 우연히 알았다고 생각하지 않는다. 다만…… 우선 그의 말을 들어 보자."

남희신이 복잡한 표정으로 말했다.

끝까지 부정해도 믿지 않으리라는 것을 안 금광요가 이를 악물고
말했다.

"……금자헌은, 우연히 만난 게 아닙니다."

금릉이 주먹을 꽉 쥐었다.

"하지만 뒤에 일어난 모든 일은 제가 계획한 게 절대 아닙니다.
제가 그렇게 뒷일까지 철저하게 계산하는 주도면밀한 사람이라고
생각하실 필요 없습니다. 통제할 수 없는 일이 더 많으니까요. 그
가 금자훈과 함께 위무선의 손에 죽을 줄 제가 어떻게 알았겠습니
까? 위무선이 반드시 이성을 잃고 귀장군이 살육을 저지를지 제가
어떻게 다 예상했겠습니까?"

"네가 그를 우연히 만난 게 아니라고 했잖아? 네가 했던 말과 모
순이 되는데!"

위무선이 가차 없이 금광요의 말을 끊었다.

"일부러 그에게 궁기도 처단 공격을 말했다는 것을 부인하는 게
아닙니다. 평소 당신과 금자헌의 사이가 안 좋았고, 마침 당신이
금자헌의 사촌 형 때문에 성가신 일을 당하고 있으니 고생 좀 해
보라는 것뿐이었습니다. 위 공자 당신이 그 자리에 있던 사람들을
다 죽일지 내가 어떻게 알았겠습니까?"

금광요가 말했다.

"당신은 정말……."

위무선은 너무 화가 나 오히려 실소가 터졌다.

"왜!"

갑자기 금릉이 소리를 질렀다.

금릉이 강징 곁에서 일어나더니, 눈가가 빨개진 채로 금광요 앞

으로 달려가 외쳤다.

"왜 그렇게 했어요?!"

섭회상이 금광요와 싸우려 드는 금릉을 황급히 제지했다.

"왜냐고?"

금광요가 반문했다.

"아릉, 그리면 왜 그랬는지, 네가 내게 말해 주겠느냐? 왜 나는 늘 웃는 얼굴로 사람들을 대해도 좋은 소리를 못 듣고, 네 아버지는 안하무인인데도 사람들이 우르르 몰려가지? 왜 같은 사람의 자식인데 네 아버지는 집에서 한가하게 사랑하는 부인과 자기 아이의 재롱을 보고, 나는 부인과 단둘이 오래 있는 것조차 못한 채 내 아들을 보면서도 모골이 송연해져야 하지? 친아버지는 왜 나에게만 아주 당연하게 언제든지 발광해 흉시와 여귀를 부려 대학살을 하는 지극히 위험한 인물을 상대하도록 했는지, 네가 말해 주겠느냐!"

금광요가 금릉을 향해 울분을 터뜨렸다.

"생일도 같은데 금광선은 왜 한 아들에게는 연회를 열어 생일을 축하해 주고, 같은 날 다른 아들은 하인에게 차여 금린대 꼭대기에서 제일 아래까지 굴러떨어지는 것을 두 눈 똑똑히 보고만 있었는지!"

금광요는 마침내 가슴속 깊숙이 숨겨 두었던 증오를 드러냈다. 다만 그 대상은 금자헌도, 위무선도 아닌 자기 아버지였다.

"변명하지 마! 네 아비를 증오하면 그를 죽여야지 왜 금자헌을 건드려?"

위무선이 말했다.

"보시다시피, 내가 다 죽였어."

금광요가 차갑게 말했다.

"게다가 그런 방식으로."

남희신이 탄식했다.

금광요는 눈에 눈물을 머금은 채, 허리를 곧추세우고 바닥에 꿇어앉아 미소를 지었다.

"네. 아무 데서나 발정하는 늙은 종마에게 가장 적합한 죽음의 방식이지요. 그렇지 않습니까?"

"아요!"

남희신이 소리쳤다.

꾸짖은 다음에야 남희신은 이미 일방적으로 금광요와 절교했기에 이렇게 부르면 안 된다는 것이 생각났다. 반면 금광요는 그것을 눈치채지 못했는지 매우 차분한 표정으로 말했다.

"둘째 형님, 지금 제가 듣기 안 좋은 말로 그를 욕하는 것만 보지 마세요. 그런 아버지에게 전 그래도 희망을 품었습니다. 아버지의 명령이라면 온 종주를 배반하고, 설양을 보호하고, 반대파를 제거하고, 그 어떤 미련한 짓도, 사람들의 원성을 사는 일도 다 했습니다. 그런데 제가 철저하게 실망한 게 뭔 줄 아십니까? 형님이 물었던 첫 번째 질문에 대한 답을 하겠습니다. 아버지에게 제가 금자헌의 머리카락 한 올, 금자훈의 몸에 난 구멍만큼도 안 된다는 것을 알아서가 아닙니다. 아버지가 모현우를 데리고 온 것도, 나중에는 온갖 방법으로 제 실권을 빼앗으려 했던 것도 아니에요. 그가 주색을 찾아 술집에 가서 옆에 앉은 기녀에게 한 말 때문이었습니다."

금광요가 계속 말했다.

"돈을 물 쓰는 것처럼 써 대는 대단한 가주가 손가락 하나만 까딱하면 내 어머니를 자유의 몸으로 풀어 줄 수 있는데 왜 그걸 안

한 줄 아십니까? 간단합니다, 귀찮아서요. 내 어머니는 그렇게 오랜 세월을 기다리면서 그에게도 어쩔 수 없는 사정이 있었을 것이라고 내게 변명해 주었는데, 사실은 딱 한 마디에 불과했습니다. 귀찮다."

금광요가 헛웃음을 내뱉었다.

"그는 이렇게 말했습니다. '특히 책 좀 읽었다는 여인은 자기가 다른 여인보다 위라고 생각하고 요구하는 게 많지. 비현실적인 생각만 많아서 제일 귀찮아. 그녀를 기루에서 빼주어 난릉까지 찾아왔다면 또 얼마나 귀찮게 했을지 모를 일이야. 그냥 살던 곳에서 하던 대로 지내면 몇 년 더 인기를 끌어 남은 평생 먹고사는 걱정은 안 해도 됐을 텐데.'라고요."

금광요가 말을 이었다.

"'아들? 흥, 말도 마.'"

금광요는 기억력이 매우 좋아 금광선이 말한 그대로 읊었다. 옆에서 듣던 사람들은 금광선이 거나하게 취해 이 말을 하는 표정을 상상할 수 있을 정도였다.

"둘째 형님, 보세요. 제 가치는 딱 네 글자였습니다. '흥, 말도 마.' 하하하……."

남희신의 눈에 애석한 빛이 떠올랐다.

"그렇다고 해도…… 너도……."

적당한 말이 떠오르지 않아 한숨을 내쉬었다.

"이제 와서 그런 것을 말하면 무슨 소용이겠느냐."

"방법이 없지요. 나쁜 짓을 하고도 동정이 받고 싶었나 봅니다. 저는 이런 사람입니다."

금광요가 씁쓸하게 웃으며 말했다.

하지만 이내 그의 분위기가 변했다.

'사람'이라고 말하면서 금광요가 돌연 손목을 젖혔다. 그리고 붉은 고금 줄이 금릉의 목을 덮친 것이다.

"움직이지 마!"

금광요가 눈가에 눈물을 머금고 잠긴 목소리로 외쳤다.

너무 갑작스러운 일이라 미처 방어하지 못했다.

"위무선! 무기 다 뺏은 거 아니었어?"

강징이 외쳤다.

상황이 급하니 강징은 직접 위무선을 향해 소리쳤다. 말투가 소년 시절과 비슷했다.

"고금 줄은 확실하게 다 빼앗았다고!"

위무선도 소리쳤다.

금광요가 허공에서 물건을 만들어 낼 경지까지 이르진 못했을 텐데!

남망기가 한눈에 상황을 파악했다.

"몸 안에 숨겼군."

사람들은 남망기가 가리키는 쪽을 봤다. 금광요가 입은 백의의 복부 부분에 붉은 자국이 조금씩 퍼지고 있었다. 고금 줄이 붉은색인 이유는 피가 묻었기 때문이었다. 금광요가 몸속에 숨겨 위무선이 그곳까지는 찾지 못한 것이다. 말로 남희신의 마음을 흔들고 사람들의 주의도 흐트러뜨렸다. 또한 금릉을 자극해 자기 근처로 오게 만들었다. 그리고 시기가 적당해지자 사람들이 방심한 틈을 타 손가락으로 복부를 찔러 몸에서 줄을 빼낸 것이었다.

최후의 수단을 남겨 두기 위해 금광요가 이런 짓까지 할 줄은 아무도 몰랐다. 고금 줄은 매우 가늘지만 그래도 금속 이물질이라 몸 안에 숨기면 움직일 때마다 이물감이 느껴져 불쾌했을 것이다.

"아릉!"

강징이 참담하게 외쳤다.

위무선도 본능적으로 움직이려다, 누가 손을 잡자 고개를 돌렸다. 남망기였다. 위무선은 그제야 가까스로 정신을 차리고 마음을 진정했다. 금광요가 금릉을 딛고 일어나며 말했다.

"강 종주 그렇게 흥분할 필요 없습니다. 어찌 됐든 나도 아릉이 크는 모습을 지켜본 사람이니까. 아까 말했듯이 각자의 길로 가고 시간이 지나면 하나도 다치지 않은 아릉을 만나게 될 겁니다."

"아릉, 움직이지 마! 금광요, 인질이 필요하다면 나로 바꿔!"

강징이 말했다.

"그건 다르지요. 강 종주는 부상을 입어 행동이 불편해 저한테 방해가 됩니다."

금광요가 솔직하게 말했다.

"금 종주, 뭐 잊은 거 없나? 당신의 충직한 부하가 이쪽에 있는데."

위무선은 손바닥에서 땀이 났다.

금광요가 남망기의 피진에 잡혀 있는 소섭을 쳐다보자 소섭이 즉시 쉰 목소리로 소리쳤다.

"종주, 전 괜찮습니다!"

"고맙다."

금광요도 즉시 말했다.

"금 종주, 또 거짓말을 했군."

남희신이 천천히 말했다.

"이번뿐입니다. 다음부터는 안 그럴 겁니다."

금광요가 말했다.

"넌 지난번에도 그리 말했지. 이제는 네 말 가운데 어떤 게 진실인지 모르겠다."

남희신이 비탄에 잠겨 말했다.

금광요가 입을 열려는데 '우르르, 쾅!' 하고 전례 없이 큰 천둥소리가 울렸다. 하늘 저 먼 곳이었지만 귓가에서 울리는 것 같아, 금광요는 자기도 모르게 부르르 떨면서 말을 삼켰다. 이어서 사찰 밖에서 '쿵! 쿵! 쿵!' 하는 기괴한 굉음이 세 번 울렸다.

그 소리는 '문 두드리는' 소리라기보다 '문에 부딪치는' 소리에 가까웠다. 사람의 팔로 두드리는 게 아니라 사람이 다른 사람의 머리를 들고 한 번, 또 한 번 난폭하게 문에 들이박는 것 같았다. 소리가 점점 커지면서 사찰 문을 걸어 잠군 빗장이 점점 파열됐고, 금광요의 표정도 점점 일그러졌다.

네 번째로 그 소리가 울리자 마침내 빗장이 부서졌다. 세찬 빗줄기와 검은 그림자가 소용돌이치면서 부서진 문으로 함께 날아 들어왔다.

금광요는 재빨리 피하려는 듯 몸을 움찔거렸지만 그런 충동을 바로 억제했다. 그 그림자가 덮친 방향이 자기가 아니라 위무선과 남망기였기 때문이다. 두 사람은 침착하게 갈라졌다가 곧바로 나란히 섰다. 고개를 돌려 보면서 위무선이 말했다.

"온녕?"

온녕은 불전 안의 관음상에 부딪쳐 머리는 아래로 발은 위로 매달려 있다가 쿵, 하는 소리와 함께 떨어졌다.

"……공자."

온녕을 본 강징과 금릉의 표정도 조금 일그러졌다.

"형님!"

섭회상이 소리쳤다.

날아 들어온 온녕 외에도 사찰 문 앞엔 더 거대한 그림자가 서 있었다. 단단한 윤곽, 잿빛 안색, 생기 없는 두 눈.

바로 적봉존, 섭명결이었다!

그는 철탑처럼 폭우 속에서 관음묘 앞을 가로막고 서서 모든 사람의 앞길을 막고 있었다. 머리가 목에 제대로 붙어 있고, 목에 빽빽하게 난 검은 실선이 보였다. 누군가 긴 실로 그의 머리와 머리 없는 몸을 연결한 것이다.

"……형님."

남희신이 아연하게 말했다.

"……형님…….."

금광요도 중얼거렸다.

사찰 안에서 세 사람이 섭명결의 시신을 형님이라고 불렀지만, 세 사람의 말투는 전혀 달랐다. 금광요의 얼굴은 공포로 가득했고 온몸을 덜덜 떨고 있었다. 생전이든 사후든 금광요가 제일 무서워하는 사람은 이 난폭하고 가차 없는 성격의 섭명결이었다.

금광요의 몸이 떨리자 손도 같이 후들댔다. 그러자 손으로 꽉 쥐고 있던 피 묻은 고금 줄도 떨리기 시작했다. 그 순간 남망기가 피진을 뽑더니 단칼에 잘라 냈다.

눈 깜짝할 사이에 남망기가 금릉 앞으로 다가가 뭔가를 손으로 떠받쳤다. 반면 금광요는 갑자기 팔뚝이 가벼워져 놀랐다. 그는 고개를 숙여 보고서야 자신의 오른손이 사라졌음을 깨달았다.

금광요의 오른손이 아래팔 아래서 깔끔하게 절단돼 있었다. 남망기가 받아 든 것은 바로 금광요가 흉기인 고금 줄을 쥐고 있던 손이었다.

순식간에 붉은 피가 뿜어져 나왔다. 금광요는 통증에 안색이 창백해지면서 비명을 지를 힘도 없는지 비틀거리며 뒤로 몇 걸음 물러나 바닥에 쓰러졌다. 오히려 소섭이 비명을 질렀다. 남희신은 순간 달려가 금광요를 부축하려고 했지만, 결국은 손을 대지 못했다.

남망기가 금광요 손의 손가락을 펼쳤다. 이윽고 고금 줄이 느슨해지며 금릉이 위험에서 벗어나게 되었다. 강징이 달려가 금릉이 다쳤는지 보려던 찰나, 위무선이 강징을 제치고 달려가 금릉의 어깨를 붙잡고 자세히 살폈다. 그의 목에 상처도 찰과상도 없다는 것을 확인한 다음에야 한숨을 내쉬었다.

남망기는 검을 뽑을 때 늘 3할의 여지는 남겨 두었다. 그러나 조금 전에는 상황이 매우 급박했다. 고금 줄은 매우 예리한 데다, 현살술을 사용할 줄 아는 사람이라면 살을 베어 내고 뼈를 자르는 것은 채소 자르는 것처럼 쉬운 일이었다. 게다가 금광요는 손을 떨고 있었다. 그가 조금만 더 떨거나 사람을 옭아매고 있다는 것을 잊고 줄을 잡은 채로 도망갔다면……. 남망기가 즉시 결단을 내려 빠르고 정확하게 줄을 쥔 오른손을 자르지 않았다면, 금릉은 몸과 머리가 분리돼 선혈이 하늘로 치솟았을지도 몰랐다.

금릉은 잘려 피를 내뿜는 금광요의 팔을 정면으로 보고 있었다. 그랬기에 몸과 얼굴의 절반에 피를 뒤집어쓴 채 멍하니 서서 아무 반응도 하지 못했다. 위무선이 금릉을 세차게 끌어안으며 말했다.

"다음부턴 위험인물이 있으면 멀리 떨어져 있어. 이 맹랑한 자식, 조금 전엔 뭐 하러 그렇게 가까이 다가간 거야!"

강염리와 금자헌의 유일한 아들이 자기 앞에서 목숨을 잃는다면 위무선은 정말 어떻게 해야 할지 몰랐을 것이다.

금릉은 누군가에게 이렇게 안기는 것이 익숙하지 않았다. 금릉은 창백한 얼굴을 단번에 붉히며 위무선의 가슴을 힘껏 밀어냈다. 위무선은 더 세게 금릉을 몇 번 더 끌어안은 다음, 그의 어깨를 툭툭 쳐 주고는 강징 쪽으로 밀었다.

"가! 이젠 함부로 돌아다니지 말고, 네 외숙 곁으로 가!"

강징은 어지러운지 방향 구분을 잘 못 하는 금릉을 잡아 부축해 주었다. 그러곤 저쪽에 같이 서 있는 위무선과 남망기를 보면서 잠시 망설였다. 이윽고, 그가 남망기에게 말했다.

"고맙습니다."

목소리는 작았지만 얼버무리는 말투는 아니었다.

"목숨을 구해 주셔서 정말 감사합니다."

금릉도 외숙을 따라 감사를 건넸다.

남망기는 고개를 끄덕이며 아무 말도 하지 않았다. 그가 피진을 바닥에 살짝 기울이자 투명하고 밝은 검 끝에 핏방울이 모여 바닥으로 말끔히 떨어졌다. 남망기는 방향을 돌려 입구에 서 있는 섭명결을 겨냥했다.

온녕이 천천히 일어나 스스로 부러진 손을 맞추며 말했다.

"조심하세요……. 원기가 상당합니다."

금광요는 이를 악물고 잘린 팔의 혈 몇 곳을 쳤지만, 피를 너무 많이 흘려 정신이 흐릿해졌다. 눈앞이 뿌연 상황에서도 섭명결이 자기 앞으로 한 걸음 내딛자 뚫어지게 그를 쳐다보면서 혼비백산했다. 한쪽에 있던 소섭이 다시 피를 토하며 힘껏 외쳤다.

"뭣들 해! 뭘 멍청하게 서 있는 거야! 막아! 입구의 저걸 막으라고!"

진작에 정신이 나가 있던 난릉 금씨 수사들은 그제야 검을 들고 나섰다. 섭명결의 한 손 공격에 두 사람이 날아갔다. 금광요가 왼손으로 손이 잘린 곳에 가루약을 뿌렸지만, 가루약은 흐르는 피에 금세 씻겨 내려갔다. 금광요는 자기 옷자락을 찢어 상처가 난 곳을 감아 피를 멎게 할 생각이었다. 하지만 그의 왼손은 관과 검은 상자에서 나온 독성 연기에 화상을 입어 힘이 들어가지 않고 덜덜 떨리기만 했다. 그가 한참 동안 찢어도 옷은 찢기지 않았고, 고통만 배가 되었다. 소섭이 허겁지겁 달려가 자기 백의를 찢어 금광요의 상처를 싸매 주려고 했다. 남희신은 섭회상을 안전한 곳으로 물러나게 해 주었다. 소섭은 자기 몸을 더듬어 남은 연고나 가루약이 있나 살피다가 없자, 남희신에게 도움을 청했다.

"남 종주! 남 종주, 약 있으세요? 도와주십시오. 종주가 남 종주께는 늘 예로 대하지 않았습니까. 도와주세요!"

거의 기절할 것 같은 금광요의 비참한 모습에, 남희신의 눈엔 차마 모른 척할 수 없다는 연민의 빛이 떠올랐다. 바로 그때, 처참한 비명과 함께 섭명결의 주먹에 수사 세 명이 한 번에 피비린내 나는 고깃덩어리가 됐다.

위무선과 남망기가 강징과 금릉 앞을 막아섰다.

"온녕! 그를 어떻게 만난 거야?!"

위무선이 물었다.

온녕이 손을 다 맞추고 다리를 맞추면서 말했다.

"공자, 죄송합니다……. 저더러 남 공자를 찾아가라고 해서 객잔에 갔는데, 안 계셔서 거리를 찾아다녔지만 남 공자는 못 만나고 적봉존이 거리에 있는 것을 발견했습니다. 거지들이 그가 얼마나 위험한 줄도 모르고 다가가 귀찮게 해서요. 적봉존은 이지가 전혀 없어 놔뒀다가는 그들을 찢어 죽일 것 같았어요. 그래서 그와 싸우면서 여기까지 올 수밖에 없었습니다……."

객잔에서 왜 남망기를 못 찾았는지 물어볼 필요가 없었다. 남망기와 벽을 사이에 두고 위무선도 잠을 못 이뤘는데 남망기라고 잠을 잘 수 있었겠는가? 분명 나와서 돌아다니다가 지원군을 요청하러 가던 선자를 만났을 것이다. 갑작스러운 뇌우는 분명 온녕과 섭명결이 싸운 뒤에 시작된 게 틀림없었다.

'시(屍)'라는 존재는 본디 음기를 부르고 사악한 것을 모은다. 하물며 범상치 않은 흉시 두 구가 붙었으니!

난릉 금씨 수사들은 섭명결의 적수가 못 됐지만 계속 용감하게 앞으로 나섰다. 그러나 섭명결은 칼로 베도 마치 강철을 베는 것 같아 상처 하나 내지 못했다. 섭회상이 남희신 뒤에서 몸을 반쯤 빼고 공포와 기대가 섞인 말투로 더듬거렸다.

"혀혀형님, 저, 저예요……."

섭명결이 눈동자가 없는 두 눈을 동그랗게 뜨고 그를 향해 세차게 다가갔다. 남희신이 고개를 약간 숙여 열빙을 불자 섭명결이 순간 멈칫했다.

"형님, 그는 회상입니다!"

남희신이 말했다.

"형님이 저도 못 알아보시다니……."

섭회상이 잔뜩 겁에 질린 채 실망했다.

"너만 못 알아보는 게 아니라 지금은 자기가 누군지도 모를걸!"

위무선이 말했다.

섭명결은 충천한 원기로 움직이는 시신이라 사납고 난폭했으며 공격 대상을 가리지 않았다. 온녕이 온몸을 다 맞추자 다시 섭명결 앞으로 나섰다. 하지만 온녕은 원기가 섭명결만큼 강하지 않았고 체격도 그보다 작았으며, 위무선의 피리도 부서져 그에게 힘을 보탤 수가 없어 약간 밀렸다. 바닥에 쓰러지듯 누워 있는 금광요는 잘린 손의 피가 잘 멈추지 않았다. 소섭이 혼란한 와중에 그를 등에 업고 기회를 틈타 도망가려고 했다. 그 동작에 섭명결이 다시 경계하더니 그들을 주시하면서 온녕을 던져 버리고 금광요 쪽으로 성큼 다가갔다.

"작은아버지! 어서 도망가세요!"

금릉이 자기도 모르게 소리를 질렀다.

강징은 적에게 도망가라고 알려 주는 금릉을 보고 그의 뒤통수를 때리며 화를 냈다.

"입 닥쳐!"

금릉은 한 대 맞고서야 정신을 차렸다. 하지만 어쨌든 자기를 돌봐 준 작은아버지였고 지난 십수 년 동안 금광요가 자기에게 잘해준 것은 사실이었다. 그래서 금광요가 저 흉시의 손에 비참하게 죽을 것 같아 다급해서 소리를 친 것이었다. 하지만 섭명결은 금릉의 외침에 뭔가 이상했는지, 오히려 금릉을 향해 고개를 돌렸다. 위무선은 가슴이 철렁 내려앉아 낮은 소리로 뇌까렸다.

"제기랄!"

지금 섭명결은 흉시여서 원수 금광요에 대한 원기가 제일 강했다. 그러나 흉시는 눈으로 사람을 구분하지 않았다.

금광요와 금릉은 가까운 혈연관계라 죽은 것들이 보기에 두 사람은 호흡과 혈기가 비슷했다. 혼돈 상태의 삿된 존재들은 두 사람을 분별하기가 어려웠다. 금광요는 지금 팔이 잘려 피를 많이 흘려서 기가 허약한 상태였지만, 금릉은 팔팔하기만 했다. 이지가 없는 섭명결은 당연히 금릉에게 더 흥미가 생길 터였다.

남망기가 피진을 뽑아 섭명결의 명치를 찌르자 그가 앞으로 나오지 못했다. 섭명결은 고개를 숙여 빛나는 장검을 보더니 포효하면서 손을 뻗어 검을 잡으려 했다. 남망기가 즉시 피진을 소환했고, '쨍' 하는 소리와 함께 칼집으로 검이 들어가자 섭명결은 허공을 잡아챌 뿐이었다. 남망기는 이어서 망기금(忘機琴)을 꺼내 손으로 받치고 곧장 몇 음을 연주했다. 남희신도 열빙을 입가로 가져갔다. 위무선은 섭명결에게 50여 장의 부적을 날렸다. 그러나 부적들은 섭명결 근처에 닿기도 전에 그의 원기에 불타올라 공중에서 재가 되었다.

섭명결이 울부짖으며 금릉을 잡으러 다가갔다. 강징과 금릉은 벽까지 물러나 더 피할 곳이 없었다. 강징은 금릉을 자기 뒤로 숨기고는, 잠시 영력을 사용할 수 없는 삼독을 뽑아 들고 반격에 나섰다. 고금과 퉁소가 이미 연주를 시작했지만, 늦을 것 같았다.

섭명결의 주먹이 누군가의 몸을 관통했다.

그러나 그 몸은 강징도, 금릉의 것도 아니었다.

온녕이 벽을 가로막고, 두 사람 앞을 막아선 채로 두 손으로 섭명결의 강철 같은 팔을 잡아 천천히 자기 가슴에서 뽑아냈다. 그러자 커다랗고 투명한 구멍이 남았다. 피는 흐르지 않고 검은색 내장 파편이 떨어질 뿐이었다.

"온녕!"

위무선이 다급히 그를 불렀다.

강징은 거의 미칠 것 같은 표정이었다.

"너? 네가?!"

강징이 당황스런 목소리로 말했다.

섭명결의 주먹은 힘이 너무 강해, 온녕의 가슴은 물론 기도도 일부분 부서뜨렸다. 온녕은 한마디도 못 한 채 쓰러졌다.

온녕이 강징과 금릉 위로 쓰러졌다. 온녕은 움직이지 못하고 눈을 뜬 채로 한 번도 깜박이지 않고 두 사람을 빤히 쳐다봤다.

금릉은 과거 자기 아버지의 심장을 뚫어 버린 살인자이자 흉기인 온녕을 증오했고, 어릴 때부터 앞으로 기회가 있으면 위영과 온녕을 갈기갈기 찢어 죽일 것이라고 수도 없이 맹세했다. 나중에는 위무선을 증오하고 싶지 않아서 온녕을 더 힘껏 증오했다. 그런데 이제, 그 살인자이자 흉기가 자신의 앞에서 똑같이 심장에 구멍이 뚫렸다. 하지만 금릉은 온녕이 제 몸에 기대지 못하도록 거칠게 밀어내지조차 못했다.

온녕은 죽은 사람이라 구멍이 뚫리든 허리가 두 동강이 나든 괜찮다는 것을 잘 알았지만, 왜인지 눈물이 왈칵 터져 나왔다.

주먹을 날린 뒤, 섭명결의 동작도 조금 굳어졌다.

남망기와 남희신은 합주를 계속했다. 고금은 차가운 샘물이 흐르는 듯했고, 퉁소는 거센 바람이 스산하게 부는 것 같았다. 모두 섭명결이 싫어하는 소리라 두 배로 귀를 자극했다. 섭명결은 누군가 보이지 않는 끈으로 자기를 묶고 점점 죄는 것 같은 부자연스러운 느낌이 들어 화를 내기 시작했다. 그러다 결국 폭발해, 파장음의 구속을 강제로 뚫고 고금을 연주하는 사람을 향해 공격했다. 남망기는 침착하게 몸을 돌려 섭명결의 공격을 피하면서 고금 연주를 계속했다. 섭명결의 이번 주먹은 벽을 관통했다. 그가 몸을 돌리려는데 갑자기 휘익, 하는 명쾌한 소리가 났다.

섭명결은 벽에서 주먹을 빼고 소리가 나는 쪽을 쳐다봤다.

위무선이 다시 휘파람을 두 번 불고는 웃으며 말했다.

"안녕하세요, 적봉존. 날 알아보겠어요?"

섭명결이 눈동자가 없는 하얀 눈으로 조용히 위무선을 쳐다봤다.

"몰라도 괜찮아요. 이 휘파람 소리만 알면 되니까."

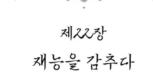

제22장
재능을 감추다

"위 공자!"

남희신이 열빙에서 입을 조금 떼며 소리쳤다.

위무선의 지금 몸은 모현우의 것이고, 모현우는 금광요와 혈연관계인 데다가, 지금 위무선은 금광요와 금릉보다 섭명결에게 더 가까이 있었다. 남희신은 이를 일깨워 줄 생각이었다. 섭명결이 원기를 위무선에게 쏟아 낸다면 대응하기 어려울 터였다. 그러나 남희신이 경고를 하기도 전에 남망기가 시선을 옮겼다. 그 시선은 침착하고 담담하게 고개를 젓는 것 같았다.

남희신은 걱정할 필요 없다는 뜻이라는 것을 즉시 이해했다.

남망기는 위무선이 괜찮다고 믿었다.

위무선은 입으로 휘파람을 불면서 자유롭게 발걸음을 옮겼다. 휘파람 소리는 가볍고 유쾌했지만, 천둥 번개와 비바람이 몰아치고 시체가 널려 있는 관음묘에서는 오히려 더 기괴하게 들렸다. 구석에서 강징과 금릉에게 엎여져 있던 온녕도 휘파람 소리를 들었다. 이상하고 강렬한 충동이 그에게 일어나라고 하는 것 같았지만, 참는 것인지 아니면 행동 능력이 아직 회복되지 않은 것인지 애를 쓰다가 다시 넘어졌다. 강징과 금릉은 무의식적으로 동시에 팔을 뻗어 온녕을 잡았다. 그러나 잡고 나서는 또 동시에 당장이라도 그를 내던지고 싶은 듯한 복잡한 표정을 지었다.

위무선은 웃으며 익살맞은 가락을 불면서 뒷짐을 지고 느리지도 빠르지도 않게 후퇴했다. 섭명결은 그 자리에 서서 위무선이 한 걸음 물러서자 냉담한 반응을 보이고, 세 걸음 물러설 때까지도 꼼짝도 하지 않다가, 일곱 걸음 옮기자 더 못 참겠다는 듯이 위무선이 후퇴하는 방향으로 한 걸음 다가갔다.

위무선은 섭명결을 관음묘 불전 뒤에 있는 매우 화려한 빈 관 쪽으로 유도했다.

섭명결이 들어가면 그를 봉인할 방법이 있었다.

하얀 독성 연기도 거의 사라져 위협이 되지 않았다. 새파랗게 질린 얼굴의 섭명결은 빈 관 앞에 가까워지자 본능적으로 저항했다. 위무선은 관을 한 바퀴 돌았다. 모두가 숨을 죽이고 그쪽을 주시했다. 특히 남망기는 한시도 눈을 떼지 않았다. 위무선은 느긋하게 휘파람을 불면서 남망기 쪽으로 눈빛을 보냈다. 시선이 마주치자 위무선이 경박한 표정으로 남망기에게 왼쪽 눈을 찡긋해 보였다.

가는 바늘에 찔린 것처럼 남망기의 손가락이 움찔하자, 그 아래에 있던 고금 줄이 살짝 흔들렸다가 금세 평정을 되찾았다. 위무선은 만족스러운 듯 시선을 돌리고 섭명결 앞에서 관 입구를 탁탁 쳤다.

마침내 섭명결이 천천히 몸을 기울였다.

섭명결이 상체를 돌려 들어가려는 순간, 남희신 뒤에서 비명이 들렸다.

섭명결이 즉시 동작을 멈추고 다른 사람들처럼 고개를 휙 돌렸다. 소섭이 거의 정신을 잃은 금광요를 업은 채, 한 손으로는 그의 다리를 받치고 다른 한 손으로는 검을 들고 있었다. 소섭의 검에 피가 보였고, 섭회상이 자기 다리를 움켜쥐고 아프다고 뒹굴고 있었다.

그 모습에 남희신의 패검 삭월의 검기(劍氣)가 검을 들고 있던 소섭의 손을 공격했다. 소섭은 경악하며 검을 놓쳤다. 하지만 소섭의 검이 이미 섭회상을 찔러 공기 중에 피비린내가 퍼졌다. 위무선은 속으로 '어떻게 이럴 수가, 중요한 시점에서 내 일을 망치다니!' 하고 욕했다.

섭회상과 섭명결은 배다른 형제라 섭회상의 피 냄새를 맡는다고 섭명결의 살기가 되살아나진 않겠지만 호기심이 들 것이었다. 섭명결이 호기심에 이끌려 저쪽으로 가면 분명 금광요를 알아차릴 게 뻔했다. 금광요를 죽이면 섭명결은 더 사나워져 통제하기가 훨씬 어려울 터였다.

위무선의 생각처럼 섭명결은 목에서 그르렁거리는 소리를 내며 빈 관에서 몸을 돌렸다. 섭명결은 소섭에게 업혀 고개를 떨구고 있는 자가 누군지 단번에 알아챘다. 위무선의 휘파람 소리도 그를 붙잡지 못했다. 섭명결은 바람처럼 달려가 손바닥으로 금광요의 머리통을 내리쳤다.

소섭이 몸을 옆으로 빠르게 돌리며 피했다. 그러곤 방금 공격으로 떨어뜨렸던 장검을 발끝으로 들어 올려 남은 영력을 모두 운용해 섭명결의 심장을 찔렀다. 생사의 갈림길에 서니 그의 검은 매우 빠르고 단호하게 변했다. 검신에 영력이 만연해 광채가 돌며 찬란하게 빛나는 것이, 그 어떤 우아한 검보다 훌륭하고 아름다웠다. 위무선조차 '아름답다'고 탄성을 내뱉을 정도였다. 섭명결도 폭발적인 검의 힘에 밀려 뒤로 물러났다. 검의 광채가 조금 사그라들자 섭명결이 다시 일어나 끈질기게 금광요 쪽으로 향했다. 소섭은 왼손으로 금광요를 남희신 쪽으로 던지며 오른손으로는 섭명결의 목을 그었다.

섭명결은 온몸이 강철 같아 칼이 꿰뚫지 못했지만, 목을 봉합한 실은 그렇지 않았다!

이 검이 제대로 들어간다면 섭명결을 제압하지는 못해도 시간을 조금 벌 수는 있을 것이었다. 그러나 방금 검에 갑자기 폭발적으로 너무 많은 영력이 주입되어 검의 수용 능력을 넘었는지, 휘두르는 도중에 '쨍' 하는 소리와 함께 산산조각 났다. 반면 섭명결의 공격은 소섭의 가슴을 정확하게 강타했다.

소섭의 절정기는 순식간에 끝났다. 소섭은 피를 토할 겨를도 없이, 멋있거나 결연한 유언 한마디 남기지 못하고 눈에 있던 생기가 순식간에 사라졌다.

금광요는 남희신 옆에서 꼼짝도 못 하는 상태로 그 장면을 봤다. 잘린 손과 피가 뿜어져 나온 복부의 통증 때문인지, 아니면 다른 이유인지 금광요의 눈가에 눈물이 언뜻 비쳤다. 하지만 금광요가 숨을 돌리거나 상처를 돌볼 겨를도 없이 섭명결이 손을 빼더니 몸을 돌려 금광요가 있는 쪽을 살폈다.

강한 얼굴에 나타난 냉정하고 엄격한 표정이 살아 있을 때와 똑

같았다. 금광요가 제일 무서워하는 표정이었다. 금광요는 놀라 눈물마저 쏙 들어갔다. 그가 떨리는 목소리로 도움을 청했다.

"둘째 형님······."

남희신은 검 끝을 돌렸고 위무선과 남망기도 가락을 바꾸었다. 그러나 휘파람이 깨졌기 때문에 다시 효력을 발생시키려니 아까보다 훨씬 어려웠다. 그때 옆에서 누군가 외쳤다.

"위무선!"

"뭐야?"

위무선이 즉시 대답했다.

대답하고 나서야 자기를 부른 게 강징이라는 것을 알고 위무선은 조금 의아했다. 강징은 대답 대신 소매에서 뭔가를 꺼내 위무선 쪽으로 던졌다. 위무선은 무의식적으로 손을 뻗어 받고선 고개를 숙여 내려다봤다. 까맣고 윤기가 흐르는 피리에 선홍색 술이 달려 있었다.

귀신 피리, 진정(陳情)!

이보다 더 익숙할 수 없는 피리를 손에 쥔 위무선은 놀랄 새도 없이 진정을 입술에 대고 외쳤다.

"남잠!"

남망기가 가볍게 고개를 끄덕이자 고금과 피리 소리가 울렸다. 고금은 차가운 샘물 같고, 피리는 나는 새 같았다. 하나는 누르고 하나는 유도했다. 두 사람의 합주에 섭명결이 몸을 휘청하더니 마침내 반강제로 금광요 앞에서 걸음을 뗐다.

고금과 피리의 합주에 이끌려 섭명결은 한 걸음 한 걸음, 뻣뻣하게 다시 빈 관 쪽으로 걸어갔다. 위무선과 남망기도 한 걸음 한 걸음 섭명결을 따라갔다. 섭명결이 관으로 들어가자 두 사람은 약속이라도 한 것처럼 동시에 바닥에 있던 관 뚜껑을 발로 찼다. 무거운 관 뚜껑이 공중으로 솟구친 뒤 추락했다. 위무선이 관으로 가볍게 올라갔다. 그는 왼손으로 진정을 허리춤에 꽂고, 신속하게 오른손 손가락을 깨물어 관 뚜껑 위에 용이 하늘을 오르고 봉황이 춤을 추는 듯한 스산한 주문을 일필휘지로 그려 냈다.

그제야 관 속에서 나던 야수의 포효 같은 소리가 조금씩 잦아들었다. 남망기는 흔들리는 칠현을 눌러 손가락 아래의 현 음을 멈추었다. 위무선은 가볍게 숨을 내쉬며 신중하게 반응을 살피다 관 뚜껑 아래에서 힘이 느껴지지 않는 것을 확인하고 나서야 일어났다.

"성질 정말 사납네, 그렇지."

위무선은 관 위에 서 있었기에 시야가 훌쩍 높았다. 고금을 거둔 남망기는 옅은 색의 눈동자가 담긴 눈을 뜨고 고개를 들어 위무선을 봤다. 위무선은 고개를 숙이고 오른손으로 남망기의 하얗고 깨끗한 얼굴을 긁었다. 부주의한 것인지 아니면 고의인지 모르게 남망기의 얼굴에 붉은색 핏자국이 남았다. 남망기가 아무렇지 않다는 듯이 말했다.

"내려와."

위무선이 웃으며 뛰어내리자 남망기가 정확하게 받았다.

이쪽은 조금 잠잠해졌지만, 저쪽은 여전히 수선스러웠다. 섭회상이 "아이고, 아이고!" 하면서 아프다고 소리치고 있었다.

"희신 형님! 빨리 와서 제 다리가 몸에 붙어 있는지 좀 봐 주세요!"

남희신이 다가가 섭회상을 잡고 살폈다.

"회상, 괜찮다. 그렇게 무서워할 것 없다. 다리 안 잘렸어. 그냥 찔린 것이다.”

“찔렸다고요! 찔렸는데 어떻게 안 무서울 수가 있어요? 관통한 거 아니에요? 희신 형님, 살려 주세요!”

섭회상이 공포에 질려 끙끙거렸다.

“그렇게 심각하지 않아.”

남희신이 난감하다는 표정으로 그를 달랬다.

섭회상은 그래도 다리를 끌어안고 온 바닥을 굴러다녔다. 남희신은 섭회상이 아픈 걸 제일 무서워한다는 것을 잘 알기에, 품에서 약병을 꺼내 섭회상의 손에 놓아 주었다.

“진통제다.”

섭회상이 재빨리 약을 꺼내 먹으며 말했다.

“전 왜 이렇게 재수가 없을까요. 집에 가는 길에 영문도 모르고 잡혀 오고, 그는 도망가면서 저를 찌르고 말이에요! 그냥 밀치고 가면 되지 왜 검을 쓰냐고요…….”

남희신이 일어나 고개를 돌렸다. 바닥에 주저앉아 있는 금광요는 얼굴이 종잇장처럼 창백하고 머리칼은 조금 헝클어졌다. 이마에 식은땀을 흘리는 모습이 매우 고통스러워 보였다. 손이 잘린 곳의 통증이 심각한지 가벼운 신음이 이어졌다. 금광요가 눈을 들어 남희신을 쳐다봤다. 아무 말도 하지 않았지만 잘린 손목을 잡은 모습과 처참한 눈빛이 연민의 감정이 들게 했다.

남희신은 가만히 금광요를 보다가 한숨을 내쉬며 지니고 다니던 약물을 꺼냈다.

“남 종주.”

위무선이 말했다.

"위 공자, 지금…… 저런 모습이면 뭘 더 하지 못할 겁니다. 더 치료를 미루면 여기서 죽을 거예요. 아직 제대로 못 들은 게 많습니다."

남희신이 말했다.

"남 종주, 알겠습니다. 그를 구하지 말라는 게 아니라 조심하시라는 겁니다. 그에게 금언술을 걸어 말을 못 하게 하는 게 제일 좋을 것 같습니다."

위무선이 말했다.

남희신이 고개를 약간 끄덕이며 금광요에게 말했다.

"금 종주, 잘 들었겠지. 의미 없는 행동은 이제 그만두게. 만일에 대비해서, 허튼 행동을 하면 인정사정없이……."

남희신이 잠시 숨을 크게 들이쉬고 말을 이었다.

"목숨을 거둘 터이니."

"고맙습니다, 택무군……."

금광요가 고개를 끄덕이며 낮은 소리로 힘없이 말했다.

남희신이 몸을 숙여 신중하고 조심스럽게 금광요의 잘린 손목을 치료하자 금광요가 몸을 부르르 떨었다. 한때 더없이 화려했던 의형제가 이런 최후를 맞은 것을 보니 남희신은 뭐라고 해야 할지 몰라 그저 속으로 탄식만 했다.

위무선과 남망기는 함께 구석으로 갔다. 온녕이 아직도 어색한 자세로 강징과 금릉 위에 쓰러져 있었다. 위무선은 온녕을 바닥에 똑바로 눕히고 가슴에 난 구멍을 살피며 걱정스러운 듯이 말했다.

"너 이걸…… 도대체 뭐로 막아야 좋으려나?"

"공자, 저 많이 심각한가요……."

온녕이 물었다.

"심각하진 않아. 넌 장기가 필요 없잖아. 근데 보기 흉해."

위무선이 말했다.

"보기 좋을 필요는 없는데……."

온녕이 말했다.

강징은 침묵했고 금릉은 하고 싶은 말이 있었지만 말하지 않았다.

저쪽에서 남희신은 금광요의 상처를 치료했다. 금광요는 통증에 거의 기절할 것 같은 모습이었다. 남희신은 이것이 징벌이라고 생각하려고 했지만, 금광요의 고통을 외면하기가 힘들었다. 남희신이 고개를 돌리며 말했다.

"회상, 방금 그 약병 이리 주거라."

섭회상은 약 두 알을 먹고 통증이 잦아들자 약병을 품에 넣어 둔 참이었다.

"아, 네."

섭회상이 고개를 숙여 약병을 찾아 남희신에게 건네려 했다. 그때 그의 동공이 갑자기 수축하더니, 얼굴이 공포에 확 질렸다. 그가 소리쳤다.

"희신 형님, 뒤 조심하세요!"

경계심을 풀지 않고 있던 남희신은 섭회상의 표정과 놀란 목소리에 심장이 싸늘해졌다. 그가 곧장 패검을 뽑아 뒤로 찔렀다.

금광요는 가슴을 정통으로 찔린 채 경악했다.

다른 사람들도 갑작스러운 상황에 깜짝 놀랐다.

"무슨 일이에요?!"

위무선이 벌떡 일어나며 물었다.

"나나나는…… 방금 셋째 형님이…… 아니, 금 종주가 손을 뒤로 뻗는 걸 봤는데, 그가 무슨…….""

섭회상이 당황한 채 더듬거렸다.

금광요가 고개를 숙여 자기 가슴을 관통한 검을 보더니 입술을 달싹거렸다. 뭔가 말하고 싶지만 금언술에 걸려 아무 변명도 하지 못했다. 위무선은 이 상황이 뭔가 이상했다. 그가 묻기도 전에 금광요가 피를 토하며 잔뜩 갈라진 목소리로 외쳤다.

"남희신!"

금광요가 강제로 금언술을 깼다.

금광요는 온몸이 상처투성이였다. 왼손은 독성 연기에 데었고 오른손은 손목이 잘렸으며 복부는 살점이 떨어져 나가 온몸이 피투성이였다. 조금 전까지는 제대로 앉아 있지도 못하더니, 이 순간 죽기 전에 문득 힘이 솟구쳤는지 제힘으로 일어나 다시 한번 원통하게 외쳤다.

"남희신!"

남희신은 매우 실망하고, 매우 괴로워 보였다.

"금 종주, 내가 말하지 않았나. 다시 한번 움직이면 봐주지 않을 것이라고."

"그래! 그렇게 말했지. 그런데 내가 그랬나?!"

금광요가 포악스럽게 내뱉었다.

사람들 앞에서 늘 교양 있고 온화하며 품위 있는 태도를 보였던 금광요가 돌연 시정잡배같이 거친 면을 내보였다. 금광요의 비정상적인 모습에 남희신도 뭔가 이상했는지 고개를 획 돌려 섭회상을 쳐다봤다.

"됐어! 봐서 뭘 어쩌게? 보지 마! 당신이 뭘 알 수나 있겠어? 그렇게 오랜 세월 동안 나도 몰랐는데. 회상, 너 참 대단하구나."

섭회상은 눈을 동그랗게 뜬 채 아무 말도 하지 못했다. 금광요의 갑작스러운 지적에 놀라서 말이 나오지 않는 듯했다.

"내가 뜻밖에 이렇게 네 손에……."

금광요가 분하다는 듯이 으르렁댔다.

금광요는 섭회상 쪽으로 가려고 했지만, 검이 아직 가슴을 관통하고 있었다. 그가 한 걸음 떼더니 즉시 고통에 얼굴을 잔뜩 일그러뜨렸다. 남희신은 금광요에게 치명타를 날릴 수도, 그렇다고 성급하게 검을 뽑을 수도 없었다.

"움직이지 마!"

금광요는 움직일 수 없었다. 그는 가슴에 꽂힌 칼자루를 잡고 몸을 버티고 서서 피를 쏟으며 말했다.

"참 대단하신 '모르쇠'였어! 과연…… 이렇게 오랫동안 숨기느라, 정말 수고 많았겠군!"

"희신 형, 형님은 절 믿으시죠. 정말 봤어요, 방금 그가……."

섭회상이 떨면서 호소했다.

"너!"

금광요가 험악한 표정으로 외쳤다.

금광요는 다시 섭회상 쪽으로 다가가려 했지만, 검이 가슴에 더 깊이 꽂혔다.

"움직이지 마!"

남희신이 외쳤다.

남희신은 금광요 때문에 손해를 여러 번 봤고 수없이 속아 이번에도 경계심을 늦추지 못했다. 금광요가 등 뒤에서 움직였던 것을 섭회상에게 들키자 급한 마음에 억울한 척해 다시 한번 자기의 정신을 흐리려는 수작이라고 의심했다. 금광요는 남희신의 눈빛에 담긴 뜻을 바로 알아채고 실소를 터뜨렸다.

"남희신! 내 한평생 수없이 사람을 속이고 해쳐 왔다. 네 말처럼, 아비를 죽이고 형제를 죽이고 부인을 죽이고 스승을 죽이고 벗을 죽이고, 천하의 악행이란 악행은 다 저질렀지!"

금광요가 숨을 들이쉬고 쉰 목소리로 외쳤다.

"하지만 너를 해치겠다는 생각은 한 번도 한 적이 없어!"

남희신은 놀라 얼이 다 빠졌다.

금광요가 다시 숨을 헐떡거리며 남희신의 검을 잡고 이를 악물었다.

"……과거 운심부지처가 불타 도망쳤을 때 재난에서 널 구해 준 게 누구였지? 고소 남씨가 운심부지처를 재건할 때 큰 힘을 보탠 게 또 누구였지? 내가 고소 남씨를 억압한 적이 단 한 번이라도 있었나? 늘 백방으로 지원했다고! 이번에 네 영력을 잠시 봉인한 것을 제외하고 내가 언제 너와 네 가문에 미안한 일을 했던가? 언제 너에게 은혜를 갚으라고 한 적이 있었냐고!"

금광요의 말에 남희신은 그에게 다시 금언술을 걸 이유를 찾지 못했다.

"소민선은 과거 내가 그의 이름을 기억해 주었다는 것만으로 이렇게 나에게 보답했어. 그런데 넌, 택무군, 남 종주, 너는 섭명결과 똑같이 나를 용납하지 않고 활로 하나 열어 주지 않아!"

말을 마친 금광요가 갑자기 재빨리 뒷걸음치자 삭월이 그의 가슴에서 빠져나왔다.

"도망 못 가게 하세요!"

강징이 외쳤다.

남희신이 두 발 다가가 다시 금광요를 잡았다. 지금 금광요의 상태로는 아무리 빨라도 아무 데도 못 갈 것이었다. 금릉이 눈을 가리고도 잡을 수 있을 정도로 그의 상태는 좋지 못했다. 금광요는 여러 곳을 다쳤고 검으로 치명타를 맞아 대비할 필요가 없었다. 그러나 위무선이 갑자기 외쳤다.

"도망가려는 게 아닙니다! 택무군, 어서 비키세요!"

이미 늦었다. 금광요의 잘린 손에서 떨어진 피가 관 위에 떨어져 위무선이 주문을 그린 곳으로 흘렀다. 이윽고 피는 주문을 깨고 틈새를 따라 관으로 흘러 들어갔다.

봉인된 섭명결이 세차게 관을 부수고 나왔다!

관 뚜껑이 산산조각 나면서 창백한 큰 손이 금광요의 목을 틀어쥐고 다른 손을 남희신의 목을 향해 뻗었다.

금광요는 도망치려던 것이 아니었다. 마지막 힘을 다해 남희신을 섭명결 쪽으로 유도해 같이 죽으려고 한 것이다.

남망기가 피진을 던지자 검이 바람을 가르며 날아갔다. 그러나 섭명결은 이런 선기(仙器)쯤은 전혀 무섭지 않다는 듯이 피진에 맞아도 물러나지 않았다. 오히려 남희신의 목을 향해 손을 더 뻗으며 거리를 좁혀 왔다.

섭명결의 손이 남희신의 목에 거의 다다랐을 때, 금광요가 왼손으로 남희신의 가슴을 세게 쳐 그를 밀어냈다.

하지만 금광요 자신은 섭명결에게 목이 잡힌 채로 관으로 끌려

들어갔다. 금광요의 몸이 인형처럼 높이 들렸다. 금광요는 남은 한 손으로 강철 같은 손을 뜯어내며 고통으로 몸부림쳤다. 산발한 채 몸부림치던 그가 눈에서 흉악한 빛을 내뿜으며 쉰 목소리로 욕을 퍼부었다.

"섭명결, 이 개자식아! 내가 정말 널 무서워하는 줄 알아? 난……."

금광요가 힘겹게 피를 토했고, 그 자리에 있던 모든 사람이 '찌그덕' 하는 소리를 들었다.

금광요의 목에서 숨을 거둘 때 나는 처량한 소리가 울렸다. 금릉이 어깨를 부르르 떨었다. 차마 더 보고 들을 수 없다는 듯이 그가 눈을 감고 귀를 막았다.

떠밀린 남희신은 비틀거리며 뒤로 몇 걸음 물러났다. 그는 방금 일어난 일들을 파악하지 못한 채 멍하니 있었다. 남망기가 불전에 있는 수려한 외모의 관음상을 내려치자 불상이 흔들리면서 관이 있는 쪽을 향해 날아갔다. 힘을 잃어 머리가 대롱거리는 금광요의 시체를 손에 쥐고 계속 노려보고 있던 섭명결은 무거운 관음상에 정통으로 맞아 관 쪽으로 넘어졌다.

위무선이 한달음에 올라가 관음상 가슴에 섰다. 관 뚜껑은 이미 부서져, 관음상으로 뚜껑을 대신해 섭명결을 봉인하는 수밖에 없었다. 아래에서 빠져나오려는 섭명결이 불상을 마구 두드렸다. 위무선은 진동에 이리저리 흔들려 떨어질 뻔했다. 너무 흔들려 주문을 그릴 수가 없자 그가 남망기를 향해 외쳤다.

"남잠, 빨리, 빨리! 빨리 이리로 올라와 무게 좀 더해. 두 번만 더 쳤다가는 관음상이 산산조각 나겠어……."

말이 채 끝나기도 전에 위무선은 자기 몸과 시선이 기우는 것을 느꼈다. 남망기가 관 한쪽을 잡아 들고 있었다.

즉, 남망기는 왼손으로 이 무거운 나무 관과, 관 속에 있는 죽은 두 사람과, 관 위에 있는 관음상과, 관음상 위에 있는 위무선을 바닥에서 들어 올린 것이다.

위무선은 눈이 휘둥그레진 채로 아무 말도 하지 못했다.

남망기의 완력이 센 것은 알고 있었지만, 이 정도일 줄은…… 정말 몰랐다!

남망기는 얼굴색 하나 변하지 않고 오른손으로 은색 고금 줄을 휘둘렀다. 줄이 베틀의 북처럼 바람 가르는 소리를 내더니 관과 관음상을 수십 바퀴 돌면서 단단하게 묶었다. 그다음 두 번째 줄, 세 번째 줄……. 마찬가지로 관을 팽팽하게 묶었다. 남망기는 섭명결과 금광요가 봉인된 것을 확인하고 나서야 왼손을 뗐다. 관이 바닥으로 떨어지면서 굉음을 냈고, 위무선도 같이 기울어지자 남망기가 다가와 그를 받아 바닥에 내려놓았다. 방금 한 손으로 저 무거운 것을 들어 올렸던 손이 위무선을 안을 때는 더없이 부드러웠다.

고금 줄 일곱 개로 휘감겨 봉인된 관을 쳐다보는 남희신은 여전히 멍한 상태였다. 섭회상이 손을 뻗어 남희신 얼굴 앞에서 휘휘 저으며 말했다.

"……희……희신 형님, 괜찮아요?"

"회상, 방금, 그가 정말 뒤에서 나를 기습하려고 했느냐?"

남희신이 멍한 목소리로 물었다.

"그런 것 같기도……."

섭회상이 더듬대자 남희신이 매섭게 그를 재촉했다.

"다시 자세하게 생각해 보거라."

"그렇게 물으시니 확신하지 못하겠어요……. 정말 그런 것 같았어요……."

"그런 것 같다는 말 말고! 정말 그랬느냐?!"

남희신이 섭회상을 몰아붙였다.

"……모르겠어요, 정말 모르겠어요!"

섭회상이 난처하다는 듯이 허둥댔다.

섭회상은 곤란하고 다급해지자 같은 말만 반복했다. 남희신은 손으로 이마를 감싸며 두통이 심한지 더 말하지 않았다.

"회상 형."

갑자기 위무선이 말했다.

"네?"

섭회상이 눈을 들어 위무선을 보았다.

"방금 소섭이 왜 당신을 찔렀지요?"

"그가 셋째 형을 업고…… 금 종주를 업고 도망가려는데 내가 길을 가로막고 있어서……."

"그래요? 내 기억엔 그때 회상 형의 위치가 그들이 도망갈 방향을 막고 있지 않았는데."

"내가 설마 일부러 가로막아 찔렸겠어요?"

"그런 말이 아니잖습니까."

위무선이 웃으며 말했다.

"그러면 위 형은 무슨 말이 하고 싶은 겁니까?"

"그냥, 갑자기 일련의 일들이 하나로 꿰어져서요."

"무슨 일이요?"

"금광요의 말이 누군가 그에게 서신을 보내 7일 뒤 그가 했던 모든 일을 세상에 밝히겠다 협박했다고 했습니다. 금광요의 말이 거짓이 아니라고 가정하면 서신을 보낸 자는 쓸데없는 짓을 한 거예요."

위무선이 말했다.

"누군가의 죄행을 폭로하고 싶으면 그냥 폭로하지, 왜 당사자에게 증거를 갖고 있다고 통보했을까요?"

"그자가 셋째 형…… 금 종주더러 자살로 사죄하라고 했다고, 금 종주가 말했잖아요."

섭회상이 말했다.

"정신 차려요. 발꿈치로 생각해도 금광요가 절대 그런 선택을 안 할 거라는 걸 알 텐데, 그게 무슨 의미가 있을까요? 의미가 없어 보이죠. 하지만 금광요의 과거 행적을 찾아낼 수 있는 사람이 정말 헛수를 둔 걸까요? 그 쓸데없는 짓은 분명한 목적이 있고, 어떤 일을 재촉하고, 어떤 것을 부추기려고 한 겁니다."

"부추긴다고요? 무엇을?"

남희신이 놀라 물었다.

"금광요의 살심."

남망기가 가라앉은 목소리로 대답했다.

평소의 택무군이었다면 여기까지 생각 못 했을 리가 없지만, 지금은 그것까지 생각할 여유가 없었다.

"맞습니다. 바로 그 서신이 금광요의 살심을 강하게 부추긴 겁니다. 7일 뒤면 죽는 날을 기다려야 한다고 했잖아요? 금광요는 그러느니 선수를 쳐서 7일 안에 백가의 주력을 난장강에서 몽땅 해치운 다음 누가 먼저 죽는지 보려고 했을 겁니다."

"그러니까, 그것이 서신을 보낸 자의 목적이었다는 말입니까? 그가 먼저 손쓰게 부추기려고?"

남희신이 말했다.

"저는 그렇게 생각합니다."

위무선이 고개를 끄덕였다.

"……그러면 서신을 보낸 자의 의도는 도대체 뭘까요? 금광요의 진상을 폭로하는 걸까요, 아니면 백가를 살육하는 걸까요?"

남희신이 고개를 저으며 새로운 의문을 표했다.

"간단합니다. 이번 대토벌 실패 이후 무슨 일이 발생했는지 보세요. 모두 연화오에 모여 격앙되어 있을 때 사사와 벽초가 찾아 왔습니다. 전 두 사람이 우연한 시기에 맞춰 온 게 아니라고 생각합니다. 모든 일이 하나로 모여져 갑자기 폭발한 거죠."

잠시 뒤 위무선이 다시 말했다.

"그자가 원한 건 금광요가 지위를 잃고 명예가 땅바닥까지 떨어지는 것만이 아니라 금광요가 모두의 적이 되는 것이었습니다. 게다가 치명타를 입어 반전의 여지도 없게끔 했죠."

"들어 보니 그자는 일찌감치 포석을 다 깔아 놓은 모양이네요."

섭회상이 말했다.

위무선이 섭회상을 보더니 불쑥 물었다.

"맞다, 적봉존의 시신은 섭 종주가 보관하지 않았나요?"

"원래는 제가 보관했지요. 하지만 오늘 저녁에야 청하에 모셨던 제 형님의 시신이 갑자기 사라졌다는 소식을 들었습니다. 아니면 제가 왜 황급히 청하로 돌아갔겠어요. 그러다 도중에 소섭에게 잡혀 왔지요……."

섭회상이 말했다.

"섭 종주, 내가 듣기엔 섭 종주는 고소 남씨와 난릉 금씨를 자주 찾아갔다던데, 맞나요?"

위무선이 다시 물었다.

"그렇습니다."

"그러면 종주는 정말 모현우를 몰랐습니까?"

"네?"

"헌사가 성공하고 난 뒤에 내가 처음으로 종주와 부딪쳤을 때 종주는 나를 전혀 모르는 것 같았고, 함광군에게 내가 누구냐고 묻기까지 했어요. 과거 모현우가 금광요에게 치근덕거리고 금광요가 소장한 원고까지 볼 정도였는데, 종주는 금 종주를 자주 찾아갔었잖아요. 종주와 모현우가 잘 안다고는 못 해도 정말 그를 한 번도 본 적이 없단 말입니까?"

"위 형, 금린대는 무척 넓어서 내가 모든 사람을 다 볼 수 없고, 봤다고 해도 다 기억할 수도 없어요. 게다가……."

섭회상이 머리칼을 잡으며 말을 이었다.

"모현우의 신분을 위 형도 알듯이 조금……. 난릉 금씨가 최대한 숨기려 들어서 내가 그를 못 본 것도 이상한 일은 아니에요. 희신 형도 봤다고 할 수 없고요."

섭회상이 조금 난처하다는 듯이 말을 맺었다.

"아, 그것도 그렇군요. 택무군도 모현우를 몰랐으니."

"그렇죠! 게다가 내가 모현우를 본 적이 있다면 왜 모른 척하겠어요? 그럴 필요가 있나요?"

"아니요, 그냥 이상해서 물어본 것뿐입니다."

위무선은 웃으며 말하면서 속으로 '당연히 이 '모현우'가 정말 모현우인지 탐색해 보는 거였겠지.' 하고 생각했다.

겁 많고 연약해 보이는 모현우가 어디서 그런 용기가 나서 자기 목숨을 버리면서까지 헌사를 했을까?

적봉존의 왼손이 갑자기 왜 튀어나온 것일까? 금광요가 부주의해 실수로 나왔단 말인가?

게다가 왜 다른 장소가 아닌 하필 모현우가 헌사한 모가장에서, 갓 부활한 위무선이 마침 그 장면을 보게 됐을까?

적봉존의 시신은 청하 섭씨가 직접 매장했다. 그런데 형님을 존경한 섭회상이 정말 그렇게 오랜 시간 동안 시신이 바뀐 것을 눈치채지 못했단 말인가?

위무선은 이런 가설을 믿는 쪽으로 마음이 점점 기울어졌다.

아마도 섭명결이 세상을 떠나기 전까지 섭회상은 진정한 '모르쇠'였을 것이다. 그러나 섭명결이 세상을 떠난 뒤로 섭회상은 모든 것을 다 알게 되었다. 섭명결의 시신이 바뀐 것을 포함해서, 믿었던 셋째 형의 진짜 모습을 포함해서 말이다.

그는 자기 형님의 시신을 찾으려고 몇 년을 허비했지만 아무리 노력해도 왼손만 찾아낼 수 있었다.

섭회상은 이 단계에서 막혀, 다음 단계의 실마리를 찾지 못했다. 게다가 왼손은 매우 난폭했다. 제압하기가 어려웠고 곁에 두었다간 피를 부르는 재난만 계속될 것이었다. 그래서 섭회상은 이런 것을 제일 잘 대응하고 이런 문제를 제일 잘 해결하는 사람을 생각해 냈다.

이릉노조.

그러나 이릉노조는 이미 갈기갈기 찢겨 죽었으니 어떻게 하면 좋을까?

그래서 다른 사람을 생각해 냈다. 금린대에서 쫓겨난 모현우.

모현우의 속마음을 슬쩍 떠보기 위해 섭회상은 그와 이야기를 나눴을 테고, 낙담한 모현우는 금광요가 가진 오래된 사술이 기록돼 있는 훼손된 책을 봤다고 말했을 것이다. 섭회상은 가문 사람들에게 온갖 모욕을 당한 모현우에게 헌사라는 금술(禁術)로 복수하라고 종용했을 것이다.

어떤 여귀를 청할까?

당연히 이릉노조였다.

더는 이렇게 살 수 없다고 생각한 모현우는 마침내 피로 혈진을 만들었고, 섭회상은 그 기회를 틈타 뜨거운 감자인 적봉존의 왼손을 던진 것이다.

계획은 성공적으로 시작됐다. 섭회상은 섭명결의 나머지 사지를 찾기 위해 자기 힘을 쏟을 필요가 없었다. 위험하고 귀찮은 일은 모두 위무선과 남망기가 떠안게 되었다. 섭회상은 그들의 동향을 면밀하게 살피기만 하면 그만이었다.

금릉, 남사추, 남경의 같은 소년들이 당한 죽은 고양이 같은 이상한 일은 분명 누군가 고의로 꾸민 짓이었다. 그뿐이랴. 근처 마을에서 그들에게 길을 알려 주었던, 존재하지 않는 '사냥꾼'도 의심할 필요 없이 세상 물정 모르는 세가 자제들을 의성으로 유인하려는 것이 목적이었다. 만약 위무선과 남망기가 그들을 보호하지 못해 세가 자제들이 의성에서 무슨 변고라도 당했다면 그것도 결국 금광요가 뒤집어썼을 것이다.

어쨌든 금광요에게 뒤집어씌울 죄명이 많으면 많을수록 좋았다.

이 신중한 악당이 실수와 흔적을 많이 남길수록 좋았으며, 금광요가 최대한 비참한 최후를 맞게 할 수 있으면 더 좋았다.

남망기는 피진 끝으로 관 옆에 있는 검은 상자를 뒤집었다. 그가 위에 새겨진 주문을 훑어보더니 위무선에게 말했다.

"머리."

그 상자는 원래 섭명결의 머리를 넣어 둔 것이었다. 금광요는 금린대에서 이것을 가져와 이곳에 묻은 것 같았다.

위무선이 남망기에게 고개를 끄덕였다.

"섭 종주, 이 관에 원래 뭐가 들어 있었는지 압니까?"

위무선이 물었다.

"내가 어떻게 알아요? 하지만 셋째 형님이라면…… 아, 아니다, 금 종주라면 분명 자기에게 중요한 것을 묻어 놓았겠지요."

섭회상이 말했다.

"관은 당연히 죽은 자를 넣어 놓지요. 내 생각에, 여기 있던 것은 분명 금광요의 어머니 맹시의 시신이었을 겁니다. 금광요는 어머니의 시신을 꺼내 같이 동영으로 가려고 했을 겁니다."

위무선이 말했다.

남희신은 놀라 아무 말도 하지 못했고, 섭회상은 "아." 하더니 "그렇네요, 그 말도 일리가 있네요." 하고 고개를 끄덕였다.

"섭 종주는 그자가 금광요 모친의 시신을 가져가 어떻게 처리했을 것 같습니까?"

위무선이 물었다.

"위 형, 왜 자꾸 나한테 묻습니까. 자꾸 물어도 모르는 건 모르는 거라니까요?"

잠시 뒤, 섭회상이 말을 이었다.

"하지만……."

섭회상이 느릿느릿 폭우에 젖은 머리칼을 정리하면서 말했다.

"내 생각에, 그자가 그토록 금광요를 증오했으니 금광요가 목숨처럼 여기던 것을 가차 없이 잔인하게 처리했겠지요."

"예를 들어 오마분시해서 각지에 버리는 것처럼, 적봉존에게 했던 것처럼요?"

위무선의 말에 섭회상은 깜짝 놀라며 뒤로 몇 걸음 물러섰다.

"그그그…… 그건 너무 심해요……."

위무선은 섭회상을 한참 쳐다보다가 시선을 옮겼다.

추측은 그저 추측일 뿐 누구에게도 증거는 없었다.

지금 섭회상의 멍청하고 아무것도 모른다는 표정은 어쩌면 가식일지도 모른다. 섭회상은 자기가 다른 사람을 장기 말처럼 쓰고, 다른 사람의 생명을 함부로 대했다는 것을 인정하기 싫은 것일지도 모른다. 아니면 여기서 그치지 않고 자기의 진짜 모습을 숨긴 채 더 많은 일을 해서 더 높은 목표를 이루려는 것일 수도 있다. 어쩌면 섭회상은 그렇게 복잡하지 않을 수도 있다. 서신을 보내고 고양이를 죽이고 섭명결의 몸과 머리를 합친 것은 다른 사람이고, 섭회상은 정말 멍청이일 수도 있다. 금광요의 마지막 말은 기습하려다 섭회상에게 들키자 남희신의 마음을 흔들어 같이 죽으려고 지어낸 거짓말에 불과할 수도 있다. 어쨌든 금광요는 악랄한 짓을 한 거짓말쟁이였으니 언제 또 무슨 거짓말을 하든 전혀 이상한 일이 아니었다.

그러나 마지막 순간에 금광요가 왜 생각을 바꿔 남희신을 밀어냈는지, 그가 도대체 무슨 생각으로 그랬는지 누가 알 수 있을까?

이마를 짚은 남희신의 손등에 핏줄이 솟아올랐다.

"……그는 도대체 무슨 생각이었던 걸까? 예전에는 그를 잘 안다고 생각했는데 나중에는 그를 모른다는 것을 깨달았지. 오늘 밤 전까지 나는 새로운 걸 알았다고 생각했는데 이젠 또 전혀 모르겠어."

그에게 대답해 줄 수 있는 사람은 없었다.

"그는 도대체 뭘 어쩌려던 걸까?"

남희신이 망연자실하게 읊조렸다.

하지만 금광요와 가장 가까웠던 그가 모른다면 다른 사람은 더더욱 대답할 수 없을 것이었다.

침묵이 이어지다 위무선이 말했다.

"우리도 이렇게 서 있지만 맙시다. 몇 명은 사람을 좀 불러오도록 하고 몇 명은 남아 저걸 지키자고요. 저 관은 고금 현으로 임시로 묶어 놔서 적봉존을 길게 봉인해 놓을 수 없습니다."

위무선의 말을 증명이라도 하듯 관 속에서 다시 큰 소리가 났다. 그 소리에 알 수 없는 노기가 섞여 있어 섭회상이 부르르 떨었다. 위무선이 섭회상을 쳐다보며 말했다.

"봤지요? 더 단단한 관으로 바꾸고 땅을 더 깊이 파서 다시 묻어야 합니다. 적어도 백 년 안에는 열지 못하게 해야 합니다. 열면 망령이 사라지지 않아 후환이 클 겁니다……."

위무선이 말을 끝내기도 전에 멀리서 맑고 우렁차게 개 짖는 소리가 들렸다.

위무선의 얼굴이 굳었다. 금릉이 가까스로 정신을 차리며 말했다.

"선자!"

천둥은 이미 그쳤고, 억수같이 쏟아지던 비도 부슬부슬 가랑비로 변했다. 깊은 밤이 지나가고 날이 밝기 시작했다.

흠뻑 젖은 검은 갈기 영견이 검은 바람처럼 달려들어 금릉에게 안겼다. 선자는 촉촉한 둥근 눈으로 금릉을 쳐다보면서 앞발을 들어 금릉의 다리에 올리곤 왈왈, 낮게 짖었다. 붉고 긴 혀가 하얗고 날카로운 이빨 사이에서 빠져나와 금릉의 손을 계속 핥았다. 이 장면을 본 위무선의 얼굴이 하얗게 질리더니 눈이 굳고 입이 벌어졌다. 영혼이 푸른 연기가 되어 입으로 빠져나와 하늘로 올라갈 지경이었다. 남망기가 아무 말 없이 위무선을 자기 뒤로 보내 위무선과 선자의 시선을 차단했다.

이어서 수백 명이 관음묘를 단단히 에워쌌다. 하나같이 검을 손에 쥐고 경계하는 모습이 마치 큰 전투를 준비하는 것 같았다. 그러나 관음묘로 달려 들어온 사람들은 눈앞의 광경을 보고 어안이 벙벙해졌다. 누워 있는 사람은 모두 죽었고 죽지 않은 사람은 눕지도, 그렇다고 제대로 서지도 못했다. 한마디로 시체가 널려 있고 온통 어지러웠다.

제일 앞에 선 두 사람 중 왼쪽은 운몽 강씨의 주사였고 오른쪽은 대단하신 남계인이었다. 놀란 표정의 남계인이 뭐라고 말하기도 전에, 그의 눈에 위무선과 거의 한 몸처럼 붙어 있는 남망기가 먼저 들어왔다. 순간, 남계인은 하려던 말을 모조리 잊어버렸다. 그의 얼굴에 노기가 솟구치더니 눈썹이 바짝 치켜 올라갔다. 씩씩거리는 숨결에 수염이 위로 날렸다. 주사가 재빨리 달려와 강징을 부축하며 말했다.

"종주, 괜찮으십니까……."

남계인은 검을 쥔 채로 외쳤다.

"위……."

남계인이 소리치기도 전에 그의 뒤에서 백의의 그림자가 몇 개 획획 지나가더니 외치는 소리가 들렸다.

"함광군!"

"위 선배!"

"노조 선배!"

남계인은 마지막 소년에게 부딪쳐 쓰러질 뻔했다. 그는 화가 머리끝까지 나 극엄하게 사람들을 꾸짖었다.

"빨리 걷지 말아라! 큰 소리로 떠들지 말아라!"

남망기가 남계인에게 "숙부."라고 외친 것 외에 아무도 그를 알은체하지 않았다. 남사추는 왼손으로 남망기의 소매를 잡고 오른손으로 위무선의 어깨를 잡으며 기쁜 듯이 말했다.

"정말 다행입니다! 함광군, 위 선배, 두 분 모두 괜찮으시죠? 선자가 너무 급한 모습이어서 저희는 두 분이 아주 위급한 상황인 줄 알았어요."

"사추, 너 그게 무슨 말이야. 함광군이 계시는데 해결 못 할 일이 어딨어. 쓸데없는 걱정 하지 말라고 했잖아."

남경의가 말했다.

"경의, 오는 내내 걱정한 건 너였던 거 같은데."

"저리 비켜! 헛소리 그만해."

남사추는 문득 바닥에서 일어나는 온녕을 발견하고는 다가가 그를 잡아당겼다. 그러고는 소년들이 에워싼 곳으로 데리고 와, 오면서 있었던 일을 말해 주었다.

선자는 소섭을 문 다음 미친 듯이 달려가 이 성 근처에 주둔한 운몽 강씨의 부속 가문을 찾았다. 그리고 사람들 앞에서 미친 듯이 짖었다. 그 가문의 소가주가 선자의 목에 걸린 특수한 목걸이와 황금 표지, 가문 휘장 등을 보고 이 개가 흔치 않은 영견이고 주인의 신분이 분명 높을 거라고 판단했다. 개의 이빨과 발톱, 피부와 털에 혈흔이 있는 것을 보고 교전이 벌어졌고 개의 주인이 위험에 빠졌다는 것을 알아챘다. 그가 즉시 어검해 연화오로 달려가 이 지역의 진정한 큰형님인 운몽 강씨에 알렸다. 운몽 강씨 주사가 금릉의 영견 선자를 알아보고 즉시 지원에 나선 것이다.

고소 남씨는 연화오를 막 떠나려던 참이었는데 선자가 남계인의 앞길을 가로막았다. 선자가 튀어 올라 남사추의 옷자락에 있는 좁고 하얀 천을 물어 발로 그것을 머리에 떠밀었다. 그 모습이 마치 흰 천을 머리에 두르려는 것 같았다. 그런 다음 선자는 바닥에 누워 죽은 척했다. 남계인은 영문을 알 수 없어 어리둥절했으나 남사추가 깨닫고 말했다.

"선생님, 선자가 우리 가문의 말액을 흉내 내는 것 같지 않습니까? 함광군이나 남가 사람이 위험에 빠졌다는 걸 말하는 게 아닐까요?"

그래서 운몽 강씨, 고소 남씨, 아직 떠나지 않은 몇 가문이 함께 지원하러 온 것이었다.

"맨날 선자, 선자 하더니 정말 영견이었어!"

남경의가 연신 감탄하며 칭찬했다.

얼마나 영리하든 위무선에게 선자는 그저 개일 뿐이고 세상에서 제일 무서운 존재였다. 비록 남망기가 막아 주고는 있지만, 온몸의 털이 바짝 곤두섰다. 남가의 후배들이 들어온 뒤로, 금릉은 그들이 위무선과 남망기를 둘러싸고 시끌벅적하게 떠드는 모습을 슬쩍슬쩍 훔쳐봤다. 그러다 위무선의 낯빛이 점점 하얘지는 것을 알아챘다. 금릉이 선자의 엉덩이를 탁탁 치며 작은 소리로 말했다.

"선자, 먼저 나가 있어."

선자가 머리와 꼬리를 흔들면서 금릉을 계속 핥자 금릉이 야단쳤다.

"어서 나가. 내 말 안 들을 거야?"

선자가 애원하듯 금릉을 한 번 쳐다보더니 꼬리를 저으며 불전 밖으로 뛰어나갔다. 위무선은 그제야 한숨을 내쉬었다. 금릉은 위무선 쪽으로 가고 싶지만 부끄러워 선뜻 가지 못하고 망설이기만 했다. 그때 남사추가 문득 위무선의 허리춤을 보더니 놀라 말했다.

"……위 선배?"

"응? 왜?"

위무선이 말했다.

"선배…… 선배의 피리 제가 좀 봐도 될까요?"

남사추가 얼이 빠진 듯이 말했다.

"이 피리가 왜?"

위무선이 피리를 빼 주며 되물었다.

남사추는 두 손으로 피리를 받아 들고 눈살을 약간 찌푸리며 어쩔 줄 몰라 했다. 남망기는 남사추를 쳐다보고, 위무선은 남망기를 보면서 물었다.

"너희 가문 사추, 왜 저래? 내 피리가 마음에 들었나?"

"어? 음이 엉망이던 그 피리는 결국 잃어버렸어요? 이 새 피리 좋은데요!"

남경의가 놀라 물었다.

남경의는 이 '좋은' 새 피리가 위무선이 한시도 잊지 못한 법보―― 전설적인 귀신 피리 '진정'이라는 것을 몰랐다. 그는 그저 좋아하면서 '잘됐어! 이제 함광군과 합주할 때 적어도 함광군의 체면을 떨어뜨리지는 않겠네. 정말이지, 예전 피리는 예쁘지도 않고 듣기도 싫었다고!' 하고 생각했다.

"사추."

남망기가 남사추를 불렀다.

남사추는 그제야 정신을 차리고 위무선에게 두 손으로 진정을 돌려주었다.

"위 선배."

피리를 받아 든 위무선은 이 피리를 강징이 가져왔다는 것이 생각나 저쪽을 향해 말했다.

"고마워."

위무선이 진정을 흔들며 말했다.

"이거, 내가……가진다?"

강징이 위무선을 쓱 보며 퉁명스럽게 말했다.

"원래 네 거잖아."

강징은 잠시 머뭇거리다 입술을 살짝 움직였다. 하고픈 말이 있는 표정이었다. 하지만 위무선은 이미 남망기 쪽으로 향하고 있었다. 그러자 강징도 입을 다물고 아무 말 하지 않았다.

그 자리에 있는 사람들 가운데 몇은 현장을 정리하고 몇은 관의 봉인을 더 단단히 하고 몇은 이것을 어떻게 안전하게 옮길까 고민하고 몇은 화를 냈다.

"희신, 도대체 어떻게 된 거냐?"

남계인이 노여워하며 물었다.

남희신은 우울한 기색으로 이마를 누르며 피곤한 음성으로 말했다.

"……숙부, 부탁드리겠습니다. 묻지 마세요. 정말입니다. 저 지금, 정말 아무 말도 하고 싶지 않습니다."

남계인은 자기가 키운 남희신이 이렇게 안절부절못하고 예의 없는 모습을 본 적이 없었다. 남희신을 보고 다시 저쪽에 위무선과 함께 소년들에게 둘러싸인 남망기를 보니, 보면 볼수록 화가 치밀어 올랐다. 완전무결한 자랑스러운 두 문하생이 하나같이 자기 말을 듣지 않으니 어느 하나 걱정을 놓을 수가 없었다.

섭명결과 금광요를 봉인한 관은 아주 무거웠을 뿐 아니라 매우 조심스럽게 다뤄야 해서 가주 몇 명이 자진해서 운반하겠다고 나섰다. 가주 하나가 관음상의 얼굴을 보고 놀랐다가 뭔가 신기한 것을 발견했다는 듯이 옆 사람에게 손짓하며 가리켰다.

"저 얼굴 좀 보십시오! 금광요를 닮지 않았습니까?"

옆에 있던 사람들도 보더니 신기하다는 듯이 입을 모았다.

"정말 그의 얼굴이네요! 금광요는 왜 이런 걸 만들었을까요?"

"자기를 신으로 봉하다니, 안하무인인 게지요."

요 종주가 말했다.

"정말 안하무인이네요. 허허허."

위무선은 속으로 꼭 그런 것은 아니라고 말했다.

금광요의 어머니는 가장 비천한 창기라고 불렸다. 그는 어머니의 모습으로 관음상을 만들어 만인에게 절을 받고 향을 받도록 했다.

하지만 지금 그런 말은 아무 의미가 없었다. 위무선보다 더 잘 아는 사람은 없었지만 그 누구도 관심을 보이지도, 믿지도 않을 터였다. 금광요와 관련된 모든 것은 이제 가장 악의적인 추측으로 사람들의 입에 오르내릴 것이다.

다시 얼마 뒤 이 관은 더 크고 더 견고한 관에 봉인될 것이다. 그리고 복숭아나무로 만든 못 72개가 박혀 지하 깊은 곳에 묻히고 경고비가 세워지며 어떤 산 아래 진압될 것이다.

안에 봉인된 것은 겹겹이 둘러싼 억제 주문과 수많은 욕을 먹으며 영원히 환생하지 못할 것이다.

섭회상은 문 옆에 기댄 채로 가주 몇 명이 관을 들어 관음묘 문턱을 넘어가는 것을 물끄러미 보았다. 이윽고 그가 고개를 숙여 옷자락에 묻은 흙을 털어 내다가 멈칫하곤 뭔가를 쳐다봤다. 위무선도 섭회상의 시선을 좇아 그것을 바라봤다. 바닥에 떨어진 것은 금광요의 오사모였다.

섭회상은 허리를 숙여 그것을 주워 들고는 유유히 문밖으로 걸어 나갔다.

선자가 밖에서 주인을 기다리다가 지쳤는지 '월월' 하고 짖었다. 그 소리에 금릉은 선자가 아직 자기의 무릎 높이도 안 된 굼뜬 강아지였을 때 바로 금광요가 선자를 안고 왔던 장면이 떠올랐다.

그때 금릉은 어린아이였다. 금린대에서 다른 아이와 싸우고 이겼는데도 기분이 좋지 않아 방에서 미친 듯이 물건을 부수며 대성통곡했다. 시중을 드는 여자 하인도 그가 부수는 물건에 맞을까 봐 다가오지 못했다. 그의 작은아버지가 웃으며 다가와 "아릉, 무슨 일이니?" 하고 물었다. 금릉은 즉시 화병 대여섯 개를 금광요의 발 옆으로 집어 던졌다. 금광요는 "아이고, 무서워. 무서워 죽겠구나." 하며 고개를 저으며 가 버렸다.

다음 날, 금릉은 그때까지도 화가 안 풀려서 나가지도 밥을 먹지도 않았다. 금광요가 금릉의 방문 앞에서 왔다 갔다 했다. 금릉은 문을 등지고 서서 귀찮게 하지 말라고 소리쳤다. 그런데 갑자기 문밖에서 강아지 짖는 소리가 났다.

금릉이 문을 여니, 방문 앞에 엉거주춤 서 있던 금광요가 눈이 둥글고 맑게 빛나는 검은 강아지를 품에 안은 채 웃고 있었다.

"내가 귀여운 걸 가져왔는데 뭐라고 불러야 할지 모르겠구나. 아릉, 네가 이 강아지에게 이름을 지어 주겠느냐?"

그 웃는 얼굴은 부드럽고 진실해, 금릉은 금광요가 가장한 것이라고 믿을 수가 없었다.

갑자기 눈에서 다시 눈물이 방울지며 굴러떨어졌다.

금릉은 우는 건 연약하고 무능한 행동이라고 생각해 비웃곤 했지만, 용솟음치는 눈물 외에 다른 방식으로 지금 느끼는 아픔과 분노를 표현할 수가 없었다.

이유는 모르겠지만 금릉은 그 누구도 탓할 수 없고, 그 누구도 증오할 수 없을 것 같았다. 위무선, 금광요, 온녕, 모두가 크고 작게 부모님의 죽음에 책임이 있었고 증오할 이유가 있었다. 하지만 모두 다 이런저런 이유가 있는 것 같아 미워할 수가 없었다. 하지만 그들을 미워하지 않으면 누구를 미워한단 말인가? 그렇다면 자기는 어려서 양친을 잃는 게 당연했단 말인가? 복수도 못 하고 손을 쓰지도 못하는데 마음껏 증오하지도 못한단 말인가?

분했다. 억울했다. 같이 죽어 끝장을 내지 못하는 게 한스러웠다.

요 종주가 금릉이 관을 노려보며 소리 없이 우는 것을 보고 말했다.

"금 공자, 왜 웁니까? 금광요를 위해 우는 겁니까?"

금릉이 대답하지 않자 요 종주는 윗사람이 자기 가문의 아랫사람을 꾸짖는 말투로 말했다.

　"울긴 왜 울어요? 눈물 거두세요. 공자의 작은아버지 같은 사람은 울어 줄 가치가 없습니다. 공자, 그렇게 약한 모습을 보여선 안 됩니다. 그건 여자들이나 하는 겁니다. 공자는 시비를 분명하게 알고 당당하게……."

　만약 난릉 금씨 가주가 여전히 백가를 통솔하는 선독이었다면 간이 백 개가 있어도 다른 가문 가주가 연장자를 자처하며 금가 자제에게 훈계하지는 못했을 것이다. 금광요가 죽자 난릉 금씨는 가문을 지탱할 대들보가 사라졌고 명성도 땅에 떨어져 회복하기 어렵다고 생각해서 함부로 나서는 것이었다. 금릉은 안 그래도 마음이 복잡하고 어지러운데, 요 종주가 함부로 이래라저래라 하니 화가 치밀었다. 그가 버럭 소리쳤다.

　"그냥 울고 싶다는데 뭐! 당신 누구야? 당신이 뭔데? 내가 우는 것까지 이래라저래라야?!"

　요 종주는 금릉이 훈계를 듣기는커녕 오히려 소리를 지르자 불쾌한 표정을 지었다. 옆에 있던 사람이 그를 말렸다.

　"됐습니다. 어린아이와 따지지 마십시오."

　요 종주는 그제야 화를 거두고 콧방귀를 뀌었다.

　"당연하지요. 허, 젖비린내도 채 가시지 않고, 뭐가 옳은지 그른지도 모르는 어린애하고 뭘 따지겠습니까."

　남계인은 관을 수레에 올리는 것을 지켜보다가 고개를 돌려 보더니 놀라 말했다.

　"망기는?"

남계인은 조금 전까지 남망기를 잡아 운심부지처로 데리고 가야 겠다고 결심한 참이었다. 얼굴을 마주하고 앉아 120일 동안 긴 이야기를 나누고, 그래도 정말 안 될 성싶으면 가두기라도 해야겠다고 생각했다. 그런데 눈 깜짝할 사이에 사라져 버렸다. 남계인은 몇 바퀴를 돌며 소리 높여 외쳤다.

"망기는!"

"방금 제가 풋사과를 사찰 밖에 묶어 놨다고 하니 함광군이 데리고…… 데리고…… 함께 풋사과를 보러 갔습니다."

남경의가 말했다.

"그러고는?"

남계인이 물었다.

그 뒤로 어떻게 됐는지는 말할 필요가 없었다. 관음묘 밖에 위무선, 남망기, 온녕의 그림자가 어디 아직 남아 있겠는가?

남계인은 느릿느릿 자기 뒤를 따르면서 여전히 정신이 나가 있는 남희신을 보며 한숨을 크게 내쉬고 소매를 날리며 갔다. 남경의가 주위를 둘러보고 놀라 말했다.

"사추? 무슨 일이야, 사추는 또 언제 사라졌지?"

금릉은 위무선과 남망기가 보이지 않는다는 말에 다급하게 뛰어나가다 관음묘 문턱에 걸려 넘어질 뻔했다. 하지만 아무리 급하게 쫓아가도 두 사람의 그림자를 따라잡지는 못했다. 신이 난 선자가 금릉 주위를 뱅글뱅글 돌면서 혀를 내밀었다. 강징은 관음묘 안에 있는 하늘 높이 뻗은 나무 아래서 금릉을 보고 차갑게 말했다.

"얼굴 닦거라."

금릉이 세차게 눈을 비비고 얼굴을 닦고 돌아와 물었다.

"다른 사람들은요?"

"갔다."

강징이 대답했다.

"그냥 이렇게 보낸 거예요?"

금릉이 목멘 소리로 말했다.

"아니면? 남아서 같이 저녁 식사라도 할 셈이냐? 고맙단 말이나 사과 따위나 주고받고?"

강징이 조롱하듯 말했다.

금릉이 다급한 마음에 강징을 가리키며 말했다.

"외숙 때문에 그 사람이 가 버렸잖아요! 외숙은 사람이 왜 그렇게 밉상이에요!"

금릉의 말에 강징이 화난 눈으로 손을 높이 쳐들고 야단쳤다.

"너 어른한테 그게 무슨 말버릇이냐! 맞고 싶어?"

금릉이 목을 쏙 움츠리자 선자도 꼬리를 내렸다. 강징은 금릉의 뒤통수를 때리지 않고 힘없이 손을 거뒀다.

"입 다물어라, 금릉. 입 다물어. 우리 돌아가자. 각자의 집으로 돌아가는 거다."

강징이 초조한 말투로 말했다.

금릉은 놀라 잠시 머뭇거리다 얌전히 입을 다물었다.

금릉은 고개를 푹 숙이고 강징과 함께 몇 걸음 가다가 다시 고개를 들고 말했다.

"외숙, 방금 무슨 말씀 하려고 하지 않았어요?"

"무슨 말? 아니다."

강징이 말했다.

"조금 전에! 제가 봤어요. 외숙이 위무선에게 무슨 말을 하려다가 그냥 안 했잖아요."

한참 말이 없다가 강징이 고개를 저었다.

"별로 할 말 없다."

뭐라고 말한단 말인가?

그때 부모님의 시신을 찾겠다고 연화오로 돌아가다가 온가에게 붙잡힌 게 아니라고 말할까.

우리가 도망가다 들렀던 그 작은 마을에서 네가 음식을 사러 갔을 때 온가의 수사들이 쫓아왔었다.

내가 먼저 발견하고 앉아 있던 곳을 떠나 길모퉁이에 숨어 잡히지 않았지만, 그들은 거리를 순찰하고 다녔다. 그러다 음식을 사고 있던 너와 곧 부딪칠 것 같았다.

그래서 내가 뛰어나와 너에게서 그들을 떼어 놓았다.

하지만 그때 자기 금단을 꺼내 강징에게 주었던 위무선이 강징에게 사실을 말하지 못했던 것처럼, 지금의 강징도 그 이야기를 꺼낼 수가 없었다.

제23장

망선(忘羨)

제23장 망선(忘羨)

날이 채 밝기 전이라 거리는 조용했다. 남망기와 위무선은 거리로 나왔고 당나귀 발굽이 땅에 부딪히는 소리만 경쾌하게 울렸다.

위무선은 당나귀 등에 앉아 당나귀 엉덩이를 탁탁 쳤다. 당나귀 등에 걸친 주머니에 사과가 가득 담겨 있었다. 남가의 소년들이 당나귀를 위해 준비해 둔 것 같았다.

위무선은 주머니에서 사과를 꺼내 남망기의 준수한 옆얼굴을 보면서 사각, 하고 한 입 베어 물었다. 사과가 아주 상큼했다. 풋사과는 자기 사과를 위무선이 훔쳐 먹자 화가 나 코와 입을 벌름거리며 뒷발질을 해 댔다. 위무선은 풋사과를 상대할 틈이 없어 엉덩이를 몇 대 갈기고, 먹다 남은 사과를 풋사과 입에 넣어 주며 말했다.

"남잠, 너 그거 알아? 그 사사가 금광요 어머니의 친구 같아."

"몰랐어."

남망기가 말했다.

위무선이 어이가 없다는 듯 말했다.

"그냥 아무렇게나 한 말이지 진짜 물어본 거 아니야. 관음전에 있던 그 여자 원령을 공정하면서 봤어. 사사가 금광요 모자한테 참 잘했더라고."

잠시 침묵이 이어지다 남망기가 말했다.

"그래서 금광요가 그 여인의 목숨을 살려 준 것이군."

"분명 그랬을 거야. 아까는 택무군이 또 마음이 약해질까 봐 사실대로 말하지 못했어. 지금 말하는 것도 적절하지 않은 것 같아."

"나중에 형장께서 물어보시면 내가 말할게."

"그것도 괜찮겠네."

위무선은 고개를 돌려 보고 거듭 탄식했다.

"이젠 이런 잡다한 일들은 상관하지 않을래. 그냥 그렇게 하자."

남망기가 고개를 끄덕이며 풋사과의 줄을 잡고 계속 걸었다.

자기 일은 자기 자신만이 해결할 수 있다. 아무리 친형제라도 남망기가 도와줄 수는 없었다. 위로는 무력하고 모든 것이 헛수고였다.

잠시 뒤 남망기가 말했다.

"위영."

"왜?"

"너에게 말하지 않은 게 있어."

위무선은 순간 심장이 멎는 것 같았다.

"뭘?"

남망기가 발걸음을 멈췄다. 그가 위무선을 똑바로 보며 말하려는 순간, 두 사람 뒤에서 다급하게 뛰어오는 소리가 들렸다.

"이런, 벌써 따라잡혔나?"

정말 누가 따라왔지만 온 사람이 나쁘지는 않았다. 남사추가 숨을 헐떡거리며 달려왔다.

"함…… 함광군, 위 선배!"

"사추, 내가 너희 집 함광군이랑 사랑의 도피를 하는데 뭐 하러 따라와? 너희 남 선생한테 혼나는 게 무섭지도 않아?"

위무선이 당나귀 머리에 팔꿈치를 괴면서 말했다.

"위 선배, 그러지 마세요. 저, 제가 중요한 말이 있어 물어보려고 온 거라고요!"

남사추가 얼굴을 붉히며 말했다.

"무슨 말?"

위무선이 물었다.

"제가 기억이 좀 났는데 확실하지가 않아서……. 그래서 함광군과 위 선배에게 여쭤 보려고요."

남사추가 말했다.

남망기가 남사추를 보다가 온녕을 쳐다봤다. 온녕이 고개를 끄덕였다.

"무슨 일?"

위무선이 물었다.

남사추가 가슴을 쫙 펴면서 숨을 크게 들이마셨다.

"본인 솜씨가 좋다고 해 놓곤, 만들어 온 건 눈 뜨고 못 봐줄 음식에다가 배탈이 나기까지 했어요."

남사추가 말했다.

"어?"

위무선이 얼빠진 소리를 냈다.

"저를 무밭에 묻고 이렇게 햇빛을 잘 받고 물을 주면 더 빨리 자라고, 친구도 몇 개 자라 같이 놀 수 있다고 말했어요."

남사추가 또 말했다.

"……."

"함광군께 밥을 산다고 하면서 계산하지 않고 가 버려서 돈은 늘 함광군이 내셨어요."

남사추가 계속 말했다.

눈을 동그랗게 뜬 위무선이 당나귀 등에서 안절부절못했다.

"너…… 너……."

남사추가 위무선과 남망기를 똑바로 보며 말했다.

"아마 그때 제가 너무 어려서 기억이 완전하지 못한 게 많지만, 그렇지만 확신할 수 있어요……. 제 성이 온씨였다는 거요."

"네가 온씨라고? 넌 남씨잖아? 남사추, 남원……."

위무선이 떨리는 목소리로 말했다.

"남원…… 온원?"

위무선이 중얼거렸다.

남사추가 힘차게 고개를 끄덕였다. 목소리도 떨렸다.

"위 선배, 저…… 저예요, 아원……."

위무선은 멍해서 아무 반응도 하지 않았다.

"아원…… 아원은 죽지 않아? 그때 혼자 난장강에 남겨져……."

말이 채 끝나기도 전에 '그 뒤 몇 년은 말이 면벽 수련이지, 망기는 중상으로 꼼짝도 하지 못했습니다. 그런 상태에서도 공자가 죽었다는 소식을 듣고, 그 몸을 이끌고 난장강에 가서 자기 눈으로 직접 봐야겠다고…….'라고 한 남희신의 말이 귓가에 맴돌았다.

위무선은 고개를 세차게 돌려 남망기를 보며 물었다.

"남잠, 혹시 네가?!"

"응."

남망기가 고개를 끄덕였다.

"이게 바로 내가 말하지 않은 그 일이야."

남망기가 위무선을 바라보며 말했다.

아주 오랫동안 위무선은 아무 말도 하지 못했다.

결국, 남사추가 참지 못하고 크게 소리 지르며 튀어 오르더니 위무선과 남망기를 양손으로 껴안았다. 세 사람은 순식간에 한 덩어리가 됐다. 남사추가 너무 꽉 끌어안는 바람에 서로 부딪친 위무선과 남망기는 순간 멍해졌다.

"함광군, 위 선배, 저…… 저는……."

남사추가 두 사람의 어깨에 머리를 묻었다.

먹먹한 남사추의 목소리를 들으며 가까이에 있던 위무선과 남망기가 눈을 마주쳤다. 두 사람은 서로의 눈빛에서 따뜻한 무언가를 봤다.

위무선이 감정을 추스르며 남사추의 등에 손을 얹고 토닥였다.

"됐어, 울긴 왜 울어."

"안 울어요……. 그저…… 갑자기 슬퍼서요. 하지만 정말 기뻐요……. 뭐라고 해야 할지 저도 잘 모르겠어요."

남사추가 울먹거렸다.

침묵이 이어지자 남망기도 남사추의 등을 토닥여 주었다.

"그러면 말하지 말거라."

남망기가 그다운 말로 남사추를 위로했다.

"그래."

위무선이 말했다.

남사추는 아무 말 없이 두 사람을 더 꼭 끌어안았다.

잠시 뒤 위무선이 말했다.

"아야야, 너 어린애가 손힘이 왜 이렇게 세. 누가 함광군한테 안 배웠달까 봐……."

"너도 가르쳤잖아."

남망기가 위무선을 쳐다보며 말했다.

"어쩐지 정말 잘생겼더라."

위무선이 뿌듯해하며 말했다.

"위 선배는 저한테 가르쳐 주신 거 없어요."

남사추가 말했다.

"누가 안 가르쳐 줘? 네가 너무 어려서 다 잊은 것뿐이야."

위무선이 말했다.

"저 안 잊었어요, 기억나요. 가르쳐 주신 것 같아요."

남사추가 말했다.

"그렇지?"

위무선이 의기양양하게 말했다.

"춘궁도를 일반 책으로 위장하는 방법을 가르쳐 주셨죠."

남사추가 진지하게 말했다.

"……."

남망기가 위무선을 쳐다봤다.

"그리고 아름다운 아가씨가 지나갈 때는……."

남사추가 또 말했다.

"말도 안 되는 소리! 이놈이 어째 그런 것만 기억해. 너 꿈꿨지, 내가 어떻게 어린애한테 그런 걸 가르쳐 줬겠어."

위무선이 흥분해서 말을 쏟아 냈다.

남사추가 고개를 들며 말했다.

"온녕 삼촌이 증언해 주세요. 위 선배가 그런 걸 가르쳐 주실 때 분명 옆에 계셨을 테니까요."

"무슨 증언씩이나, 없었던 일을 갖고."

위무선이 말했다.

"나…… 나는 아무것도 기억이 안 나……."

온녕이 웅얼거렸다.

"함광군, 제 말은 모두 사실이에요."

남사추가 말했다.

"알고 있다."

남망기가 고개를 끄덕이며 말했다.

"남잠!"

위무선이 당나귀 위에서 억지를 쓰며 뒹굴었다.

위무선은 다시 생각하더니 말했다.

"그리고 보니, 사추 너 어떻게 기억이 났어?"

"저도 모르겠어요. 진정을 봤을 때 낯이 익었어요."

남사추가 말했다.

아니나 다를까, 진정 때문이었다.

"아, 당연히 낯이 익겠지. 예전에 네가 진정을 먹는 걸 아주 좋아했거든. 그 위에 침을 잔뜩 묻혀 놔서 내가 불지 못할 정도였으니까."

위무선이 옛일을 떠올리며 말했다.

"아…… 그랬나요…….”

남사추가 얼굴을 확 붉혔다.

"그래, 아니면 네가 어떻게 한 번 보고 딱 기억이 났겠어? 어릴 때 일 더 듣고 싶어?”

위무선이 히죽대며 손으로 나비 모양을 만들며 말했다.

"함광군, 너 기억하지. 그때 내가 밥 사겠다고 했을 때 사추가 나비 한 쌍을 가지고 저쪽에서 '나 너 좋아해.', '나도 네가 좋아.' 하면서 소곤거렸던 거…….”

남사추의 얼굴이 점점 빨개지자 위무선이 계속 말했다.

"아, 맞다. 한번은 네가 사람들 앞에서 함광군을 아빠라고 불렀지. 불쌍한 함광군, 고상하고 순결한, 한창때의 청년을 애 아빠로 만들고는…….”

"아아아아아아아아아아아아악!”

남사추가 얼굴을 붉히며 소리쳤다.

"함광군, 죄송합니다.”

남망기가 히죽거리며 웃는 위무선을 쳐다보며 고개를 절레절레 저었지만, 표정은 한없이 부드러웠다.

"맞다, 온녕. 넌 이 일을 벌써 알고 있었어?”

위무선이 물었다.

온녕이 고개를 끄덕이자 위무선은 놀랐다.

"그런데 왜 나에게 말 안 한 거야?”

온녕이 남망기를 쳐다보며 조심스럽게 말했다.

"남 공자가 아직 말씀을 안 하셔서…….”

"어떻게 남잠 말을 그렇게 잘 들을 수가 있어. 넌 귀장군이잖아.

귀장군이 왜 함광군을 무서워해? 그러면 내 체면이 뭐가 되냐고?"

위무선이 화난 척하며 말했다.

"함광군, 죄송합니다!"

남사추가 계속 외쳤다.

네 사람은 운평성 끝의 한 숲에서 각자 길을 가기로 하고 헤어졌다.

"공자, 저희는 이쪽으로 가겠습니다."

온녕이 말했다.

"어느 쪽?"

위무선이 물었다.

"예전에 저에게 물으셨잖아요, 일이 다 끝나면 뭘 할지 생각해 봤냐고요. 아원이랑 의논해 봤는데요, 먼저 같이 기산에 가서 가족들의 유골을 그곳에 묻으려고요. 그리고 그곳에서 누님 생전의 물건이 있는지 찾아보고 그것으로 의관총$^{#9}$을 만들까 해요."

온녕이 대답했다.

"의관총, 내가 난장강에 너와 온정을 위해 세웠었는데 타 버렸어. 우리도 기산으로 갈게."

위무선이 말하며 남망기를 쳐다봤다.

"괜찮습니다."

온녕이 말했다.

온녕의 말에 위무선이 놀라 물었다.

"너 우리랑 같이 안 가?"

"위 선배, 선배는 함광군이랑 함께 가세요."

#9 의관총 시신이 없을 경우 죽은 자의 옷이나 물건 등을 대신 묻어 만든 무덤.

남사추가 말했다.

위무선이 뭐라고 더 말하려고 하자 온녕이 먼저 입을 열었다.

"정말 괜찮습니다. 위 공자, 할 만큼 하셨습니다."

침묵이 이어지다 위무선이 물었다.

"그러면 그 일이 끝난 뒤에는?"

"아원을 운심부지처에 데려다주고 그다음에 뭘 할지는 천천히 생각하겠습니다. 앞으로는 저 혼자 가겠습니다."

온녕이 말했다.

"……그것도 괜찮지."

위무선이 천천히 고개를 끄덕였다.

이것은 오랜 세월 동안 온녕이 처음으로 위무선을 따르지 않고 그 스스로 내린 결정이었다. 위무선은 아마도 온녕이 하고 싶은 일이 생긴 것 같다고 생각했다.

위무선이 늘 바라던 것이기도 했다. 각자 자기 길을 가는 것.

하지만 정말 그런 날이 와서 온녕과 남사추의 뒷모습이 점점 멀어지다 사라지니 조금 쓸쓸한 기분이 들었다.

지금 자기 곁에 있는 사람은 남망기 하나뿐이었다.

이 얼마나 다행인가. 위무선이 제 곁에 있기를 바라던 사람도 오직 남망기 하나뿐이었다.

"남잠."

"응."

"잘 가르쳤네."

"앞으로도 다시 볼 기회는 많아."

"알아."

"온녕이 사추를 운심부지처에 데려다주고 근처에 살면 자주 만날 수 있을 거야."

남망기가 말했다.

"남잠, 너 내가 너에게 고맙다고 말하는 게 무서워?"

위무선이 남망기를 보며 말했다.

"갑자기 생각났는데, 지난 생에서 우리 헤어지기 전에 내가 늘 너에게 고맙다고 말한 것 같아. 그렇게 헤어지고 나서 다음에 만날 때는 내가 늘 더 안 좋게 변해 있었고."

운몽 누각에서 꽃을 던져 만나고, 이릉 난장강에서 헤어졌을 때.

매번, 위무선은 이 말로 자기와 남망기 사이에 분명한 선을 그었고 거리를 더 넓혔다.

한참 말이 없던 남망기가 입을 열었다.

"우리 사이에 '고마워'나 '미안하다'는 말은 필요 없어."

"좋아, 그럼 우리 다른 이야기를 더 많이 하자. 가령……."

위무선이 웃으며 말했다.

위무선이 목소리를 내리깔며 남망기에게 다가오라고 손짓했다. 귓속말을 하려는 모양이었다. 남망기가 가까이 다가갔다. 그런데 위무선이 오른손을 뻗어 남망기의 턱을 들어 올리더니 몸을 숙여 입을 맞췄다.

한참 뒤에야 위무선은 남망기에게서 조금 떨어졌다. 위무선은 속눈썹으로 그의 속눈썹을 간지럽히며 작게 속삭였다.

"어때?"

"……."

"함광군, 반응 좀 해 봐."

"……"

"아, 냉정하기도 하지. 이럴 땐 나를 바닥에 세차게 밀치고……."

말이 채 끝나기도 전에 남망기가 위무선의 목에 팔을 두르고 위무선의 허리를 거칠게 당겨 다시 입을 맞췄다.

깜짝 놀란 풋사과가 사과를 씹던 것도 멈추고 땅에 뿌리박힌 나무가 된 것처럼 멍하니 서 있었다.

잠시 뒤 풋사과는 위무선을 싣고 있을 수가 없었다. 남망기가 왼손으로 위무선의 등을 감싸고 오른손으로 그의 오금을 잡아 단번에 안아 내렸기 때문이다.

위무선은 원하던 대로 바닥에 눌려 남망기에게 한참을 물렸다. 그러다 위무선이 갑자기 말했다.

"잠깐, 잠깐만!"

"왜?"

"이 느낌은……."

위무선이 눈을 가늘게 뜨며 중얼거렸다.

숲, 관목, 수풀, 강인한 동작, 뒤엉킨 입술과 혀. 왠지 낯설지가 않았다.

위무선은 생각을 더듬었다. 생각할수록 낯이 익은 것이 어째 꼭 물어봐야 할 것 같았다. 그가 남망기를 슬쩍 떠봤다.

"백봉산 위렵에서 내가 눈을 가리고 있었을 때, 남잠 너……?"

위무선은 다 묻지 않았고 남망기도 대답하지 않았지만, 남망기의 손가락이 약간 구부러졌다. 위무선은 남망기의 표정이 이상해지는 것을 보고 팔꿈치로 상체를 받치고 남망기의 가슴에 귀를 갖다 댔다. 과연 미친 듯이 쿵쾅거리며 뛰는 소리가 들렸다.

"......."

위무선은 깜짝 놀랐다.

"와, 정말 너였어?!"

남망기의 목젖이 움직이더니 억눌린 목소리를 냈다.

"나는……."

"남잠, 정말 몰랐어. 너도 그런 일을 하다니?"

위무선은 상상도 못 했다는 듯이 말했다.

"......."

"너 그거 알아? 난 어떤 수줍은 선자가 나를 몰래 연모해서 그런 건 줄 알았어."

"......."

"너 언제부터 나를 두고 그런 야심을 품었던 거야?"

"......."

"난, 그때, 옳지 않다는 걸 알았어. 정말 옳지 못했어."

남망기가 가라앉은 목소리로 말했다.

위무선은 나중에 남망기를 발견했을 때 남망기가 산속에서 나무를 치고 있었던 것이 생각났다.

"그래서 그렇게 화가 났던 거야?"

위무선은 남망기가 다른 사람 때문에 화가 난 줄 알았지 자기 자신 때문일 줄은 몰랐다. 자기의 일시적인 충동 때문에 화가 났고, 자기를 억제하지 못해서 화가 났으며, 기회를 노려 몰래 한 스스로한테 화가 났다. 그것은 군자가 할 짓이 아니고 가훈에도 위배되는 짓이었다.

남망기는 고개를 떨구고 다시 반성하듯 침묵했다. 위무선은 남망기의 턱을 살살 긁으며 말했다.

"됐어, 뭘 그렇게 괴로워해. 네가 그렇게 일찍 나에게 입을 맞춰서 난 기뻐 죽겠는데. 그건 내 첫 입맞춤이었어. 축하해, 함광군."

"첫 입맞춤이라고?"

남망기가 갑자기 위무선을 보면서 말했다.

"응. 아니면 넌 뭐라고 생각한 거야?"

위무선을 뚫어지게 쳐다보는 눈에 어두운 빛이 스쳤다.

"그러면……."

"그러면 뭐? 말을 하다 마는 건 네 풍격이 아니잖아, 남잠."

"그러면, 너, 그때, 왜…… 왜…….."

"뭘 왜?"

위무선이 이상하다는 듯 물었다.

"……왜 반항하지 않았어."

남망기가 말했다.

위무선은 멍해졌다.

"넌…… 분명 상대가 누군지 몰랐는데 왜 반항을 안 했어. 게다가 왜 나중에 나에게…….."

남망기가 답답한 듯이 말했다.

무슨 말이지?

위무선은 마침내 생각이 났다.

그때 남망기를 '우연히' 만났을 때 우쭐대며 자기는 경험이 풍부하다느니 하면서 온갖 허풍을 다 떨어 댔던 기억이. 게다가 남망기에게, 너와 입을 맞출 사람은 없을 거다, 너도 다른 사람에게 입을 맞출 리 없을 거다, 심지어 넌 이번 생에서는 첫 입맞춤을 못 할 거다 등등, 헛소리를 마구 했었다.

위무선은 배를 잡고 하늘과 땅이 무너질 기세로 폭소했다.

"하하하하하하하하하……."

위무선이 땅을 치며 웃었다.

"……."

위무선은 깔깔대며 남망기를 끌어안고 입을 맞췄다.

"그러니까, 네가 그때 제일 화가 난 건 내가 정말 다른 사람과 입을 맞췄다고 생각했기 때문인 거지? 남잠 너 바보야? 아무 소리나 지껄인 걸 믿다니! 너같이 고지식한 사람이나 믿지, 하하하하하하……."

위무선이 너무 크게, 너무 지나치게 웃으니 남망기도 못 참겠는지 위무선을 눌러 쓰러뜨렸다.

풋사과를 그 자리에 남겨 놓은 채, 두 사람은 한데 엉켜 뒹굴며 수풀 뒤로 들어갔다.

소나기가 그친 수풀에는 빗방울이 맺혀있어 남망기의 백의를 적셨다. 하지만 백의는 곧 위무선에 의해 벗겨졌다.

"움직이지 마."

위무선이 가볍게 속삭였다.

위무선의 목과 입술 사이는 온통 산뜻한 풀 냄새였다. 남망기의 몸에서는 차가운 단향목 향이 풍겼다. 남망기의 두 다리 사이에 꿇어앉은 위무선은 남망기의 이마에서부터 입을 맞춰 내려갔다.

미간, 코끝, 뺨, 입술, 아래턱.

목젖, 쇄골, 명치.

굴곡을 따라 더없이 정성스럽게.

단단한 아랫배까지 입을 맞추고 더 아래로 내려가자 위무선의 어깨에서 흘러내린 머리칼과 가느다란 숨결이 남망기의 위험한 부위를 간지럽혔다. 남망기는 인내심에 한계를 느꼈는지 손을 뻗어 위무선의 어깨를 젖히려고 했다. 위무선이 남망기의 손목을 잡으며 말했다.

"움직이지 마. 내가 말했잖아, 내가 한다고."

위무선이 머리끈을 풀어 엉클어진 긴 머리를 다시 묶고 고개를 숙였다. 위무선이 무엇을 하려는지 눈치챈 남망기의 얼굴에 복잡한 표정이 스쳤다. 그가 낮은 소리로 말했다.

"하지 마."

"할 거야."

위무선은 곧장 남망기를 가볍게 머금었다.

이가 닿을까 상대의 물건을 조심스럽게 머금으며 최대한 깊숙이 넣었다. 물건이 목구멍에 안쪽까지 닿자 약간 괴로웠다. 위무선이 불편하다는 것을 알아챈 남망기는 혹여 그가 무리할까 걱정돼 밀어내려고 했다.

"그만해."

위무선이 남망기의 손을 치우고 느릿하게 혀끝을 내밀었다.

"너……."

남망기는 곧 말을 이을 수 없었다.

위무선이 어려서부터 본 춘궁도를 다 합하면 고소 남씨 장서각의 장서실 한 칸을 다 채울 정도였다. 게다가 위무선은 아주 총명한 사람이었던지라, 자신이 보고 배운 그대로 혀와 입술을 동시에 놀려 입안에 머금은 뜨겁고 단단한 물건을 세심히 어루만졌다. 몸에서 가장 민감한 부분을 따뜻하고 축축한 입안에 머금고 이토록 정성껏 다뤄주니, 남망기는 자제력을 잃고 난폭해지지 않으려 노력하는 것부터가 엄청난 고행이었다. 남망기의 호흡이 점차 거칠어졌다. 위무선의 어깨를 잡은 손가락에도 힘이 들어갔다. 남망기의 반응을 알아챈 위무선이 목과 뺨이 시큰거리도록 속도를 높였다. 마침내 뜨거운 액체가 목으로 왈칵 넘어왔다.

사향 냄새가 나는 뜨겁고 끈적이는 액체가 갑작스레 목젖을 때렸다. 위무선은 사레가 들려 입안에 머금고 있던 기다란 물건을 뱉어내고 한바탕 기침을 했다. 남망기는 어쩔 줄 몰라 하며 위무선의 등을 두드렸다.

"……뱉어, 어서 뱉어."

위무선이 입을 가리며 고개를 저었다. 잠시 뒤 손을 뗀 그가 남망기에게 혀를 내밀고 입을 벌려 보이며 말했다.

"삼켰어."

선홍빛 혀에 입술이 눈부시도록 붉었다. 입가에는 희뿌연 액체와 웃음기가 묻어났다. 남망기는 멍하니 위무선을 쳐다보며 아무 말도 하지 못했다. 금욕적이기 이를 데 없는 선문의 명사, 남망기의 여상한 차가움과 단정함은 이 순간 여지없이 조각났다. 복숭아 빛깔로 옅게 물든 눈가가 더욱 고왔다. 마치 방금 누군가에게 호되게 능욕이라도 당한 듯한 모습이었다. 그 모습을 본 위무선은 너무 좋은 나머지 맨살이 드러난 상반신으로 남망기의 어깨를 끌어안고 남망기의 입가에 입을 맞췄다. 뒤이어 눈꺼풀에도 입맞춤이 이어졌다.

"착하지, 놀라지 마. 다음에 내 걸 먹을 때도 이렇게 잘해줘야 해. 알았지?"

정액을 묻힌 채 입을 맞추자 남망기의 입가에도 흰 액체가 똑같이 묻어났다. 거기에다 멍한 표정이 더해지니 그리 사랑스러울 수가 없었다. 위무선은 다시 남망기에게 입을 맞추며 소곤거렸다.

"남잠, 네가 좋아 죽겠어."

남망기가 느릿하게 위무선을 바라봤다.

착각인지 모르겠지만, 위무선은 남망기의 눈에 핏발이 선 것 같다는 생각이 들었다.

위무선은 애써 억누르려고 하지만 곧 폭발하기 직전인 그 눈빛을 알아채지 못했다. 남망기가 제대로 만족하지 않은 줄 알았던 위무선은 오른손으로 그의 뜨거운 물건을 감싸 쥐고 느긋하게 주무르며 말했다.

"우리 앞으로도 계속 이럴까?"

그 순간, 남망기가 돌연히 몸을 뒤집어 위무선을 풀 위로 내리눌렀다.

하늘과 땅이 빙글 돌며 삽시간에 두 사람의 위치가 뒤바뀌었다. 남망기가 다시 자신의 몸 여기저기를 깨물자 위무선이 웃으며 그의 머리를 밀었다.

"뭐가 이렇게 급해. 내가 말했잖아, 다음엔 네가……."

말을 잇던 위무선은 순간 하체에 통증을 느꼈다. 그가 "아." 하고 신음을 내뱉으며 눈썹을 살짝 찡그렸다.

"남잠, 너 뭐 집어넣었어?"

알면서도 의미 없이 던진 질문이었다. 들어온 것은 길고 늘씬한 손가락이었다. 위무선이 무의식적으로 두 다리를 오므리자 하체에서 전해지는 이물감이 더욱 강렬해졌다. 두 번째 손가락이 들어왔기 때문이었다.

위무선도 혈기왕성한 소년 시절 춘궁도를 수없이 봤지만 용양#10 두 글자가 쓰인 판본은 본 적이 없었다. 자신이 이쪽 방면에 흥미가 있다고는 전혀 생각지 않았고 그다지 호기심도 일지 않았었다. 그래서 위무선은 사내끼리의 정사는 당연히 입 맞추고 끌어안고 기껏해야 입과 손을 쓰는 줄만 알았지, 다른 방법은 깊게 고민해보지 않았다. 바닥에 짓눌린 채 손가락이 조금씩 파고들자 위무선은 그런 방법만 있는 것이 아님을 어렴풋이 깨달았다. 가벼운 통증 뒤로 놀라움과 영문 모를 우스움이 따라왔다. 이윽고 세 번째 손가락이 더해지자 더는 웃음이 나오지 않았다.

입에 담기 멋쩍은 하체의 한 부분이 손가락으로 가득 들어차 불편했다. 하지만 세 손가락과 위무선이 방금 입으로 삼킨 그것은 크기가 천양지차였다. 위무선이 참다못해 물었다.

"남잠, 남잠! 그, 너, 너 잠깐만 진정해봐. 이게 정말 가능하다고? 확실해? 여기로 하는 거? 뭔가 아닌 것 같⋯⋯."

그러나 남망기는 위무선의 말이 들리지 않는 듯 거칠게 그의 입을 틀어막았다. 그는 몸을 묵직하게 내리누르며 자신을 삽입했다.

고작 선단만 들어왔는데도 위무선은 눈을 크게 부릅뜨며 두 다리를 세차게 세웠다.

바짝 다가붙은 두 몸에서 북을 치는 듯한 심장 박동이 울려 퍼졌다. 호흡도 전부 엉망이었다. 남망기가 갈라진 목소리로 말했다.

"⋯⋯미안해⋯⋯. 못 참겠어."

두 눈을 붉힌 채 인내하고 있는 모습에 위무선이 이를 악물고 말

#10 용양 (龍陽) 남색을 달리 이르는 말.

했다.

"못 참겠으면 참지 마……. 그럼…… 이제 내가 뭘 어떻게 할까?"

위무선이 지푸라기라도 잡는 심정으로 다급하게 물었다.

"……힘 빼."

"응, 힘 뺄게, 힘 뺄게……."

위무선이 중얼거렸다.

위무선이 긴장을 조금 풀자 남망기가 계속해서 삽입을 시도했다. 그러자 위무선의 엉덩이와 복부 근육이 절로 수축하며 목 깊은 곳에서 괴로운 신음이 새었다.

"……많이 아파?"

남망기가 물었다.

위무선은 남망기를 끌어안고 주체할 수 없다는 듯 몸을 덜덜 떨었다. 그가 울먹이며 말했다.

"아파. 처음인데 당연히 아프지."

말을 마치자 몸에 들어온 물건이 더욱 단단해지는 것이 느껴졌다.

제 것이 아닌 단단한 물체가 연약한 내장을 강제로 침범해 휘젓는 느낌은 대충 짐작할 수 있었다. 하지만 자신의 가벼운 한 마디에 단정하고 자제력 강한 함광군이 신체 반응을 주체하지 못하다니. 위무선은 "풉" 하고 웃음을 터뜨렸다.

같은 사내로서 좁은 곳에 갇힌 느낌이 얼마나 괴로울지 잘 알았다. 그럼에도 남망기는 자신을 배려해 억지로 밀어 넣지 않았다. 마음이 부드러워진 위무선은 남망기의 목을 잡아끌며 귓가에 속삭였다.

"남잠, 착한 남잠, 둘째 오라버니, 내가 어떻게 해야 할지 알려줄게. 빨리 입 맞춰 줘. 입 맞춰 주면 안 아파……."

남망기의 깨끗한 귓불이 빨갛게 물들었다.

"……그렇게, 그렇게 부르지 마."

남망기가 힘겹게 입을 열었다.

더듬거리기까지 하는 남망기를 보며 위무선이 웃었다.

"마음에 안 드는구나. 그러면 다른 말로 바꿔야겠네. 망기 동생, 잠아, 함광, 어떤 게 좋……. 아아아, 으읍!"

남망기가 위무선의 입술을 잘근거리며 하체를 끝까지 밀어 넣었다. 위무선의 비명은 남망기에게 틀어막혀 목구멍 깊이 먹혀들었다. 위무선은 남망기의 어깨를 꽉 쥐고 미간을 구겼다. 눈가에 눈물이 맺히기 시작했다. 그는 두 다리로 남망기의 허리를 단단히 감은 채 옴짝달싹하지 못했다. 그제야 남망기가 이성을 되찾고 호흡을 가다듬으며 말했다.

"미안해."

위무선이 고개를 내젓고 가까스로 웃으며 말했다.

"네가 말했잖아. 우리 사이에 그런 말은 영원히 필요 없다고."

남망기가 조심스럽게 위무선에게 입을 맞췄다. 다소 서투른 동작이었다. 위무선은 눈을 가늘게 뜨고 입을 벌려 남망기를 깊숙이 받아들이며 혀끝으로 남망기의 혀를 감았다. 얼마 뒤, 남망기의 쇄골 아래에 있는 낙인이 흐릿한 시야로 들어섰다.

위무선은 손을 들어 그 상흔을 덮었다. 웃음기가 사라진 얼굴로 위무선이 물었다.

"남잠, 말해줘……. 이것도 나와 관계가 있는 거야?"

잠시 침묵이 이어졌다. 남망기가 대답했다.

"별거 아니야. 술을 많이 마셔서."

혈세불야천 전장에 있었던 위무선을 난장강으로 데려다준 뒤, 그를 기다린 것은 3년의 유폐였다. 그리고 유폐된 기간에 들려온 소식이 있었다. 업보는 돌고 돌며 선악은 인과응보가 있듯이, 이릉노조가 결국 죽어 혼백도 사라졌다는 소식이었다.

남망기는 상처가 채 아물지 않은 몸을 이끌고 이릉으로 내달렸다. 온 산과 들을 헤치며 며칠을 찾아 헤맸으나, 불에 절반은 타버린 나무 구멍 속에서 고열로 의식을 잃은 온원 외에는 그 어떤 것도 찾을 수 없었다. 뼛조각 하나, 뭉그러진 살점 하나, 희미하게 부서진 혼백 하나조차도.

고소 남씨로 돌아오는 길에 남망기는 채의진에서 '천자소' 한 병을 샀다.

술은 향기롭고 맑았다. 숨이 막히도록 강한 맛도 아니었건만 목으로 넘기니 식도가 타는 듯 아팠다. 눈과 가슴까지 타들어 가는 감각이었다.

남망기는 이런 맛을 좋아하지 않았지만, 그 사람이 왜 좋아했는지는 알 것 같았다.

그날 밤, 남망기는 태어나서 처음으로 술을 마셨고 태어나서 처음으로 술에 취했다. 술에 취해 도대체 무슨 짓을 했는지는 기억에 없었지만, 자제나 문하생을 통틀어 모든 남가 사람들이 한동안 믿을 수 없다는 눈빛으로 남망기를 바라봤다. 누군가 말하기를, 그날 밤 남망기는 운심부지처의 고실 문을 부수고 뭔가를 찾는지 안에 있던 물건들을 사방으로 뒤집어엎은 모양이었다. 남희신이 묻자 남망기는 망연한 눈빛으로 피리를 찾는다고 대답했다.

남희신이 가장 품질이 좋은 백옥 피리를 건넸다. 화를 내며 피리를 내던진 남망기는 그 피리가 아니라고 말했다. 한참을 찾아도 피리는 나오지 않았고, 문득 기산 온씨에서 가져와 봉인해놓은 낙인이 눈에 띄었다.

술에서 깨어나자 예전에 위무선이 도륙 현무 동굴에서 찍힌 것과 같은 낙인 상처가 가슴께에 남아 있었다.

남계인은 속상하고 화가 난 눈치였으나 더는 그를 책망하지 않았다. 꾸지람이든 처벌이든 이미 충분했다.

남계인은 한숨을 내쉬며 온원을 거두겠다는 남망기의 결정을 반대하지 않았다. 남망기는 남계인에게 예를 표하며 스스로 죄를 청하고 운심부지처에서 하루 밤낮을 묵묵히 꿇어앉았다.

그가 마셨던 술을 마시고, 그가 입었던 상처를 입었다.

이제, 이 상처는 13년이 되었다.

남망기가 허리를 앞뒤로 움직였다. 위무선은 눈을 꼭 감은 채 이를 악물고 숨을 들이쉬며 남망기의 동작에 따라 호흡을 가다듬었다. 침입해 온 이물에 조금 적응되자 위무선은 무의식적으로 허리를 비틀었다. 급작스러운 저릿함이 하체에 퍼지더니 척추를 따라 온몸으로 번졌다.

위무선은 이런 자세에서 어떻게 쾌감을 느낄 수 있는지 단번에 깨달았다.

사지, 체내, 호흡까지— 전신이 봄날의 물결처럼 녹아내렸다. 위무선은 땀에 젖은 남망기의 긴 머리칼을 두 손으로 헤집고 말액을 어루만졌다. 그가 웃음기 어린 말랑한 목소리로 물었다.

"……좋아? 내 안?"

남망기는 이런 일에 그저 착실할 뿐, 분위기에 맞춰 시시덕거릴 줄 몰라 말은 적고 힘은 넘쳤다. 남망기는 위무선의 아랫입술을 잘 근거리며 더 강하게 삽입하는 것으로 대신 답해 왔다. 남망기의 거친 동작에 위무선은 식은땀이 흘렀다. 그가 입속말로 중얼거렸다.

"남잠, 남잠 남잠 남잠……. 네가 정말 좋아서 죽을 것 같아. 난 네 거야, 오로지 너만의……. 살살!"

즐거움 끝에는 늘 고생이 찾아온다 했던가. 위무선이 다시 애원했다.

"살살, 거긴 연약한 살이라고. 그렇게 세게 찌르지 마. 너무 세서 망가질 것 같단 말이야. 조금 아프니까…… 그래…… 그렇게…….''

위무선이 남망기의 어깨를 붙들고 두 다리로 남망기의 허리를 감쌌다. 남망기의 움직임에 따라 몸이 속절없이 들썩였다. 내벽은 자꾸만 짓눌렸고 피부에는 풀잎이 스쳤다. 위무선은 가볍게 신음을 뱉으며 천천히 숨을 돌렸다가 다시 남망기를 희롱하기 시작했다.

"남잠 넌 참 대단해. 준수한 미인에 고금 연주도 뛰어나, 글씨도 잘 써, 영력도 강하고 수련 경지도 높은데 침상에서도 이렇게 대단하다니. 어떻게 이렇게 잘하냐고. 그러니 내가 널 안 사랑하고 배길까…….''

"……."

위무선은 이런 상황에서도 부끄러움 따위는 저 멀리 내버린 채 태어난 사람 같았다. 노골적인 언사가 이어질수록 흥분이 더해졌다.

"난 너한테만 박힐 거야. 원하는 만큼 깊이 들어와도 돼…….''

위무선이 망설임 없이 두 다리를 더 넓게 벌렸다.

"더 들어와. 난 안에서 밖까지 전부 다 네 거야. 깊이 들어올수록 더 좋아. 내 안에서 사정해도 돼……. 헉!"

　너무 몰입한 나머지 자신이 무슨 말을 하는지도 모르던 위무선은 몸 위에 있던 사람이 무서울 정도로 깊이 찔러 넣자 순간 눈을 동그랗게 떴다. 남망기가 정말 더 깊이 들어올 수 있을 줄 누가 알았을까. 위무선은 비명을 지르며 몸을 사렸다.

　"웃…… 흐윽, 살려줘. 아니, 아니 그렇게 말고, 그건 너무 깊잖아."

　위무선은 몸을 옹송그리며 피하려고 했다. 그러나 남망기가 어디 위무선을 놔줄 위인이던가. 그는 위무선을 단단히 붙잡고 자세를 고쳐 주며 원하는 대로 양껏 움직였다.

　"네가…… 자초한 거야!"

　위무선은 다리를 벌리고 남망기를 충실하게 받아 내며 칭얼거렸다.

　"형, 둘째 형. 나 죽을 거 같아. 이러다 죽겠다고. 내가 잘못했으니까, 이렇게 벌주지 마. 나 처음이잖아. 살살 다뤄줘……."

　남망기의 머리칼을 따라 땀방울이 흘러내렸다. 앞에서 태산이 무너져도 눈 하나 꿈쩍하지 않는 냉담한 사람이 지금은 낭패에 처해 무너져 내리기 일보 직전이었다.

　"도대체 용서를 구하는 거야, 아니면…… 고의로 그러는 거야……. 허리! 비틀지 마!"

　위무선이 고개를 젖히며 목놓아 소리쳤다.

　"여기 누구 없어요, 사람 살려요! 함광군이……. 아! 함광군……. 이제 안 그럴게……."

　남망기는 위무선이 자신 때문에 흘린 눈물에 입을 맞추더니 이를 악물었다.

　"……위영, 나…… 진지하게 말하는데, 다시는 이러지 마. 나, 나 정말, 못 참겠어. 나도 내가…… 미안해.”

이토록 낯 뜨거운 상황에서도 사과를 잊지 않고 미간을 약간 좁히며 미안하다는 표정을 지어오는 남망기였다. 그런 모습에 위무선은 마음이 말랑하면서도 저릿해졌다. 이윽고 위무선이 낮게 읊조렸다.

“뭐가 미안해. 정말 망가져도, 네가 망가뜨리는 거라면 좋아……. 으응, 아…….”

위아래 할 것 없이 두 사람의 온몸이 축축하게 젖어 들었다. 늘 그래 왔듯 상처가 나으면 고통은 금세 잊어버리는 위무선은 방금까지 쓴맛을 봤으면서도 가쁜 숨을 몰아쉬며 헛소리를 늘어놓기 시작했다.

“남잠……. 나 갑자기 생각났는데, 너 이제 끝났다. 우리 삼배에서 마지막 한 번을 안 올렸으니 아직 혼인한 거 아니잖아. 혼인도 안 했는데 이런 짓을 하는 걸 뭐라고 하는 줄 알아? 네 숙부가 알면…… 하…… 널 대바구니에 가둬놓고 익사시킬 거야.”

“……벌써 끝났어!”

남망기의 목소리는 거의 표독스럽게 들릴 정도였다.

남망기가 다시 사납게 박아왔다. 위무선은 괴로움과 쾌감에 고개를 뒤로 젖혔다. 무방비 상태로 드러난 목덜미에 남망기가 이를 세웠다.

몰아치는 강렬한 쾌감에 위무선은 결국 사정했다. 머릿속이 하얗게 비며 흐릿해졌다. 가장 처음 든 생각은 ‘……믿을 수가 없어. 젠장, 왜 열다섯 살에 남잠이랑 이런 짓을 안 했냐고. 인생 헛살았군.’ 하는 것이었다.

동시에 남망기도 위무선을 단단히 끌어안고 위무선의 몸속 깊숙한 곳에 쏟아 냈다.

위무선도 조금 시큰거리는 팔을 들어 남망기를 끌어안았다. 두 사람은 한참이나 이렇게 조용히 안고 있었다. 다소 기운을 차린 위무선이 남망기 몸에 묻은 정액을 만족스럽게 닦아 내며 말했다.

"남가 둘째 공자, 너 언제부터 나 좋아했어?"

위무선이 정액을 문지르는 시점과 부위가 퍽 적절치 않았다. 남망기의 표정이 다시 부자연스러워졌다.

"예전부터 좋아했으면 왜 진작 이러지 않았대? 너희 운심부지처 뒷산에 좋은 곳 많잖아. 내가 사냥한다고 몰래 빠져나갔을 때 묶어서 끌고 간 다음, 지금처럼 수풀 위에 억눌러놓고 하고 싶은 대로 하지 그랬어……. 흐읏……, 살살……."

아직 빼지 않고 있던 남망기가 다시 움직이기 시작했다.

위무선은 맞닿은 하체에서 뜨거운 액체가 흘러나오는 감각을 느끼며 남망기의 귓가에 저속한 말을 줄줄 늘어놓았다.

"넌 힘이 세니까 난 분명 반항할 수 없었을 거야. 금언술을 걸면 목 찢어지게 외쳐도 구하러 오는 사람이 없었을 텐데. 아니면 너희 집 장서각도 좋지. 서책으로 침상을 만들고 그 위를 뒹굴면서 춘궁도에 있는 자세를 시험해 볼 수도 있잖아. 어떤 자세든 다 좋아. 낮에는 내가 널 괴롭히고, 밤에는 네가 날 괴롭히고. 문 닫아걸고 죽기 직전까지……. 형! 형! 둘째 형! 살려줘! 살려줘, 살려주세요. 알았어, 알았어. 입 다물게. 너 대단해, 너무 대단해. 나 못 참겠어, 정말 못 참겠으니까 이제 그만……."

남망기는 이런 순간에 등장하는 위무선의 도발을 견디지 못했다.

방금 수십 번을 박아 위무선의 오장육부를 휘저으며 그가 입에 발린 말로 살려달라고 애원하도록 만들었으면서도 남망기의 흥분은 전혀 가라앉지 않았다. 같은 자세로 반 시진 동안 눌린 채 마찰한 허리와 엉덩이가 얼얼했다. 조금 지나자 개미 수천 마리가 깨무는 것처럼 저릿하고 간지러웠다. 방금 쏟아 낸 쾌감이 점차 사라지고 이물감과 통감이 퍼져 나갔다. 자신이 심은 악과를 맛보게 된 위무선은 남망기의 비위를 달래려고 입을 맞춰가며 자존심 따위는 내던진 사람처럼 굴었다.

"둘째 오라버니, 이제 됐잖아, 나 좀 살려줘. 우리 앞으로도 시간 많아. 그러니까, 다음에 계속하자. 매달아 놓고 해, 응? 오늘 한 번만 이 풋내기 목숨을 살려주세요. 함광군의 위세에 이릉노조가 여지없이 참패했습니다. 빨리 안에 내보내고, 다음에 다시 일전을 치르자고."

남망기의 이마에 핏대가 미미하게 불거졌다. 그가 힘겹게 한 자 한 자 입을 열었다.

"……정말 멈추고 싶으면……, 너…… 입 다물고 그만 말해……."

"입이 있는데 어떻게 말을 안 해. 남잠, 예전에 내가 너와 매일 자겠다고 한 말, 못 들은 셈 쳐주면 안 돼?"

"안 돼."

"어떻게 이럴 수가 있어. 예전에는 거절한 적 없잖아."

억장이 무너진다는 말투였다.

"안 돼."

남망기가 옅은 미소를 지으며 말했다.

남망기의 미소를 보자 일순 위무선의 눈에 빛이 반짝 감돌았다.

마음이 한없이 상쾌해지더니 그는 지금 자신이 어디에 있는지조차 잊어버렸다.

그러나 다음 순간, 위무선은 눈부시도록 환한 이 미소와 전혀 어울리지 않는 난폭하고 사나운 몸놀림 때문에 눈가에서 눈물을 마구 쏟았다.

위무선은 두 손으로 들풀을 그러쥔 채 목이 쉬도록 외쳤다.

"그러면 나흘, 나흘에 한 번 어때. 나흘이 안 되면 사흘도 괜찮아!"

마침내, 남망기가 힘차고 낭랑하게 결론을 내렸다.

"매일이면 매일인 거야."

3개월 뒤, 광릉.

촌민들이 횃불을 들고 농기구를 무기 삼아 천천히 산 위의 숲을 에워쌌다.

이 산에는 버려진 무덤이 있었다. 최근 몇 개월 동안 귀신이 농간을 부려 산 아래 살던 촌민들은 견디다 못해, 근원을 싹 없애기 위해 이곳을 지나는 수사 몇 분을 모셔 올라왔다.

땅거미가 내려앉자 벌레 우는 소리가 낭랑하게 울렸다. 사람 반 정도 높이의 무덤에서 바스락바스락 소리가 나는 것이, 안에 숨어 있는 뭔가가 언제든지 튀어나오려고 꿈틀대는 것 같았다. 하지만 수풀을 가르고 횃불로 비추자 안에는 아무것도 없었다.

수사 몇이 장검을 쥐고 촌민들을 데리곤 조심스럽게 수풀을 지나 숲으로 들어갔다.

숲에 들어가니 무덤이 가득했고, 돌과 나무로 만든 부서진 비석이 쓰러져 있거나 기울어진 사이로 스산한 바람이 지나갔다. 수사 몇이 눈짓하며 부적을 꺼내 악귀를 처리하려고 준비했다. 그들의 태연한 표정을 보니 상황이 그렇게 심각한 것 같지 않아 촌민들은 한시름 놓았다.

하지만 촌민들이 숨을 다 고르기도 전에 '퍽' 하는 소리가 들리더니 피와 살이 범벅이 된 시체가 앞에 있던 흙더미 위로 떨어졌다.

흙더미에서 제일 가까이 있던 촌민이 비명을 지르며 횃불을 내던지고 미친 듯이 도망쳤다. 이어서 둘, 셋, 넷, 피범벅이 된 시체가 하늘에서 비가 내리는 것처럼 쏟아져 온 사방에 시체 떨어지는 소리가 울렸다. 수사들은 이런 광경을 본 적이 없어 무척 놀라면서도 침착함을 잃지 않았다. 맨 앞에 있던 사람이 외쳤다.

"도망가지 마세요! 놀라지 마세요! 그냥 조무래기 악귀일일 뿐입니다……."

다 외치기도 전에 그 수사는 누군가에게 목이 졸린 것처럼 목소리가 나오지 않았다.

수사의 눈에 나무 한 그루가 보였다.

나무 위에 검은 옷을 입은 사람이 옷자락을 늘어뜨리고 검은 목화를 신은 발을 흔들면서 매우 가볍게 만족스럽다는 듯이 앉아 있었다.

그 사람은 허리춤에 새까만 피리를 꽂고 있었다. 피리 끝에 달린 피처럼 붉은 술이 다리 동작에 따라 유유히 흔들렸다.

순간 수사들의 낯빛이 변했다.

놀라 갈팡질팡하던 촌민들은 수사의 외침에 안정제라도 먹은 것처럼 안심했다가, 수사들이 갑자기 창백해진 얼굴로 자기들을 챙기지도 않고 몸을 돌려 바람처럼 숲을 빠져나가는 것을 보고는 화들짝 놀랐다. 이 산에 분명 대단한 악귀가 있어 수사들도 혼비백산해 내뺀 것이라고 짐작한 촌민들 또한 뿔뿔이 흩어졌다. 뜀박질이 늦은 촌민 하나는 제일 뒤에서 뛰다가 넘어져 얼굴이 온통 흙투성이가 됐다. 촌민은 혼자 뒤처졌으니 이제 죽었다고 생각했다. 그런데 갑자기 젊은 백의의 남자가 앞에 나타났다. 촌민은 자기도 모르게 눈을 반짝였다.

허리에 긴 검을 찬 남자는 온몸에 하얀빛이 쏟아지는 것 같았고 신선의 기운을 풍기는 게, 속세의 평범한 사람은 아닌 것 같았다. 촌민은 도움을 청했다.

"공자! 공자님! 살려 주십시오. 귀신이 있어요. 어서, 어서 저 귀신을……."

말이 채 끝나기도 전에 시체 한 구가 다시 그 앞에 떨어졌다. 일곱 구멍에서 피를 흘리는 얼굴과 딱 마주쳤다.

촌민이 놀라 기절하려는 순간 그 남자가 말했다.

"가십시오."

딱 한 마디였지만 촌민은 알 수 없는 안도감이 들었고, 왠지 죽음에서 벗어났다는 칙령을 받은 것만 같았다. 갑자기 힘이 솟아, 그는 뒤도 안 돌아보고 도망쳤다.

백의의 남자는 숲속을 어지럽게 기어 다니는 시체들을 보면서 뭐라고 말해야 할지 몰랐다. 그가 고개를 들자 나무 위에 앉아 있던 검은 옷의 사내가 가볍게 뛰어 내렸다. 그러곤 그의 앞에 서서 그를 나무로 밀더니 가벼운 목소리로 말했다.

"아니, 이건 고상하고 순결하신 함광군 남망기가 아니신가. 내 구역에서 뭐 하는 거지?"

사방에 널린 시체들이 멍하게 또는 세차게 기어 다니고 있었다.
검은 옷의 사내가 나무줄기에 손을 뻗었다. 그와 나무 사이에 갇힌
남망기의 얼굴에는 아무 표정이 없었다.

"기왕 스스로 찾아왔으니, 그렇다면 내가…… 아야야!"

남망기가 한 손으로 사내의 두 손목을 잡아 쥐었다.

상황이 역전돼 오히려 자기가 잡힌 검은 옷의 사내가 깜짝 놀라
말했다.

"세상에, 함광군, 정말 대단해. 정말 못 믿겠어, 정말 놀랍다고.
말도 안 돼, 한 손으로 나를 제압하다니. 전혀 반항을 못 하겠네!
무서운 사내 같으니!"

"……."

남망기의 손에 힘이 들어가더니 더 꽉 쥐었다. 상대의 놀라움은
두려움으로 바뀌었다.

"아, 아파. 놔줘, 함광군. 다음엔 절대 안 그럴게. 이제 이런 식으
로 잡지 마. 제발 날 묶지 말라고. 날 바닥에 밀치는 건 더더욱……."

그의 말과 동작이 점점 허풍스러워지는 것을 보던 남망기는 미간
을 살짝 찌푸리며 말을 잘랐다.

"……그만해."

"왜, 살려 달라고 비는 거 아직 안 끝났는데."

신나게 살려 달라고 하던 검은 옷의 사내, 위무선은 놀라는 척하
며 말했다.

"……매일 살려 달라고 하잖아. 그만해."

남망기가 말했다.

"네가 이렇게 해 달라고 했잖아……. 매일은 매일이지."

위무선이 남망기에게 달라붙으며 가벼운 목소리로 종잘거렸다.

위무선은 얼굴을 가까이 대며 남망기에게 입을 맞출 것처럼 행동했지만, 미적대며 맞추지 않았다. 두 입술이 종이 한 장을 사이에 둔 듯 아슬아슬하게 마주 닿았다. 마치 정 많고 짓궂은 나비가 단정한 꽃잎 위를 나풀나풀 노니는 것처럼 머물 듯 말 듯, 맞출 듯 말 듯 한 움직임이었다. 위무선의 희롱에 남망기의 옅은 색 눈동자가 빛나며 작게 흔들렸다. 욕구를 억누르지 못한 꽃잎은 결국 참지 못하고 스스로 나비의 날개를 건드렸다. 위무선은 재빨리 고개를 들어 남망기의 입술을 피했다.

"형이라고 불러 봐."

위무선이 눈썹을 찡긋하며 말했다.

"……."

"나한테 형이라고 불러. 그러면 입 맞춰 줄게."

"……."

남망기의 입술이 살짝 움직였다.

남망기는 평생 이렇게 부드럽고 말랑한 느낌이 드는 호칭으로 누군가를 불러 본 적이 없었다. 남희신에게도 늘 형장이라고 불렀다.

"불러 봐. 난 그렇게 많이 불렀는데. 그렇게 부르면 입 맞춰 주고 다른 것도 하게 해 줄게."

위무선이 유혹했다.

남망기는 뭐라 하려다, 이 말에 위무선에게 졌다 싶어 결국 입 밖으로 내뱉지 못했다. 한참 숨 막히는 침묵이 이어지다 겨우 한마디 내뱉었다.

"……창피한 줄도 모르고!"

"한 손으로 날 잡고 있으면 안 피곤해? 나머지 한 손으로 하려면 불편하잖아."

위무선이 말했다.

정신을 차린 남망기가 예의 바른 척하며 물었다.

"그러면, 어떻게 해야겠습니까?"

"내 알려 드리지. 네 말액을 풀어서 내 손을 묶으면 편하지 않겠어?"

남망기가 헤죽거리며 웃는 위무선을 조용히 바라보다가 천천히 말액을 풀어 위무선에게 펼쳐 보였다.

그런 다음, 손쓸 틈도 없이 위무선의 두 손을 잡아 묶고 위무선의 장난스러운 손을 머리 위에 고정한 뒤 그의 목에 얼굴을 묻었다. 바로 그때, 수풀에서 놀라는 소리가 들렸다.

두 사람은 재빨리 떨어졌다. 남망기는 피진 칼자루에 손을 얹었지만, 함부로 검을 빼진 않았다. 방금 들은 놀란 소리는 아주 가냘픈 것이 분명 어린아이였다. 또한 잘못해서 지나가는 사람에게 상처를 입히면 안 됐기 때문이다. 사람 허리 높이의 수풀이 살짝 흔들리면서 움직임이 멀어진 것을 보니 도망간 것 같았다. 위무선과 남망기가 몇 걸음 쫓아가자 산 아래에서 여인의 반가워하는 목소리가 들렸다.

"면면, 괜찮아! 이런 곳에서 그렇게 막 돌아다니면 어떻게 해? 엄마 놀라 죽을 뻔했어!"

'면면?'

위무선은 깜짝 놀랐다.

분명 어디서 들어 본 듯한 익숙한 이름이었다. 곧이어 남자의 목소리가 들렸다.

"야렵할 때 함부로 돌아다니지 말라고 했잖니. 혼자서 앞으로 뛰어갔다가 귀신에게 잡아먹히면 아빠 엄마는 어떻게 하라고! ……면면? 왜? 왜 그래?"

마지막 말은 그 여인에게 묻는 게 분명했다.

"청양, 어서 와 봐요. 면면에게 무슨 문제라도 생긴 거 아니지? 어째 이런 표정이지? 산에서 못 볼 것이라도 봤나?"

……분명히 봤다……. 보지 말아야 할 것을.

남망기가 위무선을 슬쩍 쳐다보자, 위무선은 무고하다는 듯이 남망기를 쳐다보며 입 모양으로 말했다.

'나쁜 짓.'

위무선에겐 아이에게 해를 끼쳤다는 반성이나 죄책감이 전혀 없었다. 남망기는 못 말리겠다는 듯 고개를 저었다. 두 사람이 함께 무덤가에서 나와 언덕을 돌아 나오자, 세 사람이 놀라 경계하는 눈빛으로 그들을 쳐다봤다. 남자와 여자는 아이를 사이에 두고 무릎을 꿇은 채 엉거주춤한 상태였다. 중간에 서 있는, 머리를 양 갈래로 묶어 올린 아이는 열 살 정도 되어 보였다. 여인은 외모가 청아하고 수려한 부인으로 허리에 패검을 차고 있었다. 여인이 위무선을 보고 즉시 검을 뽑아 겨누며 외쳤다.

"누구냐!"

"누가 됐든지 사람이지요. 적어도 다른 건 아닙니다."

위무선이 말했다.

여인은 뭐라고 말하려다 위무선 뒤에 있는 남망기를 보고 깜짝 놀라 말했다.

"함광군?"

남망기가 말액을 하고 있지 않아 여인은 순간적으로 확신이 들지 않았다. 남망기가 한 번 보면 잊을 수 없는 얼굴이 아니었다면 한참 동안 긴가민가했을 것이다. 그녀는 시선을 위무선에게 옮기고 얼떨떨한 듯이 말했다.

"그러면, 그러면 당신은, 당신은⋯⋯."

이릉노조가 세상에 돌아왔다는 소식은 진작에 퍼졌기 때문에 지금 남망기와 함께 있는 사람은 분명 그일 터였다. 그래서 알아보는 것이 이상한 일은 아니었다. 위무선은 여인이 살짝 감격하는 모습에 어딘가 낯이 익다는 생각이 다시 들어, '이 부인이 나를 아나? 나한테 무슨 원한이 있나? 내가 그녀를 화나게 한 적이 있나? 아닌데, 난 청양이라는 사람을 모르는데⋯⋯. 아, 면면!' 하고 생각했다.

"당신은 면면?"

위무선이 문득 깨달았다는 듯이 물었다.

"내 딸아이 이름은 왜 부르시오?"

사내가 눈을 동그랗게 뜨고 말했다.

방금 이리저리 다니다 위무선과 남망기와 마주친 소녀가 면면의 딸이었다. 딸의 이름도 면면인 모양이었다.

위무선은 아주 재미있다는 듯 '큰 면면, 작은 면면이라.' 하고 생각했다.

"나 낭자."

남망기가 그 여인에게 고개를 숙여 예를 표했다.

여인은 뺨으로 흘러내린 머리칼을 귀 뒤로 넘기며 예를 표했다.

"함광군."

다시 위무선을 쳐다보며 말했다.

"위 공자."

"나 낭자. 아, 이번에는 당신의 이름을 알게 되는군요."

위무선이 여인을 향해 웃으며 말했다.

나청양이 얼굴을 약간 붉히며 웃었다. 과거의 일이 생각나 부끄러웠는지 옆에 있던 남자를 끌어당기며 말했다.

"여기는 제 남편입니다."

남자는 그들이 악당이 아니라는 것을 확인하자 표정을 누그러뜨리고 상투적인 인사말을 건넸다.

"선생은 어느 가문, 어느 파의 문하생이신지요?"

위무선이 물었다.

"어느 가문에도 속하지 않습니다."

남자가 시원시원하게 말했다.

"제 남편은 현문 사람이 아닙니다. 예전에는 상인이었습니다. 하지만 남편은 저와 함께 야렵을 다니기를 원했지요……."

나청양이 남편을 쳐다보고 웃으며 말했다.

보통 사람이, 게다가 남자가 안정적인 생활을 버리고 떠돌이 생활과 위험을 선택해 부인과 함께 각지를 돌아다니다니, 그건 정말 어려운 일이었다. 위무선은 존경심마저 들었다.

"두 분도 이곳에 야렵하러 왔습니까?"

위무선이 물었다.

"네, 그렇습니다. 이 산에 있는 무덤에서 악령이 농간을 부리고 마을 사람들을 괴롭힌다는 말을 듣고 도움이 필요한가 싶어서 왔습니다. 두 분이 이미 처리하신 건가요?"

나청양이 고개를 끄덕이며 말했다.

위무선과 남망기가 이미 처리했다면 다른 사람이 끼어들 필요가 없었다.

"두 분은 마을 사람들한테 속았습니다."

위무선이 말했다.

"무슨 말입니까?"

나청양이 놀라 물었다.

"그들은 외부에 악령이 이유 없이 농간을 부린다고 말했지만, 사실은 그들이 무덤을 파고 도굴을 한 다음 죽은 자의 시신과 뼈를 함부로 내버려 무덤 주인에게 반격을 당한 겁니다."

위무선이 말했다.

"그렇습니까? 반격이라면 사람을 해칠 필요는 없을 텐데요."

나청양의 남편이 이상하다는 듯이 말했다.

위무선은 남망기와 눈빛을 마주친 다음 말했다.

"그것도 거짓말입니다. 죽은 사람은 없어요. 우리가 조사해 보니 도굴한 촌민 몇 명이 음혼(陰魂)에 놀라 며칠 누워 있었고, 다른 하나는 도망가다가 넘어져 다리가 부러진 것이었습니다. 이것 외에는 사상자가 없으니, 목숨 몇 개를 빼앗아 갔네 하는 말은 다 사람들을 놀라게 하려고 꾸며낸 것입니다."

"그렇습니까? 그렇다면 너무 뻔뻔스럽군요!"

나청양의 남편이 말했다.

"어휴, 그 사람들도 참……."

나청양이 한숨을 내쉬었다.

그녀는 옛날 일이 떠올랐는지 고개를 절레절레 저었다.

"어디나 이렇네요."

"방금 내가 그들을 놀라게 했으니 앞으로는 산에 올라와 도굴할
생각은 안 할 것입니다. 악령도 그들을 찾아가 귀찮게 안 할 것이
고요. 해결됐습니다."

위무선이 말했다.

"하지만 그들이 다른 수사들을 모셔다 강제로 진압하려 들면……."

나청양이 말했다.

"내가 얼굴을 비쳤으니 뭐, 괜찮을 겁니다."

위무선이 웃으며 말했다.

나청양은 이해했다. 이릉노조가 이미 얼굴을 드러냈으니 그를 본
수사들은 분명 각지에 소문을 낼 것이다. 그리고 사람들은 이릉노
조가 이 일대를 자신의 근거지로 삼았다고 생각할 테니 간덩이가
붓지 않고서는 찾아오는 사람은 없을 것이었다.

"그렇군요. 조금 전 면면이 놀라 뛰어오는 모습에 무슨 악령이라
도 본 줄 알았는데, 혹시 실례를 범했다면 너그럽게 용서해 주세요."

나청양이 웃으며 말했다.

위무선은 속으로 '아니오, 아닙니다. 아마 우리가 실례했을 겁니
다.' 하고 말했지만, 겉으로는 진지한 표정으로 말했다.

"아니요, 아닙니다. 우리가 작은 면면을 놀라게 했으니 두 분 신
경 쓰지 마세요."

나청양의 남편이 딸을 안아 올렸다. 아버지의 품에 안긴 면면은
뺨을 볼록하게 부풀리며 위무선을 노려봤다. 부끄럽고 분한데 말
하기는 난처한 표정이었다. 위무선은 옅은 붉은색 치마를 입고 새
하얗고 귀여운 얼굴에 흑자색 수정 포도 같은 눈을 보자 면면의 얼
굴을 살짝 꼬집고 싶어졌다. 하지만 아이의 아버지가 지켜보고 있

어 땋아 내린 머리를 몇 번 만지작거리는 것이 전부였다. 곧 그가 뒷짐을 쥐고는 웃으며 말했다.

"면면이 나 낭자 어릴 때와 똑같습니다."

남망기가 위무선을 흘끗 보더니 아무 말도 하지 않았다. 나청양은 기분이 좋은지 입을 약간 오므리며 핀잔을 주었다.

"위 공자, 그런 말을 하면 안 민망해요? 정말 내가 어렸을 때 모습을 기억한다고요?"

입을 오므리며 웃는 모습이 예전의 붉은색 옷을 입은 작은 아가씨와 어렴풋하게 겹쳐졌다. 위무선은 전혀 창피하지 않다는 듯이 말했다.

"당연히 기억하지요! 지금과 별로 차이가 없는걸요. 맞다, 아이가 몇 살이에요? 내가 세뱃돈이라도 좀 줘야겠네."

"아닙니다, 그럴 필요 없어요."

나청양과 그녀의 남편이 연신 사양했다.

"아닙니다, 그럴 필요 있어요. 뭐 내가 주는 게 아니니까. 하하."

위무선이 웃으며 말했다.

약간 놀란 부부가 상황을 파악하기도 전에 남망기가 위무선의 손에 뭔가 쥐여 주었다. 위무선이 남망기에게서 건네받은 묵직한 세뱃돈을 면면에게 주자 나청양이 사양하지 못하고 딸에게 말했다.

"면면, 어서 함광군과 위 공자께 고맙다고 해야지."

"고맙습니다, 함광군."

면면이 말했다.

"면면, 내가 줬는데 왜 나한테는 고맙다고 안 해?"

위무선이 말했다.

면면이 잔뜩 화가 난 표정으로 위무선을 쳐다봤다. 위무선이 아무리 달래도 면면은 위무선과 말하려고 하지 않았다. 면면이 고개를 숙여 목에 건 붉은 끈을 잡아당겨 정교한 작은 향낭을 꺼내더니 소중한 듯이 세뱃돈을 그 안에 집어넣었다. 산 아래에 도착하자 위무선은 그들과 이별을 고하고 남망기와 함께 다른 길로 떠났다.

위무선과 남망기의 모습이 사라지자 나청양이 딸아이를 나무랐다.

"면면, 그렇게 예의 없이 굴면 어떻게 해. 그분은 엄마 목숨을 구해 주신 은인이셔."

"그래요? 면면, 들었지, 네가 얼마나 예의 없이 굴었는지!"

나청양의 남편이 깜짝 놀라 말했다.

"난…… 난 저 사람 싫어요."

면면이 투덜거렸다.

"그가 정말 싫었으면 진작에 세뱃돈을 버렸을걸."

나청양이 말했다.

면면이 발그레해진 작은 얼굴을 아빠의 가슴에 묻으며 중얼거렸다.

"저 사람이 나쁜 짓을 했단 말이에요!"

나청양이 난감한 표정으로 뭔가 말하려는데 그녀의 남편이 이상하다는 듯이 물었다.

"청양, 예전에 당신이 함광군은 세가 출신의 대단한 인물이라고 하지 않나? 그런데 어째서 이렇게 작은 지역에서 이런 작은 것들을 사냥하는 거지?"

"함광군은 다른 가문의 명사와는 달라요. 그는 소란이 있는 곳엔 늘 나타나지요. 사수가 농간을 부려 인간을 해치면 야렵 대상 등급이 높건 낮건, 공이 크건 작건 언제나 나타나 도와준답니다."

나청양이 남편에게 설명했다.

"진정한 명사군."

나청양의 남편이 또 이상하다는 듯이 물었다.

"그러면 위 공자는? 그가 당신의 목숨을 구해 줬다는데 왜 나는 당신이 그에 대해 말하는 것을 한 번도 들은 적이 없지? 예전에 언제 목숨이 위험한 적이 있었던 거요?!"

면면을 안아 든 나청양이 눈을 반짝이더니 미소를 지으며 말했다.

"위 공자는 말이죠……."

다른 길에서 위무선이 남망기에게 말했다.

"예전의 그 꼬마 아가씨가 지금은 그만한 딸을 둔 엄마가 됐다니 생각지도 못했네!"

"응."

"하지만 이건 불공평해. 분명 네가 나한테 나쁜 짓을 하는 걸 봐 놓고 왜 날 싫어하는 거야?"

남망기가 대답하기 전에 위무선이 빙그르르 돌아 남망기 앞에 서서 뒷걸음질하며 말했다.

"아, 알았다. 그 꼬마 아가씨는 날 좋아하는 게 분명해. 예전의 누구처럼."

남망기가 먼지 하나 묻지 않은 소매를 털며 담담하게 말했다.

"말액 돌려줘, 위원도."

낯선 이름에 위무선은 깜짝 놀랐다가 한참만에야 웃음을 터트렸다.

"내가 말해 볼까, 남가 둘째 공자. 너 지금 질투한 거 맞지?"

남망기가 눈을 내리깔았다. 위무선이 그의 앞을 가로막고 한 손으로 남망기의 허리를 끌어안더니 다른 한 손으로는 턱을 들어 올리며 엄숙하게 말했다.

"솔직하게 말해. 너 얼마나 오랫동안 질투한 거야. 얼마나 잘 숨겼는지 난 눈치도 못 챘네."

남망기는 습관처럼 위무선에게 맞추어 고개를 들다가 갑자기 자기 가슴으로 손이 쑥 들어오는 걸 느꼈다. 그가 고개를 숙여 보니, 위무선이 손에 뭔가를 들고 깜짝 놀랐다는 듯이 말했다.

"이게 뭐야?"

그것은 남망기의 돈주머니였다.

위무선은 오른손으로 정교한 작은 돈주머니를 빙빙 돌리고 왼손으로는 돈주머니를 가리키며 말했다.

"함광군아, 함광군. 묻지도 않고 가져가는 건 도둑질이야. 예전에 사람들이 널 뭐라고 말했더라. 명문가 자손? 세가 자제의 모범? 모범이라는 사람이 질투에 눈이 멀어 낭자가 나한테 준 향낭을 훔쳐 자기 돈주머니로 사용하다니. 어쩐지 깨어나서 아무리 찾아도 없더라. 작은 면면이 가슴에 달고 있던 향낭이 이것과 똑같지 않았으면 몰랐을 뻔했네. 너, 너, 쯧쯧. 말해 봐, 어떻게 기절한 내 몸에서 이걸 꺼내 갔어? 얼마나 더듬은 거야?"

남망기의 얼굴에 작은 파문이 일더니 손을 뻗어 뺏으려 했다. 위무선은 돈주머니를 이리저리 던지며 남망기의 손을 피하면서 뒤로 두 걸음 물러섰다.

"말로 안 되니 뺏으려고? 뭐가 부끄러워? 이런 게 뭐 부끄러워할 일이라고. 나 내가 왜 이렇게 부끄러움을 모르는지 이제 알 것 같아. 우리 둘은 정말 천생연분인가 봐. 내 부끄러움이 전부 너한테

갔고, 네가 나 대신 받은 거지."

남망기의 귓불이 연분홍빛으로 물들었다. 그는 뻣뻣하게 굳은 표정으로 빠르게 손을 뻗었다. 그러나 위무선의 발이 더 빨라 남망기는 보고도 잡지 못했다.

"예전에는 네가 먼저 돈주머니를 나한테 줘 놓고 지금은 왜 또 안 준대? 너 좀 봐. 물건만 훔친 게 아니라 몰래 밀통까지 하고, 한 입으로 두말하잖아. 아주 뼛속까지 새카맣게 물들었어."

남망기가 위무선을 덮치며 겨우 붙잡았다. 그가 위무선을 품에 단단히 가둔 채 해명했다.

"우린 삼배를 올렸으니, 이미…… 부부잖아. 밀통이 아니야."

"부부 사이라도 너처럼 강제로 하면 안 되지. 늘 애원하게 만들고 애원해도 안 멈추고. 너 이렇게 변한 모습을 고소 남씨 조상님들이 보면 기가 막혀 돌아가실걸……."

더는 참을 수 없다는 듯 남망기가 위무선의 입을 세차게 틀어막았다.

나청양 부부를 만난 다음 날, 두 사람은 광릉의 한 작은 도시에 도착했다.

위무선은 손을 눈썹 위에 올려 손차양을 만든 뒤 앞쪽에 주점 깃발이 흔들리는 것을 보면서 말했다.

"저기서 좀 쉬었다 가자."

남망기가 고개를 끄덕였다. 두 사람은 나란히 걸어갔다.

운몽 관음묘에서의 밤이 지난 뒤, 위무선과 남망기는 풋사과를 끌고 함께 여기저기 유럽을 다니며 여전히 '소란이 생기면 반드시 나타났다'. 어떤 곳에서 악령이 농간을 부리고 주민을 괴롭힌다는 소식이 들리면 그곳으로 가 조사하고 해결했으며, 그 김에 경치도 감상하면서 현지 풍토와 인정을 살폈다. 이렇게 3개월 동안 귀를 닫고 선문의 일을 듣지 않으니 매우 자유로웠다.

주점에 들어가 눈에 띄지 않는 구석 쪽 탁자에 앉자 점원이 다가와 인사했다. 점원은 두 사람의 용모와 분위기, 남망기의 허리에 찬 패검을 보고 다시 위무선 허리춤의 피리를 보고는 속으로 그들이 최근 소문이 자자한 두 사람이 아닌가 생각했다. 한참을 쳐다봤지만, 이 백의의 손님이 고소 남씨의 말액을 하지 않아 확신할 수가 없었다.

위무선은 술을 시키고 남망기는 음식 몇 개를 주문했다. 위무선은 남망기가 낮은 음성으로 요리 이름을 말하는 것을 들으면서, 한 손으로는 뺨을 괴고 다른 한 손은 탁자 아래로 내려 손가락으로 새하얀 말액을 돌돌 감으며 환하게 웃었다. 점원이 물러가자 위무선이 말했다.

"매운 음식만 많이 시키면 너 먹을 수 있겠어?"

"제대로 앉아."

남망기가 탁자 위에 놓인 찻잔을 들어 한 입 마시며 담담하게 말했다.

"찻잔에 차 없어."

위무선이 말했다.

"……."

남망기가 찻잔을 가득 채우고 다시 입가에 가져갔다.

"제대로 앉아."

잠시 뒤, 남망기가 다시 말했다.

"제대로 앉았잖아. 예전처럼 다리를 탁자 위에 올려놓은 것도 아닌데."

위무선이 입을 삐죽였다.

"그렇다고 다른 곳에 놓지는 말고."

잠시 참았던 남망기가 말했다.

"내가 어디에 났다고?"

위무선이 시치미를 떼며 물었다.

"……."

"남가 둘째 공자님은 요구가 참 많아요. 아니면 내가 어떻게 앉아야 하는지 알려 주든가."

남망기가 찻잔을 내려놓고 위무선을 쳐다보았다. 잠시 후, 그가 소매를 떨치며 일어나 위무선에게 제대로 알려 주려는데, 대청 저쪽에 있는 탁자에서 미친 듯이 웃음소리가 터져 나왔다.

탁자에 둘러앉아 있던 사람이 신이 나서 말했다.

"내 금광요가 언젠가는 무너질 줄 알았습니다! 이날을 얼마나 기다렸는데, 마침내 왔네요. 흥! 자고로 뿌린 대로 거두는 법입니다!"

얼핏 들은 위무선은 매우 친숙한 느낌이 들었다. 욕하는 대상만 바뀌었을 뿐, 저 사람이 욕하는 말투와 내용이 아주 익숙했던 것이다. 위무선은 참지 못하고 귀를 기울였다. 한 수사가 젓가락을 들고 잘잘못을 논하며 따졌다.

"옛말이 틀린 게 하나도 없습니다! 저 위쪽에 있는 사람들은요, 겉으로 보기에 화려할수록 뒤는 더 더럽다니까요!"

"맞습니다. 괜찮은 놈이 하나도 없어요. 무슨 존이니 군자니 하면서 점잖은 척은 다 하면서 말이에요."

옆에 있던 사람이 술을 한 모금 마시고 고기를 크게 집어 먹더니 침을 튀기면서 말했다.

"그 사사라는 여인도 기루에서 한때 날렸던 유명 인사였는데 그렇게 늙다니, 전 못 알아봤다니까요. 정말 밥맛 떨어져서. 금광선도 참 비참하게 죽었지요, 하하하……."

"금광요도 참, 그런 방법으로 제 아비를 죽이다니. 딱 어울리지요. 아주 잘 어울려요!"

"이상한 게요, 금광요가 왜 그 늙은 기녀를 안 죽였을까요? 증인은 반드시 죽여야 하는데, 바보 아닙니까?"

"그가 바보인지 당신이 어떻게 알아? 금광선의 종자니 그도 풍류를 즐길 줄 또 누가 알겠소. 취향이 독특해서 사사와 그렇고 그런……. 허허허, 남들에게 말할 수 없는 관계인지도 모르지."

"헤헤, 저도 그렇게 생각했지만, 소문이 있지 않습니까. 금광요가 자기 이복 누이와 정을 통하고 놀라서 성불구가 되었다고 하니 마음이 있어도 힘이 없었을 겁니다. 하하하……."

이런 유언비어와 날조된 말은 정말 익숙했다. 위무선은 과거 자기가 난장강에서 마도를 수련하기 위해 처녀 천 명을 끌고 와 밤낮을 가리지 않고 음란한 짓을 벌였다는 소문이 생각나 너무 우스웠다. 위무선은 '좋아, 어쨌든 내 소문이 금광요보단 조금 세네.' 하고 생각했다.

점점 더 듣기 민망한 말이 이어지자 남망기가 미간을 찡그렸다. 다행히 그쪽 탁자에도 정신이 제대로 박힌 사람이 있었는지, 듣기가 거북했는지 낮은 소리로 그들을 말렸다.

"소리 좀 낮추시오……. 뭐 그리 듣기 좋은 말이라고."

"뭐가 무섭소. 여긴 우릴 아는 사람도 없는데."

크게 웃던 몇몇 사람이 상관없다는 듯이 말했다.

"그러게 말입니다! 게다가 들으면 또 어떻습니까? 천하를 다스리더니 이젠 사람 말까지 단속하려 들어요?"

"지금의 난릉 금씨가 어디 예전의 난릉 금씨인가? 사람 입까지 단속하게? 예전처럼 횡포를 부릴 능력이나 있는지 몰라. 듣기 싫으면 참아야지!"

"됐어요, 됐습니다. 그 이야기만 할 게 뭐가 있어요, 음식이나 먹읍시다. 금광요가 생전에 얼마나 큰 풍파를 일으켰든 지금은 관에 묶여 섭명결과 싸우고 있을 텐데요."

"내 보기에 끝났어요. 원수를 만나면 분노로 눈이 시뻘게진다는데 섭명결이 금광요의 시신과 뼈를 다 박살 냈을 겁니다."

"암요! 제가 봉관 예식에 갔었거든요. 관 주위에 원기가 얼마나 흉포하던지 주변 1리에 풀 한 포기 자라지 않았어요! 관이 정말 그들을 백 년 동안 봉인할 수 있는지 의심스럽더라니까요."

"봉인되든 안 되든 그건 당신이 걱정할 일이 아니라 몇몇 가문이 골치 아픈 일 아니오. 어쨌든 난릉 금씨는 끝났다고 봐야겠지. 하늘이 바뀌었소."

"봉관 예식에서 택무군의 표정이 아주 안 좋았습니다."

"어떻게 좋을 수가 있겠소. 관에 있는 건 의형제고, 집안 소년들은 날마다 흉시와 돌아다니고, 야렵에 나가면 흉시가 와서 도와주는데! 어쩐지 온종일 문을 닫아걸고 있다지 않소. 남망기가 얼른 돌아가지 않으면 남계인이 체면 따위는 집어던지고 아무나 붙잡고 욕을 해 댈지도 모를 일이오……."

저들의 말에 위무선이 "풉." 하고 웃었다.

저쪽은 계속 의견이 분분했다.

"그런데 봉관 예식에서 섭회상을 다시 봤다니까요. 그가 일을 아주 잘 처리하던데요. 그가 예식을 자청했을 때는 분명 실패하겠지 하고 생각했거든요. 어쨌든 '모르쇠'일 거라고요."

"저도요! 그런데 그가 남계인에게 뒤지지 않을 만큼 잘 치르더란 말이에요."

그들의 놀라는 모습에 위무선은 속으로 '그게 뭐라고? 앞으로 수십 년 동안 청하 섭씨의 그 가주가 재능을 드러내 세상 사람들에게 더 많은 놀라움을 선사할지도 모르는데.' 하고 생각했다.

음식이 나오고 술도 나왔다. 위무선이 술을 가득 따라 천천히 마셨다.

갑자기, 소년의 목소리가 들렸다.

"그러면 음호부는 그 관에 있다는 거예요, 없다는 거예요?"

주점 안에 돌연 정적이 흘렀다. 잠시 뒤 누군가 말했다.

"그걸 누가 알아. 아마 있겠지. 금광요가 음호부를 몸에 지니고 있지 않았다면 어디에 두었겠어?"

"하지만 꼭 그런 건 아니잖아요. 음호부는 이제 고철에 불과하다고 하지 않았어요? 아무 소용이 없다고."

소년은 검을 품고 한쪽 탁자에 홀로 앉아 있었다.

"그 관은 정말 튼튼한가요? 만일 누군가 음호부가 정말 그 안에 있는지 보고 싶어 하면 어떻게 해요?"

"누가 감히!"

누군가 즉시 큰 소리로 외쳤다.

"청하 섭씨, 고소 남씨, 운몽 강씨가 모두 사람을 파견해 지키고 있는데 간덩이가 붓지 않고서야."

사람들이 그 말에 찬성했다. 소년은 한마디도 하지 않고 탁자 위에 놓인 찻잔을 들어 한 모금 마시는 게, 생각을 접은 것 같았다.

그러나 그의 눈빛은 전혀 변하지 않았다.

위무선은 저런 눈빛을 많은 이의 얼굴에서 봤다. 그리고 위무선은 이것이 절대 마지막이 아니라는 것을 알았다.

주점에서 나온 위무선은 풋사과 위에 앉았다. 남망기가 줄을 끌고 앞서 걸었다.

풋사과의 등에서 흔들거리던 위무선은 허리춤에서 피리를 꺼내 입으로 가져갔다. 맑고 그윽한 피리 소리가 새처럼 하늘을 가르자 남망기가 걸음을 멈추고 묵묵히 귀를 기울였다.

그것은 도륙 현무 동굴에 갇혔을 때 남망기가 위무선에게 불러 주었던 노래였다.

그리고 위무선이 부활해 대범산에서 귀신에 홀린 것처럼 불러 남망기가 자신의 신분을 확신하게 만든 곡이기도 했다.

연주가 끝나자 위무선이 남망기에게 왼쪽 눈을 찡긋하며 말했다.

"어때, 잘 불지?"

"드문 일이군."

남망기가 천천히 고개를 끄덕이며 말했다.

'드문 일이다'라는 말은 기억력이 드물게 좋아졌다는 뜻이었다. 이를 알아챈 위무선은 웃음을 참을 수가 없었다.

"너 계속 이걸로 삐쳐 있지 마. 예전에 내가 잘못한 걸로 끝내면 안 돼? 그리고 내 기억력이 나쁜 건 우리 어머니 탓도 있어."

"어째서?"

남망기가 말했다.

위무선이 풋사과 머리에 팔을 걸치고 손으로 진정을 돌리며 말했다.

"어머니가 다른 사람이 너에게 잘해 준 것은 기억하고 네가 다른 사람에게 잘해 준 것은 잊으라고 말씀하셨단 말이야. 마음에 많은 것을 담지 않아야 자유로워진다고."

이것도 위무선이 부모님에 관해 기억하고 있는 몇 안 되는 것 중 하나다.

잠깐 딴생각을 하던 위무선이 정신을 차리자, 남망기가 위무선을 빤히 쳐다보고 있었다.

"어머니가 또 말씀하셨는데……."

위무선이 뒷말을 잇지 않자 남망기가 물었다.

"뭐라고 하셨는데."

위무선이 진지한 표정으로 남망기에게 손가락을 까닥이며 오라고 하자 그가 가까이 다가왔다. 위무선이 몸을 숙여 남망기의 귓가에 말했다.

"……넌 이미 내 사람이래."

남망기의 미간이 움찔하더니, 그가 입술을 열어 뭔가 말하려고 했다. 하지만 위무선이 선수를 쳤다.

"부끄러운 줄도 모르고, 점잖지 못하고, 시시하고, 경박하고, 또 헛소리한다고, 맞지? 좋아, 내가 너 대신 다 말했어. 맨날 이 몇 마디라니까. 정말 예전과 똑같아. 하나도 안 변했어. 나도 네 사람이야. 자, 이제 공평하지? 됐지?"

남망기는 말로는 절대 위무선을 이기지 못했다.

"네가 됐다면 된 거지."

남망기가 담담하게 말했다.

위무선이 당나귀의 줄을 잡아당기며 말했다.

"그런데 말이야, 내가 이 곡에 80개도 넘는 이름을 붙였는데 넌 마음에 드는 게 하나도 없어?"

"없어."

남망기가 고집스럽게 말했다.

"어떻게 그럴 수가 있지? 내 생각엔 '남잠 위영 애정곡'이 딱인데."

남망기는 아무 말도 하지 않았다. 위무선이 또 헛소리를 늘어놓기 시작했다.

"아니면 '함광이릉매일곡(含光夷陵天天曲)'[#11]이라고 해도 좋고. 딱 들어도 이야기가 있잖아……."

"있어."

남망기가 다른 새 이름은 더 듣고 싶지 않다는 듯이 말했다.

"뭐가 있어?"

위무선이 물었다.

"이름."

남망기가 대답했다.

"있다고? 있으면서 왜 진작 말 안 해 줬어? 도대체 뭐야? 왜 계속 안 알려 줘서 그렇게 오랫동안 이름 짓는 데 내 총기와 재능을 낭비하게 만들어."

위무선이 놀라 말했다.

한참 침묵하던 남망기가 말했다.

"〈망선(忘羨)〉."

#11 함광이릉매일곡(含光夷陵天天曲) 天天은 중국어로 '매일'이라는 의미가 있다.

"어?"

"곡 이름, 〈망선〉이야."

위무선의 눈이 휘둥그레졌다.

"하하하하하하하하하, 어쩐지 죽어도 말을 안 하더라니. 그런 이름이었어? 마음이 다 드러나잖아. 괜찮아, 남잠? 너, 언제 그런 이름을 지은 거야. 하하하하하하하하하……!"

위무선이 배꼽을 잡고 웃었다.

남망기는 위무선이 이런 반응을 보일 줄 알았다는 듯이 풋사과 위에서 앞뒤로 몸을 흔들며 웃는 그를 보면서 고개를 저었다. 아무렇지 않은 표정이었지만 입가가 살짝 올라갔고 눈동자엔 잔잔한 물결이 번졌다.

남망기는 위무선이 당나귀 등에서 곤두박질칠까 봐 손을 들어 그의 허리를 붙잡아 주었다. 실컷 웃은 위무선이 엄숙하게 말했다.

"〈망선〉. 좋아, 아주 좋아! 마음에 들어. 맞아, 그 이름으로 불러야지."

"나도 마음에 들어."

남망기가 무표정한 얼굴로 말했다.

"아주 아정하게 들리고 고소 남씨다워. 내가 보기엔 너희 가문 악보집에 바로 수록해서 고소 남씨의 자제들에게 필수로 익히라고 해도 될 것 같아. 함광군, 자제들이 물어보면 곡 이름을 어떻게 해석해 줄 거야? 너는 이 곡이 어떻게 만들어졌는지 말해 줄 수 있잖아."

위무선이 또 헛소리를 지껄이자 남망기는 위무선이 타고 있는 풋사과를 끌어 얇은 줄을 손에 꽉 쥐고 계속 앞으로 걸어갔다. 위무선은 아랑곳하지 않고 계속 말했다.

"우리 이제 어디 가는 거야? 오랫동안 천자소를 못 마셨는데. 우리 고소로 가는 길에 먼저 채의진에 들렀다 가면 안 될까?"

"그래."

남망기가 말했다.

"오랜 시간이 흘렀으니 그곳에 있던 수행연도 싹 제거됐겠지? 네 숙부가 만약 나를 억지로라도 만나 보겠다고 하시면 나랑 천자소 몇 단지를 네 방에 같이 숨겨 줘. 보고 싶지 않다고 하시면 우리 다른 곳에 가자. 듣자 하니 사추와 애들이 온녕과 신나게 야렵을 다닌다던데."

"응."

"그런데 고소 남씨 가규가 또 새로운 판본이 나왔다며? 너희 집 문 앞에 있는 규훈석에 더 쓸 곳이 있나……."

시원한 바람이 불어오자 두 사람의 옷이 봄날의 물처럼 일렁였다.

위무선은 바람을 맞으며 남망기의 뒷모습을 보면서 눈을 가늘게 뜨고 가부좌를 틀었다. 그러다가 문득 자기가 풋사과 등에서 이런 신기한 자세를 하면서도 넘어지지 않는다는 것을 발견하고 새삼 놀랐다.

이는 그저 시시하고 작은 일이었지만, 위무선은 신기하고 재미있는 것을 발견한 것처럼 서둘러 남망기에게 알려 주고 싶었다.

"남잠, 나 좀 봐. 빨리 나 좀 보라고!"

예전처럼 위무선이 웃으며 남망기를 불렀고, 남망기도 위무선을 바라봤다.

그 후로, 다시는 눈을 떼지 않았다.

—4권 끝—

외 전

제1장

가연(家宴)

"기다려."

남망기가 위무선을 보며 말했다.

"나도 같이 들어갈까?"

"네가 들어가면 더 화내실 거야."

위무선의 말에 남망기는 고개를 저었다.

위무선만 보면 남계인은 울화병이 도져 곧 죽을 노인네처럼 평소보다 숨이 거칠어지니 선심 쓰는 셈 치고 남망기의 말처럼 그의 눈에 안 띄는 게 상책이었다.

남망기가 위무선을 쳐다보며 할 말이 있다는 듯 입을 달싹이자, 위무선이 즉시 고개를 끄덕였다.

"알아, 안다고. 함부로 싸돌아다니지 말고 떠들지 말고 이거저거 다 하지 말라고, 그렇지? 안심해. 이번에는 조심, 또 조심해서 너희 가문 규훈석에 있는 가훈을 한 줄도 어기지 않을 테니까. 최대한."

"괜찮아. 어겨도……."

남망기가 생각하지도 않고 곧장 말했다.

"응?"

예리한 위무선이 되묻자 고개를 돌리고 있던 남망기는 그제야 방금 한 말이 부적절하다는 것을 깨달았다. 그가 다시 고개를 돌려 정중하게 말했다.

"……아니야."

"방금 어겨도 뭐라고 했어?"

남망기는 위무선이 제대로 들었으면서 일부러 묻는다는 것을 알기에, 굳은 표정으로 다시 한번 말했다.

"밖에서 기다려."

"기다리면 기다리는 거지, 뭘 그렇게 무섭게 말해. 난 가서 네 토끼랑 놀아야겠다."

위무선이 손을 휘휘 저으며 말했다.

남망기는 혼자 남계인이 침을 튀기며 잔소리하는 것을 들으러 갔고 위무선은 풋사과를 끌고 미친 듯이 달렸다. 풋사과는 운심부지처에 들어오고부터 아주 흥분했는지 온몸에 힘이 넘쳐, 위무선이 오히려 풀밭으로 질질 끌려갔다.

풀밭에는 백여 마리의 동글동글한 눈 뭉치가 모여 있었다. 분홍색 입을 오물거리며 가끔 분홍색 긴 귀를 흔들었다. 풋사과는 고개를 쳐들고 토끼들 사이로 들어가 자기 자리를 찾았다. 위무선은 바닥에 앉아 토끼 한 마리를 잡아 들고 배를 긁어 주었다. 그러곤 '지난번에 왔을 때도 이렇게 많았나? 이건 수컷이야, 암컷이야? 아…… 수컷이군.' 하고 생각했다.

여기까지 생각이 미치자 위무선은 그제야 여태껏 풋사과가 암컷인지 수컷인지 생각해 보지 않았다는 것을 깨달았다. 그래서 살펴보려는데 자세히 보기도 전에 무슨 소리가 들려왔다.

소리 나는 방향으로 고개를 돌리자 키가 작은 소녀가 작은 바구니를 들고 서 있었다. 소녀는 다가와야 하는지 마는지 고민하다가 위무선이 갑자기 고개를 돌려 자기를 보자 순간 어쩔 줄 몰라 부끄러워하며 얼굴을 빨갛게 물들였다.

소녀는 고소 남씨 수학복(受學服)을 입고 권운 문양이 없는 흰색 말액을 단정하게 두르고 있었다. 위무선은 속으로 '대단해! 오래 살고 볼 일이네!' 하고 생각했다.

그녀는 여자 수사였다. 고소 남씨의 여자 수사.

고소 남씨는 융통성 없기로 유명한 가문이라 무슨 남녀유별이니, 남녀가 뭔가를 주고받을 때에도 접촉해서는 안 된다느니 하는 규칙을 어려서부터 귀가 닳도록 들었다. 남자 수사와 여자 수사의 학습 구역과 휴식 구역도 엄격하게 분리돼 일정한 범위를 한 발자국도 넘지 않았고, 자기 구역을 넘는 경우 또한 지극히 드물었다. 야렵에 나갈 때도 기본적으로 남녀를 분리했다. 전부 남자거나 전부 여자로 구성해 남녀가 같이 가는 경우가 없었다. 정말이지 화가 날 정도로 고지식한 규칙이었다. 예전에 위무선이 운심부지처에서 공부할 때도 여자 수사들을 본 적이 없어 운심부지처 안에 정말 여자 수사가 있는지 진지하게 의심하기도 했었다. 여자 수사들이 책 읽는 소리를 몇 번 들은 적이 있어 호기심에 가 보려고 하면 눈 밝고 귀 밝은 순찰 문하생이 즉각 발견해 남망기를 불러왔다. 그렇게 몇 번이 계속되니 위무선은 열정이 사그라들어 다시 가 볼 생각이 사라졌다.

그런데 지금, 위무선은 처음으로 운심부지처에서 살아 있는 여자 수사를 만난 것이다. 살아 있는 여자 수사를!

위무선은 허리를 쫙 펴고 두 눈을 반짝거리며 다가가려 했다. 그런데 풋사과가 일어나더니 위무선을 세게 쳐 내고 소녀 옆으로 달려갔다.

"엥?"

풋사과는 소녀 옆으로 다가가 온순하게 고개를 숙이고 자기 머리와 귀를 소녀의 손 밑으로 갖다 댔다.

"?"

소녀는 얼굴을 붉힌 채 위무선을 쳐다봤다. 무슨 말을 해야 할지 몰라 당황한 표정이었다. 위무선은 눈을 가늘게 떴다. 왠지 그녀를 어디서 본 것 같다는 생각이 들었다. 잠시 뒤, 생각이 났다. 위무선이 모가장에서 나온 뒤, 길에서도 만나고 대범산에서 몇 번 본 적이 있는 둥근 얼굴의 소녀가 아닌가?

전혀 모르는 여인이었어도 위무선은 히죽거리며 친절하게 몇 마디 건넸을 터였다. 그런데 몇 번 만난 적도 있고 성격도 좋은 작은 낭자라면? 위무선은 한걸음에 그녀에게 달려가 손을 흔들며 말했다.

"너구나!"

위무선이 얼굴을 깨끗이 씻었든 안 씻었든, 소녀에게도 그의 인상은 강하게 남아 있었다. 소녀는 한동안 쭈뼛대더니 바구니를 들고 있던 두 손을 꼼지락대면서 가라앉은 목소리로 말했다.

"네……."

위무선은 들고 있던 토끼를 내려놓고 뒷짐을 지며 소녀를 향해

두 걸음 다가갔다. 그는 바구니에 담겨 있는 당근과 청경채를 보며
미소 지었다.

"토끼 먹이 주려고?"

소녀가 고개를 끄덕였다. 마침 남망기도 없고 위무선도 할 일이
없어 흥미가 생겼다.

"내가 도와줄까?"

소녀는 좋다고 할지 괜찮다고 해야 할지 몰라 망설이다가, 결국
고개를 끄덕였다. 위무선은 당근을 집어 들었고, 두 사람은 함께
풀밭에 쪼그리고 앉았다. 풋사과는 머리를 바구니 속으로 넣어 사
과를 찾다가 간신히 당근 하나를 물고는 씹어 먹었다.

바구니에 있는 당근은 매우 신선했다. 위무선은 먼저 당근을 한
입 베어 먹고 토끼 입에 대 주었다.

"네가 쭉 토끼에게 먹이를 준 거야?"

"아니요……. 저는 최근에 시작했어요……. 함광군이 계실 때는
함광군이 직접 보살피셨어요. 안 계실 때는 남사추 공자가 보살폈
고, 두 분 다 안 계시면 저희가 와서 도와드렸어요……."

소녀가 조심조심히 말했다.

'남잠은 어떻게 토끼에게 먹이를 줄까? 몇 살 때부터 키운 거지?
남잠도 이렇게 작은 바구니를 들고 오나?'

위무선은 머릿속에 떠오른 너무 귀여운 화면을 몰아내면서 또 물
었다.

"지금은 고소 남씨 문하생인 거야?"

"네."

소녀가 수줍어하며 대답했다.

"고소 남씨 아주 좋지. 언제부터?"

"대범산 일이 있고 얼마 뒤부터요……."

소녀가 하얀 털이 보송보송한 토끼를 쓰다듬으며 말했다.

바로 그때, 두 사람은 풀을 밟으며 다가오는 미세한 발소리를 들었다. 위무선이 고개를 돌려 보니, 남망기가 이쪽으로 걸어오고 있었다.

소녀가 허둥지둥하며 벌떡 일어나 공손하게 예를 표했다.

"함광군."

남망기가 약간 고개를 숙였다. 위무선은 여전히 풀밭에 앉아 방글거리며 남망기를 쳐다봤다. 소녀는 남망기를 매우 무서워하는 것 같았다. 하긴 이게 정상이었다. 저 또래 중에 남망기를 무서워하지 않는 사람은 없었다. 소녀는 치마를 잡고 허겁지겁 뛰어갔다. 위무선이 소녀의 등에 대고 소리쳤다.

"낭자, 아가씨! 바구니는! 이봐, 풋사과! 돌아와! 왜 같이 달아나는 거야! 풋사과!"

사람이나 당나귀나 불러도 서지 않았다. 위무선은 바구니에 남은 당근 몇 개를 집으며 남망기에게 말했다.

"남잠, 낭자가 너 때문에 놀라서 도망갔잖아."

남망기가 발소리를 들키고 싶지 않았다면 어떻게 두 사람 모두 들을 수 있었겠는가?

위무선이 헤헤 웃으며 남망기에게 당근 하나를 건넸다.

"먹을래? 넌 토끼를 먹이고 난 너를 먹여야지."

"……."

남망기가 대답 없이 위무선을 내려다보다 나직이 말했다.

"일어나."

위무선이 당근을 뒤로 던지며 기운 없다는 듯이 손을 내밀었다.

"잡아 줘."

잠시 멈칫하던 남망기가 손을 뻗어 잡자 위무선이 손에 힘을 주면서 남망기를 세차게 잡아당겼다.

자기 자리를 이상한 사람이 점유하자 토끼들이 적이라도 만난 듯 바닥에 포개져 있는 두 사람을 에워싸고 어지럽게 뛰어다녔다. 남망기와 아주 친한 몇 마리가 갑자기 뒷발로 일어났다가 남망기 쪽으로 엎드렸다. 주인이 왜 갑자기 쓰러졌는지 걱정하는 모양이었다. 남망기가 가볍게 토끼들을 밀어내며 태연하게 말했다.

"운심부지처 규훈석 가훈 제7조, 여자 수사를 놀라게 하지 않는다."

"규칙 어겨도 된다고 네가 말했잖아."

"그런 적 없어."

"어떻게 이럴 수가 있어. 말을 끝까지 다 안 했다고 아예 말 안 한 게 되는 거야? 일언이 중천금이고 한 번 뱉은 말은 꼭 지키는 함광군은 어디 간 거야?"

"그래서 매일 하잖아."

위무선이 남망기의 얼굴을 어루만지며 가엾다는 듯 말했다.

"방금 숙부한테 야단맞았어? 어서 말해. 이 형님이 호, 해 줄게."

화제가 어색하게 전환되자 남망기도 더 고집하지 않았다.

"아니."

"정말 아니야? 그러면 숙부가 무슨 말을 한 거야?"

"아니야. 다 모이기가 쉽지 않으니 내일 가연(家宴)을 여신다고."

남망기가 담담하게 위무선을 껴안으며 말했다.

"가연? 좋아, 좋아. 내일 잘해서 네 체면에 먹칠하지 않을게."

위무선은 갑자기 남희신이 생각났다.

"네 형은?"

남망기는 잠시 침묵하다 입을 열었다.

"조금 있다가 가 보려고."

최근 택무군은 온종일 문을 닫아걸고 있으니 남망기가 가서 그와 긴 대화를 나눠 봐야 했다. 위무선이 남망기를 꼭 끌어안고 등을 토닥여 주었다. 잠시 뒤 위무선이 말했다.

"그런데 왜 사추와 소년들이 안 보이는 거지?"

예전 같으면 진작에 산 입구까지 나와 두 사람을 에워싸며 재잘 댔을 것이다. 위무선이 사추와 소년들을 언급하자 남망기의 미간 이 조금 펴졌다.

"내가 데려다줄게."

남망기가 위무선을 데리고 소년들을 찾아갔을 때 그들은 좋아서 소리를 지르는 것 외에 다른 행동은 하지 않았다. 하기 싫어서가 아니라, 할 수가 없었다.

십수 명이 복도에 질서정연하게 거꾸로 서 있었다. 외포(外袍) 를 벗고 새하얀 홑옷을 입은 채로 머리는 아래로, 다리는 위로 올 린 채 물구나무서 있었다. 그리고 그 앞에는 흰 종이 몇 장과 먹이 놓여 있었다. 모두 왼손으로 땅을 짚고 오른손으로 붓을 들어 종이 위에 힘겹게 글씨를 쓰고 있었다.

바닥에 말액이 닿을까 봐 소년들은 이마에 땀을 뻘뻘 흘리며 말 액 끝을 입에 물고 있어 말도 할 수 없었다. '소리를 질렀다'고 한 것도 눈을 반짝이며 "우우!"거린 게 전부였다. 부들부들 떨면서 곧 무너질 것 같은 소년들을 보며 위무선이 말했다.

"왜 꼭 물구나무를 서야 해?"

"벌받는 중이야."

남망기가 말했다.

"나도 알아. 나도 봤어. 지금 남씨 가훈을 필사하고 있는 거잖아. 〈예칙편〉은 나도 다 외울 정도라고. 그런데 왜 벌을 받는 거야?"

위무선이 물었다.

"규정된 시간에 운심부지처로 돌아오지 않아서."

남망기가 담담하게 말했다.

"아."

"귀장군과 함께 야렵을 했고."

"하! 너희 간도 크다."

"세 번째야."

위무선은 턱을 쓰다듬으며 속으로 생각했다.

'그런 것을 원수처럼 싫어하는 남계인이니 이런 벌을 내리는 걸 탓할 수는 없지. 물구나무서서 베끼는 것도 가벼운 거야.'

위무선은 남사추 앞에 쪼그리고 앉았다.

"사추, 어째 네 앞에 있는 게 훨씬 두꺼워 보이냐? 내가 잘못 본 거야?"

"아닙니다……."

남사추가 말했다.

"주도했으니까."

남망기가 말했다.

위무선은 남사추의 어깨를 두드리려고 했지만, 손을 둘 곳이 없어 잠시 머뭇댔다. 결국 그는 손을 아래로 넣어 아래에서 위로 어깨를 두드리면서 말했다.

"알겠네."

소년들 앞을 지나가면서 검사를 한 남망기가 남경의에게 말했다.

"글씨. 단정치 않아."

남경의는 말액을 물고 눈물을 머금으며 웅얼거렸다.

"네, 함광군. 이 장 다시 쓰겠습니다."

이름이 불리지 않은 다른 소년들은 통과한 것인지 안도의 한숨을 내쉬었다. 남망기와 함께 긴 복도를 나선 위무선은 예전에 벌을 받아 가훈을 베껴 쓰던 고통의 시간이 떠올라 동병상련의 느낌이 들었다.

"저 동작을 유지하는 것만으로도 충분히 힘들 텐데, 네가 나에게 거꾸로 서게 했다면 글을 쓸 수나 있었을까 모르겠네. 앉아서 써도 단정하게 쓴다는 보장이 없는데."

"그렇긴 하지."

남망기가 위무선을 쳐다보며 말했다.

위무선은 남망기도 자신을 쳐다보면서 벌을 받던 그때를 떠올리고 있다는 것을 알았다.

"어렸을 때 너도 저렇게 벌받았어?"

"전혀."

생각해 보니 그랬다. 남망기는 어릴 때부터 세가 자제 중의 모범이었고 말 한 마디, 행동 하나까지 자로 잰 듯이 정확했으니 잘못할 일이 뭐가 있겠는가? 잘못을 안 했는데 어떻게 벌을 받을까?

"난 또, 네 놀라운 팔 힘을 그렇게 단련한 줄 알았지."

위무선이 웃으며 말했다.

"벌은 안 받았어. 그래도 그렇게 단련한 건 맞아."

남망기가 말했다.

"벌받는 것도 아닌데 뭐 하러 물구나무를 서?"

위무선이 이상하다는 듯 물었다.

"마음을 가라앉힐 수 있어."

남망기가 눈길도 안 주고 대답했다.

"도대체 뭣 때문에 얼음처럼 차가운 함광군의 마음이 요동치셨을까?"

위무선이 남망기의 귓가에 대고 말꼬리를 올리며 소곤거렸다.

남망기는 위무선을 쳐다보면서 아무 말도 하지 않았다. 위무선은 대단히 만족스러워하며 말했다.

"네 말대로라면, 어려서부터 그렇게 팔 힘을 키웠으니 거꾸로 서서 뭐든 다 할 수 있겠네?"

"응."

조금 수줍은 듯 남망기가 눈꺼풀을 내리깔면서 대답했다. 그 모습에 위무선은 입을 다물지 못하고 말을 쏟아 냈다.

"그럼 거꾸로 서서도 나한테 가능해?"

"해 볼게."

남망기가 말했다.

"하하하하하하……. 지금 뭐라고 했어?"

"오늘 밤에 해 볼게."

"……."

말은 그렇게 했지만, 그날 밤 두 사람은 '한번 해 볼' 기회가 없었다. 일단 남망기가 문을 닫아건 지 오래인 남희신을 찾아가 이야기를 나눠야 했기 때문이다.

위무선은 최근 남망기 위에서 자는 이상한 버릇이 생겼다. 누우면 남망기 위에 포개 누웠고, 옆으로 자면 남망기 가슴에 꼭 붙어서 잤다. 커다랗고 살아 있는 사람을 깔고 있지 않으면 좀처럼 잠을 잘 수가 없었다. 위무선은 정실에 혼자 있으려니 너무 심심해 방 안을 샅샅이 뒤져 물건을 끄집어냈다.

남망기는 어려서부터 고지식해서 연습한 글씨, 그린 그림, 쓴 문장을 모두 종류별로 가지런하게 정리하고 연도별로 순서를 매겨 놓았다. 덕분에 위무선은 힘들이지 않고 남망기가 어렸을 때 쓴 글씨부터 차례대로 볼 수 있었다. 보면서 웃음이 절로 나오는 게 재미있었다. 남계인이 빨간색으로 평을 달아 놓은 것을 보자 이가 다 아팠다. 하지만 단번에 몇천 장을 넘겼어도 틀린 글자는 딱 한 개밖에 없었다. 틀린 글자를 다른 종이에 백 번 써 내려간 것을 보고 위무선은 말문이 막혔다.

"정말 가엽군. 틀린 줄도 모르고 그냥 베꼈나 보네."

위무선이 약간 누렇게 바랜 옛 종이를 계속 넘기려는데 정실 밖 어두운 밤에 등불이 살짝 비쳤다.

발소리를 듣지 않고도 위무선은 능숙하게 남망기의 침상으로 굴러가 머리끝에서 발끝까지 이불을 뒤집어썼다. 남망기가 가볍게 문을 열고 들어오자 안에 있는 사람이 편안하게 자는 모습이 보였다.

남망기는 원래 소리 없이 행동했지만, 위무선이 이미 '잠이 든' 모습을 보더니 숨도 조심스럽게 쉬면서 정실 문을 천천히 닫았다. 그리고 잠시 조용히 있다가 침상 곁으로 다가갔다.

다 다가가기도 전에 이불이 정면으로 덮쳐 오더니 상반신을 덮었다.

"……."

위무선이 튀어 올라 이불을 뒤집어쓴 남망기를 꼭 끌어안고 침상 위로 쓰러뜨렸다.

"겁탈!"

"……."

위무선이 두 손으로 남망기의 몸을 거칠게 더듬어도 남망기는 죽은 사람처럼 가만히 누운 채 위무선이 하는 대로 놔두었다. 남망기의 그런 모습에 위무선은 재미가 없어졌다.

"함광군, 왜 반항 안 해? 이렇게 꼼짝도 안 하면 재미가 없잖아?"

"어떻게 해야 하는데."

이불 속에서 남망기의 목소리가 들려왔다.

"내가 너를 누르면 너는 나를 밀쳐서 내가 누르지 못하게 하고, 다리를 오므리고 몸부림치면서 살려 달라고 외쳐야지……."

"운심부지처는 소란 금지야."

"그럼 작은 소리로 살려 달라고 하면 되지. 그리고 내가 네 옷을 찢으면 넌 힘껏 저항하면서 가슴을 막으며 내가 찢지 못하게 하는 거야."

이불 속이 한동안 조용해졌다.

"어려워 보이네."

잠시 뒤 남망기가 말했다.

"어렵다고?!"

"응."

"그럼 할 수 없지. 아니면 우리 바꿀까. 네가 나한테 그러는 거야……."

말이 채 떨어지기도 전에 하늘과 땅이 빙그르르 돌면서 이불이 날아갔다. 순식간에 남망기가 위무선을 침상에 쓰러뜨렸다.

이불 속에서 한참을 있었던 탓에 늘 한 치도 흐트러진 적이 없었던 말액이 비뚤어졌다. 검은 머리칼도 약간 헝클어져 몇 가닥 흘러내렸다. 새하얀 옥 같은 뺨에도 홍조가 은은하게 살짝 퍼져, 불빛 아래서 보니 수줍고 겁 많은 미인 같았다. 하지만 이 미인은 손힘이 무쇠처럼 강했던지라 위무선은 애원할 수밖에 없었다.

"함광군, 함광군, 대인배는 관대하지요."

남망기는 눈 하나 꿈쩍하지 않았지만 눈 속에선 뜨겁게 타오르는 불빛이 일렁거렸다.

"좋아."

남망기가 태연한 표정으로 말했다.

"뭐가 좋아? 물구나무? 겁탈? 아! 내 옷."

"다 네가 한 말이야."

말하면서 남망기는 위무선의 두 다리 사이로 몸을 넣고 눌렀다. 한참을 기다려도 움직임이 없자 위무선이 말했다.

"왜 그래!"

남망기가 몸을 약간 일으키며 말했다.

"왜 저항 안 해."

위무선은 두 다리로 남망기의 허리를 감싸고 천천히 당겨 그가 벗어나지 못하게 하면서 히죽히죽 웃었다.

"에이, 어쩔 수가 없잖아. 네가 품으로 파고들면 내 다리는 저절로 벌어져서 오므려질 줄도 모르는데 무슨 힘으로 반항하겠어. 네가 어려우면 나도 어렵다고……. 그만해, 그만하고 이리 와 봐. 보여 줄 게 있어."

위무선이 품에서 종이를 꺼내며 물었다.

"남잠, 어떻게 이런 쉬운 글자를 틀리게 쓸 수가 있어. 집중 안 했지? 도대체 온종일 무슨 생각을 한 거야?"

남망기가 종이를 힐끗 보고 한마디도 하지 않았지만, 눈빛의 의미는 명확했다. 위무선처럼 광초[12]로 필사하고 날림으로 글을 쓰는 오탈자 대왕께서 어디 글자 하나 틀린 것을 지적하냐는 눈빛이었다.

위무선은 남망기의 눈빛을 모른 척하며 계속 말했다.

"네 낙관이 찍힌 연월일을 좀 봐. 계산해 보면…… 이때 너 열대여섯 살 때였지? 열대여섯 살에 이런 걸 틀리다니, 너……."

하지만 날짜를 다시 곰곰이 생각해 보니 위무선이 운심부지처에서 수학하고 3개월쯤 되던 때였다.

위무선은 너무 기뻐서 일부러 말했다.

"설마 남가 둘째 오라버니가 어릴 때부터 열심히 공부는 안 하고 나만 생각했단 말이야?"

과거 위무선은 장서각에서 책을 베껴 쓰면서 온종일 남망기 앞에서 억지를 쓰며 뒹굴거나 쭉 뻗어 죽은 척하는 등 온갖 방법으로 소란을 피워 댔다. 그 소동에 남망기가 편안할 날이 없었을 테니, 남망기가 위무선을 '생각'하지 않는 게 오히려 어려운 상황이었을 것이다. 하지만 그건, 그런 의미의 '생각'이 아니었다. 그런 상황에서도 남망기는 완강하게 버티면서 위무선을 감독했다. 게다가 자기 일을 다 하고 글자도 하나밖에 안 틀리다니 정말 대단했다.

#12 광초(狂草) 초서의 일종으로 심하게 흘려 쓴 서체.

"아, 어째 또 내 잘못이야. 또 내 탓이네."

"……네 잘못이야."

남망기가 가라앉은 목소리로 말했다.

남망기의 호흡이 흐트러지며 자기 인생의 오점인 종이를 뺏으려고 했다. 위무선은 남망기가 이렇게 전전긍긍하는 모습이 좋았다. 위무선은 종이를 자기 가슴에 집어넣으며 약을 올렸다.

"능력 있으면 가져가 봐."

남망기가 전혀 망설이지 않고 손을 집어넣었다. 그리고 꺼내지 않았다.

"능력이 너무 좋잖아!"

위무선이 말했다.

두 사람은 저녁 내내 떠들다가 밤이 깊어서야 어렵게 진지한 대화를 몇 마디 나눴다.

위무선이 남망기 위에 엎드려 목에 얼굴을 묻자 그의 몸에서 단향목 내음이 짙게 풍겼다. 위무선은 몸이 나른하게 풀려서 눈을 가늘게 뜬 채로 말했다.

"형은 괜찮아?"

남망기가 위무선의 벗은 등을 보듬고 어루만지면서 잠시 침묵하다가 입을 열었다.

"별로 좋지 않아."

두 사람 모두 땀에 젖은 상태라, 남망기의 손길에 피부에서 심장까지 간질거렸다. 위무선이 불편하다는 듯이 몸을 비틀자 아래에 있던 남망기가 그를 품 안 더 깊숙이 끌어안았다.

"예전에 내가 몇 년 동안 폐관했을 때 형장이 와서 나와 이야기를 나눠 주셨어.”

남망기가 나직이 말했다.

지금은 상황이 바뀌었다.

남망기가 폐관한 몇 년 동안 무엇을 했는지 위무선은 물을 필요가 없었다.

위무선은 남망기의 백옥처럼 하얀 귓불에 입을 맞추며 옆에 있던 이불을 끌어와 두 사람을 덮었다.

다음 날 아침, 남망기는 정확하게 묘시(卯時)에 일어났다.

남망기는 위무선과 함께 생활한 요 몇 달 동안 위무선의 기상 시간을 바꾸려고 노력했지만 늘 헛수고였다. 문하생이 따뜻한 목욕물을 가져왔다. 일찌감치 의관을 단정하게 차려입은 남망기는 알몸인 위무선을 감싼 얇은 이불을 치우고 그를 목욕통에 앉혔다. 위무선은 물에 몸을 담근 채로 계속 잠을 잤다. 남망기가 위무선을 가볍게 흔들었지만, 위무선은 남망기의 손을 잡고 손등과 손바닥에 입을 몇 번 맞추고 뺨을 비비면서 계속 잤다. 흔들어 깨우는 손길을 참기 힘든지, 위무선은 끙끙거리면서 눈을 감은 채로 남망기를 잡아당겼다. 그러곤 남망기의 뺨을 두 손으로 감싸고 다시 몇 번 입을 맞추며 웅얼댔다.

“착하지, 시끄럽게 하지 마. 제발, 조금만 더 있다가 일어날게. 응?”

그리고 하품을 하더니 목욕통가에 엎드려 계속 잤다.

위무선은 집이 불타올라도 장소만 바꿔 계속 잘 위인이었다. 하지만 남망기는 그래도 착실하게 매일 아침 묘시부터 위무선을 불렀고, 얼굴색 하나 변하지 않고 60번이 넘는 입맞춤 세례를 받았다.

조반을 정실로 들고 들어와 예전에는 문방사우만 놓여 있던 서안(書案)에 놓은 뒤, 정신없이 자는 위무선을 목욕통에서 건져 닦아 주고 옷을 입히고 의대를 갖추게 했다. 그런 다음에야 남망기는 책장에서 아무 책이나 한 권 꺼내 마른 꽃으로 만든 책갈피를 꽂아 둔 쪽을 펼쳐 서안 옆에 앉아 천천히 읽었다.

사시(巳時)가 끝날 때쯤 위무선은 정확하게 침상에서 꼿꼿이 일어나 앉았다. 그는 몽유병에라도 걸린 사람처럼 멍하니 침상을 짚고선 남망기를 어루만지며 품으로 잡아당겼다. 그리고 두어 번 쓰다듬은 후 다시 습관적으로 남망기의 허벅지를 잡았다. 그리고 나는 듯이 세수를 한 다음에야 정신을 차리고 서안으로 왔다. 사과를 아삭 베어 문 위무선이 찬합에 꽉 찬 음식을 보고 입을 삐쭉거렸다.

"오늘 너희 집안에 가연 있다며. 이렇게 많이 먹어도 돼?"

남망기가 방금 위무선이 헝클어뜨린 머리띠와 말액을 담담하게 정리하면서 말했다.

"일단 배부르게 먹어."

운심부지처의 식사는 위무선도 맛봤다. 싱겁고 맛도 없고 기름기도 없고 온통 채소라 눈 닿는 곳이 온통 녹색이었다. 나무껍질과 풀뿌리, 각종 약재를 넣어 무슨 음식이든 쓴맛이 났으며 쓴맛 속에 특이한 단맛이 섞여 있었다. 그렇지만 않았어도 예전에 위무선이 토끼 두 마리를 잡아 구워 먹어야겠다는 생각은 하지 않았을 것이다. 남망기 집안의 가연은 대부분 배부르지 않고 제대로 먹지 못했다.

위무선도 잘 알고 있었다. 고소 남씨는 이런 행사를 무척 중시한다. 자신을 가연에 초대하느냐 마느냐는 기본적으로 자신을 남망기의 도려(道侶)로 인정하느냐 마느냐와 같은 문제일 것이고, 남망기는 분명 남계인과 오랫동안 실랑이를 벌인 끝에 위무선의 초대 자격을 얻어 냈을 것이다. 위무선은 한숨을 푹 내쉰 뒤 웃으며 말했다.

"안심해. 나 잘할 테니까. 네 체면 안 깎이게 할 거야."

말이 가연이지 운심부지처의 가연은 위무선이 알던 것과는 전혀 달랐다.

운몽 강씨의 가연은 떠들썩했다. 연화오의 노천 연무장에 큰 탁자를 십여 개 놓고 남녀노소가 다 같이 둘러앉아 즐기며 호칭도 편안하게 불렀다. 주방도 야외로 옮겨, 솥을 건 부뚜막의 불길이 하늘을 찌르고 냄새도 하늘을 찔렀다. 먹고 싶은 게 있으면 자기가 알아서 가져오고 부족하면 현장에서 만들었다. 난릉 금씨의 가연은 가 보지 않았지만 사치스러운 세부 사항을 대대적으로 자랑하는 데 인색한 적이 없었다. 무슨 명가의 검무로 흥을 돋우고 산호와 옥으로 술 연못을 만들며 붉은 무늬 비단을 백 리를 깔아, 보는 이로 하여금 눈이 휘둥그레지게 만들었다.

그에 비하면 운심부지처의 가연은 떠들썩하지도 화려하지도 않았다.

고소 남씨의 집안 교육은 대대로 무서울 정도로 엄격해 식사 시 금언, 취침 시간에도 금언이었다. 그래선지 가연이 시작되기 전에 착석한 사람들은 한마디도 하지 않았다. 방금 들어온 사람이 낮은 소리로 선배들에게 인사하고 예를 표하는 것을 제외하곤 말하는 사람이 거의 없고, 담소를 나누는 사람은 더더욱 없었다. 똑같이 백의를 입고 똑같이 권운 문양의 하얀 말액을 두르고 똑같이 경건했다. 심지어 멍한 표정까지 똑같아 모두 한 틀에서 찍어 낸 것 같앉다.

가연장이 온통 '피마대효(披麻戴孝)'인 것을 보고 위무선은 혀를 내둘렀다. 옆에 앉은 사람이 의아해하든, 좋지 못한 시선을 보내든 말든 못 본 척하면서 '이게 가연이야? 어째 상을 치르는 것보다 더 침울해.' 하고 속으로 불만을 토로했다.

바로 그때 남희신과 남계인이 연회장에 들어왔다. 위무선 옆에 조용히 앉아 있던 남망기가 그제야 움직였다.

남계인은 위무선을 보기만 해도 병이 도지는지, 위무선 쪽은 아예 눈길도 주지 않고 앞쪽만 바라봤다. 남희신은 여전히 입가에 옅은 미소를 머금고 온화한 표정으로 편안하게 대해 주었다. 그러나 폐관을 한 탓인지 위무선은 택무군이 많이 수척해진 것 같다고 느꼈다.

가주 자리에 앉은 남희신이 간단하게 인사말을 하자 가연이 시작됐다.

제일 먼저 국이 올라왔다.

식사 전에 국을 먼저 먹는 게 고소 남씨의 습관이었다. 손잡이가 없는 검은색의 소박한 그릇은 손으로 받칠 수 있고, 매끈한 느낌이 들었다. 뚜껑을 열어 보니 역시나 파랗고 누런 채소 잎과 나무껍질, 풀뿌리가 있었다.

보는 것만으로도 위무선은 미간이 움찔거렸다. 한 수저 떠서 입으로 넣었다. 진작에 마음의 준비를 했지만, 저절로 눈이 감기고 이마를 짚게 되는 처참한 맛이었다.

한참 뒤에야 위무선은 거대한 미각적 충격에서 정신을 차리고 팔꿈치로 억지로 몸을 지탱했다. 그러고는 '……남가 선조가 승려였다면 분명 고행승이었을 거야.'라고 생각했다.

위무선은 자연스럽게 연화오 가연 때 연무장에 있던 연근갈비탕 솥이 생각났다. 고기와 연근 향이 10리는 날아가 근처 아이들이 죄다 몰려왔다. 아이들은 벽에 달라붙어 안을 훔쳐보며 침을 질질 흘리다가, 집에 돌아가 운몽 강씨 문하생이 되겠다고 울며불며 떼를 쓰곤 했다. 그래서 지금 달콤하고 씁쓸한 음식을 입에 문 자기가 더 불쌍한지, 어려서부터 이런 것을 먹고 자란 남망기가 더 불쌍한지 알 수 없었다.

연회장에 있는 다른 남가 사람들은 모두 얼굴색 하나 안 변하고 이 약탕을 다 마셨다. 그들은 동작이며 표정이 매우 우아하고 자연스러워, 위무선 혼자만 남길 수가 없었다. 게다가 남가의 4천, 아니다, 지금은 수천 줄이 됐을지 모를 가규에 음식 예절에 대한 것도 있었다. 예를 들어, 음식을 가리지 않고 남기지 않으며 밥을 세 공기 이상 먹으면 안 된다는 것 같은. 이런 가규는 상식적으로 이해가 안 갔지만 위무선은 이렇게 빨리 또 남계인에게 밉보이고 싶지 않았다.

위무선은 고개를 들어 이 이상한 약탕을 억지로라도 한입에 털어 넣으려고 했다. 그런데 자기 앞에 놓인 국그릇이 비어 있었다.

"어?"

위무선은 국그릇을 들고 속으로 생각했다.

'나 한 모금밖에 안 먹었는데? 바닥에 구멍이라도 있어 다 샜나?'

하지만 상은 깔끔하게 빛났고 국물 자국도 없었다.

위무선이 눈을 돌렸다. 마침 남망기가 아무 일도 없었다는 듯이 약탕의 마지막 한 모금을 마시고 뚜껑을 덮은 후 눈을 내리깔고 새하얀 수건으로 입가를 가볍게 닦고 있었다.

하지만 위무선은 똑똑히 기억하고 있었다. 남망기는 아까 이미 자신의 국을 다 비웠다.

남망기의 상이 가연 시작 전보다 위무선에게 가까워진 것이, 아마 남망기가 조용히 옮긴 것 같았다.

"……."

위무선은 눈썹을 치켜세우고 남망기 쪽을 향해 입 모양으로 말했다.

'함광군, 손이 참 빠르신데?'

남망기는 수건을 내려놓고 위무선 쪽을 한 번 보고는 역시나 차분하게 시선을 옮겼다.

남망기가 저렇게 진지할수록 위무선은 꿈틀대는 장난기를 참을 수가 없었다.

위무선은 손가락으로 검은 도자기 그릇을 가볍게 긁어 두 사람만이 들을 수 있는 미세한 소리를 냈다. 그 소리에 남망기의 시선이 느껴지지 않을 만큼 아주 살짝 위무선에게로 향했다.

위무선은 남망기의 시선이 아무리 다른 곳을 향해 있어도, 곁눈질로 자신의 일거수일투족을 놓치지 않는다는 것을 잘 알았다. 그래서 위무선은 그릇을 들어 마시는 척하며 이리저리 돌리다가 남망기가 방금 마셨던 위치에서 멈춰 그 자리에 입을 댔다.

그러자 다리 위에 단정하게 놓여 있던 남망기의 두 손이, 하얀 소매 아래에 가려진 열 손가락이 약간 오므라들었다.

그 모습에 위무선은 우쭐하고 느긋해졌다. 저도 모르게 예전처럼 남망기에게 몸을 기울이려는 순간, 갑자기 남계인 쪽에서 매우 단호한 기침 소리가 들려왔다. 위무선은 기울어지던 몸을 다급히 반듯하게 세우고 단정하게 앉았다.

국을 다 먹고 조용히 기다리자, 그제야 정식 요리가 올라왔다. 한 상에 세 가지 밑반찬이 올라왔다. 작은 접시 위에 파랗지 않으면 하얀 것들만 올라와 있는 게, 과거 위무선이 공부할 때와 조금도 달라지지 않았다. 그렇게 오랜 시간이 지났어도 쓴맛이 더 강해진 것 말고는 전혀 변화가 없었다. 절반은 지역적 특징 때문이고 절반은 타고난 것인지 위무선은 입맛이 묵직하고 매운 것을 좋아했다. 게다가 고기가 없는 음식을 싫어해 이런 소박한 채소들은 정말 입에 맞지 않았다. 되는 대로 입에 욱여넣으니 자기가 뭘 먹고 있는지도 모를 지경이었다. 그사이 남계인이 자주 이쪽을 보면서 위무선을 매섭게 쏘아보았다. 예전에 수업을 받을 때와 마찬가지로, 언제든지 위무선의 이름을 불러 썩 꺼지라고 할 것 같았다. 위무선이 평소와는 전혀 딴판으로 착실하고 단정하게 앉아 있으니 남계인은 어쩔 수 없이 그냥 놔두는 수밖에 없었다.

밀랍을 씹는 것 같은 식사가 끝나자 하인들이 쟁반과 상을 내갔다. 관례대로 남희신이 최근 가문의 동향을 간단하게 소개했다. 그러나 위무선은 남희신의 말 몇 마디를 듣고 그의 정신이 딴 곳에 가 있다는 것을 알았다. 심지어 남희신은 야렵 장소 두 곳을 잘못 말한 것도 몰랐다. 남계인이 힐끗 쳐다보면서 수염을 몇 번이나 달싹거리다, 결국 참지 못하고 말을 끊었다. 이렇게 가까스로 가연이 끝났다.

무거운 시작, 무거운 과정, 무거운 해산. 위무선은 한 시진 정도를 무거운 분위기 속에 있었다. 맛없는 식사에 흥을 돋우는 가무도 없어 온몸에 벼룩이 돌아다니는 것처럼 근질거리고 답답했다. 가연이 끝나자 남계인이 남희신과 남망기를 따로 불렀다. 또 한바탕 훈계를 할 모양이었다. 게다가 이번에는 두 명을 한꺼번에 불렀다. 위무선은 장난칠 사람이 없자 여기저기 돌아다니다가 소년들이 삼삼오오 지나가는 것을 보았다. 그들을 불러서 같이 놀려고 아는 척하려는데, 남사추와 남경의를 비롯한 소년들이 위무선을 보자마자 표정이 확 변하면서 고개를 떨구고 지나가 버렸다.

이유를 잘 알았던 위무선은 썰렁한 숲으로 들어갔다. 잠시 기다리자 조금 전에 본 소년들이 몰래 우르르 몰려왔다.

"위 선배, 우리가 일부러 모른 척한 게 아니에요. 선생님이 선배랑 말하면 남씨 가훈을 처음부터 끝까지 베껴야 한다고 하셔서⋯⋯."

남경의가 의기소침해서 말했다.

'선생님'은 고소 남씨의 모든 자제와 문하생들이 남계인을 부르는 존칭으로 남계인 한 사람만을 가리켰다.

"괜찮아, 이미 알고 있는걸. 너희 집 선생님이 불조심, 도둑 조심, 위영 조심이라고 한 게 하루 이틀도 아니고. 근데 너희가 보기에 막을 수 있을 것 같아? 자기 집에서 기른 좋은 배추를 돼지가 다 헤집어 놓았으니 화가 잔뜩 난 것도 어쩔 수 없지. 하하하⋯⋯."

"⋯⋯."

남경의는 아무 말도 하지 못했다.

"⋯⋯하하하."

남사추가 어색하게 웃었다.

"맞다, 너희 베껴 쓰기 벌을 받은 이유가 온녕과 함께 야렵을 나가서였다면서."

위무선이 다 웃고 말했다.

"온녕은 요즘 어때?"

위무선이 남사추에게 물었다.

"아마 지금쯤 산 아래 모처에 숨어 계실 겁니다. 다음 야렵 때 보겠지요."

남사추가 잠시 생각하다가 걱정스러운 듯이 다시 말했다.

"그런데 헤어질 때 강 종주께서 많이 화나 보이셨어요. 곤란한 일은 없었으면 좋겠네요."

"뭐? 강징? 야렵에서 어떻게 강징과 마주쳤어?"

"지난번 금 공자와 함께 야렵을 가기로 약속해서……."

위무선은 즉시 상황을 파악했다.

남사추가 소년들과 야렵에 나서는데 온녕이 가만히 있을 리가 없었다. 분명 그들 뒤에서 몰래 보호하면서 위기 상황이 생기면 나서서 도와줬을 것이다. 강징도 금릉에게 또 무슨 일이 생길까 봐 금릉을 몰래 따라갔을 것이다. 그래서 두 사람은 위급한 순간에 서로 만났을 것이다. 이야기를 들어 보니 실제로 그 추측이 맞아서, 위무선은 웃을 수도 울 수도 없었다.

잠시 뒤 위무선이 다시 물었다.

"요즘 강 종주와 금릉은 어때?"

금광요가 죽자, 난릉 금씨 혈통 중 가장 정통인 계승자는 금릉뿐이었다. 그러나 가문 방계(旁系)의 노인들이 호시탐탐 기회를 노리고 있었다. 난릉 금씨는 대외적으로 조롱과 멸시를 받았고, 대내적으로는 각자 꿍꿍이가 있었다. 금릉은 아직 십 대라, 강징이 자전을 들고 금린대를 한 바퀴 휩쓸어서 그나마 금릉이 가주라는 위치를 지킬 수 있었다. 그러나 앞으로 어떤 변수가 생길지는 아무도

장담하지 못했다.

"겉으로 보기에는 좋아요. 강 종주는 여전히 채찍을 들고 다니며 사람을 때리고요. 큰아씨는 성깔이 더 사나워져서, 예전에 외숙이 한 마디 할 때 세 마디를 했다면 지금은 한 열 마디는 해요."

남경의가 입을 삐쭉대며 말했다.

"경의, 어째 뒤에서 사람을 그렇게 불러."

"난 걔 앞에서도 이렇게 부른다고."

남사추가 나무라자 남경의가 변명했다.

남경의의 말에 위무선은 한시름 덜었다.

사실 위무선이 진짜 묻고 싶은 것은 이런 게 아니었지만 강징과 금릉이 그럭저럭 잘 지내는 듯해, 다른 것은 말할 필요가 없을 것 같았다.

위무선은 일어나 옷자락을 툭툭 털었다.

"그러면 됐어, 그러면 된 거야. 그들은 계속 그렇게 하면 되고, 너희는 계속 놀아. 난 일이 있어서 먼저 갈게."

"운심부지처에서 늘 한가했으면서 무슨 일이 있어요!"

남경의가 무시하며 묻자 위무선이 고개도 안 돌리고 대답했다.

"배추 뜯어 먹으러!"

위무선은 이렇게 아침 일찍 일어나는 경우가 드물어 정실에 돌아오자마자 일단 이불을 뒤집어쓰고 곯아떨어졌다. 밤낮이 바뀐 결과, 일어나 보니 벌써 날이 저물어 저녁 식사를 놓쳐 먹을 게 없었다. 위무선은 배가 고프지 않아 여기저기 뒤적이며 예전에 남망기가 썼던 습자본과 원고를 보면서 초조하게 기다렸다. 그러나 밤이 깊도록 기다리는 배추는 돌아오지 않았다.

밤이 깊어지자 위무선은 속이 비었다는 것을 느꼈다. 시간을 따져 보니 벌써 운심부지처의 야간 통행금지 시간이었다. 가규에 의하면 용무가 없는 사람은 밖을 돌아다닐 수 없고 담을 넘어 외출할 수는 더더욱 없었다. 예전 같았으면 '안 된다'거나 '금지'라는 말에도 아랑곳하지 않고 배고프면 먹고, 졸리면 자고, 답답하면 장난치고, 사고를 치면 도망갔다. 하지만 지금은 상황이 달랐다. 자신이 규칙을 지키지 않으면 남망기가 욕을 먹기 때문에 아무리 배가 고프고 답답해도 장탄식을 하면서 참는 수밖에 없었다.

바로 그때 정실 밖에서 가벼운 움직임이 느껴지면서 문이 살짝 열렸다.

남망기가 돌아왔다.

위무선은 바닥에 누워 죽은 척했다.

남망기가 가벼운 발걸음으로 서안 옆으로 다가와 무엇인가를 올려놓고 아무 말도 하지 않았다. 위무선은 계속 죽은 척하고 있으려고 했지만, 그러질 못했다. 남망기가 뭔가의 뚜껑을 여는 것 같더니 매운 향이 확 퍼지며 순식간에 정실을 가득 채웠던 서늘한 단향목 향기를 압도했다.

위무선이 데구루루 굴러 일어나며 외쳤다.

"둘째 형! 내 평생 너의 노예가 될게!"

남망기가 담담하게 찬합에서 음식을 하나하나 꺼냈다. 남망기 옆으로 다가간 위무선은 새하얀 접시 대여섯 개에 하나같이 시뻘건 음식이 놓여 있자 기분이 좋아졌다.

"함광군, 뭘 이런 걸 다. 어쩜 이렇게 자상하게 내 식사까지 챙겨. 앞으로 뭐 필요하면 날 부르기만 해."

남망기가 마지막으로 상아색 젓가락을 꺼내 그릇 위에 올려놓으며 담담하게 말했다.

"식사 시 금언."

"잘 때도 금언이라면서 매일 밤 내가 그렇게 떠들고 크게 소리 질러도 안 막았으면서."

남망기가 위무선을 쳐다보자 위무선이 말했다.

"알았어, 알았다고. 입 다물게. 우리 사이에, 어쩜 넌 아직도 그렇게 수줍어하는 거야. 걸핏하면 부끄러워하고. 난 너의 그런 점이 좋아. 채의진의 그 호남음식점에서 사 온 거야?"

남망기가 가타부타 대답이 없자 위무선은 그런 줄 알고 서안 옆에 앉았다.

"그 호남음식점이 여태 장사를 하는지는 몰랐네. 예전에 우리 그 집에서 자주 먹었는데. 그러지 않고 너희 집밥만 먹었으면 난 그 몇 개월을 버티지 못했을 거야. 아, 이것 좀 봐, 이게 바로 가연이지."

"'우리'?"

남망기가 물었다.

"나랑 강징 말이야. 가끔 섭회상이랑 다른 몇 명도 있었고."

위무선은 곁눈질로 남망기를 보면서 웃었다.

"그렇게 보면 뭐? 함광군, 너 잊지 마. 그때 내가 같이 가자고 얼마나 열심히 초대했는데 네가 안 간다고 했잖아. 한마디만 해도 눈 부릅뜨고 매번 '싫어.'라면서 퇴짜를 놔 놓고. 나 아직 너랑 계산 안 끝났어. 이거 참, 또 기분이 나빠지네. 그러고 보니⋯⋯."

위무선이 남망기 곁에 착 붙으며 말했다.

"나 규칙 어길까 봐 꾹 참고 방에서 얌전히 너 기다리고 있었는데, 함광군이 오히려 규칙을 어기고 나가서 나 먹으라고 음식을 사 올 줄은 몰랐어. 너 이렇게 규칙 어겼다가 네 숙부가 알면 또 협심 증 오겠다."

남망기가 고개를 숙이고 위무선의 허리를 감쌌다. 차분하고 아무 행동도 안 하는 것처럼 보였지만, 위무선은 남망기의 손가락이 자 신의 허리를 어루만지고 있다는 것을 느꼈다. 손가락이 델 정도로 뜨거워 열기가 옷을 뚫고 피부까지 전해져 촉감이 선명하게 느껴졌 다. 위무선도 손을 뻗어 남망기를 끌어안으며 낮은 소리로 말했다.

"함광군…… 나 너희 집 약탕을 마셨더니 지금 입이 써서 음식이 안 넘어가. 어떻게 하지."

"한 모금."

남망기가 말했다.

"맞아. 나 겨우 한 모금 마셨는데도 너희 집 약탕은 누가 만들었 는지 뒷맛이 강해서, 쓴맛이 혀끝에서 혀뿌리까지 흘러 목구멍까 지 들어갔어. 어서 말해, 어떻게 해."

위무선이 다시 종잘거렸다.

잠시 침묵하던 남망기가 말했다.

"중화해."

"어떻게 중화해?"

위무선이 겸허하게 가르침을 청했다.

남망기가 고개를 들었다.

두 사람의 입술 사이에 은은한 약 내음이 퍼졌다. 미세한 쓴맛에 입맞춤이 더없이 길어졌다.

간신히 떨어진 다음 위무선이 가벼운 목소리로 말했다.

"함광군, 나 조금 전에야 생각났어. 너 그 약탕을 두 그릇이나 마셨으니 나보다 더 쓸 거 아니야."

"응."

"그런데 너 참 달콤하네, 이상하게."

"……밥부터 먹어."

남망기가 말했다.

그러곤 잠시 뒤 보충했다.

"밥 다 먹고 다시 해."

"먼저 배추부터 먹자."

위무선이 말했다.

남망기가 왜 뜬금없이 배추 이야기가 나오는지 모르겠다는 듯 미간을 살짝 찌푸리자 위무선이 활짝 웃으며 그의 목을 끌어안았다.

가연은, 문을 닫아걸고 하는 편이 더 적합했다.

외 전

제2장

향로(香爐)

외전
제2장 향로(香爐)

　위무선은 운심부지처의 장보각(藏寶閣) '고실'에서 오래된 향로 하나를 찾았다.

　향로의 몸통은 곰처럼 생겼고 코는 코끼리를 닮았으며, 눈은 코뿔소를, 꼬리는 소를, 다리는 호랑이를 닮은 모양새였다. 배 속을 화로로 삼아 향을 태우면 입으로 가볍게 연기를 내뿜었다.

　정실에 앉아 향로를 한참 만지작거린 위무선이 입을 뗐다.

　"꽤 재밌어 보이는 물건인데. 살기나 악기(惡氣)는 없으니 분명 사람을 해치진 않을 거야. 남잠, 너 이거 어디에 쓰는 건지 알아?"

　남망기가 고개를 가로저었다. 위무선이 향기를 맡아보았지만 이상한 점은 느껴지지 않았다. 단서를 찾아내지 못한 두 사람은 나중에 다시 연구하자는 생각으로 향로를 한곳에 보관해두었다.

　하지만 곧 예상치 못한 일이 일어났다. 두 사람이 침상에 눕자마자 밀려드는 노곤함을 느끼며 깊은 잠에 빠져든 것이다. 얼마나 지낮을까. 잠에서 깨어난 위무선은 자신과 남망기가 운심부지처 정실이 아닌 산속에 있다는 것을 깨달았다.

위무선이 몸을 일으키며 말했다.

"여긴 어디지?"

남망기가 대답했다.

"현실 세계가 아니야."

"현실 세계가 아니라고? 그럴 리가."

위무선이 소매를 털었다. 더없이 생생한 감각이었다.

"이게 현실이 아니면 대체 뭔데?"

남망기는 대답 대신 조용히 시냇가로 다가가더니 위무선에게 고개를 숙여 보라고 눈짓했다.

옆으로 다가간 위무선은 수면을 보고 화들짝 놀랐다.

시냇물에 비친 것은 바로 전생의 모습이었다!

위무선이 얼굴을 들며 말했다.

"그 향로 때문인가?"

남망기가 고개를 끄덕였다.

"아마도."

오랜만에 마주한 수면 속 얼굴을 내리 들여다보던 위무선이 시선을 옮기며 말했다.

"괜찮아. 그 향로 내가 시험해봤어. 원기는 없었으니 요사한 물건은 절대 아니야. 어떤 선사가 수련 목적이나 심심풀이로 만들었나 봐. 일단 둘러보면서 상황을 좀 살펴보자."

두 사람은 환상인지 뭔지 모를 산속을 느긋하게 거닐었다. 이윽고 오두막 한 채가 눈에 들어왔다.

오두막을 발견한 위무선이 "어?" 하며 운을 떼자 남망기가 물었다.

"왜 그래?"

위무선은 오두막을 자세히 훑어보며 대답했다.

"이 집 왠지 낯이 익은데."

오두막은 지극히 흔한 평범한 농가였다. 위무선도 의구심이 들었을 뿐 정말 본 적이 있는지 확신하지는 못했다. 바로 그때였다. 오두막에서 '철커덕' 하는 베틀 소리가 들려왔다.

두 사람은 잠시 눈을 마주친 뒤, 입을 다물고 나란히 다가갔다.

오두막 문 어귀에 다다른 두 사람은 안쪽을 들여다본 순간 동시에 멍해졌다.

오두막 안에 있는 존재는 두 사람이 가정한 최악의 상상과는 거리가 한참 멀었다. 흉악한 악당도, 요수나 흉시도 아니었다. 그저 한 사람이 있었을 뿐이다. 위무선과 남망기가 너무나도 잘 아는 사람.

오두막에는 다름 아닌 '남망기'가 앉아 있었다!

이 '남망기'는 위무선의 곁에 있는 남망기와 똑같이 준수하고 미려한 용모에 키가 훤칠했다. 소박하지만 조잡하지 않은 하늘빛 적삼을 걸친 모습에선 속세를 떠난 명사의 고아한 기운이 묻어났다. 한쪽에 있는 베틀은 술법을 걸어놓았는지 스스로 덜커덕 움직이며 베를 짰고, 남망기는 옆에 앉아 서책을 든 채 깊이 집중하고 있었다.

두 사람은 오두막 문 앞까지 다가가며 제법 큰 기척을 냈다. 하지만 '남망기'는 전혀 알아채지 못한 듯, 무심한 표정으로 희고 늘씬한 손가락을 뻗어 책장을 넘겼다.

위무선은 옆에 있는 남망기를 쳐다보고 다시 안에 있는 '남망기'를 쳐다보더니 뭔가 깨달은 듯 외쳤다.

"그랬구나, 그랬어!"

남망기의 눈썹이 살짝 들렸다. 이 미세한 동작은 그가 의아해하고 있다는 뜻이었다.

"왜?"

"이이이, 이건 내 꿈이야!"

말끝이 채 떨어지기도 전이었다. 오두막 밖에서 검은 옷차림의 늘씬한 인영이 건들거리며 다가오더니 목소리를 길게 빼며 외쳤다.

"둘째 형, 나 왔어!"

곡괭이를 메고 통발을 든 채 입에 풀을 물고 의기양양하게 걸어오는 '위무선'을 바라보며, 남망기는 한층 침묵에 잠겨들었다.

이것이 위무선의 꿈이라면, 꿈속에 있는 사람은 그들을 못 보는 것이 당연했다.

베를 짜던 '남망기'가 그제야 고개를 들었다. '위무선'을 발견한 '남망기'의 입꼬리가 살짝 올라갔다. 그는 곧장 평정을 되찾고 위무선을 마중하며 물 한 잔을 따라주었다.

'위무선'은 입에 물고 있던 풀을 뱉으며 작은 나무 탁자 옆에 앉아 물을 받아들고 벌컥벌컥 들이켰다.

"오늘 밖에 볕이 너무 뜨거워서 타 죽는 줄 알았네. 일거리는 밭에다 던져두고 왔어. 안 할래. 나중에 시간 나면 다시 가든지."

"응."

대답을 마친 '남망기'가 새하얀 수건을 건네자 '위무선'이 히죽대며 얼굴을 들이밀었다. 뜻이야 뻔했다. 대신 닦아달라는 것이었다.

'남망기'는 싫은 기색도 없이 진중하고 꼼꼼히 닦아주었다. '위무선'은 남망기의 손길을 만끽하며 쉼 없이 재잘거렸다.

"방금 강에서 한참 놀면서 물고기를 두 마리 잡았어. 둘째 형, 저녁에 생선탕 끓여줘!"

"응."

"고소에서는 붕어를 어떤 식으로 먹어? 남잠, 산채어 요리 할 줄 알아? 나 그거 좋아하는데. 제발 달게는 하지 말고. 한입 먹고 토할 뻔했거든."

"응. 할 줄 알아."

"날이 점점 더워지네. 오늘 목욕물은 너무 뜨겁게 데울 필요 없어. 그래서 땔감도 반만 해왔지."

"응. 알았어."

"······."

남망기가 일상적인 대화를 나누는 두 사람을 빤히 쳐다보며 물었다.

"네 꿈이라고?"

위무선은 웃느라 내상을 입을 지경이었다.

"푸하하하하, 어, 맞아. 왜 그랬는진 모르겠는데 한동안 계속 이런 꿈을 꿨어. 우리가 초야에서 은거하는 꿈. 나는 나가서 사냥하거나 밭일을 거들고, 너는 집을 지키면서 베를 짜고 나한테 밥을 해줬지. 아, 맞다. 넌 장부도 관리하고 저녁엔 내 옷도 기워줬어. 매번 네가 물을 데워주고 저녁에 같이 목욕을 했는데 항상 옷을 벗으려는 순간에 깨더라. 참 아쉽다니까, 하하하하하하······."

위무선은 이런 꿈을 남망기가 보는 것이 전혀 부끄럽지 않았다. 오히려 그 안에 있는 자신이 만족스러울 뿐이었다. 유쾌한 위무선의 모습을 바라보는 남망기의 눈빛이 부드러웠다.

"좋네."

위무선의 꿈은 온통 자질구레하고 사소한 일뿐이었다. 밥하고 밥 먹고 닭 모이 주고 장작 패고, 정말 목욕물을 데울 때가 되자 꿈속 풍경이 덜컥 멈춰섰다. 오두막을 빠져나온 두 사람은 고상하고 운치 있는 누각에 다다랐다. 누각 밖에 가지를 내뻗은 목련이 밤빛 속에서 그윽한 향기를 뿜어내고 있었다.

금세 꿈속 풍경이 전환됐다. 두 사람이 절대 모를 리가 없는 곳이었다. 이곳은 바로 고소 운심부지처의 장서각이었다.

2층의 나무 창 너머로 불빛이 어른거렸고, 사람 소리가 희미하게 들려왔다.

"우리 들어가서 볼까?"

위무선이 고개를 들며 말했다.

웬일인지 남망기는 평소와는 달리 발걸음을 떼지 않았다. 나무 창을 뚫어지게 쳐다보며 생각에 잠긴 모습이 어째 조금 주저하는 것 같기도 했다. 위무선은 의아해졌다. 남망기가 들어가고 싶지 않을 만한 이유는 딱히 떠오르지 않았다.

"왜 그래?"

남망기는 살짝 고개를 저으며 잠시 고민에 잠겼다. 그가 입을 떼려는 순간, 갑자기 장서각 안에서 방자하고 호탕한 웃음소리가 터져 나왔다.

위무선은 그 소리를 듣자마자 눈이 번쩍 뜨였다. 장서각 안으로 뛰쳐들어간 그는 세 걸음 만에 2층으로 성큼 올라갔다.

위무선이 들어가자 남망기도 밖에 홀로 남지 않고 뒤따라 들어갔다. 두 사람은 함께 등잔이 켜진 장서각에 들어섰다. 아니나 다를까, 눈앞에 아주 흥미로운 장면이 펼쳐졌다.

담색 방석 위, 글을 베껴 쓰던 서안 옆에서 열대여섯 살의 위영이 서안을 마구 내리치며 미친 듯 폭소하고 있었다.

"하하하하하하하하!"

바닥에는 책장이 누렇게 바랜 화첩이 떨어져 있었다. 위무선과 마찬가지로 열대여섯 살의 남잠이 뱀이라도 본 사람처럼 장서각 구석까지 물러선 채, 머리끝까지 분노해 소리쳤다.

"위영――!"

소년 위영은 웃느라 서안 아래로 굴러떨어지며 어렵사리 손을 쳐들었다.

"응! 나 여기 있어!"

이쪽의 위무선도 웃다가 뒤집히기 직전이었다. 그가 옆에 있는 남망기를 붙잡았다.

"이 꿈 좋은데! 안 되겠다. 남잠. 저것 좀 봐. 저 당시 너 말이야, 저 표정, 하하하하하하…….."

무슨 일인지 남망기의 표정이 점점 이상해졌다. 위무선은 남망기를 끌고 옆에 있는 자리에 앉았다. 그러곤 턱을 괸 채 히죽대며 어릴 적 두 사람이 홧김에 말다툼하고 치고받는 장면을 지켜봤다. 저쪽에서 소년 남잠이 피진을 빼 들었다. 위영도 재빨리 수편을 쥐고 검날을 살짝 드러내며 경고했다.

"체통! 남가 둘째 공자! 체통 지키셔야지! 나도 오늘 검 가져왔다고. 싸우다가 너희 장서각이 박살 나도 난 모른다!"

"위영! 너…… 넌 대체 뭐야!"

분노에 찬 남잠이 외쳤다.

"내가 뭐겠어. 사내지!"

위영이 눈썹을 치켜세우며 말했다.

"……수치도 모르는군!"

남잠이 호되게 일갈했다.

"이게 그렇게 부끄러울 일이야? 너 한 번도 이런 거 본 적 없다고 는 말하지 마. 안 믿어."

한참 동안 침묵이 이어졌다. 곧 남잠이 서리 내린 표정으로 검을 쥐고 달려들었다. 깜짝 놀란 위영이 외쳤다.

"어, 진짜 치네!"

위영도 검을 세우고 반격했다. 이렇게 두 사람은 정말 장서각 안에서 맞붙기 시작했다. 여기까지 본 위무선은 어라, 하며 고개를 돌려 남망기를 쳐다보더니 이상하다는 듯이 말했다.

"이 부분이 저랬나? 내 기억엔 우리가 안 싸웠던 것 같은데?"

남망기는 입을 꾹 다문 채 말이 없었다. 위무선이 남망기를 쳐다 보자 남망기는 은근슬쩍 위무선의 시선을 피했다. 위무선은 오늘 밤 남망기가 점점 더 이상하게 느껴졌다. 무슨 일인지 물어보려던 그때, 저쪽의 소년 위영이 싸우면서 우스갯소리를 늘어놓았다.

"좋아, 훌륭해. 공격과 방어에 강약 조절까지. 좋은 검법이야! 하 지만 남잠아, 남잠. 너 좀 봐. 얼굴이 왜 그리 빨개졌어. 나랑 싸워 서 그런 거야, 아니면 방금 본 거 때문에 빨개진 거야?"

물론 소년 남잠의 얼굴은 전혀 붉지 않았다. 그가 검을 내찌르며 말했다.

"헛소리!"

위영이 허리를 뒤로 젖혀 유연하게 검을 피했다. 다시 몸을 일으 킨 위영은 재빠른 손짓으로 남잠의 희고 윤기 나는 뺨을 가볍게 꼬집었다.

"내가 언제 헛소리했다고 그래. 아니면 네가 직접 만져봐. 완전 뜨거운데, 하하!"

남잠이 붉으락푸르락한 표정으로 위영의 손을 쳐내려 했다. 하지만 위영이 먼저 손을 치운 탓에 허공을 내리치다가 하마터면 제 몸을 칠 뻔했다. 위영이 몸을 돌리며 여유롭게 말했다.

"남잠아, 남잠. 내가 말했잖아. 네 또래 애들 중에 너처럼 툭하면 얼굴 붉히는 애가 어디 있어. 이런 자극도 못 참아서야. 너도 참 경험이 없다니까."

이 장면은 실제로 일어난 일도 아니고 위무선이 꾼 꿈도 아니었다. 그렇다면 남망기의 꿈일 수밖에 없었다. 위무선이 흥미진진하게 구경하며 말했다.

"남잠, 나를 너무 잘 아는데? 저건 확실히 내가 할 법한 말이야."

하지만 위무선은 남망기가 약간 안절부절못하고 있다는 사실을 전혀 눈치채지 못했다.

저쪽의 위영이 계속해서 말했다.

"서책 베끼면 너무 따분하잖아. 내가 서책 베끼는 김에 이런 것도 가르쳐줄까? 네가 감독해준 은혜를 갚는 셈 치고……."

한참이나 위영의 헛소리를 견디던 남잠은 더 참지 못하고 피진을 날렸다. 두 검이 부딪치며 창밖으로 나뒹굴었다. 위영은 날아가는 수편을 보며 약간 놀랐다.

"어, 내 검!"

위영이 소리치며 검을 잡으러 창밖으로 뛰어나가려던 그때, 남잠이 뒤에서 위영을 덮쳐 바닥에 쓰러뜨렸다. 바닥에 머리를 부딪친 위영이 벗어나려고 마구 버둥거렸다. 한참 엎치락뒤치락하던 두 사람은 금세 엉망진창으로 뒤엉켜 싸우기 시작했다. 위영은 필사적으로 발버둥을 치며 팔꿈치를 내리찍었지만 남잠의 봉쇄를 빠져나오기에는 역부족이었다. 마치 뚫리지 않는 강철로 만든 그물에 갇힌 것 같았다.

"남잠! 남잠, 너 뭐 하는 거야! 장난이야, 장난이라고! 왜 쓸데없이 진지한 건데!"

남잠이 한 손으로 위영의 두 손목을 붙잡고 등 뒤로 억누르며 가라앉은 목소리로 말했다.

"너, 방금, 나한테 뭘 가르쳐준다고 했어."

냉담한 말투였지만 눈빛 속에서는 화산이 폭발할 기세였다.

본래 두 사람은 기량이 엇비슷했다. 위영은 잠시 방심한 사이에 남잠에게 급소를 붙잡혀 바닥에 억눌린 신세가 되었으니, 짐짓 시치미를 뗄 수밖에 없었다.

"아니? 방금 내가 뭐라고 했었나?"

"안 했다고?"

"안 했어!"

위영이 당당하게 말했다.

"남잠, 너 사람이 이렇게 고지식해서 어쩌려고. 내 말을 전부 진짜로 믿지 마. 헛소리를 곧이곧대로 믿고 화낼 건 또 뭐야. 나 정말 말 안 했다니까. 빨리 놔줘, 오늘 서책 베끼는 거 다 안 끝났단 말이야. 이제 장난 그만 칠게."

그 말에 남잠의 표정이 조금 누그러들었다. 힘이 들어간 손아귀도 다소 느슨해진 듯했다. 하지만 누가 알았으랴. 손목을 잡아 뺀 위영이 눈썹을 까딱이며 눈동자를 굴리더니 순식간에 주먹을 날렸다.

하지만 또 누가 알았으랴. 위영이 움직인 동시에 남잠은 준비라도 한 듯 재빠르게 위영의 손을 잡아채고 다시 바닥으로 짓눌렀다. 이번에는 더 묵직한 완력이었다. 손목이 곡선을 그리며 꺾이자 위영이 "아야, 아야." 하며 소리쳤다.

"내가 장난이라고 했잖아! 남잠! 왜 이렇게 예민하게 굴어!"

남잠의 눈에 불꽃이 어렴풋이 일렁였다. 남잠은 잔말 않고 말액을 풀어 아래에 억눌린 위영의 두 손을 꽉 묶고 옭매듭을 지었다.

전혀 예상치 못한 전개에 한쪽에서 지켜보던 위무선의 눈이 휘둥그레졌다.

한참 뒤에야 위무선은 고개를 돌려 옆에 있는 남망기를 쳐다봤다. 남망기의 얼굴은 여전히 홍조 하나 없이 희었지만, 귓불은 분홍빛으로 물들고 있었다.

위무선이 음흉한 얼굴로 바짝 다가갔다.

"남가 둘째 형…… 네 꿈이 어째 조금, 이상하다?"

"……."

남망기가 갑작스레 몸을 일으키며 말했다.

"그만 봐!"

위무선이 일어나려는 남망기를 재빨리 붙잡았다.

"가지 마! 네 꿈에서 어떤 일이 생기는지 보고 싶단 말이야. 아직 최고의 명장면을 못 봤다고!"

장서각 서안 옆, 위영은 남잠에게 묶인 채 한참을 처량하게 울부짖었다. 겨우 조용해진 위영은 남잠에게 이치를 따지기 시작했다.

"남잠, 군자는 손 대신 대화로 해결하는 법이잖아. 이건 속 좁은 짓이라고. 생각해봐. 내가 방금 너한테 뭐라고 했어?”

남잠은 조용히 한숨을 내쉬더니 냉담하게 말했다.

“스스로 생각해봐. 방금 네가 뭐라고 말했는지.”

위영이 궤변을 줄줄 늘어놓았다.

“경험이 없고 어떤 걸 모른다고 했을 뿐인데. 사실 아니야? 솔직히 어른들의 사정 중에 네가 모르는 게 있긴 있잖아. 사실을 들췄다고 이러는 건 속 좁은 짓 아니고 뭐겠어?”

“누가 모른대.”

남잠이 무심하게 말했다.

위영이 한쪽 눈썹을 까딱이며 웃었다.

“오— 그러서? 억지 부리긴. 네가 알면 그게 이상한 거지, 하하하하하……. 앗!”

위영이 갑자기 비명을 지른 이유는, 남잠이 하반신의 어떤 부분을 붙잡았기 때문이었다.

남잠은 치기가 묻어나는 준수한 얼굴을 차갑게 굳힌 채 다시 한 번 되물었다.

“누가 모른대.”

위무선은 남망기의 옆에 바짝 다가붙어 남망기의 귓불을 깨물 것처럼 입술을 귓가에 붙였다.

“그러게, 누가 모른대? 몰래 상상하다 못해 이런 꿈까지 꾸는데. 남잠, 너 솔직히 말해. 그때 나한테 저렇게 하고 싶었지? 몰랐네……, 네가 이런 함광군일 줄이야.”

남망기는 변함없이 담담한 얼굴이었지만 분홍빛은 흰 목덜미까지 번졌다. 무릎 위에 둔 손가락도 미세하게 움츠러들었다.

저쪽의 소년 위영은 중요한 부위를 붙들린 채 바닥에 늘어졌다. 위영이 겁에 질려 숨을 들이켰다.

"남잠, 너 왜 이래! 미쳤어!"

남잠이 온몸으로 위영의 두 다리 사이를 압박했다. 위협감이 밀려오는 자세였다. 위영은 심상치 않은 상황을 눈치채고 황급히 말을 바꿨다.

"……아니, 아니야! 모른다고 안 했어! 너, 너, 너 우선 놔. 할 말 있으면 말로 해!"

위영은 실성한 듯이 손을 휘둘렀다. 하지만 질 좋고 견고한 고소 남씨의 말액은 아무리 발악해봤자 풀 수도 벗어날 수도 없었다. 잘게 몸부림치던 위영은 문득 옆에 떨어져 있는 서책을 발견하고 황급히 잡아 남잠에게 던졌다. 높으신 성현의 글이 남잠을 일깨우길 바라는 마음에서였다.

"정신 좀 차리라고!"

남잠의 가슴에 맞은 서책은 위영의 벌어진 두 다리 사이로 떨어지며 요란하게 펼쳐졌다. 남잠은 고개를 숙여 서책을 쳐다보더니 시선을 붙박았다.

참으로 귀신이 곡할 노릇이었다. 마침 펼쳐진 책장은 지극히 노골적인 자세에 화풍이 몹시 자유분방한 춘궁도였다. 게다가 그림 속의 두 사람은 모두 사내였다!

예전에 위무선이 남망기에게 보여 주었던 춘궁도는 남색과 무관한 것이라 이런 그림은 결단코 없었다. 이를 떠올린 위무선은 다시 한번 감탄을 금치 못했다. 남망기가 꿈속 장면을 이렇게까지…… 풍부하게 다듬었다니. 정말 탄복했다!

남잠은 고개를 숙인 채 화첩을 뚫어지도록 쳐다봤다. 위영도 그림을 보고 순간 당혹스러워했다.

"……어…….."

마음속에서 앓는 소리가 이어졌지만 역시 말보다는 손을 움직이는 편이 나을 것 같았다. 위영은 젖먹던 힘을 다해 발을 빼며 발버둥을 쳤다. 남잠은 한 손으로 위영의 오금을 붙잡아 그의 두 다리를 더 넓게 벌리더니, 단번에 위영의 의대와 바지를 끌렀다.

위영은 하체가 서늘해지자 고개를 숙여 아래를 내려다봤다. 순간 마음도 같이 서늘해지는 것 같았다.

위영이 경악했다.

"남잠, 너 지금 무슨 짓이야?!"

한쪽에서 지켜보던 위무선은 한껏 흥분에 잠긴 채 속으로 외쳤다.

'쓸데없는 소리! 너 덮치고 있잖아!'

바지가 벗겨진 위영의 하반신은 매끄럽고 희었다. 늘씬한 다리는 여전히 발길질을 멈추지 않았다. 남잠은 춘궁도에 있는 그림대로 위영의 두 다리를 억눌렀다. 뒤이어 둥글고 흰 엉덩이 사이, 분홍빛으로 단단히 다물린 곳에 오른손을 가져갔다.

위영은 하반신 전체가 남잠의 몸에 억눌린 탓에 제 은밀한 곳을 강제로 만져도 피할 수 없었다. 남잠이 두 손가락으로 입구를 문질러왔다. 위영의 온몸이 바르르 떨리며 얼굴에 수치스러운 기색이 스쳤다. 위영은 수치를 간신히 억누르며 미친 사람처럼 발악했다. 위영을 억누른 소년은 가라앉은 눈빛으로 입을 꽉 다물고 오른손으로 차근차근 은밀한 곳을 문질렀다. 손끝에 점차 힘이 들어가기 시작했고 행위는 입구가 부드러워질 때까지 계속됐다. 자그마한 분홍빛 입구가 서서히 벌어지더니 수줍은 듯 겁에 질린 듯, 새하얀 손가락 한 마디를 집어삼켰다.

위무선이 웃으며 남망기를 흘겨봤다.

"왠지 함광군 네가 안 들어오려고 하더라. 꿈에서 나한테 저런 짓을 한 걸 들키다니. 이거 정말, 쥐구멍에라도 숨고 싶으시겠어."

위무선 옆에 단정히 앉아 눈을 내리깔고 있는 남망기의 눈썹이 작게 움찔거린 것 같았다.

위무선은 뺨을 괸 채, 소년 모습의 자신이 소년 모습의 남잠에게 강제로 개척되는 장면을 보며 히죽거렸다.

"함광군, 나중에 이런 꿈을 꿀 정도였으면 그때 아예 해버리지 그랬어. 내……."

말이 채 끝나기도 전에 남망기가 위무선의 두 손을 잡고 바닥으로 밀어붙이며 위무선의 입을 틀어막았다. 남망기의 뺨이 뜨거웠다. 심장 박동은 무섭도록 빠르게 뛰고 있었다. 이를 알아챈 위무선은 우스운 마음이 들었다. 그가 젖은 입술을 벌리며 낮게 속삭였다.

"왜, 또 부끄러워졌어?"

남망기는 거친 숨을 내쉬며 대답하지 않았다.

"아니면…… 섰어?"

위무선의 말과 동시에 서안 쪽에 있던 위영의 목에서 울음기 섞인 긴 신음이 새어 나왔다.

남잠이 위영을 온몸으로 한껏 내리눌렀다. 두 사람의 하체가 바짝 붙어있는 것을 보니 삽입 중인 모양이었다. 타인의 단단한 물건이 조금씩 침입해오자 위영은 괴로움에 두 다리를 옹송그렸다. 두 손이 말액에 묶여있어 꼼짝도 할 수 없었다. 쿵쿵 소리가 나도록 뒤통수를 바닥에 부딪치는 것이 고작이었다. 남잠은 위영의 머리 아래를 손으로 받치는 동시에 제 양물을 위영의 안으로 빈틈없이 집어넣었다.

손가락 하나를 삼키는 것조차 버거웠던 분홍빛 입구는 이제 완벽하게 갈라져 뜨겁고 단단한 물건을 집어삼켰다. 입구의 부드럽고 여린 주름이 매끈하게 펴졌다. 위영은 아직 상황 파악이 제대로 되지 않는지 다소 얼떨떨한 표정이었다. 남잠이 춘궁도의 그림을 따라 허리를 앞뒤로 느릿하게 움직이자 위영이 무의식적으로 작게 흐느꼈다.

"남잠, 너 저 때 나이는 어렸어도 크기는 작지 않았네. '나'는 그냥 어린애고. 하다가 죽어나겠어."

위무선은 그렇게 말하며 무릎으로 남망기의 두 다리 사이를 은근하게 문질렀다. 자신이 주인공인 살아 움직이는 춘궁도를 눈앞에서 목격해 흥미가 일었으니, 이제는 이 물건의 대단함을 몸소 체험하고 싶었다.

몇 번 더 문지르자 남망기가 입을 꾹 다물더니 위무선의 옷 밑단과 바지를 찢었다. 위무선은 자연스레 두 다리를 벌려 남망기의 허리를 옭아맸다. 남망기가 제 물건을 잡고 무섭도록 단단해진 선단을 입구에 문질렀다.

두 사람은 하루가 멀다하고 눈만 맞으면 얽혀 뒹굴었고, 덕분에 위무선의 몸과 마음은 남망기와 완벽하게 들어맞았다. 위무선은 남망기의 목을 꼭 끌어안고 깊이 숨을 들이마셨다. 곧 하체가 입구를 날카롭게 가르며 거침없이 안을 파고들었다.

몹시 순조로운 삽입이었다. 녹진한 구멍과 축축한 내벽이 침입해

온 거대한 물건을 고분고분 빨아들였다. 마치 몸 위에 있는 이 사람을 받아들이기 위해 태어난 듯했다. 머지않아 결합한 부분에서 끈적한 물소리와 살결 부딪는 소리가 들려왔다.

남망기의 양물은 대단할 정도로 묵직했다. 하물며 기둥이 위로 살짝 구부러진 형태였던지라 움직일 때마다 내벽의 가장 민감한 부분을 정확하게 긁고 지나갔다. 민감한 부분이 마찰하는 매 순간, 두 사람에게 천지가 뒤집히는 욕정과 쾌감이 밀려들었다.

남망기가 정신없이 박아 오는 탓에 위무선의 눈앞이 혼미해졌다. 불규칙적으로 움찔대는 내벽이 강하게 수축했다. 저릿한 감각이 머리부터 발끝까지 전해졌다. 위무선은 몰아치는 쾌감에 고개를 젖혔다. 마침 남망기의 꿈속 열대여섯 살의 위영도 자신과 같은 종류의 쾌감과 고통을 느끼는 중이었다.

위영은 흐트러진 서책 위에 누워있었다. 단단히 묶인 두 손목은 무력하게 머리 위에 고정됐고, 붉은색 머리끈은 어디에 떨어졌는지 보이지도 않았다. 헝클어진 흑발과 살짝 감긴 눈꺼풀, 아렴풋하게 맺힌 눈물이 떨어질 듯 눈가에 대롱 매달려 있었다. 위영을 억누르고 삽입을 이어 가던 남잠은 위영이 다리를 제대로 벌리지 않았다고 생각했는지, 그의 종아리를 붙들어 어깨에 걸치고 허리를 강하게 들이밀었다. 그 동작에 위영의 종아리가 미끄러지며 남잠의 팔 근처에 걸렸다. 곱게 뻗은 종아리의 윤곽과 허벅지 안쪽의 근육이 잘게 경련했다. 위영도 곡선으로 휘어진 뜨거운 양물이 끊임없이 몸속을 들락날락하자 미칠 지경이었다. 첫 경험이라 어쩔 도리가 없었다. 위영은 물에 빠진 사람처럼 남잠의 어깨를 꼭 붙잡았다. 위영은 이 순간 자신이 어디에 있는지조차 알지 못했다. 감당하기 힘든 이 괴로움이 바로 제 몸 안에서 날뛰는 이 사람에서 기인했다는 사실은 더더욱 생각지 못했다.

열대여섯 살의 자신이 열대여섯 살의 남잠에게 엉망으로 박혀 얼굴을 새빨갛게 붉힌 채 바들바들 떨고 있었다. 하지만 위무선은 직접 지켜보면서도 왠지 부족한 기분이 들었다. 소년 남잠은 소년 위영이 사경을 헤매며 울음을 터트릴 때까지 더 거칠고 난폭하게 몰아붙여야 했다. 지금의 수준으로는 한참이나 부족했다.

장서각 안, 그리고 한쪽의 협소한 공간 양쪽에서 정사가 펼쳐졌다. 방금까지 머릿속이 혼미했던 위영은 살결이 맞부딪는 음탕한 물소리에 겨우 정신을 차렸다. 위영은 장서각 천장을 바라보며 몸서리쳤다. 이윽고 눈동자가 아래를 향했다. 지금 제 하반신이 어떤 상태인지 왠지 궁금해졌다. 하지만 차마 볼 용기는 나지 않았다. 그때 한창 정사에 몰두한 남잠이 위영의 허벅지를 들어 올려 어깨에 걸치고 하체를 다시 앞으로 들이박았다. 위영의 허리가 부드러운 곡선을 그리며 휘었다. 눈물로 아릿한 시야에 제 허벅지 사이의 상황이 들어왔다.

깨끗했던 분홍빛 입구는 남잠의 성기와 마찰해 농익은 진홍빛으로 물들었다. 입구 주변은 불쌍할 정도로 부어올랐다. 길고 단단한 흉기는 여전히 내벽을 긁으며 드나들고 있었다. 희뿌연 액체와 검붉은 선혈, 그리고 정체 모를 투명한 액체가 두 사람이 맞닿은 부분에 엉망으로 뒤섞였다. 앞쪽에 있는 자신의 성기도 머리를 치켜든 채 흰 액체를 토해 내고 있었다.

참혹한 광경을 본 위영은 충격에 빠졌다. 한참 뒤 위영은 갑자기 어디서 그런 힘이 났는지 마구 발버둥을 쳤다. 남잠에게서 빠져나온 위영은 도망가겠다는 일념으로 몸을 뒤집고 앞으로 기어갔다.

위영은 남잠에게 붙들려 한참이나 거칠게 박힌 탓에 온몸의 힘이 모조리 빠져버렸다. 허벅지와 무릎이 후들후들 떨릴 정도였다. 바르작거리며 기어가던 위영은 결국 더 움직이지 못하고 자리에 엎어졌다. 그 바람에 희고 살집 있는 엉덩이가 하늘을 향해 높이 들렸다. 흰 액체와 선혈이 엉망이 된 입구를 비집고 나와 허벅지를 타고 흘러내렸다. 허벅지 안쪽에는 손가락 자국이 울긋불긋하게 남았다. 그 모습은 얼핏 보기에도 정복욕을 자극했다.

그리고 이 모습은 뒤쪽에 있던 남잠의 시야에 빠짐없이 담겼다. 남잠은 두 눈에 실핏줄을 세운 채 일언반구도 없이 좇아왔다. 손아귀 힘이 느껴지는가 싶더니 위영의 허리가 덜컥 붙잡혔다. 이윽고, 잠깐 비었던 곳이 이내 빈틈없이 가득 찼다.

위영이 신음하며 나지막이 읊조렸다.

"싫어……."

한참을 유린당한 입구는 녹진하게 젖어 질퍽거렸다. 이윽고 입구가 제 몸을 침범했던 양물을 수월하게 집어삼키며 끝까지 빨아들였다. 무릎을 꿇고 엎드린 위영은 자신을 박아 대는 힘을 버티지 못하고 앞으로 밀려 나갔다. 순간 위영의 표정에 경악이 끼쳤다. 위영은 예전에 숲으로 놀러 갔을 때 산짐승이 이런 자세로 짝짓기하는 것을 본 적이 있었다. 이렇게 뒤에서 삽입하니 수치심이 치솟았고, 그 수치심에 입구가 강하게 수축했다. 남잠은 마구잡이로 위영의 허리를 움켜쥐고 더욱 세게 박아 넣기 시작했다. 한참 동안 시달린 위영은 더 버틸 자신이 없었다.

위영은 얼굴과 몸이 바닥에 엉망으로 짓눌린 채로 두서없이 말했다.

"……사, 살려줘, 살려줘……. 남잠, 남가 둘째 공자, 살려줘……."

더욱 깊고 빈번한 침범이 더해질 뿐, 이런 애원은 일말의 소용조차 없었다. 위무선이 소리 내어 웃었다.

"세상에, 나까지 서겠는데. 너 절대 놔주지 마. 죽도록 하는 게 도리인 법이라고……. 아……."

남망기가 위무선을 들어 올려 제 몸 위에 앉혔다. 체중이 실리자 남망기의 양물이 안쪽을 더욱 깊이 파고들었다. 그 감각에 미간과 표정이 작게 구겨졌다. 남망기의 위에 올라탄 위무선은 심혈을 기울여가며 자세를 고쳤다. 경망스러운 말을 할 여유는 이제 없었다.

살결이 맞부딪는 소리와 찰박거리는 소리가 더욱 요란해졌다. 저쪽 위영의 비명도 뒤따라 처참해졌다.

"……남잠…… 남잠…… 너…… 내 말 들려…… 읏…… 너무 깊어…… 다 넣지 마…… 배 아파……."

남잠은 박아 넣을 때마다 당장이라도 위영을 뚫어버릴 듯 거친 힘으로 밀어붙였다. 그의 얼굴과는 완전히 상반되는 모습이었다. 남잠의 하체와 부딪힌 엉덩이가 얼얼하고 홧홧했다. 하반신 전체에 거의 감각이 없었다. 위영은 앞으로 움직이려고 고군분투했지만, 그때마다 완강한 힘에 끌려가 남잠의 양물을 몸속 깊숙한 곳까지 억지로 삼켜야 했다. 이렇게 몇 번 반복되자 위영이 당장이라도 숨이 끊어질 사람처럼 띄엄띄엄 애원했다.

"너…… 너 내 말 좀 들어봐…… 밖에, 밖에서 친구들이 나 기다린단 말이야. 강징과 친구들이…… 밖에서 기다린다고……. 악!"

그 말에 남잠이 위영의 몸에서 순식간에 빠져나와 위영의 몸을 뒤집었다.

위영은 훌쩍거리며 갓난아기라도 되는 양 몸을 옹송그렸다. 선단이 단단하게 굳어 서지도 가라앉지도 않았고 사정마저 마음대로 할 수 없었다. 사타구니 사이로 흠뻑 젖은 액체가 흘러내리는 광경은 그야말로 절경이었다. 한참 동안 강제로 쓰인 은밀한 곳은 새빨갛게 부풀었지만, 여전히 불규칙적으로 수축하며 흰 액체와 검붉은 피를 조금씩 토해 냈다. 목이 마른 듯 움찔대는 입구는 마치 자신을 개척한 남잠의 양물이 빠져나간 것을 아쉬워하는 듯했다.

반면 남망기에게 안긴 위무선은 엉덩이를 붙들린 채 그의 몸 위에서 제멋대로 오르내렸다. 이런 순간에도 남망기의 표정은 여전히 서늘하고 아름다웠다. 호흡이 약간 흐트러졌을 뿐, 이 얼굴만 봐서는 그가 지금 무엇을 하고 있는지 전혀 알 수 없었다. 두 손으로 위무선의 엉덩이를 받치고 강하게 주무른다든지, 힘을 자제하지 않고 둥글게 부푼 엉덩이에 울긋불긋한 손자국을 남긴다든지, 고개를 숙여 위무선의 왼쪽 가슴의 유두를 머금은 채 이를 세워 가볍게 깨물고 있다는 사실은 누구도 눈치챌 수 없을 것이었다. 위무선의 엉덩이 사이로 남망기의 양물이 오르내렸다. 길게 뻗은 축축한 자홍색 양물이 엉덩이 사이에서 얼핏 모습을 드러냈다. 쾌감에 머리 가죽이 저릿했다.

저쪽의 남잠은 반송장이 된 위영을 한참 바라보더니, 갑자기 위영의 윗옷을 힘껏 찢어 헤치곤 왼쪽 가슴의 유두를 힘껏 비틀었다. 뒤이어 남잠은 또다시 위영의 몸 안에 삽입했다.

겨우 한숨을 돌리고 있던 위영은 순간 온몸의 예민함이 절정에 달했다. 이런 대접은 너무나도 견디기 버거웠다. "흐윽!" 하는 신음과 함께 입구와 내벽이 강하게 조여들었다. 동시에 눈물이 왈칵 터졌다.

남잠은 위영의 가슴에 화풀이라도 하겠다는 듯 반복해서 비틀고 문질렀다. 부풀어 오른 유두가 피처럼 붉게 물들며 바짝 곤두섰다. 유두를 괴롭힐 때마다 위영의 안쪽이 한층 다급하게 조여들었다. 부드럽고 축축한 내벽이 몸 안의 흉기를 꽉 물며 성기의 윤곽을 분명하게 그려냈다.

"남잠, 잘못했어, 내가 잘못했어. 네가 경험이 없다고, 뭘 모른다고 말하면 안 됐어. 내가 어떻게 감히 널 가르치겠어. 남잠, 남잠 너 안 들려? 남가 둘째 공자, 남가 둘째 형……."

위영이 울먹이며 말했다.

마지막으로 말한 비음 섞인 그 호칭에 남잠의 동작이 느려졌다. 남잠은 흐릿한 눈빛으로 위영의 얼굴에 바짝 다가가더니 살려달라고 종알대는 위영의 입술을 가볍게 머금었다.

바위로 하반신을 짓이긴 것처럼 안쪽이 화끈거렸고 허리께는 붓고 시큰거렸다. 유두는 여전히 괴롭힘에 시달렸다. 온몸이 흐물흐물해지는 기분이었다. 사납게 박아오던 남잠의 흉기 공세가 문득 잦아들었다. 두 사람은 가볍게 이마를 맞대고 서늘한 입술을 겹쳤다. 달큰한 맛이 조금 느껴졌다. 눈꺼풀을 들자 남잠이 길고 새카만 속눈썹을 드리운 채 자신에게 꼼꼼하게 입을 맞추고 있었다. 왠지 모르게 위로를 받고 있는 것만 같았다.

위영이 입을 벌리며 남잠의 입술을 가볍게 빨더니 중얼거렸다.

"……더 해줘……."

위영의 뜻은 입맞춤을 더 해달라는 것이었다. 하지만 남잠은 다른 의미로 알아듣고 하체를 더욱 깊게 박아 넣었다. 위영은 숨을 색색 내뱉으며 남잠의 목을 끌어안고 먼저 입을 맞췄다.

방금까지는 굵고 기다란 물체가 배 속을 휘젓는 것이 무서웠지만, 반나절을 시달리자 부풀고 시큰한 통증 외에 다른 감각이 찾아와 제법 즐길 수 있게 되었다. 특히 남잠의 약간 휘어진 양물이 내벽의 한 부분을 사납게 긁고 지나가면 온몸에 전류가 퍼지며 쾌감에 온몸이 파르르 떨려왔다. 앞부분이 뻣뻣하게 서자 흰 액체가 자꾸만 새어 나왔다. 위영은 저도 모르게 허리를 비틀었다. 남잠이 찌르지 않는 곳이 있으면 최선을 다해 하체를 움직여 호흡을 맞췄다. 살려달라던 간절한 외침도 다른 말로 탈바꿈했다.

"……형…… 둘째 형…… 남가 둘째 형…… 부…… 부탁이야……."

"뭘?"

남잠이 숨을 거칠게 몰아쉬며 가라앉은 목소리로 물었다.

위영은 남잠의 뺨을 감싸더니 미친 듯 입을 맞추며 조그맣게 속삭였다.

"……더 위쪽, 방금 한 것처럼, 그쪽으로 찔러줘, 응……?"

남잠은 위영의 소원대로 그 부분을 향해 허리를 깊게 들이박았다. 부딪어오는 압박감이 이전보다 훨씬 강했다. 놀란 탓에 숨이 턱 차올랐다. 위영이 갑작스레 남잠에게 매달리며 소리쳤다.

"뭐야……."

남잠은 위영의 입술을 막고 정성스레 입을 맞췄다.

위무선도 남망기의 입술을 삼키며 입을 맞췄다. 혀끝이 서로의 얇은 입술을 더듬으며 진득하게 얽혀 들었다. 위무선이 저쪽의 상황을 살피며 말했다.

"함광군. 저쪽의 너, 사정했어."

땀으로 흠뻑 젖은 남잠은 마찬가지로 땀으로 흠뻑 젖은 위영을 안고 구겨진 자리에 조용히 누웠다. 위영의 가슴이 오르내리기를 반복했다. 초점을 잃은 눈동자가 약간 풀어졌다. 두 사람의 접합부는 아직 바짝 붙어있었다. 위영의 아래가 남잠의 성기를 단단히 조인 탓에 안쪽에 사정한 정액이 한 방울도 새어 나오지 않았다.

위무선이 웃으며 입을 열었다.

"여기 봐, 이제 우리도……."

고개를 끄덕인 남망기가 위무선을 자리에 바로 눕혔다. 그는 허리를 묵직하게 움직이며 위무선의 몸 안에 파정했다.

위무선이 숨을 푹 내쉬었다. 제대로 즐기기는 했지만 어쨌든 그의 허리와 엉덩이는 무쇠로 만들어진 것이 아니었다. 막무가내로 뒤엉킨 꼬마들을 따라 한참이나 난리를 친 탓에 체력이 거의 바닥난 뒤였다. 그러나 예상 밖에, 남망기는 빠져나가는 대신 위무선의 안에 삽입한 채로 자세를 바꿨다.

"함광……군?"

남망기가 옅게 웃더니 위무선의 귓가에 대고 가볍게 몇 글자를 읊조렸다.

"……어, 잠깐? 죽도록 하라는 그 말, 난 네 꿈속에 있는 저 꼬마 남잠한테 한 건데? 그게 아니라……, 남잠? 둘째 형……. 형? 살려줘!"

다음 날 이른 아침, 위무선은 웬일로 남망기보다 일찍 깼다. 온종일 두 다리가 후들거렸다.

두 사람은 다시 향로를 쥐 잡듯 샅샅이 뒤졌다. 위무선은 향로를 해체했다가 원래 모양대로 끼워가며 살폈지만, 향로에 숨겨진 비밀은 끝내 알아내지 못했다.

위무선이 서안 옆에 앉아 곰곰이 생각하며 말했다.

"향이 문제가 아니라 향로가 문제인 게 분명해. 정말 대단한 물건이야. 어떤 장소로 사람을 옮기다니, 공정과 비슷한 효과인 것 같아. 너희 장서각에 기록 없어?"

남망기가 고개를 저었다.

남망기가 고개를 저었다면 정말 기록된 적이 없는 것이다.

"됐어, 향로 효력도 다한 것 같으니 일단 치워두고 다른 사람이 못 건드리게 하자. 앞으로 기물 관련 대가가 방문했을 때 물어보면 되니까."

두 사람은 향로의 효력이 사라졌다고 생각했지만, 그것은 크나큰 착각이었다.

깊은 밤, 위무선은 남망기와 정실에서 늘 하던 대로 한바탕 일을 치른 뒤 깊은 잠에 빠져들었다.

얼마나 지났을까, 눈을 뜬 위무선은 장서각 밖에 있는 목련 나무 아래에 누워있었다.

햇빛이 나뭇가지 사이를 비집고 위무선의 얼굴에 내려앉았다. 위무선은 눈을 가늘게 뜨고 손을 들어 시야를 가리며 느릿하게 일어나 앉았다.

이번에는 남망기가 옆에 없었다.

"남잠!"

위무선이 오른손을 입가에 세우고 외쳤다.

돌아오는 대답이 없었다. 위무선은 의아해졌다.

"향로의 효력이 다 사라지지 않았나 보네. 그런데 남잠은 어디 있지? 나 혼자만 향로의 영향을 받았나?"

목련 나무 앞으로 난 하얀 돌이 깔린 길로 백의에 말액을 두른 고소 남씨 자제들이 삼삼오오 서책을 들고 지나갔다. 보아하니 아침 수업을 받으러 가는 모양이었다. 위무선에게 눈길을 주는 사람은 한 명도 없었다. 그 말인즉 위무선이 보이지 않는 것이었다. 위무선은 장서각으로 시선을 돌렸으나 남망기는 보이지 않았다. 어른 남망기 소년 남망기 할 것 없이 장서각에는 아무도 없는 듯했다. 그리하여 위무선은 목적 없이 운심부지처 안을 여유작작 거닐었다.

얼마 뒤 소년 둘이 낮은 목소리로 이야기하는 소리가 들려왔다. 가까이 다가가자 들려오는 목소리 중 한 소년의 목소리가 몹시 익숙했다.

"……운심부지처 경내에서 키운 사람은 없어. 이는 규칙에 어긋나는 일이야."

잠시 침묵이 이어지더니 다른 소년 하나가 울적하게 말했다.

"저도 압니다. 하지만…… 이미 약조한 터라 배신할 수 없습니다."

마음이 동한 위무선은 슬그머니 눈길을 옮겼다. 푸른 풀밭에 서서 대화하고 있던 소년은 남희신과 남망기였다.

때는 봄, 산들바람이 나부꼈다. 소년 남씨 쌍벽은 거울을 마주한 듯 똑같이 티끌 하나 없는 옥 같은 외모였다. 마찬가지로 눈처럼 새하얀 차림새였고, 널따란 소매와 말액이 바람에 흔들리는 장면은 한 폭의 그림이었다. 이때의 남망기는 열대여섯 살의 모습이었다. 미간을 가볍게 찌푸린 것이 무슨 근심이라도 있는 듯했다. 남망기는 손에 분홍빛 코를 실룩거리는 흰 토끼를 안고 있었다. 남망기의 발치에도 하얀 토끼가 한 마리 더 있었다. 기다란 귀를 쫑긋 세우고 뒷발로 선 토끼는 기어오르려는 양 남망기의 목화를 마구 헤집었다.

"소년 사이의 농을 어찌 그리 진지하게 받아들여? 정말 그런 이유 때문이라고?"

남희신이 물어왔다. 남망기는 눈을 내리깔고 입을 꾹 다물었다.

"좋아, 하지만 숙부님이 물으시면 잘 설명해야 한다. 요즘 들어 네가 토끼들에게 쓰는 시간이 조금 늘어난 듯싶으니."

남희신이 웃으며 말했다.

남망기는 진지하게 고개를 끄덕였다.

"고맙습니다, 형장."

잠시 머뭇거린 남망기가 뒷말을 덧붙였다.

"……학업에 영향 끼치지 않도록 하겠습니다."

"네가 그러지 않을 거라는 거 안다. 하지만 숙부님께는 누가 줬는지 절대 말씀드리지 말아라. 아시면 노발대발하면서 치우라고 하실 테니까."

남희신의 말에 남망기는 손에 든 토끼를 한층 꼭 끌어안았다. 남희신은 웃으며 손을 들어 손가락으로 하얀 토끼의 분홍빛 코끝을 톡톡 치고는 자리를 떴다.

남희신이 떠나자 남망기는 무언가 생각하는지 잠시 가만히 서 있었다. 팔에 안긴 토끼는 아주 만족스러운 모습으로 이따금 귀를 쫑긋거렸다. 발밑에 있던 다른 토끼는 갈수록 조급하게 기어올랐다. 고개를 숙여 내려다본 남망기가 토끼를 안아 올린 뒤, 두 마리를 팔로 감싸고 가볍게 쓰다듬었다. 표정과는 전혀 다르게 가볍고 부드러운 손길이었다.

그 모습에 위무선은 손이 근질거렸다. 그는 소년 남망기에게 조금 더 가까이 다가가고픈 마음에 나무 뒤에서 걸어 나왔다. 그때 품에서 토끼를 내려놓던 남망기가 급변한 주변 공기에 고개를 세차게 돌렸다. 다가오는 사람을 알아보자 일순 서늘했던 눈빛이 곧장 얼어붙었다.

"……너는?!"

남망기가 놀라자 위무선은 그보다 곱절로 놀랐다. 그가 의아해하며 물었다.

"내가 보여?"

참으로 이상한 일이었다. 원래대로라면 꿈속에 있는 사람은 위무선을 볼 수 없었다. 하지만 남망기는 여전히 위무선을 주시하며 말했다.

"당연히 보이지. 너는…… 위영?"

눈앞의 이 청년은 스무 살 남짓으로 절대 열다섯 살은 아니었다. 그러나 그는 확실히 위무선과 똑같은 얼굴이었다. 이 사람의 정체를 가늠할 수 없었던 남망기는 경계를 늦추지 않았다. 혹여 지금 패검을 차고 있었다면 피진이 진작 나왔을 것이다. 위무선이 민첩하게 반응하며 금세 정색해 보였다.

"그래, 나야!"

위무선의 대답에 남망기가 더욱 경계하며 뒤로 두 걸음 물러났다. 위무선이 상처받은 표정과 말투로 말했다.

"남잠, 내가 천신만고 끝에 널 찾아왔는데, 어떻게 나한테 이럴 수가 있어?"

"너…… 정말 위영이야?"

"물론이지."

"왜 모습이 다르지?"

"말하자면 길어. 사실을 말하자면, 난 확실히 위무선이야. 그런데 7년 뒤의 위무선이지. 7년 뒤의 나는 대단한 법보를 발견해서 시간을 거슬러 과거로 넘어갈 수 있게 됐어. 마침 연구를 하다가 잘못 만졌더니 이렇게 넘어와 버렸고!"

너무 황당무계해 장난처럼 느껴지는 말이었다. 남망기가 차갑게 대꾸했다.

"어떻게 증명하지?"

"어떻게 증명할까? 너에 관한 일이라면 내가 다 아는데. 방금 안고 있던 토끼, 그리고 발밑에 있던 토끼 내가 준 거잖아? 그렇게 안 내키는 것처럼 받더니 지금은 형이 못 키우게 해도 반대하네. 마음에 들었어?"

이 말에 남망기의 표정이 조금 변했다. 그가 무어라 말하려는 듯 망설였다.

"나는……."

위무선은 재차 남망기 쪽으로 두 걸음 다가가며 두 팔을 벌리고 눈을 접어 웃었다.

"왜 그래? 부끄러워?"

괴이한 그 행동에 남망기는 적이라도 만난 양 잔뜩 경계한 얼굴로 몇 걸음 물러섰다. 위무선은 이런 태도를 보이는 남망기는 오랜만이라 속으로 포복절도했지만, 겉으로는 짐짓 화난 체하며 말했다.

"지금 뭐 하자는 거야? 왜 숨어? 남잠 너도 참, 나랑 10년이나 부부 생활을 해놓고 모른 척 외면하다니!"

그 말에 남망기의 얼음장 같던 표정이 순식간에 조각났다.

"너와…… 내가? ……10년? ……부부?!"

여덟 글자를 몇 번씩 힘겹게 끊어 가며 겨우 말을 이었다. 위무선이 크게 깨달았다는 듯 말했다.

"아, 내가 깜박했네. 지금의 넌 아직 모르겠구나. 시간을 셈해보면 우리가 안 지 얼마 안 됐지? 내가 운심부지처를 갓 떠났던 때인가? 아무래도 좋아. 내가 너한테만 먼저 알려줄게. 몇 년 뒤에 우리는 도려가 될 거야."

"……도려?"

"그래! 매일 같이 수련하는 그런 도려. 삼서육례[13]를 치르고 매파를 통해 정식으로 혼인했지. 우린 천지신명께 절도 올렸다고."

위무선이 능청스럽게 술술 말했다.

남망기는 기가 차 가슴이 조금씩 들썩였다. 잠시 뒤, 그가 악다문 잇새로 말을 뱉어 냈다.

"……헛소리!"

"내가 몇 마디만 더 하면 헛소리가 아니라는 걸 알게 될 거야. 넌 나를 꽉 끌어안고 자는 걸 좋아해. 게다가 나를 네 위에 올려놔야 하지. 아니면 잠을 못 자거든. 넌 길게 하는 입맞춤을 좋아해, 끝날 때 가볍게 깨물고 떨어지는 것도. 아, 맞다. 너 침상에서 날 깨무는 걸 정말 좋아해. 하면서 깨무는 바람에 내 몸은 온통……."

'꽉 끌어안는다'라는 말이 시작되고부터 남망기의 표정이 일그러

#13 **삼서육례(三誓六禮)** 중국의 전통 혼례 절차.

지더니, 끝에 다다르자 두 귀를 막아 버렸다. 그러곤 이런 저속한 말을 막지 못해 화가 치민다는 듯 주먹을 내질렀다.

"헛소리!"

"또 헛소리래, 단어 좀 바꿔라! 게다가 내 말이 헛소리인지 어떻게 알아? 설마 나한테 입맞춤할 때 이렇지 않아서 그래?"

위무선이 잽싸게 비켜서며 말했다.

"나는…… 입을 맞춘 적도 없는데……. 내가 어떻게 내가…… 할 때 뭘 좋아하는지 알아!"

남망기가 띄엄띄엄 반박했다.

"그렇네. 너 이때는 아직 나한테 입을 안 맞춰봤으니 자기가 입맞춤할 때 뭘 좋아하는지 모르겠구나. 아니면 지금 시험해볼래?"

잠시 고민한 위무선이 말했다.

"……."

남망기는 화가 치밀어 오른 나머지 문하생들을 불러 이 수상한 인물을 잡아 들일 생각조차 못 했다. 그저 홀로 연신 공격하며 위무선을 잡으려고 했다. 하지만 이때의 남망기는 아직 나이가 어려 위무선의 몸놀림이 훨씬 빨랐다. 그는 가볍게 피하면서도 여유를 잃지 않고 빈틈을 노려 남망기의 팔을 대충 붙들었다. 남망기의 동작이 순간 멈칫했다. 그 기회에 위무선은 남망기의 뺨에 입을 맞췄다.

"……."

입을 맞춘 다음 남망기의 팔을 놓고 그를 풀어 주었다.

경악에 물든 남망기는 자리에 서서 한참이나 정신을 차리지 못하고 멍하니 굳어있었다.

"하하하하하하하하하하하하하하……."

위무선은 웃으면서 꿈에서 깼다.

너무 힘껏 웃어 하마터면 침상에서 굴러떨어질 뻔했지만, 다행히 남망기의 팔이 위무선의 허리를 계속 감싸고 있었다. 위무선은 깨어서도 온몸을 덜덜 떨 정도로 웃어댔다. 그 바람에 남망기도 깊은 잠에서 깨어났다. 두 사람은 나란히 일어나 앉았다.

남망기가 고개를 숙이고 한 손을 뻗어 관자놀이를 지그시 눌렀다.

"방금, 나⋯⋯."

"방금 너 꿈꿨지. 꿈속에서 열다섯 살 때로 돌아가 스무 살의 나를 만나지 않았어?"

위무선이 받아쳤다.

"⋯⋯."

남망기가 위무선을 빤히 쳐다봤다.

"그 향로."

"나도 원래는 그 향로의 남은 영향을 내가 더 크게 받아서 다시 꿈속으로 들어간 줄 알았는데. 네가 받은 영향이 더 클 줄은 몰랐네."

위무선이 고개를 주억거리며 말했다.

오늘 밤의 상황은 지난번과 달랐다. 방금 꿈속의 소년 남잠은 남망기 본인이 변한 것이었다.

꿈꾸는 사람은 때로 자신이 꿈을 꾸고 있음을 인지하지 못한다. 그래서 꿈속의 남망기는 자신이 정말 열다섯 살인 줄 알았다. 원래는 아침 수업을 하고 산책을 하고 토끼를 돌보는 점잖은 꿈이었는데, 그의 꿈에 들어와 농간을 부리는 위무선을 마주쳐 단단히 희롱당한 것이었다.

"나 안 되겠어, 남잠. 네가 토끼를 꼭 끌어안고 네 형이랑 숙부가 못 키우게 할까 봐 걱정하는 모습이라니. 너무 사랑스럽잖아. 하하하…….”

“……심야에, 웃음소리로 타인을 방해해선 안 돼.”

남망기가 어이없다는 투로 말했다.

“우리 밤마다 소리가 작지는 않았을 텐데? 뭐하러 이렇게 일찍 깼어? 조금만 늦게 깼으면 널 너희 집 뒷산으로 끌고 가서 열다섯 살 꼬마 남가 둘째 오라버니에게 진기한 경험을 선사하려고 했는데, 하하하…….”

남망기는 제 곁에서 뒤척이는 위무선을 바라보며 아무 말도 하지 않았다. 단정하게 앉아있던 그는 갑작스레 손을 뻗어 위무선을 붙잡아 누르고 위로 올라탔다.

두 사람은 둘째 날 밤이 지나면 향로의 법력이 사라질 줄 알았다. 그런데 3일째 되는 밤, 위무선은 또 남망기의 꿈속에서 눈을 떴다.

위무선은 검은 옷차림으로 운심부지처의 하얀 돌이 깔린 오솔길을 유유히 거닐고 있었다. 진정에 달린 붉은 술이 발걸음에 따라 흐늘거렸다. 이따금 낭랑하게 책 읽는 소리가 아렴풋하게 들려왔다.

그 방향은 난실(蘭室)이었다. 건들거리며 난실 근처까지 걸어가 보니 과연 남씨 자제들이 안에서 저녁 수업을 하고 있었다. 남계인은 없었고 남망기가 감독을 맡고 있었다.

오늘 밤 꿈속의 남망기는 여전히 소년의 모습이었다. 도륙 현무 동굴 때와 비슷한 것이 대략 열일고여덟 남짓은 되어 보였다. 준수하고 고상한 외모에서 명사의 자태가 흘렀지만, 소년의 풋풋함이 묻어 나왔다. 그는 난실 앞쪽에 단정히 앉아 깊이 집중하고 있었다. 소년 중 누군가 읽다가 모르는 부분이 생겨 앞으로 나가 물으면 남망기는 담담하게 훑어보고 즉시 대답을 해주었다. 진중한 표정과 풋풋한 기운이 강렬한 대비를 이루었다.

위무선은 난실 밖에 있는 기둥에 기대어 잠시 살펴보더니, 소리를 죽이고 지붕으로 날아올라 진정을 입술로 가져갔다.

난실 안에 있던 남망기가 흠칫했다.

"공자, 왜 그러십니까?"

한 소년이 물었다.

"누가 이 시간에 피리를 불지?"

남망기가 말했다.

소년들은 서로 얼굴만 멀뚱멀뚱 쳐다봤다. 잠시 뒤 누군가 말했다.

"피리 소리라니요?"

그 말에 남망기는 표정을 서늘하게 굳히며 자리에서 일어나 검을 들고 나섰다. 위무선은 피리를 거두고 훌쩍 도약해 다른 쪽 지붕에 가볍게 내려앉은 참이었다.

이상한 낌새를 눈치챈 남망기가 낮은 소리로 외쳤다.

"누구냐!"

위무선이 혀를 말아 맑고 길게 휘파람을 불었다. 휘파람 소리는 수십 장 밖까지 울려 퍼졌다.

"네 부군이다!"

위무선이 웃으며 말했다.

위무선의 목소리를 들은 남망기의 표정이 돌변했다. 그가 긴가민가한 어투로 물었다.

"위영?"

위무선이 대답하지 않자 남망기가 등에 멘 피진을 뽑으며 쫓아왔다. 위무선은 가볍게 여기저기 도약하며 운심부지처의 높다란 담장까지 내려와 검은 기와를 밟고 섰다. 남망기도 위무선의 맞은 편 두 장도 채 되지 않는 곳에 내려와 피진을 비스듬히 잡았다. 말액, 소매, 옷자락이 밤바람에 나부끼며 신선의 기운을 풍겼다.

"몸놀림도 수려하고, 생김새도 수려하고! 이런 풍경과 이런 기분에 수려한 천자소 한 단지만 있으면 아주 완벽할 텐데."

위무선이 뒷짐을 지고 씩 웃었다.

한참이나 위무선을 뚫어지게 쳐다보던 남망기가 입을 열었다.

"위영, 초청도 없이 찾아오다니. 야밤에 무슨 일로 운심부지처를 방문했지."

"맞혀 볼래?"

"……시시하군!"

남망기가 말을 툭 던졌다.

피진의 검 끝이 다가오자 위무선이 가볍게 피했다. 열일고여덟 살의 남망기가 기량이 좋다고는 하나 지금의 위무선에게는 큰 위협이 되지 못했다. 검을 몇 번 피한 위무선은 빈틈을 노려 남망기의 가슴에 부적을 붙였다. 남망기의 몸이 순간 뻣뻣해지더니 옴짝달싹할 수 없게 됐다. 위무선은 남망기를 덥석 껴안고 운심부지처 뒷산으로 내달렸다.

위무선은 뒷산의 무성한 난초 덤불로 남망기를 데려가 흰 바위에 기대게 내려놓았다. 남망기가 물었다.

"뭘 하려는 거지?"

남망기의 얼굴을 한 번 꼬집고는, 위무선이 엄숙하게 답했다.

"겁탈."

위무선의 말은 농담인지 진담인지 알 도리가 없었다. 남망기의 얼굴이 희게 질려왔다. 그가 가라앉은 목소리로 말했다.

"위영, 너…… 함부로 굴지 마."

"내가 이런 사람이란 거 너도 알잖아. 난 원래 함부로 구는 걸 좋아해."

웃는 얼굴로 받아친 위무선은 겹겹이, 빈틈없이 갖춰 입은 남망기의 백의로 손을 뻗어 남망기의 중요한 부위를 단번에 잡았다.

세지도 약하지도 않은 적절한 악력이었다. 순식간의 남망기의 표정이 기괴하게 변했다.

남망기는 입가를 달싹이며 입을 꾹 오므리더니 표정 변화를 겨우 억누르며 애써 침착한 체했다. 하지만 누가 알았으랴. 한술을 더 뜬 위무선이 바스락대며 남망기의 의대를 풀기 시작했다. 손길 두세 번 만에 남망기의 하의가 죄다 벗겨졌다. 그는 남망기의 수려한 용모와는 완전히 상반된 묵직한 양물을 잡고 가늠해 보더니 진심으로 감탄했다.

"함광군, 넌 정말 어려서부터 타고났구나."

말을 끝낸 위무선이 양물을 가볍게 튕겼다. 은밀한 부분을 희롱당하자 남망기는 거의 분노에 피를 토하고 죽을 것만 같았다.

"위영!"

남망기가 함광군의 체면 따위는 내던진 듯이 외쳤다.

"소리 질러. 목청 찢어지게 소리쳐도 널 구하러 오는 사람은 없으니까."

위무선이 느물거리며 웃었다.

남망기가 무어라 입을 열려는 순간이었다. 위무선이 옆으로 흘러내린 머리칼을 귀 뒤로 넘기더니 고개를 파묻고 남망기의 몸 아래 물건을 입에 머금었다.

남망기의 눈동자에 경악의 기색이 비쳤다. 믿을 수가 없다는 듯, 그의 온몸이 경직됐다.

열일고여덟 살의 남망기는 풋풋한 기운을 어우르고 있었으나 양물의 크기는 얕잡아 볼 수 없었다. 위무선은 긴 기둥을 느릿하게 삼켰다. 끝까지 다 삼키지도 않았는데 매끈한 선단이 목구멍 끝에 닿았다. 기둥은 굵고 단단하며 뜨거웠다. 입안 내벽에서 기둥에 힘줄이 강하게 튀어 오르는 감각까지 느껴졌다. 뺨도 이물로 가득 차 볼록 튀어나왔다. 삼키기 제법 버거웠지만 위무선은 끈기 있게 남은 부분을 목 안쪽 더 깊은 곳까지 밀어 넣었다.

위무선은 남망기의 물건을 누워서 떡 먹기로 다룬다고 해도 과언이 아니었다. 혼신의 힘을 쏟아 빨고 핥자 질척이는 소리가 새어 나왔다. 마치 정성을 다해 맛있는 것을 음미하는 모양새였다. 태생부터 흰 얼굴에 홍조가 잘 퍼지지 않는 남망기였지만, 이 순간만큼은 목과 귀가 새빨개지고 숨결도 가빠왔다. 힘을 써 가며 뺨이 얼얼해지도록 빨았는데도 남망기는 사정할 기미가 없었다. 제 입이 열일곱 남망기를 당해내지 못한다니 무슨 일인가 싶어졌다. 눈을 들어 올려다보니 죽기 살기로 참고 있는 남망기가 보였다. 양물은 진작 쇠처럼 단단해졌는데 사정하지 않으려고 버티다니, 무슨 최후의 선을 넘지 않으려는 사람 같았다.

우스운 기분이 들며 간사한 욕망이 재차 끓어올랐다. 위무선은 축축한 혀끝으로 큼직한 귀두 끝의 좁은 구멍을 핥다가 목구멍 깊이 집어넣기를 몇 번 반복했다. 남망기는 마침내 참지 못하고 사정했다.

사향 냄새가 나는 걸쭉한 정액이 목구멍에 한가득 들어찼다. 허리를 편 위무선은 가볍게 기침하며 손등으로 입가를 닦고 늘 그래왔듯 정액을 몽땅 삼켰다. 사정한 남망기는 절정을 맞이한 뒤 나타나는 신체 반응인지, 혹은 너무 부끄럽고 분해서 그런 것인지 붉어진 눈시울로 위무선을 노려보며 한마디도 하지 않았다.

수치심에 물든 그 모습에 위무선은 마음이 약해졌다. 그가 남망기의 뺨에 부드럽게 입을 맞추며 말했다.

"알았어, 내가 잘못했어. 널 괴롭히는 게 아니었어."

위무선은 그렇게 말하며 두 손가락으로 방금 쏟아낸 양물을 문질렀다. 곧 그는 손을 거두더니 의대를 끄르고 하의를 벗었다.

늘씬한 두 다리에 허벅지는 백옥처럼 하얗고 선이 아름다우며 탄탄했다. 둥근 엉덩이는 봉긋 솟아 그야말로 절경이었다. 하얀 바위 위에 기댄 남망기의 각도에서는 위무선의 은밀한 부분이 똑똑하게 보였다.

위무선은 난초 덤불에 꿇어앉아 몸을 돌려 남망기를 뒤로한 채, 바닥에 엎드려 흰 액체가 묻은 손가락을 아래로 가져갔다. 구멍은 은밀하고 깊은 틈새에 몸을 숨긴 채였다. 위무선이 엉덩이를 살짝 벌려야만 그 안의 작은 분홍빛을 엿볼 수 있었다. 부드럽고 온순한 구멍은 얌전히 닫혀있었지만, 위무선이 늘씬한 두 손가락으로 남망기가 토해낸 흰 액체를 묻히고 가볍게 문지르자 조금 벌어지며 수줍은 듯 손가락 끝을 삼켜 냈다. 위무선은 손가락을 느릿하지만 단호하게 끝까지 밀어 넣은 뒤 넣었다 빼기를 반복했다. 동작이 한동안 이어지자 추삽(推揷) 속도가 점차 빨라졌다. 앞쪽도 조금씩 고개를 들기 시작했다.

젖은 물소리가 들려오자 위무선은 세 번째 손가락을 보탰다. 힘겨운 듯 숨을 색색 몰아쉬며 힘껏 집어넣자 움직임이 조금 느려졌다.

캄캄한 어둠 속에서 이런 세세한 장면은 잘 보이지 않았다. 그러나 공교롭게도 남망기는 오감이 발달하고 시력도 뛰어났다. 음란하기 짝이 없는 행동이 바로 지척에서 펼쳐지자 그는 시선을 뗄 수가 없었다.

정사를 나눌 때 위무선은 남망기와 함께 절정에 이르는 것을 좋아했다. 그는 너무 일찍 사정하지 않기 위해 입구를 풀면서도 일부러 가장 민감한 부분은 피했다. 하지만 남망기가 늘 민감한 곳을 건드려준 몸이었다. 그래서인지 계속해서 만족감을 얻지 못하자 내벽이 불만스러운 듯 수축했다. 손가락이 그 지점에 닿지 않으면 엉덩이가 저절로 아래를 향하며 그곳으로 손가락을 가져갔다. 아슬아슬한 마찰이 이어지자 사타구니가 조금 풀리고 떨려왔다. 이래서야 꿇어앉은 자세를 더는 버티지 못할 것 같았다. 그는 황급히 손가락을 빼고 잠시 숨을 돌렸다. 고개를 돌리자 남망기와 시선이 부딪쳤다. 갑작스러운 눈길에 남망기는 황급히 두 눈을 감았다.

"아이, 남잠. 너 지금 뭐 하는 거야. 남씨 가훈이라도 외우고 있어?"

위무선이 웃으며 말했다. 위무선에게 머릿속을 꿰뚫린 남망기가 속눈썹을 파르르 떨었다. 눈을 뜨려는 모양이었으나 종국에는 참아 냈다.

"나 좀 봐, 뭘 그리 겁내? 내가 너한테 나쁜 짓을 한 것도 아닌데."

위무선이 느긋하게 말했다.

위무선의 목소리는 원래 듣기 좋았지만, 지금은 나른한 어조가 경박한 갈고리처럼 사람을 도발하는 것만 같았다. 그러나 남망기는 눈과 입, 귀를 전부 틀어막기로 결심이나 했는지 위무선을 외면하며 미동조차 하지 않았다.

"정말 그렇게 매정하게 날 안 볼 거야?"

몇 번을 자극해도 남망기는 한사코 눈을 뜨려 하지 않았다. 위무선이 눈썹을 치켜세우며 말했다.

"그러면, 기왕 이렇게 됐으니, 네 피진을 써도 괜찮겠지?"

위무선은 정말로 한쪽에 떨어져 있던 피진을 가져왔다.

남망기가 즉시 눈을 뜨고 목소리를 높였다.

"뭐 하려는 거야!"

"내가 뭘 하려는 걸까?"

"……몰라!"

"뭘 하려는지도 모르면서 왜 긴장하는데?"

"나는! 나는…….""

위무선이 느물느물 웃으며 남망기를 빤히 직시했다. 피진을 들고 흔들던 그는 눈을 내리깔고 피진의 칼자루에 가볍게 입을 맞추었다. 그러더니 새빨간 혀를 내밀어 핥기 시작했다.

피진의 검신은 얼음처럼 차갑고 투명했지만, 칼자루는 비법으로 제련한 순은으로 주조해 무게가 상당했고 문양이 수수하며 고풍스러웠다. 이 장면은 몹시 요염했다. 남망기는 큰 충격을 받은 것 같았다.

"피진 내려놔!"

"왜?"

"그건 내 검이야! 그걸로 그러면…… 그걸로…….."

"이게 네 검이라는 거 나도 알아. 마음에 들어서 좀 갖고 놀려는 것뿐인데. 넌 내가 이걸로 뭘 할 거 같아?"

위무선이 이상하다는 양 물었다.

"……."

남망기는 순간 말문이 막혔다.

"하하하하하하하하, 남잠 너 무슨 생각 하는 거야. 너무 저속하잖아!"

위무선이 포복절도했다.

위무선이 단단히 잡아떼면서 그에게 뒤집어씌우기까지 하자 남망기의 안색이 어두워졌다. 위무선은 남망기를 한참 놀리다가 만족스러운지 다시 입을 놀렸다.

"네 검에 손대는 게 싫으면 네가 직접 해. 어때? 좋아, 싫어?"

남망기는 '좋다'는 말은 하지 않았다. 하지만 위무선이 제 검으로 그의 몸을 희롱하도록 놔둘 수도 없어, 선뜻 대답할 수가 없었다. 위무선은 바닥에 무릎을 대고 허리를 곧게 편 채 무릎걸음으로 남망기에게 다가갔다.

"네가 '좋아'라고 한마디만 하면 검 돌려주고 너랑 재미있는 놀이 할게. 어때?"

위무선이 그를 달래며 속삭였다.

한참 뒤, 남망기의 입에서 두 글자가 튀어나왔다.

"……싫어!"

"좋아. 이거 네가 한 말이다."

위무선이 눈썹을 까딱이며 말했다.

그는 뒤로 물러서며 남망기와 거리를 벌렸다. 남망기의 맞은편에 자리 잡은 그는 빙긋 웃으며 두 다리를 벌렸다.

"그럼 넌 내가 피진이랑 노는 거나 구경해."

수치심이라고는 없는 자세로 두 다리를 활짝 벌리자 하체의 은밀한 곳이 한눈에 드러났다.

다리를 활짝 벌린 탓에 새하얀 엉덩이가 양쪽으로 조금 벌어지며 골 사이의 분홍빛 입구가 보였다. 방금 풀어 놓아 붉그스름하게 부었지만 물기가 감돌아 더욱 부드러워 보였다. 위무선이 피진의 검신을 돌려 칼자루를 입구에 맞췄다. 그가 가볍게 숨을 들이쉬며 약간 힘을 더했다. 여린 주름이 펴지더니 피진 칼자루 앞부분을 빨아들이며 단번에 절반 남짓을 삼켰다.

피진의 칼자루는 쇳덩이처럼 차디찼다. 그 감촉에 위무선의 몸이 부르르 떨렸다. 차가운 물체가 들어오자 내벽이 한층 극렬하게 수축하며 칼자루를 조금 뱉어 내기까지 했다. 위무선은 피진을 단단히 쥐고 몸속으로 힘껏 쑤셔 넣었다가 빼며 느릿하게 추삽질을 시작했다.

워낙 내벽 근육이 겹겹이 휘감아 힘껏 머금고 있는 데다, 칼자루에 고풍스러운 문양이 정교하게 새겨져 있어 통로를 긁는 느낌이 사람을 미치게 했다. 칼자루가 체내의 어떤 지점을 긁고 지나가자 위무선은 신음하며 두 다리를 살짝 오므렸다. 눈앞이 아뜩하고 머리 가죽이 저릿했다. 활력이 돌아온 앞부분은 고개를 바짝 세웠다.

남망기 쪽에서 보면 한없이 음탕한 장면이었다. 위무선은 남망기 앞에 앉아 두 다리를 활짝 벌리고 하체의 은밀한 부분으로 피진을 물고 있었다. 단단하고 차가운 칼자루 탓에 여린 구멍이 붉게 부어 올라 몹시 딱해 보였다. 이런 상황에서도 위무선은 피진을 제 몸속으로 열심히 넣었다 빼기를 반복했다. 동작이 점차 빨라지며 추삽질도 순조로워졌다. 위무선은 가볍게 숨을 몰아쉬며 눈물을 머금은 눈으로 남망기를 쳐다봤다.

"남잠…… 남잠……."

콧소리가 가득 섞인 목소리는 애원하는 것 같기도, 정신이 몽롱한 상태에서 내뱉는 속삭임 같기도 했다. 어떤 것이든 마음을 어지럽히고 혼을 앗아가기에는 충분했다. 남망기는 다시 눈을 감지도 시선을 거두지도 못한 채 귀신에 홀린 듯 위무선을 노려봤다. 위무선의 얼굴, 피진 아래에서 바르작대는 모습, 스스로를 희롱하며 온몸을 파르르 떠는 장면까지. 남망기의 손가락 관절에서 뚜둑, 소리가 울렸다.

위무선은 남망기 쪽의 이상을 전혀 깨닫지 못했다. 그는 아래에 꽂은 피진 때문에 괴로워 저도 모르게 두 다리를 오므리고 힘을 주었다. 엉덩이가 맞물리며 구멍이 칼자루를 더욱 꽉 물어 당겼다. 숨을 내뱉은 위무선은 팔과 두 다리의 힘이 풀리는 것을 느꼈다. 옆으로 몸을 눕혀 잠시 쉬려는 그때였다. 갑자기 강철 같은 손이 오금을 꽉 쥐고 두 다리를 사납게 벌렸다.

위무선이 눈을 떴다. 남망기가 무섭도록 붉어진 눈으로 위무선을 바라보고 있었다. 남망기의 눈동자에 정체 모를 불꽃이 일렁였다. 그는 피진을 쥐고 뽑더니 멀리 내던졌다. 칼자루가 몸에서 빠져나가자 위무선이 불만스럽다는 듯 신음했다.

"수치도 모르고!"

남망기가 분노에 찬 목소리로 일갈했다.

위무선을 바닥에 짓누른 그는 자홍색으로 단단히 팽창한 하체를 단번에 박아넣었다. 그는 삽입하자마자 멈출 줄 모르고 난폭하게 부딪어왔다.

남망기가 들어오자 위무선의 두 다리가 자연스레 남망기의 허리를 휘감았다. 그는 남망기의 목을 두 팔로 감싸곤 능숙한 자세로 그를 받아들였다. 그러나 몇 번의 삽입이 이어지자 견디기가 약간 버거웠다. 동작이 너무 거친 탓에 삽입할 때마다 부딪쳐 날아갈 것 같았고 부딪힌 엉덩이와 꼬리뼈가 욱신거렸다. 위무선이 소리쳤다.

"살살! 둘째 형, 살살해……."

안타깝게도 위무선은 잊고 있었다. 지금 자신의 나이는 꿈속의 남망기보다 많았다. 한데 '둘째 형'이라고 불러버렸으니, 남망기는 자제는커녕 되레 더욱 거칠게 박아 넣기 시작했다. 위무선의 엉덩이를 산산조각내 벌을 내리겠다는 기세였다. 위무선이 고개를 뒤로 한껏 젖혔다. 폭풍우처럼 몰아치는 추삽질 속에서 그가 힘겹게 숨을 들이마시며 말했다.

"너무……, 뜨거워!"

한기를 내뿜는 피진을 몸속에 삼켰을 때는 내벽이 부드러워지면서도 조금은 서늘했다. 반면 남망기의 양물은 피진보다 더 두껍고 뜨거웠다. 남망기가 들어올 때마다 배 속까지 뜨겁게 끓어올라 온 바닥을 구르고 싶었다. 그러나 한참 동안 혼자 즐긴 데다 남망기의 거친 동작에 흐물흐물해진 몸은 자제력을 잃은 지 오래라, 그저 남망기의 꾸짖음에 따라 하릴없이 떠는 것이 고작이었다. 이 순간만큼은 남망기보다 수련 경지가 높은 위무선도 반항할 도리가 없었다. 너무 뜨거워 견디지 못하고 연신 허리를 비틀어 도망가려 했지만 남망기가 허리를 붙잡고 더 깊게 박아넣었다. 위무선은 소리조차 쥐어짜지 못했다.

남망기가 위무선의 귓전에 대고 낮은 소리로 일갈했다.

"누가 부군이야!"

위무선은 눈앞이 어질어질해 잠시 반응하지 못했다. 남망기가 사람과 혼까지 구름 너머로 날려 보낼 듯이 하체를 들이박으며 다시 한번 추궁했다. 위무선이 황급히 대답했다.

"너! 너! 너야, 네가 부군이야……."

모두 자신이 자초한 일이었다.

위무선이 이를 악다물고 한참을 견뎠다. 서늘하던 통로가 마찰로 뜨거워지고 나서야 조금씩 견딜 만해졌다. 선단의 뾰족한 부분이 몸속을 난폭하게 부딪어왔다. 부드럽고 질퍽해진 내벽이 끊임없이 양물을 빨아 당기며 불규칙적으로 수축했다. 약간 휘어진 긴 기둥이 계속해서 마찰해 오자 위무선은 밀려오는 쾌감에 거의 미칠 것 같았다. 하지만 위무선은 남망기를 당해 낼 수 없다는 듯 부러 약한 체를 했다. 그가 남망기의 세찬 움직임에 따라 위아래로 몸을 들썩이며 그의 팔을 붙잡고 애원했다.

"……둘째 형……, 남잠……, 조금만 살살하면 안 돼? 나 아파…… 피 나는 것 같아……."

두 사람이 교합된 곳이 미끄러워지고 질척한 물소리가 점차 커졌다. 남망기가 곧장 고개를 숙여 아래를 내려다봤다. 약간 놀란 기색이었다.

"피 났어?"

위무선이 끙끙대며 물었다.

"아니야."

남망기가 거친 숨을 몰아쉬며 대답했다.

"아니야? 그럼 그건 뭐야?"

"물이 나왔어."

남망기가 낮은 목소리로 말했다.

언제부터인지 위무선의 허벅지 안쪽으로 흥건한 물이 난잡하게 흐르고 있었다. 잔뜩 성이 나 부푼 남망기의 자홍색 양물에도 물기가 가득 묻어났다. 이는 위무선의 체내에서 흘러나온 것이 분명했다. 위무선은 못 믿는 체하며 되물었다.

"정말? 정말이야?"

위무선은 물으면서 남망기의 손을 잡고 두 사람이 맞닿은 부분으로 이끌었다. 굵고 단단한 양물이 혈관이 터질 듯 부푼 탓에 작은 입구가 한계치까지 벌어져 있었다. 남망기는 미끈한 액체를 만지고 바짝 붙어있는 육체를 건드리더니 바늘에라도 찔린 양 손을 뗐다. 자세히 보니 투명한 액체일 뿐 피는 아니었다.

위무선과 남망기의 몸은 상성이 좋아 분위기가 무르익으면 종종 몸이 자연스레 반응했다. 지금은 위무선이 일부러 장난을 친 것이었다. 위무선의 입꼬리가 올라가자 남망기는 속았다는 것을 깨닫고 세차게 몸을 움직였다. 위무선이 다급히 입을 열었다.

"……남잠, 남잠, 내가 올라갈게, 내가 위에서 하면 안 될까?"

남망기는 위무선이 말한 '위에'가 무슨 의미인지 몰라 약간 망설였다. 그러자 위무선이 남망기를 안고 몸을 뒤집어 체위를 바꿨다.

남망기가 바닥에 바로 누웠다. 위무선이 남망기 위에 앉자 엉덩이가 남망기의 골반과 딱 맞물렸다. 체위를 바꾸는 동안에도 굵고 단단하고 뜨거운 양물이 위무선의 구멍에 깊숙이 파묻힌 채 잠시도 떨어지지 않아 위무선의 배 속을 묘하게 휘젓고 지나갔다. 위무선은 쾌감에 눈을 가늘게 떴다. 재차 눈앞이 조금씩 아찔해졌다.

고개를 숙이자 착각인지 모르겠지만 자신의 판판한 아랫배가 들어찬 남망기의 양물로 인해 약간 부푼 것만 같았다. 그가 손을 뻗어 아랫배를 만졌다. 몇 번 만지기도 전에 남망기가 위무선의 엉덩이를 붙들고 강제로 움직였다.

위무선은 남망기에게 붙잡혀 위아래로 흔들렸다. 상승할 때면 약간 휘어진 단단한 선단이 몸속에 남았다. 아래로 내려앉으면 다리 아래의 물건이 가장 깊숙한 곳까지 파고들어 위무선은 저도 모르게 미간을 구겼다. 오르내리는 속도도 너무 빨라 숨 쉴 틈조차 없었다. 과거 두 사람은 침상에서 뒹굴 때 꼭 올라타는 체위를 했다. 깊숙이 삽입할 수 있어 위무선이 몹시 좋아하는 자세였지만, 지금은 너무 깊이 들어가 괴로울 지경이었다. 꿈속의 열일곱 살 남망기는 위무선의 도발에 눈이 뒤집혀 자신의 힘을 전혀 조절하지 못했다. 하도 줄기차게 박힌 위무선은 두 다리가 덜덜 떨려 일어나지 못했고 벗어날 기운은 더더욱 없었으니 상당한 곤경에 처한 셈이었다. 그는 양손으로 남망기의 탄탄한 아랫배를 받치고 받은 숨을 삼킬 수밖에 없었다.

위무선은 허리가 좁다랗고 엉덩이도 작았으나 엉덩이 살은 적지 않았다. 남망기가 열 손가락으로 엉덩이를 쥐고 힘껏 주무르자 살갗이 금세 시퍼렇게 물들었다. 남망기가 하도 주물러 온몸이 저릿했다. 위무선은 꼬집힌 엉덩이가 아파 남망기의 한 손을 잡아뗐다. 그런데 예상치 못한 일이 일어났다. 위무선의 행동이 심기에 몹시 거슬렸는지, 남망기가 미간을 바짝 구기며 어두운 표정을 하더니 '철썩' 하고 위무선의 엉덩이를 세차게 내리친 것이다. 시원하고 낭랑한 소리가 울려 퍼졌다.

엉덩이를 얻어맞은 위무선은 순간 깜짝 놀라 넋이 나갔다.

위무선은 평생토록 엉덩이를 맞아본 일이 없었다. 어릴 때 장난이 심해 우 부인에게 채찍으로 맞을 때도 등이나 손바닥을 맞았고, 강풍면과 강염리는 그를 절대 때리지 않았다. 그래서 다른 집 아이들이 말썽을 부려 바지를 벗은 채로 엉덩이를 맞으면 그저 부끄럽고 창피하다고 생각했다. 그는 자신이 한 번도 엉덩이를 맞은 적이 없다는 사실에 의기양양했다. 그런데 지금 남망기에게 엉덩이를 맞다니, 더군다나…… 열일곱 살의 남망기에게.

순식간에 위무선의 얼굴이 붉으락푸르락 물들었다. 그는 처음으로 정사 중에 억제할 수 없는 수치심을 느꼈다.

위무선은 더 생각하고 싶지 않았다. 엉덩이 한쪽이 화끈거리자 그가 다급하게 외쳤다.

"안 해!"

그는 옆으로 구르며 남망기의 몸에서 내려와 흐물흐물하게 풀린 다리를 이끌고 바지를 찾기 위해 앞으로 기어갔다. 남망기는 지금 한참 흥분한 상태였다. 하물며 방금까지 위무선에게 잡히고 꼬집히고 튕기고, 다시 입맞춤 당하고 만져지고 위협당해가며 한참이나 희롱당하지 않았는가. 이루 말할 수 없는 화를 누르고 있다가 위무선이 엉덩이를 때리는 것을 싫어한다는 사실을 발견했는데 쉽게 놔줄 리가 만무했다. 남망기가 손을 뻗어 위무선이 무릎까지 추켜올린 바지를 잡아 냅다 찢어버렸다. 위무선의 몸을 뒤집어 한 손으로 위무선의 두 손목을 등 뒤로 단단히 붙잡은 그가 다른 손으로 희디흰 엉덩이를 다시 한번 세차게 내리쳤다.

'철썩' 하는 소리와 함께 위무선의 몸 전체가 흔들렸다. 위무선이 비참하게 소리쳤다.

"아파!"

정말 아픈 것이 아니라 넘실거리는 수치심을 참을 수가 없었다. 위무선은 관계를 하며 일부러 신음을 참은 적이 없어 언제나 도중에 목소리가 쉬었다. 그래서 이렇게 소리를 질러도 정말 아픈 것이 아니라 되레 속삭이는 듯이 들렸다. 그 소리에 멈칫한 남망기가 시선을 아래로 옮겼다.

손바닥 아래의 살집 있는 새하얀 엉덩이가 분홍빛으로 물들었고 거친 손자국이 어지럽게 자리했다. 강제로 벌려져 오랫동안 추삽질을 당한 탓에 엉덩이 사이가 약간 벌어져 있었다. 사이에서 움칠거리며 수축하는 구멍은 빨갛게 붓고 충혈돼 한결 연약해 보였다. 어떻게 피진의 칼자루와 자신의 놀랄만한 크기의 양물을 삼켰는지 모를 일이었다. 엉덩이와 사타구니 근처는 흘러내린 액체로 엉망이었다.

남망기의 눈빛이 점차 탁해졌다.

남망기에게 붙들린 위무선은 남망기가 다시 엉덩이를 때릴까 싶어 황급히 엉덩이에 힘을 주며 입구를 뻐끔거렸다. 남망기의 주의를 돌려 엉덩이를 때리는 대신 하던 것을 계속하기를 바라는 마음에서였다. 과연, 뒤에 있던 남망기의 호흡이 거칠어지더니 위무선의 몸을 돌려 다시 위무선의 체내에 삽입했다. 더없이 순조로운 삽입이었다. 위무선은 몸속이 가득 차오르자 마침내 한숨을 돌릴 수 있게 되었다.

숨을 채 돌리기도 전이었다. 웬일인지 남망기가 다시 한번 위무선의 엉덩이를 내리쳤다. 위무선은 온몸을 바르르 떨며 저도 모르게 구멍을 콱 조였다. 마침 귀두가 민감한 지점을 긁고 있던 참이라 단단해진 앞섶이 위로 치솟으며 흰 액체가 조금씩 흘러나왔다.

뒤이어 남망기는 박아넣을 때마다 위무선의 엉덩이를 한 대씩 내리쳤다. 위무선의 내벽 근육은 남망기의 선단이 민감한 부분을 들이박을 때마다 더욱 단단히 조여왔다. 앞섶도 고개를 바짝 쳐들었다. 삼중 자극이 층층이 쌓이자 몰아치는 쾌감이 절정에 달했다. 위무선이 작은 소리로 흐느꼈다.

"이러지 마…‥. 남잠…‥ 그만 멈춰…‥. 때리지 마…‥. 정신 차려! 남잠, 정신 차려…‥."

정사할 때의 남망기가 늘 거칠고 사납다는 것은 잘 알았다. 위무선도 거친 방식이 좋았지만 이렇게까지 몰아붙여진 적은 처음이었다.

연달아 수십 대를 얻어맞자 멀쩡했던 엉덩이가 붉고 뜨겁게 부어올랐다. 화끈거리는 부분은 조금만 건드려도 견딜 수가 없었다. 반면 몸은 자꾸만 민감해졌다. 남망기가 다시 몸 깊숙이 삽입하며 고개를 숙여 위무선에게 입을 맞췄다. 위무선은 기진맥진한 채 남망기의 어깨를 단단히 끌어안았다. 두 사람의 입맞춤이 한층 진득해졌다. 위무선은 마침내 지칠 대로 지친 몸으로 정액을 뿜어냈다.

우윳빛 액체가 두 사람의 아랫배에 튀었다. 남망기도 위무선의 뒤를 이어 위무선의 몸속에 한 방울 남김없이 사정했다.

얌전히 끌어안고 있기를 한참, 위무선이 갈라진 목소리로 말했다.

"……아파……."

두 번째 사정에 냉정과 이성을 되찾았는지 남망기는 위무선의 몸를 억누른 채 어쩔 줄 몰라 했다.

"……어디가 아파?"

"…….."

위무선은 엉덩이가 아프다고 말하기 멋쩍어 작게 속삭였다.

"남잠, 어서 입 맞춰줘……."

위무선이 속눈썹을 내리깔았다. 평소와 완전히 다른 온순한 모습이었다. 그 모습에 남망기의 희디흰 귓불이 분홍빛으로 물들었다. 그는 위무선을 힘껏 끌어안고 입술을 머금으며 섬세하게 입을 맞추기 시작했다.

입술이 벌어지자 남망기는 위무선의 아랫입술을 가볍게 깨물었다.

그리고 두 사람은 함께 깨어났다.

정실의 나무 침상에 누운 두 사람은 잠시 서로를 마주 봤다. 남망기가 다시 위무선을 끌어안았다.

위무선은 남망기의 품에 안겨 긴 입맞춤을 이어 갔다. 그가 만족감에 눈을 가늘게 뜨며 말했다.

"남잠…… 나 물어볼 게 있는데. 내 안에서 사정할 때마다 내가 너에게 꼬마 남 공자를 낳아줬으면 좋겠다고 생각해?"

꿈속에서의 희롱은 실패하고 되레 자기가 당하며 깨어난 위무선은 남망기를 보자 다시 헛소리를 늘어놓았다. 남망기는 꿈속에서처럼 쉬이 화를 내지 않았다.

"네가 어떻게 낳아."

위무선은 시큰거리는 두 팔을 머리 뒤에 괴며 말했다.

"어휴. 내가 낳을 수 있었다면 네가 이렇게 밤낮도 목숨도 없는 것처럼 해댔으니, 지금쯤 잔뜩 낳아서 온 사방팔방 뛰어다녔겠지."

"……그만해."

남망기는 이렇게 음탕한 말은 못 들어주겠다는 듯이 말했다.

위무선이 한쪽 다리를 들며 시시덕댔다.

"또 부끄러워졌어? 난……."

말이 끝나기도 전에 갑자기 남망기가 위무선의 엉덩이를 가볍게 때렸다. 하마터면 위무선은 침상에서 굴러떨어질 뻔했다.

"무슨 짓이야!"

"뭐겠어."

남망기가 대꾸했다.

위무선은 후들거리는 두 다리에도 아랑곳하지 않고 후다닥 몸을 일으켰다.

"됐어, 남잠. 꿈에서 네가 무슨 짓을 했는지 다 기억하거든. 어려서부터 지금까지 날 이렇게 대한 사람은 없었다고! 앞으로 이러지 마. 하고 싶으면 원하는 대로 해. 다리 벌려줄 테니까 사람 때리지 말고!"

"안 때릴게."

남망기가 위무선을 침상으로 잡아끌며 대답했다.

남망기가 약조하자 위무선은 그제야 안심이 됐다.

"함광군, 약조한 거다."

"응."

사흘 밤을 뒹굴었더니 수마가 몰려왔다. 위무선도 더는 뒹굴 여력이 없었다. 그가 다시 남망기 품으로 파고들며 중얼거렸다.

"어려서부터 지금까지 날 이렇게 대한 사람은 없었다고……."

남망기는 위무선의 머리칼을 쓰다듬으며 위무선의 이마에 입을 맞추고는, 고개를 저으며 웃었다.

외전

제3장

악우(惡友)

외전
제3장 악우(惡友)

설양은 길가에 있는 노점에서 식사를 하던 중이었다. 작은 나무 탁자 옆에 앉아, 다리 한쪽을 굽혀 긴 의자에 걸친 채 미주탕원[#14]을 먹고 있었다.

그는 수저를 그릇 안에 넣고 달그락거렸다. 맛있게 먹다가 마지막에 갑자기 탕원이 너무 찰지고 미주가 충분히 달지 않다고 느꼈다.

설양은 일어나 노점상을 발로 차서 엎었다.

이리저리 바빴던 노점상 주인은 설양의 느닷없는 행동에 깜짝 놀랐다.

주인은 웬 소년이 갑자기 사납게 횡포를 부리더니 한마디도 하지 않고 웃는 얼굴로 그냥 가 버리자 한참 뒤에야 정신을 차리곤 쫓아가며 욕했다.

"이게 무슨 짓이야!"

#14 미주탕원(米酒湯圓) 쌀로 담근 술과 물을 섞어 끓이고, 찹쌀가루로 만든 경단에 소를 넣어 뜨거운 물에 삶아 만든 탕원을 넣어 끓인 중국의 전통 음식.

"노점을 부쉈지."

설양이 말했다.

"돌았군! 미쳤어!"

노점상 주인이 화가 머리끝까지 나서 노발대발했다.

태연한 설양의 모습에 주인이 삿대질하며 야단쳤다.

"야, 이 개자식아! 음식을 먹어 놓고 돈도 안 내고 노점까지 부쉈?! 내가……."

설양이 오른손 엄지손가락을 살짝 움직이자 허리춤의 패검이 '쨍' 하고 나왔다.

설양은 음산하게 빛나는 자기의 패검 강재(降災)의 검 끝으로 노점상 주인의 얼굴을 툭툭 쳤다. 그러곤 가볍고 부드러운 동작으로 상냥하게 말했다.

"탕원은 맛있었어. 다음에는 설탕을 더 넣으라고."

말을 마치고는 건들거리며 걸어갔다.

노점상 주인은 놀랐다가 공포스러웠다가, 노엽기도 했지만 감히 뭐라고는 못 하고 멀어져 가는 설양을 멍하니 쳐다보기만 했다. 그러다 갑자기 억울하고 화가 치밀었다.

한참 뒤 주인이 분노를 폭발하며 외쳤다.

"……벌건 대낮에 아무 이유도 없이, 왜, 어째서!"

"왜란 없어. 세상엔 아무 이유 없는 일도 많아. 그걸 횡액이라고 하지. 안녕!"

설양은 뒤도 돌아보지 않고 손을 흔들며 말했다.

그러곤 경쾌한 발걸음으로 거리 몇 개를 지나 한참을 걸었다. 잠시 뒤 누군가 뒷짐을 지고 빠르지도 느리지도 않게 설양의 걸음을 따라왔다.

"내가 잠깐 비운 사이에 넌 나에게 일을 산더미처럼 안겨 주는 군. 탕원 한 그릇 값만 치르면 됐는데 노점의 탁자와 의자는 물론 주방 물품을 살 돈까지 물어 줘야 했어."

금광요가 한숨을 내쉬었다.

"그 돈 몇 푼이 아까워?"

설양이 빈정댔다.

"아니."

금광요가 대답했다.

"그런데 웬 한숨이야?"

설양이 물었다.

"내 생각엔 너도 돈이 아쉽진 않을 텐데. 가끔은 정상적인 손님처럼 굴면 안 되나?"

금광요가 말했다.

"기주에서는 원하는 게 있어도 돈을 낸 적이 없어. 지금처럼."

그러더니 설양이 길가의 당호로[15] 가판에서 당호로를 하나 빼 들었다. 가판 주인은 이렇게 낯짝이 두꺼운 사람은 처음 보는지 눈이 휘둥그레져서 아무 말도 하지 못했다.

"그러니, 작은 노점 하나 뒤집어엎었다고 뭐 어쩔 건데?"

설양이 당호로를 물면서 어깨를 으쓱했다.

"이 건달 자식. 노점을 부수든지 길 하나를 다 태우든지 네 마음대로 해, 난 상관 안 할 테니. 그런데 하나만 지켜. 금성설랑포만 입지 마. 다른 사람이 네가 누군지 모르게 얼굴 잘 가리고. 아니면

#15 당호로(糖葫蘆) 산사나무 열매를 꼬치에 꿰어 물엿을 묻혀 굳힌 중국 과자.

내가 곤란해지거든."

금광요가 웃으며 말했다.

금광요가 가판 주인에게 돈을 건네자 설양이 산사자의 씨를 뱉으며 곁눈질로 금광요의 관자놀이에 난 멍을 흘겨봤다. 그가 하하 웃으며 물었다.

"어떻게 된 거야?"

금광요가 책망의 눈빛으로 설양을 흘겨보며 모자를 고쳐 써 멍을 가렸다.

"한마디로 말하기 어려워."

"섭명결이 때린 거야?"

"그가 손찌검했으면 지금 내가 여기 서서 너랑 대화할 수 있을 것 같나?"

설양은 금광요의 말이 맞다고 생각했다.

두 사람은 난릉성에서 나와 황량한 교외에 있는 이상한 건물에 도착했다.

건물은 화려하거나 아름답지 않았고 높은 담장 안에는 새까만 긴 가옥이 있었다. 긴 가옥 앞에 있는 널따란 마당에는 가슴 높이의 철책이 둘러쳐 있고, 철책에는 붉고 노란 부적이 잔뜩 붙어 있었다. 마당에는 철로 만든 우리, 작두, 쇠못이 박힌 철판 등 이상한 물건이 놓여 있었고 남루한 옷을 입은 '사람'들이 천천히 걸어 다니고 있었다.

그 '사람'들은 하나같이 얼굴이 시퍼렇고 눈에 초점이 없었다. 또한 목적 없이 빈 곳을 걸어 다니다가 상대에게 부딪치면 바람이 빠지는 것처럼 허허 하는 이상한 소리를 냈다.

연시장(煉屍場).

금광선은 음호부를 생각하면 애가 닳았다. 몇 번이나 에둘러 말하고 갖가지 수단을 다 동원했지만 위무선에게 도통 먹히지 않았고 거절당하기 일쑤였다. 금광선은 속으로 이렇게 생각했다. 위무선이 할 수 있는데 다른 사람이라고 못 하랴! 천하에 위영 한 사람에게만 그런 능력이 있으리라고는 안 믿는다. 언젠가 위영 너도 누군가에게 따라잡히고 뒤 세대 누군가의 발밑에 깔려 비웃음당할 날이 올 것이다. 그때가 되어도 네가 그렇게 안하무인일 수 있을까?

그래서 금광선은 위무선을 모방해 마도를 수련하는 자들을 대거 모집했고, 거금과 물자를 들여 그들에게 비밀리에 음호부의 구조를 연구하고 밝혀내 복제해서 환원하라고 했다. 그러나 성과를 낸 사람은 손에 꼽을 정도로 드물었고, 가장 큰 성과를 낸 사람이 금광요가 추천한 나이가 가장 어린 설양이었다.

금광선은 뜻밖의 성과에 대단히 기뻐하며 설양을 객경으로 높여주고 많은 권리와 자유를 주었다. 연시장은 설양을 위해 금광요가 특별히 부탁해 마련한 곳으로, 설양이 비밀리에 연구하면서 자기가 하고 싶은 대로 다 하도록 만든 공간이었다.

연시장에 도착하자 흉시 두 구가 연시장 중앙에서 싸우고 있었다.

두 흉시는 다른 주시와는 달리 옷을 제대로 갖춰 입고 있었다. 둘은 눈동자를 하얗게 까뒤집고 손에 병기를 들고 있었다. 두 검이 맞부딪치자 불꽃이 사방으로 튀었다. 철책 앞에 놓인 의자에 두 사람은 동시에 앉았다. 금광요가 옷섶을 정리하는데 주시 하나가 흔들거리며 오더니 쟁반을 내밀었다.

"차."

설양이 말했다.

금광요가 보니, 찻잔 아래에 이상한 자홍색 물체가 찻물에 부풀어 있는 게 정체를 알 수 없었다.

금광요가 웃으며 찻잔을 밀어냈다.

"됐어."

"내가 비밀 제조법으로 직접 만든 차인데 왜 안 마셔?"

설양이 찻잔을 금광요에게 밀면서 친절하게 권했다.

"네가 직접 비법을 써서 만든 거니까 못 마시지."

금광요가 다시 한번 찻잔을 밀어내며 친절하게 사양했다.

설양이 한쪽 눈썹을 치켜세우더니 고개를 돌려 흉시들의 대결을 봤다.

흉시들은 점점 치열해져 검과 손을 다 써 댔고, 피와 살이 사방으로 튀었다. 설양이 점점 따분한 표정을 짓더니 한참 뒤 갑자기 손가락을 튕기고 손짓했다. 그러자 흉시 두 구가 온몸에 경련을 일으키더니 검 끝을 돌려 자기 머리를 쳐 냈다. 그러자 머리 없는 몸통이 퍽 하고 바닥으로 쓰러져 부들부들 떨었다.

"한참 잘 싸우고 있었는데 왜?"

금광요가 물었다.

"너무 느려."

설양이 말했다.

"지난번에 본 것에 비하면 꽤 빨라졌는데."

금광요가 말했다.

설양이 검은 장갑을 낀 손을 뻗어 손가락 하나를 들어 흔들며 말했다.

"뭐랑 비교해. 저런 건 온녕은커녕 위무선이 피리를 불어 조종하는 보통 흉시와 겨뤄도 얼마 못 버텨."

"뭐가 그리 급해? 나도 서두르지 않는데 말이야. 천천히 해, 필요한 게 있으면 말하고. 맞다."

금광요가 소매에서 물건 하나를 꺼내 설양에게 건넸다.

"아마도 이게 필요하겠지?"

물건을 건네받아 휘리릭 넘겨 본 설양이 의자에 앉았다.

"위무선의 친필 원고?"

"맞아."

설양은 눈빛을 반짝이며 고개를 숙여 넘겨 보고는 고개를 들며 말했다.

"이게 정말 그의 친필 원고야? 열아홉 살에 썼다는?"

"당연하지. 누구나 다 원하는 물건이라 머리 터지게 싸워서 겨우 구했어. 내가 애를 많이 썼지."

금광요가 말했다.

낮은 소리로 욕설을 내뱉는 설양의 두 눈에 흥분한 기색이 떠올랐다. 설양은 단숨에 다 보고 말했다.

"완전하지 않아."

"난장강 일대가 큰불에 휩싸이고 교전이 벌어져 이 정도만 찾아낸 것도 굉장한 거라고. 아껴서 봐."

"위무선의 피리는, 진정은 손에 넣을 수 없어?"

"진정은 안 돼. 강만음이 가져갔어."

"그는 위무선을 제일 증오하잖아? 진정을 가져가 뭐 하려고. 네가 위무선의 검을 차지했잖아. 검을 그에게 주고 피리로 바꿔 오면 어때. 위무선은 검을 안 쓴 지 오래고, 수편은 봉검돼 아무도 뽑을 수가 없으니 놔둬 봐야 관상용이지 쓸모가 없잖아."

"설 공자, 어려운 일을 강요하지 마. 내가 안 해 봤을 것 같아? 어디 그렇게 간단한 일이 있다고. 강만음은 지금 거의 미쳤어. 아직도 위무선이 죽지 않았고 돌아오면 검이 아니라 진정을 찾으러 올 거라고 생각한다고. 그래서 절대 진정을 내주지 않는 거야. 내가 더 말을 꺼냈다간 그가 불쾌해할 거야."

"미친 개새끼."

설양이 흥흥거리며 빈정거렸다.

그때 난릉 금씨 문하생 둘이 산발한 수사를 끌고 왔다.

"네가 흉시를 다시 만들어야 한다고 하지 않았나? 마침 잘됐네. 그래서 내가 재료를 준비했지."

금광요가 말했다.

끌려온 수사는 두 눈이 터질 듯이 빨개진 채로 미친 듯이 저항했다. 금광요를 쳐다보는 두 눈에서 불꽃이 뿜어져 나오는 듯했다.

"뭐야?"

설양이 물었다.

"이리로 데려왔으면 당연히 죄인이겠지."

금광요가 얼굴색 하나 안 변하며 말했다.

그 말에 그 수사가 힘차게 달려들면서 입을 막고 있던 천 뭉치와 피를 내뱉었다.

"금광요! 이 개돼지만도 못한 극악무도한 간신이 나를 죄인이라고 매도해?! 내가 도대체 무슨 죄를 지었다는 말이냐!"

말 한 마디 한 마디가 날카로운 못이 되어 금광요에게 박히지 않는 게 한스러웠다. 설양이 비웃으며 물었다.

"무슨 일이야?"

그 수사 뒤에 있던 사람이 개 줄을 당기는 것처럼 잡아 세우자 금광요가 손을 흔들며 말했다.

"막아."

"왜 막아? 좀 들어 보자고. 네가 왜 개돼지만도 못한 극악무도한 인간인데? 저자가 개처럼 짖어 대서 뭐라고 하는지 잘 못 들었단 말이야."

"하소 공자께서도 명사라 일컬어지는 분인데 어찌 이리 예의가 없어."

금광요가 약간 질책하는 말투로 말했다.

"난 이미 네 도마 위에 얹어진 생선인데 왜 그리 허세를 부리지?"

그 수사가 냉소를 지으며 말했다.

"그리 볼 거 없습니다. 저도 어쩔 수 없었으니. 선독에 천거하는 것이 대세인데 왜 선동을 해 가며 이곳저곳 분란을 일으킵니까? 이미 몇 번 경고했을 터인데 어찌 고집을 부리고 안 들어서 이런 사달을 만드십니까. 저도 참 유감스럽고 괴롭습니다……."

금광요가 환한 얼굴로 친절하게 말했다.

"뭐가 대세지? 뭘 선동했다는 것이냐? 금광선이 선독 자리를 만들겠다는 건 기산 온씨의 독재를 모방하는 게 틀림없건만! 자네는 세상 사람들이 그것도 모른다고 생각하나? 이리 날 모함하는 건 내 말이 맞는다는 얘기 아닌가!"

하소가 일갈했다.

금광요는 말없이 싱긋 웃었다.

"너희의 목적이 정말 달성되면 현문 백가가 난릉 금씨의 진면목을 보게 될 것이다. 나 하나만 죽이면 근심 걱정이 다 사라질 줄 아느냐? 그리 생각하면 오산이다! 우리 정산 하씨는 인재를 배출하는 가문이니, 지금부터 한마음 한뜻으로 너희 같은 또 하나의 온씨 개에게 절대 굴복하지 않을 것이다!"

하소가 외쳤다.

그 말에 금광요의 눈이 약간 가늘어지고 입꼬리가 올라가면서 평소의 상냥하고 친절한 표정이 됐다. 금광요의 표정에 하소는 심장이 덜컥 내려앉았다. 바로 그때, 연시장 밖에서 소란이 일면서 여자와 아이의 울음소리가 섞인 웅성거리는 소리가 들렸다.

하소가 세차게 고개를 돌리자, 난릉 금씨 수사들이 같은 복장을 한 사람 육칠십 명을 끌고 들어왔다. 끌려온 사람들은 남녀노소 모두 놀라고 공포에 휩싸인 표정이었다. 이미 대성통곡하는 사람도 있었다. 소녀 한 명과 소년 한 명이 꽁꽁 묶인 채 바닥에 꿇어앉아 하소를 향해 비통하게 외쳤다.

"형!"

깜짝 놀란 하소의 얼굴이 순식간에 백지장처럼 창백해졌다.

"금광요! 이게 무슨 짓이냐?! 나 하나 죽이면 될 것을, 왜 우리 가문 전체를 끌어들이는 것이냐?!"

"방금 직접 저를 일깨워 주지 않으셨습니까? 당신 하나를 죽인다고 근심 걱정이 다 사라지진 않는다고. 정산 하씨는 인재를 배출하는 가문이니 지금부터 한마음 한뜻으로 절대 굴복하지 않을 것이라 말입니다. 내 너무 놀라 이리저리 생각해 보니 이러는 수밖에 없겠더라고요."

금광요가 고개를 숙여 소매를 정리하고는 빙긋 웃었다.

하소는 목구멍이 주먹으로 막히기라도 한 것처럼 아무 말도 하지 못했다. 그러다 한참 뒤에 다시 분노를 터뜨렸다.

"네가 무고한 우리 가문을 멸문하려 하다니, 세상 사람들의 손가락질이 두렵지도 않아?! 적봉존이 알면 어떻게 할 것 같으냐!"

하소가 섭명결을 거론하자 금광요의 눈썹이 꿈틀했고, 설양은 웃다가 의자에서 거의 넘어질 뻔했다. 금광요는 설양을 한 번 보고는 다시 평온한 상태로 돌아와 말했다.

"그렇게 말씀하시면 안 되지요. 정산 하씨가 난을 일으켜 항명하고 온 가문이 힘을 합쳐 금 종주를 암살하려다 현장에서 붙잡혀 놓고, 무고하다니요?"

"형! 거짓말이에요! 우리 안 그랬어요, 안 그랬다고요!"

저쪽에서 몇 명이 울면서 외쳤다.

"모두 허튼소리다! 네 그 개 같은 눈을 크게 뜨고 잘 봐라! 여긴 아홉 살 먹은 아이도 있어! 걷지도 못하는 노인도 있고! 그들이 어떻게 난을 일으키고 항명을 한단 말이냐?! 저 멀쩡한 사람들이 왜 네 아버지를 죽이려 한단 말이야?!"

하소가 목에 핏대를 세우며 역설했다.

"당연히 하소 공자께서 실수로 사람을 죽이고 금린대에서 심판을 받자 불복한 것 아니겠습니까."

금광요가 여상히 말했다.

하소는 그제야 자기가 무슨 죄명으로 이런 으스스한 곳까지 끌려왔는지 생각이 났다.

"전부 모함이야! 난 너희 난릉 금씨 수사를 절대 죽이지 않았다!

죽은 그자는 한 번도 본 적이 없다고! 너희 가문 수사인지도 확실하지 않건만! 난…… 난…….”

하소는 목이 메어 한참 동안 아무 말도 못 하다 결국 무너졌다.

“난…… 난 무슨 일인지 전혀 몰라, 정말 모른다고!”

그러나 이곳에는 하소의 해명을 들어 줄 사람이 없었다. 앞에 앉은 두 사람은 이미 그를 흉악무도한 자로 보고 있었고, 그가 마지막으로 발악하는 모습을 즐기고 있었다. 금광요가 웃으면서 몸을 뒤로 기대고 손을 저으며 말했다.

“막아, 막으라니까.”

죽음이 확실하다고 느낀 하소가 절망스러운 얼굴로 이를 갈며 포효했다.

“금광요! 너도 언젠가 이 죗값을 치를 것이다! 네 아비는 조만간 창기들 속에서 죽고, 창기의 자식인 너도 끝이 좋진 않을 것이다!”

설양은 히죽대며 재미있게 듣고 있었다. 그 말에 갑자기 검은 그림자가 번쩍하더니 은빛이 휙 스쳤고 하소가 입을 잡고 비명을 질렀다.

붉은 피가 바닥에 뿌려지자 저쪽에 있던 하소 가족이 울며불며 욕을 하면서 난리를 쳤지만, 아무리 몸부림쳐도 빠져나올 수가 없었다. 설양은 일어나지도 못하는 하소 옆에 서 피범벅이 된 것을 손으로 집어 던졌다 받았다 하면서 옆에 있던 주시 두 구를 향해 손가락을 튕기며 말했다.

“우리에 가둬.”

“산 채로 가두려고?”

금광요가 말했다.

설양이 고개를 돌리고 입꼬리를 올리며 말했다.

"위무선은 산 사람으로 만든 적이 없지만 난 한번 시험해 보고 싶어."

주시 두 구가 그의 명령에 따라 계속 울부짖는 하소의 두 다리를 끌고 가 연시장에 있는 철제 우리에 집어 던졌다. 자기 가문 형장이 우리에서 미친 듯이 철책에 머리를 박고 있는 것을 보자 소년 소녀 몇 명이 달려들면서 펑펑 울었다. 우는 소리가 날카롭게 귀를 자극하자 금광요가 한 손을 들어 관자놀이를 문지르며 찻잔으로 손을 뻗었다. 차를 한 모금 마셔 놀란 가슴을 가라앉히려는 것 같았다. 금광요가 고개를 숙여 찻잔 아래에 있는 자홍색 물체를 보더니 다시 고개를 들어 설양을 쳐다보았다. 그가 손으로 갖고 노는 혀를 보면서 잠깐 생각하다가 갑자기 깨달은 듯 말했다.

"너 그걸로 차를 끓인 거야?"

"한 단지 있는데, 줄까?"

설양이 물었다.

"……사양하지. 넣어 둬. 같이 누구 데리러 갔다가 다른 곳에 가서 차 마시자고."

금광요가 말했다.

그러고는 뭔가 생각이 났는지 모자를 고쳐 쓰다가 무의식적으로 이마에 난 멍을 건드렸다. 설양은 남의 불행을 보고 기쁜 듯이 말했다.

"너 머리의 혹, 도대체 무슨 일이야?"

"말했잖아, 한 마디로 다 말 못 해."

금광요가 말했다.

금광선은 크고 작은 일을 금광요에게 던져 주고 자기는 온종일 주색에 빠져 밤이 새도록 집으로 돌아가지 않았다. 당연히 금 부인이 노발대발했다. 금자헌이 있었을 때는 그가 부모의 중재자 역할을 했지만 지금 두 사람 사이에는 만회의 여지가 전혀 없었다. 금광선이 나가서 여자와 놀아날 때마다 금광요가 대신 변명해 주고 변호했지만, 금 부인은 금광요를 붙잡고 화를 내기 일쑤였다. 오늘 향로를 던졌다면, 다음 날엔 차를 부어 버리는 식이었다. 금광요는 금린대에서 평안하게 며칠 더 살기 위해 온갖 기루를 직접 다 찾아가며 시간 맞춰 금광선을 데리고 돌아왔다.

이런 일도 많이 하다 보니 요령이 생겨, 어디를 가야 금광선을 빨리 찾는지 알게 되었다. 화려한 작은 건물을 찾아간 금광요가 뒷짐을 지고 들어가자, 대청에 있던 여인이 호감을 사려는 웃음을 지으며 다가와 인사했다. 금광요가 손을 들어 필요 없다는 표시를 했다. 설양은 손님 탁자에서 사과 하나를 들어 앞섶에 닦고는 금광요를 따라 천천히 위층으로 올라가면서 아삭아삭 베어 먹었다. 얼마 뒤 위층에서 금광선과 여인의 애교 섞인 웃음소리가 들렸다. 한 명이 아닌 여러 명이 꾀꼬리처럼 재잘거렸다.

"종주님, 제 그림 어떤지 좀 봐 주실래요? 이 꽃을 제 몸에 그리니 살아 있는 것 같지 않아요?"

"그림 좀 그리는 게 뭐 대단하다고. 종주님, 제 글씨 좀 봐 주세요, 어때요?"

금광요는 진작에 습관이 되어 언제 나타나고 나타나지 말아야 할 때를 알아 설양에게 손짓하며 멈췄다. 설양이 혀를 차며 못 봐 주겠다는 표정을 지었다. 아래층에 내려가 기다리려고 하는데, 갑자기 금광선이 버럭 소리를 질렀다.

"여자는 화초나 만지고 분이나 찍어 발라 예쁘게 꾸미면 그만이지, 무슨 글씨야? 흥 깨지게."

금광선의 환심을 사려다가 오히려 이런 소리를 들으니 분위기가 싸해졌다. 금광요가 멈칫했다.

얼마 뒤 누군가 웃으며 말했다.

"하지만 예전에 운몽의 한 기녀가 시와 가무에 능해 유명해져서 큰 사랑을 받았다고 하던데요!"

"말을, 그리하면 못써. 내 지금 생각한 건데, 여인은 그런 것을 모르는 게 낫더구나. 서책깨나 읽었다는 여인은 자기가 다른 여인보다 위라고 생각하고 요구하는 게 많다고. 비현실적인 생각만 많아서 제일 귀찮아."

금광선이 혀 꼬부라진 소리로 말했다. 만취했는지 말에서도 취한 기색이 느껴졌다.

창문 앞에 서 있던 설양은 뒤로 물러서 팔을 창에 받치고 사과를 먹으며 고개를 기울여 바깥 풍경을 봤다. 금광요는 미소가 얼굴에 박제된 것처럼 여전히 웃는 얼굴로 꼼짝도 하지 않았다.

누각의 여인들이 웃으며 화답하자 금광선은 옛일이 생각났는지 혼잣말을 했다.

"만약 그녀를 빼주어 난릉까지 찾아왔다면 또 얼마나 귀찮게 했을지 모를 일이야. 그냥 살던 곳에서 하던 대로 지내면 몇 년 더 인기를 끌어 남은 평생 먹고사는 걱정은 안 해도 됐을 텐데. 어쩌자고 아들을 낳겠다고, 창기의 자식한테 무슨 희망을 품어……."

"금 종주, 누구 말씀하시는 거예요? 무슨 아들이요?"

한 여인이 물었다.

"아들? 흥, 말도 마."

금광선이 건성으로 말했다.

"좋아요, 말하지 말라면 안 할게요!"

"금 종주님이 우리가 글씨 쓰고 그림 그리는 게 싫다고 하시면 안 할게요. 다른 놀이 할까요?"

금광요는 계단에서 한 주향을 서 있었고, 설양도 한 주향 동안 경치를 바라보았다. 이윽고 시시덕거리는 소리가 잦아들었다.

잠시 뒤, 금광요가 아무렇지 않은 얼굴로 몸을 돌려 천천히 누각에서 내려갔다. 설양도 손에 든 사과 씨를 창밖으로 던지고 건들건들 따라 내려갔다.

두 사람은 한참을 걸었다. 설양이 갑자기 사정없이 웃었다.

"하하하하하, 염병할, 하하하하하하…….""

"왜 웃지?"

금광요가 발을 탁 구르며 차갑게 말했다.

"방금 진짜로 거울 가져다가 네 얼굴을 좀 보여 주고 싶었다니까. 네 웃는 얼굴, 정말 못 봐 줄 정도였어. 위선 떠는 거 정말 메스꺼웠다고."

설양이 포복절도했다.

"너 같은 건달이 뭘 알까. 아무리 위선적이고 구역질 나도 웃어야 하기 마련이야."

금광요가 콧방귀를 뀌며 말했다.

"네가 자초했지. 난 누가 나한테 창녀 자식이라고 하면, 그 자식의 어미를 찾아 일단 내가 수백 번 박아 준 다음 유곽에 끌고 가 던져놓고 다른 사람이 수백 번 박게 해서 도대체 누가 창녀 자식인지 알려 줄 거야. 얼마나 간단해."

설양이 나른하게 말했다.

"난 너처럼 한가하지 않아서."

금광요도 웃었다.

"너는 없어도 나는 있잖아. 대신해 줄 수 있어. 말만 하면 내가 너 대신 박아 줄게. 하하하하하하……."

설양이 말했다.

"그럴 필요 없어. 설 공자께선 정력을 아껴 두시지요. 며칠 뒤 시간 있어?"

금광요가 물었다.

"시간이 있건 없건 해야 하잖아?"

"운몽에 가서 어떤 곳을 쓸어버려, 깔끔하게."

"이런 격언이 있지, 설양이 나서면 개 한 마리, 닭 한 마리 남겨 두지 않는다고. 너 내 일 처리에 대해 뭔가 오해가 있는 것 같다?"

"그런 격언 못 들어 본 것 같은데?"

금광요가 설양을 힐끗 보며 말했다.

이미 땅거미가 져 사위가 고요하고 행인도 적었다. 두 사람은 이야기를 나누며 걷다가 길가에 있는 작은 노점을 지났다. 노점상은 기운 없이 탁자를 정리하다가 고개를 들더니 갑자기 소리를 지르며 뒤로 펄쩍 물러났다.

노점상 주인의 비명은 공포에 가까웠다. 심지어 금광요도 조금 놀라 허리에 찬 패검 한생(恨生)에 신속히 손을 갖다 댔다. 그냥 보통 노점상임을 확인한 그는 곧장 무시했다. 그러나 설양은 두말 않고 다가가 노점을 발로 걷어찼다.

"또 너야?! 왜?!"

노점상 주인이 놀라고 무서워서 소리쳤다.

"내가 말했잖아? 이유는 없다고."

설양이 웃으며 말했다.

다시 한번 차려는데 갑자기 손등에서 극심한 통증이 느껴져 뒤로 몇 걸음 물러났다. 손을 들어 보니, 손등에 붉은색 상처가 생겼다. 고개를 들자 검은 옷을 입은 도인이 불진(拂塵)을 거두며 차갑게 설양을 쳐다보고 있었다.

도인은 호리호리한 몸매에 맑고 준수하면서도 차가운 얼굴이었다. 또한 손에 불진을 들고, 등에 멘 장검에 달린 술이 바람에 살랑살랑 흔들렸다. 설양의 눈에 살기가 스쳤다. 그가 주먹을 날렸다. 검은 옷의 도인이 불진을 휘둘러 손을 막아 냈지만, 설양의 공격은 예측 불허로 공격의 기세를 찰나에 바꿔 상대의 심장을 노렸다.

검은 옷 도인은 미간을 살짝 찌푸리면서 몸을 비켜 피했지만, 왼팔을 스쳤다. 분명 피부에 상처도 남지 않을 정도인데 도인의 미간에 서릿발처럼 차가운 기색이 돌았다. 심기에 몹시 거슬린다는 표정이었다.

설양은 이 미세한 표정 변화를 알아채고 냉소를 지으며 다시 공격하려고 달려들었다. 그런데 갑자기 하얀 그림자가 끼어들었다. 금광요가 중간을 가로막으며 말했다.

"제 얼굴을 봐서라도 송자침 도장, 손을 거둬 주십시오."

노점상 주인은 도망간 지 오래였다.

"염방존?"

검은 옷 도인이 말했다.

"예, 그렇습니다."

금광요가 말했다.

"염방존이 어찌 이 난폭한 자를 두둔하십니까?"

송자침이 말했다.

"송 도장, 이 사람은 난릉 금씨의 객경입니다."

금광요가 쓴웃음을 지으며 어쩔 수 없는 척했다.

"객경이 어찌 이런 부적절한 행동을 합니까."

송자침이 말했다.

"송 도장, 잘 모르시는 것 같은데 그는…… 나이도 어리고 성격도 괴팍하니 그와 더 논쟁하지 마십시오."

금광요가 기침을 하며 말했다.

그때, 청량하고 온화한 목소리가 들려왔다.

"아직 어리긴 하군요."

어둠 속에서 달빛이 빛나는 것처럼 팔에 불진을 끼고 등에 장검을 멘 백의의 도인이 세 사람 앞에 조용히 나타났다.

늘씬한 도인이 옷소매와 검에 달린 술을 나부끼며 천천히 걸어오는 모습이 마치 구름을 밟고 오는 것 같았다.

"효성진 도장."

금광요가 예를 표하며 인사했다.

"수개월 전에 헤어졌는데 염방존께서 저를 기억하실 줄은 몰랐습니다."

효성진도 예를 표하며 웃으면서 말했다.

"효성진 도장이 상화(霜華)를 뽑으면 천하가 놀라는데 제가 기억을 못 하는 게 이상한 것이지요."

금광요가 말했다.

"과찬이십니다."

효성진이 살짝 미소 지었다. 금광요의 말은 3할이 아부라는 것을 잘 아는 것 같았다. 효성진이 설양에게 시선을 옮기며 말했다.

"나이가 어리다고는 하나 금린대 객경의 자리에 있으면 자신을 단속하고 욕구를 억제하는 게 좋습니다. 난릉 금씨는 명문 세가이니 각 분야에서 모범이 되셔야지요."

총총히 빛나는 검은 눈으로 설양을 보는 눈빛이 맑고 온화해 책망의 기색은 전혀 없었다. 그래서 충고하는 말이었지만 반감이 들지 않았다. 금광요가 침착하게 상황을 마무리하면서 말했다.

"지당한 말씀이십니다."

설양이 "하." 하고 웃었다. 효성진은 설양의 비웃음에도 화내지 않고 잠시 설양을 가늠하더니 주저하며 말했다.

"게다가 이 소년분을 보니 손동작이 자못……."

"잔인하지."

송자침이 차갑게 말했다.

그 말에 설양이 하하 웃었다.

"내가 어리다고 하는데 그러는 당신은 나보다 몇 살이나 많아서? 내 동작이 잔인하다고 하는데, 누가 먼저 나를 불진으로 쳤지? 당신들이 사람을 가르치려 들다니 너무 웃기는군."

설양은 말하면서 핏자국이 난 손을 들어 흔들어 보였다. 분명 설양이 노점을 걷어찬 게 먼저인데 본말을 전도하고 오히려 당당하게 굴었다. 금광요는 난감해하면서 두 도인에게 말했다.

"두 분 도장님, 이건……."

효성진은 웃음을 금치 못했다.

"정말로……."

"정말로 뭐? 어서 말해."

설양이 눈을 가늘게 뜨고 으르렁댔다.

"성미, 입 다물어."

금광요가 온화하게 타일렀다.

그 호칭에 설양의 표정이 금세 어두워졌다.

"두 도장님, 오늘 일은 죄송합니다. 제 체면을 봐서라도 언짢아하지 마십시오."

금광요가 다시 사과했다.

송자침이 고개를 절레절레 내젓자 효성진이 그의 어깨를 치면서 말했다.

"자침, 그만 가세."

송자침이 효성진을 보고 고개를 살짝 끄덕이더니 금광요에게 인사하고 떠났다.

설양이 음험한 눈빛으로 두 사람의 뒷모습을 노려보면서 웃으며 이를 갈았다.

"……빌어먹을 역겨운 도사 같으니."

"그들이 너한테 뭘 어떻게 한 것도 아닌데 뭘 그리 화를 내?"

금광요가 이상하다는 듯 물었다.

"나는 저렇게 고결한 척, 자기가 대단한 줄 아는 사람이 제일 역겨워. 저 효성진 말이야, 분명 나보다 몇 살 많지도 않으면서 오지랖 부리는 모습만도 혐오스러운데 나를 가르치려 들기까지 했잖

아. 그리고 저 송 씨라는 인간은—."

설양이 냉소를 지으며 말을 이었다.

"스쳤을 뿐인데 왜 그런 눈빛으로 봐? 언젠가는 내가 그 두 눈을 파 버리고 심장을 박살 내서 어쩌는지 볼 거야."

"그건 오해야. 송 도장은 결벽증이 있어서 다른 사람과 접촉하는 걸 싫어해. 너한테만 그런 게 절대 아니라고."

금광요가 말했다.

"저 두 역겨운 도사는 누구야?"

설양이 물었다.

"그렇게 야단을 떨었으면서 누군지도 몰랐다고? 요즘 가장 위세 드높은 사람들이잖아. '명월청풍 효성진, 오설능상 송자침'. 못 들어봤어?"

금광요가 물었다.

"못 들어 봤는데. 몰라, 그게 뭔데."

설양이 말했다.

"못 들어 봤으면 됐어, 몰라도 됐고. 어쨌든 군자니까 두 사람은 건들지만 않으면 돼."

"어째서?"

"이런 격언이 있지. 소인에게 미움을 살지언정, 군자에게 미움을 사지 말라."

"그런 격언이 있어?"

설양이 금광요를 보면서 의심스럽다는 듯이 물었다.

"물론이지. 소인에게 미움을 사면 그냥 죽여서 후환을 없애면 돼. 사람들도 손뼉을 치며 통쾌하다고 해 줄 테고. 하지만 군자에게 미움을 사면 처리하기가 어렵다고. 그런 사람들은 아주 성가셔서 졸졸 쫓아다니면서 죽을 듯이 물고 늘어지지. 그렇다고 그들에게 손을 쓰면 세상 사람들에게 손가락질을 받는다고. 그러니까 그냥 멀리해. 오늘은 그들이 네가 아직 어려서 제멋대로 군 거고 네가 온종일 뭘 하는지 몰랐으니 망정이지, 아니었으면 끝이 안 났을 거야."

"걱정이 많군. 난 저런 사람 안 무서워."

설양이 비웃으며 말했다.

"넌 안 무서워도 난 무서워. 쓸데없이 일을 벌이는 것보다 줄이는 게 나아. 가자."

시간이 얼마 지나지 않아 두 사람은 교차로에 도착했다. 오른쪽은 금린대고 왼쪽은 연시장이었다.

두 사람은 마주 보며 웃고는 각자의 길로 갔다.

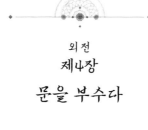

외전

제4장

문을 부수다

사건은 3일 전, 그날 밤으로 거슬러 올라갔다.

그날 밤, 진 공자는 연회에서 돌아와 피곤하고 술기운이 돌아 쉬려 했다. 그런데 갑자기 문 두드리는 소리가 들렸다.

누군가 진씨 저택 대문을 반복해서 힘차게 두드렸다.

집을 지키던 하인이 멍한 상태로 일어나 등롱을 들고 살피러 나갔다. 누구냐고 물어보려는데 문을 두드리던 자가 갑자기 미친 듯이 문에 부딪쳤다.

정말 부딪쳤다. 빗장에서 삐걱하는 소리가 나더니 열 개의 철근 발톱으로 문짝을 긁는 것 같은 소리가 들렸다.

소리가 너무 커서 놀란 하인들이 마당으로 모여들었다. 하인들이 유등, 몽둥이, 등롱을 들고 서로 얼굴을 쳐다보았다. 그들은 어리둥절해하며, 겉옷을 입고 검을 쥔 채 마당으로 들어오는 주인을 기다렸다.

진 공자는 '쨍' 하고 검집에서 검을 꺼내며 외쳤다.

"누구냐!"

그러자 문을 긁던 소리가 더 커졌다.

진 공자가 빗자루를 들고 구석에 숨어 있는 하인에게 일렀다.

"올라가서 밖을 좀 내다보거라."

하인은 반항하지 못하고 얼굴이 새파래진 채로 담을 꾸물꾸물 기어 올라갔다. 밖을 살피기 전, 그가 불쌍한 표정으로 고개를 돌려 진 공자를 쳐다봤지만 빨리 보라는 재촉만 따라왔다.

하인은 결국 전전긍긍하며 두 손을 담장에 올리고 고개를 빼꼼 내밀었다. 그러곤 '쿵' 하고 머리부터 아래로 꼬꾸라졌다.

"하인 말이 문을 두드리던 자는 수의를 입은 괴물이었답니다. 머리는 산발이고 온몸이 피범벅인 게, 산 사람이 아니었다고 하더군요."

진 공자가 말했다.

여기까지 들은 위무선과 남망기가 눈을 마주쳤다.

"진 공자, 더 자세하게 말씀해 주실 수 있겠습니까?"

남사추가 물었다.

진 공자는 현문 사람은 아니었지만 우연히 사람을 제대로 찾아왔다. 그는 앞에 있는 사람들이 선문 사람이라는 것만 알았지 그들의 신분과 이름은 몰랐다. 그러나 남망기의 얼음처럼 차가운 모습과 비범한 자태, 위무선의 민첩하고 사전에 준비가 다 된 것 같은 표정, 젊지만 일거수일투족이 품위가 있는 남사추의 모습에 감히 함부로 하지 못했다.

"없습니다. 하인은 간이 작아 보자마자 놀라 기절했습니다. 제가 인중을 한참 눌러서야 깨어났는데 그가 더 자세히 봤길 바랄 수 있겠습니까."

"하나만 물어봐도 되겠습니까?"

위무선이 말했다.

"물어보십시오."

"진 공자, 그때 진 공자는 하인에게만 보게 하고 직접 안 봤습니까?"

"네."

"아쉽군요."

"뭐가 아쉽습니까?"

"진 공자 말대로라면 진 공자의 대문을 두드린 건 흉시입니다. 흉시가 왔다는 건 열에 아홉은 누군가를 찾아온 겁니다. 진 공자가 봤다면 아는 자였을지도 모릅니다."

위무선이 설명해 주었다.

"아마도 제가 그 열 중 하나인가 봅니다. 게다가 누군가를 찾아왔다고 해도 그 사람이 꼭 저라고 할 수는 없지요."

진 공자가 말했다.

"그렇지요."

위무선이 고개를 끄덕이고 웃으며 말했다.

"그것은 날이 밝을 때까지 문을 긁었고, 날이 밝아 나가 보니 대문은 완전 판판이 되어 있었습니다."

진 공자가 이어서 말했다.

위무선과 남망기가 문 앞을 둘러봤다.

남사추가 그들 뒤에서 열심히 관찰했다. 진 공자 집 대문에 한 번에 다섯 줄씩, 길게는 몇 척, 짧게는 몇 촌(寸) 길이로 거칠게 긁은 자국이 수백 개는 나 있어 정말 원래 모습은 찾아볼 수가 없었다.

인간의 손이 낸 흔적이 틀림없었지만 아무리 봐도 산 사람의 손톱으로 낸 것 같지는 않았다.

"본론으로 돌아가서, 두 공자님은 현문의 사람이니 이 사악한 것을 물리칠 방법이 있겠지요?"

진 공자가 말했다.

"필요 없습니다."

위무선이 말했다.

남사추는 이상했지만 끼어들지 않았다. 진 공자도 이상했는지 되물었다.

"필요 없다고요?"

"네, 필요 없습니다."

위무선이 다시 한번 말했다.

"소위 '주택'이라는 것은 준공되고 누군가의 소유가 되는 날부터 바람을 가리고 비를 막고 외부의 것을 막아 내는 사명을 가집니다. 주택의 문은 천연 장벽으로 사람은 물론 사람이 아닌 것도 막을 수 있습니다."

위무선이 계속 말했다.

"공자가 이 주택의 주인인 이상 공자가 입을 열거나 행동으로 악귀를 초대하지 않으면 그것들은 침범하지 못합니다. 대문에 남은 사악한 기운을 봤을 때 공자를 찾아온 것은 무슨 백 년에 한 번 볼까 말까 한 흉시나 여귀는 아닙니다. 문 하나면 막아 낼 수 있지요."

"정말 그렇습니까?"

진 공자가 반신반의하며 물었다.

"정말입니다."

남망기가 안심시키듯 말했다.

위무선이 한 발을 문턱에 올리며 말했다.

"정말이라니까요. 게다가, 문턱도 하나의 장벽입니다. 죽은 자는 피가 통하지 않고 혈기가 없어서 뻣뻣하게 굳어 통통 튀면서 움직입니다. 주시가 생전에 다리 힘이 놀랄 만큼 강해 한 번에 3척 높이로 튀어 오르지 않는다면 대문을 활짝 열어도 못 들어옵니다."

"다른 물건을 설치할 필요는 없습니까? 예를 들면 부적이라든가 사악한 것을 쫓는 보검 같은 것이요. 후하게 보답하겠습니다, 돈은 문제가 안 됩니다."

진 공자는 그래도 안심이 안 되는지 다른 방도를 요청했다.

"새 빗장으로 바꾸십시오."

남망기가 말했다.

"……."

남망기가 제시한 해결책이 뭔가 미덥지 못했는지, 진 공자가 믿지 못하겠다는 표정을 하자 위무선이 말했다.

"바꾸고 안 바꾸고는 진 공자가 알아서 하세요. 후속 조치가 필요하면 다시 물으러 오시고요."

진 공자 집에서 나온 위무선과 남망기는 한참 동안 어깨를 나란히 하고 발길 닿는 대로 한가로이 걸으면서 띄엄띄엄 한두 마디를 주고받았다.

현재 두 사람은 반 은거 상태였다. 급한 일이 없으면 밖으로 나와 길게는 보름에서 한 달, 짧게는 이삼일 동안 목적지 없이 떠돌아다녔다. 위무선은 예전에 남망기가 '소란이 생기면 반드시 나타난다.'라는 별칭이 있다는 것을 들었어도 별생각이 없었다. 그러나 남망기를 따라 직접 다녀 보니 여간 귀찮은 게 아니었다. 힘든 게 아니라 너무 간단했기 때문이다. 예전에 위무선은 위험한 곳을 골라 다니며 다양한 모험을 했다. 당연히 순조롭지 않았고 파란만장했다. 그러나 남망기는 까다롭게 고르지 않았고 할 수 있는 일이라면 전부 했다. 그래서 가끔 위무선에겐 너무 시시한 야렵 대상이 나타나기도 했다. 예를 들어, 진 공자의 집을 찾은 흉시도 위무선이 과거 사냥한 것에 비하면 흥미로운 부분이 없었다. 다른 사람이 보면 대부분의 일이 큰 인재를 작은 일에 쓰는 것이라 나설 가치가 없었다.

그러나 사건 자체는 별로 흥미롭지 않았지만, 남망기와 함께였기 때문에 편안하고 만족스러웠다.

풋사과를 끌고 묵묵히 뒤따라오면서 곰곰이 생각하던 남사추가 못 참겠는지 물었다.

"함광군, 위 선배. 진 공자의 집을 저렇게 놔둬도 괜찮을까요?"

"괜찮아."

남망기가 말했다.

"사추, 혹시 방금 내가 헛소리로 속였다고 생각하는 거야?"

위무선이 웃으며 물었다.

"아니요! 크흠, 그런 뜻이 아니었습니다. 대문은 사수를 막는 효과가 있긴 하지만 그 대문은 곧 부서질 것 같았는데 부적도 한 장 안 주고 와도 정말 괜찮을까요?"

남사추가 다급하게 말했다.

"그걸 말할 필요가 있나?"

위무선이 고개를 갸웃하며 말했다.

"아……."

남사추가 할 말을 찾지 못해 멍하게 입만 벌렸다.

"당연히 일이 생기겠지."

위무선이 말했다.

"네? 그럼 왜?"

"왜냐하면 진 공자가 거짓말을 했기 때문이야."

위무선의 말에 남망기가 살짝 고개를 끄덕였다.

"위 선배, 어떻게 아셨어요?"

남사추가 조금 놀라며 물었다.

"진 공자 얼굴만 보고 십중팔구라고 단언할 수 없지만, 그 사람은……."

"고집이 세고 냉혹해."

남망기가 위무선 대신 말해 주었다.

위무선이 "응." 하고 대답하며 고개를 끄덕였다.

"비슷해. 어쨌든 겁이 많고 움츠러드는 사람은 아니야. 그날 밤 상황은 이상하지만, 그가 묘사한 것에 따르면 놀라서 이성을 잃을 정도로 이상하진 않거든. 그런데 담장에 올라가 밖을 내다보는 게 어려웠을까?"

"하지만 그는 전혀 안 봤다고 말했잖아요……."

남사추가 뭔가 깨달았다는 듯 반문했다.

"그렇지. 만약 누가 야밤에 너희 집 대문을 미친 듯이 두드리면 누구나 호기심이 들게 마련이고, 간이 작지도 않은데 몰래 한번 보는 게 정상 아닌가. 안 봤다고 하는 게 더 이상하지 않아?"

위무선이 말했다.

"전부 동의."

남망기가 말했다.

"대체로 비슷하지!"

위무선은 다시 웃으면서 턱을 쓰다듬으며 말했다.

"게다가, 그 흉시가 대문에 남긴 긁은 자국은 놀랍긴 하지만 사기와 혈기는 심하지 않아. 그것이 찾아온 이유는 살인이나 복수를 하기 위해서가 절대 아니야. 그건 확신할 수 있어. 그래서 도대체 무슨 일인지 더 봐야 해."

"그렇다면 위 선배가 그 흉시를 직접 불러 물어보면 되지 않나요?"

남사추가 말했다.

"안 불러."

"네?"

"소음기를 그리려면 피가 필요하잖아? 나 허약하다고."

위무선이 당당하게 말했다.

"위 선배, 제 피를 쓰셔도 됩니다."

남사추는 위무선이 정말 피를 뽑는 게 힘들어서 그런 줄 알고 말했다.

위무선이 "풉." 하고 웃음을 터뜨렸다.

"사추, 사실 문제는 그게 아니야. 우리가 이번에 너를 데리고 나온 건 경험을 쌓으려는 것이었어. 그렇지?"

남사추가 놀라자 위무선이 다시 말했다.

"당연히 흉시를 소환해 그것을 꺼지게 할 수 있지. 하지만 너 괜찮겠어?"

그 말에 남사추는 즉시 깨달았다.

일련의 사건을 겪은 뒤 남사추와 고소 남씨 소년들은 위무선에게 지나치게 의존하는 경향이 생겼다. 소환해 물어보고 시체를 장군으로 연성하는 것이 가장 빠른 방도였지만, 누구나 다 할 수 있는 것은 아니었다. 하물며 남사추는 귀도를 수련하지 않았으니 그런 방법을 많이 배우는 것은 적절하지 않았다. 이번에도 위무선의 능숙한 방법을 동원하면 쉽게 해결할 수 있을 터였지만, 그렇다면 경험을 쌓는다고 할 수 없었다.

이번에 위무선과 남망기는 남사추를 데리고 보다 평범한 요령과 보통의 방법을 사용해 이 일을 어떻게 해결해야 할지 알려 주고 싶었다.

"그래서 함광군과 위 선배는 진 공자가 사실을 말하지 않으니 일단 놔두고 놀라게 하겠단 건가요?"

"맞아. 그 빗장은 길어야 이틀 정도 더 버틸 거야. 너네 집안의 함광군이 새것으로 바꾸라고 한 건 정말 양심적인 제안이었어. 보아하니 진 공자는 개의치 않는 것 같지만. 하지만 그가 정말 뭔가 중요한 것을 숨기고 있다면 새 빗장 열 개를 더 갈아도 소용없을걸. 조만간 다시 올 거야."

그런데 그 빗장은 하룻밤도 버티지 못했다. 다음 날, 진 공자가 어두운 얼굴로 위무선과 남망기를 찾아왔다.

현문 세가는 각지에 재산이 많아 세 사람은 이곳에 온 이후 고소 남씨 소유의 소죽헌(小竹軒)이라는 이름의 청아하고도 작은 건물에서 생활했다. 매우 일찍 방문한 진 공자는 당나귀 줄을 잡아끌던 남사추와 마주쳤다. 불쌍한 남사추가 대나무에 이를 갈고 있는 풋사과를 밖으로 끌어내다가 고개를 돌려 보니 진 공자가 놀란 표정으로 서 있었다. 남사추는 얼굴을 붉히며 줄을 놓고 진 공자를 안으로 안내했다.

남사추가 조심스럽게 두 사람이 있는 침소 문을 두드리며 통보하자 의관을 단정하게 갖춘 남망기가 소리 없이 문을 열며 고개를 저었다. 이것은 위 선배가 금방 못 일어난다는 것을 뜻했다. 남사추는 매우 난처했지만 결국 눈 딱 감고 '거짓말하지 않는다'는 가훈을 깨고 진 공자에게 선배가 몸이 안 좋아 아직 휴식 중이라고 둘러댔다. 아무리 그래도 '위 선배가 자고 계시니 함광군이 기다리라 하십니다.'라는 엄청난 진실을 말할 수는 없는 노릇이었다······.

위무선은 해가 중천에 뜰 때까지 자다가 남망기에게 천 번은 주물리고 만 번은 안긴 다음에야 겨우 일어났다. 눈을 감은 채로 세수하다가, 남망기의 중의를 잘못 입어 겉옷 아래로 삐져나온 바람에 몇 번을 걷어 올리는 것이 아주 꼴불견이었다. 다행히도 진 공자는 위무선의 용모에 신경 쓸 틈이 없어 바로 세 사람을 데리고 나섰다.

진씨 저택 대문은 굳게 닫혀 있었다. 진 공자가 문고리를 두드리며 인사를 생략하고 말했다.

"어제 두 선사분의 가르침을 받고 제가 조금 안심됐지만, 잠이 오지 않아 청당에서 밤새 책을 읽으며 바깥 상황에 신경을 쓰고 있었습니다."

바로 하인이 나와 대문을 열며 세 사람을 마당으로 안내했다. 계단을 내려서던 위무선은 조금 놀랐다.

붉은 발자국이 마당에 어지럽게 찍혀 있었다.

진 공자가 음산하게 말했다.

"어젯밤 그것이 다시 왔습니다. 대문 밖에서 또 긁고 부딪쳐 반 시진 정도 소란을 피웠지요. 그것 때문에 심란해하고 있는데 갑자기 '탁' 하면서 빗장이 부서졌습니다."

빗장이 부서지는 소리가 들리는 순간 진 공자의 등에서 솜털이 쭈뼛 곤두섰다.

진 공자는 청당의 문 앞으로 재빨리 다가가 나무 문 틈새로 밖을 내다봤다.

어두운 달빛 아래 멀리 대문이 열려 있고, 대문 앞에 서 있는 사람 그림자가 발바닥에 용수철을 단 것처럼 문 앞에서 통통 뛰고 있었다.

한참을 뛰어도 넘어 들어오지 못했다. 진 공자는 조금 안도했다. 낮에 위무선이 말한 것처럼 그것이 피가 안 통하고 온몸이 경직되어 두 다리를 구부릴 수 없어 자기 집 대문의 높은 문턱을 절대 못 넘을 거라고 여겼다.

그런데 채 안도하기도 전에 문 앞에서 통통 뛰던 그 인간 형태의 물체가 갑자기 높이 튀어 오르더니 단번에 대문을 넘어 들어왔다!

진 공자는 몸을 휙 돌려 등으로 청당의 문을 막았다.

그 물체는 대문을 넘어 마당으로 들어와 앞으로 통통 뛰면서 다가왔다. 통통, 통통, 몇 번 만에 청당 문 앞까지 왔다.

진 공자는 등 뒤의 나무 문이 앞으로 쑥 밀리는 것을 느꼈다. 그것과 자기가 문 하나를 사이에 두고 있다는 것을 깨닫고 진 공자가 황급히 떨어졌다.

"그것의 그림자가 달빛을 받아 종이창에 비쳤습니다. 그것은 들어오지 못하고 앞뒤 좌우로 청당을 맴돌았습니다. 마당의 발자국은 모두 그것이 남긴 것입니다! 공자님들, 제가 여러분을 못 믿는 건 아니지만 그것이 못 들어올 것이라고 분명히 말씀하시지 않았습니까."

"진 공자, 일반적으로 경직된 시체는 넘지 못합니다. 죽은 자는 근육이 굳고 피가 돌지 않아 자연히 무릎을 굽히지 못하지요. 어떤 선문 세가에 가서 물어봐도 똑같이 대답할 것입니다."

위무선이 문턱을 밟으며 말했다.

"그러면 이것은 어떻게 설명해야 할까요?"

진 공자가 그들에게 마당에 가득 찍힌 붉은 발자국을 보라는 듯이 두 손을 벌리며 하소연했다.

"진 공자의 집 대문을 넘은 그것이 일반적이지 않다고 할 수 있겠네요. 진 공자, 어젯밤 그 흉시를 몰래 봤을 때 어딘가 이상한 구석을 발견하지 못했습니까?"

위무선이 물었다.

진 공자가 얼굴을 일그러뜨리며 한참을 생각하다가 대답했다.

"그러고 보니 뛸 때 자세가 조금 이상했습니다."

"어떻게요?"

"마치……."

"절뚝거렸지요."

한쪽에서 마당을 이미 둘러본 남망기가 위무선 곁으로 돌아와 담담하게 말했다.

"맞습니다."

진 공자가 즉시 맞장구를 치더니 어리둥절하며 물었다.

"어떻게 아셨습니까?"

남사추도 그 점이 궁금했다. 하지만 함광군은 모르는 것이 없다고 여기는 남사추였다. 그저 호기심이었을 뿐 의심은 아니었기에 그는 조용히 대답을 기다렸다.

"바닥의 발자국 때문입니다."

남망기가 말했다.

위무선이 몸을 숙이자 남사추도 따라서 쪼그리고 앉아 진지하게 발자국을 살폈다. 위무선은 슬쩍 훑어보고 고개를 들면서 남망기에게 말했다.

"외발 시신?"

남망기가 고개를 끄덕였다.

"어쩐지 그래서 넘어올 수 있었군. 발자국 모두 하나는 깊고 하나는 얕아. 그 주시는 다리가 하나 잘렸어."

위무선이 일어나며 말했다.

"생전에 잘린 걸까, 죽은 다음에 잘린 걸까?"

위무선이 잠시 생각하고 다시 물었다.

"생전."

남망기가 말했다.

"응. 죽은 다음이었다면 신체의 어떤 부분이 잘렸어도 영향받지 않았을 거야."

위무선이 말했다.

순조롭게 진행되는 두 사람의 대화를 남사추는 따라가지 못했다. 그는 할 수 없이 대화를 중단시키며 다급하게 물었다.

"잠시만요, 함광군, 위 선배. 제가 정리를 좀 해 보겠습니다. 두 분은 지금 그 흉시는 한쪽 다리가 잘려 절뚝거리고, 그래서 두 다리가 있는 것보다 쉽게 들어왔다는 말씀이시지요? 하지만…… 어, 온전한 흉시가 이 높은 문턱을 더 쉽게 넘을 수 있지 않나요?"

"제가 잘못 들은 거 아니지요?"

진 공자도 그렇게 생각하고 있었는지 남사추의 의견에 맞장구를 쳤다.

"잘못 들은 거 아닙니다."

남망기가 말했다.

"그러니까 지금 한 다리인 게 두 다리인 것보다 더 빨리 달린다는 말씀인 건가요?"

진 공자가 황당하다는 듯이 물었다.

한쪽에서 남망기와 진지하게 토론하던 위무선이 짬을 내 웃으며 진 공자에게 설명했다.

"그게 아닙니다. 이렇게 예를 들면 되겠군요. 어떤 사람이 눈 하나를 다쳤다고 가정합시다. 그 사람은 남은 눈을 잘 보호했겠지요. 그래서 눈 하나를 잃었지만 남은 눈의 시력이 눈이 두 개인 사람보다 나쁘지 않고 더 좋을 수도 있습니다. 같은 이치로, 어떤 사람이 왼손이 잘려 오른손만 오랫동안 사용했다면 그의 오른손은 힘이 세져 한 손으로도 보통 사람 두 배의 힘을 쓸 수 있게 되기도 합니다……."

남사추는 그제야 이해가 됐다.

"그 흉시는 생전에 다리가 하나 절단됐기 때문에 죽은 후에도 늘 한 다리로 뛰어 두 다리의 주시보다 도약력이 강하다는 말씀이시죠?"

남사추가 말했다.

"바로 그거야."

위무선이 기쁜 듯이 말했다.

남사추는 매우 흥미로워 기억해 두기로 했다.

"제가 어제 안사람과 말다툼을 하고 밤늦게까지 집안일을 처리하느라 대문을 수리하지 못했습니다. 지금이라도 문을 고쳐 철통같이 막아야겠어요!"

진 공자가 안절부절못하며 말했다.

그러나 남망기가 고개를 저으며 말했다.

"소용없습니다. '선례불가개(先例不可開)'입니다."

진 공자는 화들짝 놀랐다. 그는 남망기의 말이 좋은 뜻이 아닌 것 같다는 느낌이 들어 물었다.

"그 '선례불가개'가 무슨 뜻입니까?"

"우리끼리 쓰는 용어입니다. 악귀에게 사용하는 방어 수단은 한 번밖에 통하지 않고 두 번째는 안 통한다는 겁니다. 어제 수리를 했으면 한동안은 막을 수 있었겠지만, 그것이 대문을 넘은 이상 앞으로는 순조롭게 들어올 겁니다."

위무선이 설명해 주었다.

"이럴 수가! 그러면 이제 어떻게 해야 하죠?"

진 공자가 후회하며 말했다.

"앉아 있으면 됩니다."

남망기가 말했다.

"당황할 필요 없습니다. 대문 안으로 들어왔지만 두 번째 문은 못 넘었으니까요. 귀택은 성과 같다고 보시면 됩니다. 지금 공략당한 건 첫 번째 문이니 앞으로 두 개가 더 남았지요."

위무선이 말했다.

"두 개가 더 남았다고요? 어떤 거요?"

"손님이 모이는 문, 사적인 문."

남망기가 말했다.

"귀댁의 청당과 침소 말입니다."

위무선이 부연 설명했다.

일행은 마당을 지나 청당에 들어와 앉았다. 한참이 지나도 차를 내오는 사람이 없었다. 하인들이 다 어디로 도망갔는지 진 공자가 버럭 소리를 지르고서야 하인이 나타났고, 진 공자는 그를 발로 찼다. 화를 내서 노여움이 조금 풀린 것 같았지만 그래도 달갑지 않은 모양이었다.

"부적으로 진압하면 안 되겠습니까? 두 분 공자님 안심하십시오. 수고비는 정말 문제가 안 됩니다."

진 공자는 앞에 앉은 사람들이 야렵에 나서면 보수는 염두에 두지 않는다는 것을 몰랐다.

"공자는 어떻게 진압하는 게 좋을 것 같습니까?"

위무선이 물었다.

"말씀만 하십시오."

진 공자가 말했다.

"진압은 겉만 해결하는 것이지 근본적인 해결책이 아닙니다. 공자가 악귀를 문으로 들어오지 못하게만 해 달라고 하면 보름에 한 번 부적을 교체하면 그만입니다. 그러나 악귀는 공자의 집에 계속 찾아와 문을 두드릴 겁니다. 하면 귀댁의 대문은 부적을 바꾸는 것보다 더 자주 교체해야 하겠지요. 악귀가 물러나길 바란다고 한다면 부적을 7일에 한 번씩 교체해야 합니다. 그런 부적은 제작도 복잡하고 가격도 비쌉니다. 게다가 진압 기간이 길어질수록 악귀의 원기도 점점 커지니⋯⋯."

위무선이 말했다.

남망기는 조용히 앉아 위무선의 헛소리를 들으면서도 아무 말도 하지 않았다.

진압이 좋은 방법이 아닌 것은 사실이었지만, 진압 부적과 물리치는 부적은 제작과 사용이 위무선의 말처럼 그렇게 어렵거나 번잡하지 않았다. 하지만 이런 말을 위무선보다 더 그럴싸하게 잘하는 사람은 없었다. 성적이 우수한 남사추도 옆에서 듣다가 멍해져 거의 믿을 뻔했다. 진 공자는 위무선의 말을 듣자 몹시 번거롭겠다는 생각이 들었다. 진압을 선택하면 후환이 계속될 것 같아 망설여졌다. 옆에서 고개를 숙여 차를 마시는 남망기를 계속 쳐다봤지만, 남망기의 얼굴에 '그의 말은 과장'이라는 표정은 한 톨도 없었던지라 불신할 여지조차 없었다. 그는 할 수 없이 "한 번에 해결되는 방법은 없습니까?!" 하고 물었다.

"그건 진 공자가 하기에 달리지 않았을까요."

위무선이 말머리를 돌렸다.

"왜 저를 보십니까?"

진 공자가 말했다.

"공자를 위해 부적을 만들어 줄 수는 있습니다만, 그건 공자가 내 질문에 솔직하게 대답을 해 줘야만 가능합니다."

위무선이 말했다.

"무슨 질문이요?"

"그 흉시가 살아 있었을 때 알았습니까?"

위무선의 질문에 진 공자는 한참 침묵하다가 대답했다.

"네."

그의 대답에 남망기와 위무선이 눈빛을 교환했다. 남사추는 정신이 번쩍 들었다.

"자세하게 이야기해 주십시오."

위무선이 말했다.

진 공자가 잠깐 생각하더니 천천히 말했다.

"자세할 것도 없습니다. 저도 그 사람에 대해 아는 게 별로 없으니까요. 제가 어렸을 때 먼 산골에 있는 할머니 집에서 자랐습니다. 그 사람은 제 할머니 집에 있던 하인으로 나이가 저와 비슷해 같이 놀며 자랐습니다."

"그걸 소꿉친구라고 하는데 어떻게 잘 모르지요?"

위무선이 물었다.

"나이가 들면서 소원해졌거든요."

진 공자가 말했다.

"더 생각해 보세요. 그 하인에게 뭐 잘못한 일 없습니까?"

위무선이 물었다.

"있긴 있었는데 얼마나 큰 잘못인지 모르겠습니다."

진 공자가 말했다.

"말씀하십시오."

남망기가 말했다.

"그 하인은 제 할머니 시중을 들었습니다. 동작이 재빠르고 나이도 손자인 저와 비슷해 할머니는 그를 매우 아꼈고, 그가 똑똑하다고 칭찬하셨습니다. 그래서 그는 조금 기고만장해졌고, 우리 가문 자제들 뒤를 따라다니며 주인과 하인의 구별이 있다는 것을 몰랐습니다. 나중에 할머니는 그를 우리와 함께 수업을 듣게 해 주었습니다."

진 공자가 말했다.

"어느 날, 선생님이 숙제를 내주셨는데 굉장히 어려웠습니다. 토론하다가 누군가 한 가지 답안을 내놓자 같이 있던 학우들이 칭찬했는데 그 하인이 갑자기 틀렸다고 말했습니다."

진 공자가 계속 말했다.

"그때 그 하인은 수업 들은 지 한두 달밖에 안 됐지만, 우리 가문 자제들은 이삼 년 들어서 누가 틀리고 누가 맞는지 말할 필요도 없는데 그가 반박하고 나선 겁니다. 그는 고집스럽게 먼저 말한 그 사람의 답이 틀렸다고 하면서 우리에게 자기의 해법을 들려주려고 했습니다. 그래서 교실에 있던 학우 전체가 다 같이 그를 쫓아냈습니다."

여기까지 들은 남사추가 참지 못하고 말했다.

"진 공자, 그가 당신들을 귀찮게 했다고는 하지만 지나친 건 아니었는데요……. 구태여 내쫓을 필요가 있었을까요."

"진 공자, 들어 보니 공자 가문 자제들이 그를 화나게 한 것 같은데 그 속에서 공자가 특별한 역할을 했습니까? 아니면 그가 공자 한 사람만 찾아오지 않고 다른 사람들도 전부 찾아다녔을 겁니다."

위무선이 말했다.

"당시 제가 첫 번째로 그를 몰아냈습니다. 원래는 말로만 했는데 모두 진작에 그를 싫어하고 있어서 한번 터지니 수습할 수가 없었습니다. 그런데 그는 성격이 대단해 돌아가서 제 할머니께 수업에 안 가겠다고 하고는 그만둬 버렸습니다."

진 공자가 말했다.

"두 가지만 더 묻겠습니다. 진 공자께선 사실대로 대답해 주셔야 합니다."

위무선이 말했다.

"물어보세요."

진 공자가 고개를 끄덕였다.

"첫 번째 질문입니다."

위무선이 눈을 반짝이며 말했다.

"앞에서 '누가 첫 번째 답안을 도출했다.'라고 했습니다. 여기서 '누가'가 공자입니까?"

진 공자가 잠깐 멈칫하더니 말했다.

"그게 중요합니까?"

"그렇다면 두 번째 질문입니다. 그 과제의 해법은 도대체 누가 맞고 누가 틀렸습니까?"

위무선이 물었다.

"해묵은 옛날 일이라서요. 지금으로부터 수년 전 일이라 세세하게 다 기억하지 못합니다. 하지만 냉정하게 말하면, 어릴 때 감정에 휩싸여 영문을 알 수 없는 일을 안 해 보고, 알 수 없는 사람을 만나 보지 않은 사람이 어디 있겠습니까. 그런 점에 연연하지 마십시오. 저는 지금 이 일이 빠르고 철저하게 해결되길 바랄 뿐입니다."

진 공자가 언짢은 표정으로 소매를 탁 떨쳐 내고 담담하게 말했다.

"좋습니다. 알았어요, 알아들었습니다."

위무선이 싱글거리며 말했다.

"그는 언제 세상을 떠났습니까."

남망기가 물었다.

"약 2년 전입니다."

진 공자가 대답했다.

"2년이요? 그나마 괜찮네요. 오래되지도, 그렇다고 신선하지도 않군요. 어떻게 죽었습니까? 자살입니까?"

위무선이 물었다.

"아닙니다. 한밤중에 술에 취해 돌아다니다 발을 헛디뎌 떨어져 죽었다고 들었습니다."

"자살이 아니라면 상황이 조금 괜찮네요. 진 공자, 다른 건 없습니까?"

"없습니다."

"그러면 일단 돌아가서 부적을 만들어 댁으로 보내겠습니다. 다른 게 생각나면 언제든지 말해 주세요."

소죽헌으로 돌아와 남사추는 문을 닫고 한숨을 내쉬며 말했다.

"이 진 공자라는 분은…… 정말…… 정말…….."

"2년."

남망기가 갑자기 말했다.

"맞아. 2년이 좀 이상해."

위무선도 맞장구쳤다.

"이상하다니요?"

남사추가 물었다.

위무선이 소매에서 빈 부적을 꺼내며 말했다.

"증오심이 깊은 악귀가 복수하려고 들면 보통 처음 7일 사이의 밤에 찾아가 작간을 부리지. 오래 걸려도 1년 안에 하는 게 보통이라고. 그런데 흉시로 변했는데 어째서 2년 만에 찾아왔을까?"

"2년 동안 진 공자가 이사한 집을 찾지 못해서 그런 게 아닐까요?"

남사추가 추측했다.

남사추는 그 시체가 매일 밤 집집을 다니며 남의 집 대문을 두드리면서 안에 진 공자가 있는지 살피는 장면을 상상하자 등에서 한기가 올라왔다.

"아니. 그 흉시는 진 공자와 옛 친구 사이였으니 숨결을 따라 그를 찾는 것은 어려운 일이 아니야. 게다가, 네 말대로라면 진 공자를 찾는 과정에서 집을 잘못 찾는 경우가 있었을 테고 비슷한 흉시가 문을 두드리는 이상한 일도 한두 건이 아니었을 거야. 남잠, 네가 나보다 문서를 더 많이 봤으니, 요 2년 동안 비슷한 기록 본 적 있어?"

위무선이 물었다.

"없어."

위무선이 서재로 들어가자 남망기가 말했다.

"그럼 됐어⋯⋯. 남잠, 나 주사(朱砂) 못 찾겠어."

위무선이 붓을 들고 나오며 말했다.

"어젯밤에도 썼는데! 주사 본 사람 없어?"

남망기가 서재에 들어와 주사를 찾아 주었다. 위무선은 붓끝을 작은 그릇에 두어 번 찍었다. 그러고는 찻잔에 차를 따르고 탁자 옆에 앉았다. 위무선은 왼손으로는 차를 마시고, 오른손으로는 붓을 들어 내려다보지도 않고 종이 위를 마구 휘갈기며 남망기에게 말했다.

"네가 기억하지 못하면 분명 없는 거겠지. 그래서 그 존재가 2년 동안 진 공자를 찾아오지 않은 건 분명 다른 이유가 있을 거야. 됐어, 다 그렸다."

위무선은 주사가 다 마르지도 않은 부적을 남사추에게 건네며 말했다.

"네가 갖다 줘."

남사추는 부적을 받아 들고 요리조리 살펴봤지만, 전혀 알아볼 수가 없었다. 남사추는 책에서 이렇게 자유분방하게 그려진 부적은 본 적이 없었던 터라 참지 못하고 물었다.

"위 선배, 이거…… 아무렇게나 막 그린 건 아니죠?"

"당연히 맞지."

"……."

"난 원래 보면서 안 그려."

"……."

"안심해, 효과만 있으면 됐지. 그러고 보니 사추, 너 진 공자가 별로 마음에 들지 않은 모양이던데?"

위무선이 웃으며 말했다.

"저도 모르겠어요."

남사추가 잠시 생각하더니 대답했다.

"그가 그렇게 큰 잘못을 하진 않았지만, 저는 그런 성격을 가진 사람을 상대하는 게 좀 어려워요. 그가 '하인'이라고 말할 때의 말투가 좀 마음에 안 들어서……."

남사추가 솔직하게 말했다.

그러다가 잠시 멈칫하곤 입을 다물었다. 하지만 위무선은 전혀 깨닫지 못하고 말했다.

"흔한 일이지. 세상 사람 대부분이 하인을 무시해. 때론 하인 자신도 자기를 무시하지…… . 너희 왜 그런 눈으로 날 보는 거야?"

말하던 위무선이 난감하다는 표정으로 계속 말했다.

"가만, 너희 무슨 오해가 있나 본데? 그걸 어떻게 비교해. 연화오는 보통 가문도 아니고, 어릴 때 내가 강징을 훨씬 많이 때렸어!"

남망기는 아무 말도 하지 않고 묵묵히 위무선을 안아 주었다. 위무선은 웃음을 참지 못하고 손을 뻗어 끌어안고는 남망기의 등을 따라 몇 번 쓰다듬어 주었다. 남사추는 헛기침을 하면서 위무선이 '하인'이라는 말에 조금도 예민하게 굴지 않는 모습에 안심했다.

"하지만 진 공자는 그게 다시 올까 두려워하고 있어."

위무선이 다시 말했다.

"오늘 해결할 수 없어요?"

남사추가 놀라 물었다.

"그가 다 말하지 않았어."

남망기가 말했다.

"맞아. 어쨌든 처음은 아니니까. 그런 사람은 방법이 없어. 조금씩조금씩 알아내는 수밖에. 오늘 밤이 지나고 내일 한 번에 다 말할지 두고 보자고."

위무선이 말했다.

예상대로 다음 날, 남사추가 이른 아침 소죽헌 뜰에서 검법 연습을 하고 있는데 진 공자가 또 찾아왔다.

"상관없습니다!"

진 공자가 사나운 얼굴로 말했다.

"진 공자, 잠시만요! 두 분은 지금 잠…… 지금 수련하고 계십니다! 수련이 중요한 단계에 있어서 방해하면 안 됩니다!"

남사추가 다급하게 그를 말렸다.

남사추의 말에 진 공자는 안으로 불쑥 들어가지 않았지만, 가득 쌓인 원망을 남사추에게 쏟아 냈다.

"전 무슨 근본적인 해결책 같은 거 필요 없습니다! 그게 다시는 날 찾아오지 않았으면 좋겠어요!!!"

두 번째 날 밤, 진 공자는 잠에 들지 못하고 청당에서 불을 켜고 책을 읽고 있었다. 얼마 뒤 그 흉시── 그 하인이 또 찾아왔다.

그것은 방 안으로 들어오지 못하고 문밖에서 통통 뛰어 다니다가 불시에 문에 부딪쳤지만, 나무 창문과 창호지는 부서지지 않았다. 얼마 뒤 기척이 멀어졌다. 며칠 연속 제대로 눈을 붙이지 못한 진 공자는 결국 참지 못했다. 자칫 방심하자 피곤이 몰려와, 고개를 옆으로 떨구고 앉아서 깊이 잠들었다.

얼마나 잤을까, 갑자기 문을 세 번 두드리는 소리가 들렸다. 진 공자는 흠칫 놀라 척추를 곧추세우고 순식간에 잠에서 깼다.

"서방님."

문밖에서 여인의 목소리가 들렸다.

진 공자는 아버지가 불러도 모를 정도로 잠에 취해 있다가 부인의 목소리에 일어나 문을 열려고 했다. 그러나 몇 걸음 안 가 불현듯 부인이 요 며칠 울며불며 못 살겠다고 하다가 어제 짐을 챙겨 친정으로 갔다는 사실이 생각났다. 부인이 무서워서 돌아왔다고 해도 야밤에 혼자 돌아왔을 리가 없었다.

창호지에 비친 아름다운 자태의 여인은 분명 자기 부인의 모습이었다. 그러나 진 공자는 마음을 놓을 수 없어 조심스럽게 검을 뽑아 들고 물었다.

"부인, 어떻게 돌아왔습니까? 화가 풀렸습니까?"

"저 돌아왔어요. 화도 안 났고요. 문 좀 열어 주세요."

문밖의 여인이 단조롭게 말했다.

진 공자는 그래도 함부로 문을 열 수 없어 문밖으로 검을 겨냥하며 말했다.

"부인, 친정이 더 안전합니다. 만일 그것이 아직 안 돌아가고 이 방 근처를 배회하고 있으면 어떻게 합니까?"

문밖이 조용해졌다.

검을 쥔 진 공자의 손에서 식은땀이 솟았다.

갑자기, 그 여인이 목소리를 높이며 날카롭게 외쳤다.

"왜 문을 안 여세요! 귀신이 나타났어요! 어서 들어가게 해 주세요!"

문밖의 진짜인지 가짜인지 모르는 진 부인이 창에 매달려 날카롭게 소리쳤다. 머리 가죽이 저릿해진 진 공자는 위무선이 준 부적을 손에 쥐었다. 그랬더니 갑작스레 혈기가 치솟아 검을 든 채 문밖으로 뛰쳐나갔다.

"그러자 뭔가가 날아와, 맞아 기절했습니다."

진 공자가 말했다.

"뭐에 맞아 기절했습니까?"

위무선이 물었다.

진 공자가 탁자 위를 가리켰다. 위무선이 보고 기뻐하며 말했다.

"왜 과일이죠?"

"그걸 제가 어떻게 압니까!"

진 공자가 화를 냈다.

"당연히 당신이 알지요. 당신 말고 누가 압니까. 악귀는 원한을 잘 기억합니다. 예전에 과일로 그를 때린 적 있어요?"

위무선이 물었다.

진 공자가 침울해져 아무 말도 하지 않았다. 위무선은 진 공자의 표정만 보고도 대충 알 수 있었지만, 진 공자는 절대 인정하지 않을 것이어서 추궁하지 않았다. 위무선의 생각대로 진 공자는 화제를 돌렸다.

"아침에 장인어른 댁에 사람을 보내 알아봤더니 어젯밤 부인은 친정에서 나오지 않았다고 합니다."

"그건 사람이 사는 집의 보호벽을 전문적으로 깨는 놈입니다. 옛 사람의 기록과 고서에서 드물게 볼 수 있지요. 그 자체는 사람을 해치지 않지만, 집주인과 가까운 사람의 목소리나 모습을 모방할 수 있어 문으로 들어가지 못하는 악령을 도와 집주인을 속여 스스로 문을 열게 합니다. 그 흉시가 아주 쓸 만한 조력자를 찾아왔군요."

위무선이 말했다.

"그게 뭐든 상관없고요, 제가 알아도 소용없습니다. 공자, 두 번째 문도 깨져 그것이 제집 청당까지 들어왔습니다. 이래도 저한테 아무것도 할 필요가 없다고 할 겁니까?"

진 공자가 말했다.

"진 공자."

위무선이 말했다.

"사실을 따지자면 두 번째 문은 공자가 스스로 연 겁니다. 내가 준 부적이 아니었다면 지금 공자의 모습은, 감히 입에 담을 수가 없네요."

"이렇게 가다가는, 다음엔 깼을 때 그게 제 머리맡에 있는 걸 보게 되는 거 아닙니까!"

진 공자가 숨이 막혀 발작하듯 외쳤다.

"정말 다리 쭉 뻗고 자고 싶다면, 말하지 않은 게 더 있나 잘 생각해 봐요. 이번에는 절대 뭘 남겨 두지 말고요. 안 그러면, 오늘 밤. 하하하, 진 공자를 놀라게 하려는 게 아니라 그것이 진 공자의 침실 문 앞까지 왔잖아요."

위무선이 말했다.

어쩔 수 없이 진 공자는 한 가지 일을 더 말했다.

"제가 그를 마지막으로 본 건 2년 전 제가 부모님과 조상님께 제사를 지내러 고향으로 돌아갔을 땝니다. 그때 저는 가문의 옛날 집으로 가서 제사를 지냈고, 옥패를 가져갔었습니다."

진 공자가 계속 말했다.

"그는 옥패가 제 할머니 생전의 것이라는 것을 알아보고 보고 싶다며 제게 빌려 달라고 했습니다. 저는 그가 할머니를 추억하려는 줄 알고 빌려주었지요. 그런데 얼마 뒤 그가 옥패를 잃어버렸습니다."

"잃어버렸다는 게? 분실했다는 겁니까, 아니면 갖다 팔았다는 겁니까?"

위무선이 물었다.

진 공자가 잠시 망설이다가 말했다.

"저도 모르겠습니다. 저도 처음에는 그가 갖다 팔고 돌아와 잃어버렸다고 거짓말하는 줄 알았습니다. 그러나……."

"그러나 뭐요?"

진 공자가 말을 흐리자 위무선이 참을성 있게 물었다.

"솔직하게 말해도 됩니다."

남망기가 시종일관 차가운 얼굴로 말했다.

"그러나 지금 생각해 보니 그가 제 할머니 물건을 팔아먹지 않았을 수도 있겠다는 생각이 듭니다."

진 공자가 말했다.

"나중에야 그가 술을 좋아했다는 소리를 들었습니다. 어쩌면 야밤에 술을 마시고 잃어버렸거나 도둑맞았을 수도 있었을 겁니다. 하지만 당시 저는 순간적으로 화가 치밀어 그를 혼내 주었습니다."

"잠시만요. 진 공자, 목숨과 관계된 일을 얼버무리면 안 되지요. '혼내 주었다'는 말은 가벼울 수도, 무거울 수도 있으니 차이가 꽤 큽니다. 도대체 어떻게 '혼내 주었다'는 말입니까?"

위무선이 물었다.

진 공자가 눈썹을 꿈틀하며 보충했다.

"제 기억엔 조금 때렸던 것 같습니다."

"그…… 온전하지 못한 다리가 공자가 때려서 부러진 건 아니겠지요."

위무선이 눈을 깜박거리며 말했다.

"……."

진 공자는 잠시 말이 없었지만, 이윽고 태연하게 말했다.

"그건 잘 모르겠습니다. 그를 혼내 준 아랫것이 얼마나 무겁게 혼냈는지는 모르지만, 그 또한 집안의 오랜 하인이었으니 저도 정말 어떻게 하려는 생각은 없었습니다. 그가 원한을 품고도 감히 말은 못 하고 속으로 저를 원망했다고 해도 어쩔 수가 없습니다."

옆에서 듣던 남사추가 못 참고 끼어들었다.

"진 공자, 이…… 이건 공자가 처음 말씀하신 것과…… 차이가 너무 큽니다만. 두 선배님이 공자께 다 말씀하라 했는데 왜 이렇게 많은 걸 숨기셨습니까?"

"전 부적이나 보검만 있으면 집안의 안녕을 얻을 수 있을 줄 알았지, 어디 이런 사소한 일까지 말해야 할 줄 알았겠습니까?"

진 공자가 말했다.

"아니, 아니요. 그건 사소한 일이 아닙니다. 상황이 상당히 심각합니다. 진 공자! 생각해 봐요. 그가 살아 있었을 때 공자가 그를 욕하고 때렸고, 어쩌면 그 사람의 다리를 부러뜨렸을지도 모릅니다. 만약 그가 정말 옥패를 내다 팔지 않았다면 그는 누명을 쓰고 죽은 건데 공자가 아니면 누굴 찾아가겠어요?"

위무선이 어조를 바꾸며 말했다.

"그는 내가 죽인 게 아닙니다! 자살한 것도 아니고요! 그런데 왜 나를 찾아옵니까?"

진 공자가 즉시 대꾸했다.

"어? 공자가 자살이 아니라는 걸 어떻게 압니까? 정말 순간적으로 화가 나 자살했는데 사람들이 사고라고 생각할 수도 있지 않습니까. 그러면 더 좋지 않은데요."

위무선이 말했다.

"사내대장부가 어떻게 그런 일로 화가 나 자살을 합니까?"

진 공자가 반박했다.

"진 공자, 저희 분야에서 제일 금기하는 것이 당연하다고 생각하는 겁니다. 사람마다 생각과 도량이 달라서 사내대장부가 '그만한 일로' 화가 나 자살할 수 있느냐 없느냐는 단언하기 어렵습니다. 시변의 이유는 부인을 빼앗긴 원한, 아들을 죽인 원수일 수도 있고, 어릴 때 갑 모가 진흙 놀이를 하는 데 을 모를 안 데리고 갔다는 사소한 일일 수도 있습니다."

위무선이 말했다.

"절대 자살은 아닙니다! 자살하려면 목을 매거나 독약을 먹었지, 왜 산에서 굴러떨어지는 방법을 택하겠어요? 죽을지 살지도 모르는데요. 그러니 절대 자살은 아닙니다."

진 공자가 우겼다.

"공자의 말도 일리가 있습니다. 그러나 진 공자, 공자가 그의 다리를 부러뜨려 그가 걷는 게 불편해져서 산에서 굴러떨어져 죽은 것이라고는 생각 안 해 봤습니까? 만약 그렇다면 공자가 그를 죽인 셈이 되는데 그러면 더 좋지 않겠지요?"

위무선이 차근차근 설명했다.

"뭐가 제가 죽인 셈이라는 겁니까? 만약 그렇다고 해도 그건 사고였습니다!"

진 공자가 성을 내며 말했다.

"공자는 그렇게 비참하게 죽은 사람에게 네 죽음이 '사고' 때문이라고 설득하겠다고 결정한 겁니까? 그가 돌아왔다는 것은 누군가는 그 '사고'에 대한 책임을 져야 한다는 뜻입니다."

위무선이 말했다.

진 공자가 한 마디 하면 위무선이 두 마디로 막았다. 진 공자는 식은땀이 나고 낯빛이 다 파래졌다.

"하지만 그렇다고 절망할 필요는 없습니다. 목숨을 보전할 마지막 방법을 알려 드리지요. 이렇게 하면 됩니다."

위무선이 말했다.

"어떻게요?"

진 공자가 물었다.

남망기는 위무선을 한 번 보더니 위무선이 또 허튼소리를 하기 시작했다는 것을 알고 고개를 설핏 저었다.

"잘 들어요. 이미 뚫린 집의 대문과 청당의 문은 막힘없이 잘 통하게 놔두세요. 어떻게 해도 그것을 막을 수 없으니까요."

위무선이 말했다.

"네."

진 공자가 대답했다.

"집 안에 남은 사람들은 다 내보내 무고한 사람이 다치지 않도록 하세요."

위무선이 말했다.

"이미 거의 나갔습니다."

진 공자가 말했다.

"그럼 좋습니다. 양기가 왕성한 동자[#16]를 자시에 공자 침실 앞 긴 의자에 앉혀 놓으면 됩니다."

위무선이 말했다.

"그렇게 하면 됩니까?"

"그렇게 하면 됩니다. 동자는 이미 여기 있으니까요. 다른 것은 진 공자가 신경 쓸 필요 없고요. 날이 밝을 때까지 안심하고 기다리면 됩니다."

위무선이 말하며 남사추를 가리켰다. 진 공자가 마지막 말을 듣

#16 동자(童子) 성 경험이 없는 사내.

고 입가를 씰룩거리더니 얌전하고 수려한 소년을 한 번 쳐다보며 말했다.

"저분이 문밖에서 기다리면 두 분은요?"

"우리는 당연히 진 공자와 같이 안에서 지키는 거죠. 만일 문밖에서 지키지 못해 흉시가 안으로 들어온다면 우리는 다른 계획이 있습니다."

위무선이 말했다.

"저 공자님이 직접 문밖을 지키면 안 됩니까?"

진 공자가 참다못해 말했다.

진 공자가 가리킨 사람은 남망기였다.

그래서 위무선이 놀라 말했다.

"누구 말입니까? 그요?"

위무선은 하마터면 바닥으로 넘어질 뻔했다.

"하하하하하하하하하하하하하하하!"

남망기가 위무선의 어깨를 감싼 덕분에 위무선은 바닥에 떨어지지 않았다.

"안 됩니다."

진 공자는 시원스러운 거절에 불쾌해서 되물었다.

"왜 안 된다는 거죠?"

"내가 방금 뭐라고 했는지 잊었습니까. 동자여야 한다니까요."

위무선이 정중하게 말했다.

"……."

진 공자는 믿을 수가 없었다.

"어떻게, 그가 아니란 말입니까?!"

남사추가 진 공자를 소죽헌 밖으로 배웅하고 난 한참 뒤에도 위무선은 배를 잡고 일어나지 못했다.

남망기가 위무선을 보더니 갑자기 그를 일으켜 세워 자기 다리에 올리고 담담하게 말했다.

"충분히 웃었잖아."

"아니."

위무선은 남망기 다리 위에 앉아 종잘댔다.

"함광군, 네 얼굴은 정말 사람 속이기 좋아. 사람들은 네가 마음이 맑고 깨끗하고 욕심도 없고 백옥처럼 순결하게 정절을 지키는 사람이라고 생각하지. 난 참 억울해."

남망기가 위무선을 받쳐 들어 그를 더 높이 앉히자 두 사람은 더 가까워졌다.

"억울하다고?"

"이런 경우가 어딨어. 너 말 좀 해 봐. 넌 분명 동자가 아닌데 사람들은 네 이 얼굴을 보고 그냥 너를 동자라고 생각해. 지난 생에 난 사람을 구할 때를 제외하고 아가씨 손도 안 잡아 봤는데, 내가 동자라고 믿는 사람은 하나도 없었어."

위무선이 하나하나 꼽으며 투덜댔다.

"수업 야렵! 사람들은 내가 꽃밭에서 논다고 했지. 난장강에서는! 사람들은 내가 음란한 술법을 한다고 했지. 정말 어디에 말도 못 하고 억울해도 호소할 곳이 없었다고."

조용히 위무선의 손을 꼭 쥐는 남망기의 눈에 알 듯 말 듯 한 웃음이 스치며 퍼져 나갔다.

"웃어? 넌 정말 동정심이라곤 없구나. 냉정하고 무정한 사내 같으니. 나도 세가 공자 미모 순위가 4위였는데 평생 입 한 번 못 맞춰 봤다고. 그래도 미모의 선자가 나를 몰래 연모해 나 위영이 인생 헛살지 않았구나 했는데, 그게 너였다니…….”

위무선이 말했다.

여기까지 들은 남망기는 결국 앉아 있지 못했다.

남망기는 단번에 위무선을 침상으로 누르며 말했다.

“내 잘못이야?”

“너 왜 긴장해. 하하하하하하하하…….”

시간이 되어 남사추가 풋사과를 끌고 마당에 서서 한참을 기다린 후에야 위무선과 남망기는 천천히 방에서 나왔다.

남사추는 ‘위 선배, 또 함광군 옷을 잘못 입었어요.’ 하고 말하려다가 그냥 참았다.

이삼 일에 한 번은 옷을 잘못 입는데, 그때마다 지적하면 피곤해 죽지 않겠는가?

게다가 매번 위 선배는 귀찮다며 그냥 그대로 입고 나서서 지적해 줘도 의미가 없었다. 그러니 그냥 못 본 척하는 게 나았다.

위무선은 풋사과 위에 앉아 풋사과 등에 걸친 보따리에서 사과를 꺼내 한 입 베어 물었다. 남사추는 그 사과가 눈에 익은 것 같아 잠시 망설이다가 물었다.

“위 선배, 그건 진 공자 집에서 가져온 거 아니에요?”

“맞아.”

“……흥시가 가져온 과일?”

“바로 그거야.”

“먹어도 괜찮아요?”

"괜찮아. 그냥 땅에 좀 떨어졌을 뿐이라 씻으면 먹을 수 있어."

"홍시의 사과, 독이 있지 않을까요……."

"그 문제라면 내가 대답할 수 있지. 없어."

"선배가 어떻게 알아요?"

"내가 풋사과에게 대여섯 개 먹여 봤거든……. 풋사과 멈춰! 뒷발질하지 마!! 남잠, 살려 줘!!"

남망기가 한 손으로 화가 난 풋사과의 줄을 꽉 쥐고 다른 한 손으로는 위무선의 입에 있는 사과를 뺐다.

"먹지 마. 내일 사 줄게."

위무선이 남망기의 어깨를 짚고 똑바로 앉으며 말했다.

"이게 다 네 돈 아껴 주려고 그러는 거잖아."

"영원히 그럴 필요 없어."

남망기가 말했다.

위무선이 남망기의 턱을 긁으며 헤헤 웃었다. 그러다 갑자기 생각난 것처럼 말했다.

"아, 맞다. 사추, 너 동자야?"

위무선이 너무 자연스럽게 물어 남사추는 순간 "풉―." 하고 헛숨을 뿜었다.

이런 반응은 고소 남씨답지 않은 것이었다. 남사추는 남망기도 자기를 쳐다보자 다급하게 몸가짐을 정리했다.

"긴장할 필요 없어. 진 공자에게 아무렇게나 말한 거지만 때론 동자가 아니면 안 되는 술법도 있거든. 하지만 검으로 홍시를 처치할 때는 동자 여부는 상관없어. 하지만 네가 아니라고 하면 아마 난 놀랄 것 같은데……."

위무선의 말이 채 끝나기도 전에, 남사추가 얼굴이 귀밑까지 새빨개지며 외쳤다.

"저저저저는 당연하죠!!!"

한밤중, 텅 빈 진씨 저택은 문이 다 열린 채였다. 진 공자가 그들을 여러 시간째 기다리고 있었다.

진 공자의 문 앞에 선 남사추는 투구나 갑옷은 없었지만, 매우 믿음직스러워 보였다. 젊은이 특유의 대담함까지 있는 남사추를 본 진 공자는 미간을 찌푸리지는 않았지만 그래도 안심이 안 되는지, 침소에 들어가 문을 닫고 몸을 돌리며 말했다.

"저 공자가 문을 지켜도 정말 문제가 없겠습니까? 만일 그것을 제거하지 못해 오히려 제집에서 목숨 하나를 잃으면······."

"그럴 일 없습니다. 진 공자, 흉시가 귀댁에서 난리를 벌인 며칠 동안 귀댁에서 정말 목숨을 잃은 사람이 있습니까?"

한쪽에 있는 탁자 옆에 편안하게 앉아 있던 위무선이 말했다.

진 공자도 앉았다. 위무선은 흉시가 던진 배를 탁자에 올려놓으며 말했다.

"과일 드시면서 놀란 마음이나 진정하세요."

며칠 내내 긴장한 탓에 진 공자는 정신이 조금 흐릿해져 과일을 집어 입에 가져갔다. 그때 갑자기 '쿵쿵', '쿵쿵' 하는 소리가 들렸다.

순식간에 서늘한 기운이 방 안으로 들어와 탁자 위의 촛불이 깜박거렸다.

진 공자가 들고 있던 배를 떨어뜨리자 배가 또르르 굴러갔다. 진 공자는 오른손을 허리춤의 칼자루에 댔다.

'쿵', '쿵', '쿵'.

이상한 소리가 점점 가까워졌다. 소리가 한 번 울릴 때마다 촛불이 무서운 것처럼 파르르 떨었다.

문밖에서 장검 뽑는 소리가 청량하게 들리더니 종이창에 검은 그림자가 스쳤다. 문득 그 이상한 소리가 순간 사라졌다. 이윽고 공중으로 뛰어오르고 피하는 소리가 들리고 나무가 부서지는 거대한 소리가 들렸다.

진 공자가 파랗게 질려 말했다.

"밖이 어떻게 된 겁니까?"

"싸우는 겁니다. 신경 쓰지 마세요."

위무선이 말했다.

잠시 듣던 남망기가 말했다.

"지나쳐."

위무선은 남망기의 말뜻을 이해했다. 검과 걸음 소리를 들으면, 남사추의 검은 빠르고 날카롭지만 집중력이 떨어지고 진중함이 부족했다. 위력이 강하지 않은 것은 아니지만 고소 남씨 검법 취지와는 맞지 않았다. 정(精), 기(氣), 신(神)을 통일하지 않으면 검법이 뒤섞이고, 높은 단계를 수련할 때 통일이 안 돼 정진하기가 어려웠다.

"괜찮은데. 사추는 아직 어려서 통제를 못 하는 것뿐이야. 조금 더 크고 많은 사람과 대전해 보면 알 거야."

위무선이 말했다.

남망기가 고개를 저으며 잠시 더 듣다가 갑자기 위무선을 쳐다봤다.

위무선도 조금 놀랐다. 위무선도 방금 남사추의 검법 몇 개가 고소 남씨의 것이 아닌 운몽 강씨의 것임을 들었기 때문이다.

위무선은 고소 남씨 소년들에게 가르쳐 준 적이 없었다.

"사추랑 애들이 금릉하고 자주 야렵을 다니면서 대련하다가 무의식중에 기억했나 보네."

"부적절해."

남망기가 말했다.

"돌아가서 벌줄 거야?"

"응."

"두 분 지금 무슨 말씀을 하시는 겁니까?"

진 공자가 답답하다는 듯 물었다.

위무선이 바닥에 떨어진 배를 주워 다시 진 공자의 손에 쥐어 주었다.

"아무것도 아닙니다. 이것 좀 먹으면서 마음을 진정하세요. 그렇게 긴장할 필요 없습니다."

이어서 남망기를 향해 웃으며 말했다.

"그런데 함광군, 너 대단하다. 딱 듣고 운몽의 검법을 알다니, 어떻게 안 거야?"

말문이 막히는지 잠시 가만있던 남망기가 천천히 말했다.

"너와 몇 번 겨루면서 기억한 것뿐이야."

"그래서 대단하다는 거야. 내가 운몽 강씨 검법으로 너와 겨룬 게 벌써 십몇 년 전이고 고작 몇 번뿐이잖아. 그런데 그걸 기억해서 딱 듣고 알아채다니, 대단한 거 아니야?"

위무선은 말하면서 남망기의 귓불이 붉어졌나 보고 싶어 촛불을 남망기 쪽으로 밀었다. 남망기가 위무선의 음침한 속셈을 알아채고 다섯 손가락으로 촛불을 쥔 위무선의 손을 덮어 위무선 쪽으로 밀어냈다. 촛불이 왔다 갔다 하며 흔들리면서 위무선의 장난기 가득한 눈과 위로 올라간 입가를 비추자, 남망기의 목젖이 살짝 움직였다.

바로 그때, 두 사람이 동시에 굳어지면서 위무선이 "어." 하고 소리를 냈다.

"왜 그러세요? 초에 무슨 문제라도 있습니까?"

진 공자가 적이라도 나타났나 싶어 두려워하며 물었다.

잠시 아무 말도 없던 위무선이 말했다.

"아닙니다. 초는 아주 좋습니다. 더 밝으면 좋겠네요."

"방금 몇 번은 사추가 매우 잘했어. 그런데 들어 보니 너희 집 검법도, 그렇다고 우리 집 검법도 아닌 것 같아."

위무선이 남망기에게 말했다.

잠시 뒤 남망기가 미간을 모으며 말했다.

"온씨 가문의 검법 같아."

"온녕이 가르쳐 줬나 보네. 그것도 뭐 괜찮지."

위무선이 알아채고 말했다.

두 사람이 말하는 사이에도 밖에서 우당탕하는 소리가 계속 들리고 동작도 점점 커졌다. 그럴수록 진 공자의 얼굴이 파래졌다. 위무선도 조금 이상해 문 쪽으로 다가가 물었다.

"사추, 우리 안에서 열 마디도 넘게 했는데 지금쯤이면 다 끝나야 하지 않아?"

"위 선배, 이 흉시는 정말 빨라요. 그리고 계속 저를 피해요!"

남사추가 밖에서 대답했다.

"그게 널 무서워하니?"

위무선이 물었다.

"아니요. 그도 칠 수 있는데 저를 때릴 생각은 없는 거 같아요!"

남사추가 대답했다.

"상관없는 사람은 다치게 하고 싶지 않은 건가?"

위무선이 이상하다는 듯 말했다.

"이건 오히려 흥미롭네. 이렇게 도리를 따지는 흉시는 오랜만이야."

위무선이 남망기에게 말했다.

"저 공자 괜찮아요? 어째 아직도 못 잡았대요?"

진 공자가 애가 타서 말했다.

위무선이 대답하기도 전에 남사추가 또 말했다.

"함광군, 위 선배. 이 흉시가 왼손의 손가락을 치켜세우고 있는데 오른손은 주먹을 쥐고 있어요! 뭔가를 쥐고 있는 것 같아요!"

그 말에 방 안에 있던 위무선과 남망기가 시선을 교환했다. 위무선이 고개를 살짝 끄덕이자 남망기가 말했다.

"사추, 검을 거두거라."

"함광군, 손에 있는 물건을 아직……."

남사추가 놀라 물었다.

"괜찮아! 검 거둬. 더 싸울 필요 없어."

위무선이 몸을 일으키며 말했다.

"더 싸울 필요 없다고요?"

진 공자가 의아해하며 물었다.

문밖에서 남사추가 "네!" 하고 대답하더니 '쨍' 하고 검을 거두고 물러났다. 문 안에서 진 공자가 다급히 말했다.

"이게 무슨 일입니까? 그게 아직 밖에서 안 돌아갔는데!"

"더 싸울 필요가 없다는 건, 일이 거의 해결됐기 때문입니다. 마지막 단계만 남았지요."

위무선이 일어나며 말했다.

"무슨 단계요?"

진 공자가 물었다.

"이 단계요!"

위무선이 문을 발로 걷어찼다.

나무 문이 '탕' 하고 열리자 검은 그림자가 문 앞에 섰다. 산발에 더러운 얼굴, 하얗게 까뒤집은 눈이 예사롭지 않게 빛났다.

그 얼굴을 본 진 공자의 낯빛이 확 변했다. 그가 검을 뽑아 들고 재빨리 뒤로 물러났지만, 흉시가 검은 바람처럼 날아와 왼손으로 진 공자의 목을 잡아 쥐었다.

남사추가 뛰어 들어와 이 광경을 보고는 구하려고 다가갔지만, 위무선이 말렸다. 남사추는 진 공자가 성격이 강하고 호감형은 아니지만, 죽을 만큼 잘못한 것은 아니라고 생각했다. 하지만 두 선배가 흉시가 진 공자를 죽이도록 수수방관하지는 않을 것이라고 믿어 조금 진정했다.

죽은 하인의 강철 같은 다섯 손가락에 목을 잡힌 진 공자는 얼굴이 점점 벌게지면서 핏대가 불거졌다. 그가 검으로 흉시의 몸에 구멍을 계속 냈지만, 백지에 꽂는 것처럼 아무 반응이 없었다.

흉시가 오른손을 천천히 들어 진 공자의 얼굴 쪽으로 가져갔다. 마치 그의 머리통을 박살 내려는 것 같았다. 방 안에 있던 세 사람은 이 장면을 뚫어질 듯 노려봤다. 특히 남사추는 검을 잡으려는 손을 거의 참지 못할 지경이었다.

남사추는 진 공자가 곧 머리가 터져 죽는 게 아닐까 생각했지만,

그때 흉시가 오른손의 손가락을 쫙 폈다. 그러자 손가락 사이에서 둥근 물건이 미끄러졌다.

그 물건은 검은 줄로 연결되어 있었다. 흉시가 그것을 진 공자의 목에 걸어 주었다.

"……."

진 공자는 아무 말도 하지 못했다.

"……."

남사추도 아무 말도 하지 못했다.

세 번을 헛손질을 한 후에야, 겨우 진 공자 목에 제대로 걸렸다. 이 지난한 동작은 굼뜨고 뻣뻣해 정말…… 위협감이라고는 찾아보기 힘들었다.

흉시가 때릴 기미도, 그 가는 줄로 진 공자의 목을 졸라 죽일 생각도 없어 보이자 두 사람은 약속이나 한 듯이 안도의 숨을 내쉬었다.

그런데 숨을 다 내쉬기도 전에 흉시가 눈 깜짝할 사이에 주먹을 날렸다. 무겁고 세찬 주먹에 진 공자는 비명을 내질렀고 시뻘건 코피를 줄줄 흘리며 기절했다.

흉시는 한 대 치고 난 다음 이것으로 됐다는 듯이 몸을 돌려 떠났다. 남사추는 눈만 동그랗게 뜬 채 아무 말도 못 하고 다시 칼자루에 손을 댔다. 하지만 이 상황이 왠지 우스웠고, 너무 진지하게 대하면 더 우스꽝스러워질 것 같아 손을 써야 할지 말아야 할지 알 수가 없었다. 반면 위무선은 거의 죽을 듯이 웃으며 남사추에게 손을 내저었다.

"됐어, 그냥 가라고 해."

흉시가 고개를 돌려 위무선을 향해 고개를 끄덕이더니 한쪽 다리를 끌고 비틀거리며 문을 나갔다.

흥시가 달아나는 뒷모습을 보면서 남사추는 한동안 멍했다가 정신을 차리고 말했다.

"위 선배, 이…… 이렇게 그를 도망가게 해도 괜찮은가요?"

남망기가 얼굴이 온통 피범벅이 된 진 공자를 살피고 말했다.

"괜찮아."

남사추는 진 공자에게로 시선을 옮겼다. 그제야 진 공자 목에 걸린 물건을 볼 여유가 생겼다. 그것은 옥패였다.

옥패가 끼워진 붉은 줄은 흙 속에서 여러 해 뒹굴었는지 더러워져 검은색으로 보였지만 옥색은 여전히 하얗게 빛났다.

"이건……."

"주인에게 물건을 돌려준 거야."

위무선이 말했다.

남망기가 진 공자는 그저 기절한 것이고 생명에 지장이 없다는 것을 확인하고 나서야, 두 사람은 남사추를 데리고 진씨 저택을 나섰다.

떠나기 전 위무선은 친절하게 진 공자 집의 세 문을 모두 닫아 주었다.

"쉽지 않네요."

남사추가 말했다.

"뭐가? 진 공자 말이야? 흥시한테 한 대 맞는 것으로 깨끗하게 해결 봤으니 쉽지. 좋잖아!"

위무선이 풋사과에 오르며 말했다.

"진 공자 말고요, 그 흥시 말이에요. 예전에 책에서 본 바로는, 여귀 흉시가 생전에 작은 일로 생긴 원한을 죽어서 갚으면 목숨을 빼앗고 미친 듯이 농간을 부린다고 했거든요. 그런데 이 흉시는……."

남사추가 말끝을 흐렸다.

긁혀서 엉망이 된 대문 앞에 서서 남사추는 마지막으로 고개를 돌려 보면서도 여전히 조금은 이해할 수 없다는 듯이 말했다.

"시변한 뒤 2년 동안이나 산에서 생전에 잃어버린 옥패를 찾았을 거 아니에요. 제가 처음 본 흉시 시변이 살인과 복수가 아니라 이런 일을 하기 위해서였다니."

위무선이 또 사과를 꺼내며 말했다.

"그래서 내가 말했잖아, 이렇게 도리를 따지는 악귀는 오랜만이라고. 만약 다른 악귀였으면 가볍게는 진 공자 다리를 하나 자르고, 심하면 그 가문의 개와 닭 하나 남기지 않았을 거야."

"선배, 저 아직도 이해가 안 되는 게 있어요. 그의 다리는, 도대체 진 공자가 부러뜨린 게 아닌 걸까요? 그래서 실족해 떨어져 죽은 게 아닌 걸까요?"

남사추가 생각하더니 물었다.

"그렇든 아니든, 어쨌든 그가 진 공자에게 그 책임을 묻지는 않았잖아."

위무선이 말했다.

"음, 그러면 정말 한 대 치는 것으로 만족했단 말이에요?"

남사추가 반문했다.

"보아하니, 그렇네."

남망기가 말했다.

"맞아. 신념이란 것도 다양해서 그걸 못 이루면 죽어서도 평안하지 못해. 이루지 못한 것이 가슴을 콱 틀어막거든. 그는 과일을 던지고 옥패를 돌려주고 한 대 친 것으로 화를 쏟아 내 뚫린 거야."

위무선이 '아삭' 사과를 베어 물며 말했다.

"악령들이 모두 저렇게 도리를 알면 좋겠네요."

남사추의 말에 위무선이 웃었다.

"어수룩한 소리 하기는. 사람은, 일단 원한을 품으면 도리고 뭐고 없는 법인데, 악령이 도리를 알기를 바라? 이 세상에 억울하지 않다고 생각하는 사람이 어딨어."

남망기가 풋사과의 줄을 잡으며 담담하게 말했다.

"운이 좋았어."

"확실히. 진 공자 운이 정말 좋았어."

위무선도 동의했다.

한참 입을 다물고 있던 남사추가 더는 못 참겠는지 진지하게 말했다.

"하지만 저는, 아무리 그래도 한 대는 조금 부족한 게 아닌가 싶어요……."

"하하하하하하하하하……."

흉시에게 한 대 맞은 게 회복되지 않은 것인지 아니면 위무선에게 완전히 실망했는지, 그 뒤로 며칠이 지나도 진 공자는 다시 찾아오지 않았다.

그러나 7일 뒤, 성(成)에 진 공자에 관한 소식이 쫙 퍼졌다.

어느 날 새벽, 대로변에 갑자기 다 떨어진 수의를 입은 청년의 시신이 발견됐다. 반은 썩어 냄새가 진동했다. 사람들이 멍석에 말아 적당한 곳에 구덩이를 파서 묻어 줘야 하지 않을까 의논하고 있는데, 진 공자가 선뜻 돈을 내주어 시신을 수습하고 예의 바르게 묻어 주었다. 그 일로 사람들 사이에 칭찬이 자자했다.

남망기와 위무선은 성을 떠나면서 진씨 저택을 지났다. 진작에 바뀐 검고 반들반들하고 기품 있는 새 대문으로 사람들이 끊임없이 드나들고 있었다. 어수선하고 사람의 발길이 뜸했던 예전 모습과는 달리 아주 활기찬 모습이었다.

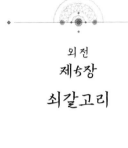

외전

제6장

쇠갈고리

제5장 **쇠갈고리**

백씨 저택이 일대에서 유명해진 이유의 절반 이상은 '하얀 집'이기 때문일 것이다.

하얀 집이라고 부르는 이유는 첫째, 당연히 색깔이 희기 때문이다. 주인은 원래 새하얀 회반죽을 벽 전체에 바르고 채색 장식을 할 생각이었다. 다른 곳은 매우 순조롭게 진행됐는데, 서원(西苑)에 있는 이 집은 시작부터 이상한 일이 자주 발생해 어쩔 수 없이 보류해 두었다. 그래서 현재 하얀 집은 백씨 저택 다른 곳의 화려한 기둥과 대들보와는 전혀 어울리지 않게 온통 하얘서 소름이 끼칠 정도였다.

"집 한 채에 큰 자물쇠 세 개와 빗장 세 개를 채웠대요. 여름이 아무리 더워도 그 근처는 냉기가 돌아 얼음 저장고에 있는 것 같고요. 백가 주인에 따르면 그의 아버지가 어릴 때 공놀이를 하다가 공이 그 집 문 앞으로 굴러가서, 그걸 주우려다가 안이 보고 싶어서 못 참고 문틈으로 쳐다봤대요."

금릉이 굳은 표정으로 여기까지 말하고는 흘깃 옆을 보았다. 위무선이 손을 관에 넣고 시체의 눈꺼풀을 뒤집으려고 했다. 그걸 보는 순간 금릉은 목이 턱 막혔다.

위무선은 금릉이 목이 멘 것을 알아채고 고개를 돌리며 말했다.

"문틈 안을 쳐다봤다고?"

위무선 뒤에서 남가 소년들이 질서정연하게 눈을 움직였다.

"……문틈을 보고 놀라 그 자리에 멍하니 서서 한참을 움직이지 않다가, 집안사람에게 발견되자 기절했대요. 그러곤 한바탕 열병을 앓았고, 깨어났을 때는 아무것도 기억을 못 했대요. 그때부터 감히 접근하지 못했다고 하고요."

금릉이 멈칫했다가 말했다.

"한밤중이 지날 때까지 그 누구도 방에서 나와 돌아다니면 안 되고, 특히 하얀 집에 접근하면 안 된다는 게 그 집안의 규칙이에요. 한밤중의 어떤 시진이 지나면, 안에 분명 사람이 없는데도 낡은 목판이 삐걱삐걱 밟히는 소리가 들렸대요."

금릉이 빈주먹을 쥐고는 살기등등하게 손짓하며 말했다.

"밧줄이 천천히 바짝 당겨지는 게, 뭔가를 목매달아 죽이려는 소리가 들린대요."

며칠 전, 백씨 저택 하인이 새벽에 청소하면서 하얀 집을 지나다가 하얀 집 나무 문의 얇은 종이창에 손가락만 한 작은 구멍이 뚫려 있는 것을 발견했다. 그리고 문 앞의 바닥에 어떤 사내가 엎어져 있었다.

그는 그 집 누구도 본 적도 없고 모르는 사내로, 사십 세 정도에 얼굴이 시퍼렇고 핏대가 불거졌으며 다섯 손가락으로 가슴 근처를 세게 움켜쥐고 있었다. 죽은 지는 한참 된 것 같았다.

하인은 놀라 자빠졌고 주인도 깜짝 놀랐다. 한참 고민하다가, 운수 사나운 밤도둑이 멋모르고 백씨 저택의 금지 구역에 들어갔다가 뭔가를 보고 심장마비가 와서 현장에서 즉사한 것이라고 결론 내렸다. '뭔가'가 도대체 무엇인지 밝히기 위해 그들은 하얀 집의 봉인 줄과 자물쇠를 모두 해체하고 샅샅이 뒤졌지만, 아무것도 찾지 못해 도무지 영문을 알 수가 없었다.

하지만 인명 피해가 나자 백가 주인은 이제 더는 하얀 집에 아무것도 없는 척할 수가 없었다.

해결하지 않으면 후환이 더 커질 터였다. 백가 주인은 이를 악물고 용기를 내서 거금을 들고 금린대로 찾아가 난릉 금씨에 야렵을 요청하기로 했다.

이것이 이전의 상황이었다.

남경의가 관 뚜껑을 잡고 무너지며 말했다.

"위 선배, 아직 안 끝났어요……? 이 사람 죽은 지 며칠이나 지났다고요……. 주시 냄새도 이렇지 않……."

"관도 조촐하고, 의장에 비바람이 들어찬 데다 아무도 돌보는 사람이 없으니 며칠 동안 방치된 것도 무리는 아니지. 계속 잡고 있어. 우리 아직 필기 더 해야 해."

남사추가 남경의를 도와 함께 관 뚜껑을 붙잡으며 말했다.

"물건이나 훔치는 도둑한테 관을 마련해 시신을 수습해 주는 것만도 대단한 거지, 부처라도 되라고."

금릉이 콧방귀를 뀌며 말했다.

위무선은 한나절 동안 시체를 여기저기 찔러 보고서야 관에서 고개를 들었다. 그가 장갑을 벗어 던지며 말했다.

"다 봤지?"

"네, 다 봤습니다."

"좋아. 다 봤으면 이제 어떻게 해야 할지 말해 봐."

"초혼!"

남경의가 말했다.

"말할 필요 없어. 벌써 해 봤어."

금릉이 비웃으며 말했다.

"어째서?"

위무선이 물었다.

"이자는 집념이 강하지 않고 혼백도 너무 약해요. 심지어 놀라 죽었고, 첫 7일이 이미 지나서 다 흩어진 바람에 불러올 수가 없었어요."

금릉이 말했다

"해 본 것과 안 해 본 것이 차이가 없잖아······."

남경의가 꼬투리를 잡으며 투덜댔다.

"그러면 하얀 집에 가 보자. 가자, 가자. 금 공자, 안내해 주시겠습니까."

남사추가 다급하게 말하며 남경의를 끌고 문을 나서서, 두 사람의 의미 없는 새로운 대화의 시작을 성공적으로 차단했다. 소년들은 대부분 문턱을 뛰어넘었고 걸어가는 발걸음도 경쾌했다. 금릉은 길을 안내했지만, 그들 뒤에 떨어져 있었다.

"과거 백씨 저택에 비명횡사한 사람이나 케케묵은 비밀 사건이 있었나요?"

남사추가 금릉에게 물었다.

"주인이 절대 없다고 딱 잘라 말했어. 죽은 노인 몇 명은 천수를 다하고 집에서 돌아가셨고, 저택 사람들의 이야기도 다 비슷했어."

금릉이 말했다.

"이런, 좋지 않은 예감이 들어. 보통 그렇게 말하면 분명 뭔가 있던데. 그냥 입 꾹 닫고 절대 말하지 않는 거라고."

남경의가 말했다.

"어쨌든 내가 몇 번을 확인했는데 뭘 더 물어보지도, 이상한 점을 찾아내지도 못했어. 너희가 다시 물어봐."

금릉이 말했다.

금릉은 사전에 할 수 있는 것은 충분히 했고 하얀 집에도 몇 번가 봤기 때문에, 이번에는 백씨 저택에 들어가지 않고 밖의 찻집에 앉아 기다렸다. 잠시 후 검은 그림자가 다가왔다.

"금릉."

위무선이 금릉 맞은편에 앉았다.

작은 찻집에 준수한 인물이 두 명이나 앉아 있으니 눈에 확 띄었다. 찻집 여점원이 바쁜 중에도 계속 쳐다봤다.

관음묘에서 헤어진 뒤 금릉을 처음 만나는 것이라 이제야 단둘이 이야기를 나누게 되었다. 금릉이 멈칫하다가 알 수 없는 표정으로 말했다.

"무슨 일인데요."

"요즘 금린대에서 어때?"

위무선이 물었다.

"그냥 그래요."

금릉이 말했다.

솔직히 말하면 백가 주인이 금린대에 와서 사냥을 청한 것도 우여곡절이 많았다.

몇 년 전 난릉 금씨가 전성기였을 때라면 지금의 열 배도 더 되는 돈을 들고 와도 난릉 금씨가 직접 가르친 자제들이 나서지는 않았을 것이다. 사실 사냥 요청은커녕 백가처럼 돈은 있어도 권력도 명예도 없는 보통 상인은 방문조차 생각할 수 없었다. 하지만 이제 현문의 구도가 예전과 달라졌다. 일반 백성들은 자세한 내용은 몰랐지만 대충 이야기는 들었다. 백가의 주인도 바로 이 때문에 '혹시나' 하는 마음으로 한번 가 보기로 한 것이다.

백가 주인은 불안한 마음을 안고 대문 앞에서 명첩을 건네며 찾아온 이유를 설명했다. 백가 주인이 건넨 뇌물을 받은 수위는 어려운 일이지만 가서 이야기해 보겠다며 들어갔다. 그러나 돌아와서는 얼굴을 싹 바꾸며 가주가 거절했다면서 손찌검을 하면서 쫓아냈다. 어차피 정말 부탁을 들어줄 것이라고 기대하진 않았기에 돌아가는 것은 괜찮았다. 하지만 수위가 돈을 받아 놓고 태도가 이렇게 바뀌는 것엔 화가 났다. 백가 주인은 뇌물을 돌려 달라며 수위와 실랑이를 벌였다. 바로 그때 금성설랑포를 입은 준수한 외모의 소년이 활을 끼고 나오다 이 장면을 보고 미간을 찌푸렸다.

그러자 수위가 어물어물댔다. 백가 주인은 이 소년이 아직 반은 어린애 같았지만 신분이 높은 듯해 재빨리 사정을 이야기했다. 백가 주인의 말을 들은 소년은 수위에게 버럭 화를 냈다.

"가주가 돌아가라고 했다고? 그런데 왜 내가 몰라!"

그러고 나서 백가 주인에게 몸을 돌리며 말했다.

"귀댁은 서쪽으로 20리 떨어진 백가이지요? 내 기억하고 있을 테니 일단 돌아가세요. 며칠 뒤 사람이 찾아갈 겁니다!"

백가 주인은 얼떨떨해하며 집으로 돌아갔다. 며칠 뒤 정말 세가 자제들이 찾아왔다. 하지만 백가 주인은 여전히 누가 난릉 금씨의 가주인지 몰랐다.

물론 백가 주인은 난릉 금씨가 요즘 정말 혼란스러운 상황이라는 것은 더더욱 모를 터였다.

그 수위는 가주인 금릉이 아닌 난릉 금씨의 다른 어른에게 통보했다. 그 어른은 이제 저런 상인까지 감히 난릉 금씨의 금 계단을 밟는다고 불같이 화내면서 수위에게 쫓아내라고 했다. 그런데 야렵장에 가려던 금릉과 딱 마주친 것이었다.

난릉 가문의 어른들은 남에게 보여 주는 것을 중요시해 백 년 세가라고 허세를 부렸다. 어찌 됐든 몸값을 절대 떨어뜨리면 안 되고 높은 사람이 아니면 만나지 않겠다는 태도를 고수했다. 그런 사실을 금릉 또한 잘 알았다. 하지만 금릉은 첫째로 이런 행태를 싫어했고, 둘째로 수위가 일이 생겼을 때 자신을 없는 사람 취급하고 직접 보고하지 않은 것에 분노했다. 마지막으로, 금광요의 생전에는 이렇게 사적으로 뇌물을 받은 문하생이나 객경이 없었기 때문에 생각할수록 화가 치밀었다. 마침 이번 달에 남사추, 남경의 등과 야렵을 나가기로 했던 터라 백가로 가기로 했다.

가슴에 손을 얹고 생각해 보면, 금릉이 위무선도 올 것이라는 생각을 전혀 안 한 것은 아니었다.

그런 복잡한 사정을 금릉은 다른 사람에게 말하지 않았지만 많은 눈이 금린대를 주시하고 있어, 이미 많은 입이 소문을 퍼 날랐다. 그래서 일찍감치 위무선과 남망기 쪽으로 전해졌다는 것을 몰랐다. 위무선은 금릉이 약한 모습을 보이기 싫어한다는 것을 알았다.

"무슨 일 있으면 네 외숙에게 물어봐."

"외숙은 금씨도 아닌데요."

금릉이 차갑게 말했다.

금릉의 말에 위무선은 깜짝 놀랐다가 말뜻을 깨닫고 난감해졌다. 그가 금릉의 뒤통수를 치면서 말했다.

"말 좀 가려서 해!"

금릉이 "아!" 하고 소리를 질렀다. 마침내 강제로 정색하고 있던 표정이 무너졌다.

조금도 아프지 않았지만, 금릉은 모욕을 당한 것 같았다. 특히 옆에서 듣던 찻집 여점원이 웃는 소리를 듣고는 모욕감이 배가 됐다. 금릉이 머리를 잡고 으르렁댔다.

"왜 때리는 거예요!"

"외숙 생각 좀 하라고 때렸다. 남의 일에 참견하기 싫어하는 사람이 너를 위해 다른 집에 가서 위세를 부리며 제압했으니 사람들이 얼마나 말이 많겠어. 그런데 외숙이 금씨가 아니라고 하다니. 네 외숙이 들으면 마음이 아프겠냐, 안 아프겠냐."

"그런 뜻이 아니었다고요! 나는……."

금릉이 놀라며 화를 냈다.

"그럼 무슨 뜻인데?"

위무선이 되물었다.

"나는! 나는……."

첫 번째 '나는'은 호기로웠지만 두 번째 '나는'은 힘이 빠졌다.

"내, 내, 내가 대신 말하지. 강징은 네 외삼촌이지만 난릉 금씨에게는 외부인이지. 외숙이 이미 몇 번 개입해 도와줬는데, 다른 집안의 근거지까지 관리하다간 사람들에게 공격의 빌미를 줘서 외숙한테 성가신 일이 생길까 봐 그러는 거잖아. 맞지?"

"헛소리! 다 알잖아요! 왜 때리는 건데요!"

금릉이 화내며 소리를 질렀다.

위무선이 다시 한 대 때리며 말했다.

"너니까 때린다! 좀 예쁘게 말하면 안 돼? 어째 아무리 좋은 말도 네 입에서 나오면 그렇게 미워지냐!"

"남망기가 없으니 날 막 때리나!"

금릉이 머리를 감싸며 반항했다.

"남잠이 여기 있다면, 내 한마디에 같이 널 때려 줬을 거라고 하면 믿겠니."

"난 가주라고요!!!"

금릉이 믿을 수 없다는 듯이 말했다.

"내가 때린 가주가 백은 안 돼도 팔십은 된다."

위무선이 무시하듯 웃었다.

"또 때리면 갈 거예요!"

금릉이 벌떡 일어나 씩씩대며 발걸음을 옮겼다.

"돌아와!"

위무선이 금릉의 목덜미를 잡고 병아리를 들어 올리는 것처럼 잡아다 의자에 앉히며 타일렀다.

"안 때릴 테니 앉아."

금릉은 경계하면서 위무선이 정말 때릴 의사가 없다는 것을 보고 나서야 마지못해 앉았다. 찻집 여인은 이쪽의 어지러운 상황이 마침내 정리되자 웃으며 다가와 물을 더 따라 주었다. 위무선은 찻잔을 들어 한 모금 마시며 툭 던지듯 말했다.

"아릉."

"뭐예요."

금릉이 불길하다는 듯이 말했다.

그러나 위무선은 웃으며 말했다.

"이번에 보니 너 많이 컸다."

금릉이 깜짝 놀랐다.

"지금 보니 음, 꽤 믿음직스럽네. 기뻐, 하지만 조금…… 뭐라고 해야 할까. 사실 넌 예전의 맹한 모습도 꽤 귀여웠는데."

금릉은 다시 앉아 있을 수가 없었다.

위무선이 갑자기 손을 뻗어 금릉의 어깨를 힘껏 잡고 그의 머리를 잔뜩 헝클어뜨렸다.

"하지만 어쨌든, 버릇없는 네 녀석을 보니 아주 좋다. 하하!"

금릉이 머리가 헝클어지는 것도 아랑곳하지 않고 의자에서 튀어올라 밖으로 뛰어나가자 위무선이 또 한 대 쳐서 잡아 왔다.

"어딜 가려고?"

금릉은 목이 다 빨개져서 거칠게 말했다.

"하얀 집 보러 가요!"

"이미 다 봤잖아?"

"다시! 가서! 조사! 하려고요!"

"몇 번이나 살펴서 더 본다고 해도 별 진전이 없을 테니 나랑 다른 거 살펴보자."

금릉은 위무선이 또 낯간지러운 소리를 할까 봐 겁이 났다. 금릉은 뺨을 맞는 게 낫지, 누군가가 머리를 쓰다듬고 어깨를 두드리며 말해 주는 것엔 영 습관이 안 됐다. 위무선은 사람들 앞에서 함광군과 잤다는 말도 외치는 사람이었으니 그의 입에서 어떤 말이 나올지 정말 알 수가 없었다. 그래서 냉큼 그러겠다고 대답했다.

"알았어요! 뭘 조사할 건데요?"

"이곳에 얼굴에 칼자국이 수십 개가 났고 눈꺼풀이랑 입술이 모두 잘린 사람이 없나 알아볼 거야."

금릉은 위무선이 아무 말이나 하는 것 같지 않아 물었다.

"되긴 되는데, 왜 그런 것을 조사하려고 하는지……."

"두 분 갈고리손 말씀하시는 거죠?"

뜻밖에 저쪽에서 물을 따르고 있던 여점원이 끼어들었다.

"갈고리손이요?"

위무선이 고개를 돌리며 물었다.

"네."

이쪽의 대화를 계속 듣고 있던 여점원은 기회가 생기자 바로 끼어들었다.

"입도 없고 눈꺼풀도 없는 사람, 그 사람이 맞네요. 공자의 말투가 여기 현지분은 아닌 것 같은데 어떻게 그 사람을 아는지 이상했어요."

"나는 현지인이라고 할 수 있는데 그런 사람은 못 들어 봤습니다만."

금릉이 말했다.

"공자는 어리잖아요. 못 들어 봤다고 해도 이상할 것도 없지요.

하지만 그 사람 예전에 유명했어요."

여점원이 말했다.

"유명했다고요? 무슨 일로 유명했지요?"

위무선이 물었다.

"좋은 일로 유명했던 건 아니고요. 제가 어릴 때 고모할머니 엄마의 말이라고 들었으니 얼마나 옛날 사람인지 아시겠지요. 그 갈고리손은요, 이름은 모르지만 대장장이였대요. 가난했지만 솜씨가 좋았고 꽤 잘생겼으며 근면 성실했대요. 그에게 부인이 있었는데 아주아주 곱게 생겨서 대장장이는 부인에게 무척 잘했고요. 하지만 그의 부인은 그에게 그다지 잘하지 않았고, 밖에서 다른 사내를 만나자 남편이 싫다며…… 그를 죽였대요!"

여점원은 어릴 때부터 이 이야기를 듣고 자라 진짜라고 믿어 왔다. 그래선지 말을 전할 때도 아주 생동감이 넘치고 말투와 표정도 그럴싸했다. 금릉은 당황하며 속으로 '가장 독한 게 여자 마음이라더니!' 하고 생각했다. 하지만 위무선은 오랫동안 흉시와 악령과 함께하며 비슷한 이야기를 귀가 닳도록 들었기에, 그저 턱을 괴고 무표정하게 들었다.

"그 여자는 사람들이 자기 남편의 시체를 알아볼까 봐 남편의 눈꺼풀을 떼 내고 얼굴을 칼로 수십 번 그었대요. 그리고 남편이 죽어 저승에 가서 판관에게 고발할까 봐 작업대에 있던 갈고리를 들고 혀를 잘랐대요……."

여점원이 이어서 이야기했다.

"아니, 어떻게 그럴 수가 있지? 그렇게 잔인한 방법으로 자기 남편을 죽이다니!"

갑자기 누군가 끼어들었다.

한참 이야기에 빠져들었던 금릉은 이 목소리에 놀라 머리 가죽이 쭈뼛해지는 것 같았다. 그가 획 고개를 돌렸다. 남사추와 남경의 등이 백씨 저택에서 나와 뒤에 모여서 집중해 듣고 있었다. 방금은 남경의가 놀라서 한 말이었다.

"남녀 간의 이야기는 다 그렇게 작은 구실로 시작된답니다. 가난한 건 싫고 돈 많은 게 좋거나, 새로운 것을 좋아하고 낡은 것은 싫어하거나 다 같은 것이어서 옆 사람은 뭐라고 할 수 없어요. 어쨌든 그 대장장이는 인간도, 귀신도 아닌 모습으로 사경을 헤맸는데 그 독한 부인이 몰래 그를 성 서쪽에 있는 무덤에 버렸대요. 죽은 사람과 썩은 고기를 제일 좋아한다는 까마귀도 그의 얼굴을 보고 쪼아 먹지 못했대요……."

여점원이 계속 말했다.

남경의는 이야기를 들으면 감정 이입을 잘해서 아주 좋은 청중이었다.

"……너무하네, ……너무해! 그를 죽인 사람은 보복당하지 않았어요?"

"당했지요! 어떻게 안 당했겠어요. 그 대장장이는 곤경에 빠졌지만 죽지는 않아서 어느 날 밤 무덤에서 기어 나와 집으로 돌아갔지요. 그리고 아무 일도 없는 척하며 자고 있던 부인의 목구멍을 '쫘악' 하고, 이렇게."

여점원이 손으로 흉내를 내면서 "갈고리로 찢어 버렸지요." 하고 말했다.

소년들은 모골이 송연하면서도 한시름 놓이는지 표정이 복잡했다.

"부인을 죽인 대장장이는 부인 얼굴을 난도질하고 혀도 잘라 냈지만, 분노가 사라지지 않아 그날 이후 예쁜 여자만 보면 죽였대요!"

"그건 너무하네요. 복수했으면 됐지 다른 예쁜 여인이 그에게 뭐 어쨌다고요?"

남경의가 큰 충격을 받은 듯 깜짝 놀라 말했다.

"그러니까요. 하지만 그는 그렇게 많은 것을 생각하지 않았어요. 예쁜 여인만 보면 자기 얼굴을 그렇게 만든 부인이 떠올랐으니 가슴에 맺힌 한을 어쩌겠어요? 어쨌든 이후 오랜 시간 동안 젊은 여인들은 날이 조금만 어두워져도 혼자 밖엘 나가지 못했어요. 외출하지 않아도 아버지나 오빠, 남편이 집에 없으면 잠도 못 잘 정도였지요. 혀가 잘린 여인의 시체가 길가에 자주 버려져 있었거든요……."

"그를 못 잡았습니까?"

금릉이 물었다.

"못 잡았어요. 그 대장장이는 부인을 죽인 뒤 보이지 않았고 원래 살던 집에도 기척은 없었다더군요. 귀신이 씐 것처럼 신출귀몰하고 몸놀림도 범상치 않은데 보통 사람이 어떻게 잡겠어요. 제가 듣기론 몇 년이 지나서야 제압됐다고 하더라고요. 그 사건이 잠잠해지고 나서야 사람들은 발 뻗고 잘 수 있었어요! 아미타불, 천지신명님, 감사합니다."

찻집에서 나와 의장으로 돌아오자 남사추가 말했다.

"위 선배, 왜 갑자기 그 갈고리손을 조사해 봐야겠다고 생각하신 거예요? 백씨 저택의 사수와 관계가 있는 거지요?"

"물론이지."

위무선이 말했다.

금릉도 대충 예상했지만, 물어봐야 할 것은 그래도 물어봐야 했다.

"뭐가 상관있다는 거죠?"

"이 도둑의 시신 속에."

위무선이 관 뚜껑을 다시 열며 말했다.

소년들이 코를 틀어줬었다.

"이 도둑의 시신은 몇 번이나 봤는데."

남릉이 말했다.

"자세히 안 본 것 같네."

위무선이 금릉을 잡으며 말했다.

위무선이 금릉의 어깨를 툭툭 치다가 갑자기 혹 눌렀다. 금릉의 머리가 관 속에 누운, 두 눈을 동그랗게 뜨고 있는 도둑의 시퍼런 얼굴에 부딪쳤다.

악취가 확 끼쳐 왔다.

"눈을 봐."

위무선이 말했다.

금릉이 눈을 가늘게 뜨고 시신의 어둡고 빛이 없는 눈동자를 주시했다. 발꿈치부터 머리카락 끝까지 서늘해졌다. 남사추는 이상하다는 것을 깨닫고 즉시 몸을 숙여 봤다.

시체의 검은색 눈동자에 비치는 게 자기 그림자가 아니었다.

그것은 낯선 이의 얼굴로 동공을 거의 다 차지하고 있었다. 얼굴 피부가 울퉁불퉁하고 칼자국이 가득했으며 눈꺼풀과 입술이 없었다.

남경의는 뒤로 펄쩍 뛰면서 물러났다. 보고 싶지만 와서 보지는 못했다.

"사추, 너…… 너 뭐가 보여?"

"넌 오지 마."

남사추가 손을 저으며 말했다.

"아!"

남경의가 다급하게 외치며 뒤로 크게 몇 걸음 더 물러났다.

"이런 민간 속설을 들어 본 적이 있긴 합니다. 때론 눈동자가 죽기 직전에 본 것을 '기록'한다고요. 정말 그럴 줄은 몰랐네요."

남사추가 고개를 들며 말했다.

"우연일 뿐이야. 이 도둑은 놀라 죽어서 뭐를 봤든 너무 무서워서 인상이 깊게 남은 거야. 뭐 어쨌든 사라지지 않아서 쓸모가 있긴 하네. 다른 상황이었다면 이렇게 기록되지 않았을 것이고, 며칠이 더 지나 시체가 썩기 시작하면 안 보였을 테지."

위무선이 말했다.

"확실하지도 않은 민간에 떠도는 말을 믿으라고요?"

금릉이 여전히 의심스러운 듯이 말했다.

"믿든 안 믿든 일단 조사해 본 다음 다시 말하자고. 여기서 막혀서 움직이지 못하는 것보단 나을 테니까."

어쨌든 진전이 있었다. 남사추는 성 서쪽 무덤 근처를 찾아보기로 했다. 위무선은 남사추와 같이 가겠다고 했고, 남은 사람들은 갈고리손에 관해 알아보기로 했다. 어쨌든 주워들은 말만으로는 확신할 수 없으니 많이 찾을수록 좋을 터였다.

금릉은 일단 남경의가 싫었고 둘째로 위무선이 가려는 곳이 더 배울 게 많을 것 같았지만, 소년들은 난릉 일대를 잘 몰라 자기가 없으면 불편할 것 같았다. 금릉은 일단 그들을 데리고 갔다가 저녁에 백씨 저택에서 다시 만나기로 했다. 금릉 일행은 탐문 조사로 얻은 정보가 낮에 찻집 여점원의 말과 비슷해 떠도는 말이 기본적으로 일치한다고 판단하고 먼저 백씨 저택으로 돌아왔다.

땅거미가 질 때까지 금릉이 백씨 저택 청당을 몇 번이나 왔다 갔다 하고 남경의와 입씨름을 몇 번이나 했지만, 위무선과 남사추는 돌아오지 않았다. 성 서쪽으로 찾으러 가려고 하는데 대문에 '쿵' 하고 뭔가가 부딪치는 소리가 들렸다.

먼저 뛰어 들어온 것은 남사추였다. 그는 손에 뭔가 뜨거운 것을 쥐고 있었는지, 들어오자마자 그것을 바닥에 내던졌다.

손바닥만 한 것이 제사나 부적에 쓰는 괴황지에 겹겹이 싸여 있었는데, 새빨간 피 같은 것이 축축하게 흘러나와 괴황지 표면이 빨갛게 물들어 있었다. 그때 위무선이 남사추 뒤에서 태연하게 문턱을 넘으며 들어섰다. 그는 소년들이 "와!" 하며 몰려드는 것을 보고는 다급하게 몰아내면서 말했다.

"비켜, 비켜! 위험해!"

그러자 소년들이 또 한 번 "와!!" 하며 흩어졌다. 그것은 마치 부식되듯이 포장한 괴황지를 천천히 잠식해 들어갔다. 그리고 마침내, 안에 있는 물건이 노출되었다.

녹이 슨 쇠갈고리였다!

녹이 슬었을 뿐 아니라 시뻘건 핏빛이 도는 게, 마치 사람 몸에서 피를 줄줄 흘리며 빼낸 것 같았다.

"갈고리손의 쇠갈고리?"

금릉이 물었다.

"응! 위에 붙어 있는 거 절대 손대지 마!"

남사추가 숨을 약간 헐떡이며 얼굴이 조금 붉어진 채로 말했다.

남사추의 수학복에 탄 듯한 흔적과 혈흔이 있었다.

그때 쇠갈고리가 격렬하게 떨기 시작했다.

"문 닫아! 저거 도망가면 안 돼! 한 번 더 놓치면 잡을 수 있을지 장담 못 해!"

남사추가 다급히 말했다.

남경의가 제일 먼저 뛰어가 '쾅' 하고 대문을 닫고 등으로 문을 꽉 누르며 큰 소리로 외쳤다.

"부적! 모두 부적으로 저걸 막아!"

순식간에 부적 수백 장이 나부끼며 날아갔다. 백씨 저택 사람들이 금릉에게 미리 듣고 동원(東苑)에 숨지 않았다면, 불빛이 하늘 높이 치솟고 번쩍번쩍 빛나는 광경에 깜짝 놀랐을 것이다. 얼마 뒤 부적을 다 쓰고 소년들이 숨을 고를 새도 없이 쇠갈고리에서 다시 피가 흘러나왔다.

한 시도 멈출 수가 없었다!

남사추가 몸에 지닌 부적이 다 떨어진 것을 발견한 순간, 남경의의 외침이 들렸다.

"부엌! 부엌에 들어가! 소금, 소금, 소금! 소금 가져와!"

남경의의 말에 소년 몇 명이 부엌으로 뛰어 들어가 소금 단지를 꺼내 온 뒤 새하얀 소금을 쇠갈고리에 뿌렸다. 그러자 기름 솥에서 튀겨지는 것처럼 난리가 나더니 녹슨 쇠갈고리에서 흰 거품과 열기가 뿜어져 나왔다.

썩은 고기가 까맣게 타는 것 같은 냄새가 청당에 진동하고 쇠갈고리의 새빨간 피도 하얀 소금에 조금씩 흡수됐다.

"소금도 다 떨어지려고 해! 이제 어떻게 하지?"

한 소년이 말했다.

쇠갈고리에서 다시 피가 흘러내리려고 하자 이렇게 하는 것은 좋은 방법이 아니라고 생각했는지 남경의가 말했다.

"별거 아니야, 녹이면 돼!"

"못 녹여."

금릉이 말했다.

"좋아, 녹이자."

남사추가 말하더니 곧장 수학복의 겉옷을 벗어 쇠갈고리를 덮어 그걸 말아 쥐었다. 그러고는 부엌으로 뛰어 들어가 아궁이에 힘껏 집어넣었다. 그들의 모습에 금릉이 눈에 불을 켜고 노려보며 소리쳤다.

"남사추! 남경의가 멍청한 건 그렇다고 쳐도 넌 왜 따라 하는 거야! 이만한 불로 그게 녹을 것 같아?!"

"너 누구더러 멍청하대? 내가 멍청한 건 그렇다고 친다고?!"

남경의가 버럭 화를 냈다.

"불이 부족하면 더 세게 하면 돼!"

남사추가 말했다.

남사추가 주문을 외우며 손짓하자 불길이 확 치솟았다.

옆에 있던 소년들도 정신을 차리고 하나둘 따라 했고 금릉과 남경의도 말다툼을 그만두고 정신을 집중해 힘을 보탰다. 아궁이의 불길이 순식간에 커졌다. 검붉은 불길이 일렁이면서 그들의 얼굴을 비췄다.

강적을 만난 것처럼 한참 동안 버틴 뒤에야 쇠갈고리는 활활 타오르는 불길 속에서 조금씩 사라졌다. 이변이 일어나지 않자 남경의가 긴장해서 말했다.

"끝났나? 해결된 거야?"

남사추가 한숨을 내뱉었다. 한참 뒤 다가가 살펴보고는 고개를 돌리며 말했다.

"쇠갈고리가 없어졌어."

물건이 사라졌다. 그렇다면 원기도 당연히 사라졌을 것이다.

소년들은 모두 한숨을 내쉬었다. 특히 남경의가 제일 기뻐했다.

"내가 녹여도 된다고 했잖아. 정말 그렇잖아. 하하하…….."

남경의는 좋아했지만, 금릉은 울적했다. 이번 야렵에서 자기는 큰 역할을 하지 못했으니 당연히 경험을 쌓았다고 할 수도 없었다. 금릉은 역시 낮에 위무선, 남사추와 함께 쇠갈고리를 찾으러 가야 했다고 생각하면서 다음에는 절대 후방에 남지 않으리라고 결심했다.

그런데 위무선이 말했다.

"너희 마무리를 너무 소홀히 하네. 해결됐는지 안 됐는지 지금 어떻게 확신하지? 다시 검증해 봐야 하지 않겠어?"

그 말에 금릉은 정신이 들었다.

"어떻게 검증해요?"

"누가 들어가서 하룻밤 머물러야지."

위무선이 말했다.

"……."

"안에서 하룻밤 보냈는데도 정말 아무 일이 없어야 다 해결됐다고 확언할 수 있는 거 아니야?"

위무선이 말했다.

"선배는 그런 일을 누가 했으면 좋겠는데요…….."

남경의가 물었다.

"내가 할게요!"

금릉이 즉시 나섰다.

안 봐도 금릉이 지금 무슨 생각을 하는지 뻔했다. 위무선은 금릉의 머리를 탁 치고 웃으며 고개를 끄덕였다.

"그래, 기회가 있을 때 제대로 보여 줘야지."

"내 머리 만지지 마세요. 남자 머리는 건드려선 안 된다는 말도 못 들었냐고요."

금릉이 불만스럽게 투덜거렸다.

"분명 네 외숙이 한 말일 테니 듣든 안 듣든 상관없어."

위무선이 말했다.

"이봐요!"

금릉이 깜짝 놀라 말했다.

"나한테 일 있으면 외숙에게 많이 물어보라고 한 사람이 누군데!"

백씨 저택에서 사람들의 숙식을 안배해 놔 밤에는 동원에 묵어야 했다. 그래서 금릉 혼자 서원에 있는 하얀 집으로 향했다.

고소 남씨는 일과 휴식 시간을 엄격하게 준수해 다음 날 아침 일찌감치 일어났다. 이곳에 오기 전, 남망기가 남사추에게 반드시 위무선을 끌고 가 아침밥을 먹이라고 신신당부했었다. 남사추는 거의 반 시진 동안 온 힘을 다 쓰고 나서야 위무선을 아래층으로 끌고 내려올 수 있었다. 청당에 도착하자, 남경의가 백씨 저택 하인을 도와 죽을 담고 있었다. 남사추가 가서 도와주려는데 금릉이 눈밑이 까매진 채로 들어왔다.

사람들이 조심스럽게 금릉을 쳐다봤다. 금릉이 위무선의 왼쪽에 앉았다.

"안녕."

위무선이 말했다.

"안녕하세요."

금릉이 애써 태연한 척하면서 고개를 끄덕이며 말했다.

"안녕."

사람들도 고개를 끄덕였다.

한참 뒤에도 금릉이 말할 기미가 안 보이자 위무선이 자기 눈 밑을 가리키며 말했다.

"너 이거……."

자기가 담담한 표정을 하고 있다고 확신한 다음에야 금릉이 입을 열었다.

"정말, 다 끝난 게 아니었어."

사람들이 긴장했다.

어젯밤, 금릉은 하얀 집에 들어가 주위를 둘러봤다.

그 방은 내부 장식이 매우 단순해, 가구라고 할 것도 없이 침상 하나뿐이었다. 침상은 벽 쪽에 붙어 있었고 먼지가 가득했다.

금릉은 한 번 만져 보고 참을 수가 없었다. 이곳에 접근할 만한 하인은 없었지만 그렇다고 이런 곳에 절대 누울 수도 없었다. 그는 스스로 물을 길어 와 정리를 한 다음에야 겨우 몸을 누일 수 있었다.

얼굴은 벽 쪽으로, 등을 바깥쪽을 향한 채로.

그리고 거울 하나를 손바닥에 감추었다.

거울을 움직이면 등 뒤의 실내 상황을 대충 볼 수 있었다.

금릉은 한참을 기다렸지만, 거울에는 온통 검은색만 비쳤다. 그래서 금릉은 거울을 이리저리 움직이면서 재미를 붙이고 있었다.
그런데 갑자기 눈을 찌르는 하얀색이 거울을 스쳤다.

금릉은 심장이 서늘해져 정신을 차리고 천천히 거울을 돌렸다.

마침내 거울에 뭔가가 나타났다.

"거울에 뭐가 비쳤어? 설마 갈고리손……이야?"

여기까지 들은 남경의가 떨리는 목소리로 물었다.

"아니, 의자였어."

금릉이 말했다.

남경의가 숨을 돌리려다가 다시 생각하고는 이내 화들짝 놀랐다.
순식간에 솜털이 쭈뼛 섰다.

어디 이게 숨을 돌릴 수 있는 일인가. 방금 금릉이 방에는 '장식
이 매우 단순해, 가구라고도 할 것도 없이 침상 하나뿐'이라고 분명
히 말하지 않았던가. 그렇다면…….

그 의자는 어디서 왔단 말인가!

"의자는 내 침상 머리맡에서 가까웠어. 처음에는 아무도 없다가
얼마 뒤 검은 옷을 입은 사람이 앉아 있었어."

금릉이 말했다.

금릉은 그 얼굴이 보고 싶었지만, 그 사람은 고개를 숙인 채였
다. 흘러내린 긴 머리가 얼굴을 가리고 있었고, 온몸에서 새하얀
손만 내밀어 손잡이에 얹고 있었다.

금릉이 조심스럽게 거울 위치를 조절하려고 손목을 돌리자, 뭔가
를 느꼈는지 그 여인이 천천히 머리를 들었다.

그 얼굴에는 수십 줄의 선혈이 낭자한 칼자국이 나 있었다.

위무선은 그럴 줄 알았다고 생각했지만, 소년들은 깜짝 놀랐다.

"잠깐만?"

남경의가 죽 한 그릇을 금릉에게 내밀며 말했다.

"여자 귀신이라고? 어떻게 여자 귀신이야? 너 놀라서 잘못 본 거 아니야……?"

"다른 사람 말은 다 들어도 네 말은 듣기 싫어. 피 범벅에다 머리칼 정도만 보여서 어떻게 생겼는지는 잘 못 봤어도, 머리 모양과 옷이 젊은 여인의 모습이었으니 분명해. 우리가 방향을 잘못 잡았어."

금릉이 한 대 때리며 말했다.

"쇠갈고리에 원기가 사라지지 않았던 건 확실하지만, 하얀 집에서 농간을 부리는 건 갈고리손이 아닌 것 같아."

"그러면 시간을 더 들여서 어떻게 생겼는지 자세히 봤어야지……. 용모 특징에 따라, 예를 들어 사마귀나 반점같이 신분을 알 수 있는 거 말이야."

남경의가 말했다.

"내가 그런 생각을 안 했겠어? 그렇게 생각했지만, 그 여자 귀신이 거울에 반사된 달빛을 알아채고 고개를 휙 들어 이쪽을 쳐다봐서 나랑 눈이 딱 마주쳤다고."

금릉이 퉁명스럽게 말했다.

엿보다가 악귀에게 발각됐으니 계속 볼 수 없었다. 즉시 거울을 내리고 두 눈을 감고 자는 척했다. 그렇게 하지 않으면 귀신의 성질을 건드려 살기가 커질 것이었다.

"큰일 날 뻔했네, 큰일 날 뻔했어……."

남경의가 말했다.

"하지만 그 도둑의 눈에 여인은 없었는데."

"못 봤다고 없는 건 아니지. 어쩌면 그 도둑의 위치가⋯⋯."

"아니야, 그 여자 귀신은. 왜 여자 귀신이지? 그녀는 누구야!"

탁자 옆에서 의견이 분분했다.

"그 여인의 얼굴에 칼로 그은 자국이 수십 줄 나 있었으니 그녀는 갈고리손의 수많은 피해자 중 하나였을 거야. 금릉이 본 건 분명 그녀의 원기의 잔영이었을 거야."

남사추가 말했다.

원기의 잔영은 사수가 원기가 강한 어떤 장면을 계속 재현하는 것이었다. 보통은 죽기 직전의 순간이나 원한이 가장 깊은 어떤 일이었다.

"응. 어젯밤 거울 속에 비친 하얀 집은 장식이 지금과는 전혀 다른 객잔 같았어. 아마 백씨 저택이 지어지기 전에 이곳은 객잔이었나 봐. 그 여자는 바로 이 객잔에서 살해당한 거야."

금릉이 말했다.

"아아, 말하다 보니 확실히, 우리가 알아낸 것 중에 누군가 갈고리손이 객잔의 자물쇠를 쉽게 풀고 밤에 숨어들어 가 밖에 혼자 있는 여자를 골라서 해친다고 말했어!"

남경의가 말했다.

"그 낭자 또는 부인이 해를 입은 그 방이 백씨 저택이 지어진 하얀 집과 같은 위치였고!"

남사추가 말했다.

백씨 저택에는 오래된 비밀 사건이 없고 비명횡사한 사람도 없다는 주인의 말은 일부러 숨기려는 게 아니라 진짜였다. 그들은 정말로 무고했고 이 일도 그들과 무관했기 때문이다.

금릉이 죽을 한 입 먹으며 애써 태연한 척했다.

"난 이 일이 그렇게 간단하지 않을 거라고 진작 알았어. 그래도 뭐, 어쨌든 다 해결될 거니까."

"금릉, 조금 있다가 조금 자 둬. 저녁에 할 일 있으니까."

위무선이 말했다.

"위 선배, 다 안 드셨네요. 남기지 마세요."

남경의가 위무선의 그릇을 힐끗 보며 말했다.

"안 먹어. 넌 든든히 먹어 둬. 경의 네가 오늘 밤 선봉에 서야 하니까."

위무선이 말했다.

남경의가 깜짝 놀라며 그릇을 떨어뜨릴 뻔했다.

"아? 나?? 내가 뭐, 선봉에 선다고요?!"

"금릉이 어젯밤 다 못 봤으니 오늘 우리가 다 같이 봐야지. 견문을 넓혀 보자고. 네가 앞장서."

위무선이 말했다.

"위 선배, 뭐 잘못된 거 아니에요? 어떻게 내가?"

남경의의 얼굴이 새파랗게 질렸다.

"그럴 리가. 경험이잖아. 모두 자기 몫이 있고 기회가 있고 한 번씩 앞장서야 해. 사추와 금릉 모두 했으니 다음 차례는 너지."

위무선이 말했다.

"왜 다음 차례를 나로 결정했어요……."

위무선은 당연히 솔직하게 말하지 않았다. 위무선이 남사추와 금릉 외 소년들 중에 이름을 기억하는 사람은 남경의밖에 없었으니까. 그가 남경의의 어깨를 토닥이며 격려했다.

"이건 좋은 일이야! 다른 사람들을 좀 봐 봐. 모두 하고 싶어 하잖아."

"다른 사람이 어디 있어요. 진작 다 도망갔는데!"

아무리 항의해도 남경의는 자시에 하얀 집 최전방으로 밀렸다.

하얀 집 밖에 긴 의자를 놓고 소년들이 앉았다. 종이창에 각자 구멍 하나씩 뚫자 순식간에 차마 눈 뜨고 못 볼 정도로 엉망진창이 됐다.

남사추는 손가락으로 종이창에 구멍을 뚫으며 '어째…… 이건 '엿보는' 거라고 할 수 없는 것 같은데. 이렇게 구멍을 뚫느니 아예 종이창을 뜯어내는 게 나을 것 같아…….'라고 생각했다.

남경의는 위무선에 의해 가장 앞쪽에 앉았다. 남경의가 있는 위치가 제일 많이, 전부 다, 가장 똑똑하게 볼 수 있는 자리였다. 연극을 보는 것이라면 천금을 주어도 구하기 어려운 일등석이었다. 하지만 남경의는 이 일등석이 전혀 내키지 않았다.

남경의는 금릉과 남사추 사이에 끼어서 전전긍긍해하며 말했다.

"나 자리 바꾸면 안 될까……."

"안 돼."

옆에서 계속 왔다 갔다 하던 위무선이 말했다.

소년들은 이 말을 하는 위무선의 어투가 남망기와 너무 비슷하게 느껴져 킥킥거렸다.

"자세 좋네. 이렇게 가볍다니. 좋아, 아주 좋아."

위무선이 말했다.

방금 못 참고 킥킥댔던 남사추가 다급하게 정색했다.

"봐, 나는 앉을 자리도 없는데. 넌 정말 복에 겨웠군."

위무선이 남경의에게 또 말했다.

"선배, 제가 자리 양보해도 될까요……."

남경의가 말했다.

"안 돼."

위무선이 단호히 거절했다.

"그럼 뭐가 돼요."

남경의가 말했다.

"질문은 돼."

위무선이 말했다.

남경의는 방법이 없자 남사추에게 부탁했다.

"사추, 있다가 내가 기절하면 네, 네가 필기한 거 나 좀 빌려줘."

"알았어."

남사추가 말했다.

"그럼 안심이야."

남경의가 안도하며 말했다.

"걱정하지 마, 경의. 넌 끝까지 할 수 있어."

남사추가 격려했다.

남경의가 감격의 표정을 짓는데 금릉이 남경의의 어깨를 두드리며 믿음직스러운 표정으로 말했다.

"그래, 안심해. 네가 기절하면 내가 바로 깨워 줄게."

"치워, 치우라고. 네가 무슨 방법으로 깨울지 어떻게 알고."

남경의가 경계하면서 금릉의 손을 치웠다.

중얼대는 사이, 종이창에 핏빛 그림자가 은은하게 비쳤다. 마치 갑자기 누군가 어두운 방에 홍등을 켠 것 같았다.

소년들은 즉시 입을 다물고 숨죽인 채 응시했다.

붉은빛이 작은 구멍들을 통해 하나씩 삐져나와 엿보는 눈에 핏발이 선 것처럼 보였다.

남경의가 부들부들 떨면서 손을 들고 말했다.

"선배…… 왜, 왜 방 안이 이렇게 붉게 보이나요? 저, 저는 이런 걸, 핏빛 잔영을 본 적이 없어요. 당시 방 안에 붉은색 등을 켰던 걸까요?"

"핏빛 등이 아니라 저 사람이……."

남사추가 낮은 소리로 말했다.

"저 사람 눈에 피가 들어갔어."

금릉이 말했다.

붉은빛 속에, 방에서 갑자기 새로운 무언가가 나타났다.

의자와 의자에 앉아 있는 '사람'.

"금릉, 네가 어젯밤에 본 게 이거야?"

위무선이 물었다.

"어젯밤에 자세히 보진 못했지만, 의자에 앉은 게 아니라…… 의자에 묶여 있었어요."

금릉이 고개를 끄덕이며 대답했다.

금릉의 말대로라면 저 여인이 손잡이에 올려 둔 두 손은 밧줄로 꽉 묶여 있어야 했다.

소년들이 자세히 보려고 기다리는데, 갑자기 검은 그림자가 지나가더니 방 안에 사람 그림자가 더해졌다.

다른 '사람'이 나타난 것이다.

또 나타난 두 번째 사람은 눈꺼풀과 위아래 입술이 모두 잘려 눈을 깜박일 수도, 입을 다물지도 못한 채 핏발이 선 눈과 선홍색 잇몸을 고스란히 노출하고 있었다. 그 끔직한 얼굴은 소문보다 천 배 만 배는 더 무섭게 보였다!

"갈고리손이다!"

남경의가 놀라 말했다.

"무슨 일이야, 쇠갈고리는 이미 녹였잖아? 갈고리손이 어떻게 여기에 나타날 수 있지?"

"이 방에 악령이 두 마리나 있었단 말이야?"

소년들의 말에 위무선이 말했다.

"두 마리야? 이 방에 악령이 도대체 한 마리야, 두 마리야? 누가 말해 볼까?"

"한 마리요."

남사추가 말했다.

"한 마리요. 지금 하얀 집에 나타난 갈고리손은 진짜가 아니라 이 여인이 원기로 환원한, 죽기 직전 장면의 잔영이에요."

금릉도 더 자세히 말을 보탰다.

"잔영이라지만 무서운 건 전혀 줄어들지 않네!"

남경의가 말했다.

소년들이 말하는 사이 그 얼굴이 천천히 나무문 쪽으로 다가왔다. 얼굴은 가까워질수록 더욱 선명하고 흉악하게 보였다. 그저 잔영일 뿐 갈고리손의 남은 원기가 담긴 쇠갈고리는 이미 녹아서 문을 뚫고 나오지 않는다는 걸 알았지만, 모골이 송연한 느낌은 지울 수가 없었다.

그가 소년들을 발견했다!

운수 사나운 도둑이 한밤중에 하얀 집을 훔쳐보다 바로 이 장면을 봤다면 놀라 심장 발작을 일으킬 만했다.

그 얼굴은 종이창에 거의 다 다가와서 한참 머물더니 몸을 돌려 의자 쪽으로 성큼성큼 걸어갔다.

소년들은 그제야 약속이나 한 듯 다시 숨을 쉬기 시작했다.

안에서, 갈고리손이 방 안을 돌아다니자 낡은 목판이 그의 발아래서 삐거덕거렸다. 밖에 있던 금릉은, 갑자기 이상한 기분을 떨칠 수가 없었다.

"조금 전부터 뭔가 걸렸어."

금릉이 말했다.

"뭐가?"

남사추가 물었다.

"원기 잔영은 저 여인이 죽기 전 장면인 게 틀림없어. 하지만 보통 사람이 살인광 앞에서 저렇게 냉정하게 소리 하나 안 낼 수가 있어? 다시 말하면—."

금릉이 잠시 멈췄다가 말을 이었다.

"저 여인은 분명 정신이 또렷했을 텐데 왜 살려 달라고 소리치지 않지?"

금릉이 말했다.

"놀라서 정신이 나갔나?"

남경의가 말했다.

"한마디도 안 하는 것까진 아니라도 울지도 않잖아. 보통 여인은 극도로 무서우면 다 울지 않나?"

금릉이 여전히 이해가 안 간다는 듯 말했다.

"혀 아직 있어?"

남사추가 물었다.

"입가에 피가 흐르지 않는 걸 봐선 아직 있을 거야. 그리고 혀가 없다고 해도 소리를 못 내진 않겠지."

금릉이 말했다.

두 사람 사이에 앉은 남경의는 곧 죽을 것 같았다.

"너희 내 귀에 대고 그렇게 냉정한 말투로 이렇게 무서운 걸 토론하지 말아 줄래……."

"이 객잔이 버려졌거나, 다른 사람이 없어 울고불고 외쳐 봐야 소용없다는 걸 알아서 아예 소리치지 않은 게 아닐까?"

한 소년이 말했다.

"아닐걸. 이 잔영을 보면 방 안 물건에 먼지가 없는 게 계속 사용한 것 같아. 다른 사람이 없을 리가 없어. 아니면 그녀도 여기에 숙박하러 들어오지 않았을 거야."

방 안을 제일 똑똑히 본 남경의가 말했다.

"너 구제 불능일 정도로 멍청해지진 않았구나. 그리고 다른 사람이 있냐 없냐 하는 것과, 소리칠 수 있느냐 없느냐는 별개의 문제야. 예를 들어 황야에서 사람에게 쫓기면 자기를 구해 주러 올 사람이 없다는 것을 알면서도 무서워서 살려 달라고 외치지 않나."

금릉이 말했다.

위무선이 옆에서 작은 소리로 박수를 치며 말했다.

"이런, 역시 금 종주군."

금릉이 얼굴을 붉히며 화냈다.

"뭐야, 그런 말로 정신 산만하게 하지 말라고요!"

"이런 일로 정신이 산만해진다면 집중력을 더 길러야 한다는 건데. 빨리 봐, 빨리 보라고. 갈고리손이 뭔가 하려는 것 같은데."

위무선이 말했다.

소년들이 황급히 고개를 돌렸다. 갈고리손이 밧줄을 꺼내 여인의 목에 두르고 천천히 옥죄고 있었다.

밧줄을 감아올리는 소리!

백가 주인이 말한 하얀 집에서 매일 밤 들린다던 '삐걱' 거리는 이상한 소리가 바로 이것이었다.

목이 졸리자 여인의 얼굴에 난 수십 줄의 상처에서 피가 줄줄 흘렀다. 그런데도 여인은 소리를 내지 않았다. 소년들은 조마조마한 마음으로 보다가 누군가 참지 못하고 작은 소리로 재촉했다.

"소리 질러, 소리 지르라고."

그들의 기대와는 달리 피해자는 꼼짝도 안 했고, 살인범만 이리저리 움직였다. 밧줄이 순간 느슨해지더니 갈고리손이 몸 뒤에서 빛이 날 정도로 예리하게 간 쇠갈고리를 꺼냈다.

문밖의 소년들은 조급함에 등골이 오싹해졌다. 자기가 뛰어 들어가 여인 대신 미친 듯이 소리를 질러 성 전체 사람을 깨우고 싶었다. 갈고리손의 뒷모습이 소년들의 시선을 가로막으며 한 손을 앞으로 뻗었다. 소년들이 있는 곳에서는 손잡이에 올려진 손등에 갑자기 핏줄이 불거진 것만 보였다.

이런 지경에 이르러서도 여인은 아무 소리도 내지 않았다.

"저 여인, 정신이 이상한 거 아니에요?"

이제 금릉은 의심스럽기까지 했다.

"정신이 이상하다는 게 무슨 뜻이지?"

"바보라든가……."

"……."

사람을 바보라고 말하니 예의 없이 들렸지만, 지금 상황을 보면 그 말이 제일 맞아 보였다. 정상인이라면 이런 때에 어떻게 아무 반응도 없겠는가?

남경의는 보다가 머리가 아파 얼굴을 돌렸다.

"계속 봐."

위무선이 낮은 소리로 말했다.

"선배, 저…… 저 정말 더 못 보겠어요."

남경의가 못 참겠다는 표정으로 애원했다.

"세상에는 이것보다 수천 배는 더 참혹한 일도 많아. 똑바로 보는 것조차 못하면 다른 건 말할 필요도 없지."

위무선이 냉정하게 말했다.

위무선의 말에 남경의는 정신을 차리고 다시 이를 악물며 근심 어린 표정으로 계속 봤다. 그런데 바로 그때, 이변이 발생했다──.

그 여인이 갑자기 입을 벌리더니 쇠갈고리를 물었다!

여인의 갑작스러운 행동에 문밖 소년들은 화들짝 놀랐다.

방 안의 갈고리손도 화들짝 놀라 곧장 손을 멈추고 세차게 잡아당겼다. 하지만 여인의 이 사이에서 빠지기는커녕, 오히려 의자와 여인이 덮쳐왔다. 여인의 혀를 자르려고 했던 쇠갈고리가 순식간에 갈고리손의 아랫배를 갈랐다!

소년들이 "아아!" 하고 어지럽게 외치며 전부 종이창 앞으로 달려들어 구멍으로 눈알을 집어넣을 듯이 부라렸다. 마치 하얀 집 안을 자세히 보지 못하는 게 안타까운 듯했다. 순식간에 상처를 입은 갈고리손이 깜짝 놀라더니 뭔가 생각이 난 것처럼 오른손으로 여인의 가슴을 움켜쥐었다. 여인의 심장을 그대로 파내려는 모양이었다. 여인이 의자에 묶인 채로 굴러 갈고리손의 공격을 피하자 '쫙' 소리가 나면서 가슴 부분의 옷이 찢어졌다.

이 광경에 소년들은 예가 아닌 것은 보지 말라는 말 따위는 생각할 수가 없었다.

소년들이 놀라 어리둥절해진 이유는 그 '여인'의 가슴이 너무 평평해서였다.

저게 어디 '여인'이란 말인가── 저 사람은 여장 남자였다!

갈고리손은 맨손으로 그의 목을 잡으려 달려들었지만, 갈고리가 여전히 상대의 입에 있다는 것을 잊고 있었다. 그 사람이 세차게 머리를 옆으로 돌리자 쇠갈고리가 갈고리손의 손목을 깊이 파고들었다. 한 사람은 상대의 목을 잡아 비틀려고 하고 한 사람은 상대를 피 흘리게 공격을 해 대면서, 두 사람은 밀고 당기는 교착 상태에 빠졌다…….

닭이 울고 하늘이 밝아지자 방 안의 붉은빛이 사라지고 잔영도 모두 사라졌다.

하얀 집 문 앞을 에워싸고 앉아 있던 소년들은 멍해졌다.

한참 뒤에야 남경의가 버벅거리며 말했다.

"저저저, 저 두 사람…….'

소년들은 모두 같은 생각을 했다.

두 사람은 결국 아무도 살아남지 못했을 것이다…….

백씨 저택에서 수십 년 동안 머물며 편히 잠들지 못했던 악령이 갈고리손이 아니라 갈고리손을 제거한 영웅일 줄은 상상도 하지 못했다.

소년들의 토론 열기가 하늘을 찔렀다.

"뜻밖이네, 뜻밖이야. 갈고리손이 저렇게 제압당하다니……."

"아무리 생각해 봐도 저런 방법밖에 없잖아? 갈고리손은 신출귀몰해서 어디 있는지 아무도 몰랐잖아. 여장하고 유인하지 않았으면 잡을 수 없었을 거야."

"하지만 너무 위험하잖아!"

"응, 너무 위험해. 봐 봐, 저 협객도 갈고리손의 덫에 걸려 묶여 버렸잖아. 그래서 처음에는 불리했던 거고. 두 사람이 정면 대결했다면 저렇게 고생했겠어!"

"맞아. 게다가 그는 소리를 질러 도움을 청할 수도 없었잖아. 갈고리손은 흉악하고 잔인하게 사람을 죽이니, 소리를 질러 도와줄 이를 부른다고 해도 평범한 사람들에겐 그건 죽음을 자초하는 것이니까……."

"그래서 그가 절대 소리를 안 지른 거네!"

"같이 죽는다……."

"저 협객의 의거에 대한 소문은 없던데! 정말 이해가 안 돼."

"정상이지. 사람들은 영웅담보다 살인광 이야기를 더 재미있어 하니까."

"죽은 자가 구천을 떠도는 건 이루지 못한 소원이 있어서지. 시신이 완전하지 않은 망자가 떠도는 것은 잃어버린 자기의 신체를 찾지 못해서인 경우가 많아. 그가 농간을 부린 이유도 바로 그런 걸 거야."

금릉이 분석했다.

쓸모없는 물건이라도 몸에 수십 년간 지니고 다니면 아쉬울 텐데, 하불며 입 안의 것이야.

듣고 있던 남경의는 숙연한 마음이 들었다.

"그럼 우리 빨리 그의 혀를 찾아 태워서 그가 잘 가도록 해 주자."

소년들이 두 주먹을 불끈 쥐고 벌떡 일어나며 떠들썩댔다.

"좋아, 저런 영웅을 불완전한 몸으로 죽게 할 순 없지!"

"찾자, 찾자고. 성 서쪽의 무덤에서 시작하자. 묘지와 백씨 저택 전체 그리고 예전 갈고리손이 살았던 낡은 집까지 하나도 빠뜨려선 안 돼."

소년들은 의욕이 충만해 밖으로 나갔다. 떠나기 전 금릉이 고개를 돌려 위무선을 쳐다봤다.

"왜?"

위무선이 물었다.

조금 전 소년들이 토론할 때 위무선은 한마디도 끼어들지 않았다. 그래서 금릉은 어딘가 안심이 되지 않았고 어느 단계가 잘못됐나 의심스럽기도 했다. 하지만 아무리 생각해도 놓친 부분은 없는 것 같았다.

"아무것도 아니에요."

"아무것도 아니면 어서 가서 찾아. 끈기 있게."

위무선이 웃으며 말했다.

금릉이 씩씩하고 기세 좋게 밖으로 나갔다.

며칠 뒤에야 금릉은 위무선이 '끈기 있게'라고 한 게 무슨 뜻인지 깨달았다.

쇠갈고리는 위무선이 남사추를 데리고 가 반 시진 만에 찾았다.

그런데 혀를 찾는 일은 위무선이 개입하지 않고 그들 스스로 찾았더니 장장 5일이 걸렸다.

남경의가 뭔가를 들고 껑충껑충 뛰었을 때 소년들은 너무 피곤해서 무너지기 일보 직전이었다.

무덤을 샅샅이 뒤지느라 온몸이 피곤하고 복장은 흐트러지고 몸에서 이상한 냄새가 났어도 소년들은 매우 기뻤다. 위무선이 그들의 말을 듣고, 소년들이 스스로의 힘으로 5일 만에 찾아낸 것만도 대단한 것이라고 매우 진지하게 칭찬해 주었다. 열흘, 보름이 지나도 못 찾고 아예 포기하는 수사도 많다고도 덧붙였다.

소년들은 한껏 흥분해 죽은 자의 혀를 둘러싸고 돌았다. 흉악한 기운이 있는 물건은 퍼렇다고 했는데, 그 혀는 퍼렇다 못해 거의 검었고 손이 찔릴 것같이 딱딱했으며 살기가 뿜어져 나오는 게 전혀 인간의 살덩이 같지 않았다. 만약 그랬다면 벌써 부패했을 것이다.

한바탕 술법을 행하고 혀를 태우자 큰일이 마침내 끝난 것 같았다.

여기까지 했으니 어쨌든 끝이 난 것이었다.

그래서 금릉은 이번 야렵이 꽤 만족스러웠다.

하지만 며칠이 지나기도 전에 백가 주인이 금린대를 또 찾아왔다.

그 협객의 혀를 태운 이후 이틀은 잠잠했다. 하지만 이틀뿐이었다.

3일째 되던 날 밤, 하얀 집에서 다시 이상한 소리가 들렸고 그 소리는 하루가 다르게 커지더니 5일째 되는 밤에는 백씨 저택 전체가 전혀 잠을 이룰 수가 없었다.

소리가 너무 세차게 밀려와 예전보다 더 놀라자빠질 것 같았다. 괴성은 밧줄을 묶는 소리도, 살을 잘라 내는 것도 아닌, 사람의 목소리로 바뀌었다.

백가 주인이 말하길, 그 목소리는 매우 쉬어서 여러 해 동안 사용하지 않은 혀가 무겁게 움직이는 것처럼 뭐라 말하는지 똑똑히 들리진 않았지만, 남자가 비명을 지르는 건 확실했다고 했다.

소리를 지르고 나면 울었다. 슬프고 처량하게, 처음에는 힘이 없다가 점점 커져 마지막에는 신경질적으로 변해 불쌍하면서도 무서웠다. 백씨 저택뿐 아니라 대문을 넘어 골목 세 개가 떨어진 곳에서도 들려, 지나가던 사람도 그 소리에 등골이 오싹해지고 혼이 다 날아갈 정도였다.

금릉도 골치가 아팠지만 연말이 다가와 바빠져 직접 가서 처리할 시간이 없었다. 그가 문하생 몇 명에게 가 보라고 명령했다. 돌아온 문하생의 보고를 들으니 처참하게 소리를 지르는 것 외에는 달리 피해를 주는 일은 없다고 했다.

큰 세가에서는 사람에게 해를 끼치지 않는 것은 문제로 삼지 않는 게 일반적이었다.

야렵 일지를 전하면서 남사추는 남망기와 위무선에게 이 일도 전했다. 다 들은 위무선이 남망기의 서안에 있던 과자를 집어 먹으며 말했다.

"아, 걱정할 일 아니야."

"그렇게 소리치는데 걱정할 일이 아닙니……까? 상식적으로라면 한을 풀어 주면 망령이 제도되어야 하는 것 아닌가요."

남사추가 의아해하며 물었다.

"한을 풀어 망령을 제도하는 게 맞지. 하지만 그 협객의 진짜 한은 혀를 찾아 환생하는 게 아니라고 생각해 본 적은 없어?"

위무선이 오히려 되물었다.

이번에 남경의는 마침내 '갑'을 받아 벌로 베껴 쓰지 않아도 된다고 생각하면서 한쪽에서 기뻐하다가 위무선의 말에 궁금해져서 물었다.

"그럼 뭐예요? 진짜 한이란 게 매일 밤 다른 사람 잠도 못 자게 울부짖는 거란 말이에요?"

뜻밖에도 위무선이 고개를 끄덕였다.

"바로 그거야."

"위 선배, 왜 그런 거죠?"

남사추가 놀라 물었다.

"앞서 너희들도 추측했잖아. 그 협객은 무고한 사람이 목숨을 잃게 하고 싶지 않아 갈고리손과 싸우면서도 온 힘을 다해 참으며 소리를 지르지 않았다고."

위무선이 말했다.

"그랬지요. 어디가 틀린 거죠?"

남사추가 단정하게 앉아 물었다.

"틀린 게 아니라 너희들에게 하나만 물어보자. 만약 살인광이 칼을 들고 자기 앞에서 왔다 갔다 하면서 네 피를 쏟게 하고 네 얼굴을 긋고 네 목을 조르고 네 혀를 뽑으면 놀라겠어, 안 놀라겠어? 무섭겠어, 안 무섭겠어? 울고 싶겠어, 안 울고 싶겠어?"

위무선이 물었다.

남경의가 생각하더니 창백한 얼굴로 말했다.

"살려 주세요!"

"가훈에서 말하길, 위기에 직면했을 때……."

남사추가 정색하며 말했다.

"사추, 딴소리하지 말고. 너 같으면 무섭겠는지 안 무섭겠는지, 솔직하게 말해 봐."

위무선이 말했다.

남사추가 얼굴을 붉히며 허리를 꼿꼿이 세우며 말했다.

"저는 안——."

"아니라고?"

위무선이 말했다.

"안 무섭다고 말할 수 없습니다. 크흠."

남사추가 진실한 표정으로 말했다.

말을 하고 나서는 걱정스러운 듯 남망기를 힐끗 쳐다봤다.

"뭘 창피해해? 사람은 고통과 공포 앞에서는 무섭고, 누군가 자기를 구해 줬으면 좋겠고, 큰 소리로 외치고 울고불고해. 그게 정상 아니야? 그렇지 않나? 함광군, 너희 집 사추 좀 봐. 너한테 벌받을까 봐 몰래 널 보고 있잖아. 너도 빨리 그렇다고 말해. 네가 '그렇다'고 하면 내 관점에 너도 동의한다는 뜻이고, 사추를 벌하지 않는다는 뜻이니까."

위무선이 좋아서 어쩔 줄 모르겠다는 듯이 말했다.

위무선이 팔꿈치로 단정하게 앉아 소년들의 일지를 보고 있던 남망기의 아랫배를 쿡쿡 건드리자 남망기가 얼굴색 하나 안 변하고 말했다.

"그래."

말하자마자 위무선의 허리를 단단하게 안고 위무선이 장난치지 못하게 한 다음 소년들의 일지를 계속 봤다.

남사추의 얼굴이 더 빨개졌다.

위무선은 몸을 몇 번 비틀어도 빠져나올 수가 없자 그 자세를 유지하면서 남사추에게 진지하게 말했다.

"억지로 참고 소리치지 않았으니 영웅의 기개가 있는 건 확실하지만, 인간의 본능에는 반하는 거지. 이게 사실이야."

남사추는 위무선의 자세를 애써 외면하면서 생각해 봤다. 그 협객에게 동정심이 생겼다.

"금릉은 아직도 이 일 때문에 걱정하고 있나?"

위무선이 물었다.

"네, 아마도요……. 아, 금 공자도 도대체 뭐가 문제인지 모르고 있어요."

남경의가 말했다.

"그렇다면 그런 악령은 도대체 어떻게 처리해야 하나요?"

남사추가 물었다.

"그냥 소리치게 둬."

위무선이 말했다.

남사추가 잠시 말을 잃었다가 확인하듯 물었다.

"……그냥, 소리치게 두라고요?"

"응. 충분히 소리치면 알아서 갈 거야."

위무선의 말에 남사추의 동정심의 반이 즉시 백씨 저택 사람들에게 옮겨 갔다.

다행히 그 협객은 억울하고 답답했지만 사람을 해치려는 마음은 없었다. 하얀 집에서 들리는 이상한 소리는 수개월 동안 계속되다가 조금씩 잦아들었다. 그 협객이 생전에 소리치지 못했던 것을 다 소리치고 나서야 만족스럽게 떠난 게 틀림없었다.

백씨 저택 사람들만이 오랜 시간 동안 밤새 잠 못 들고 괴로워하면서 뒤척이느라 고생했을 뿐이다. 하얀 집도 다시 한번 명성이 자자해졌다.

외 전

제6장

연방

운몽 연화오.

시검당 밖에서는 매미가 요란하게 울고, 시검당 안에서는 웃통을
벗은 몸뚱이들이 여기저기 어지럽게 누워 있었다.

십수 명의 소년들이 웃통을 벗고 시검당 나무 바닥에 찰싹 달라
붙어 있었다. 그들은 가끔 몸을 뒤집을 때마다 전병이라도 지지는
것처럼 쩌억쩌억 소리를 내면서 죽어 가듯이 중얼거렸다.

"더워……."

"죽겠다……."

위무선이 눈을 가늘게 뜨고 웅얼거렸다.

"운심부지처처럼 시원하면 얼마나 좋아."

몸 아래 나무 바닥이 다시 체온으로 데워져 위무선은 몸을 뒤집었다. 마침 강징도 몸을 뒤집어, 두 사람이 스치면서 팔이 다리에 걸쳐졌다. 위무선이 즉시 짜증을 내며 말했다.

"강징, 너 팔 좀 치워. 숯불 같아."

"네 다리나 치워."

강징이 쏘아붙였다.

"팔이 다리보다 가볍잖아. 다리 치우는 게 더 힘드니까 네가 팔 치워."

"위무선, 내가 경고하는데 너무 나대지 말라고. 입 다물고 말하지 마. 말할수록 덥잖아!"

강징이 짜증을 내며 버럭 소리를 질렀다.

"싸우지 좀 말아요, 네? 두 사람 싸우는 소리만 들어도 더워서 땀이 더 쭉쭉 난다고요."

육사제가 괴로워하며 둘을 말렸다.

하지만 두 사람은 이미 치고받고 난리가 났다.

"어서 꺼져!", "네가 꺼져!", "아니, 아니, 아니! 네가 꺼지세요!", "별말씀을, 네가 먼저 꺼지세요!"

"싸우려거든 나가서 싸워!", "너네 같이 꺼져 줄래? 부탁이야!"

사제들의 원성이 자자했다.

"못 들었어? 모두 너더러 나가라잖아. 너…… 내 다리 놔. 부러지겠어!"

위무선이 소리쳤다.

"너더러 나가라잖아……. 너 먼저 내 팔 놔!"

강징도 이마에 핏대를 세우며 지지 않았다.

이때 밖에서 치맛자락이 사락거리며 스치는 소리가 나자 두 사람은 번개처럼 떨어졌다. 그 순간 대나무 발이 들리면서 강염리가 머리를 내밀고 말했다.

"아, 너희 여기 다 숨어 있었구나."

"사저!"

"사저, 안녕하세요."

소년들이 하나둘 인사했다. 수줍음 많은 소년은 두 손으로 가슴을 가리면서 구석으로 숨었다.

"오늘은 왜 게으름을 피우면서 검 수련을 안 해?"

강염리가 물었다.

"볕이 너무 뜨거워서 연무장에 나갔다간 타 죽어요. 검 수련하다간 살이 홀랑 벗겨질걸요. 사저, 다른 사람한텐 말하지 마세요."

위무선이 하소연했다.

"너희 둘, 또 싸운 거 아니지?"

강염리가 위무선과 강징을 가만히 살피더니 말했다.

"아니에요!"

위무선이 말했다.

강염리가 안으로 들어왔다. 뭔가를 들고 있었다.

"그럼 아징 가슴에 난 발자국은 누가 찰까?"

위무선이 범죄 흔적이 남았다는 소리에 황급히 쳐다봤다. 정말 있었다. 하지만 두 사람의 싸움에 관심이 있는 사람은 이제 아무도 없었다. 강염리가 수박을 썰어 가져왔기 때문이다. 소년들이 벌 떼처럼 몰려들어 순식간에 집어 바닥에 앉아 먹었다. 잠시 뒤, 수박 껍질이 쟁반에 작은 산을 이뤘다.

위무선과 강징은 뭐든 서로 겨뤘다. 수박 먹기도 예외는 아니어서 경쟁하듯 수박을 집어 들며 티격태격하는 바람에, 옆에 있던 소년들이 황급히 그들에게 자리를 내주어야 했다. 위무선은 처음에는 전심전력을 다 해 먹다가 잠시 뒤 갑자기 "풉." 하고 웃었다.

"너 또 뭐 하려고."

강징이 경계하며 말했다.

"아니야! 오해하지 마. 뭐 하려는 게 아니라 그냥 누가 생각나서."

위무선이 또 하나를 집어 들며 말했다.

"누구?"

강징이 물었다.

"남잠."

위무선이 말했다.

"걔 생각해서 뭐 해. 별로 베껴 쓰던 게 그립기라도 한 거냐?"

강징이 말했다.

"남잠 생각하면 재밌어. 너 모르지, 남잠이 얼마나 재미있는지. 내가 걔한테 너희 집 음식이 너무 맛이 없다고, 차라리 수박 껍질을 볶아 먹는 게 낫지 너희 집 음식은 안 먹고 싶다고 하면서 시간 있으면 우리 연화오에 놀러 오라고 했거든……."

위무선이 씨를 뱉으며 말했다.

"너 미쳤냐? 남망기를 연화오에 오라고 하게? 스스로 고생을 자초하는군."

위무선의 말이 끝나기도 전에 강징이 위무선의 수박을 치면서 먹는 걸 방해했다.

"뭐가 그렇게 급해, 내 수박이 날아갈 뻔했잖아! 그냥 말만 해 본 거야. 걔가 오겠냐. 너 언제 남잠이 혼자서 놀러 나갔다는 얘기 들어 본 적 있어?"

위무선이 말했다.

"일단 말하는데, 어쨌든 난 걔가 오는 거 싫으니 마음대로 초대하지 마."

강징이 진지하게 말했다.

"네가 남잠을 싫어하는 줄은 몰랐네?"

위무선이 말했다.

"남망기한테는 유감없어. 하지만 그가 정말 온다면, 다른 집 아이를 보신 어머니가 할 말이 있다고 하시면 어쩔 거야. 그때 가서는 너도 편안하게 지낼 생각은 안 하는 게 좋을걸."

강징이 말했다.

"괜찮아, 와도 겁 안 나. 정말로 온다면 네가 강 숙부께 남잠을 나랑 자게 하라고 말해 줘. 내 보장하는데 한 달 안에 걔를 미치게 할 수 있어."

위무선이 자신만만하게 말했다.

"넌 그와 한 달 동안이나 같이 잘 생각을 한단 말이야? 내가 보기엔 일주일도 안 돼 걔한테 찔려 죽을걸."

강징이 코웃음을 치며 말했다.

"뭐가 무서워. 정말 싸운다면 걔가 내 상대나 될까."

위무선이 태연하게 말했다.

소년들이 위무선의 편을 들며 법석을 떨었고, 강징은 위무선이 낯짝도 두껍다며 놀렸지만, 속으로는 위무선의 말이 거짓말이 아니고 잘난 척하는 것도 아니라는 걸 알았다.

"너희 지금 누구 말하는 거야? 고소에서 친구 사귀었어?"

강염리가 두 사람의 중간에 앉으며 말했다.

"네!"

위무선이 기뻐하며 말했다.

"'친구'라니 너무 뻔뻔한 거 아니야. 남망기에게 가서 물어봐, 걔도 그렇게 생각하는지."

강징이 코웃음을 쳤다.

"썩 꺼져. 남잠이 싫다면 내가 귀찮게 해서라도 인정하는지 안 하는지 볼 거야."

위무선이 고개를 돌려 강염리에게 말했다.

"사저, 남망기 알아요?"

"알지. 사람들이 말하는 준수하고 능력 있다는 남가 둘째 공자 아니야? 정말 준수해?"

강염리가 물었다.

"준수해요!"

위무선이 흔쾌히 말했다.

"너보다?"

강염리가 말했다.

"아마 저보다 쪼금 더 준수할걸요."

위무선이 잠시 생각한 다음 손가락을 아주 조금 벌리며 말했다.

강염리가 쟁반을 챙기면서 씩 웃었다.

"정말 준수한가 보네. 새 친구 사귀는 건 좋은 일이야. 별일 없으면 서로 방문하면서 놀아."

강염리의 말에 강징은 수박을 뿜었고, 위무선은 연신 손사래를 쳤다.

"됐어요, 됐어. 그 집은 밥도 맛없고 규칙도 너무 많아요. 안 갈래요."

"그러면 그 친구를 데리고 와서 놀면 되잖아. 이번이 좋은 기회였는데 왜 연화오에 와서 한동안 머물라고 청하지 않았어?"

강염리가 말했다.

"누님, 쟤 헛소리하는 거예요. 쟤 고소에 있을 때 미움 사는 짓을 얼마나 많이 했는데, 남망기가 쟤를 따라오겠어요."

강징이 일러바쳤다.

"무슨 소리야! 남잠은 승낙할 거야."

위무선이 발끈해서 반박했다.

"꿈 깨. 남망기가 너더러 꺼지라고 했잖아. 못 들었어? 기억은 하냐?"

강징이 빈정댔다.

"네가 뭘 알아! 남잠은 겉으로는 나더러 꺼지라고 하지만 난 알아. 갠 속으로는 나랑 운몽에 와서 놀고 싶어 하고, 못 와서 안달이 났다고."

위무선이 의기양양하게 말했다.

"내가 늘 물어보고 싶은 게 있었는데, 넌 그 자신감이 도대체 어디서 나오는 거냐?"

강징이 물었다.

"더 생각하지 마. 같은 문제를 그렇게 오랫동안 생각했는데도 답이 없으면, 나 같으면 진작에 포기했어."

위무선의 말에 강징이 고개를 절레절레 저으며 수박을 던지려 했다. 그때 노기등등한 발소리가 들리면서 멀리서 차가운 여자 목소리가 들렸다.

"내 이것들이 다 어디에 숨었는지 알지⋯⋯."

소년들의 얼굴색이 확 변했다. 그들은 황급히 밖으로 빠져나가다 복도 저쪽에서 돌아 나오는 우 부인과 딱 마주쳤다. 자색 옷을 휘날리며 노기등등하고 아름다운 눈에 살기가 번뜩거리는 우 부인은 정말 무서웠다. 소년들은 맨발에 웃통을 벗은 채 체통이라곤 전혀 없어, 눈 뜨고 못 봐 줄 모습이었다. 그걸 본 우 부인의 얼굴이 일그러지면서 얇은 두 눈썹이 하늘로 더 치솟았다.

소년들은 속으로 '죽었다!'를 외치며 혼비백산해 도망쳤다. 그 모습에 우 부인이 마침내 버럭 소리쳤다.

"강징! 옷 입어! 벌거벗은 야만인처럼 그게 무슨 꼴이냐! 누가 보면 이 어미 체면은 뭐가 된단 말이냐?!"

강징은 옷을 허리춤에 욱여넣다가, 어머니의 욕설을 들으니 더 허둥대다 꼴이 엉망이 되었다.

"너희들은! 아리가 저기 있는 게 안 보이느냐? 이것들이 아가씨 앞에서 그런 꼴을 하고 있어! 누가 이렇게 하라고 했느냐!"

우 부인이 또 야단을 쳤다.

물론 누가 앞장섰는지는 생각할 필요도 없었다. 그래서 우 부인의 다음 말은 늘 그랬듯이 똑같았다.

"위영! 죽고 싶은 게야!"

"죄송합니다! 사저가 올 줄 몰랐어요! 저 옷 찾으러 가는 중이었어요!"

위영이 큰 소리로 말했다.

"어디 도망가려고! 어서 이리 와 꿇지 못해!"

우 부인은 더 화가 나 채찍을 휘둘렀다. 위무선은 등짝이 화끈거리면서 통증이 밀려오자 "아야!" 하고 소리를 지르며 구를 뻔했다. 그때 우 부인의 귓가에 갑자기 가냘픈 목소리가 들렸다.

"어머니, 수박 드시겠어요……."

우 부인은 어디서 갑자기 튀어나왔는지 모를 강염리 때문에 화들짝 놀랐다. 잠깐 사이에 소년들이 전부 흔적도 없이 사라졌다. 우 부인은 잔뜩 화가 나 고개를 돌려 강염리의 얼굴을 꼬집으며 야단쳤다.

"먹고 먹고 또 먹고, 넌 먹는 것밖에 모르니!"

"어머니, 아선과 아이들이 여기 숨어 더위를 피하고 있었는데 제가 찾아온 거예요. 애들 혼내지 마세요……. 어머니…… 수박 드실래요……. 누가 보낸 건지는 모르지만 아주 달아요. 여름에 수박을 먹으면 더위도 해소되고 화도 가라앉아요. 게다가 달고 과즙도 많고요. 제가 어머니를 위해 준비해 뒀어요……."

강염리는 어머니가 볼을 꼬집어 눈물을 찔끔 흘리면서도 중얼거렸다.

우 부인은 생각할수록 화가 나는 데다가, 날도 덥고 목도 마른 참이라 강염리의 말을 들으니 먹고 싶다는 생각이 들었다. 그래서…… 더 화가 났다.

소년들은 연화오에서 빠져나와 부두로 뛰어가 작은 배에 뛰어올랐다. 한참 뒤에도 쫓아오는 사람이 없자 위무선은 그제야 마음을 놓았다. 힘껏 노를 저으니 등이 아파, 다른 사람에게 노를 던지고 앉아 화끈거리는 피부를 가만가만 만졌다.

"벌건 대낮에 억울해서 원. 우리 좀 따져 보자고. 분명히 모두 옷을 벗고 있었는데 왜 나한테만 야단을 치고 나만 때리지?"

위무선이 투덜댔다.

"네가 옷 안 입은 모습이 제일 눈꼴사나우니까 그러지."

강징의 말에 위무선이 강징을 한 번 보더니 갑자기 몸을 날려 물속으로 들어갔다. 다른 소년들도 호응하듯이 하나둘 물속으로 들어가, 순식간에 강징 혼자만 배에 남았다.

강징은 그제야 상황이 이상하게 돌아간다는 것을 눈치챘다.

"너 무슨 꿍꿍이야?!"

위무선이 배 옆으로 미끄러지듯 다가가 세차게 내리쳤다. 배가 뒤집혀 물속으로 무겁게 가라앉았다가 뜨더니 배 밑바닥이 하늘로 향했다. 위무선이 하하 웃으며 배 밑바닥으로 올라가 가부좌를 틀고 앉아 강징이 빠진 쪽에 대고 외쳤다.

"아직도 눈꼴사나워, 강징? 대답해! 이봐, 이봐!"

몇 번이나 외쳤는데도 아무 대답도 들리지 않고 보글보글 물방울만 올라왔다. 위무선이 얼굴을 훔치며 이상하다는 듯이 말했다.

"왜 이렇게 안 올라오지?"

육사제도 헤엄쳐 와서 놀라 말했다.

"설마 물에 빠져 죽은 건 아니겠지?"

"그럴 리가!"

위무선이 물에 들어가 강징을 건져 오려는데, 갑자기 뒤에서 큰 소리가 들려 위무선이 "으악!" 하고 놀라 소리쳤다. 갑자기 등 뒤에서 뭔가가 물로 떠밀더니 배가 다시 뒤집혔다. 물에 빠진 강징이 바닥까지 잠수했다가 위무선의 등 뒤로 돌아간 것이었다.

기습 공격에 각각 한 차례씩 성공한 두 사람은 물속에서 배를 사이에 두고 경계하며 빙빙 돌았다. 다른 소년들은 풍덩거리며 물보라를 치면서 비켜나 두 사람을 구경했다.

　"너 흉기 들고 뭐 하게. 능력 있으면 노 내려놔. 우리 맨손으로 겨루자."

　위무선이 배를 사이에 두고 도발했다.

　"내가 바본 줄 알아? 내가 놓으면 네가 빼앗아 갈 거잖아!"

　강징이 밉살맞게 웃었다. 강징이 노를 바람처럼 잘 다뤄 위무선이 계속 물러나자 사제들이 "와와!" 하며 응원했다.

　위무선은 허우적거리며 막아 내면서, 정신없는 와중에도 짬을 내 변명했다.

　"내가 언제 그렇게 뻔뻔스러웠다고!"

　"큰 사형, 사형이 그런 말 할 처지가 되나요!"

　사방에서 야유가 쏟아졌다.

　이어서 혼란한 수중전이 펼쳐졌다. 이윽고 위무선이 강징을 걷어차고 배로 기어 올라가 "퉤—." 하고 물을 뱉으며 손을 들고 말했다.

　"그만, 그만, 휴전!"

　소년들은 초록빛 수초를 머리에 이고 한창 싸움을 하다가 다급하게 말했다.

　"왜 그만해! 해! 계속하라고! 불리하니까 살려 달래?"

　"누가 그래, 내가 살려 달라고 했다고. 이따가 다시 한판 붙어. 나 배고파서 꼼짝도 못 하겠으니 일단 뭐 좀 먹자."

　위무선이 말했다.

　"그럼 돌아갈까? 저녁 먹기 전에 수박 더 먹을 수 있는데."

육사제가 말했다.

"지금 돌아가면 채찍 말고 네가 먹을 건 없을걸."

강징이 말했다.

위무선은 진작에 생각하고 있었다는 듯 선포했다.

"안 가. 우리 연방 꺾으러 가자!"

"'훔치는' 거겠지."

강징이 비웃었다.

"매번 돈을 안 주는 것도 아닌데!"

위무선이 말했다.

운몽 강씨는 이 일대 사람들을 돌보며 보수를 받지 않고 수귀를 처리해 주고 있었다. 그래서 사방 수십 리에서 연방 몇 개는 말할 것도 없고, 호수 하나 전체를 그들이 전용으로 먹어도 흔쾌히 허락해 주었다. 가문의 소년이 다른 사람 집의 수박을 먹거나 닭을 잡고 개를 기절시키면 나중에 강풍면이 사람을 보내 다 보상을 해 주었다. 소년들이 굳이 훔쳐 먹는 이유는 부잣집 자식들의 막돼먹은 태도가 아니라, 장난기가 많아 주인에게 욕을 먹고 쫓고 쫓기며 맞는 과정이 재미있어서였다.

소년들은 배에 올라 한참 노를 저어 호수 근처에 도착했다.

넓은 호수가 온통 푸르렀다. 작게는 쟁반만 하고 크게는 우산만 한 푸른 잎이 층층이 쌓여 있었다. 바깥쪽은 잎이 낮고 띄엄띄엄 퍼져 수면 위에 평평하게 깔려 있고, 안쪽은 조금 높고 조밀하게 붙어 있어 사람이 탄 배를 가리기에 충분했다. 하지만 연잎이 조금만 움직여도 누군가 안에 숨어서 뭔 짓을 하고 있다는 걸 알 수 있었다.

연화오의 작은 배가 초록색 융단 아래로 미끄러져 들어갔다. 사방에 불룩한 연밥이 주렁주렁 매달려 있었다. 한 사람이 노를 젓고 다른 소년들이 앞다퉈 연밥을 따기 시작했다. 머리통만 한 연방이 가늘고 긴 줄기에 달려 있었다. 연 줄기는 매끈한 녹색 기둥에 작은 가시가 가득 나 있었지만 찔려 아플 정도는 아니었고 꺾으면 톡 하고 부러졌다. 소년들은 연방을 긴 줄기와 같이 잘랐다. 갖고 돌아가 물병에 꽂아 두면 며칠은 간다고 들었기 때문이다. 위무선도 들어만 봐서 정말인지는 몰랐지만, 어쨌든 다른 사람에게 자신 있게 이렇게 말하곤 했다.

위무선은 몇 개 꺾어 손 닿는 대로 하나를 집어 껍질을 벗기고 알맹이를 빼 입으로 털어 넣었다. 연밥은 부드러웠고 즙이 많이 나왔다. 먹으면서 "내가 너에게 연방을 주면 넌 내게 뭘 줄래."라고 아무렇게나 노래를 흥얼거리자 강징이 "누구한테 주게?" 하고 물었다.

"하하, 넌 아니야!"

위무선이 말하며 연방으로 강징을 때리려다가 갑자기 "쉿!" 하더니 소곤거렸다.

"큰일 났다, 오늘은 영감이 있네!"

영감은 이 호수에서 연방을 재배하는 농부였다. 도대체 얼마나 나이가 많은지 위무선도 몰랐지만, 어쨌든 위무선은 숙부인 강풍면보다 나이가 많으면 모두 영감이라고 불러도 된다고 생각했다. 위무선이 기억할 때부터 영감은 이 호수에 있었고, 여름에 연방을 훔치러 왔다가 잡히면 그에게 맞을 게 분명했다. 위무선은 이 영감이 연방 요괴가 환생한 게 아닐까 의심하곤 했다. 영감은 자기 호수에 연방이 몇 개나 줄었는지 손바닥 보듯 꿰고 있어서 줄어든 숫

자대로 때렸다. 호수에서는 노보다 대나무 삿대가 빨랐고, 탁탁탁 맞으면 매우 아팠다.

소년들은 이미 몇 대 맞아 봐서 순간 숨을 죽이며 말했다. "빨리 도망가자, 빨리!" 황급히 노를 저어 도주했다. 우르르 달려들어 노를 저어 호수를 벗어났다. 도둑이 제 발 저리다고, 뒤를 돌아보자 영감의 배가 이미 층층이 겹쳐 있는 연잎을 뚫고 나와 넓은 수면 위를 가르고 있었다. 위무선이 고개를 기울여 잠깐 보더니 갑자기 말했다.

"이상하네!"

강징도 일어나며 말했다.

"저 배는 어떻게 저렇게 빠르지?"

소년들도 돌아보니, 그들 뒤로 영감의 배가 안정적이고도 빠르게 쫓아오고 있었다. 영감은 아예 대나무 삿대를 옆에 두고 소년들의 배 위에 있는 연방 수를 세고 있는데도 위무선과 소년들의 배보다 빨랐다.

소년들이 경계하기 시작했다.

"저어, 어서 저어."

위무선이 재촉했다.

두 배가 가까워지자, 소년들은 영감의 배 옆에 보일 듯 말 듯 한 하얀 그림자가 물 아래서 요동치고 있는 것을 분명하게 봤다!

위무선이 고개를 돌려 집게손가락을 입에 대면서 영감과 아래의 수귀를 놀라게 하지 말라고 눈짓했다. 강징이 고개를 끄덕이며 배를 젓자 소리 없이 물보라만 피어올랐고 움직임이 거의 없었다. 두 배의 간격이 약 세 장 정도 떨어졌을 때, 배 아래에서 축축하고 창백한 손이 올라와 영감의 배에 가득 쌓인 연방에서 하나를 꺼내 소리 없이 물속으로 갖고 들어갔다.

잠시 뒤 연밥 껍질 두 개가 물 위에 떠올랐다.

"이럴 수가, 저 수괴도 연밥을 훔쳤잖아!"

소년들이 깜짝 놀랐다.

영감은 자기 뒤에 누군가 있다는 것을 발견하고 한 손으로 연방을 잡고 다른 한 손으로는 대나무 삿대를 저었다. 그 동작에 수귀가 놀라 쭈르륵 미끄러지면서 하얀 그림자가 사라졌다.

"어디로 갔지?!"

소년들이 외쳤다.

위무선이 물로 풍덩 들어가 물 밑으로 잠수하더니 잠시 뒤 뭔가를 끌고 나오며 말했다.

"잡았다!"

위무선이 잡아 온 것은 작은 수귀로 회백색 피부에 열두세 살 어린애의 모습이었다. 소년들이 주시하자 무서운지 수귀가 작게 움츠러들었다.

그때, 영감이 대나무 삿대로 치며 욕했다.

"왜 또 와서 장난질이야!"

위무선은 조금 전 채찍으로 맞은 등을 삿대로 또 맞으니 "악!" 소리를 지르며 손을 놓을 뻔했다.

"말로 하지, 왜 때려요! 호의를 악의로 받으면 어떻게 해요!"

강징이 소리쳤다.

"괜찮아, 괜찮아. 영…… 어르신 잘 보세요. 우린 귀신이 아니에요. 이게 귀신이라고요."

"헛소리! 내가 나이는 먹었지만, 눈은 안 멀었어. 그거 아직도 놓지 않고 뭐 해!"

영감이 호통을 쳤다.

위무선은 조금 놀랐다. 위무선이 잡은 작은 수귀는 촉촉한 검은 눈으로 불쌍한 표정을 지으며 끈질기게 애원하면서도 방금 훔친 연방은 손에 꼭 쥐고 있었다. 연방이 벌어져 있는 게, 몇 알 못 먹은 상태에서 위무선에게 잡혀 올라온 것 같았다.

강징은 영감과 말이 안 통한다고 생각했는지 위무선에게 말했다.

"놔주지 마. 우리 이 수귀 끌고 돌아가자."

그 말에 영감이 다시 삿대를 들었다. 위무선이 다급하게 그를 진정시키며 말했다.

"때리지 마세요, 때리지 마. 놔주면 되잖아요."

"놔주지 마. 수귀가 사람을 죽이면 어떻게 해!"

강징이 말했다.

"이 수귀 몸에서는 피비린내도 안 나고 나이가 어려서 이곳을 벗어나지 못할 거야. 최근 이쪽 수역에서 누가 죽었다는 소리를 못 들었으니 사람을 해친 적은 없을 거야."

위무선이 말했다.

"예전에는 해친 적이 없을지 몰라도 앞으로도 그러지 않으리라는 법이 없잖아……."

강징이 말했다.

말이 끝나기도 전에 삿대가 휙휙 날아왔다. 강징이 깜짝 놀라며 화냈다.

"이 영감이 뭐가 뭔지도 몰라?! 귀신이 해치면 어떻게 하려고요!"

"다리 한 짝을 관에 넣고 있는데 귀신이 뭐가 무서워."

영감도 당당하게 말했다.

"때리지 마세요, 때리지 말라고요. 놨어요!"

위무선은 수귀가 멀리 못 간다는 것을 알고 말했다.

위무선이 손을 놓자 수귀가 순식간에 영감의 배 쪽으로 가더니 물 밖으로 나올 엄두를 내지 못했다.

위무선이 흠뻑 젖은 채로 배에 올라오자 영감이 자기 배에서 연방을 골라 물에 던졌다. 수귀는 쳐다도 보지 않았다. 영감이 다시 큰 것을 골라 물에 던지자 연방이 물 위에 둥실둥실 떠다녔다. 갑자기 하얀 머리통이 물 밖으로 쑥 나와 커다란 하얀 물고기처럼 푸른 연방 두 개를 입에 물고 물속으로 사라졌다. 잠시 뒤 물 위로 하얀 물체가 떠오르더니, 수귀의 어깨와 손이 나타나 배 뒤에 붙어 '오도독오도독' 먹기 시작했다.

소년들은 수귀가 맛있게 먹는 모습을 보고 답답함을 금할 수 없었다.

영감이 연방을 또 물에 던지는 것을 보면서 위무선은 턱을 쓰다듬었다. 그가 기분이 조금 나쁘다는 듯이 말했다.

"어르신, 쟤가 어르신의 연방을 훔치는 건 가만 놔두고 직접 주기까지 하면서 우리는 왜 때려요?"

"쟤는 내 배를 밀어 주니 먹으라고 연방 몇 개 던져 주는 게 뭐 어때서? 그런데 네놈들은? 오늘 몇 개나 훔쳤어?"

영감이 말했다.

소년들이 계면쩍어했다. 위무선이 곁눈질로 보니 배에 수십 개도 넘게 쌓여 있었다. 그는 상황이 심상치 않다고 생각하고 재빨리 말했다.

"가자!"

소년들이 노를 젓자 영감이 대나무 삿대를 휘두르며 바람처럼 따라왔다. 대나무 삿대가 곧 내리칠 것 같아 소년들은 머리 가죽이 저릿했다. 그들은 미친 듯이 노를 저었다. 두 배는 벌써 호수를 두 바퀴나 돌았고 점점 가까워졌다. 위무선은 이미 몇 대나 맞았는데, 삿대가 다시 자기를 향해 날아오는 것을 보고는 머리를 감싸며 소리쳤다.

"불공평해! 왜 나만 때려! 왜 또 나만 때리냐고!"

"사형 버티세요, 우린 사형만 믿어요!"

사제들이 일제히 말했다.

"맞아, 잘 버티라고!"

강징도 말했다.

"쳇! 못 버티겠어!"

위무선이 배 위의 연방을 하나 잡아 던지며 말했다.

"받아!"

커다란 연방이 물에 떨어지자 '촤악' 하고 물보라가 피었다. 영감의 배가 멈칫하더니 수귀가 신나서 헤엄쳐 가 연방을 집어 먹었다.

그 기회를 틈타 연화오의 배는 마침내 도망에 성공했다.

돌아가는 길에 한 사제가 말했다.

"대사형, 귀신이 맛을 알아요?"

"보통은 모르지. 하지만 그 수귀를 보니 아마…… 음…… 에…… 에취!"

위무선이 말하다 말고 재채기를 해 댔다.

해가 지고 바람이 불자 으스스 한기가 올라왔다. 위무선이 재채기를 하면서 얼굴을 문질렀다.

"죽기 전에 연방이 먹고 싶었는데 못 먹어서 몰래 들어와 꺾으려다 호수에 빠져 죽은 것 같아. 그래서…… 에…… 에……."

"그래서 연방 먹는 것이 한이 돼서 먹으면 만족감이 들겠지."

강징이 말했다.

"아, 맞아."

위무선이 맞장구쳤다.

위무선은 이미 생긴 상처와 새 상처가 교차한 등을 만지면서 혼잣말을 했다.

"내가 정말 억울해서, 왜 무슨 일이 있을 때마다 나만 맞냐고."

"대사형이 제일 출중하니까요."

한 사제가 말했다.

"사형이 수련 수준이 제일 높으니까요."

다른 사제가 말했다.

"사형이 옷 안 입은 모습이 제일 멋있으니까요."

다른 사제가 말하자 소년들이 고개를 끄덕였다.

"여러분의 칭찬 감사합니다. 듣다 보니 닭살이 돋네요."

"뭘요, 대사형. 사형이 앞에서 늘 막아 주니 더 많이 말해 줄 수 있어요!"

다른 사제가 말했다.

"어? 더 많다고? 말해 봐, 들어 줄 테니."

위무선이 놀라 말했다.

"모두 입 다물어! 또 헛소리하면 배 밑바닥을 뚫어서 같이 죽여

버릴 테다."

강징이 더는 못 들어 주겠다는 듯이 말했다.

마침 강 양옆으로 농지가 보였다. 밭에서 일하던 여인 몇 명이 소년들이 탄 작은 배가 지나가는 것을 보더니 물가로 뛰어와 인사했다.

"이봐요——!"

소년들도 "네!" 하고 대답하면서 우르르 달려들며 위무선을 찔렀다.

"사형, 사형 부르잖아요! 저기서 사형 불러요!"

위무선이 집중해서 보니 인사를 나눈 적이 있는 사람이었다. 순간 마음에 끼었던 먹구름이 깨끗하게 사라졌다. 위무선은 일어나 손을 흔들고 웃으며 인사했다.

"무슨 일이에요!"

"너희 또 연방 훔치러 간 거야?"

작은 배가 물을 따라 흘러가자 물가의 여인들도 따라 걸으며 말했다.

"몇 대나 맞았는지 빨리 말해!"

"그래도 나쁜 짓 할 거야?"

여인들의 말에 강징은 위무선을 배 밖으로 차 버리지 못해 아쉽다는 듯이 말했다.

"이 악명 높은 자식이 집안 망신은 다 시키네."

"그녀들이 '너희'라고 했다고. 우리는 한패잖아. 망신시킨 것도 같이한 거지."

위무선이 해명했다.

이쪽에서 두 사람이 서로를 움켜쥐고 옥신각신하고 있을 때, 저쪽에서 한 여인이 또 소리쳤다.

"맛있었어?"

"뭐가요?"

위무선이 바쁜 와중에도 시간을 내서 말했다.

"우리가 보낸 수박, 맛있었냐고!"

"그쪽에서 보낸 거였구나. 맛있었어요! 왜 들어왔다 가지 않고 요. 차라도 한잔 마시고 가지 그랬어요!"

위무선이 그제야 알아차리고 감사를 전했다.

"너희가 없어서 그냥 놓고 왔어. 어떻게 앉아 있어. 맛있게 먹었 으면 됐어!"

여인이 생긋 웃으며 말했다.

"고마워요!"

위무선이 배에서 커다란 연방 몇 개를 집으며 말했다.

"연방 좀 먹어요. 다음엔 들어와서 나 검 수련하는 거 구경하고요!"

"너 검 수련하는 게 뭐 볼 거나 있냐?"

강징이 비웃었다.

위무선이 물가를 향해 연방을 던지자 여인의 손에 착 떨어졌다. 위무선은 몇 개를 강징 가슴에 쑤셔 넣으며 힘껏 밀면서 말했다.

"멍하니 뭐 하는 거야. 너도 빨리해."

"빨리 뭘?"

강징은 세게 밀리면서, 할 수 없이 받아 들며 말했다.

"너도 수박 먹어 놓고 인사도 안 해? 부끄러워하지 말고 이리 와 서 던져."

위무선이 말했다.

"웃기시네. 부끄러울 게 뭐가 있다고."

강징은 말은 이렇게 했지만 배 위에 있던 사제들이 모두 신나게 던지기 시작했어도 움직이지 않았다.

"그럼 너도 던져. 지금 던지면 다음에 그녀들에게 연방이 맛있었냐고 또 말을 걸 수가 있잖아!"

위무선이 말했다.

"아, 그렇구나. 한 수 배웠습니다. 사형 정말 경험 많은 도사네요!"

사제들이 크게 깨달았다는 듯이 말했다.

"항상 이런다는 걸 딱 봐도 알겠네요!"

"뭘, 하하하……."

강징도 던지려고 했지만, 이 말에 순식간에 정신이 들면서 창피하다는 생각이 들어 그냥 연방 껍질을 까서 먹었다.

배는 물 위를 지나고 낭자들은 물가에서 배 위의 소년들이 던진 푸른 연방을 받아 들고 잰걸음으로 따라와, 길을 따라 웃음꽃이 만발했다. 위무선이 오른손을 미간에 대며 이 풍경을 바라보며 웃다가, 갑자기 한숨을 내쉬었다.

"대사형, 왜 그래요?"

"낭자들이 사형을 따라오는데 왜 한숨을 쉬어요?"

소년들이 물었다.

"아무것도 아니야. 그냥 내가 성심성의껏 남잠을 운동에 초대했는데 그가 거절한 게 생각나서."

위무선이 노를 어깨에 걸치며 말했다.

"와, 역시 남망기네!"

사제들이 엄지를 치켜세우며 말했다.

"입 다물어! 언젠간 내가 그를 꼭 끌고 올 거야. 그런 다음 배에 태우고 그를 속여서 연방을 같이 훔쳐, 영감에게 삿대로 맞고 내 뒤에서 달리게 할 거라고. 하하하……."

위무선이 의기충천해서 말했다.

한바탕 웃다가 고개를 돌리니 뱃머리에 혼자 앉아 정색하며 연방을 먹고 있는 강징이 보였다. 위무선의 얼굴에서 웃음기가 점점 사라졌다.

"후, 정말 가르쳐 봐야 다 소용없다니까."

"내가 먹고 싶다는데, 뭐?"

강징이 화를 냈다.

"너, 너 말이야, 강징. 됐다, 넌 구제 불능이야. 넌 평생 혼자 먹어라!"

위무선이 고개를 절레절레 저었다.

어쨌든, 연방을 훔친 작은 배는 다시 한번 만선으로 돌아왔다.

운심부지처.

깊은 산 밖은 뜨거운 6월이었다. 그러나 깊은 산속은 고요하고 시원했다.

난실 밖, 백의의 그림자 두 개가 장랑에 단정하게 서 있었다. 바람이 불자 하얀 옷이 가볍게 움직였지만 두 사람은 꿈쩍도 하지 않았다.

남희신과 남망기가 거꾸로 선 채로 단정하게 서 있었다.

두 사람 모두 한마디도 하지 않았다. 그야말로 명상의 경지에 들어간 것 같았다. 냇물이 졸졸 흐르고 새가 지저귀며 날갯짓하는 게 유일한 소리여서 사위가 더 적막하게 느껴졌다.

"형장."

남망기가 갑자기 불렀다.

"왜?"

남희신이 명상에서 천천히 벗어나 눈도 안 돌리고 대답했다.

잠시 침묵이 이어졌다.

"연방 따 보셨어요."

"……아니."

남희신이 고개를 옆으로 돌리며 대답했다.

고소 남씨 자제가 연방이 먹고 싶다면 당연히 직접 가서 딸 필요가 없었다.

"형장, 그거 아십니까."

남망기가 고개를 끄덕이며 말했다.

"뭐가?"

남희신이 물었다.

"줄기가 있는 연방이 없는 것보다 맛있다고요."

"어? 못 들어 봤는데. 그런데 왜 갑자기 그런 소릴 해?"

"아닙니다. 시간 됐으니, 손 바꾸겠습니다."

두 사람은 물구나무서서 짚고 있던 오른손을 왼손으로 바꾸었다. 동작이 가지런하고 소리도 없고 안정적이었다.

남희신은 다시 물어보기를 기다리면서 쳐다보다가 살포시 웃었다.

"망기, 손님 왔다."

나무 복도 끝에서 하얀 토끼가 남망기의 왼손 옆으로 천천히 다가와 분홍색 코를 벌름거렸다.

"어떻게 여기까지 찾아왔지?"

"돌아가."

남망기가 토끼에게 말했다.

흰 토끼는 말을 듣지 않고 남망기의 말액 끝을 물고 힘껏 당기기만 했다. 왠지 남망기를 끌고 가려는 듯했다.

"토끼가 너랑 놀고 싶은가 보구나."

남희신이 느긋하게 말했다.

꿈쩍도 하지 않자 토끼는 화가 났는지 두 사람 주위를 돌았다.

"이건 장난꾸러기 토끼지?"

남희신이 재미있다는 듯이 말했다.

"너무 소란스러워요."

남망기가 말했다.

"소란스러우면 어때. 귀엽잖아. 두 마리였던 것으로 기억하는데. 두 마리가 늘 함께 있지 않았어? 왜 한 마리만 왔지? 다른 한 마리는 조용한 것을 좋아해 나오는 걸 싫어하나?"

남희신이 말했다.

"올 겁니다."

남망기가 말했다.

정말이었다. 얼마 뒤 복도 끝에서 새하얀 작은 머리통이 나타났다. 다른 토끼도 자기 동무를 찾아왔다.

눈 뭉치 두 개가 서로 쫓고 쫓기기를 한참 하더니, 결국 한 곳을 택했다. 바로 남망기의 왼손 옆에 자리 잡더니 안심하고 함께 앉았다.

하얀 토끼 한 쌍이 딱 붙어 서로 비비는 모습을 거꾸로 서서 보니 무척 귀여웠다.

"이름이 뭐야?"

남희신이 물었다.

남망기가 고개를 저었다. 이름이 없는 건지, 아니면 말하기 싫은 건지 알 수 없었다.

"지난번에 네가 부르는 거 들었는데."

남희신이 말했다.

"……."

"이름 좋더구나."

남희신이 진심으로 말했다.

남망기가 손을 바꿨다.

"시간 안 됐어."

남희신의 말에 남망기가 묵묵히 다시 손을 바꿨다.

한 주향이 지나고 시간이 다 되어 물구나무서기가 끝나자 두 사람은 아실로 돌아갔다.

하인 하나가 더위를 가시게 할 시원한 과일을 내왔다. 껍질을 벗기고 가지런하게 자른 수박이 옥쟁반 위에 정갈하게 놓여 있었다. 빨갛고 투명한 게 예뻤다. 형제는 자리에 앉아 낮은 소리로 몇 마디 주고받으며 어제 배운 것들에 관해 이야기하면서 먹기 시작했다.

남희신이 수박 하나를 들었다. 남망기가 옥쟁반을 주시하더니 본능적으로 동작을 멈췄다.

남망기가 입을 열었다.

"형장."

"왜?"

"수박 껍질 드셔 보셨어요."

"……."

남희신은 잠시 말이 없다. 천천히 되물었다.

"수박 껍질도 먹을 수가 있어?"

침묵이 이어졌다.

"볶을 수 있대요."

남망기가 말했다.

"아마도."

"맛이 좋대요."

"난 안 해 봤어."

"저도요."

"아……."

남희신이 말했다.

"볶아 오라고 할까."

잠시 생각하더니 남망기가 진지한 표정으로 고개를 저었다.

남희신이 한숨을 내쉬었다.

왜인지 모르겠지만, 남희신은 '누구한테 들은 거야?'라고 물을 필요가 없을 것 같았다…….

다음 날, 남망기는 혼자 산에서 내려갔다.

남망기도 산에서 자주 내려가지만, 사람 많고 왁자지껄한 시장에 혼자 가는 일은 드물었다.

시장은 오가는 사람들로 북적였다. 선문 세가든 사냥터든 사람이 이렇게 많지는 않았다. 사람이 많이 모인다는 청담성회에도 사람들이 질서정연하게 움직여서 이렇게 어깨를 부딪칠 정도는 아니었다. 길을 걷다 보면 발을 밟거나 밟히기도 하고, 마차에 부딪히는 일도 빈번했다. 남망기는 사람과 몸이 닿는 것을 싫어해 이런 상황을 보고 멈칫했지만 그렇다고 여기서 멈추진 않았다. 그는 일단 누군가에게 길을 물어보기로 했다. 그런데 한참을 기다려도 길을 물어볼 만한 사람을 찾지 못했다.

그제야 남망기는 자기도 사람들에게 다가가지 않지만, 사람들도 그의 곁으로 다가오지 않는다는 것을 발견했다.

남망기는 떠들썩한 시장에 전혀 어울리지 않았다. 먼지 하나 안 묻고 등에 검까지 메고 있으니 노점상, 농부, 행인들은 이런 세가 공자를 본 적이 별로 없어서 모두 재빨리 피했다. 상대하기 까다로운 부잣집 공자일지도 몰라 자칫 잘못해서 노여움을 사고 싶지 않았다. 아니면 남희신조차 남망기 주위 여섯 척 안은 꽁꽁 얼어붙어 풀도 나지 않을 것이라고 했던 차가운 표정이 무서웠을 수도 있다. 시장을 지나던 여인들만이 남망기가 다가오자 대놓고 쳐다보지는 못하고 바쁜 척하면서 몰래 훔쳐봤다. 그러다가 남망기가 지나가면 뒤에서 한데 모여 웅성거렸다.

남망기는 한참을 걸어서야 집 앞에서 대청소를 하고 있던 노부인을 만났다.

"말씀 좀 묻겠습니다. 여기서 제일 가까운 연못에 가려면 어디로 가야 합니까."

"이 길로 8, 9리 정도 가면 연방을 재배하는 집이 나와요."

노부인은 시력이 좋지 않았고, 먼지가 눈을 가려 숨을 가쁘게 몰아쉬면서 말했다.

"감사합니다."

남망기가 고개를 끄덕이며 말했다.

"공자, 그 연못은 저녁이면 사람이 못 들어가요. 가서 놀 생각이면 낮에 가야 해. 빨리 가야겠네."

노부인이 친절히 덧붙였다.

"감사합니다."

남망기가 다시 인사를 건넸다.

남망기는 발걸음을 옮기려다, 노부인이 길고 가는 장대로 처마에 낀 나뭇가지를 빼려고 애쓰는 모습을 보곤 손가락을 조금 움직여 검의 기운으로 나뭇가지를 떨어뜨린 다음 몸을 돌려 떠났다.

남망기의 속도로 8, 9리는 그다지 먼 거리는 아니었다. 남망기는 부인이 알려 준 방향으로 쭉 걸어갔다.

1리를 걷자 시장에서 멀어졌다. 2리를 걷자 인적이 드물어졌다. 4리를 걷자 길 양옆으로 푸른 산과 논밭이 쭉 펼쳐졌다. 가끔 나타나는 작은 집 굴뚝에서 연기가 피어올랐고, 하늘로 치솟게 머리를 묶은 아이들이 논두렁에 쪼그리고 앉아 흙장난하면서 서로에게 묻히곤 하하호호 웃었다. 정겨운 모습에 남망기가 걸음을 멈추고 보고 있으면, 얼마 후 남망기를 발견한 아이들이 낯선 사람이 무서운지 뽀르르 달려 도망갔다. 남망기는 그제야 발걸음을 옮겨 계속 걸었다. 5리를 걸었을 때 얼굴에 서늘한 느낌이 들더니 미풍에 가는 비가 실려 왔다.

하늘을 보니, 회색 구름이 누르듯이 달려들고 있었다. 남망기는 발걸음을 재촉했지만, 비가 더 빨랐다.

그때 앞쪽 논두렁에 농부 대여섯 명이 서 있는 게 보였다.

빗방울이 제법 굵어졌지만 그들은 우산도, 가릴 것도 없는 채로 무엇인가를 둘러싸고 있었다. 그들은 다른 것에는 전혀 신경 쓸 여력이 없어 보였다. 남망기가 다가가 보자 한 농민이 바닥에 누워 신음하고 있었다.

그들의 대화를 몇 마디 들은 남망기는 상황을 파악했다. 농부가 일하고 있는데 다른 집에서 기르던 소가 와서 그를 받았고, 농부는 허리가 다쳤는지 다리가 부러졌는지 알 수 없어 일어나지도 못하는 상황이었다. 잘못을 저지른 소는 멀찌감치 내쫓겨 머리를 숙이고 꼬리를 흔들며 다가오지 못했다. 소 주인은 의사를 부르러 달려갔고, 남은 농부들은 부상자를 함부로 옮겼다간 자칫 더 잘못될까 봐 그냥 이렇게 지켜보고만 있었다. 하지만 날씨도 도와주지 않아 비가 내리기 시작했다. 처음에는 부슬부슬 내려 참을 만했는데, 얼마 뒤 사납게 얼굴을 때리기 시작했다.

비가 점점 거세지자 농부 하나가 우산을 가지러 집으로 달려갔지만, 집이 너무 멀어 금방 돌아오지는 못할 터였다. 남은 사람들은 급한 마음에 쓰러져 있는 농부를 손으로 가려 주었다. 하지만 좋은 방법은 아니었다. 우산을 가져온다고 해도 몇 개 안 될 것이고 그래 봤자 한두 사람만 가릴 테니 남은 사람은 홀딱 젖는 수밖에 없었다.

누군가 중얼댔다.

"귀신이 곡할 노릇이네. 비가 온다더니 정말 오네."

"저 막사를 좀 세워 볼까. 잠깐이라도 버틸 수 있게 하면 되잖아."

그때 농부 하나가 말했다.

멀지 않은 곳에 버려진 낡은 막사가 나무 기둥 네 개에 겨우 지탱한 채 세워져 있었다. 나무 하나는 기울어졌고 하나는 바람과 햇빛에 부식되어 있었다.

"아예 못 움직이는 건 아니잖아?"

누군가 망설이며 말했다.

"몇…… 몇 걸음은 괜찮을 거야."

사람들이 힘을 모아 부상자를 조심스럽게 들어 올렸고, 두 사람은 낡은 막사를 일으켜 세웠다. 그런데 두 농부는 낡은 막사의 천장을 일으켜 세우지 못했다. 옆에 있던 사람들이 재촉하자 두 사람은 얼굴이 뻘게지도록 힘을 주었지만, 꿈쩍도 하지 않았다. 두 사람이 더 와서 힘을 보태도 마찬가지였다.

막사 천장은 나무로 틀을 만들고 기와 조각, 띠, 회토를 얹어 무게가 상당했다. 하지만 농사를 짓는 농부 네 명이 들어 올리지 못할 정도는 아니었다.

가까이 가서 보지 않아도 남망기는 무슨 일인지 알 수 있었다. 남망기가 막사 앞으로 걸어가 몸을 숙여 막사 천장 한쪽을 떠받들고 한 손으로 들어 올렸다.

농부들은 깜짝 놀랐다.

농부 네 명이 해도 들어 올리지 못했던 천장을 소년이 한 손으로 들어 올렸기 때문이다.

놀라 멍해 있다가 농부 한 명이 낮은 소리로 다른 사람들에게 뭐라고 말하자 망설이지 않고 서둘러 다친 농부를 들어 올렸다. 막사로 들어가면서 남망기를 힐끗 쳐다봤지만 남망기는 옆을 쳐다보지 않았다.

부상자를 들여놓고 두 사람이 나왔다.

"공자, 그만 놓으시게. 이제 우리가 하지."

남망기가 고개를 저었다.

"나이도 어린데 못 버텨요."

두 농부가 말하며 남망기를 도우려고 손을 뻗었다. 남망기가 여러 말 안 하고 손의 힘을 약간 빼자 두 농부의 표정이 순간 확 변했다.

남망기가 시선을 거두고 원래대로 힘을 주자 두 농부가 멋쩍은 표정을 지으며 돌아갔다.

나무 막사는 그들이 생각한 것보다 무거워 소년이 손을 빼면 절대 버티지 못할 것이었다.

"이상하네. 어째 들어오니 더 추운 것 같아."

누군가 몸서리를 치며 말했다.

농부들은 나무 막사 중앙에 혀를 길게 내민 남루한 옷차림의 그림자가 매달려 있는 것을 보지 못했다.

막사 밖에 비가 내리치고 바람이 불어 그 그림자가 흔들리면서 차가운 바람을 일으키는 것이었다.

바로 이 귀신 때문에 막사 천장이 이상하게 무겁고 보통 사람은 들 수가 없었던 것이다.

남망기는 집을 나설 때 도화용 물건을 가지고 나오지 않았다. 이 귀신은 사람을 해칠 생각은 없어서 시비 여하를 따지지 않고 그냥 때려 없앨 수는 없었다. 보아하니 지금은 내려오라고 설득해도 그럴 것 같지 않아, 일단 이렇게 천장을 떠받치고 있기로 했다. 돌아가 보고하고 다시 사람을 보내 처리해야 했다.

귀신이 남망기 뒤에서 흔들흔들하다가 바람이 불자 원망했다.

"추워……."

"……."

귀신은 여기저기 살피다 몸을 따뜻하게 하려는 듯이 한 농부에게 기댔다. 그 농부는 순간 부르르 몸을 떨었다. 남망기가 살짝 고개를 돌려 귀신에게 매우 차가운 눈빛을 보냈다.

귀신도 부르르 떨더니 움츠리며 돌아갔다. 하지만 혀를 길게 뻗으며 원망했다.

"이렇게 큰, 이렇게 큰비가 오는데, 이렇게 활짝 열려 있으니…… 정말 추워……."

"……."

의사가 올 때까지 농부들은 남망기에게 말도 걸지 못했다. 비가 그치고 부상자를 밖으로 옮기고 나서야 남망기는 천장을 내려놓고 한마디도 없이 다시 길을 나섰다.

남망기가 연못에 도착했을 때는 이미 해가 저물었다. 연못에 들어가려는데 앞쪽에서 중년 여인이 탄 작은 배가 다가왔다.

"아이고, 아이고! 당신 뭐 하는 거야?"

"연방을 꺾으려고요."

남망기가 말했다.

"해가 졌잖아. 우린 날이 지면 못 들어가게 한다고. 오늘은 안 되니 내일 와!"

여인이 말했다.

"오래 머물지 않고 금방 갈 겁니다."

남망기가 말했다.

"안 된다면 안 돼. 이건 규칙이고, 규칙은 내가 정한 게 아니니

주인한테 가서 물어봐."

여인이 말했다.

"연못 주인은 어디 있습니까."

"벌써 돌아갔지. 그래서 나한테 말해도 소용없다는 거야. 널 들여보내면 이 연못 주인이 나한테 안 좋은 소릴 할 거라고. 날 난처하게 만들지 마."

여인의 말에 남망기도 억지를 부리지 않고 고개를 끄덕이며 말했다.

"죄송합니다."

차분한 표정이었지만 실망한 기색이 역력했다.

여인은 남망기의 눈처럼 하얀 옷이 반은 비에 젖고 하얀 신발에 진흙이 묻은 것을 보고는 마음이 약해져서 말했다.

"오늘은 늦었고 내일 다시 와. 어디서 왔어? 방금 비가 많이 내렸는데 어린애가 비를 맞으며 달려온 건 아니겠지? 왜 우산도 안 들고. 집이 여기서 얼마나 먼데?"

"34리요."

남망기가 사실대로 말했다.

그 말에 여인이 깜짝 놀라 말했다.

"그렇게 멀어?! 분명 한참 만에야 이곳에 도착했겠네. 정말 연방이 먹고 싶다면 거리에서 사면 되지, 널렸는데."

몸을 돌리던 남망기가 그 말에 멈춰서 말했다.

"거리에 파는 연방은 줄기가 없어요."

"꼭 줄기가 있어야 해? 먹어 보면 별 차이 없는데."

여인이 이상하다는 듯 말했다.

"있어요."

남망기가 말했다.

"없다니까!"

"있어요. 누가 그랬어요."

남망기가 고집스럽게 말했다.

"도대체 누가 그랬니? 이런 고집스러운 공자 같으니라고, 귀신에게 홀렸나 보네!"

여인이 코웃음을 치며 말했다.

남망기는 아무 말도 안 한 채 고개를 숙이며 떠나려고 했다.

"너희 집이 정말 그렇게 멀어?"

여인이 다시 물었다.

"네."

"아니면…… 오늘 안 돌아가지? 근처에서 방 구해서 묵고 내일 다시 오려고?"

"집에 야간 통행금지가 있습니다. 내일은 수업을 받아야 하고요."

남망기가 말했다.

여인이 머리를 긁적거리며 한참을 고민한 끝에 말했다.

"……좋아, 들어가. 잠깐이야, 아주 잠깐. 꺾으려면 얼른 꺾어. 누가 보고 주인에게 가서 말하면 안 되니까. 이 나이 먹고 다른 사람한테 욕먹긴 싫다고."

비 온 뒤 운심부지처.

비 온 뒤 목련은 청량하고 아름다웠다. 그 모습을 보던 남희신은 서안에 종이를 깔고 그림을 그렸다.

무늬가 새겨진 창으로 백의의 그림자가 천천히 다가오는 것이 보였다. 남희신은 붓을 멈추지 않은 채 말했다.

"망기."

"형장."

남망기가 다가와 창을 사이에 두고 서서 말했다.

"네가 어제 연방을 말했는데, 마침 오늘 숙부께서 연방을 사 오셨어. 맛 좀 볼래?"

"먹었습니다."

남망기가 창밖에서 말했다.

"먹었다고?"

남희신이 조금 이상해 물었다.

"네."

남망기가 대답했다.

남망기는 남희신과 간단하게 몇 마디 더 나누고 정실로 돌아갔다.

그림을 다 그린 남희신은 잠시 그림을 보다가 손을 거두었다. 그런 다음 열빙을 들고 청심음을 연습하는 곳으로 향했다.

작은 건물 앞에 용담꽃이 피어 연보라색이 이슬처럼 내려앉아 있었다. 남희신은 오솔길을 따라 들어가다가 조금 놀랐다.

작은 건물 문 앞에 하얀 옥 화병이 놓여 있고 화병에 높이가 다른 연방 몇 개가 꽂혀 있었던 것이다.

가늘고 긴 옥 화병에 역시 가늘고 긴 연 줄기가 꽂혀 있어 아름다움이 배가 됐다.

남희신은 열빙을 거두고 화병 옆에 앉아 고개를 숙여 한참 쳐다보면서 갈등했다.

줄기가 있는 연방은 도대체 맛이 어떻게 다른지 몰래 하나 집어 껍질을 벗겨 먹어 볼까 하다가, 결국은 꾹 참고 자중했다.

망기가 저렇게 기뻐하는 것을 보니 정말 맛있는 모양이었다.

외전

제7장

운몽(雲夢)

남망기가 돌아왔을 때 위무선은 벌써 천삼백을 넘게 세고 있었다.

"천삼백육십구, 천삼백칠십, 천삼백칠십일…….."

위무선이 다리를 들 때마다 알록달록한 제기가 위무선의 발에서 하늘 높이 날아올랐다가 안정적으로 떨어지고 다시 더 높이 날았다가 유유하게 떨어졌다. 마치 보이지 않는 끈으로 연결되어 위무선의 몸 한 부분에서 영원히 떨어지지 않을 것처럼 오르락내리락했다.

동시에 보이지 않는 다른 끈이 어린이들의 시선을 꽉 잡아끌고 있는 것 같았다.

"천삼백칠십이, 천삼백팔십일…….."

위무선이 계속 숫자를 셌다.

"……."

남망기는 아무 말도 하지 않았다.

아이들이 눈을 똑바로 뜨고 보고 있는 상황에서 위무선은 대놓고 사기를 치고 있었다. 하지만 숫자가 너무 크다 보니 코흘리개 아이들은 진작에 판단력을 잃었고 잘못됐다는 것을 발견한 아이는 한 명도 없었다. 남망기는 이렇게 눈을 똑바로 뜨고 위무선이 칠십이에서 팔십일로 건너뛰고 팔십일에서 구십으로 넘어가는 것을 보고 있었다. 마침 또 건너뛰려고 할 때 위무선이 남망기를 발견했다. 위무선이 눈빛을 반짝이며 남망기를 부르려다가 힘을 정확하게 주지 못했고, 결국 제기가 위무선의 머리 위로 날아가더니 그의 뒤로 휙 넘어갔다.

위무선은 제기가 땅에 떨어지려고 하자 재빨리 뒤꿈치를 들어 제기를 받아 냈다. 이번에는 여태까지 찬 것 중에서 제일 높이 올라갔다. 마침내 위무선이 "천육백!" 하고 낭랑하게 외치자 집중해서 보던 아이들이 감탄사를 내뱉으며 힘차게 박수를 쳤다.

대세가 정해지자 한 어린 소녀가 외쳤다.

"천육백! 저 사람이 이겼어, 너희가 졌어!"

위무선은 부끄러운 기색이라곤 전혀 없이 승리를 태연하게 받아들이면서 의기양양해했다. 남망기도 손을 들어 '짝짝짝' 박수를 쳤다.

바로 그때 손가락을 물고 있던 한 남자아이가 미간을 찌푸리며 말했다.

"내가 보기엔…… 틀렸어."

"뭐가 틀려?"

위무선이 말했다.

"구십 다음에 왜 갑자기 백이 돼? 분명 잘못됐어."

남자아이가 말했다.

아이들은 두 편으로 갈라졌다. 한 편이 위무선에게 홀딱 넘어가 왁자지껄하게 떠들었다.

"그럴 리가. 지기 싫으니까 그러는 거지."

"구십 다음에 백이 아니라고? 네가 한 번 세 봐, 구십 다음에 뭐야?"

위무선도 이치를 따지며 물었다.

남자아이는 손가락을 꼽으며 열심히 숫자를 셌다.

"……칠, 팔, 구, 십…….."

"봐, 구 다음에 십이지. 그러니까 구십 다음은 분명히 백이야."

위무선이 즉시 말했다.

"……그래? 아닌 것 같은데??"

남자아이가 반신반의하며 말했다.

"왜 아니야? 못 믿겠으면 길 가는 사람 아무나 붙잡고 물어봐."

위무선이 말했다.

위무선이 주위를 둘러보다가 허벅지를 탁 치며 말했다.

"아, 찾았다. 저분이 믿을 만해 보이네. 잠시만요!"

"……."

남망기가 멈춰 섰다.

"무슨 일이지."

"뭐 하나만 물어봐도 돼요?"

위무선이 말했다.

"하시지요."

"말씀 좀 묻죠. 구십 다음이 뭐지요?"

"백."

"감사합니다."

"별말씀을."

위무선이 헤헤 웃으며 고개를 끄덕이고는 몸을 돌려 그 남자아이에게 말했다.

"봐."

남자아이는 사악한 미소를 짓고 있는 위무선이 미덥지 않았다. 하지만 눈처럼 하얀 옷을 입고 옥이 달린 패검을 찬 남망기의 준수하고 아름다운 얼굴에 홀리듯 납득해 버렸다. 그의 얼굴이 진짜 사람이 아니라 신선같이 빛나, 저도 모르게 경외심이 들어 흔들렸던 마음이 즉시 설득당한 것이다.

"원래 그렇게 세는 건가……."

"천육백 대 삼백, 네가 졌어."

아이들이 재잘거렸다.

"졌으면 진 거지."

남자아이가 승복할 수 없다는 듯이 말하면서도 손에 쥐고 있던 당호로를 위무선에게 건네며 말했다.

"당신이 이겼어! 자, 가져!"

아이들이 다 사라지자 위무선이 당호로를 입에 물며 말했다.

"함광군, 내 체면 살려 줘서 고마워."

"오래 기다렸어?"

남망기가 그제야 위무선 곁으로 다가오면서 말했다.

"아니야, 아니야. 한참밖에 안 기다렸는걸. 제기 나도 삼백 몇 개 찼어."

"천육백."

위무선이 하하 웃으며 산사자를 깨물었다. 남망기가 무슨 말을 하려 입을 달싹였는데, 갑자기 입술이 차가워지고 혀가 달콤해졌다. 위무선이 당호로를 남망기의 입 안에 넣은 것이다.

남망기의 표정이 이상해 위무선이 물었다.

"너 단거 먹어?"

남망기는 당호로를 입에 물고 삼키지도, 그렇다고 뱉지도 않고 아무 말 안 했다.

"단거 안 먹으면 나 줘."

위무선이 당호로의 가는 막대기를 잡고 빼려고 했지만 몇 번을 해도 빠지지 않았다. 남망기가 이로 꽉 물고 있는 것 같았다.

"먹겠다는 거야, 안 먹겠다는 거야?"

위무선이 빙그레 웃으며 물었다.

"먹어."

남망기가 산사자 하나를 깨물며 말했다.

"그래야지, 먹고 싶으면 말해. 넌 정말 어릴 때부터 이러더라. 뭘 원해도 속에 꾹 감추고 말을 안 해요."

한바탕 웃은 다음 두 사람은 마을로 들어갔다.

위무선은 어려서부터 거리를 쏘다니며 놀고 욕심도 많아 달리기도 빠르고 뭐든 갖고 싶어 했다. 장난감을 보면 꼭 만져 봐야 했고 맛있는 냄새가 나면 반드시 먹어 봐야 했다. 남망기는 위무선의 부추김에 예전에는 절대 손대지 않았던 음식들을 먹어 봤다. 그때마다 위무선은 "어때? 어때?" 하며 물었고, 남망기는 "그럭저럭." 아니면 "좋아." 하고 대답했지만, 대부분의 대답은 "이상해."였다. 그럴 때마다 위무선은 폭소를 터트리며 빼앗아 남망기에게 주지 않았다.

원래는 식당에 들어가 점심을 먹으려고 했지만 오는 길에 이것저 것 먹었더니 배가 꽉 찼다. 결국에는 걷는 것도 귀찮아져, 두 사람 은 제법 깨끗한 국 전문점을 찾아 들어갔다.

위무선은 젓가락으로 무를 집어 먹으면서 주문한 연근갈비탕을 기다리다가 남망기가 일어나자 이상해하며 물었다.

"어디 가?"

"잠시만 기다려, 금방 올게."

그는 정말 잠시 뒤에 돌아왔다. 마침 연근갈비탕도 나왔다. 위무 선은 한 모금 맛을 보고 점원이 간 다음 남망기에게 조용히 말했다.

"별로야."

남망기도 한 수저 떠서 맛보며 말했다.

"어디가 별로야?"

"연근은 너무 딱딱한 것보단 조금 포실한 게 좋아. 이 집은 재료 를 대범하게 안 쓰고 덜 끓여서 재료에 맛이 스며들지 않았어. 어 쨌든 내 사저가 끓여 준 것만 못해."

위무선이 그릇에 수저를 넣고 저으며 말했다.

위무선은 그저 나오는 대로 말했을 뿐으로, 남망기가 '응.' 하고 진지하게 듣는 줄로만 알았다. 하지만 그는 진지하게 들을 뿐만 아 니라 반문까지 했다.

"재료는 뭐로 해야 하고, 어떻게 해야 맛이 스며들어?"

"함광군, 너 나한테 연근갈비탕 해 주려는 거 아니지? 설마 방금 만드는 과정을 보고 온 거야?"

위무선도 뭔가 느꼈는지 되물었다.

남망기가 입을 열기도 전에 위무선이 놀리기 시작했다.

"하하, 함광군. 널 무시하는 게 아니라 손에 물 한 방울 묻혀 본 적도 없고, 어려서부터 심심한 것만 먹고 자란 입맛이잖아. 네가 만든 건 분명 눈 뜨고 못 봐 줄 거야."

남망기는 다시 한번 국을 한 모금 먹으며 아무 대답도 하지 않았다. 위무선은 남망기가 말장단을 맞춰 주기를 기다렸지만 남망기가 태산처럼 굳건한 태도로 아무 말도 하지 않자 결국 참지 못했다.

"남잠, 방금 정말 나에게 음식을 해 주려는 뜻이었어?"

위무선이 뻔뻔스럽게 물었다.

남망기는 계속 '그렇다.'라고도 '아니다.'라고도 말하지 않았다.

위무선은 마음이 조급해져 벌떡 일어나 두 손으로 탁자를 짚으며 말했다.

"'응.'이라고 대답해."

"응."

남망기가 대답했다.

"그래서 도대체 그렇다는 거야, 아니라는 거야? 남잠, 방금 한 말은 모두 널 놀리려고 한 거야. 네가 정말 나한테 음식을 해 주겠다고 하면 아무리 맛이 없어도 바닥까지 싹싹 긁어 먹을게."

"……그렇게까지는."

"그래서 하겠다는 거야, 말겠다는 거야? 해, 하라고. 함광군, 나 먹고 싶어!"

위무선이 남망기의 몸으로 뛰어들다시피 하며 빌었다.

"몸가짐."

남망기가 침착하게 위무선의 허리를 잡으며 말했다.

"둘째 오라버니, 이러기야?"

위무선이 투덜댔다.

남망기는 위무선이 계속 달려드는 통에 자꾸 흔들려, 위무선의 손을 잡고 말했다.

"벌써 만들었어."

"응?"

위무선은 깜짝 놀랐다.

"벌써 만들었다고? 언제? 뭘? 왜 난 기억이 안 나지?"

"가연."

"……그날 밤 난 네가 채의진의 음식점에서 사 온 건 줄 알았는데, 네가 직접 만든 거였어?"

"응."

위무선은 깜짝 놀랐다.

"그게 네가 만든 거였어? 운심부지처 주방에 그런 것도 있어?"

"……당연히 있지."

"네가 채소를 씻고 자르고 했다고? 네가 기름을 두르고 요리를 했다고? 네가 간을 맞췄다고?"

"응."

"너…… 너…….'

위무선은 너무 놀라 아무 말도 하지 못했다. 그래서 한 손으로 남망기의 앞섶을 잡고 한 손으로 남망기의 목을 끌어당겨 세차게 입을 맞췄다.

다행히 두 사람은 제일 눈에 안 띄는 구석진 자리에 벽을 기대고 앉아 있었다. 남망기가 위무선을 끌어안고 자세를 비틀자, 밖에서 보면 남망기의 등만 보이고 위무선이 남망기의 목에 두른 팔 하나만 보일 정도였다.

　얼굴이 붉어지지도 숨을 헐떡이지도 않는 남망기를 보고 위무선은 손을 뻗어 쓰다듬었다. 그러자 손이 닿는 부분이 매우 뜨거웠다. 남망기가 위무선의 불온한 손을 잡고 경고했다.

　"위영."

　"네 다리 위에 있는 것도 아닌데 왜 그래."

　위무선이 말했다.

　"……."

　"미안해, 너무 기뻐서 그랬어. 남잠, 넌 어떻게 그렇게 뭐든 다 잘해? 음식도 그렇게 잘 만들다니!"

　위무선이 진지하게 말하며 아주 성심성의껏 칭찬했다. 남망기는 어려서부터 칭찬을 수도 없이 들었지만, 지금처럼 입꼬리가 올라가는 걸 참기 힘든 적은 없었다. 그가 애써 담담한 척하며 말했다.

　"그렇게 어렵지 않아."

　"아니야, 어려워. 넌 모를 거야. 내가 어려서부터 다 클 때까지 주방에 들어갔다가 얼마나 많이 쫓겨났는지."

　"……솥 태워 먹은 적 있어?"

　"딱 한 번. 물을 더 붓는 걸 깜박했는데 불이 붙을 줄 누가 알았겠어. 그런 눈으로 나 보지 마. 정말 딱 한 번뿐이었다고."

　"솥에 뭘 넣었는데?"

　남망기가 물었다.

　"옛날 일을 어떻게 다 기억해. 더 캐묻지 마."

　위무선이 생각하다가 미소를 지으며 얼버무렸다.

　남망기는 알쏭달쏭한 표정이었지만 눈썹이 약간 올라갔다. 위무선은 남망기의 미세한 표정 변화를 눈치채지 못한 척했다. 그러다 갑자기 뭔가가 떠올랐는지, 후회스럽다는 듯이 손을 뿌리쳤다.

"왜 진작에 네가 만들었다고 말 안 했어? 날 속이다니. 그날 밤 몇 입 먹지도 않았단 말이야."

"괜찮아. 돌아가면 다시 해 줄게."

위무선은 남망기를 한참 동안 괴롭히다가 이 말에 신이 났다. 그의 얼굴에 화색이 돌았고, 국이 맛이 없다는 것도 잊었다.

식당에서 나온 두 사람은 잠시 걷다가 앞쪽에서 들리는 떠들썩한 소리에 다가갔다. 사람들이 작은 물건들을 둘러싸고 서서 바닥을 향해 작은 고리를 던지고 있었다.

"이거 재미겠다."

위무선은 남망기를 끌고 가 한쪽에 있던 주인에게서 작은 고리 세 개를 받아 들며 말했다.

"남잠, 너 고리 던지기 해 봤어?"

남잠이 고개를 저었다.

"이런 것도 안 해 봤어? 간단해, 고리를 들고 일정한 거리를 두고 선 다음, 던져서 고리가 걸리면 그 물건을 자기가 갖는 거야."

"고리가 걸리면, 자기가 갖는다."

남망기가 위무선의 말을 따라 했다.

"응, 맞아. 너 뭐 갖고 싶어? 네가 갖고 싶다는 거 맞혀 줄게."

"네 마음대로."

"함광군, 이렇게 성의 없이 내 체면을 안 살려 주다니."

위무선이 팔꿈치를 남망기의 어깨 위에 올리고는 그의 말액 끝을 잡아당기며 말했다.

"네가 맞히는 게 내가 원하는 거야."

남망기가 진지하게 말했다.

"사람들이 다 보는 곳에서 왜 이러셔?"

위무선이 놀란 척 호들갑을 떨었다.

"어쨌는데."

남망기가 무슨 말인지 모르겠다는 듯이 물었다.

"날 자극했어."

"아니야."

남망기가 담담한 표정으로 말했다.

"그랬다니까! 좋아, 내가 너를 위해…… 저거, 저거 좋다!"

위무선이 가리킨 것은 멀리 놓인, 자기로 만든 커다란 흰 거북이였다. 위무선은 말하면서 몇 걸음 물러났다. 뒤로 한 장쯤 물러나자 노점 주인이 손짓하며 외쳤다.

"됐어요, 됐어!"

"아니요, 안 됐어요."

위무선이 말했다.

"공자, 너무 멀어요. 그러면 못 맞힌다니까. 그때 가서 돈 돌려 달라고 하지 마세요."

주인이 외쳤다.

"멀리 가지 않으면 주인장이 본전을 날릴 겁니다!"

위무선이 말했다.

"저 공자, 자신감이 대단하군."

구경꾼들이 웃으며 말했다.

작은 놀이라 간단해 보였지만, 바닥에 놓인 물건까지는 거리가 꽤 있어 일반인은 조절하기가 쉽지 않았다. 그러나 수행을 한 사람에게는 별것 아니어서 멀리 떨어지지 않으면 재미가 없었다. 위무선이 멀리 떨어져 뒤로 돌자 구경꾼들이 더 흥미진진하게 쳐다봤다. 위무선이 손대중을 하고 고리를 던지자, 고리가 자기로 만든 거북이 등에 착 올라가면서 거북이 머리가 고리 속으로 쏙 들어갔다.

　주인과 구경꾼들은 말문이 막혔다. 위무선이 고개를 돌려 보더니 얼굴을 활짝 폈다. 그가 남망기를 향해 남은 두 개를 들어서 흔들어 보였다.

　"한번 해 볼래?"

　"좋아."

　남망기가 말했다.

　"뭐 갖고 싶어."

　남망기가 위무선 곁으로 다가오며 물었다.

　거리의 작은 노점이라 좋은 물건이 있을 리가 없었다. 멀리서 보면 괜찮아 보이긴 했지만, 전부 그저 그런 물건들뿐이었다. 방금 위무선이 맞힌 자기 거북이가 그나마 제일 괜찮아 보였다. 위무선은 쓱 둘러봤지만 볼수록 별로고, 갖고 싶은 게 없어 고르기가 어려웠다. 순간 무척 못생긴 나귀 인형이 눈에 띄었다. 너무 못생겨 눈에 띌 정도였다. 위무선이 시시덕대며 가리켰다.

　"저거 좋다, 풋사과 닮았네. 저거, 저거."

　남망기가 고개를 끄덕이며 위무선보다 한 장은 더 뒤로 가서 역시 뒤로 돌았다. 고리가 정확하게 떨어졌다.

　구경꾼들이 환호성을 지르며 세찬 박수를 보냈다. 남망기가 고개를 돌려 위무선을 보자, 위무선이 하하 웃으며 노점으로 달려갔다.

그가 바닥에 놓인 작은 나귀를 집어 겨드랑이에 끼고 탁탁 치면서 말했다.

"한 번 더, 한 번 더!"

남망기의 손에 하나가 더 남아 있었다. 남망기가 고리를 손에 들고 몇 번 가늠하더니, 이번에는 잠시 뜸을 들인 뒤에야 뒤로 던졌다. 그러곤 재빨리 돌아보았다.

남망기가 던지자 사방에서 "아이고." 하는 탄식이 흘러나왔다. 고리는 너무 옆으로 치우쳐, 노점 주변에 닿지도 않았다. 곧장 위무선 몸에 떨어져 그의 목에 걸렸다. 위무선을 잡은 꼴이 된 것이다.

위무선은 깜짝 놀랐다가 웃음을 터뜨렸다. 구경꾼들은 아쉬워하면서 위로의 말을 건넸다.

"괜찮아요!"

"맞아요, 몇 개나 맞혔잖아."

"대단해요!"

주인은 매우 다행이라고 생각하면서 눈을 흘기곤 한숨을 내쉬며 엄지를 치켜세웠다.

"맞아요, 정말 대단해요. 공자 말이 맞았습니다. 공자가 몇 번 더 했다가는 제가 본전도 못 찾을 뻔했어요!"

"됐어요, 주인장이 더 못 하게 할 거 알아요. 우리도 실컷 놀았고요. 남잠, 가자."

위무선이 웃으며 말했다.

"안녕히 가십쇼."

주인이 웃으며 말했다.

두 사람이 어깨를 나란히 하고 북적거리는 인파 속으로 사라지고 나서야 주인은 생각이 났다.

"세 번째 고리! 안 돌려주고 갔잖아!!"

위무선은 왼손으로 거북이를 안고 오른 겨드랑이에 나귀를 끼고 한참을 가다가 말했다.

"남잠, 왜 예전에는 네가 이렇게 엉큼한 줄 몰랐을까?"

남망기가 위무선이 들고 있던 무겁고 큰 거북이를 건네받자 위무선이 자기 목에서 고리를 빼서 남망기에게 걸어 주며 말했다.

"내 말 무슨 뜻인지 모르는 척하지 마. 네가 일부러 그랬다는 거다 아니까."

"이거, 어디에 두지."

남망기가 한 손으로 거북이를 잡고 말했다.

남망기의 질문에 위무선은 말문이 막혔다.

거북이는 크고 무겁고 공예가 정교하지도 않고 생긴 것도 멍청하고 겨우 조금 귀엽다고 할 수 있었다. 자세히 살펴보니 대충 만들었는지 작은 눈이 사시처럼 보였다. 어쨌든 아무리 봐도 운심부지처와는 전혀 안 어울렸다. 어디에 놔둬야 할지 정말 문제였다.

"정실?"

위무선은 말해 놓고 즉시 고개를 저었다.

"정실은 고금을 켜고 향을 피우기에나 좋지, 단향이 퍼지는 고요한 곳에 이렇게 큰 거북이를 놓으면 너무 보기 싫잖아."

남망기는 정실이 '고금을 켜고 향을 피우는 고요한 곳'이라는 말에 위무선을 보더니 뭐라고 말하려다 참았다.

"정실이 아닌 운심부지처 다른 곳에 놓으면 분명 바로 버려질 거야."

위무선의 말에 남망기가 묵묵히 고개를 끄덕였다.

위무선이 한참을 고민하다가 뻔뻔스럽게 말했다.

"네 숙부 방에 몰래 놔둘까. 우리가 했다고 말하지 말고."

그러다가 허벅지를 '탁' 치면서 말했다.

"그래, 난실에 놓자!"

"왜 난실이야."

남망기가 살짝 의아한 얼굴로 물었다.

"모르겠지? 난실에 놓고 사추랑 경의 애들을 가르치다가 걔들이 물어보면, 이 거북이는 과거 네가 도륙 현무를 처치한 것을 기념하기 위해 번개처럼 나타났다 구름처럼 사라지는 자유로운 장인이 직접 만든 거라고 하는 거야. 이 거북이에는 아주 크고 심오한 뜻이 있어. 그게 뭐냐, 너희 고소 남씨 자제들이 선배의 영웅적 태도를 본받아 분발하라는 거지. 도륙 현무는 사라졌지만 앞으로 살육 주작, 폭력 백호, 피의 청룡 등이 너희들을 기다리고 있으니, 반드시 선배를 뛰어넘어 세상을 놀라게 할 큰일을 해야 한다고."

"……."

"어때?"

남망기가 한참 뒤에야 대답했다.

"좋아."

그래서 며칠 뒤, 남사추와 남경의 등, 고소 남씨의 제자들이 함광군의 지도를 받을 때 고개를 들면 조잡하고 눈빛이 흐리멍덩한 커다란 자기 거북이가 남망기 뒤의 서안 위에 놓인 것을 볼 수 있었다.

알 수 없는 두려움에 저게 뭐냐고 묻는 사람은 없었다. 그래서 그것에 담긴 뜻을 말해 줄 기회가 없었다.

전리품 몇 개를 건곤대(乾坤袋)에 넣고 두 사람은 소리 없이 물러났다.

운몽에 오기 전, 위무선은 남망기에게 하늘까지 펼쳐진 운몽의 백 리 연꽃 호수의 아름다운 풍경을 입이 닳도록 자랑했고, 당연히 같이 가서 놀자고 말했었다. 위무선은 아름답게 장식한 놀잇배를 빌려 사치스럽고 방탕하게 놀아 보려고 했지만, 아무리 찾아도 호숫가에는 아주 작은 나무배뿐이었다. 가볍게 밟기만 해도 가라앉을 것처럼 약해 보여 성인 남자 두 사람이 타기엔 조금 버거운 것 같았다. 하지만 달리 방법이 없었다.

"넌 여기 앉아, 난 저기 앉을게. 앉았으면 흔들지 마, 잘못했다간 배 뒤집혀."

위무선이 말했다.

"괜찮아. 물에 빠지면 내가 구해 줄게."

"그 말은, 마치 내가 수영을 못하는 것 같잖아."

작은 배가 커다랗고 아름다운 연꽃을 스치며 지나갔다. 분홍색 연꽃이 탐스럽게 꽉 차 있었다. 위무선은 팔베개를 하고 누웠다. 배가 너무 작아 두 다리는 남망기 몸에 거의 걸쳐졌다. 거리낌 없고 예의 없는 행동에도 남망기는 뭐라고 하지 않았다.

호수에 살랑살랑 바람이 불고 물은 잔잔했다.

"지금은 연꽃이 피는 계절이야. 연방이 아직 안 익어서 아쉽네. 다음에 다시 오면 연방 따 줄게."

"다시 오면 돼."

남망기가 말했다.

"그래! 다시 오면 되지."

위무선도 고개를 끄덕였다.

위무선은 아무렇게나 노를 젓다, 한곳을 한참 쳐다보며 말했다.

"예전에 이 일대의 연방을 지키는 영감이 있었는데, 지금은 없나 보네."

"응."

"내가 어렸을 때고 그때도 영감은 나이가 많았지. 지금은 10년도 더 지났으니 돌아가시지 않았으면 움직이지 못할 수도 있겠다."

위무선이 고개를 돌려 남망기에게 말했다.

"옛날 운심부지처에서 내가 너한테 연화오에 가서 놀자고 했었지. 그때 특히 너랑 영감의 호수에서 연방을 훔치고 싶었어. 왜 그런 줄 알아?"

남망기는 위무선이 묻는 말에는 반드시 대답하고 요구하면 다 들어주었다.

"몰라. 왜 그랬어?"

남망기가 진지하게 물었다.

위무선은 남망기에게 왼쪽 눈을 찡긋하고는 헤헤거리며 말했다.

"그 영감이 대나무 삿대로 사람을 때리는 게 아주 굉장했거든. 그게 너희 집 계척(戒尺)보다 훨씬 아팠어. 그때 나는 반드시 남잠을 꼬셔 데리고 와서 몇 대 맞게 해야지 하고 생각했어."

위무선의 말에 남망기가 살짝 웃었다. 호수의 차가운 달빛이 모두 남망기의 웃음에 녹아든 것 같았다.

순간 위무선은 눈앞이 핑 도는 것 같았다. 자기도 모르게 위무선의 얼굴에도 웃음이 넘쳤다.

"좋아, 인정하지……."

위무선이 말했다.

그 순간, 하늘과 땅이 빙그르르 돌더니 '촤악' 하는 소리와 함께 물보라가 높이 치솟고, 작은 배가 뒤집혔다.

위무선이 수면 위로 올라와 얼굴을 닦으며 말했다.

"움직이지 말고 잘 앉아 있으랬잖아, 자칫 잘못하면 뒤집힌다고!"

남망기가 헤엄쳐 왔다. 위무선은 물에 빠져도 놀라지 않고 담담한 남망기를 보고선 웃다가 자칫 물을 마실 뻔했다.

"도대체 누가 먼저 기댄 거야? 이런 꼴이 되게!"

"몰라. 나인 것 같아."

남망기가 말했다.

"좋아, 나일 수도 있어!"

위무선이 말했다.

두 사람은 물속에서 웃으며 서로를 잡고 힘껏 끌어안으며 진하게 입을 맞췄다.

입술과 입술이 벌어지자 위무선이 손을 들어 방금 하던 말을 계속했다.

"인정할게. 나 방금 헛소리했어. 그때 난 그냥 너랑 같이 놀고 싶었을 뿐이야."

남망기가 위무선의 허리를 들어 다시 배에 올려 주었다. 위무선이 고개를 돌려 손을 내밀어 남망기를 잡으며 말했다.

"그러니까, 너도 똑바로 말해야 해, 남잠."

남망기도 배에 올라가 위무선에게 붉은 끈을 건네며 말했다.

"뭘."

위무선이 붉은 끈을 입에 물고 두 손으로 물에 빠져 산발이 된 흑

발을 고쳐 묶으며 말했다.

"너도 나랑 같은 생각이었다고."

위무선이 진지하게 말했다.

"그때 네가 차갑게 거절할 때마다 내가 얼마나 체면을 구긴 줄 알아?"

"그럼 지금 한번 시험해 봐, 내가 뭘 거절할지."

갑작스러운 남망기 말이 심장을 가격해 위무선은 숨이 턱 막혔다. 하지만 남망기는 태연자약한 게, 자기가 무슨 말을 하는지 전혀 모르는 것 같았다.

"함광군, 상의 좀 하자. 애정 표현을 하려면 미리 좀 알려 줘. 아니면 내가 당해 낼 수가 없잖아."

위무선이 이마를 짚으며 말했다.

"좋아."

남망기가 고개를 끄덕였다.

"남잠, 너도 참!"

천 마디, 만 마디 말하지 않아도 좋았다. 큰 웃음과 포옹이면 충분했다.

외 전

제8장

조 석

외전
제8장 조석

해시가 지난 지 오래였지만 사람이 돌아오지 않았다.

탁자에 등을 밝힌 채로 남망기는 두 눈을 깜박거리지도 않고 흐릿한 불빛을 주시했다.

잠시 뒤, 남망기가 일어나더니 정실 문 앞으로 다가가 나무 문을 열었다.

잠시 서 있다가 문을 나서려는데, 등 뒤에서 쿵 하는 소리와 함께 이상한 동작이 느껴졌다.

남망기가 세차게 몸을 돌리자, 언제 열렸는지 창문이 밤바람에 살짝 열렸다 닫히기를 반복했다. 침상 위의 얇은 이불은 불룩 솟아올라 있었다. 뭔가가 창문을 넘어 들어온 모양이었다. 그 뭔가는 이불 속에서 웅크리고 바스락거리며 움직이고 있었다.

남망기는 아무 말도 하지 않고 가볍게 문을 닫았다. 그리고 방으로 돌아가면서 불을 끄고 창문을 닫고는 침상으로 올라갔다.

남망기는 커다랗게 솟아오른 것 옆에 누워 조용히 이불을 끌어다 덮고 눈을 감았다.

얼마 뒤, 갑자기 차가운 커다란 것이 남망기의 이불 속으로 파고 들었다.

차가운 커다란 것이 꿈틀거리며 남망기 품으로 파고들더니 남망기의 가슴에 딱 붙어서 신나게 말했다.

"남잠! 나 돌아왔어. 어서 반겨 줘."

"왜 이렇게 차가워."

남망기가 위무선을 끌어안으며 말했다.

"한밤중까지 찬바람 맞고 다녔잖아. 어서 따뜻하게 안아 줘."

위무선이 말했다.

온몸이 온통 지푸라기와 먼지투성이인 것을 보니 운심부지처 소년들을 데리고 산으로 들로 산짐승과 날짐승, 요괴와 마귀를 잡으러 다닌 게 틀림없었다.

이렇게 더러운 꼴로 남망기의 이불 속을 파고들었지만, 깨끗한 것을 좋아하는 남망기는 싫은 기색 하나 없이 팔에 힘을 주어 위무선을 더 꼭 끌어안았다.

체온으로 위무선을 한참 녹여 주던 남망기가 말했다.

"그래도, 신발은 벗어야지."

"알았어."

위무선이 두 발을 비벼 신을 벗어 떨어뜨린 다음 다시 남망기의 품으로 파고들었다.

"함부로 만지지 마."

남망기가 담담하게 말했다.

"네 침상에서 나더러 만지지 말라는 거야?"

"숙부님 돌아오셨어."

남계인의 거처는 남망기의 정실에서 멀지 않았다. 남계인은 안 그래도 위무선을 싫어하는데, 체통이 서지 않은 낌새를 보였다간 다음 날 위무선에게 노발대발할 것이었다.

위무선은 아랑곳하지 않고 무릎을 남망기의 두 다리 사이에 끼워 넣었다. 그러고는 애매하고도 악의적으로 남망기의 중심을 툭툭 치면서 행동으로 자기의 마음을 솔직하게 보여 주었다.

잠시 침묵이 이어지다가 남망기가 세차게 몸을 뒤집어 위무선을 몸 아래로 눌렀다.

동작이 너무 크고 힘이 너무 세서 '쿵' 하고 부딪치는 소리가 났다.

"천천히, 천천히……. 천천히…… 해!"

남망기는 위무선을 침상에 꾹 누르며 파죽지세로 그의 안으로 밀고 들어왔다. 단번에 끝까지 밀어 넣어 아랫배가 위무선의 드러난 엉덩이에 바짝 붙어 더 들어갈 수 없을 때까지 깊이 삽입한 다음에야 움직임을 멈췄다.

위무선은 "헉!" 하고 숨을 들이마시곤, 고개를 내저으며 버둥대지도 못했다. 그는 그저 눈알만 돌리면서, 불편한지 허리를 돌려 하체의 물건을 조금 빼려고 했다. 하지만 위무선의 의도를 알아챈 남망기가 그의 허리를 붙잡고 즉시 다시 채워 넣었다.

"아!"

위무선이 신음을 내뱉으며 말했다.

"함광군!"

"네가 자초한 거야."

남망기가 꾹 참으며 말했다.

잠시 멈췄다가 한 번, 또 한 번 밀어 넣었다.

위무선은 남망기에게 꽉 눌려, 두 다리는 접고 검은 머리는 산발이 되어 얼굴이 붉게 물든 채로 남망기의 동작에 따라 조금씩 위로 올라갔다. 남망기가 들어올 때마다 위무선은 그에 맞춰 소리를 질렀다. 두 번 들어오면 두 번 소리를 질렀다. 그렇게 한참 동안 열심히 소리를 지르자, 남망기는 더는 이렇게 소리 지르게 놔둘 수 없다고 생각했는지 곧 터질 것 같은 숨을 참으며 낮은 소리로 말했다.

"너…… 소리 좀 낮춰."

위무선은 손을 들어 남망기의 얼굴을 쓰다듬으며 '남잠의 이 얼굴은 참 이상하다'고 생각했다. 만지면 분명 델 것같이 뜨거운데, 겉으로 보면 얼굴이 빨개지지도 않고 늘 눈처럼 희었다. 아름다운 그 모습에 자제하기 힘들 정도로 마음이 동할 정도였다. 그리고 늘 귓불만 연한 분홍빛이 감돌았다.

"둘째 형, 내가 소리 내는 거 싫어?"

위무선이 숨을 헐떡이며 물었다.

"……."

사실대로 말하기는 좀 그렇고, 거짓말을 하자니 본심에 어긋나는 모습을 보이는 것 같아 왠지 싫은 모양이었다. 남망기의 주저하는 모습에 위무선은 말로 표현할 수 없는 쾌감으로 충만해져 그를 한 입에 삼켜 버리고 싶었다.

"내 소리를 누가 들을까 걱정돼? 그게 뭐가 문제야. 그냥 나한테 금언술 걸면 되잖아."

남망기의 가슴이 크게 들썩거렸고 눈엔 핏발이 살짝 섰다.

"해! 금언술 걸라고. 그렇게 하면 네가 죽을 것처럼 해도 내가 소리 못 지르잖아…….."

위무선의 부추김이 채 끝나기도 전에 남망기가 몸을 숙여 위무선의 입술을 막아 버렸다.

입이 막히자 위무선은 사지로 남망기를 옭아맸다. 두 사람이 한데 뒤엉켜 침상 위를 뒹구는 바람에 이불은 진작에 바닥으로 떨어졌다. 남망기는 정사를 나눌 때 자세를 잘 바꾸지 않았다. 그래서 그에게 눌려 반 시진 동안 삽입당하고 있으면 등에서부터 엉덩이와 다리까지 저려, 이런 자세로 밤을 새우는 게 아닐까 걱정스럽기까지 했다. 남망기는 전혀 멈출 기세가 없어 정말 그럴지도 몰랐다. 그래서 위무선이 먼저 몸을 뒤집어 남망기 위에 올라탔다. 그가 남망기의 목을 끌어안고 스스로 엉덩이를 들썩이며 남망기의 귓가에 대고 속삭였다.

"깊어, 안 깊어?"

귓가에서 낮은 목소리가 촉촉하고 뜨겁게 울렸다. 남망기가 손을 뻗어 위무선의 어깨를 사납게 아래로 내리눌렀다.

이번에는 정말 무시무시했다. 위무선은 깜짝 놀라 소리를 지르면서 남망기를 꽉 끌어안았다. 남망기가 위무선의 허리를 쓸며 말했다.

"깊어, 안 깊어."

위무선은 놀란 가슴이 진정되지 않아 입술을 꿈틀거리며 대답하지 않았다. 그러다 갑자기 다시 얼굴을 일그러뜨리며 소리쳤다.

"아! 잠깐! 구, 구, 구천일심[17]!"

위무선은 한 손으로는 배를 감싸고 다른 한 손으론 있는 힘껏 남

---

[17] 구천일심(九淺一深) 성행위 기교 중 하나로, 삽입할 때 아홉 번은 얕게 한 번은 깊게 하는 것을 말한다.

망기의 탄탄한 어깨 근육을 꽉 잡으며 거의 혼이 날아갈 것같이 외쳤다.

"남잠! 너 구천일심 몰라?! 매, 번, 이렇게, 이렇게, 할, 필요는……."

뒷말은 세차게 박혀 흐지부지 흩어져 버렸다.

"몰라!"

남망기가 말했다.

앞서 애처롭게 소리를 지른 것은 살살하라고 달래기 위해 아무 말이나 내뱉은 것이지만, 한밤중이 지나고 두 차례가 끝나자 위무선은 오히려 두 다리로 남망기의 허리를 꽉 잡고 그가 떨어지지 못하게 했다.

남망기는 위무선의 온몸을 덮고 있었지만, 체중으로 누를까 봐 조심했다. 두 사람의 몸이 하나로 연결된 부분이 축축하고 미끌미끌했다. 남망기가 몸을 일으키려고 살짝 움직이자 위무선이 두 다리를 꽉 오므려, 떨어지려던 부분이 즉시 빈틈없이 꽉 맞물렸다.

"움직이지 마, 바람 들어오잖아. 조금만 더 누워 있어."

위무선이 나른하게 말했다.

남망기는 위무선의 말대로 꼼짝하지 않고 한참 동안 있다가 물었다.

"괜찮아?"

"안 괜찮아, 안 괜찮아서 죽을 거 같아. 방금 내가 처참하게 소리 지르는 거 못 들었어?"

위무선이 불쌍한 척하며 말했다.

"……."

남망기가 입을 열었다.

"뺄게."

"난 네가 이러고 있는 게 좋아. 엄청 기분 좋아."

위무선이 즉시 얼굴을 바꾸며 솔직하게 말했다. 말을 끝낸 그가 아래를 꽉 조였다. 남망기의 얼굴색이 단번에 돌변했다. 숨결도 매끄럽지 않았다. 한참을 참은 다음에야 남망기가 잠긴 목소리로 말했다.

"……부끄러운 줄도 모르고!"

남망기가 부끄러워하는 모습을 보자 위무선은 활짝 웃으며 남망기에게 입을 맞췄다.

"둘째 오라버니, 우리 할 건 다 했는데 아직도 부끄러운 게 있어?"

"놔줘, 너 목욕해야지."

남망기가 어이없다는 듯이 고개를 살짝 저으며 낮은 소리로 말했다.

"안 씻어, 내일 씻을게. 오늘은 피곤해 죽겠어."

위무선은 졸려서 해롱대며 웅얼거렸다.

"목욕해. 몸이 불편해질 수도 있어."

남망기가 위무선의 이마에 입을 맞추며 그를 달랬다.

위무선은 졸려서 더는 남망기를 잡아 둘 수가 없자 그제야 사지를 풀었다. 남망기는 침상에서 내려와 바닥에 떨어진 이불을 주워 벌거벗은 위무선의 몸을 꼭 감쌌다. 그리고 어지럽게 널린 옷을 병풍에 하나하나 건 다음 빠르게 옷을 입고 정돈하고는 목욕물을 받으러 나갔다.

한 주향 후, 남망기가 거의 잠이 든 위무선을 안아 목욕통에 조심히 앉혔다. 목욕통은 남망기의 서안 옆에 놓여 있었다. 위무선은 물속에 들어가자 정신이 조금 들어 목욕통 가장자리를 치면서 말했다.

"같이 안 해, 함광군!"

"나는 조금 뒤에 할게."

"왜 조금 뒤에 해? 지금 같이하지."

남망기가 위무선을 쳐다보면서 뭔가 생각하는 것 같았다. 잠시 뒤 말했다.

"돌아오고 나흘 동안 정실의 목욕통이 네 개가 부서졌어."

남망기의 눈빛에 위무선은 왠지 변명을 해야 할 것만 같았다.

"지난번에 부서진 건 내 잘못이 아니야."

남망기가 조협이 담긴 상자를 위무선이 손을 뻗으면 닿을 수 있는 곳에 놓으며 담담하게 말했다.

"내 잘못이야."

위무선이 물 한 바가지를 목에 주르륵 붓자 붉은 입맞춤 자국이 점점 선명해졌다.

"맞아, 지지난번 그것도 내 잘못이 아니고. 사실 좀 따져 보면 매번 다 네가 쳐서 부서진 거잖아. 처음 그때 이후로 그 나쁜 버릇을 못 고쳐요."

남망기가 일어나 천자소 한 단지를 위무선 손 옆에 놓아 주고는 서안 옆에 앉았다.

"맞아."

손을 조금 더 쭉 뻗으면 남망기의 턱에 손이 닿을 것 같았다. 위무선은 기어이 손을 뻗어 남망기의 턱을 살살 긁었다. 남망기는 글씨가 빼곡하게 쓰여 있는 종이를 꺼내 읽으면서 의견 같은 것을 간단하게 적었다. 위무선은 물속에서 천자소 뚜껑을 따고 고개를 젖혀 마시곤 물었다.

"뭐 봐?"

"야렵 일지."

"애들이 쓴 거? 그건 네가 하는 일이 아니잖아. 내 기억엔 네 숙부가 했던 것 같은데."

"숙부님이 시간 없을 때 가끔 내가 해."

남계인은 다른 급한 일로 바빠 남망기가 잠시 이 일을 맡은 것 같았다. 위무선은 손을 뻗어 몇 장 집어서 봤다.

"네 숙부는 거의 두 단락에 몇백 자씩 평을 달고 끝에는 천 자에 가깝게 총평을 다셨는데 말이야. 난 네 숙부가 어디서 시간이 나서 그렇게 많이 썼는지 모르겠어. 네 평은 정말 짧네."

"짧으면, 안 좋아?"

남망기가 물었다.

"좋지! 간단명료하고."

남망기의 평이 적은 것은 대충해서가 절대 아니었다. 아무리 간단한 일도 남망기는 절대 태만하지 않았다. 그냥 습관이 그랬다. 말이든 글이든 황금처럼 아끼고 장황하게 하지 않았다. 위무선은 머리를 물에 푹 담그고 있다, 한참 뒤에야 나와 한 손으로 조협을 머리에 문지르고 다른 한 손으로는 서안 위에 놓인 일지를 들어서 봤다. 그러다 "픕." 하고 실소를 터뜨렸다.

"이거 누가 쓴 거야? 틀린 글자가 왜 이렇게 많아. 하하하하하하하, 경의 것인지 딱 봐도 알겠다. 경의에게 '을' 줄 거지."

"응."

"이렇게 많은 일지 중에 '을'은 경의 것 하나 봤네. 아이고, 불쌍해라."

"틀린 글자가 너무 많고 군더더기가 많아."

"'을'을 받으면 어떻게 돼?"

"뭐가 어떻게 돼. 다시 한번 써야지."

"그걸로 만족해야지. 어쨌든 물구나무서서 베끼는 것보단 나으니까."

남망기가 아무 말 없이 위무선이 여기저기 흩트려 놓은 종이를 모아 반듯하게 정리해 한쪽에 놓았다. 남망기의 동작을 보던 위무선은 저도 모르게 입꼬리가 위로 올라갔다.

"사추는 뭐 줬어?"

남망기가 일지 두 장을 꺼내 위무선에게 건네며 말했다.

"갑."

위무선이 받아 들고 고개를 숙여 봤다.

"글씨체 참 예쁘네."

"조리 있고 맥락이 분명하고, 구체적인 내용에 핵심이 정확해."

위무선이 들고 있던 일지를 다 읽은 후, 서안 위에 놓인 아직 평을 달지 않은 것들을 보며 말했다.

"저걸 다 봐야 해? 내가 도와줄까?"

"그래."

"보다가 틀린 곳 있으면 줄을 긋고 첨언하면 되지?"

위무선이 손을 뻗어 잔뜩 집어 가자 남망기가 다시 가져오려고 했다. 그러자 위무선이 손을 멈추며 물었다.

"왜 그래?"

"너무 많아. 목욕 중이고."

위무선이 천자소를 한 모금 마시고 붓을 들었다.

"목욕 중이긴 하지만 아무것도 안 하고 있기도 하잖아. 애들이 쓴 일지와 글을 보면 얼마나 재미있는데."

"목욕한 다음 쉬어야지."

"내가 지금 잠들 수 있을 것 같아? 두 번은 더 해도 끄떡없다고."

위무선이 뻔뻔스럽게 허풍을 떨었다.

위무선은 목욕통에 바짝 붙어서 일지를 꼼꼼하게 봤다. 때로는 팔을 뻗어 서안에 받치고 글을 쓰기도 했다. 그 모습을 바라보는 남망기의 눈빛이 등불 빛을 받아 따뜻하게 일렁거렸다.

말은 호탕하게 아직 두 번은 더 할 수 있다고 큰소리쳤지만, 소년들을 데리고 깊은 산에서 온종일 뛰어다니고 돌아와 침상에서 한참을 뒹굴고 연이어 일지를 검토했으니 졸리지 않은 게 이상한 일이었다. 위무선은 열심히 자기 몫을 다 보고 평을 달아 준 다음 일지를 서안에 올려놓았다. 그러곤 물속으로 미끄러져 들어갔다. 남망기가 재빨리 위무선을 건져 올려 물기를 닦아 준 다음 침상으로 안아 옮겼다.

목욕이 끝나고 침상에서 꼭 끌어안고 있자 위무선은 다시 정신이 조금 들었다. 그가 남망기의 쇄골 가까이 입을 대고 웅얼거렸다.

"너희 집 애들 글을 꽤 잘 쓰네. 야렵에 나가서 조금 떨어지는 게 아쉽지만."

"응."

"근데 뭐 괜찮아……. 그건 내가 운심부지처에 있는 동안 최대한 보충해 주면 되니까. 내일은…… 애들을 데리고 외발귀 소굴에 갈 거야."

외발귀는 힘이 무척 세고 온몸이 검은 털에 덮여 있으며 사람을 수박이나 채소 씹어 먹듯 했다. 다른 사람이 들으면 코흘리개 어린 애들을 데리고 지붕에 올라가 새알을 꺼내 오는 줄 알았을 것이다.

"오늘도 외발귀를 잡으러 간 거야?"

남망기의 입꼬리가 살짝 움직이며 올라갈 듯 말 듯 했다.

"응. 그래서 내가 애들이 아직 더 연습해야 한다는 거야. 다리가 하나인 외발귀보다 느리면 앞으로 네발 달린 도마뱀이나 여덟 개인 거미, 수백 개인 지네를 만나면 그냥 가만히 누워 죽는 걸 기다리는 꼴이 되잖아⋯⋯. 아, 맞다, 함광군. 나 돈 없어, 더 줘."

"옥패 지니고 가면 돼."

위무선이 은근히 웃으며 말했다.

"네가 준 옥패가 결계를 출입하는 것 외에도⋯⋯ 돈을 계산하는 데 쓸 수도 있었어?"

"응."

남망기가 말했다.

"너희 길가의 노점을 부순 건 아니지?"

"아니⋯⋯ 그럴 리가⋯⋯. 돈을 다 쓴 건⋯⋯ 야렵이 끝나고 애들 데리고 채의진에 있는 그 호남음식점에 갔어⋯⋯. 예전에 내가 너를 데리고 가려고 했는데 네가 안 갔던 그 집⋯⋯. 나 졸려 죽겠어⋯⋯. 남잠, 더 말 시키지 마⋯⋯."

"응."

"⋯⋯그만 말해⋯⋯. 네가 말하면 이어서 말하고 싶단 말이야⋯⋯. 됐어, 남잠, 빨리 자. 나⋯⋯ 못 참겠어⋯⋯. 정말 자야겠어⋯⋯. 남잠, 내일 봐⋯⋯."

위무선은 남망기의 목에 입을 맞추고 깊은 잠에 빠져들었다.

정실 안에 어둠과 적막이 내려앉았다.

잠시 뒤, 남망기가 위무선의 이마에 가볍게 입을 맞췄다.

남망기가 작은 소리로 말했다.

"위영, 내일 봐."

—끝—

마도조사 4

1판 1쇄 발행 2020년 1월 29일
1판 13쇄 발행 2024년 9월 30일
지은이 묵향동후 **옮긴이** 이현아 **펴낸이** 최원영
본부장 장혜경 **편집장** 김승신 **편집** 원서은 **교정·교열** 고고
본문조판 양우연 **국제업무** 박진해 조은지 남궁명일 **마케팅** 김민원 조은걸
펴낸곳 (주)디앤씨미디어 **출판등록** 2002년 4월 25일 제20-260호
주소 서울시 구로구 디지털로 32길 30, 코오롱디지털타워빌란트 1301-1308호
전화번호 02.333.2513 **팩스** 02.333.2514

ISBN 979-11-278-5368-6 04820
ISBN 979-11-278-5143-9 (세트)

정가 15,500원

* 잘못 만들어진 책은 구매처에서 바꾸어 드립니다.